LA DAME DE BERLIN

Les aventures de Boro, reporter photographe

DU MÊME AUTEUR
CHEZ *POCKET*

LE TEMPS DES CERISES
LES NOCES DE GUERNICA
MADEMOISELLE CHAT
BORO S'EN VA-T-EN GUERRE

Dan Franck

Dan Franck a signé une quinzaine d'ouvrages publiés dans vingt-huit pays, notamment *Les calendes grecques*, qui ont reçu en 1980 le prix du Premier Roman, et *La séparation*, qui a été couronnée en 1991 par le prix Renaudot, avant d'être portée à l'écran en 1994. Il est également l'auteur de *Nu couché* (1998), *Bohèmes* (1998), un essai sur les avant-gardes du début du XXe siècle, et un album réalisé avec le dessinateur Enki Bilal, *Un siècle d'amour* (1999). Depuis 1987, avec Jean Vautrin, il fait partager à ses lecteurs les palpitantes aventures du reporter Boro.

Jean Vautrin

De son vrai nom Jean Herman, Jean Vautrin, né en 1933, est ancien élève de l'IDHEC (Institut des hautes études cinématographiques). Scénariste dialoguiste, réalisateur de films et d'émissions de télévision, il a été l'assistant de Roberto Rossellini et a travaillé avec Vincente Minelli et Jacques Rivette. On lui doit cinq longs métrages, dont *Le dimanche de la vie* (1965), réalisé en collaboration avec Alain Queneau, et, entre autres scénarios, celui de *Garde à vue* de Claude Miller, qui a obtenu un César en 1981. À partir de 1972, il prend un pseudonyme pour écrire des romans. Auteur d'une vingtaine de romans et de quatre recueils de nouvelles, il reçoit en 1986 le Goncourt de la nouvelle et en 1989 le prix Goncourt pour *Un grand pas vers le bon Dieu*. Prix populiste en 1994 pour *Symphonie Grabuge*, il a reçu en 1999 le prix Louis-Guilloux pour l'ensemble de son œuvre.

FRANCK & VAUTRIN

LA DAME DE BERLIN

Les aventures de Boro, reporter photographe

FAYARD & BALLAND

ISBN 2-266-14560-6

Pour Michèle.

PREMIÈRE PARTIE

L'aube des jours

Les yeux de chat

Le 4 novembre 1931, à quatre heures du matin, au moment même où Charles « Buddy » Bolden, musicien de jazz américain méconnu, rendait son dernier souffle de l'autre côté de l'Atlantique, la porte du Select s'ouvrit sur un inconnu. Il fredonnait un ragtime.

La pluie tombait sur Paris. Portée par un vent d'ouest, l'averse avait repoussé les derniers passants sur les banquettes de velours rouge du célèbre café. Assis devant un bouillon Kub, un grog ou un Claquesin, les clients, oiseaux de nuit pour la plupart, guettaient la fin du déluge pour rentrer chez eux ou s'égailler ailleurs, en d'autres lieux où l'alcool était roi.

Lorsque l'inconnu surgit de derrière le feuillage d'un ficus elastica, tous les regards convergèrent dans sa direction. Les consommateurs assis près de l'entrée remarquèrent aussitôt qu'il ne portait pas de chapeau mais qu'il avait une canne : une tige d'ambre surmontée d'un pommeau de cuir sur lequel l'homme s'appuyait, le poignet passé dans un lacet brodé. De la main gauche, il tenait un carton à dessin usé.

Beaucoup crurent avoir affaire à un rapin venu là sur les traces d'illustres prédécesseurs, disparus depuis peu des faubourgs de Montparnasse. Quelques-uns s'absorbèrent dans des pensées vides travesties en réflexions profondes, espérant que l'intrus n'aurait pas le culot de troubler le creux de leurs songes en leur proposant une aquarelle ou, pis encore, une séance de portrait.

Après s'être adossé au paravent destiné à protéger les premières tables des courants d'air, l'inconnu embrassa la salle du regard. Il était démesurément grand, brun, avait les cheveux mi-longs, le teint légèrement mat, le front dégagé. La pluie ruisselait encore sur son visage, mais il ne faisait pas même mine d'essuyer les gouttes qui glissaient des cheveux au nez, du nez au sol. Ses vêtements étaient simples, laine et velours, trop communs pour être ceux d'un peintre. Et lorsqu'il abandonna son poste d'observation pour s'approcher du zinc, on sut qu'il n'arborait pas non plus la canne des camelots du roi mais celle des boiteux : l'homme claudiquait de la jambe droite.

Sans cesser de fredonner *Maple Leaf Rag*, il passa entre les tables, dévisageant un à un les consommateurs. Il portait sur les hommes un regard morne, empreint de mélancolie. Lorsqu'une femme lui souriait, l'œil s'animait, devenait plus noir, plus brillant. Beau et insolent.

Il voulut s'appuyer au comptoir, mais, jaillie des profondeurs d'une cape de magicien, une main gantée de pécari le repoussa violemment par le milieu du corps et le déséquilibra. Tandis qu'il trébuchait sur un tabouret, on entendit ces mots :

— Garde tes yeux de chat.

L'homme tomba.

Et avec lui, le silence des lâches.

Comme l'inconnu restait au sol, un serveur plia son torchon d'un geste embarrassé, puis, cédant à la convention imposée par sa charge, se précipita pour lui prêter secours. L'inconnu secoua la tête et dit :

— Ce n'est pas à vous de m'aider. Restez où vous êtes.

Il avait une voix rauque, à l'accent indéfinissable. Et ses yeux s'étaient refermés en deux fentes impénétrables tandis qu'il observait l'homme aux gants de pécari – quatre-vingt-dix kilos de graisse pour un mètre soixante-quinze d'or en barre, depuis les chaussures en chevreau jusqu'à la régate piquée d'une épingle de perle rappelant la chevalière et les boutons de manchettes.

Au bras du nabab se pavanait une gigolette aux yeux d'agate, tout droit sortie du Sphynx, le bordel de la rue Edgar-Quinet dont Henry Miller avait rédigé le prospectus publicitaire en échange d'une passe gratuite.

L'inconnu hocha doucement la tête, puis, à voix basse, dit :

— Relevez-moi.

L'autre avala sa flûte de champagne sans broncher. La salle entière avait les yeux braqués sur ce boiteux assis au sol qui ne tentait même pas de se redresser. Le cul dans la sciure et la rage aux yeux.

— Relevez-moi, dit-il encore.

Et comme l'homme installé au bar ricanait sans bouger, l'inconnu fit mouliner sa canne, la lâcha, la rattrapa par l'extrémité et tendit brusquement le bras. Il y eut un froissement, une zébrure dans l'air. Le lacet s'enroula autour du gant de pécari. En un clin d'œil, le boiteux fut debout. D'un mouvement sec du poignet, il abaissa son jonc. L'autre tomba à son tour. L'homme récupéra sa canne. Le gant était resté entortillé dans le lacet. Il le prit et le porta à ses yeux. Il regarda l'effigie dorée cousue sur la peau puis lança le gant au sol.

— Je suis à votre disposition. Quand vous voudrez, sauf aujourd'hui. N'oubliez pas mon nom : je m'appelle Blèmia Borowicz. On me trouve à l'agence Iris, 17, rue de l'Échiquier, premier étage au fond de la cour. Demandez seulement Boro. Boro, reporter photographe.

Il fit demi-tour puis revint sur ses pas et s'inclina légèrement devant la merlette qui accompagnait son agresseur. Elle était plutôt jeune et bien faite.

— Mademoiselle, vous êtes un vrai prix de Diane,

lui dit-il en manière de compliment. Une longue carrière s'ouvre devant vous.

— Ben tiens, m'sieu ! rétorqua la gagneuse avec une jolie vulgarité sur la frimousse. Vous voudriez pas que j'abandonne le peignoir à dix-huit ans !

— Mon bon souvenir à Martoune, lui dit-il encore. Votre taulière a toujours su choisir ses filles...

Il tourna les talons comme un seigneur et se dirigea vers le fond du café, allant de table en table comme si rien ne s'était passé. Il s'approcha d'une banquette où trois hommes étaient assis. L'un d'eux, un grand Noir vêtu d'une invraisemblable redingote chamarrée, dormait, la tête rejetée en arrière. Il portait un anneau doré à l'oreille. Les deux autres discutaient âprement.

Boro posa sa main bien à plat sur la table et demanda :

— Monsieur Bugatti ?

Les deux consommateurs levèrent aussitôt la tête. Le plus jeune, à peine sorti de l'adolescence, avait un nez légèrement épaté, des cheveux plaqués par un excès de gomina qui donnaient un air sérieux à son visage rieur et juvénile. L'autre était épais, large d'épaules et de cou.

— Qui demandez-vous, jeune homme ? Jean ou Ettore ?

— Ettore.

— C'est moi, répondit le plus vieux.

— Je le sais, dit Boro.

Un sourire éclaira ses traits.

— Vous êtes le grand Ettore Bugatti, et vous (il désigna son voisin), son fils, le grand Jean Bugatti.

Une lueur d'agacement passa dans le regard d'Ettore. Il demanda :

— Et vous, qui êtes-vous ?

— Le p'tit Boro. Reporter.

— Et que voulez-vous ?

Boro posa son carton à dessin sur la table.

— Vous rouliez cet après-midi dans le bois de Boulogne.

— Comment le savez-vous ?
— J'étais là. Votre voiture est tombée en panne.
Jean Bugatti haussa les épaules.
— Une Bugatti ne tombe jamais en panne.
— Même pas le coupé Napoléon ?
Ettore pâlit brusquement. Et il se souvint de ce photographe qui l'avait mitraillé alors qu'il se précipitait pour masquer le radiateur de son bijou le plus parfait.
— Ce n'était qu'une crevaison, dit-il sans conviction.
Boro ouvrit son carton à dessin et en sortit une photo fraîchement développée sur laquelle on voyait Ettore Bugatti, penché sur la plus grande, la plus belle, la plus rapide et la plus chère de toutes les voitures du monde, un carrosse conçu pour les rois et les princes : la Royale. En panne ce jour-là dans une allée forestière du bois de Boulogne.
Jean s'empara de la photo et éclata de rire à la vue de ce guignol vêtu de noir, le corps étiré devant la calandre du coupé Napoléon – papa Bugatti protégeant son trésor.
Ettore lui-même se prit à sourire.
— Comment saviez-vous que nous étions ici ce soir ?
— Un hasard. J'ai raconté notre première rencontre à un ami qui se trouvait là il y a une heure. Il m'a prévenu de votre arrivée.
— Vous êtes donc photographe ?
— Je travaille en agence.
— Tiens donc ! Et vous...
Ettore Bugatti désigna la canne sur laquelle Boro s'appuyait :
— Vous pouvez faire des photos avec ça ?
Le jeune homme passa son poignet à travers le lacet du stick et éleva ses mains à hauteur du visage. Instinctivement, il abaissa son index sur un déclencheur imaginaire. La canne pendait à son avant-bras.

— Je l'ai fait fabriquer exprès...
— Vous êtes paralysé de la jambe ?
Boro acquiesça :
— J'ai sauté d'une maison en feu avec une orpheline dans les bras. C'était à Budapest. J'aurais pu y laisser ma peau...
Les Bugatti hochèrent la tête. Puis Ettore montra la photo :
— Vous avez conservé le négatif ?
Boro retourna le cliché. Une enveloppe était collée au dos.
— Il est là. Je n'ai pas de double du document.
— Pourquoi faites-vous cela ? demanda Ettore.
— J'aime les automobiles Bugatti.
— C'est tout ?
— Non.
Boro passa sa main dans ses cheveux et dit, une certaine gêne dans la voix :
— J'ai besoin d'argent. Un prêt seulement, rassurez-vous.
Il toussa et baissa soudain la tête.
— C'est urgent.
Puis, comme les Bugatti le contemplaient, interrogateurs, il se reprit :
— Ça n'a rien à voir avec la photo. Je vous la laisse. Mais...
Ettore le coupa :
— Combien ?
— Cent quatre-vingt-quatre francs soixante.
Ettore sortit un carnet de chèques de sa poche intérieure. Il le remplit avec son stylographe à plume d'or rétractile, puis le tendit au jeune homme en disant :
— Tenez, c'est un cadeau de la maison. Votre photo est très amusante.
Boro attrapa le chèque, le regarda et le reposa aussitôt sur la table.
— Je vous demande un service, monsieur, pas une

récompense. Et comme j'ai eu l'honneur de le dire auparavant, je n'ai pas besoin de cinq cents francs, mais seulement de cent quatre-vingt-quatre francs, soixante centimes.

Bugatti père et fils échangèrent un regard, puis le plus jeune demanda :

— Pourquoi cette somme à la décimale près ? Vous avez perdu au jeu ?

— Non, dit Boro. C'est le prix d'un aller simple pour Munich.

Comme pour respecter la stupeur de ses interlocuteurs, il se tut un instant, puis ajouta précipitamment :

— Je dois absolument être à Munich avant mercredi soir.

— Mon cher monsieur, ne sommes-nous pas déjà mardi matin ? fit observer Ettore Bugatti en se penchant pour apercevoir les passants réfugiés sous l'auvent du Select. La pluie ne fait pas mine de s'arrêter et vous êtes là, sans bagages...

— Au diable la pluie ! Au diable mes bagages ! J'ai seulement besoin de cette maudite somme !

Ettore tira pensivement sur son cigare.

— Cent quatre-vingt-quatre francs et des broutilles, n'est-ce pas ?

— Aller troisième classe, précisa Boro.

— Comment ferez-vous pour le retour ?

— Je me débrouillerai.

Une lueur amusée passa dans le regard de l'industriel.

— Une histoire d'amour ?

— Oui, répondit Boro. Une grande histoire d'amour.

— Savez-vous pourquoi nous sommes ici ce soir ?

— Non.

— Parce que nous avons passé la moitié de la nuit avec les mécanos afin de réparer la Royale. Nous fêtons par anticipation le rétablissement de la malade.

— Ce n'était qu'une petite indisposition passagère, compléta Jean. Un caprice.

— C'est cela : un caprice. En cours de matinée, la jolie garce sera de nouveau sur ses pneus, reprit le père, poursuivant son idée. En doutez-vous ?

— Toutes les roues, même les meilleures, peuvent crever, répondit malicieusement Boro.

— Et les joints de culasse rendre l'âme, soupira Ettore. Mais je tiens tout particulièrement à vous donner la preuve que la voiture aura retrouvé toute sa forme...

L'industriel se tourna vers le Noir qui, affalé sur la banquette, dormait paisiblement. Il lui assena une légère bourrade dans les côtes.

— Scipion, dit-il, dès que la réparation sera faite, auriez-vous la bonté d'emmener monsieur se promener dans la Royale ?

Scipion ouvrit les yeux.

— Je ne m'appelle pas Albert Toussaint.

— Albert Toussaint est le chauffeur de la voiture, dit Jean en se tournant vers Boro. Formé chez Rolls-Royce. C'est lui qui nous conduit au bois.

— Scipion, reprit Ettore en s'adressant au Noir, rendez-moi service et, pour l'amour du ciel, présentez-vous devant le domicile de monsieur à neuf heures tapantes. Vous l'emmènerez faire un tour avec la Royale. Je m'arrangerai avec Jean.

— Un grand tour ou un petit tour ?

— Un petit tour... jusqu'à Munich.

Le Noir se redressa, s'étira et, d'une voix de stentor, lança :

— Pour Munich, en voiture !

Stupéfait, le jeune photographe hésita quelques secondes avant de bredouiller :

— Je n'oublierai jamais ce que vous faites pour moi, monsieur Bugatti.

Il salua en s'inclinant, la main sur le cœur. Une lueur de joie enfantine apparut dans ses yeux. Il abandonna le carton à dessin contenant la photo compromettante sur le bord de la table, répéta : « Merci. Ah ! ça, grand merci », puis, faisant volte-face, s'élança vers la sortie. La voix de Jean Bugatti le rattrapa.

— Hep ! Monsieur ! Votre adresse !... Vous n'avez pas laissé votre adresse !

Boro revint sur ses pas, un franc sourire aux lèvres.

— Ce qui m'arrive est si magique, s'excusa-t-il en griffonnant son adresse au dos de l'enveloppe que poussait devant lui le père Bugatti.

Il salua à nouveau ses bienfaiteurs. L'instant d'après, emporté par l'allégresse, il claudiquait à vive allure sur le boulevard du Montparnasse.

Au carrefour Vavin, il prit par Raspail où le vent était chez lui, un vent dont le furieux courant d'air galopait depuis Denfert-Rochereau. Boro avançait, ramassé sur lui-même, les yeux à demi fermés par la bourrasque et la tête en feu à la pensée de voyager à bord de la plus belle automobile du monde, la Bugatti Royale, qui l'emporterait jusqu'à sa bien-aimée.

En progressant de la sorte, quasi à l'aveuglette, ses vêtements plaqués au corps par le mauvais biais de la pluie, notre héros ignorait qu'il allait faire coup sur coup plusieurs rencontres dont il se souviendrait tout au long de sa vie. Le hasard allait brusquement ouvrir le livre de sa destinée, lui permettant d'en lire furtivement quelques pages.

À l'angle de Raspail et d'Edgar-Quinet, trois gitanes nippées d'indienne et d'organdi surgirent de l'ombre. Des boucles d'oreilles en or encadraient leurs visages farouches et le vent faisait claquer leurs foulards. À la vue de Boro, la plus jeune agita son collier de sequins et rit, montrant des dents de louve. S'approchant sur ses hauts talons, elle tournoya autour de lui et dit à son oreille :

— Je ne te demande pas d'argent parce que tu n'en as pas.

— Celui qui n'a pas d'argent ne se connaît pas

d'ennemis, répondit Boro. Laisse-moi passer mon chemin.

La gamine ne semblait pas l'entendre de cette oreille. Gagnant en effronterie, elle se campa devant lui, posa ses mains sur ses épaules et l'obligea à croiser son regard.

— Même si tu es malheureux, tu ne seras jamais à plaindre, dit-elle après l'avoir observé un dixième de seconde.

Elle ajouta :

— Si l'amour vient à passer, saisis-le, mais prends bien garde à ne pas t'endormir au rendez-vous de l'Histoire.

— Tout cela ne veut rien dire, murmura Boro.

— Tout cela aura à voir, prédit la jolie liane.

Et le vent sembla l'emporter vers l'arrière-plan.

La plus âgée des femmes d'Égypte, qui était d'une laideur grimacière, avança son rostre de chimère.

— Plus tard, tu seras l'œil qui surveille le monde, annonça-t-elle d'une voix de crécelle. Tu iras regarder les hommes jusqu'au fond de leur nuit. Méfie-toi alors de ne pas mourir d'une balle en plein front.

— En vieillissant tu choisiras tes chemins, dit la troisième, qui portait un jeune enfant à califourchon sur sa hanche et paraissait harassée de fatigue. Ils te feront sillonner le monde et tu approcheras les grands de ton époque. Mais défie-toi de vouloir gouverner : tu irais à ta perte.

Étourdi par ces propos incohérents, Boro s'apprêtait à leur demander d'éclaircir leurs prédictions, mais les devineresses avaient déjà disparu, happées par un pan d'ombre. Le jeune homme se jeta à leur suite, entendit vaguement devant lui les éclats de rire de la jeune fille et les grincements de crécelle de la vieillarde qui allaient en décroissant, mais il eut beau regarder, regarder encore, ce fut en vain.

Comme il poursuivait ses recherches, la tempête nettoya la lune. Au détour d'une palissade mal jointe, elle éclaira soudain le visage blafard d'une femme abandonnée à sa tristesse.

— Je suis la Dame de pique, dit-elle dans un sanglot. Achète-moi mon ventre et nous irons dormir.

— N'avez-vous pas vu passer trois femmes ? demanda Boro, exaspéré.

L'inconnue fit un geste de dénégation.

— Tu parles ! Je ne vois passer que des hommes, gémit-elle. Les salauds !

Elle tendit vers Boro une rose à demi fanée, tenta une œillade et s'excusa d'un geste fatigué.

— Le dernier type qui est passé m'a traitée d'entôleuse. Il n'a même pas daigné s'arrêter.

Moulée dans un tailleur de ratine gris perle, le décolleté provocant, la pauvresse avait sous sa frange des paupières de tragédienne ourlées de vert véronèse. Un excès de rouge à joues et des expressions de volupté éteinte agrandissaient le blanc de ses yeux, un blanc qui éloignait la nuit.

En considérant la défaite de cette malheureuse, Boro frissonna. Il s'approcha d'elle, mit un doigt sur ses lèvres afin qu'elle n'abîmât pas le silence, et releva ses cheveux trempés, dégageant le front.

Il lui sembla brusquement que la Dame de pique avait les yeux de la plus jeune des bohémiennes, les rides grimaçantes de la plus vieille et l'expression fatiguée de la troisième.

— Qui êtes-vous ? lui demanda-t-il. D'où venez-vous ?

— D'un royaume englouti. J'ai fait naufrage, mais je n'ai pas d'amour-propre. Si tu étais gentil avec moi, je te ferais un prix.

Il posa de nouveau son regard sur les vêtements misérables, sur son cou de petite fille, et, brusquement, l'accueillit dans ses bras.

— Rentrez chez vous, lui dit-il.

Elle bascula le visage, l'inondant d'un regard infini et comblé. Trempés jusqu'à l'os, ils se serraient l'un contre l'autre. Il la couvrait de baisers fraternels, lui répétait :

— La nuit est folie. Nous n'avons rien à faire l'un avec l'autre.

Elle s'accrochait. Des larmes mêlées de pluie ruinaient son maquillage. Elle palpait ses mains avec de brefs attouchements nerveux, poussait de petits râles, fermait par instants ses paupières qui cédaient au sommeil, à l'ivresse, mimait les gestes de l'amour en dansant contre lui, obscène et musicale. Enfermé dans la tour de son bonheur égoïste, Boro laissait couler entre eux la poisse de cette nuit sans partage, tandis que, dans un germe lent et progressif, l'aurore impitoyable dessinait au crayon rouge les contours de la ville.

Les ruses de Marinette

Les noctambules le savent assez : autant la nuit est généreuse pour les déracinés, leur offre ses leurres et ses cachettes, autant le jour, avec sa netteté pointilleuse, est difficile aux rescapés du petit matin.

Mise en déroute par le retour de la lumière, la Dame de pique était retournée au néant. Boro l'avait vue disparaître ainsi qu'une goule du côté du cimetière Montparnasse, au coin d'un passage de la rue Froidevaux dont l'arrière-cour lui servait de tanière.

Notre reporter, qui n'avait pas un liard à investir dans son transport, fût-ce dans l'achat d'un ticket de métro, continua sa route par l'avenue du parc Montsouris. Déjà, la ville entière semblait dehors. On entendait des chansons, des marteaux battre le fer au fond des ateliers, la trompe d'un G7 agonir un badaud, des terrassiers pelletant le sable. Boro, la mine défaite et le teint brouillé par la veille, sentait la fatigue dans ses jambes, dans sa nuque. Cap sur le XIIe arrondissement. Il lui semblait que la rue de Tolbiac n'en finirait jamais. Un pas, une canne. Il aspirait à prendre un peu de repos avant d'entamer le très exaltant voyage pour Munich. Rue de Dijon, place Lachambaudie, rue de Charenton. Plus il approchait de sa chambre de bonne, plus il mesurait la précarité de sa situation présente. Il devait bien trois termes à sa logeuse.

Depuis un mois déjà, avec la complicité de Marinette, il regagnait son logement sous les toits au prix d'invraisemblables ruses.

Marinette Merlu était la fille de la propriétaire des clés. Elle aidait Boro contre les intérêts de sa mère par complicité de jeunesse, et aussi pour le béguin que lui inspirait le sourire triste, mais bigrement enjôleur, du locataire du septième.

Au reste, Boro eût été ingrat s'il s'était révélé indifférent à la mousse que faisait la donzelle. Dans son quartier, pas qu'un peu, Marinette suscitait des passions. Attrayante dès le matin, attifée de frais, pomponnée de la frimousse au pétoulet, elle était fille de Renoir et sœurette des Parisiennes de Boldini. Son teint était celui du radis rose, ses pieds, des trottinets, du 35 à peine. En escarpins, c'était merveille de la voir arpenter la rue des Jardiniers. Et la jambe ! Ah ! la jambe ! Quel galbe ! Marinette était belle comme un coup de lune.

La mignonne, si elle était prévenue de l'heure du retour de Boro, disposait à l'une des fenêtres de l'appartement du deuxième (où elle résidait avec Mme Merlu mère) un mouchoir blanc indiquant que la voie était libre. En cas de mouchoir de couleur, l'entreprise s'annonçait plus hasardeuse : il convenait de redoubler de prudence, d'aller vite et silencieusement sur le parcours du palier car, à tout moment, la probloque risquait de faire sortie, de descendre pour ses courses ou pour aller promener Pierre Laval, un chihuahua dans les gris velours.

Enfin, si le foulard était noir, le locataire du septième ne devait sous aucun prétexte tenter de forcer le passage. Les risques étaient trop grands. Il ne fallait même pas envisager de réintégrer le nid en profitant de l'heure tardive : la logeuse était derrière la porte ; elle veillait en embuscade.

En maintes occasions, Marinette avait décrit à Boro comment cette femme à la santé inépuisable, veuve récente d'un avocat véreux qui buvait un peu sec, gardait l'œil rivé au judas du deuxième, comme on prend le quart, tendait l'oreille, interprétait les bruits, capable, si l'acharnement le lui commandait, de guetter sa proie pendant une nuit entière en tricotant derrière sa porte.

Au matin, et c'était le cas ce jour-là, Marinette la trouvait parfois assoupie, le menton dans l'estomac, réduite à l'état de vieux sac, pliée n'importe comment sur sa chaise, prise dans ses aiguilles du 4, crispée sur son ouvrage de dame, emmêlée dans sa laine angora, les cheveux défaits, le teint blafard, les yeux cireux.

Elle lui disait :

— Va te reposer, m'man. À ce train-là, tu finiras par t'user les nerfs.

Germaine Merlu se rebiffait :

— Si je vais me coucher, le grand boiteux du septième le sentira ! J'en suis sûre, il le sentira !... Tiens, j'entends sa canne ! Il est bien capable de passer maintenant !

Elle repiquait une dernière fois au judas. Scrutait le palier vide, se redressait, secouée par un sanglot sec mêlé de colère méchante et s'exclamait :

— À croire qu'il voit au travers des murs !

— Pourquoi t'acharner ainsi contre lui, m'man ? demandait Marinette. Il a un si joli sourire...

— C'est un Hongrois, n'oublie pas ! Un tzigane ! Un... un Kirghiz en plus sournois !... Il ne te fait pas la cour au moins ?

« Kirghiz » était évidemment un mot terrible dans sa bouche. Elle s'exaspérait à mesure. Puisait son souffle dans sa haine. Parlait du sieur Borowicz avec les narines pincées, la respiration sifflante, les lèvres minces et dures comme un fil à trancher la gorge.

— Je le coincerai, disait-elle. Je me plaindrai en tout

genre ! Je le traînerai devant les tribunaux. Je l'expulserai, tu m'entends ?

— Oui, m'man. Calme-toi, m'man.

— Me calmer ? Jamais ! Si ce Borowicz veut que j'en vienne aux voies de fait, je n'hésiterai pas !... Jésus ! Ton père avait des défauts, mais il aurait plaidé cela les doigts dans le nez !

D'un geste nerveux, elle picorait ses épingles tombées sur le sol, se redressait douloureusement. Finissait à regret par abandonner son poste de guet. Longeait le couloir. Butait contre le porte-parapluies en patte d'éléphant et s'en allait coucher dans son « matrimonial » (c'est par cette locution qu'elle désignait la vastitude glacée de son lit conjugal à jamais déserté par les hommes depuis qu'un dimanche ordinaire, à l'heure de l'apéritif, Me Marcel Merlu, radié du barreau de Paris, avait été foudroyé par une cirrhose en plus grave sur le carrelage de sa cuisine).

En général, avant de s'endormir sur son oreiller double, Germaine Merlu trouvait encore la force de lancer quelques anathèmes destinés à son locataire impécunieux. C'est ce qu'elle fit ce matin-là, avec un indiscutable renouvellement dans le choix des vocables. Puis, insensiblement, ses prunelles chassèrent sous ses paupières lourdes, une lente tétanie engourdit les paumes de ses mains. Elle dériva jusqu'aux lisières d'un sommeil douloureux assez proche du coma dépassé, dont Marinette escomptait qu'elle ne reviendrait qu'au bout de plusieurs heures.

Seulement alors, à pas de fée, la donzelle regagna sa chambre, ouvrit sa fenêtre, dénoua le foulard noir qui pendait au balustre et le remplaça par une batiste immaculée indiquant au fugitif que la voie était libre et que, pourvu qu'il rampât comme un Sioux, le Kirghiz des chambres de bonnes ne se jetterait pas dans les chevaux de frise tendus par Madame Mère.

Le baiser de Budapest

Il descendrait de la plus belle automobile du monde pour embrasser la plus jolie fille de l'univers. Il la surprendrait à la sortie du cinéma. Il aurait pris soin de faire garer le monstre mécanique juste devant l'affiche. Dès qu'elle découvrirait la calandre racée de la Bugatti, elle s'arracherait à la cohorte de ses admirateurs, conquise par l'aérodynamisme du coupé Napoléon, par la pureté de ses lignes encore plus rigoureuses que celles des Packard et autres Hispano-Suiza d'André Vremler, son père ; confisquées par Béla Kun, rendues par l'amiral Horthy.

Lui, Boro, le très séduisant, le très romantique Blèmia Borowicz, resterait à l'arrière, attendant nonchalamment qu'elle se penchât pour voir à qui appartenait cette somptueuse limousine. À sa vue, elle aurait un petit sursaut incrédule. Elle ferait trois pas de côté en se détournant à demi, puis reviendrait vivement à la glace. Il affecterait l'impassibilité courtoise des grands séducteurs. Elle serait fatalement très émue, très enthousiaste, car elle l'aurait reconnu au premier coup d'œil. Même après quatre ans de séparation, était-il pensable qu'elle eût pu oublier Blèmia ? Ce galopin de Blèmia, comme elle disait, vingt-deux ans aujourd'hui, à peine dix-huit lorsqu'il l'avait quittée.

Il se dresserait sur son siège, ouvrirait la portière, et ils s'étreindraient, baignés par la lumière froide des flashes des photographes, insensibles aux hourras de la foule venue acclamer le premier film de cette jeune actrice hongroise que la presse allemande saluait déjà comme une des futures stars du cinéma mondial : « Aussi ténébreuse que Garbo, aussi intelligente que Louise Brooks, aussi fatale que Dietrich », écrivaient les gazettes. « Maryika, ma cousine, songeait Boro. Maryik, ô Maryik ! »

Il appuya sa joue sur le velours de la custode et ferma les yeux. Pendant une seconde, il confondit les broderies du tissu de la Royale avec les longues mèches brunes de Maryika qu'il caressait, enfant, lorsqu'elle le consolait des brutalités de son beau-père, Jozek Szajol, épicier en gros. Et quand ses larmes avaient séché, il se mettait au piano et jouait pour elle la deuxième *Gymnopédie* d'Erik Satie, la seule œuvre qu'il eût jamais apprise par cœur – ou plutôt qu'elle avait exigé qu'il apprît – pour l'accompagner lorsqu'elle dansait en tutu blanc devant les larges baies ouvrant sur le Danube.

Elle voulait être danseuse, elle était devenue actrice.

Il voulait ne jamais la quitter, il avait fui la Hongrie.

Ils se retrouveraient en Allemagne.

Boro se décolla légèrement du dossier et ouvrit les yeux. La nuque du chauffeur lui apparut derrière la vitre. L'homme était engoncé dans une lourde pelisse de laine. Il portait une casquette à oreillettes et des gants fourrés. Il conduisait à découvert, comme les cochers des anciennes calèches attelées. Le volant du coupé. Napoléon était placé à droite.

Ils avaient quitté Paris à neuf heures trente. Ce retard incombait entièrement à Boro. Notre reporter, encalminé dans les marécages d'un sommeil lourd, ne se fût certainement pas réveillé si Marinette, mandatée par l'émissaire d'Ettore Bugatti, n'était pas venue tambouriner à la porte de sa mansarde. Le temps de plonger la tête dans un baquet d'eau froide, de sauter dans ses vêtements de tous les jours et l'acrobatique boiteux avait dévalé l'escalier avec la petite sur les talons.

— Boro ! Boro, où vas-tu ?

— Je pars à l'étranger.

— Au moins, prends des affaires... Tu es fripé comme un épouvantail !

Il n'avait pas répondu, passant sans ralentir devant le logis de Mme Merlu.

— T'en fais pas, elle dort, avait lancé Marinette qui s'escrimait toujours derrière lui.

— Aucune importance, avait rétorqué Boro en se cramponnant à la rampe. Aujourd'hui, rien n'a d'importance...

— Quand reviendras-tu ?...

— Dans trois jours... Peut-être jamais !

La gosse s'était arrêtée net sur le palier.

— Si tu dis cela pour me faire de la peine, c'est drôlement réussi !

Voilà qu'elle avait l'œil humide. Boro avait remonté les trois marches qui les séparaient. Il avait pris la frimousse de la grisette entre ses longues mains.

— Petite Marinou, Marinon, Marinette, tu es le seul rosier en bouton à qui je n'aimerais pas faire de peine...

Il l'avait embrassée doucement sur ses lèvres boudeuses. C'était la première fois. Elle était restée comme une poupée de cire tandis qu'il reprenait sa course folle.

Avant de sauter les dernières marches au risque de se fracasser les os, il avait crié :

— Au fait, Marinou ! Peux-tu appeler l'agence Iris ? Demande à parler au patron... Il s'appelle Alphonse Tourpe... Dis-lui que je suis mourant... Non ! Que j'ai un gros rhume... Quelque chose avec de la fièvre... Et que je suis cloué au lit.

Sous le regard ébahi de la concierge attirée par le tumulte, il avait disparu dans la rue. Deux secondes après, il était revenu sur ses pas :

— Ah ! Marinette ! Surtout, fais en sorte qu'il ne me renvoie pas !

Hop, il était déjà reparti.

La bignole, Clémentine Frou, avait jeté un regard noir en direction de Marinette. Cette femme, tout à la solde de Mme Merlu, était sortie sur le trottoir afin d'en savoir plus. Elle avait le visage aiguisé. La délation, c'était son parfum.

Ce qu'elle vit la laissa sur le carreau. Elle en perdit son balai. Mince, si c'était possible une affaire pareille ! Le Hongrois du septième, ce clochard étranger qui avait tant de dettes dans l'immeuble et lui devait son gaz, était en train de monter dans un carrosse automobile ! Pas d'autre expression pour désigner la limousine archichromes qui rutilait sous les fenêtres ! Et en plus, mon Dieu, Clémentine n'était-elle pas frappée d'une berlue d'exagération ?... Un grand coquin de chauffeur mal blanchi lui ouvrait la portière !

Effectivement, celui qui répondait au nom de Scipion battait la semelle depuis neuf heures précises devant le 10 de la rue des Jardiniers. En voyant clopiner Boro dans sa direction, il s'était cérémonieusement incliné et l'avait fait monter sur la banquette des personnes transportées. Le chauffeur à l'avant, le Hongrois à l'arrière ! Ç'avait été la dernière image qu'avait emportée la concierge tandis que, majestueusement, la Bugatti tournait au coin de la rue des Meuniers afin d'aller rejoindre les boulevards des Maréchaux.

Pendant les premières heures du voyage, les deux hommes n'avaient pas échangé six mots. Boro s'était réfugié dans une somnolence propice à ses rêves tandis que Scipion se concentrait sur sa conduite.

Ils avaient traversé des campagnes vides, laiteuses, salies par une journée morose. Le ciel était toujours bas, crayeux. De l'habitacle, pourtant clos comme un compartiment, Boro pouvait voir les nuages à travers le pavillon transparent. Et ces nuages-là lui rappelèrent soudain ceux qui s'étaient amoncelés au-dessus de leur tête quand il avait annoncé à Maryika sa décision de quitter la Hongrie.

Il était monté ce jour-là des bas quartiers de Pest, où il vivait chichement logé au-dessus du magasin de son beau-père. Par le pont François-Joseph, il avait rejoint la belle maison des parents de sa cousine, située sur les collines, de l'autre côté du fleuve, rue Jozsef-Utcza, dans le VIIIe arrondissement, un quartier habité par une grande partie de l'aristocratie hongroise.

Boro avait le cœur lourd. Depuis le milieu de la nuit, le chagrin l'assiégeait. Il venait de perdre sa mère.

Il avait entraîné Maryika sur les remparts des anciens rois magyars. Et là, il lui avait dit que plus jamais il n'habiterait avec Jozek Szajol. Il irait s'établir en France, pays de son père et terre de liberté où il deviendrait photographe.

— Pourquoi photographe ? lui avait-elle demandé.

— Parce que mon père le voulait.

— Mais tu l'as à peine connu !

— Cinq ans.

— Et tu te souviens de lui ?

Il avait bien dû convenir que non. Il lui restait des images, magnifiées sans doute par les propos de sa mère ; quelques sensations diffuses qu'il s'était efforcé de garder en lui car elles constituaient un monde de chaleur, une planète idéale qu'il opposait silencieusement à l'univers violent et vulgaire de Jozek Szajol. Son père, dans son esprit, avait toujours représenté la finesse et la subtilité intellectuelles qui manquaient à l'autre, et dont il avait fait des valeurs typiquement françaises.

— Il est juste que j'y revienne, avait-il dit à sa cousine alors qu'ils marchaient le long des remparts. Et d'ailleurs, avait-il ajouté après un silence, je n'ai plus rien à faire ici depuis quelques heures, je suis orphelin.

Elle s'était arrêtée et lui avait pris la main, l'obligeant à lui faire face.

— Ici, Blèmia, tu as moi. Et n'oublie pas aussi que tu as maman. Elle t'aime beaucoup. Elle te fera poursuivre tes études si tu le souhaites.

Boro avait baissé la tête. Quelque vingt ans auparavant, les deux sœurs, la mère de Maryika et la sienne, s'étaient toutes deux rendues en France, pays de leur cœur, pour y chercher un époux. Sa mère avait choisi un photographe devenu soldat, et sa tante, un banquier qui s'était installé à Budapest. Cet homme fortuné avait confié l'éducation de sa fille à une gouvernante, puis à un précepteur qu'il avait fait venir spécialement de Paris. Grâce à Maryika, Blèmia le sauvageon avait indirectement bénéficié de leur enseignement. Depuis l'âge de sept ans, n'avait-il pas passé tous ses après-midi libres dans cette grande maison blanche où on préférait Ravel à Bartok, où sa cousine et lui ne parlaient jamais le hongrois, qu'ils fussent seuls ou en compagnie des adultes ?

— C'est moi qui t'ai appris l'anglais et même le français ! s'était écriée Maryika en tapant du pied comme si elle avait eu le pouvoir de percer à jour les secrètes pensées de son cousin. Moi qui t'ai fait découvrir Satie, ne l'oublie pas !

— Comment le pourrais-je ? Je suis un rescapé de ton enseignement par le knout...

— Mauvais drôle ! Je ne t'ai éraflé la joue qu'une seule fois avec ma boucle de ceinture parce que tu m'énervais avec ta manière de prononcer l'allemand...

— Tiens, c'est vrai ! Grâce à toi, je parle aussi allemand !

— Ne crois pas que tu le parles, Borowicz ! Tu l'écorches !

— Qu'y puis-je, mon cœur ? C'est une langue qui racle ma gorge !

— Parce que tu as le gosier français !

Il avait souri. Il s'était tu. Comme il relevait la tête, il avait rencontré le regard exigeant de sa cousine.

— Qu'est-ce que tu me caches encore, sale petit Français ? Tu m'as bien entendue ? Je ne veux pas que tu partes !

Il connaissait trop le caractère entier de Maryika pour se risquer à la prendre de front. Il lui avait tendu la main d'un geste apaisant en murmurant :

— Viens, petite sœur, descendons jusqu'au fleuve.

Elle ne l'avait pas suivi. Elle avait dit d'une voix étrangement nette :

— Reste, Borowicz. Je parlerai pour toi à mon père. Il fait ce que je veux. Tu vivras dans notre maison. Elle sera la tienne.

L'idée était séduisante. Boro s'entendait à merveille avec les Vremler. Il était revenu sur ses pas et avait attiré doucement Maryika contre lui.

— Écoute-moi bien, Maryik, et essaie de comprendre que ce qui m'arrive dépasse la raison ordinaire. J'éprouve un besoin irrépressible d'aller mettre mes pas dans ceux de mon père, et aucune force au monde ne pourrait m'en empêcher.

Elle l'avait dévisagé longuement. Elle avait compris qu'elle était vaincue. Et les larmes avaient brouillé son regard.

Elle avait simplement murmuré :

— Dommage, Borowicz. J'aurais fait de toi le meilleur des hommes.

Ironie du sort, à la minute même où Boro, muré dans sa mélancolie, évoquait par la pensée ce dernier rendez-vous avec sa cousine, la Bugatti, lancée à grande vitesse sur la nationale 4, traversait la région de la Marne où son père avait trouvé la mort en 1914, au creux d'une tranchée pilonnée par l'ennemi. Sans doute parce que le hasard est fait d'inexplicables complémentarités, le revêtement de la route goudronnée défilant à toute allure raviva en lui le souvenir d'une couverture de livre. C'était celle d'un atlas de géographie. Lorsqu'il vivait en Hongrie, sous le toit de son beau-père, il ne se passa pas de soir sans que Boro ne dissimulât l'album dans son cartable à l'heure du coucher et ne le ressortît sous ses draps sitôt la lumière éteinte, pour chercher à la lueur de sa lampe électrique un point situé sur la carte de France : Le Havre, pays du bord de mer. Le Havre, où son père, magicien-photographe revêtu d'un drap noir, sorte de Fregoli des noces et communions, exerçait son art de l'instantané à un jet de salive de la cathédrale.

Plus tard, toujours par piété filiale, il avait été enchanté par la lecture du voyage de la famille Fenouillard, dont les rocambolesques pérégrinations sur les docks du Havre lui avaient fait visiter le port, avant de l'embarquer pour l'Amérique. Mais quoi ? Les récits parcellaires que lui faisait parfois sa mère, associés aux pauvres lambeaux de souvenirs estompés par l'oubli, ne suffisaient pas à apaiser l'anxiété d'un enfant auquel manquait cruellement le rameau de ses origines. Boro s'était mis à détester ce qu'il avait sous les yeux. Sa nature imaginative l'inclinant à inventer ce qu'il n'avait pas, il se prit à sanctifier ces trop rares médaillons où commençait à s'effacer, déjà rongé par le temps, le visage barbu d'un poilu de la Grande Guerre. Pour mieux s'opposer à l'autorité égoïste de son beau-père, il s'était fabriqué un papa sur mesure. Il n'avait jamais pardonné à sa mère de s'être laissé séduire par un rustre venu livrer de l'épicerie en gros dans la belle maison blanche des Vremler, où elle avait trouvé refuge à la mort de son mari. Peu à peu, le caporal Gril, tué par un obus allemand aux premiers jours de la bataille de la Marne, avait accédé à la stature de héros. Immobile au fond de ses cadres, il s'était haussé jusqu'à la sainteté d'une image d'Épinal. Il était devenu le symbole d'une patrie pour laquelle ses fils s'étaient sacrifiés afin que triomphât la liberté.

Ce fameux jour, tandis que Boro et Maryika quittaient les rives du Danube pour rejoindre le monde des collines, il avait tenté d'expliquer à sa chère cousine combien l'absence de racines véritables lui pesait. Il lui avait ouvert son cœur avec un abandon qui en disait long sur la confiance qu'il plaçait en elle.

— Mon pauvre Blèmia, avait-elle rétorqué, tu seras toujours insatisfait.

— On le serait à moins, avait-il remarqué tandis qu'ils remontaient vers l'église Matthias. Je ne suis rien d'autre qu'un bâtard. Juif par mon père, donc goy pour les Juifs, mais métèque pour les antisémites, je suis né français, mais je m'appelle Borowicz, du nom de mes ancêtres. Et ma mère elle-même est devenue une Szajol. Comment veux-tu que je m'y retrouve ?

Il se sentait d'humeur farouche et, puisqu'il en était à lui confier tout ce qu'il ressentait et qui le tenait momentanément éloigné d'elle, il osa lui avouer qu'il voulait conquérir le monde pour venir le déposer à ses pieds.

C'était déclarer son amour. Elle n'avait pas répondu. Elle s'était réfugiée dans une gravité inhabituelle. Ils étaient remontés lentement vers les hauteurs de Buda et s'étaient quittés sur un baiser, un vrai, le premier, le seul qu'il n'avait jamais oublié parmi tous les autres baisers qu'il avait donnés ou reçus pendant les quatre années qui avaient suivi, lorsque, perdu à Paris, il fourbissait ses premières armes de photographe. Et jusqu'à l'avant-veille, jusqu'à cette photo d'elle parue dans le *Deutsche Allgemeine Zeitung* qu'il feuilletait par désœuvrement à l'agence, il avait cru que le baiser de Budapest serait le dernier qu'il recevrait jamais de sa cousine.

Il savait désormais que d'ici à quelques heures, lorsqu'elle se pencherait vers la Royale et qu'il ouvrirait la portière pour la recueillir entre ses bras, il l'embrasserait à nouveau, beaucoup, longtemps, toujours, et que jamais elle ne lui reprocherait de ne pas lui avoir écrit.

Car nul ne connaissait Boro aussi bien que Maryika, et Maryika savait que de même qu'il ne se retournait pas (fût-ce ce dernier jour à Budapest, quand elle l'avait rappelé et qu'il avait poursuivi sa route), il n'écrivait jamais. Ainsi était Blèmia Borowicz.

Passé Vitry-le-François, le ciel s'ouvrit et les nuages disparurent. Un timide rayon de soleil se glissa entre la chevelure de Maryika et la joue de Borowicz. Celui-ci s'étira, effleura les garnitures de noyer, suivit les dessins dont était orné le velours de la banquette, puis, s'étant redressé, cogna contre la vitre de séparation. Sans quitter la route du regard, le chauffeur rabattit sa main vers l'arrière et fit coulisser le panneau. Le vent s'engouffra dans l'habitacle.

— On peut s'arrêter ? demanda Boro après avoir aspiré quelques goulées d'air frais.

Quelques mètres plus loin la limousine stoppa sur le bord de la route. Le chauffeur serra les freins et descendit. Il ouvrit la portière arrière, côté droit. Assis sur la banquette, Boro hocha négativement la tête. Puis il s'empara de sa canne et descendit du côté gauche.

— J'ai la chance d'avoir un chauffeur, dit-il. C'est bien assez. Je ne mérite pas de domestique.

Le Noir s'approcha tandis que Boro s'écartait de la voiture pour mieux la contempler. Il siffla d'admiration.

— Je n'avais pas eu le temps de la voir, dit-il. Au bois de Boulogne, le père Bugatti m'en a empêché. Et ce matin, nous étions pressés.

— Six mètres de long, dit le chauffeur. Huit cylindres, mille trois cents centimètres cubes, arbre à cames en tête. Modèle unique.

— Et vous ? demanda Boro en se tournant vers le Noir.

— Scipion. Modèle unique également. Devenu chauffeur par intérim pour nourrir mes huit enfants.

— Huit enfants ? s'écria Boro.

— Répartis entre plusieurs femmes, le rassura Scipion.

Il ôta sa casquette, ses gants et ses lunettes. Il tendit sa main à Boro. Celui-ci la serra en se présentant à son tour :

— Boro, reporter.

— Boro, c'est le nom ou le prénom ?

— Blèmia, pour le prénom, Borowicz pour le nom, Boro pour la signature.

— Et vous n'avez pas d'appareil photo ?

Boro parut troublé mais se reprit très vite :

— En ce moment, tous mes appareils sont en réparation. Eux et moi sommes si près de l'événement qu'il y a forcément de la casse !

— Forcément, opina Scipion.

Boro serra les poings en songeant au vieux Voigtländer de l'agence qu'il n'avait pu soustraire à l'attention vigilante de son patron. Il se promit de prendre un jour sa revanche sur Alphonse Tourpe, maudit sa malchance, haussa les épaules et revint vers la voiture. La Royale était exceptionnellement longue, très basse, dépourvue de malle et d'une pureté de lignes absolue. Les ailes avant partaient des roues antérieures, couraient au bas de l'immense capot pour rejoindre les ailes arrière, au-dessus du compartiment réservé aux passagers. Le radiateur, en forme d'ogive, était surmonté d'une sculpture représentant un éléphant, la trompe levée.

— C'est Rembrandt qui l'a dessiné, déclara Scipion.

Et comme Boro le regardait, interrogateur :

— Rembrandt Bugatti, le frère d'Ettore.

— En toute simplicité, fit Boro.

Il se dirigea vers l'habitacle et ouvrit la portière. Puis, s'adressant à Scipion :

— Pourriez-vous me rendre un service ? Montez à l'arrière et refermez la porte.

— Vous voulez que je prenne votre place ?

— Quelques secondes seulement...

Le chauffeur s'exécuta. Boro recula de quelques mètres, puis, s'approchant, se pencha par la fenêtre.

— Mettez-vous un peu plus à droite, cria-t-il. Contre la custode... Et penchez-vous davantage... Voilà. C'est parfait !

Il ouvrit la portière et Scipion descendit.

— C'est bizarre ce que vous me demandez !

— Pas du tout. Je regardais quelle position je devrais prendre pour qu'elle me voie aussitôt.

Le Noir haussa les épaules.

— On repart ? Si vous voulez être à Munich dans les délais...

— Je peux monter devant ?

— On se serrera...

La Bugatti démarra dans un feulement doux. Elle prit peu à peu de la vitesse. Boro se pencha sur le tableau de bord, enchanté. Il contempla les manettes, les boutons, les cadrans, tripota le frein à main, les commandes de carburation, l'auvent, le rétroviseur extérieur.

— Vous voulez conduire ? proposa Scipion.

— Je ne sais pas.

— Ah !

— Ma jambe, expliqua Boro.

Il tapota sa canne.

— Comment vous êtes-vous fait ça ?

— Je l'ai expliqué à votre patron. Vous n'avez pas entendu ?

— Je dormais, s'excusa Scipion.

— Blessure de guerre.

— À votre âge ?

— J'ai défendu une jeune fille attaquée par six voyous. Ils m'ont rossé.

— Et la jeune fille ? demanda Scipion.

— Elle m'a aimé.

— Et vous ?

— J'en aime une autre. Celle de Munich.

— Ah bon ! fit le Noir.

Il arbora un large sourire. Le jeune homme pensa que s'il avait dû photographier son visage, il l'aurait pris de trois quarts face afin de faire apparaître l'ovale parfait de l'œil, la finesse du nez et les commissures très droites de la bouche. Cet homme avait des traits d'une grâce extrême.

— Ça roule à combien ? demanda-t-il en reluquant le tableau de bord.

— Pardon ?

— La voiture. On peut aller jusqu'à combien ?

Scipion ne répondit pas, mais la Bugatti sembla décoller soudain. Boro fut projeté contre son siège et un poids lui pesa sur la poitrine. Le chauffeur passa une vitesse.

— Troisième ! cria-t-il, dominant le bruit du vent.

Les arbres défilèrent de plus en plus vite. Boro essaya de se redresser mais n'y parvint pas. Il se laissa aller, béat. La voiture accélérait, sans secousse.

— Cent trente ! cria Scipion.

Boro l'observa. Il avait conservé sa pelisse mais conduisait sans gants et sans lunettes. Son visage n'était nullement crispé. Cet homme était véritablement d'une grande beauté.

— Cent quarante !

Devant, la route n'était qu'un fil avalé par l'immense capot noir. Le vent sifflait à leurs oreilles. Le moteur ne faisait aucun bruit.

« Quand je serai grand et riche, j'achèterai cette voiture », pensa Boro.

Scipion, hélas, dut ralentir à l'entrée d'un village. Après qu'ils l'eurent franchi, Boro demanda le prix de la Royale.

— Trois fois celui d'une Rolls-Royce.

— Dommage...

— Le Patron l'a conçue pour les rois. La première était carrossée par Packard et ses chromes étaient en or. Alphonse XIII d'Espagne devait l'acheter.

— Et alors ?

— Alors les républicains espagnols l'ont débarqué avant qu'il signe sa première traite. Ensuite, Ahmed Zogou s'est présenté.

— Qui est Zogou ?

— Zog Ier, roi d'Albanie. Mais le Patron a estimé que s'il était assez bon pour le trône de son pays, il était trop médiocre pour celui de la Royale. Il a refusé de la lui vendre... Ensuite, il y a eu un milliardaire. Celui-là, il a eu sa Royale. Sur le châssis Bugatti, on lui a construit un roadster sans phares – Monsieur ne conduisait jamais la nuit.

Boro éclata de rire.

— Vous aimez les voitures ? demanda Scipion.

— Beaucoup.

Le chauffeur se tourna vers lui et lâcha le volant du coupé Napoléon.

— Allez-y.

Boro fit une petite moue.

— Allez ! Prenez ce volant !

— Je peux vraiment ?

L'autre haussa les épaules et Boro posa sa main sur le cercle de bois. La voiture fit une brusque embardée. Scipion corrigea la trajectoire.

— Tout doux, mon ami ! Ce n'est pas un tracteur !

Boro garda le volant entre Saint-Dizier et Ancerville. À Ligny-en-Barrois, il apprit à passer les vitesses. Lorsqu'ils arrivèrent à Nancy, il avait pris sa première leçon de conduite.

Le bronze de Rodin

Ils firent le plein d'essence à la sortie de la ville et dînèrent d'un sandwich dans un estaminet de campagne sur le bord de la nationale. Scipion avait refusé de s'arrêter à Nancy, arguant qu'on y perdrait trop de temps : à chaque arrêt, des dizaines de badauds s'attroupaient autour de la Royale, compliquant les manœuvres.

— Tu imagines les grappes qu'il faudrait remuer si on laissait la voiture une heure devant un restaurant !

Ils se tutoyaient depuis Void. Passé le village, Scipion avait enseigné à Boro le principe du régime moteur. Ils en étaient aux exercices d'application. Chaque fois que Scipion disait : « Top ! », Boro devait passer la vitesse supérieure. Le jeune homme se tenait penché sur la droite, presque sur le ventre de son compagnon, une main sur le volant et l'autre sur la boule d'ivoire du levier de vitesses. Et Scipion disait :

— Le moteur va atteindre le bon régime... Attention ! Je vais bientôt appuyer sur la pédale ! Top !

Parfois, il lui faisait des farces :

— On arrive au régime ! Attention !

Crispé sur le volant, Boro attendait l'ordre fatidique.

— Attention ! répétait Scipion.

Mais soudain, il lâchait l'accélérateur et disait :

— Non. La petite bébête n'est pas montée assez haut. Restons en seconde.

Ils avaient abordé Void ainsi, dans la bonne humeur. Et alors que Scipion hurlait le « Top » tant attendu, Boro avait mal enclenché la vitesse, faisant hurler les synchros. Scipion avait eu un geste trop brusque et, le temps que Boro le laissât libre de ses mouvements, ils s'étaient trouvés nez à nez avec une vache qui remontait paisiblement la rue principale du village. Le Noir avait eu le réflexe de serrer le frein tout en braquant les roues sur la gauche. Partie en tête-à-queue, la Royale avait frôlé l'arrière-train du ruminant.

— Bougre de fou ! s'était écrié Scipion.

Puis, comme ils repartaient dans le bon sens :

— Tu as déjà vu une vache dans une Bugatti, toi !

Ils en riaient encore, achevant leurs sandwiches, lorsque Scipion fixa soudain un point sur la route. Boro se retourna. Une voiture de sport passa devant eux. Elle était d'un vert bouteille des plus harmonieux, équipée de roues à fils et de pneumatiques aux flancs impeccablement blancs.

— On repart ! s'écria le Noir en repoussant brusquement sa chaise.

Il se précipita vers la Royale, fit rugir le moteur et revint en marche arrière chercher Boro qui se levait seulement de table.

— Monte !

Il lui ouvrit la portière avant, attrapa la canne et, tirant le jeune homme par l'épaule, le força à s'asseoir sur le siège en cuir. Puis il démarra en trombe.

— Où va-t-on ? demanda Boro.

— On suit cette voiture.

La Bugatti prit de la vitesse.

— Je n'ai même pas eu le temps de payer les sandwiches, dit Boro. On roule dans une bagnole de milliardaire et on part sans régler la note !

Scipion ne répondit pas. Son visage était fermé. Il

gardait les yeux fixés sur la route. Le moteur prenait rapidement son régime.

— Top ! cria Boro.

Le Noir passa en troisième.

Devant eux, la voiture se rapprochait. On en distinguait la malle, fixée transversalement à l'arrière, derrière la capote.

— C'est une Rolls-Royce ? demanda Boro.

— Non. Une Duesenberg. La plus belle des américaines. Carrossée ainsi, il n'en existe que cinq au monde.

— Cette fois, le roi Zogou a-t-il eu sa chance ?

— Non. Les cinq Duesenberg appartiennent à Mae West, Elizabeth Arden, Douglas Fairbanks, Gary Cooper, ou...

Scipion ricana doucement.

— Ou ? demanda Boro.

— Ou à un immonde salaud. Si c'est lui...

Le Noir laissa sa phrase en suspens et se concentra sur la conduite. Les deux voitures roulaient à plus de cent trente, à cinquante mètres l'une de l'autre. La Royale comblait peu à peu son retard. Le jeu commençait à amuser Boro.

— Ils veulent faire la course, dit-il. On va les avoir...

— Pas sûr, répondit Scipion. En ligne droite la Bugatti est un peu plus rapide, mais l'autre est moins lourde. On aura du mal dans les virages.

— Accélère, dit Boro.

Il se baissa légèrement pour se protéger du vent qui le frappait aux oreilles. L'aiguille du compteur indiquait cent soixante. La Duesenberg se rapprochait.

— Virages, annonça Scipion. Tiens-toi.

Il freina brutalement. Boro fut projeté contre le tableau de bord. Puis il dingua contre la portière et cogna la tige du frein à main.

— Tu es fou ! cria-t-il en se rétablissant. Tu vas nous tuer !

Il sentit la voiture glisser, mais Scipion contrebraqua et sortit du virage à la corde.

— Trois tonnes, maugréa-t-il. C'est deux de trop !

La Duesenberg avait repris de l'avance.

— Qu'est-ce que ce salaud t'a fait ? demanda Boro.

— À moi, rien. Mais il a volé un ami... Je veux l'avoir avant Strasbourg.

— La voiture chauffe, dit Boro en désignant un manomètre dont l'aiguille s'était brusquement déplacée sur la droite.

— Tant pis.

De lacet en lacet, ils perdirent la Duesenberg à la hauteur de Château-Salins. Ils traversèrent un village sans ralentir, franchirent un carrefour sans freiner, continuèrent à tombeau ouvert sans plus parler. Boro avait renoncé à comprendre l'acharnement de Scipion. Ce dernier ne se préoccupait que de la route, dédaignant les compteurs. Il plissait les yeux pour se protéger des insectes crachés par le vent et, lorsque Boro lui tendit ses lunettes, il repoussa sa main d'un geste du poignet. L'aiguille du thermomètre d'eau approchait les cent degrés.

Une demi-heure après l'avoir perdue de vue, ils rattrapèrent la Duesenberg. Scipion poussa un hennissement de joie. La route étant droite, il accéléra. Cent soixante. Cent soixante-dix.

— On va les doubler !

Se penchant en avant, Boro aperçut deux silhouettes dans la voiture qui les précédait. Le vent soulevait la capote.

Scipion se déporta sur la gauche, mais la Duesenberg prit le milieu de la chaussée.

— Les salauds ! maugréa Scipion.

— Tu vas casser le moteur ! cria Boro. Arrête-toi !

Scipion se rabattit brusquement sans ralentir.

— Cent quatre-vingt-dix ! hurla-t-il.

La Bugatti mordit sur le bas-côté et, à deux cent cinq

kilomètres à l'heure, remonta peu à peu la Duesenberg sur la droite.

— Ils vont nous prendre en sandwich ! cria Boro.

— S'ils le font, ils se tuent !

— Et nous avec !

Les lèvres serrées, les mains crispées sur le volant, Scipion continua sa folle entreprise sans se soucier de son passager. Boro était livide. Ils parvinrent bientôt à la hauteur de la portière. La roue de secours de la Duesenberg, fixée le long du capot, tremblait légèrement. Boro aperçut la bouche puis les yeux d'une femme terrorisée. Le conducteur portait un chapeau et des lunettes.

— Regarde le bouchon du radiateur ! cria Scipion.

Boro se tendit sur son siège.

— Le bouchon ! hurla Scipion. Décris-le-moi !

— Je ne vois rien !

La Bugatti remonta encore, et le bouchon apparut.

— Dis-moi si c'est un homme.

— Je ne vois pas !

— Un homme avec de grands yeux et une barbe !

Boro n'avait qu'un désir : que le conducteur de la Duesenberg ralentît, qu'il mît un terme à ce jeu de mort en se rabattant derrière la Bugatti. Mais l'autre ne semblait pas plus décidé à céder que le chauffeur de la Royale. Une ampoule clignota au tableau de bord.

— L'eau ! cria Boro.

Il tendit le bras vers le volant, coupa le contact et arracha la clé. Aussitôt, la Bugatti perdit du terrain.

— Rends-moi la clé, ordonna Scipion.

— Pas question. Tu vas fusiller le moteur.

La voiture fila en roue libre. Le Noir était tétanisé. La Duesenberg fuyait maintenant loin devant, semblable à un oiseau égaré entre les nuages. Boro tira doucement sur le frein à main.

— Il faut vérifier l'eau. Casse le moteur si tu veux, mais après Munich.

— Laisse-moi faire, bougonna Scipion.

Il braqua en direction du bas-côté. Lorsque la Royale se fut immobilisée, il sauta à terre et ouvrit les ailettes d'aération disposées de part et d'autre du capot.

— Ça ira, fit-il en reprenant sa place derrière le volant.

Boro lui tendit la clé en disant :

— Explique-moi.

— Je dois d'abord les rattraper.

— Ils ont trop d'avance. Maintenant, c'est raté.

Scipion glissa la clé dans son orifice et fit redémarrer le moteur. La Bugatti toussota avant de repartir.

— Je n'essayerai plus de les doubler, dit-il, mais je veux être derrière eux lorsqu'ils arriveront à Strasbourg. En ville, je pourrai voir le bouchon du radiateur.

— Qu'a-t-il de si particulier, ce bouchon ?

— Il vaut des millions.

La voiture avait repris sa vitesse de croisière : cent quarante.

— C'est un bronze de Rodin qui appartenait au peintre Foujita...

Boro sursauta.

— Il l'avait placé sur le radiateur de sa Ballot. On le lui a volé il y a quatre ans, juste avant qu'il revende sa voiture.

— Quel est le rapport avec la Duesenberg ? demanda Boro.

— L'année dernière, j'ai appris que le voleur du buste en possédait une.

— Et tu crois que le voleur pourrait être Douglas Fairbanks ou Gary Cooper ? s'enquit Boro en éclatant de rire.

Scipion haussa les épaules. Il accéléra en douceur. À cent soixante kilomètres à l'heure, la Bugatti descendit vers Strasbourg.

— Tu connais bien Foujita ? demanda Boro.

— C'est mon meilleur ami.

Il désigna l'anneau d'or qu'il portait à l'oreille.

— Il lui appartenait... Il me l'a donné un jour qu'il ne pouvait pas payer mes séances de pose.

— Quelles poses ? demanda Boro.

— Je t'ai dit que j'étais un modèle unique. J'ai posé pour tout le gratin de Montparno. Avant la guerre, les peintres m'utilisaient pour leurs figures allégoriques. J'étais tour à tour le Travail, la Force, la Vérité. Je posais mon petit cul sur un tabouret et je gonflais mes muscles tandis que ces messieurs agitaient leurs pinceaux. Je gagnais cinq francs par séance. De quoi nourrir mes huit enfants.

Scipion ricana et désigna un point, loin devant.

— Les voilà, les salauds.

Il accéléra, fondant sur la voiture qui les précédait.

— Ce n'est pas eux, dit Boro.

Ils doublèrent une Reinastella Renault. Deux enfants assis à l'arrière leur firent des grimaces quand ils les dépassèrent.

— J'étais copain avec Kiki de Montparnasse, reprit Scipion. J'ai même goûté à ses faveurs avant que Man Ray me la pique. Les mauvaises langues disaient qu'elle prêtait son ventre à n'importe qui, mais je peux te dire que ce n'était pas vrai. Elle était généreuse sur les baisers mais, pour le reste, il fallait batailler sec... Je l'ai rencontrée chez Marie Wassilieff, pendant la guerre. On allait tous manger chez elle.

Le Noir haussa tristement les épaules.

— C'était le bon temps, comme on dit. Maintenant, quand on se retrouve, c'est au Select. J'y vais tous les soirs. Je suis sûr d'y retrouver d'anciens rapins. On trinque à la santé des morts et on sort de là les pieds devant, à quatre heures du matin. Si un jour tu veux payer mon ardoise, ne te gêne pas. Tu demandes Scipion. Là-bas, tout le monde me connaît.

— Et Foujita ? demanda Boro.

— La première fois que je l'ai vu, c'était à la Rotonde. Le jour où il a fait la connaissance de Fernande. Celle qui a précédé Lucky. Elle était avec une bande d'amis lorsqu'il s'est approché pour lui dire qu'elle avait une jolie robe. Elle s'est montrée si désagréable avec lui que je n'ai pas compris comment il a fait son compte pour l'emmener quinze jours plus tard devant le maire du XIVe arrondissement.

— Moi je sais, répondit Boro.

Scipion se retourna vers lui, surpris.

— Tu connais Foujita ?

— Je ne l'ai jamais vu.

— Alors ?

— Après ce fameux soir à la Rotonde, Foujita est rentré chez lui. Il a passé la nuit à fabriquer une robe pour cette femme qui l'avait ébloui. Le lendemain, il s'est présenté chez elle avec ce cadeau. Fernande était si émue qu'elle lui a offert du thé. Et comme il faisait froid et qu'elle n'avait plus de bois, elle a cassé une chaise pour faire du feu.

— Mais comment sais-tu tout cela ? s'écria Scipion.

Boro ignora la question.

— Ils ont vécu un moment chez elle, rue Delambre, et c'est grâce à Fernande que Foujita est devenu riche. Tu connais l'histoire ?

— Non, répondit le Noir, qui ne savait s'il devait observer la route ou son compagnon de voyage.

— Elle a fait toutes les galeries de Paris avec les toiles de son mari. Personne n'en voulait. Un jour, elle s'est réfugiée chez Chéron. Il pleuvait. Le marchand a accepté de lui prêter un parapluie à condition qu'elle lui abandonne deux aquarelles de Foujita en gage. Il les a laissées traîner dans sa galerie. Le lendemain, un client les a achetées. Et il en a demandé d'autres. Chéron a fini par retrouver Foujita. C'est ainsi que le Japonais est devenu riche.

— Qui t'a raconté ça ?

— Accélère, dit Boro.

Ils passèrent devant un panneau indicateur. Strasbourg n'était plus qu'à dix kilomètres. La température de l'eau était redevenue normale.

— Lorsque je suis arrivé à Paris, expliqua Boro, Fernande n'était plus avec Foujita. Elle l'avait quitté pour son cousin.

— Je sais, répliqua Scipion sèchement. Je détestais ce type. On l'appelait le Petit Saule pleureur.

— C'était l'époque où son percepteur avait mis la main sur les richesses de Foujita. Les journaux ne parlaient que de cela.

— C'était aussi l'époque où le salaud de la Duesenberg a volé le bronze de Rodin.

— Ça, je ne savais pas, répliqua Boro.

— Les voilà ! s'écria soudain Scipion.

La Duesenberg apparut en effet derrière un repli de la route. Elle roulait à vitesse modérée.

— Reste loin derrière, dit Boro. Sinon ils vont recommencer la course. Dans cinq minutes, on sera à Strasbourg...

Scipion, cependant, accéléra. Et les deux voitures se retrouvèrent bientôt roue dans roue. À plus de cent soixante-dix kilomètres à l'heure.

Tandis que le Noir surveillait la route, crispé sur son levier de vitesses, Boro s'en revint quelques années en arrière, lorsque, fraîchement débarqué en France, il cherchait sur le pavé de Paris un logis et un travail. Et il se souvint de cette femme aux yeux très noirs, à la tignasse lourde et aux mains épaisses qui l'avait entraîné dans une chambre d'hôtel où elle s'était mise nue aussitôt la porte refermée. De cette femme qu'on disait volage car elle aimait les hommes et qui, au creux de l'oreiller, lui avait confié les petits et les grands secrets de sa vie avec un saule pleureur. De cette reine de Montparnasse qui avait obtenu pour lui un mot de Man Ray le recommandant à Alphonse Tourpe, chef de l'agence où il travaillait depuis que Fernande et lui s'étaient quittés après avoir passé trois jours ensemble, enfermés dans un hôtel borgne qui lui rappelait, avait-elle dit, cette chambre de la rue Delambre où elle avait brûlé une chaise pour réchauffer son amant.

Boro eut un petit sourire et observa le profil de Scipion.

— On évite Strasbourg, dit celui-ci. La Duesenberg a bifurqué avant.

Boro se redressa soudain. La voiture verte filait à soixante mètres devant eux.

— Stop ! cria-t-il.

Ils venaient de dépasser un panneau indiquant que la frontière se trouvait dans le sens opposé à leur route.

— On va à Munich, pas à Metz !

— Mais le Rodin...

— Je me fous du Rodin ! s'écria Boro. Fais demi-tour ! Je dois être en Bavière ce soir !

Scipion le regarda, hocha tristement la tête et lâcha l'accélérateur.

— C'est si important, ton histoire d'amour ?

— Oui.

— Plus que Foujita ?

— Plus que tout. Passons la frontière.

— Tant pis, murmura Scipion. Tu me fais perdre toutes mes chances...

Il ralentit, contourna un terre-plein et reprit la route dans l'autre sens.

— Je veux que tu ailles au plus court, dit Boro au bout de quelques kilomètres.

— Au plus court ! répéta Scipion.

Il embarqua brusquement le lourd véhicule sur une étroite route départementale qui se présentait sur leur gauche.

— Je vais t'emmener par mes chemins, dans les bois ! Tu n'auras même pas de douane à passer !

— Tu connais la région ?

— Comme ma poche. L'usine Bugatti est à Molsheim. Quand j'emmène le patron en Allemagne, nous prenons toujours par le chemin des écoliers : Obernai, Erstein, Ottenheim... Tu te retrouves en Forêt-Noire en moins que rien et, à partir de là, tous les sapins récitent Goethe sur ton passage...

À peine avait-il achevé sa phrase qu'il s'écria :

— La Duesenberg !

Boro se retourna. La voiture verte revenait vers eux. Le Noir se rangea immédiatement sur la droite et la laissa approcher. Bizarrement, les occupants de la décapotable semblaient avoir perdu toute pugnacité.

— Ils vont nous doubler. Je veux voir le bouchon...

La Duesenberg se déporta sur la gauche. Scipion regarda la belle américaine. Lorsqu'elle fut à leur hauteur, il déclara amèrement :

— Je m'étais trompé. Le buste n'y est pas.

Boro remarqua qu'en effet aucun bouchon ne surmontait le radiateur de la voiture verte. Les deux fauves mécaniques occupaient toute la largeur de la route. Ils avaient adopté une allure de croisière, roulant côte à côte comme deux étalons sauvages qui se seraient reconnus après s'être affrontés en une folle chevauchée. Au terme de cette période pacifique, la vitre de la Duesenberg fut abaissée. Un homme se pencha, ôta ses lunettes et dit, avec un fort accent américain :

— Votre ouâture est une belle ouâture !

Il salua courtoisement d'un signe de la main, remonta la glace puis, comme animé d'une nouvelle rage d'imposer sa suprématie, redémarra pleins gaz, laissant la Bugatti sur place.

— Douglas Fairbanks ! murmura Boro.

— Non, répliqua Scipion. C'était Gary Cooper.

— Douglas Fairbanks !... Le Pirate noir !

— Tu te trompes.

Trois quarts d'heure plus tard, lorsqu'ils passèrent la frontière sans même s'en rendre compte, ils n'étaient d'accord que sur un point : l'acteur américain n'avait pas volé le buste de Rodin.

Munich

Les frontières s'inscrivaient dans la vie de Boro comme les lignes des planisphères qui partagent les pays en couleurs. Sur la carte déployée devant lui, il observait avec une certaine fascination la rangée de croix séparant la France de l'Allemagne. Lorsque Scipion le lui demandait, il indiquait la direction à prendre ; mais l'itinéraire l'intéressait moins que le vert de la France, l'ocre, vaguement rouge, de l'Allemagne, ou le bleu marquant la Hongrie.

À cinq ans, il était passé du vert au bleu ; à dix-huit, il avait quitté le bleu pour revenir au vert ; aujourd'hui, il pénétrait dans le rouge. Maryika elle-même avait brouillé les couleurs de sa palette, abandonnant le bleu pour un rouge plus sémillant, un rouge cinématographique, moins morne que les demi-teintes du cinéma hongrois.

Dans le *Deutsche Allgemeine Zeitung*, le journaliste rapportait les conditions dans lesquelles Wilhelm Speer, metteur en scène du film *L'Aube des jours* dont Maryika tenait le rôle principal et qui devait être projeté le soir même dans le plus grand cinéma de Munich, avait rencontré celle qu'il comptait lancer sur tous les écrans du monde.

Maryika répétait une pièce de ballet à l'École de

musique de Budapest lorsque Speer, qui avait déjà visité les conservatoires de Berlin et de Prague, l'avait remarquée. Trois jours plus tard, précisait le journaliste, la jeune fille décidait de renoncer aux cinq cent quatre-vingts salles étriquées de Hongrie pour prendre le chemin des studios allemands qui avaient vu naître Elizabeth Bergner, Pola Negri et Marlène Dietrich.

Boro connaissait trop bien sa cousine pour croire un seul instant à un tel conte de fées. Bien sûr, Maryika n'avait jamais tenu en très haute estime le cinéma hongrois. Ses opérettes guimauve et ses sensibleries simplettes la faisaient rire. Déjà lorsqu'ils étaient adolescents et s'aventuraient dans une salle obscure, Boro avait un mal fou à calmer l'exubérance de sa cousine. Il redoutait également ses lazzi à l'encontre des films de propagande soutenus par le dictateur Horthy. Avec ses emboîtages de suffragette, elle avait failli cent fois les faire jeter en prison. Rentrés à l'abri de la grande maison blanche des Vremler, ils avaient des conversations passionnées. Maryika n'avait de cesse qu'elle eût fait triompher ses avis péremptoires. À l'entendre, l'industrie cinématographique du pays n'employait plus guère que l'arrière-ban des acteurs et des techniciens. Avait-on quelque talent, on allait travailler à l'étranger.

Voilà, bien sûr, qui pouvait expliquer l'attitude de Maryika, son départ soudain pour l'Allemagne. Mais, dans l'esprit de Boro, une question demeurait sans réponse : pour quelle raison avait-elle abandonné si brutalement la danse, alors que, quatre ans auparavant, elle lui eût consenti tous les sacrifices ?

Plus que tout, notre reporter imaginait mal son oncle et sa tante laissant leur fille unique quitter le bleu pour le rouge après trois jours de discussion seulement. Non. La scène elle-même était inconcevable. Maryika n'était ni de nature ni de taille à bouleverser l'ordre de sa vie dorée pour se jeter dans l'inconnu. Quel facteur inattendu avait donc surgi, qui avait pesé si lourd dans la balance ?

Boro regretta de ne pas avoir cherché à Paris une photo de Wilhelm Speer. Était-il jeune, beau, riche ? Après tout, Maryika l'avait peut-être suivi par amour. Et si c'était le cas...

À Tübingen, il craignit que sa cousine ne le reçût avec une certaine froideur, l'obligeant à reprendre la route avant la projection. Wilhelm Speer se tiendrait légèrement en arrière, le sourire froid et victorieux. Il appellerait sa cousine du même nom que lui : « Maryik ». « Maryik, remontez le col de votre vison car il fait froid », « Maryik, expédiez ce blanc-bec en France », « Maryik, allons dîner »... Et lui, pauvre sot, s'engouffrerait tête basse dans la Royale, petit Zog Ier éconduit pour avoir déserté le trône de l'amour.

À Ulm, il se rappela le soleil de Budapest et songea qu'il était impossible que Maryika l'eût oublié. Car une scène de son enfance lui revint en mémoire. Il avait quinze ans alors et travaillait depuis deux ans comme commis chez son beau-père. Cet après-midi-là, il charriait des marchandises depuis la voiture attelée jusqu'à l'épicerie. Installé au comptoir, Jozek Szajol surveillait ses efforts. Il avait déjà transporté la moitié de la cargaison lorsque Maryika s'était présentée. Il lui avait adressé un petit salut de la tête. Dans la boutique, il avait demandé à son beau-père l'autorisation de faire une pause afin de recevoir sa cousine. Celui-ci avait seulement répondu :

— Après. Le travail d'abord.

Et il avait dû poursuivre, passant et repassant devant la frêle silhouette de Maryika qui ne le quittait pas des yeux, appuyée à son ombrelle. Il portait les caisses à bout de bras, s'égratignant les mains, le torse trempé par la sueur. Mais chaque fois qu'il se glissait entre la porte et la robe blanche de sa cousine, il adressait à celle-ci un sourire crâne, exprimant du regard ce qu'il pensait tout bas – qu'elle était de Buda et lui de Pest, qu'elle vivait dans le coton et lui dans les échardes, qu'ils s'aimaient néanmoins assez pour qu'elle acceptât de le voir transporter des saucisses et du salami.

Cependant, il avait fait choir la dernière caisse aux pieds de son beau-père, répandant son contenu dans la sciure du magasin. Et comme l'épicier l'accusait de l'avoir fait exprès, il avait répondu par l'affirmative.

— Oui, j'ai fait cela, et maintenant je m'en vais.

— Tu restes ici et tu ramasses.

Maryika avait alors fait irruption dans le magasin et, sans un mot, avait pris son cousin par la main pour l'entraîner dehors. Sur le pas de la porte, elle s'était retournée et avait sèchement déclaré à l'épicier :

— Il vient avec moi.

Jozek Szajol avait été si impressionné par cette gamine de quatorze ans qui le regardait sans ciller qu'il avait fini par hausser les épaules avant de se détourner.

Ils avaient franchi le Danube par le pont François-Joseph qui débouche au pied du Gellérthegy et, comme ils atteignaient les premiers contreforts de Buda, Maryika s'était arrêtée. Plongeant son regard dans celui de son cousin, elle avait dit :

— Tu viendras TOUJOURS avec moi.

À Augsbourg, Boro souriait aux anges en se rappelant ce « toujours » que Maryika avait prononcé comme un serment. À Dachau, le visage de Wilhelm Speer s'était refermé. Quand la Bugatti pénétra dans les faubourgs de Munich, Boro demanda à Scipion s'il croyait qu'on pût épouser sa cousine. À quoi l'autre lui répondit :

— Au lieu de rêver, dis-moi où on doit aller.

— Au cinéma.

— Lequel ?

Boro leva les bras en signe d'ignorance.

— Quel film va-t-on voir ?

— *L'Aube des jours.*

Scipion rangea la voiture le long du trottoir. Aussitôt, une foule de passants s'agglutina autour d'eux. Il y avait là des clochards, des hommes en uniforme, d'autres portant des brassards sur lesquels étaient dessinés des svastikas. Jeunes, vieux, certains sales, d'autres, au contraire, d'une propreté jurant avec les casquettes froissées et les cravates de guingois.

Scipion se souleva de son siège et demanda, en allemand, où se jouait le film *L'Aube des jours*. Un homme bien mis, entre deux âges, lui indiqua la Kaiserstrasse.

— *Wo ist es ?* s'enquit Scipion en faisant un signe interrogateur.

L'homme s'expliqua par de grands gestes de la main. Un jeune soldat proposa de les y mener. Scipion secoua la tête.

— Pas de militaires dans ma voiture, dit-il en français.

— *Wie, bitte ?*

Scipion démarra en trombe.

Ils empruntèrent une avenue le long d'un parc, doublèrent des camions brinquebalants sur lesquels étaient juchés des hommes en uniforme. Les autos se rangeaient sagement devant ces convois qui traversaient la ville en klaxonnant. Scipion conduisait avec une belle autorité.

— Tu connais Munich ?

— Je n'y ai jamais mis les pieds.

— Tu trompes bien ton monde, fit remarquer Boro. On jurerait que tu sais où tu vas.

— C'est parce que je fais comme si j'étais à Berlin.

— Je ne vois pas le rapport.

— C'est pourtant simple. Je connais Berlin à fond. Ça me donne de l'assurance pour Munich.

— Curieuse ville, murmura Boro.

— Heureusement, on n'y reste pas, rétorqua Scipion. Le Patron veut sa voiture pour demain soir.

Ils laissèrent le parc sur la gauche et longèrent des bâtiments gris. Quelques oriflammes flottaient sur les façades. Boro avisa une boutique dont la vitrine exposait des vêtements de luxe.

— Ils les louent ou ils les vendent ? demanda-t-il en désignant le magasin à Scipion. Je parle l'allemand, mais je ne le lis pas.

— Ils les louent, répondit le Noir après avoir observé les lettres gothiques peintes sur la vitrine.

— Alors arrête-toi. Je vais prendre un costume.

— Pour quoi faire ?

Boro montra son imperméable usé et son vieux pullover.

— Je ne peux pas me présenter dans cet accoutrement devant ma cousine.

Scipion se tourna vers son compagnon et, une lueur amusée dans le regard, demanda :

— Tu t'appelles comment, déjà ?

— Je te l'ai déjà dit : Blèmia, pour le prénom, Borowicz pour le nom, Boro pour la signature.

— Borowicz ?

— Oui. C'était le nom de ma mère.

— Eh bien, moi, je t'appellerai Borop'tit. Allons-y, Borop'tit...

Scipion se rabattit le long du trottoir. Les deux hommes entrèrent dans le magasin. Le vendeur s'approcha de la porte et reluqua la Royale tandis que Boro se dirigeait vers le fond de la boutique, où les vêtements étaient rangés sur des étagères. Il choisit une chemise de soie, un gilet, un pantalon de flanelle noire, une redingote, un chapeau haut de forme, des boutons de manchettes en argent, une cravate et une épingle surmontée d'une perle. Puis, revenant sur ses pas, il déposa les vêtements sur le comptoir.

Le vendeur quitta la fenêtre et demanda :

— Combien de temps comptez-vous garder la marchandise ?

— Jusqu'à demain matin.

Le vendeur hocha la tête puis vérifia un à un les vêtements avant d'annoncer le montant de la location :

— Trente marks, plus trois dents de caution.

Boro se frappa le front du plat de la main.

— Je n'ai pas de marks !

— Et moi pas assez, fit le Noir.

Boro déposa sa canne contre le comptoir et fouilla ses poches. Il en sortit trois billets de dix francs.

— C'est tout ce que j'ai.

L'autre observa l'argent avant de déclarer :

— Je vous abandonne la redingote en échange des billets, mais je veux une caution en plus.

— Quelle caution ?

Scipion leva les mains en un geste d'impuissance.

— Je n'ai que mon imperméable. Mais il a une grande valeur sentimentale.

— Ça ? demanda le vendeur en montrant le manteau élimé du jeune homme.

— J'y tiens, répondit Boro en manifestant des signes de colère. Ça se peut, non ?

Puis, s'adressant à Scipion :

— C'est celui que je portais quand j'ai défendu cette jeune fille qui m'a rendu boiteux.

Le Noir haussa les épaules. Boro parlementa avec le vendeur. La discussion s'éternisa, au grand dam de Scipion, qui dissimulait mal son impatience. Enfin, il prit Boro par le bras.

— On s'en va, dit-il. Il ne veut rien savoir.

— Il souhaite seulement un gage...

— Oui. Mais on n'a rien à lui proposer.

— Détrompe-toi, objecta Boro. Il me vient une idée lumineuse.

Il fit signe au marchand de le suivre et l'entraîna dans la rue. Il s'approcha de l'arrière de la Bugatti et désigna la roue de secours.

— Pour vous ! dit-il avec de grands gestes. Moi la veste, vous la roue.

L'autre acquiesça avec enthousiasme. Scipion restait de marbre.

— Démontons-la, dit Boro en tripotant les écrous.

— Certainement pas !

— Viens, dit Boro en tirant le Noir par la manche.

— Pas question. Une Bugatti sans roue de secours, c'est aussi stupide qu'un Borop'tit sans sa canne.

— Sauf que ma canne n'a pas de valeur, l'interrompit Boro. Aide-moi.

Le Noir secoua la tête. Boro prit l'air pitoyable.

— Mets-toi à ma place. Dans moins d'une heure, je vais revoir la femme de ma vie. Elle n'a eu aucune nouvelle de moi pendant quatre ans. Si elle me voit arriver avec ce manteau miteux et cette chemise tachée, elle va croire que je me moque d'elle. Tandis qu'avec une redingote...

Scipion fit une moue navrée.

— Tu t'es regardé ?

Boro baissa les yeux sur ses pieds. Les semelles de ses chaussures bâillaient, son pantalon était trop long et dépourvu de pli, le pull-over s'effilochait du bas.

— Je suis pauvre, c'est ça ? demanda-t-il, la voix mauvaise.

— Je me fiche que tu sois riche ou pauvre. Mais la redingote va jurer avec...

— Avec quoi ?

— Avec l'ensemble, ajouta Scipion en souriant.

Boro haussa les épaules.

— Quand je serai assis dans la voiture et qu'elle se penchera pour voir qui est à l'intérieur, elle ne remarquera que la redingote. La redingote est assortie à la Bugatti !

Scipion pouffa. Puis il considéra Boro de pied en cap avant d'ouvrir la portière de la voiture. Il se pencha sous le siège et revint avec une trousse de cuir.

— La clé est là-dedans. Démonte.

La deuxième « Gymnopédie »

Boro regardait sa cousine. En quatre ans, elle s'était métamorphosée. Ses traits, son allure, sa mise – tout avait changé.

Sur la photo du *Deutsche Allgemeine Zeitung*, trop ému pour se préoccuper du détail, le jeune homme n'avait pas remarqué comme les années avaient transfiguré la jeune fille. Ici, il était à même de mesurer combien le temps s'était mis du côté de Maryika : un vrai coup de baguette magique. Il avait quitté une adolescente enjouée de dix-sept ans et il découvrait la perfection d'une jeune femme vêtue avec recherche et maquillée avec soin. En fait, il était frappé moins par les traits que par l'allure de Maryika. Elle avait perdu cette grâce juvénile qu'il aimait tant chez elle, ce regard frondeur d'enfant malicieuse, mais elle avait gagné une sorte de douceur grave faite d'élégance et de réserve. Ses lèvres étaient barrées d'un trait rouge flamboyant, ses cheveux noirs, relevés en chignon, semblaient avoir été disciplinés par les mains d'un coiffeur de mode qui avait gommé les boucles pour découper un visage plus sage, plus énergique. Maryika se tenait bien droite, les mains enfouies dans les poches d'un manteau de fourrure entrouvert qui laissait apparaître une robe d'une blancheur immaculée. Son regard tombait sur Boro avec cette bonté un peu distante si commune aux vedettes.

Maryika n'était plus la même.

On cogna à la vitre. Boro se détacha de l'affiche pour se réfugier au fond de la limousine. Son cœur battit plus vite.

— Je te vois, Borop'tit !

Scipion ouvrit la portière.

Elle n'est pas ici mais à son hôtel. J'ai l'adresse.

— File ! répliqua Boro en reprenant son souffle. Tu devrais déjà être parti !

— Jolie, ton amoureuse ! fit Scipion en désignant les dizaines de photos de Maryika collées sur la façade du cinéma. Seulement tu t'es trompé d'un jour : la première n'est pas pour ce soir mais pour demain.

— Ce n'est pas ce qui était indiqué dans le journal !

Scipion fit le tour de la voiture et monta à l'avant. Boro ouvrit la glace de séparation.

— Pourquoi demain ?

— Je ne sais pas, répondit le Noir en démarrant. De toute façon, c'est préférable : le soir d'une première, les vedettes sont toujours inaccessibles.

— Elle n'est pas une vedette, répliqua sombrement Boro. Je ne le voudrais pas.

— Mon œil ! Les soubrettes ne descendent pas au Regina Palast !

L'hôtel, en effet, n'accueillait pas les pauvres. Ceux qui attendaient l'aumône sur le bord du trottoir étaient écartés sans grand ménagement par des grooms transformés pour l'occasion en videurs de boîte. Lorsque la Bugatti s'arrêta devant le Regina Palast, une nuée de sans-abri furent immédiatement dispersés par des nervis en livrée. L'un d'eux, un rouquin à la mine dégourdie, aux épaules étroites, s'approcha de la Royale. Boro ouvrit la portière et descendit. Le chasseur, qui répondait au nom de Ruddi Reinecke, s'inclina cérémonieusement devant lui, puis pâlit en voyant ses godillots. Il se redressa ensuite, considéra son vis-à-vis avec un certain étonnement. Enfin, un sourire nuancé d'impertinence se dessina sur son visage de rat. Il se tourna vers Scipion, lui adressa un signe comminatoire et dit en français avec un fort accent :

— Bagages !

Le Noir ne bougea pas.

— Bagages ! répéta le chasseur.

Boro désigna la voiture.

— Prenez-les vous-même.

Ruddi Reinecke toisa le chauffeur avec mépris, puis Boro avec violence. Celui-ci lui adressa un sourire moqueur.

— Faites donc !

Le chasseur se dirigea vers l'arrière de la Royale. Il poussa une exclamation en voyant l'emplacement vide de la roue de secours.

— Je te l'avais bien dit, remarqua Scipion à l'adresse de Boro : ça casse la ligne.

Les deux hommes pénétrèrent dans le hall de l'hôtel. Boro lorgna les fauteuils de cuir, les lustres en grappes de cristal, les tables de marbre. Près de l'ascenseur, des brassées de fleurs submergeaient un piano à queue. Quelques couples nonchalamment installés se détournèrent de leurs drinks pour observer ce Noir à boucle d'oreille et cet échalas boiteux au teint mat. À l'étonnement général, ils se dirigèrent non pas vers les cuisines mais du côté de la réception.

Derrière le desk, chamarré comme un militaire de haut rang, le buste pris dans une tunique à pinces, un employé pianotait sans impatience sur un sous-main de l'extrémité de ses doigts manucurés.

Cet homme important, dont le nom, Herr Rumpelmayer, était gravé sur une plaque de cuivre, régnait sans partage sur le peuple des chasseurs, des voituriers et des concierges du Regina Palast. Sa réputation était celle d'un tyran à poigne de fer. Son visage couperosé et propre s'ornait de fanons répartis en un triple pli sur son col raide. Il avait la voix caverneuse.

— Puis-je vous poser une question ? demanda Boro à ce demi-dieu de l'hôtellerie bavaroise.

Herr Rumpelmayer leva pesamment une paupière, se dégageant le blanc d'un œil craquelé par la bière et l'abus du schnaps, puis acquiesça sans mot dire.

— Maryika Vremler est-elle là ?

Le réceptionniste l'observa avec dédain. Ses doigts couraient sur le bois d'acajou de son bureau. Il ne faisait pas même mine de se lever.

— Je répète : Maryika Vremler est-elle là ?

— Non. Et elle ne signe aucun autographe dans l'enceinte de cet hôtel.

— Quand revient-elle ?

— C'est à quel sujet, monsieur ?

— Pour la voir.

— À quel titre ?

Boro demeura silencieux. Histoire de déstabiliser la superbe de ce Janus alcoolique, il fixa Herr Rumpelmayer à hauteur d'épaulettes.

— À quel titre ? demanda de nouveau le réceptionniste sans se départir de sa froideur.

— Secret d'alcôve.

— Elle ne veut voir personne.

— Si, moi, répondit Boro en s'accoudant au comptoir.

— Alors attendez-la dehors, je vous prie.

— J'en viens, ricana Boro. J'ai pris l'air pendant huit cents kilomètres. Maintenant, je vais me réchauffer un peu. Faites-nous apporter du champagne, général. Les troupes ont soif !

Il fit un signe à Scipion, et les deux hommes se dirigèrent vers l'ascenseur. Boro s'assit sur le tabouret du piano et souleva le couvercle de l'instrument. C'était un Bösendorfer de facture récente.

— On va l'attendre, dit-il en effleurant les touches.

Scipion s'appuya contre la table d'harmonie. Herr Rumpelmayer quitta son siège et se dirigea majestueusement vers la sortie de l'hôtel.

— Il va chercher du renfort, grommela le Noir. Dans moins de cinq minutes, on sera sortis d'ici.

La porte à tambour tourna sur elle-même. Les glaces reflétèrent l'éclat des lustres. Une femme apparut. Boro frémit soudain.

— C'est elle, dit-il.

Il plaqua le premier accord de la deuxième *Gymnopédie* d'Erik Satie. La jeune femme traversa lentement le hall de l'hôtel. Elle avançait avec grâce le long d'une rangée d'appliques murales dont les lumières mordorées adoucissaient encore les contours de son visage dissimulé par ses longs cheveux noirs. Elle portait le même manteau de fourrure et la même robe blanche que ceux que Boro lui avait vus sur l'affiche. Elle semblait ne prêter aucune attention à la musique. Notre reporter ne la quittait pas des yeux.

— Attention, fit Scipion.

À son tour, le réceptionniste venait de pénétrer dans le hall. Ruddi Reinecke et un autre chasseur l'accompagnaient. Boro suivait toujours la jeune femme du regard. Ses mains n'avaient pas quitté le clavier. Lorsque sa cousine fut devant l'ascenseur, à quelques pas de lui, il l'appela doucement :

— Maryik !

Le visage de la comédienne ne traduisit aucune réaction.

— Maryik ! répéta Boro.

La grille de l'ascenseur coulissa. Boro jouait toujours, mais ses doigts étaient moins assurés sur les touches. Herr Rumpelmayer avait regagné son desk et, d'un signe de ses bajoues, venait de lâcher ses chiens de garde. Ils n'étaient plus qu'à quelques mètres. La jeune femme pénétra dans la cabine.

— Maryik ! cria Boro.

Puis, comme les grilles allaient se refermer :

— Maryika !

Elle se tourna vers lui et lui jeta un regard vide. Boro sursauta : celle qu'il avait prise pour sa cousine était une inconnue. La ressemblance, pourtant, était extraordinaire. Même forme de visage, même ossature, même façon d'incliner la tête, comme si le poids des cheveux l'emportait sur le maintien d'un cou long et délié.

— Pardonnez-moi, murmura le jeune homme, troublé. Je vous avais prise pour quelqu'un d'autre.

La jeune femme eut un sourire timide et leva le doigt en direction du hall. Boro se retourna, abandonnant le clavier. À dix mètres, non loin du réceptionniste, une autre femme le regardait. Semblable à celle qui venait de disparaître dans l'ascenseur. Les cheveux noirs, bouclés, ondulant en cascades sur ses épaules. Vêtue du même manteau de fourrure que celui de son sosie. Et elle regardait Boro, une lueur de bonheur intense au fond des yeux, le visage légèrement incliné comme elle faisait naguère, lorsqu'elle était en proie à une vive émotion.

— Maryik !

Elle repoussa Herr Rumpelmayer qui tentait une explication et avança lentement, sans quitter Boro du regard. Elle paraissait bouleversée. Les paumes posées sur son cœur, elle s'immobilisa devant lui et posa une main glacée sur la sienne. Il sembla à Boro qu'elle venait d'étouffer le monde. De la rumeur du hall ne lui parvenait plus qu'une sorte de murmure ourlé de quelques rires. Pêle-mêle, les nuits pâles de Budapest, le pont suspendu sur le Danube, le Bastion des Pêcheurs, les élans fous de sa jeunesse, les promenades sur le lac Balaton, les pique-niques au bord de la Tisza, la fête des moissons, le torse de bœuf de Jozek Szajol, ses gifles, ses injustices, ses emportements – une nuée de souvenirs submergeait le garçon dans le fracas d'un orage intérieur. Une fête, un émoi, une tempête qui venaient brusquement de s'emballer dans sa tête. Il ouvrit la bouche pour parler, mais il en fut incapable. Le regard de Maryika contenait tout le carrousel de son enfance.

— Joue, Blèmia, dit-elle en hongrois. Joue.

Ses doigts retrouvèrent le clavier du Bösendorfer. Maryika vint derrière lui. Elle ferma les yeux et posa son menton sur les cheveux de son cousin. Sa main effleura son épaule et descendit le long de son cou.

— Blèmia ! murmura-t-elle.

Il abandonna le piano, se tourna vers elle et ils s'étreignirent ainsi, elle debout, lui assis, sous le regard indiscret des grooms qui refluaient lentement vers la sortie.

— Blèmia ! Pourquoi si longtemps ?

Il prit son visage entre ses mains et l'écarta légèrement. Puis il plongea son regard dans l'amande de ses yeux verts, sourit et dit :

— Tu m'as tellement manqué !

Elle l'aida à quitter le tabouret du piano et, lorsqu'il fut debout, vint contre lui, se grandit pour passer ses bras autour de son cou. Il la prit par la taille, la soulevant légèrement de terre comme il faisait naguère après qu'elle eut dansé pour lui.

— Je suis si heureuse, dit-elle.

Il la serra contre lui.

— Pourquoi si longtemps ? répéta-t-elle.

Il relâcha son étreinte et lui prit la main. Se retournant vers le piano, il vit que Scipion avait disparu. Il le chercha du regard, mais le Noir n'était pas dans le hall.

— Viens, dit-il.

Il entraîna Maryika vers la porte à tambour, constata que la Royale était toujours garée le long du trottoir et s'approcha du perron. Ruddi Reinecke s'y trouvait. Il s'inclina poliment devant Boro.

— Je n'ai pas trouvé vos bagages, dit-il.

— Cherchez-les, répliqua sèchement le jeune homme.

Quand vous les aurez découverts, vous les monterez dans la chambre de Madame.

Il sentit la main de Maryika se crisper dans la sienne. Il la prit, la porta à sa bouche et l'embrassa. La paume était douce et sentait la lavande. Elle n'avait pas changé de parfum.

— Je vous ai demandé du champagne, lança-t-il en passant devant Herr Rumpelmayer qui se leva aussitôt. Du champagne français, s'il vous plaît. Et peut-être voulez-vous un autographe ?

Il se tourna vers Maryika :

— Le général est un grand admirateur. Il aimerait que tu lui donnes une petite signature sur ses épaulettes.

Et comme Maryika fouillait dans son sac à la recherche d'un stylo, il lui prit le poignet.

— Après tout, non ! On ne signe aucun autographe dans l'enceinte de cet hôtel. Oncle Rumpel fera comme tout le monde. Il t'attendra dehors.

Maryika se tourna vers son cousin. Une lueur d'amusement brillait dans son regard.

— Tu n'as pas changé, dit-elle avec un sourire.

— Si, répliqua-t-il en désignant sa jambe. Avant ce saut en parachute, je lui aurais botté le derrière.

— C'est bien ce que je dis : tu n'as pas changé.

Elle passa son bras sous le sien et l'entraîna vers l'ascenseur.

Le Leica

— Qui commence ? demanda Boro comme le liftier s'écartait pour les laisser passer.

— Toi, répondit Maryika.

— Non, toi.

— Honneur aux filles.

— C'est toujours ce que tu disais à Buda. Cette fois-ci, je ne marche plus.

— Que tu crois.

— Que je sais.

Elle se tourna vers lui et lui fit un pied de nez. Il haussa les épaules.

— Allons dans ta chambre. On fera comme d'habitude.

Elle s'arrêta devant une double porte, chercha une clé dans son sac et, après avoir ouvert le battant, s'effaça devant son cousin.

— Mes appartements, dit-elle en s'inclinant, la jambe droite fléchie vers l'arrière, les mains en corolle au-dessus de sa tête.

Boro s'arrêta sur le seuil, fit trois pas de côté et dit :

— Recommence.

Maryika s'exécuta à nouveau. Il vint derrière elle et posa sa main sur ses reins.

— Dos plat, ordonna-t-il.

Elle se décambra légèrement.

— Parfait, dit-il. Tu as fait beaucoup de progrès.

Il pénétra dans un couloir sombre tendu de velours. Maryika referma la porte derrière elle.

— Je te fais visiter, dit-elle. C'est la plus belle suite du Regina Palast.

Maintenant qu'il avait retrouvé sa cousine, Boro aurait pu parier sur chacun de ses gestes. Comme à son habitude, elle se débarrassa de son manteau, l'envoya sur une chaise et ôta ses escarpins.

Libre de ses mouvements, elle le précéda dans une pièce luxueuse qui rappelait, en plus intime, le hall du rez-de-chaussée. Plusieurs petites tables en marbre supportaient d'immenses bouquets de roses jaunes qui exhalaient une odeur printanière. Les murs étaient ornés de miroirs vénitiens et de tableaux abstraits. Trois fauteuils de velours aux manchons garnis de dentelle faisaient face à un canapé en demi-lune. Quelques bûches se consumaient dans une cheminée garnie de chenets en fonte.

— Viens, dit Maryika.

Elle l'entraîna dans une salle de bains aux murs laqués argent. La baignoire, immense, était encastrée dans un coffrage de palissandre. Les robinets étincelaient.

— Est-ce que tout ce qui brille est en or ? demanda Boro.

— Plaqué seulement.

— Ah ! Du toc, fit-il avec une moue dégoûtée.

Ils passèrent dans la chambre. Celle-ci se composait en tout et pour tout de deux petits guéridons et d'un lit rond recouvert d'un tissu de soie rose. Boro s'y assit et, ayant posé sa canne sur la moquette, déclara :

— Tu commences.

Comme elle allait répondre, quelques coups discrets furent frappés à la porte. Au même instant, le téléphone sonna.

— Réponds, dit-elle. Je vais ouvrir.

Il décrocha le combiné et entendit une voix d'homme qui demandait Maryika Vremler. C'était un certain Fred Hildenbrandt. Il sollicitait une interview pour le *Berliner Tageblatt.* Son ton, un peu trop supérieur, déplut à Boro.

— *Sie ist nicht da*, décréta-t-il avant de raccrocher.

Il retrouva sa cousine dans la grande pièce. Une bouteille de champagne et deux verres étaient posés sur un plateau d'argent. Maryika lisait un bristol accompagnant une splendide gerbe de tulipes blanches qui venait de lui être livrée. Boro s'approcha d'elle, lui prit le carton des mains et, la regardant bien en face, dit :

— Je repars demain, Maryika. Nous n'avons pas beaucoup de temps.

— Demain ?

Elle arbora une moue de petite fille et fit le mouvement qu'il attendait : elle tapa du pied et secoua vivement la tête.

— Pas demain, Blèmia. On ne s'est pas vus depuis quatre ans !

— Demain, répéta-t-il à voix basse.

Il se détourna et déboucha la bouteille de champagne.

— Je bois à ton film, *L'Aube des jours.*

— Certainement pas, répondit-elle. Tu ne seras même pas là pour le voir !

— Alors je bois à nous deux.

Ils choquèrent leurs verres.

— Raconte-moi, dit Boro après avoir vidé sa coupe.

— Non. Faisons comme d'habitude.

Il prit un mouchoir dans sa poche et dissimula ses mains derrière son dos.

— Vas-y.

— Main gauche.

Il la tendit. Le mouchoir s'y trouvait.

— Les filles commencent, dit-il comme au bon vieux temps.

Il s'assit sur l'un des fauteuils en velours et posa sur elle ses yeux de chat.

— Explique-moi comment tu es devenue une star.

— Hasard, dit-elle. Prodige, si tu préfères. Ou prédestination.

Elle fixa son cousin en se mordant la lèvre inférieure.

— Le miracle a eu lieu il y a deux ans, reprit-elle. Un peu plus de deux ans. En septembre. Je ne sais pas si tu te rappelles ou si même tu y as prêté attention, mais les chômeurs ont manifesté à Budapest.

Elle avait prononcé le mot « Budapest » à la hongroise, accentuant la première syllabe. Boro sourit.

— Ils ont défilé dans les rues en criant : « Du pain, du travail, à bas la bourgeoisie ! » Ils ont attaqué des voitures et des tramways. Les policiers les ont chargés. Ils étaient à pied et aussi à cheval, avec leurs sabres. Tu te souviens de leurs sabres ?

Boro acquiesça silencieusement.

— Les ouvriers se défendaient avec les grilles des arbres. Ils se sont rassemblés près du Musée agricole, et de là ont rejoint le centre. Ils ont forcé quelques villas de l'avenue Andrássy. Les policiers ont tiré. J'ai même vu des véhicules blindés. Il y a eu des morts et des blessés. Moi, je me trouvais parmi les manifestants.

— Toi, avec des communistes ! railla Boro.

Maryika haussa les épaules.

— Je me fichais qu'ils soient communistes ou... ou ce que tu veux. Je ne connais rien à la politique. Toi non plus, d'ailleurs, ajouta-t-elle avec un sourire perfide.

— C'est le cadet de mes soucis, avoua-t-il.

— Même chose pour moi. J'étais là par hasard, bien sûr. Il n'empêche que je suis restée. Par choix. Parce que ces gens m'ont touchée. Je ne saurais te dire pourquoi, mais soudain, je me suis sentie des leurs. Peut-être à cause des autres, en face, qui faisaient tournoyer leurs sabres au-dessus de leurs têtes. Je pensais à toi. Je me disais que si tu avais été là, tu serais resté avec moi.

— Certainement pas, fit Boro.

Elle le regarda, les yeux brillant soudain de colère.

— Tu m'aurais abandonnée au milieu des policiers ?

— Je t'aurais convaincue de ne pas rester.

— Bon, dit-elle en se resservant une coupe de champagne. En tout cas, j'ai été arrêtée.

Boro la considéra, stupéfait.

— Tu as été en prison ?

— Une nuit.

Il se leva et remplit son verre à son tour. La situation lui paraissait si anachronique qu'il avait peine à se la représenter : Maryika et ses dentelles assise sur le sol froid d'une prison ! Maryika et ses petites bottines à lacets faisant des pointes derrière les grilles d'une cellule !

— Comment s'est terminée l'aventure ?

— Oh ! Comme tu t'en doutes, reconnut-elle. Mon père m'a fait libérer grâce à ses relations. Mais après, et malgré ses démarches, tous les corps de ballet m'ont refusée. C'était comme si j'avais contracté la lèpre. Je suis restée plus d'un an sans rien faire. Je passais des auditions, on me disait que je dansais merveilleusement bien et puis je revenais le lendemain pour discuter des contrats et là, comme par hasard, on prétendait qu'il n'y avait pas de place pour moi. C'est arrivé dix fois, cinquante fois. Jusqu'au jour où Wilhelm Speer m'a rencontrée au conservatoire de Budapest...

— Voilà donc le prodige ! s'écria Boro. Voilà le miracle ! Un metteur en scène te découvre. Il te trouve belle et talentueuse, c'est fait, il t'engage !

— À ceci près que j'ai refusé son offre. Je ne voulais pas devenir actrice, fût-ce dans le rôle d'une danseuse étoile. Et je n'avais pas envie non plus de quitter la Hongrie... Ce sont mes parents qui, finalement, m'ont convaincue. Nous en avons parlé pendant deux jours sans discontinuer. Ils me disaient que je ne ferais pas carrière à Budapest tant que Horthy serait là. J'ai cédé.

— Comment vont tes parents ?

Elle sourit tendrement.

— Oh, ma mère a toujours la même douceur fatiguée, je suppose. Elle accepte la loi de son mari, de son seigneur et maître, et ne le quitte jamais d'un pouce si ce n'est pour se rendre à sa cure de Herkulesfürdö où elle soigne ses nerfs...

— Et lui ?

— Il profite un peu de son argent, comme on dit. Il promène ses pur-sang au Bois-de-la-Ville, sur l'allée Stefània-ùt. Le reste du temps, il va jusqu'à son domaine de Tetétlen et chasse l'outarde ou l'oie sauvage.

— Quand as-tu quitté le nid de tes parents ? demanda Boro.

— Il y a huit mois. J'ai tourné à Budapest pour la UFA, puis j'ai quitté la Hongrie pour Berlin. Le film y a connu un triomphe extraordinaire. Et demain, c'est la première en Bavière...

Ils furent interrompus par la sonnerie du téléphone. Boro décrocha et dit :

— *Sie ist nicht da.*

Puis il raccrocha. Maryika souriait.

— Tu parles toujours l'allemand avec le même mal de gorge !

Elle vint vers lui et s'assit sur ses genoux. Il la prit entre ses bras, chercha à l'embrasser. D'un élan de la tête, elle lui déroba ses lèvres. Comme il insistait, elle se détourna violemment.

— Borowicz, non !

Elle ne l'appelait par son nom de famille qu'en ces occasions-là. Et il les détestait.

— Ta jambe ? demanda-t-elle.

— Foutue.

Il essaya à nouveau de prendre ses lèvres. Elle se leva en criant :

— Borowicz !

Mais on frappa à la porte.

— *Sie ist nicht da !* hurla Boro.

Maryika mit son doigt sur ses lèvres et alla ouvrir. Elle parlementa quelques instants. Finalement, deux hommes entrèrent dans l'appartement.

— Photographes, dit-elle à Boro. Je ne peux pas faire autrement.

— Tu les recevras demain !

— Demain, c'est la première : il sera trop tard.

Il haussa les épaules et se réfugia dans un coin de la pièce, près de la cheminée. Maryika passa dans la salle de bains tandis que les visiteurs préparaient leur matériel. Ils fixèrent trois lampes à magnésium sur leurs pieds respectifs, branchèrent un projecteur qu'ils dirigèrent sur le plafond, réglèrent les éclairages et les parapluies grâce à une cellule à main. Boro songea que jamais il ne s'y fût pris ainsi. Il se fût contenté du projecteur et d'un parapluie. Il eût joué avec les glaces pour démultiplier la lumière et eût placé son modèle en retrait de la cheminée, près de la fenêtre, afin de profiter de l'effet de pénombre apporté par la trame des rideaux. Jamais il n'eût utilisé les flashes. Et jamais non plus il n'eût dirigé le faisceau du projecteur sur le mur tendu de velours. C'était une hérésie.

Il se détourna et regarda par la fenêtre. Maryika revint. Elle s'approcha de lui et lui toucha l'épaule. Il lui fit face. Elle portait toujours sa longue robe blanche mais avait ramené ses cheveux en chignon, comme sur l'affiche.

— Je ne te reconnais pas, murmura-t-il.

La jeune fille lui effleura les lèvres de l'index puis revint vers les photographes.

— Je suis à votre disposition, dit-elle en français.

L'opérateur affina ses réglages tandis que son compagnon dirigeait Maryika vers le mur attenant à la chambre à coucher. Puis il revint vers son matériel, fourragea dans une sacoche en cuir et exhiba son appareil. Aussitôt, Boro fit un pas en avant. L'autre jeta un coup d'œil dans sa direction.

— Montrez, dit le jeune homme en tendant la main.

Surpris, le photographe hésita une seconde avant de lui présenter l'appareil. Boro le prit, le tourna, le retourna, examina le viseur, plaça son œil derrière l'objectif.

— Un Leica modèle C, murmura-t-il, émerveillé. Le premier Leica à monture vissée !...

Maryika l'observait, stupéfaite et ravie de redécouvrir chez lui cette part d'enfance qu'il avait dissimulée depuis son retour. Les deux Allemands ne bronchaient pas.

— Le plus bel appareil du monde, dit Boro en testant le déclencheur. Et on le tient d'une main !

Avec la fébrilité d'un gosse qui découvre un cadeau d'anniversaire, il entreprit de dévisser l'objectif – un 35 mm Elmar ouvrant à 3,5 – et se tourna vers le propriétaire du Leica.

— Quels sont les autres « cailloux » qu'on peut caler là-dessus ? demanda-t-il avec un regain d'intérêt. Une longue focale ?

— Oui, répondit l'autre. Un 135 mm qui ouvre à 4,5 et j'ai aussi un 50 Hektor qui descend à 2,5.

— Quelle merveille ! Moi, j'ai un Voigtländer Bessa avec un Volgtar 6,3. Vieille conception ! Vieux !

L'Allemand acquiesça.

— Et lourd, aussi. Le soufflet est mauvais...

Maryika s'approcha du photographe et lui posa une question à voix basse. Celui-ci répondit puis tendit la main en direction de Boro qui, déçu, lui rendit son appareil.

La séance de pose commença. Maryika dut lever puis abaisser les bras, ouvrir la bouche, incliner le visage, tendre la jambe. Boro l'observait, chagrin. Sous les flashes, sa cousine se transformait en une personne étrangère, une star de carton, une marionnette s'agitant au gré de la demande. Lorsqu'elle souriait, ses lèvres demeuraient jointes, signe chez elle d'une profonde contrariété. Son corps était noué, ses gestes crispés. Elle obéissait sans joie aux ordres proférés par le photographe.

Son regard croisa celui de Boro. Elle sourit amèrement. Il haussa les épaules. Et brusquement, elle tendit ses bras devant elle et lança :

— *Genug !*

Elle alla vers le photographe, lui prit son Leica des mains et le donna à Boro :

— Fais les photos, dit-elle.

Il y eut un silence gêné. Les trois hommes se regardèrent, hésitants. Puis, s'appuyant sur sa canne, Boro s'approcha des magnésiums. Il les débrancha. Après quoi, il déplaça le parapluie et le projecteur, donna l'appareil au photographe et lui dit :

— Chargez-le avec une nouvelle pellicule, la plus sensible possible.

Il se dirigea ensuite vers la salle de bains et revint avec une brosse qu'il tendit à sa cousine.

— Enlève ce chignon, s'il te plaît.

Il prit la cellule des mains de l'opérateur, mesura la lumière, déplaça encore les projecteurs, bougea une table basse et ferma un rideau. L'un des deux Allemands voulut donner un conseil, mais Boro l'interrompit d'un geste :

— Je sais ce que je dois faire. Prêtez-moi votre Leica.

Puis, s'adressant à sa cousine :

— Mets-toi là.

Il désigna le mur perpendiculaire à la fenêtre.

— Ne bouge pas.

Il l'observa.

— Passe la main dans tes cheveux. Non...

Il s'approcha d'elle et glissa les doigts dans sa chevelure. Elle coucha son visage contre sa paume et l'y laissa une fraction de seconde.

— Montre, dit Boro.

Elle le regarda bien en face.

— Parfait. On commence.

Il prit du champ, passa son poignet dans le lacet de sa canne et assura le Leica dans sa main droite.

— Regarde en direction de la fenêtre.

Il arma l'appareil.

— Penche légèrement la tête.

Elle s'exécuta. Il appuya sur le déclencheur et arma de nouveau.

— Viens vers moi.

Il recula de quelques pas.

— Encore.

Il renouvela l'opération.

— Reste naturelle. Raconte-moi quelque chose. Vas-y, parle.

— Mais je ne sais pas quoi dire !

— Comment te sens-tu en Allemagne ?

— Je n'y suis que depuis huit jours ! s'écria-t-elle.

— Recule... M'as-tu oublié en quatre ans ?

— Pas un seul instant.

Il appuya sur le déclencheur et arma de nouveau.

— Jamais ?

— Jamais.

— Viendras-tu à Paris avec moi ?... Ne bouge plus. Non !

Il décolla son œil du viseur et s'approcha d'elle. Il la reconduisit près de la fenêtre.

— Reste là. Contente-toi de répondre à mes questions et oublie ton corps. Laisse tes mains battre le long de ta robe. Voilà. C'est parfait.

Il recula, s'appuyant sur sa canne. Puis il l'oublia, fléchit sa jambe gauche et tendit l'autre loin devant, déclencha, arma, se déplaça en tortue et vint à plat ventre à ses pieds, arma, déclencha, se redressa, faisant voltiger son stick qui n'avait pas quitté son poignet.

— Viendras-tu à Paris avec moi ? répéta-t-il.

Mais elle ne put répondre, fascinée par la souplesse de cet homme pourtant à demi paralysé du bassin, infirme, boiteux, capable néanmoins de virevolter sur sa jambe valide et de jouer avec sa canne, s'accroupissant, se relevant, roulant sur ses fesses comme un animal insaisissable.

— Ne me regarde pas, dit-il. Lève les yeux au plafond.

Et comme elle ne le quittait pas des yeux :

— Je suis obligé de faire tous ces mouvements. J'ai appris.

Il appuya sur le déclencheur.

— Je peux m'appuyer sur ma jambe morte un dixième de seconde et à condition de respecter certains angles. C'est pourquoi je bouge dans tous les sens... Viens vers moi.

Elle fit un pas en avant.

— Tourne sur toi-même... Réponds-moi : me rejoindras-tu à Paris ?

— Oui, dit-elle.

— N'ouvre pas la bouche ainsi. Redis-le.

— Oui.

Il appuya sur le déclencheur.

— Nous ne vivrons pas ensemble, n'est-ce pas ?

— Non.

— Jamais ?

— Pas maintenant. Seulement pas maintenant.

— Pourquoi ? demanda-t-il en venant derrière elle.

— Parce que je ne m'y habituerai pas.

— Regarde-moi.

Elle lui fit face et il déclencha, arma, déclencha, arma, à quelque quatre-vingts centimètres seulement de son visage.

— Recule contre le mur et réponds-moi : t'y feras-tu un jour ?

— J'essayerai.

— Aimes-tu un autre homme ?

— Non.

— Reviens... M'aimes-tu ?

— Oui.

— Coucheras-tu avec moi, ce soir ?

— Cesse, Borowicz !

— Laisse ta mèche sur tes yeux. Ôte ta main. Quand coucheras-tu avec moi ?

— Lorsque j'aurai oublié notre enfance.

— Quatre ans n'ont pas suffi ?

— Je ne crois pas.

Il appuya sur le déclencheur et arma de nouveau.

— Essayons ce soir.

— Il n'en est pas question, Borowicz.

— Tu es belle lorsque tu es en colère. Redis Borowicz.

— Borowicz !

— Encore.

— Borowicz !

— C'est fini.

Il s'inclina légèrement, prit appui sur sa canne et rendit l'appareil au photographe.

— Une merveille, murmura-t-il.

Maryika alla vers lui pour sécher la sueur qui lui dégoulinait le long du front. Mais il l'écarta d'un geste.

— Cet appareil est magnifique. Silencieux, rapide, précis...

Il le reprit d'entre les mains de l'Allemand, l'observa encore et le restitua avec un grand sourire.

— *Danke.*

Les deux hommes lui renvoyèrent son sourire et commencèrent de rassembler leur matériel. Maryika s'approcha du photographe.

— Hoffmann ? demanda-t-elle.

L'autre acquiesça, fouilla dans ses poches et sortit un bristol qu'il tendit à Maryika. Celle-ci le prit et se dirigea vers le téléphone.

Elle demanda un numéro au standard. Quelques instants plus tard, elle parla à voix basse avec son interlocuteur. Boro l'entendit prononcer son propre nom – Maryika. Quand elle eut raccroché, les deux Allemands avaient rangé leurs flashes et leurs projecteurs. Boro s'approcha de la fenêtre, écarta les rideaux et appuya son front contre la vitre. L'ombre recouvrait Munich.

Baiser volé

— À toi, fit-elle après avoir raccompagné les deux hommes à la porte de l'appartement.

Il se détourna de la fenêtre et glissa ses mains dans les poches de la redingote.

— Dis-moi ce que tu fais à Paris. Je veux tout savoir.

— Même le nom de mes maîtresses ? demanda-t-il, la voix mauvaise.

— Pourquoi pas ?

Il fut blessé par l'insouciance avec laquelle elle s'était adressée à lui.

— Je suis photographe, dit-il sèchement.

— Pour qui ?

— Pour moi, voyons !

— Un grand photographe ?

— Oui. Ou en voie de l'être.

— Raconte-moi ! s'écria-t-elle en se laissant tomber dans un fauteuil. Ou faut-il t'arracher les mots un à un ?

— J'ai commencé en photographiant la mode, dit-il. Mon premier reportage ? Les mannequins d'Alfred Lenief dans les jardins d'Orsay. Mais c'est en prenant les meilleurs clichés de Cochet et Perry que je me suis fait réellement connaître.

Elle fit un geste d'ignorance.

— Les plus grands joueurs de tennis du monde, dit-il

avec l'air important. Ils ont disputé la finale de la coupe Davis au stade Roland-Garros en juillet.

— Pardonne-moi, pouffa-t-elle. J'en suis restée à Suzanne Lenglen !

— Il y avait là tout le gratin des photographes, fit-il en assurant sa canne dans sa main droite. Les ténors comme Umbo ou Lechenperg de chez Delphot, mais aussi des types de la nouvelle génération : une nouvelle race de chasseurs d'images qui ont un talent fou. Cartier-Bresson, par exemple. Ça m'excitait qu'ils soient tous là... J'avais envie d'être confronté aux meilleurs...

Il se mit à parcourir la pièce, s'appuyant sur sa canne.

— J'ai commencé à mitrailler avec mon Voigtländer. C'était formidable. En suivant la trajectoire de la balle, je savais en même temps que Cochet et Perry où elle allait tomber. C'était comme si je jouais avec eux. Et même un peu avant eux puisque je devais viser avant que leur raquette touche la balle. Ainsi je les prenais en plein effort.

— Merveilleux ! lança Maryika.

— À la fin du match, j'ai donné mes pellicules à Alphonse Tourpe, le petit assistant du labo. Je lui ai dit : « Fonce, Alphonse. » Et il a couru à l'agence pour les développer. Je l'ai rejoint un peu plus tard. Le pauvre gosse m'a demandé de l'aider pour les tirages difficiles. À huit heures, deux heures après la fin du match, nous étions les premiers à livrer les photos de ce tournoi historique aux journaux et aux agences de presse.

Boro cogna sa canne contre le pied d'une table en marbre.

— Mes clichés ont été publiés en Angleterre, en Amérique et même en Finlande. Pour moi, c'était parti.

— Et aujourd'hui ? demanda Maryika en souriant.

Boro sembla se recueillir un moment, puis, brusquement, retrouva toute sa fougue.

— J'ai été le seul photographe admis par Joséphine

Baker dans sa loge du Casino de Paris. Soixante-quinze minutes de bonheur créatif !

— Eh bien, dis-moi !... Tu ne t'ennuies pas !

— Les risques du métier, répliqua-t-il avec un sérieux imperturbable. Joséphine fredonnait *Mon pays et Paris* en enfilant ses trucs en plume, et moi, derrière mon appareil, j'étais en quelque sorte le témoin privilégié qu'elle avait invité à la table de son intimité.

— Un peu voyeur, un peu violeur ! La photo est un passe-droit bien agréable, n'est-ce pas ? !

— Elle est parfois plus sérieuse. Plus subtile aussi.

— Vous êtes des pillards ! Vous volez la vie qu'on vous prête...

— Pas si simple, crois-moi. Surtout lorsqu'il s'agit de révéler la personnalité de quelqu'un. Par exemple, je suis le portraitiste attitré de Maurice Dekobra et de Mgr Baudrillart.

— Dé... Dé qui ?

— Tu ne connais pas Maurice Dekobra ? s'écria Boro en dévisageant sa cousine, les yeux dilatés par la surprise. Mais c'est le plus grand écrivain français !

Elle eut une petite moue dubitative. Qui se transforma en grimace gênée lorsque trois coups discrets furent frappés à la porte.

— C'est Wilhelm, dit-elle en se levant.

— Et Mgr Baudrillart ? s'enquit Boro. Tu sais qui il est ?

— Bien sûr ! Le dauphin de Pie XI.

Maryika s'approcha de la porte. Puis, se tournant vers Boro, elle ajouta :

— C'est en tant que photographe officiel de tous ces illustres messieurs que tu portes une si belle redingote ?

Il crispa sa main sur sa canne.

— Et tes chaussures, c'est Nijinski qui te les a offertes ?

Il haussa les épaules et revint vers la fenêtre. Maryika ouvrit la porte. Un homme de taille moyenne aux cheveux gris pénétra dans la pièce. Il s'exprimait en allemand et semblait nerveux. Maryika l'interrompit et, désignant Boro, déclara en français :

— Blèmia Borowicz, mon cousin.

Boro s'inclina sans bouger.

— Wilhelm Speer, dit la jeune fille, poursuivant les présentations.

Le metteur en scène rendit son salut à Boro. Puis, se tournant vers Maryika, il lui parla à voix basse, accompagnant ses propos de grands mouvements de ses mains, qu'il avait fines et amaigries. La jeune fille écoutait sans broncher, levant sur lui un regard empreint d'attention et de respect. Cette attitude fut insupportable à Boro. Il se décolla du mur et se dirigea vers la chambre à coucher.

— Je vous laisse, dit-il en passant près du visiteur.

Celui-ci tendit le bras et le posa sur l'épaule du jeune homme.

— Vous ne me dérangez pas, dit-il en français avec un fort accent.

Le geste surprit Boro autant que la douceur de la voix. Il se retourna et considéra Wilhelm Speer.

— J'expliquais à votre cousine qu'on ne peut fuir les journalistes comme elle le fait la veille d'une première. Peut-être pourriez-vous m'aider à la convaincre.

— C'est son affaire, répondit froidement Boro.

Mais il ne put détacher ses yeux du regard profond de Wilhelm Speer, qui l'observait avec grand intérêt. Maryika ne soufflait mot.

— Venez avec nous ce soir, poursuivit le metteur en scène. Nous dînerons tous au Bayerischer Hof.

Boro secoua négativement la tête.

— Indiscutablement, notre Maryika doit être présente à la petite fête, insista Speer après un court silence. Conduisez-la, si vous voulez...

L'emploi du possessif atteignit Boro en plein cœur. Il regarda sa cousine, devenue une petite fille en l'espace de quelques minutes, puis dégagea son épaule et passa dans la chambre à coucher.

— Ce n'est pas mon affaire, répéta-t-il en refermant la porte sur lui.

Il se dirigea vers le centre de la pièce et se laissa tomber sur le lit rond. Depuis longtemps il ne s'était senti si humilié. Maryika le tenait certainement pour un menteur. En fait, il n'avait pas véritablement inventé sa biographie professionnelle. Il s'était contenté de l'enjoliver. De lui donner ce lustre auquel il aspirait de toute son âme. Il n'avait jamais photographié les mannequins d'Alfred Lenief dans les jardins d'Orsay, pas plus qu'il n'avait mis les pieds au stade Roland-Garros. En revanche, c'était bien lui, humble grouillot de chambre noire, qui avait développé les clichés pris par Alphonse Tourpe, le directeur de l'agence Iris, lui qui avait accompagné son patron au Casino de Paris avec l'obscure mission de coltiner le matériel. Et lorsque la porte de la loge de Joséphine Baker s'était refermée sur la meneuse de revue, il n'avait pu emporter d'elle d'autre souvenir que celui de ses cuisses à peines entrevues par l'entrebâillement du peignoir. Deux heures d'attente humiliante dans un couloir surchauffé à se faire marcher sur les pieds par les girls, voilà tout le plaisir professionnel qu'il avait retiré de cette exténuante expédition pendant laquelle on l'avait relégué au rôle de portefaix. Quant au portrait de Maurice Dekobra, à celui de Mgr Baudillart, recteur de l'université catholique de Paris, parlons-en ! Ah, le glorieux souvenir, en effet ! Faisant contre mauvaise fortune bon cœur, Alphonse Tourpe avait laissé son employé jouer avec son Voigtländer un jour où, plié de douleur par une intoxication alimentaire, il s'était senti incapable de photographier lui-même ces deux somptueux imbéciles qui vantaient conjointement les mérites de Linguaphone. Linguaphone, « la seule méthode qui permette d'apprendre les langues avec un phonographe ».

Et lorsque Boro s'était présenté rue Lincoln, au siège de l'institut Linguaphone, pour présenter ses clichés, les responsables qu'il avait vus s'étaient montrés enchantés de son travail. À une réserve près : ils l'avaient jugé beaucoup trop bon pour les journaux. Car le piqué était si parfait que le cou de l'ecclésiastique se présentait tel qu'il était, c'est-à-dire flétri comme une peau morte, tandis que le menton du « grand voyageur devant l'Éternel, écrivain cosmopolite par excellence » (selon la légende), apparaissait rongé par une barbe naissante. On avait proposé à Boro de rectifier au crayon les imperfections de ses photos, ce à quoi il s'était violemment opposé. Congédié de l'institut Linguaphone, il avait découvert la semaine suivante que les frères Manuel avaient remporté le marché à la place de l'agence Iris : en page 15 de *L'Illustration* Mgr Baudrillart avait un cou de jeune homme, et le menton de Maurice Dekobra disparaissait sous la craie.

Au fond, la seule vraie photo qui lui eût réellement permis de quitter l'ombre du laboratoire pour l'éclat des sunlights, c'était ce cliché d'Ettore Bugatti grâce auquel il se trouvait à Munich. Munich, qu'il avait choisi au détriment d'une page 2 dans n'importe quel journal parisien. Munich, où sa cousine prétendait dîner en une autre compagnie que la sienne, alors qu'il avait sacrifié son temps et sa carrière pour la revoir.

Pris d'une soudaine bouffée de colère, Boro se releva et ouvrit la porte de la chambre. Wilhelm Speer parlait toujours à Maryika. Celle-ci le regardait avec l'expression respectueuse et attentive qui avait tant exaspéré le jeune homme. Il s'approcha du metteur en scène et, le prenant par le bras, dit :

— *Sie ist nicht da.*

Puis, s'aidant de sa canne, il le repoussa jusqu'au couloir, ouvrit la porte et l'obligea à franchir le seuil.

— *Sie ist nicht da*, répéta-t-il. Demain, d'accord. Mais pas aujourd'hui.

Speer, qui n'avait opposé aucune résistance, posa sur Boro un regard empreint de douceur et de bienveillance.

— Vous voulez que je vous regarde comme Maryik, n'est-ce pas ? gronda le jeune homme.

Et il claqua la porte.

Sa cousine se tenait à l'entrée du couloir, stupéfaite. Boro marcha sur elle et l'entraîna dans le salon. Là, il laissa éclater sa fureur :

— C'est vrai que je n'ai pas encore réussi, dit-il en la regardant sauvagement, et c'est vrai aussi que j'ai loué cette redingote pour te plaire. Je suis parti de l'agence sans prévenir, j'ai à peine dormi cette nuit, je n'ai plus un franc en poche, mais je passerai la soirée avec toi.

Il s'approcha d'elle.

— Seul et pas au Bayerischer Hof.

Il s'avança encore, enroula le lacet de sa canne autour de son poignet. Puis, brusquement, sa main droite glissa dans le dos de sa cousine et il la maintint près de lui, accentuant la pression de sa paume. Il vint encore plus près, lui effleura les lèvres.

— Ce soir, nous sortirons tous les deux, murmura-t-il.

Il se pencha sur elle. Elle demeura bien droite entre ses bras, l'observant d'un regard noir. Il inclina le visage et ses lèvres vinrent contre les siennes.

— Borowicz ! murmura-t-elle.

— Blèmia, rectifia-t-il.

Le café Luitpold

Lorsqu'ils sortirent de l'ascenseur, Ruddi Reinecke assura sa toque sur son visage de rat et se précipita à leur rencontre.

— Monsieur, dit-il, je n'ai pas trouvé vos bagages.

— Cherchez.

— Mais...

— Cherchez !

L'autre dansa sur une jambe puis sur l'autre, hésitant. Après quoi, il tendit le bras vers la porte à tambour.

— Le chauffeur... Il est vautré sur les coussins. Personne n'arrive à le déloger de là. Pourriez-vous lui demander de... de ronfler ailleurs ?

Ils traversèrent le hall et retrouvèrent Scipion non loin de l'entrée. Le Noir était affalé sur la banquette. Sa tête dépassait d'un côté et ses jambes de l'autre.

— C'est un manque de considération pour notre clientèle internationale, fit remarquer Ruddi Reinecke d'une voix de fausset. Et naturellement, Herr Rumpelmayer est furieux.

Boro s'approcha et secoua Scipion doucement par l'épaule. Le Noir demeura immobile.

— Qui est-ce ? demanda Maryika.

— Mon chauffeur, répondit Boro avec grandiloquence.

La jeune fille éclata de rire.

— Tu ne me crois pas ?

Elle pouffa de plus belle.

— Scipion ! cria Boro. Réveille-toi.

Le Noir ouvrit un œil.

— C'est toi, Borop'tit !... Demande-leur de me laisser dormir. Toutes les trois minutes ils viennent me chercher des poux dans la tête.

— Je te présente Maryika Vremler.

Scipion tendit une main molle que Maryika prit dans la sienne.

— Enchanté, mademoiselle. Rendez-vous compte, je n'ai pas dormi la nuit dernière et j'ai conduit toute la journée.

— Tu es venu en voiture ? demanda la jeune fille à Boro.

— En Bugatti.

— Je ne sais pas ce qu'est une Bugatti.

— Une sorte de tracteur en plus rapide, répondit Scipion en se redressant péniblement.

Il bâilla, s'étira et secoua vivement la tête de droite et de gauche.

— Viens, dit Boro.

Il l'entraîna vers la réception. Maryika les suivit. Lorsqu'il la vit, Herr Rumpelmayer quitta immédiatement son siège.

— Général ! Je veux une chambre pour mon ami, dit Boro en désignant Scipion. Une chambre avec salle de bains.

L'autre manqua s'étrangler dans sa triple bajoue.

— Une chambre pour...

— Pour un nègre, oui.

— Mais... c'est que nous n'en avons plus !

Maryika s'approcha, un grand sourire aux lèvres :

— S'il n'est pas logé dans une heure, je vous quitte pour l'hôtel des Quatre-Saisons.

— Mademoiselle Vremler...

— Une heure. Pas une minute de plus.

— C'est bon, grommela le réceptionniste. Nous lui donnerons la chambre 728.

Il répéta :

— 728, dernier étage, à gauche de l'ascenseur.

— Merci, oncle Rumpel, dit Boro. Je n'oublierai jamais votre inusable dévouement.

Il pivota et adressa un clin d'œil à Scipion.

— Quant à nous, on se retrouve demain matin. D'ici là, reprends des forces.

Il glissa son bras sous celui de sa cousine et ils franchirent la porte à tambour. Sur le perron, ils croisèrent une jeune femme qui s'arrêta en voyant Maryika.

— Mais on te cherche partout ! s'écria-t-elle. Les journalistes sont déjà au Bayerischer Hof !

— Je vous rejoins. Préviens-les...

Boro reconnut la jeune femme qu'il avait confondue avec sa cousine trois heures plus tôt.

— Qui est-ce ? demanda-t-il à Maryika après que l'inconnue eut tourné les talons.

— Barbara Dorn. C'est ma doublure lumière et aussi ma meilleure amie. Elle a fait toutes ses études à Paris.

— Qu'est-ce qu'une doublure lumière ?

— Une personne qui ressemble suffisamment à la vedette du film pour pouvoir la remplacer sous les sunlights le temps qu'on les règle.

— Tu veux dire qu'elle accepte de sécher sous les lampes et de voir gonfler ses chevilles pendant que les tiennes se reposent...

— C'est un peu cela en moins rude. Barbara adore son métier. Elle est très bien payée et comme elle a une formation de comédienne, il lui arrive aussi d'interpréter de petits rôles.

— En somme, elle est comme moi. Elle s'occupe des bagages. Elle attend dans le couloir.

— Ne sois pas si amer, dit-elle en passant la main

dans ses cheveux comme s'il était un petit garçon boudeur.

— Pourquoi porte-t-elle la même robe blanche et le même manteau de fourrure que toi ? s'enquit Boro, poursuivant son idée.

— La production les a fait faire en double et nous les a offerts à condition que nous les portions le soir de la première.

— Parfait ! s'écria Boro. Demande-lui de prendre ta place au Bayerischer Hof ! De loin, le public n'y verra que du feu !

Les yeux de Maryika s'assombrirent. Elle s'approcha de son cousin et reprit sur un ton courroucé :

— Et de près, Borowicz ? Crois-tu que de près on puisse me confondre avec quelqu'un d'autre ?

Boro se laissa emporter par la mouvance du regard. Il détailla la forme admirable du visage.

— Ta beauté est unique et je suis un mécréant, reconnut-il. Un goujat de la pire espèce.

Maryika haussa les épaules et, lui tournant brusquement le dos, descendit les marches de l'hôtel. La longue silhouette de la Royale se profilait dans l'ombre.

— Ma voiture, fit Boro avec un geste large de la main.

Puis, comme Maryika s'arrêtait pour la contempler :

— Oh ! Ce n'est qu'une petite chose !

— Tu es vraiment venu de Paris là-dedans ?

— Vraiment.

— Mais comment as-tu fait, cher mythomane ?

— Vite.

Elle leva les yeux au ciel et passa devant lui. Ils délaissèrent l'animation, les magasins brillamment éclairés, et s'enfoncèrent dans les rues sombres de Munich. Les passants avaient déserté les trottoirs et peu de voitures circulaient. Maryika ne connaissant pas plus la ville que son cousin, ils allèrent au gré du hasard. La lune, pleine ce soir-là, éclairait les façades des immeubles où quelques lumières, parfois, brillaient aux étages. Mais les rideaux étaient tirés, les volets fermés, et il leur semblait traverser des étendues peureuses, mornes, repliées sur d'inaccessibles mirages. Les Munichois des quartiers pauvres s'étaient terrés chez eux. On entendait parfois un rire, une exclamation, preuve que la vie continuait derrière les murs sales contre lesquels ils n'osaient s'appuyer. Des poubelles éventrées traînaient sur la chaussée.

Ils empruntèrent une ruelle où deux immeubles se faisaient face. Des oriflammes claquaient auvent. Sur les façades de gauche, Boro reconnut des svastikas semblables à celle qu'arborait le soldat dont Scipion n'avait pas voulu dans la Royale. À droite, les drapeaux portaient la faucille et le marteau du parti communiste. Il régnait dans cette venelle un silence de cimetière. Maryika se sentit brusquement mal à l'aise et voulut rejoindre des quartiers plus animés. Boro la prit par l'épaule. Ils marchèrent sans parler, à l'écoute de leurs pas et du toc-toc régulier que faisait la canne en cognant sur les pavés. Ils se hâtaient, poussés par une force invisible qui les entraînait plus loin, vers des lieux où, espéraient-ils, la tension s'effacerait peu à peu.

Ils pénétrèrent dans un parc désert, le Jardin anglais. Maryika dit que Wilhelm Speer l'avait emmenée là le soir de leur arrivée à Munich. Et elle parla de cet homme pour lequel elle éprouvait une profonde admiration.

Speer avait été l'assistant de Fritz Lang, de Pabst et de Sternberg. Pour commencer sa jeune carrière de metteur en scène, il avait tourné quelques films que Maryika n'avait jamais vus, mais ils ne se distinguaient pas, lui avait-on rapporté, de la médiocrité des derniers films muets allemands. Après l'entrée de la Paramount et de la Metro Goldwyn Meyer dans la UFA allemande, Speer avait refusé d'émigrer aux États-Unis. Plus tard, il s'était détourné des films nationalistes commandés par les magnats de l'industrie lourde qui s'étaient emparés du cinéma germanique. Il avait acquis une certaine réputation en tournant les scènes principales des productions que les Américains faisaient réaliser à Berlin, ajoutant au tronc commun importé d'Hollywood les branches et les feuilles susceptibles de plaire au public allemand – les vedettes locales, plus convaincantes qu'un acteur américain doublé. *L'Aube des jours* était une composition totalement originale tournée pour partie en Hongrie, financée par des capitaux allemands et américains. Le scénario retraçait la vie de Cosima von Bülow, fille de Franz Liszt et de Marie d'Agoult, devenue Cosima Wagner. Maryika interprétait le rôle de Cosima.

Boro, qui n'avait pas ouvert la bouche lorsqu'elle lui avait parlé de la carrière de Wilhelm Speer, lui demanda pourquoi elle s'était attachée au metteur en scène. La jalousie pointait sous ses propos, mais elle n'y prêta aucune attention. Elle marchait à travers les arbres, la tête penchée, son bras passé sous celui de son cousin. Malgré la complicité du geste, il savait qu'elle ne pensait pas à lui, qu'elle était ailleurs, peut-être à la table du Bayerischer Hof où l'attendait cet homme au regard profond qui l'avait impressionné lui-même. Et il se sentit soudain très seul, immensément malheureux dans ce parc où Maryika ne parlait plus comme avant, lorsqu'ils escaladaient les collines de Buda à la recherche d'un coin d'ombre où abriter leur solitude.

Comme il reprenait sa respiration pour faire taire l'angoisse qui montait en lui, une vision fugitive revint à l'esprit de Boro : celle d'une jupe de cotonnade blanche moussant sur la corolle vivante d'un jupon rouge. Ses paupières battirent imperceptiblement et son cœur s'accéléra tandis qu'il entrevoyait cette image du passé – celle de sa cousine, ombre et lumière sous une ombrelle, se tournant vers lui. C'était un de ces jours d'été où les eaux amères et froides des sources qui coulent au pied du mont Gellérthegy se réduisent à un filet.

En un éclair, Boro songea qu'il ne pouvait en vouloir

à sa cousine d'avoir composé sa vie ailleurs et autrement puisque, aussi bien, c'était lui qui était parti. Et comme ils passaient sous un saule au tronc ployé, il lui proposa de la ramener au Bayerischer Hof et de rentrer le soir même à Paris. Elle se tourna vers lui, l'observa gravement et éclata soudain en sanglots. Il se sentit si démuni devant la véhémence de son chagrin qu'il resta sur place, frappé de stupeur. Ce fut elle qui courut se blottir contre lui, elle qui entoura son cou de ses mains, elle qui inclina son visage vers le sien, cherchant ses lèvres dans le silence des arbres. Et après qu'ils se furent ainsi embrassés, elle dit qu'elle se sentait perdue, privée des siens, immergée dans un monde dont elle n'avait pas voulu. L'Allemagne la terrorisait, elle admirait Speer, mais Speer avait la gorge prise dans un nœud coulant qui l'enfermait chaque jour davantage, et pourtant, en dépit des fantômes mortels qui l'entouraient, elle acceptait de marcher sur cette route allemande où l'entraînait un metteur en scène condamné.

Comme Boro lui demandait d'où lui venait ce sentiment de fatalité, elle répondit que Wilhelm était atteint d'un cancer des os dont il ne réchapperait pas. Elle avait appris la nouvelle par Barbara Dorn. Cette dernière tenait l'information d'un chirurgien parisien que Speer était allé consulter au cours du dernier automne. À son retour de France, Wilhelm n'avait rien changé à son mode de vie, il avait continué à entreprendre, comme si le temps importait peu. À peine *L'Aube des jours* achevé, il s'était attelé à la préparation d'un nouveau film, *Shanghai-Lily*, dont Maryika tiendrait le rôle-titre. Sa dignité devant l'inévitable échéance, son mépris de la mort, sa pugnacité quotidienne fournissaient à Maryika des raisons supplémentaires d'admirer cet homme. Et chaque fois qu'il posait son regard sur elle, la jeune femme ne pouvait s'empêcher de songer à la solitude du combat qu'il livrait. Ce qu'elle lisait dans cet œil grave qui la suppliait d'être courageuse et d'oublier la défaite des corps lui donnait la certitude qu'il cherchait moins à se rassurer lui-même qu'à la consoler. Cependant, jamais ils n'avaient parlé de la maladie. De cette conspiration du silence librement acceptée était né un étrange pacte entre elle et cet homme déclinant. En échange de sa fraîcheur, de sa jeunesse, de son talent, de sa beauté (à laquelle il n'accéderait jamais comme un amant ordinaire), il lui déléguerait toutes ses forces restantes et ferait d'elle une star, une étoile d'importance internationale dont l'éclat survivrait à sa disparition, dont la renommée assurerait à ses films l'immortalité des chefs-d'œuvre.

— Tu ne peux pas comprendre, dit-elle comme ils quittaient le Jardin anglais. Parfois, je m'aime à tel point que je suis prête à tout accepter pour devenir réellement moi-même.

Elle se tourna vers lui et lui adressa un sourire résolu.

— Amusons-nous, dit-elle en lui prenant la main.

Ils remontèrent l'avenue. En dépit de l'heure tardive, des hommes-sandwiches allaient et venaient sur les trottoirs. Certains étaient revêtus de chemises kaki et de culottes de cheval enfoncées dans des bottes lacées haut. Ils portaient des affiches aux couleurs criardes. Sur l'une, un aigle surmontait un svastika. Sur l'autre, un homme en chemise bandait ses muscles face à un groupe de fonctionnaires venus lui demander des comptes. Les dessins étaient barrés de slogans écrits en caractères gothiques : « *Arbeiter erwacht* », « *Deutschland erwacht* », « *Nationalsozialisten* ».

Plus loin, ils croisèrent d'autres porteurs d'affiches, en civil ceux-là, qui exhibaient des portraits tous inconnus de Boro, exception faite de celui de Paul von Hindenburg, vieillard moustachu et sévère. On retrouvait les mêmes visages, les mêmes slogans sur les murs et parfois aussi sur les ridelles de camions poussifs qui les dépassaient en gémissant. Jamais Boro n'avait vu propagande si efficace, pas même à Paris où, pourtant, les colleurs d'affiches ne chômaient pas.

Il s'arrêta un instant pour observer le manège de deux soldats qui s'approchaient d'un jeune homme porteur d'un carton sur lequel une nuée de drapeaux rouges entouraient la figure d'un homme chauve.

— Mais ils vont se battre ! s'écria-t-il en faisant mine de traverser.

Maryika le retint par la manche.

— Cela arrive tous les jours. Ne t'en mêle pas.

Il se dégagea d'une brusque secousse mais elle le rappela :

— On a dit qu'on s'amusait. Viens avec moi !

De l'autre côté de la rue, le jeune homme avait laissé tomber son affiche. Il s'enfuyait, poursuivi par les deux soldats.

— Mais c'est une ville de fous ! cria Boro en traversant.

Il clopina aussi vite qu'il put, se baissa et ramassa le carton. Il le montra de loin à Maryika. Celle-ci le rejoignit.

— « KPD, Ernst Thälmann », lut Boro. Qui est-ce ?

— Jette ça. Je n'ai pas envie qu'on te casse l'autre jambe.

Elle le prit par le bras et l'entraîna sur le trottoir.

— Allons dîner. Ce sera plus drôle.

Ils tournèrent à droite dans la Briennerstrasse et entrèrent au café Luitpold. Des hommes en uniforme se saoulaient à la bière tout en fumant des cigares. Il n'y avait pas de femmes.

— Sortons, dit Maryika.

Ils traversèrent. Un groupe de jeunes gens remontait sur la droite tandis qu'un autre descendait sur la gauche.

— Allons là, dit Maryika en désignant la devanture d'un salon de thé.

— C'est fermé, dit Boro. Il n'y a pas de lumière.

Maryika désigna les jeunes gens.

— Ils vont se battre. Partons...

Boro suivit du regard les deux groupes qui occupaient maintenant le milieu de l'avenue.

— Dépêche-toi ! cria Maryika.

Boro la rejoignit et la prit par la taille. La jeune fille paraissait terrorisée.

— Il ne nous arrivera rien, dit-il en la regardant droit dans les yeux. Ne panique pas.

Et comme elle tentait de se dégager, il resserra encore son étreinte.

— Tu restes là, contre moi, et tu ne bouges plus.

Un coup de sifflet jaillit derrière lui. Il y eut un cri, puis un autre. Il referma ses bras autour des épaules de sa cousine et se retourna, maintenant la jeune fille contre lui. Elle pressa son visage entre les pans de la redingote.

— Ils se battent, c'est tout, dit-il d'une voix tranquille. Cela ne te concerne pas.

— Partons ! supplia-t-elle.

— Non. Il faudrait courir.

— Pardonne-moi, murmura-t-elle en se serrant davantage contre lui.

— Il y a longtemps que c'est fait, dit-il en portant la main à sa jambe malade.

Les deux groupes s'étaient rejoints sur le trottoir opposé. Ils se battaient méthodiquement, sans cri ni vocifération. Au poing et à la matraque, selon un rituel dont le sens échappait totalement à Boro : ils étaient venus pour cela et n'avaient pas même tenté de parlementer avant d'échanger les premiers coups. Et ils cognaient. Quinze jeunes gens fous furieux dans les rues de Munich. Certains portaient un brassard rouge et blanc orné d'un svastika noir. D'autres étaient vêtus de vestes kaki. Quelques-uns portaient une casquette rabattue sur les yeux. Boro regretta de n'avoir pu arracher le Voigtländer des mains d'Alphonse Tourpe.

Trois voitures passèrent sur l'avenue sans ralentir. La porte du café Luitpold s'ouvrit, et des hommes éméchés sortirent sur le trottoir. Il y eut un nouveau coup de sifflet. Aussitôt, le groupe des agresseurs se défit. Quelques jeunes gens s'égaillèrent dans les ruelles environnantes, poursuivis par la première horde à laquelle se joignirent les consommateurs du café Luitpold. Les autres entourèrent un homme agenouillé sur le pavé.

Boro écarta Maryika.

— Viens, dit-il.

Et, sans l'attendre, il traversa.

L'homme avait un pied en terre. Il se massait la cheville tout en observant ses agresseurs. Son regard était noir, haineux, violent. Il avait vingt ans tout au plus. Les assaillants formaient un demi-cercle fermé en son diamètre par un mur. Le jeune homme était appuyé à la pierre.

Boro franchit la haie des matraques et rejoignit l'adolescent contre le mur. Un cri fusa :

— *Kommunist !*

Le jeune homme émit un rire bref et nerveux. Une matraque se leva. En un éclair, Boro fit mouliner sa canne et la tendit devant lui, pommeau en l'air.

— *Französisch*, dit-il.

— *Französischer Kommunist !*

— *Französisch !* répéta-t-il.

Il assura sa canne dans sa main droite et, de l'autre, aida l'adolescent à se relever. Dans l'ombre, il ne distinguait pas les visages de ses agresseurs. Seuls étaient visibles les traits blancs des matraques. Il fit un pas en avant. Le jeune homme se déporta légèrement sur la droite. Soudain, ils entendirent une femme crier :

— *Halt !*

Le demi-cercle s'entrouvrit légèrement, et Maryika se fraya un passage jusqu'au mur.

— *Ich bin Maryika Vremler !*

Aussitôt, un remous agita le groupe et les matraques s'abaissèrent. On entendit un rot, une exclamation, un rire enfin. Lorsque Boro se retourna, le jeune homme avait disparu.

— Viens, dit-il à Maryika en la prenant par le coude. On s'en va.

Elle dut signer quelques autographes puis ils s'éclipsèrent.

Leurs pas les guidèrent tout naturellement vers le Jardin anglais. Ils s'assirent sur un banc, reprenant leur souffle sous les arbres. Puis, sans se concerter, ils revinrent lentement à l'hôtel. Boro se sentait las. Maryika était bouleversée.

À la réception, où Herr Rumpelmayer n'était pas de service, un concierge au teint hépatique lui apprit qu'une voiture les attendait pour les conduire au Bayerischer Hof. Maryika demanda qu'un dîner leur fût servi dans sa chambre et exigea de ne pas être dérangée. Dans l'ascenseur, elle s'appuya contre l'épaule de Boro.

— Je n'aime pas cette ville, dit-elle.

Il lui proposa une fois encore de venir à Paris avec lui, mais elle répondit que c'était impossible, et il le comprit.

Ils dînèrent au champagne devant la cheminée. À deux heures du matin, légèrement ivre, Boro passa dans la chambre et s'affala sur le lit rose. Maryika se campa devant lui, les poings sur les hanches.

— Pas ici, dit-elle. Ne compte pas dormir ici.

Il leva un sourcil.

— Ta place est dans le salon. Sur le canapé...

Il se redressa et gagna l'autre pièce en bougonnant. Tard dans la nuit, Maryika fut réveillée par un bruit feutré. Elle ouvrit un œil et vit la porte de sa chambre se refermer. Elle ne bougea pas. C'était comme à Budapest, lorsqu'ils dormaient dans la grande maison blanche. Elle sourit.

Il se mit à quatre pattes et avança lentement vers la tête du lit. Elle perçut son souffle et sentit sa main remonter sur la bordure du matelas. Elle demeura immobile. Une grande douceur l'envahit lorsque la paume de Boro approcha de sa hanche. Son corps se tendit imperceptiblement. Elle ouvrit la bouche sans proférer le moindre son. Elle suivit le cheminement de la main sur sa chemise de nuit. L'aine, la gorge, le creux de l'épaule. Elle respira plus vite. Les doigts jouèrent avec le tissu, redescendirent, se posèrent sur un sein. Un frisson la parcourut. Elle soupira.

— Maryik, chuchota-t-il.

Elle sursauta.

— Maryik, répéta-t-il.

Le souvenir de la maison blanche lui revint brusquement en mémoire. Son cousin. Elle rabattit la couverture et se dressa sur un coude.

— Borowicz !

Elle se leva et le repoussa sans ménagement. Le jeune homme rejoignit la porte à quatre pattes.

— Borowicz ! cria-t-elle de nouveau en tapant du pied. Ne recommence jamais ça !

Et elle tourna la clé dans la serrure.

La pellicule

À huit heures le lendemain matin, le téléphone sonna. Puis on frappa à la porte. La tête plate de Ruddi Reinecke, son nez pointu, apparurent entre les tiges de cinq douzaines de roses. Les journalistes s'agglutinèrent dans le couloir, attendant la sortie de l'actrice. Le personnel de l'hôtel parut soudain converger vers la suite numéro 1. Allongé sur le canapé, Boro suivait ces allées et venues tout en jouant avec sa canne. Il ne bougeait pas. Au cours de la nuit, il avait songé rester deux ou trois jours de plus à Munich, mais l'agitation alentour l'en avait finalement dissuadé : le tourbillon emporterait sa cousine et il ne la verrait pas.

Maryika décachetait les enveloppes qui accompagnaient les bouquets, s'enfermait dans la salle de bains, revenait, en peignoir, pour répondre au téléphone, disparaissait à nouveau, cherchait une robe, un chemisier, un flacon de parfum. Boro la suivait du regard, étalé sur le canapé. Il ne bronchait pas. De temps à autre, elle s'approchait de lui, glissait une main dans ses cheveux et se plaignait qu'ils ne pussent rester seuls ce dernier jour. Il hochait doucement la tête, disant :

— J'ai quitté une petite fille, je retrouve une star.

— Tu exagères ! s'écriait-elle en lui assenant une

tape sur le haut du crâne. Et puis tu aurais pu choisir un autre jour que celui de la première !

À dix heures, Scipion téléphona. Maryika décrocha. Elle dit quelques mots à voix basse. Boro la vit prendre un bristol sur la tablette où était posé le téléphone, et l'entendit prononcer le nom d'un certain Hoffmann. Puis elle lui tendit le récepteur :

— Il veut te parler.

— Salut, chauffeur ! dit-il en s'emparant du combiné.

— Tes valises sont prêtes, Borop'tit ?

— On part quand ?

— À deux heures.

Boro grimaça.

— On ne peut pas reculer un peu ?

— Non. Le Patron a besoin de sa voiture demain matin. Je viens de l'appeler. Et puis il faut récupérer la roue de secours...

— Tant pis, fit Boro.

Maryika s'approcha.

— Passe-le-moi. J'ai oublié quelque chose.

Elle parla à mi-voix, raccrocha et vint sur le canapé.

— Nous n'avons plus que trois heures, dit Boro.

— J'irai te voir à Paris.

— C'est ça, dit-il, maussade. À Paris...

— Donne-moi ton adresse.

— On peut attendre, non ? Je ne suis pas encore parti !

Elle secoua la tête et sourit gravement.

— Tu sais comment tu es au moment des départs : tu oublies tout.

Il tendit la main en direction du bristol.

— Donne-moi un crayon.

Il lut le nom d'Heinrich Hoffmann suivi d'une adresse. Il inscrivit la sienne, puis celle de l'agence Iris, rue de l'Échiquier, non loin du boulevard Bonne-Nouvelle.

— La seconde est plus sûre, dit-il en tendant le carton à sa cousine. Écris-moi là pour me dire quand tu viens. Pour les choses intimes, écris plutôt à la première adresse. À l'agence, Fiffre ouvre parfois le courrier.

— Fiffre ? demanda-t-elle doucement.

— Germaine Fiffre, répéta-t-il. C'est la secrétaire la plus rébarbative que je connaisse.

Elle le regarda soudain droit dans les yeux.

— Où habites-tu, Blèmia ?

— C'est marqué, dit-il en désignant le bristol qu'elle tournait et retournait entre ses doigts. Rue des Jardiniers, dans le XIIe arrondissement.

— Une maison ?

— Non.

— Un appartement ?

— Non plus.

— Un hôtel ?

Il ricana.

— Une chambre chez une logeuse. Dix mètres carrés avec lavabo. Et un seul lit. Petit, le lit, ajouta-t-il avec un sourire.

Maryika posa une main sur sa poitrine.

— Blèmia, dit-elle en le fixant toujours, il faut que tu provoques ta chance.

— Merci, fit-il sèchement. C'est exactement le genre de conseil que j'aurais pu me donner tout seul.

— Ne te vexe pas. Moi, j'ai su saisir la mienne.

Il eut un petit sourire amer.

— À deux ou trois détails près, c'est ce que j'avais cru remarquer...

Elle fit celle qui n'entendait pas.

— Tu dois photographier des gens connus. Aller dans les endroits où ils se trouvent et ne plus les lâcher.

— Excellente idée ! s'exclama-t-il en se redressant. J'entre à l'Assemblée nationale, j'interromps M. Laval, je lui demande de me faire un grand sourire et, clic-clac, j'immortalise ses caries. C'est bon pour les dentistes !

Elle se releva d'un mouvement brusque.

— On ne peut rien te dire ! s'écria-t-elle. Tu es toujours aussi susceptible ! Ce ne sont pas tes joueurs de tennis ou tes meneuses de revues qui ont changé ton sale caractère !

Elle passa dans la chambre et, avant de refermer la porte, lança :

— Ton Laval, tu le surprendras mieux devant le Palais-Bourbon ou devant chez lui que sur un podium !

— Mais oui ! lâcha-t-il en faisant mouliner sa canne. Si tu le vois, demande-lui de m'offrir un Picon-citron au bar de l'Assemblée !

À midi, ils quittèrent l'appartement, suivis d'une nuée de journalistes. Ils les retrouvèrent au rez-de-chaussée. Maryika tenta de les éloigner, mais ils restèrent là, accrochés comme un essaim.

L'inévitable Ruddi Reinecke se fraya un passage parmi eux et interpella Boro :

— Monsieur, vos bagages ont certainement été volés. Nous ne les avons pas trouvés.

— Je n'avais pas de bagages, répondit Boro avec un grand sourire.

Le rouquin le toisa avec un regard mauvais avant de s'écarter. Il buta contre un adolescent aux yeux noirs qui tentait d'approcher Maryika. Boro crut reconnaître le jeune garçon du café Luitpold. Il lui adressa un signe de la main. Le jeune homme disparut derrière un pilier.

Scipion les attendait devant la porte à tambour. Il s'inclina devant Maryika et lui dit mystérieusement :

— Tout est prêt, mademoiselle.

Boro les regarda, interrogateur :

— Où va-t-on ? Pourquoi ces airs de conspirateurs ?

— Surprise ! dit Maryika avec une lueur amusée dans le regard.

Ils montèrent dans la Royale.

— Voilà une vraie voiture ! s'écria la jeune fille en prenant ses aises sur la banquette.

Boro lui raconta sa rencontre avec Ettore Bugatti. Elle le regarda en hochant la tête et dit :

— Un sale caractère, fier et débrouillard. Non, décidément, tu n'as pas changé !

Scipion démarra en souplesse et vira devant l'hôtel. Trois autos les prirent en chasse.

Ils passèrent devant le Jardin anglais, remontèrent la Briennerstrasse et gagnèrent les hauteurs de la ville. Le Noir ouvrit la glace de séparation et désigna du pouce les voitures qui les suivaient.

— Les journalistes, mademoiselle... Aimeriez-vous les semer ?

— Volontiers, répondit Maryika. Mais ne roulez pas trop longtemps : je ne supporte pas l'auto plus d'une heure.

— C'est vrai, dit Boro. J'avais oublié cela.

Scipion accéléra brusquement, doubla un tramway puis une file de camions, se rabattit sur la droite et franchit un pont.

— Ai-je le droit de savoir où nous allons ? demanda Boro, ou suis-je un simple paquet qu'on trimbale ?

— Là, répondit Scipion en montrant une croix sur une carte. Nous y serons bientôt.

Il longea l'Isar, traversa un nouveau pont, accéléra sur une avenue déserte et revint vers le centre de la ville. Les voitures des journalistes avaient disparu. Moins de cinq minutes plus tard, la Bugatti s'arrêtait devant une vitrine sur laquelle un nom était inscrit en lettres gothiques : Heinrich Hoffmann.

— Nous y sommes, dit Maryika en ouvrant la portière. Les paquets les plus valides peuvent descendre.

Elle se tourna vers son cousin et ajouta :

— Alors ? Tu viens ?...

Ils pénétrèrent dans la boutique. Avant même d'avoir regardé les rayons, Boro savait où il se trouvait – l'odeur fade de l'hyposulfite ne trompait pas. Il se tourna vers Maryika. D'un geste, elle lui enjoignit de se taire. Une jeune fille blonde et avenante se dirigea vers eux. En allemand, Maryika lui demanda si Herr Hoffmann était présent.

— *Für Maryika Vremler*, spécifia-t-elle.

La jeune fille s'inclina respectueusement et disparut dans l'arrière-boutique.

— Pourquoi m'emmènes-tu dans un atelier-photo ? lui demanda Boro en se tournant vers elle.

— Tu verras tout à l'heure. Pas d'impatience...

Il s'approcha des rayonnages sur lesquels étaient entreposés des appareils photo. Jamais, même chez Tiranty, rue Lafayette, il n'avait vu autant de marques exposées : Kodak, Zeiss-Ikon, Foth, Rolleifleix, Leica... Il y avait des 4 x 4, des 6 x 9, des 6,5 x 11, des caméras Pathé, des Movex-Agfa... De pures merveilles.

Il se tourna vers Maryika, l'œil brillant. Celle-ci parlait avec un homme en blouse blanche qui tenait un petit écrin à la main. Boro s'approcha. Il vit sa cousine sortir une liasse de billets de banque de sa poche. L'homme lui tendit l'écrin. Maryika l'offrit à son cousin.

— Voici la surprise, dit-elle avec un air de satisfaction enjouée.

Boro prit l'écrin. Le photographe l'observait à l'ombre de ses sourcils très fournis.

— Quelle folie ! Qu'est-ce que ça peut bien être ?

Il ouvrit la boîte avec la fébrilité d'un enfant. Et soudain, un sourire de bonheur éclaira son visage. Il s'approcha de sa cousine et la prit dans ses bras. Elle le repoussa.

— Regarde plutôt !

Il sortit le Leica de sa boîte. À cet instant, la porte s'ouvrit, et un homme porteur d'un bouquet de fleurs pénétra avec raideur et circonspection dans la boutique. Emmitouflé dans un cache-col, il se tint immobile sur le seuil sans retirer le feutre qui lui dissimulait le visage. Hoffmann quitta immédiatement le comptoir et serra la main de son visiteur. Puis, se tournant vers l'arrière-boutique, il cria :

— *Fräulein Eva !*

Boro prit l'appareil entre ses mains. Sur le dos, en lettres d'or, de part et d'autre de l'œilleton, étaient gravés son nom et celui de sa cousine : BORO-MARYIK.

— C'est merveilleux, balbutia-t-il.

Il fit un pas vers sa cousine et glissa la main contre sa joue.

— Le plus beau cadeau de ma vie, dit-il en la prenant par la taille.

Elle se détacha de lui et, d'un coup d'œil sévère, lui montra la fille blonde qui, débouchant de l'arrière-boutique, se précipitait, bras tendus, vers l'homme qui venait d'entrer.

Hoffmann revint se placer derrière le comptoir. Il s'adressa à Boro :

— Faites attention, l'appareil est chargé.

Aussitôt, passant son poignet dans le lacet de sa canne, Blèmia porta le Leica à son visage. Et il se mit à mitrailler : Maryika, Hoffmann, la vendeuse, le nouveau venu offrant ses fleurs, un homme qui regardait de l'autre côté de la porte, Hoffmann, crispé, contemplant la scène, Maryika, radieuse, l'inconnu assenant une tape amicale sur les fesses de la blonde, la blonde roucoulant sous la caresse, Maryika, heureuse, Hoffmann levant la main, l'inconnu se rendant compte qu'on l'avait photographié et approchant, la blonde le considérant, perplexe, Maryika se dirigeant vers la porte, l'inconnu lâchant une phrase d'un ton sec, en allemand, Hoffmann interpellant Maryika et celle-ci, après avoir écouté, se tournant vers son cousin.

Boro abaissa le Leica.

— Ce monsieur veut que tu rendes la pellicule, l'informa-t-elle en désignant l'inconnu. Il n'aime pas être photographié.

Boro dévisagea l'homme. Il était de taille moyenne,

assez commun malgré sa morgue. Ses pommettes étaient empourprées, comme s'il avait la fièvre. Le regard traduisait un indicible mépris pour autrui.

— Calmez-vous, dit Boro en allemand. Ce n'est qu'une photo !

L'autre fit un pas en avant et lâcha quelques mots d'une voix rauque qui roulait les *r*.

— Il exige que tu rendes la pellicule, répéta Maryika.

— Qu'a-t-il dit exactement ? demanda Boro. Je n'ai pas tout compris.

— Rien de très intéressant, je t'assure.

Il se tourna vers Maryika. Elle était blanche et contenait sa fureur à grand-peine.

— Dis-moi la vérité.

— Il a dit que tu avais un physique de métèque.

Boro avança vers l'inconnu. Celui-ci émit de nouveaux glapissements et leva la main, doigts écartés. Boro s'approcha encore, se collant presque à lui. Il le dépassait presque d'une tête. La blonde recula de quelques pas. Boro sourit.

— Un métèque ?

Lorsqu'il fut à moins de deux centimètres de l'homme, il entendit un petit bruit, reconnaissable entre mille autres. Il se détourna soudain et porta sa main à son nez.

— Il pète ! s'écria-t-il en hongrois à l'adresse de Maryika.

Celle-ci éclata de rire. L'inconnu sortit en claquant la porte.

Le silence tomba dans le magasin. La vendeuse réintégra l'arrière-boutique en sanglotant bruyamment dans son mouchoir.

— Là, là, Eva, la consola Hoffmann.

Puis il revint sur ses pas et s'adressa à Maryika :

— Demandez à monsieur de me rendre la pellicule, mademoiselle Vremler. Je vous assure que ce sera mieux pour tout le monde.

— Monsieur fait ce qu'il veut, répondit-elle sèchement.

Prenant Boro par le coude, elle l'entraîna dehors.

— De toute façon, je te connais assez pour savoir que tu ne l'aurais jamais rendue.

— Moi ?

— Toi, galopin, fit-elle en le poussant vers la voiture.

— Eh bien, tu te trompes !

Boro s'arrêta sur le bord du trottoir, glissa son poignet dans le lacet de sa canne et entreprit de réembobiner la pellicule. Quand ce fut fait, il ouvrit le Leica et tendit le rouleau à Maryika.

— À eux, je ne l'aurais jamais donné. Mais à toi, je veux bien. Le bonhomme allait sans doute voir sa maîtresse. Je respecte ce genre de situation.

Elle prit la pellicule et voulut la jeter dans le caniveau. Boro l'arrêta d'un geste de la main.

— Ah, non ! s'écria-t-il. Ce sont mes premières photos avec le Leica. Tu les gardes en souvenir !

Scipion les attendait devant la Royale. Il ouvrit la portière et ils s'engouffrèrent dans la voiture. Sur un petit plateau fixé face à la banquette étaient posés une bouteille de champagne et trois verres.

— Cadeau de la maison Bugatti, fit Scipion en s'asseyant à l'avant. Pour fêter la fin du voyage.

— Où as-tu trouvé tout cela ? demanda Boro.

— Devant toi.

Blèmia se pencha et découvrit un anneau dans la marqueterie. Il tira, ouvrant une petite porte qui dissimulait un bar. D'autres verres étaient encastrés dans des alvéoles en argent.

— Le champagne est frais, dit Scipion. Je l'ai pris à l'hôtel.

Boro remplit les verres et, passant son bras à travers la glace de séparation, tendit le sien au Noir. Ils trinquèrent.

— On part dans une heure, dit Scipion. En attendant, où voulez-vous aller ?

— Pas à l'hôtel, dit Boro. Tous les journalistes de Munich doivent y être.

— Roulons, proposa Maryika. On peut rester dans la voiture. Pas plus d'une heure.

La Bugatti s'ébranla doucement. Au bout de la rue, Scipion tourna à gauche. Un peu plus loin sur la droite, ils aperçurent, reconnaissable à son feutre, la silhouette d'un homme frileusement emmitouflé qui marchait aux côtés d'un homme plus grand, vêtu d'un costume sombre.

— Le péteur ! s'écria Boro.

Il se pencha en avant et, comme ils passaient à la hauteur de l'homme, Boro cria à l'adresse de Scipion :

— Flaque !

Le Noir donna un coup de volant sur la droite, et l'inconnu fut aspergé de la tête aux pieds.

— Arrête-toi ! commanda Boro.

Il baissa la vitre et, se penchant par-dessus la portière, tendit son verre à son souffre-douleur.

— Une coupe de champagne, monsieur ?

L'autre le fixa avec des yeux de dément. Ses pupilles étaient dilatées par la colère, la haine, la rage. Il remuait les mâchoires, les lèvres entrouvertes sur des dents jaunes. La boue dégoulinait de son manteau. Le bas de son pantalon était trempé.

— Vraiment, pas de champagne ? insista Boro. Tant pis pour vous...

Il remonta la vitre et la Royale glissa en direction des quartiers nord de la ville. Si Boro s'était retourné à cet instant précis, il aurait remarqué que celui qu'il venait d'humilier parlait avec son compagnon. S'il avait pu entendre leurs propos, il aurait probablement été incapable de finir sa coupe de champagne. Mais quelle qu'eût été sa conduite, rien n'aurait changé. Il était déjà trop tard.

Ils roulèrent pendant une demi-heure dans la campagne environnante. Maryika promit de venir à Paris, Boro jura de lui envoyer les premières photos qu'il prendrait avec le Leica. Ils gommèrent les distances en projetant des rendez-vous téléphoniques, des allers-retours en avion, des rencontres en Suisse ou à Strasbourg. Il lui écrirait souvent, elle lui répondrait toujours, ils se diraient tout, plus jamais ils ne s'oublieraient pendant quatre ans. Ils se firent ainsi des serments qui leur rappelèrent ceux qu'ils échangeaient à quinze ans, lorsque Boro prétendait traverser le Danube à la nage en hiver pour la rejoindre, et qu'elle hochait silencieusement la tête, ne doutant ni de sa fidélité ni de sa folle témérité.

Ils oublièrent Scipion, l'Allemagne, *L'Aube des jours*, parlèrent à voix basse pour se rapprocher encore. Ils se tenaient les mains, ne se quittaient pas du regard ; sachant l'un et l'autre qu'il y avait un infini désenchantement dans leurs gestes étroits. Jumeaux du désespoir, ils feignaient de ne pas s'attacher à ces signes du cafard qui déjà les mordaient au cœur, car, pensaient-ils, s'ils y cédaient déjà, l'ultime moment de la séparation serait encore plus difficile. Et lorsque Scipion arrêta la Bugatti devant le Regina Palast, ils se serrèrent l'un contre l'autre non pas comme s'ils se quittaient mais plutôt comme s'ils venaient de se retrouver après de longues années d'absence. Puis Boro ouvrit la portière, sortit le premier, aida sa cousine à descendre et remonta presque aussitôt, à l'avant, près de Scipion.

Il fit un signe de la main. Maryika était pâle. Il songea que jamais elle n'avait supporté les promenades en voiture et la remercia par la pensée de ne pas s'être plainte cette fois-là.

— En route ! fit-il.

La Bugatti s'éloigna du trottoir. La jeune femme monta lentement les marches de l'hôtel. Ruddi Reinecke vint à sa rencontre.

— On vous attend, dit-il en inclinant son visage intelligent.

Elle eut un geste d'impatience, mais il insista :

— Si vous avez besoin de mes services, je serai dans le hall. Faites seulement un signe et je viendrai. Mon nom est Ruddi Reinecke.

Et comme elle se détournait pour se débarrasser de lui, deux hommes s'avancèrent, l'encadrèrent, l'un à droite et l'autre à gauche. Elle les remarqua à peine, le regard fixé sur l'avenue où la Bugatti allait se perdre, noyée entre les autos et les camions.

À l'instant où elle disparut, l'un des deux hommes posa sa main sur son épaule. Elle tressaillit et se retourna brusquement.

— Vous êtes Maryika Vremler ?

Elle acquiesça d'un hochement de tête. Et c'est alors que, redressant le visage, elle comprit que les deux individus n'étaient pas journalistes, encore moins photographes : ils arboraient chacun un brassard à croix gammée et portaient la matraque blanche des nationaux-socialistes du café Luitpold. Prise de panique, elle se retourna vers l'avenue. Mais il n'y avait plus de Bugatti, plus de Scipion, plus de Boro. Seulement des camions bondés qui traversaient la ville comme une lame cisaillant une cicatrice.

Les ténèbres et la mort

— Mademoiselle Vremler, dit le plus corpulent des deux hommes, je suggère que nous trouvions un coin discret dans le hall.

Et comme Maryika s'apprêtait à dire qu'on ne disposait pas de son temps, elle sentit se refermer sur son bras une poigne écrasante. Cette brutalité était en contradiction avec le sourire de miel de son interlocuteur. Il la fit pivoter brutalement. Quand bien même elle aurait voulu refuser la situation qu'on lui imposait, elle n'eût rien pu faire contre la force peu commune du SA qui la soulevait presque, l'obligeant à remonter le perron, à franchir la porte à tambour et à marcher très vite vers un coin de salon mal éclairé.

Quand il la fit atterrir au creux d'un fauteuil profond, elle eut d'elle-même l'image d'une poupée disloquée. Une frayeur de petite fille l'envahit tout entière. Elle se sentait seule et faible. Ses membres ne lui obéissaient plus. Elle tenta de jeter un regard derrière elle, du côté des lumières. Elle entrevit Herr Rumpelmayer, occupé à faire des ronds de jambe à ses clients, et, plus loin, un groupe de journalistes qui entouraient plusieurs personnalités de la UFA. Elle ouvrit la bouche pour appeler au secours, mais le second homme était placé derrière le dossier du fauteuil où elle était enfoncée. Il la saisit par un poignet, lui retourna le bras derrière le dos et, simultanément, écrasa sa main gauche sur son visage. Maryika suffoquait presque. Tandis qu'elle se débattait, la brute corpulente, penchée sur elle, lui parlait à nouveau avec cette feinte douceur qu'ont les adultes envers les enfants quand ils sont excessivement fâchés et s'apprêtent, quoi qu'on fasse, à leur donner des coups. Maryika avait peur. Elle sentait que ces gens étaient dressés pour imposer la terreur qu'ils inspiraient. C'était clair : ils aimaient faire mal.

— Ne dramatisons pas les circonstances, mademoiselle Vremler, susurra la brute qui lui faisait face.

Il plissa aimablement sa tête de boucher et poursuivit d'un ton égal :

— Aujourd'hui est une belle journée pour vous et nous n'aimerions pas la gâcher. Tout ce que nous voulons, c'est récupérer ce minuscule morceau de film que votre ami a exposé chez M. Hoffmann...

Il se pencha davantage. De près, il était encore plus laid. Sa peau avait l'aspect luisant du suif. Ses yeux bleus délavés dansaient avec agilité une gigue affolée au fond de ses orbites noyées dans la graisse. Mentalement, afin d'avoir moins peur de lui, Maryika décida de le baptiser Cochon-qui-souffle.

— Mademoiselle Vremler, dit Cochon-qui-souffle, est-ce que je peux vous faire confiance ? Mon ami Heinrich va soulever sa main de devant votre bouche pour que vous puissiez répondre à nos questions. Nous sommes des amis. Regardez-moi... Des amis de la Grande Allemagne. Vous n'allez pas vous mettre à crier, n'est-ce pas ? Je peux vous faire confiance ?

Elle fixa les yeux de l'homme à croix gammée qui gigotaient de plus belle.

Il dit encore :

— Sinon, Heinrich va vous plier le bras derrière le dos et très vite, vous verrez, l'épaule se déboîte. On a si mal qu'on s'évanouit.

Elle ne fit pas signe, ni rien. Ses yeux se contentaient d'exprimer la haine.

— Heinrich ! Montre à Mlle Vremler comme la douleur sera vive si par malheur elle criait.

Sans ôter sa main de devant la bouche de la jeune femme, Heinrich remonta insensiblement le bras de Maryika. Plus sa pression s'accentuait, savamment dosée, plus elle sentait se propager en elle une intolérable fulgurance. Les yeux noyés de larmes, elle aurait voulu à toute force l'écarter, mais il n'y avait que cela au monde : ce déchirement des chairs, cette lumière de souffrance. Elle avait beau lutter encore un peu, essayer de mordre, se courber à la rencontre de ses genoux, son tortionnaire vigilant sentait la cambrure de son corps et accompagnait son geste. Il allait lui casser l'épaule. Elle fit un signe désespéré de la tête. Un trou noir se refermait sur sa vision. Elle ne voyait plus devant elle que des bottes en feu.

Aussitôt, la pression se relâcha. La voix de Heinrich siffla à ses oreilles :

— J'ai senti que vous alliez partir, mademoiselle. Vous évanouir. Ça n'est pas du jeu de nous fausser compagnie.

Le souffle chaud de Heinrich flotta sur sa nuque.

— Eh bien, je vous fais confiance, mademoiselle Vremler... Voyez, je vous fais entièrement confiance.

Il souleva lentement sa main de la bouche de Maryika.

Le dégoût la submergea. Elle sentait comme une marque ignoble et invisible l'empreinte de transpiration qu'il avait laissée sur le bas de son visage. Elle aspira l'air goulûment. Des points lumineux dansaient devant ses yeux. Son cœur tapait dans son corps endolori. Cochon-qui-souffle lui souriait. Il se pencha soudain, l'haleine chargée d'une aigre odeur de bière.

— Où est la pellicule, mademoiselle Vremler ?

— Je ne l'ai pas, mentit Maryika. C'est mon ami qui l'a gardée.

— Désolés. Nous pensons le contraire. Fouille-la, Heinrich, qu'on en finisse !...

Maryika tenta de se lever. Elle entrevit la lumière, le ballet rouge des grooms qui s'affairaient dans le hall, mais, d'une brusque poussée de sa viande grasse, le nazi la fit à nouveau basculer dans le fauteuil. Déjà, la main de Heinrich courait sur elle, commençant par les poches de son manteau. Elle ferma les yeux, prête à s'installer dans un nouveau cauchemar, lorsqu'une voix de fausset la fit sursauter.

Aussitôt, la fouille s'arrêta.

— Mademoiselle, je viens de dire à la presse que vous étiez au petit salon. Les journalistes arrivent. Je vais faire de la lumière...

Elle rouvrit les yeux. Ruddi Reinecke était là, avec sa frimousse effrontée, sa maigre silhouette, son acné juvénile et son nez pointu. Il courait d'un commutateur électrique à l'autre, allumait les lustres, chassait la peur et les ténèbres. Elle lui sourit, éperdue de reconnaissance, remonta une mèche et lui dit :

— Merci, Ruddi. Ne vous éloignez pas. J'aurai encore besoin de vous.

— C'est ce que j'ai pensé, opina le groom.

Les SA piétinaient dans leurs bottes, le regard posé sur ce maigre coquin de dix-sept ans à peine, quatre poils roux en bataille sous le nez, qui venait de les mettre en déroute. Il retendait ses gants de filoselle et les narguait d'un sourire fat.

Une demi-douzaine de journalistes s'agglutinèrent autour d'eux. Quelques flashes partirent à l'improviste. Les uns et les autres restèrent figés, mal à l'aise pour des raisons différentes. Heinrich protégea son visage de sa main pour échapper à cette lumière vive qui le désignait comme un intrus, le reléguait impitoyablement au rôle de soudard botté et l'obligeait à regagner le camp de l'ombre et les nuits froides où lui et ses semblables faisaient la loi.

— Nous reviendrons, dit-il comme une menace. Nous sommes là. Nous sommes partout.

Il se raidit dans une sorte de garde-à-vous, fit claquer sa matraque blanche contre sa paume ouverte et inclina sèchement la tête en passant devant Maryika.

— *Kommen Sie mit !* ordonna-t-il au gros boucher. À bientôt, mademoiselle Vremler.

Une rose de Rothenburg

Ruddi Reinecke tira sur son manteau afin qu'il parût plus long, contrôla le nœud de sa cravate et lissa une dernière fois le surplus de cosmétique qui plaquait ses cheveux vers l'arrière. Après quoi, il monta sur une chaise et souleva son pantalon par le pli pour vérifier l'effet de ses vernis sur les chaussettes de soie grise.

Satisfait de la garde-robe qu'il avait « empruntée » un quart d'heure plus tôt dans l'appartement 405, il sauta de son perchoir. Il vaporisa le fond de sa bouche avec une mixture à base d'œillet que lui avait conseillée un vieil acteur de la Pfaarhauskomödie, quitta sa misérable chambre située sous les combles du Regina Palast, et rejoignit le deuxième étage en passant par l'escalier de service.

Au bout de cent quarante-quatre marches exactement, Ruddi atteignit la lingerie. Par la porte entrebâillée, il risqua un coup d'œil suspicieux sur la longue perspective du couloir, s'assura qu'aucun membre du personnel ne rôdait alentour et, en quelques enjambées silencieuses, gagna la porte de la suite numéro 1.

Sur le point de frapper, il consulta l'heure et resta trente-sept secondes, pas une de plus, le doigt levé. De cette façon, il avait une minute de retard. La politesse des rois.

— *Herein !...*

Étouffée par la distance, la voix de Maryika Vremler lui parvint alors qu'il poussait déjà le battant. Pas besoin de lui faire un dessin, il savait qu'elle se trouvait dans la salle de bains. À cette heure-ci – dix-huit heures trente – les jolies femmes du Tout-Schwabing se trouvaient toujours devant leur coiffeuse. Elles tendaient leurs bas noirs sur leurs cuisses de nacre.

Il referma doucement la porte derrière lui, fit quelques pas sur la moquette, dessina une moue modeste sur son visage de rongeur et attendit qu'elle fît son apparition.

Qu'on ne s'y trompe pas : Ruddi Reinecke n'était pas un valet de comédie. Il était un pur produit des bas quartiers de la ville, un de ces coins puants classé *Glasscherbenviertel*, « quartier d'éclats de verre », où vivaient des hordes de va-nu-pieds et de chômeurs acculés au désespoir. Son père avait été l'un d'eux avant de finir mendiant du côté de Theresienstrasse, d'insulter les bourgeois et de mourir de pneumonie un mauvais soir d'hiver entre les bras de son fils. Les yeux cernés de gris, jusqu'à son dernier souffle le forcené avait tendu le poing, maudit Dieu et conspué les riches.

Ruddi avait connu la faim jusqu'à l'âge de douze ans. Sa mère avait fini par coucher avec le patron d'un weinstube pour obtenir une place de serveuse. Le garçon avait rasé les. murs, marché dans les égouts et raclé les poubelles du café Neumayer. Il avait volé une montre, vendu sa sœur et renié sa mère. Il avait survécu à tous les mauvais traitements, supporté les rebuffades, les humiliations, les pourboires indignes. Maintenant qu'il avait un emploi, il avait pour le reste de son existence des yeux mauvais, une mauvaise haleine et de mauvaises intentions. Devenu groom à huit boutons, il humait l'odeur d'argent comme s'il s'agissait d'une levure de vie. Et ce soir, ce soir, Ruddi Reinecke entendait bien rançonner cette actrice de passage. Il ne l'avait pas sortie des sales pattes des SA pour son beau linge, mais tout simplement parce qu'il comptait bien tirer d'elle un pourboire, une récompense et, qui sait, peut-être mieux encore.

Ruddi Reinecke entretenait avec l'idée du sexe des rapports indicibles. Certains soirs, quand soufflait le foehn, ce vent qui vient du sud après avoir passé les Alpes, Ruddi, échauffé par sa lourdeur énervante, ressentait d'étranges picotements derrière les reins. La toison rousse de sa chevelure le démangeait mystérieusement. Il éprouvait alors le besoin de sortir et d'errer nu-tête dans les rues de la ville.

Il arpentait un dédale de venelles coincées entre les rails du chemin de fer et le pré de la Fête-d'Octobre. Il longeait les fenêtres ouvertes où s'offraient les gorges des filles, leurs ventres mystérieux comme des grottes et, tandis qu'il s'enfuyait, mis en déroute par le rire éraillé de ces femmes sans vertu, il se jurait de prendre un jour sa revanche. Le petit garçon du quartier de Schwanthalerhöhe dormirait auprès d'une princesse des beaux quartiers. Il l'épouserait. Seulement alors, il oublierait sa mère, la crasse, la misère et l'abjection. Il fermerait les yeux avec confiance. Il sourirait dans l'obscurité. Seigneur, quel répit !

Soudain, Ruddi Reinecke sursauta. Son regard inquiet fit place à un demi-sourire poli. Le pas décidé de Maryika Vremler se précisa dans la chambre voisine. Lorsqu'elle franchit la porte de communication, il ne put s'empêcher de cligner deux ou trois fois des paupières. Elle était vraiment très belle dans sa robe du soir.

— Excusez-moi de vous avoir fait attendre, Ruddi, dit-elle aussitôt de sa voix céleste.

Bougeant comme un serpent sous la peau de sa robe en écailles d'argent, elle s'avança à sa rencontre sans qu'il se sentît capable de remuer la tête. Le souffle coupé, il regardait glisser la silhouette de Maryika. Et même si son visage lisse sous un chignon tiré conservait cette incomparable pureté qui faisait d'elle un ange, le maquillage de sa bouche, la courbe accentuée de ses lèvres, le noir qui soulignait ses paupières concouraient à lui donner une expression de volupté animale.

Elle lui serra chaleureusement la main, l'entoura de son parfum troublant et installa ses yeux dans les siens avec autant de sans-gêne, pensa Ruddi, que s'il avait été l'unique homme de sa vie.

— Ruddi ! Vous vous êtes conduit comme un véritable chevalier, murmura-t-elle en prenant un air de grande sincérité. Je vous suis reconnaissante de m'avoir tirée du vilain pas dans lequel je me trouvais.

Elle avait une voix de velours et une façon parfumée de vous parler devant la bouche qui vous faisait loucher, pensa Ruddi. Il essaya de rassembler ses pensées les plus misogynes. Bien qu'il fît des efforts pour ne pas succomber au charme de cette personne, il constata qu'il avait un mal fou à s'en tenir strictement au rôle qu'il s'était fixé, celui d'un jeune homme d'une froideur inaccoutumée, l'un de ces êtres de fer, blasés par la fréquentation précoce des femmes de la haute société.

Il sourit malgré lui, perdit au moins cinq ans d'âge et essaya de parler. Mais la première trace de voix qu'il trouva au fond de sa gorge était un filet si minuscule qu'il ne fut bien sûr de dire :

— Je n'aime pas ces braillards de Munich avec leurs croix gammées.

Il répéta :

— Avec leurs croix gammées.

Elle répliqua en lui montrant des dents magnifiques :

— Je suis contente de vous rencontrer sans que vous soyez attifé dans cet uniforme de chasseur. Vous portez rudement bien la toilette.

Il tira sur son gilet, prit une attitude excessivement naturelle et dit :

— Eh bien, toute peine mérite salaire, n'est-ce pas ?

— Bien sûr, approuva Maryika. Je manque à tous mes devoirs. Boiriez-vous du champagne ?

Elle s'en fut jusqu'au bar, sortit deux coupes et lui tendit la bouteille à capuchon doré.

— Faites le service, commanda-t-elle en riant.

Le visage de Ruddi parut se coincer. Il ne fallait pas que les rôles s'inversent. Il retrouva sa voix de fausset pour dire :

— Je préfère, une fois dans ma vie, que ce soit vous qui me serviez, mademoiselle. Est-ce que je suis impertinent ?

Elle rit de plus belle. Semblables aux lumières du lustre, ses yeux brillèrent de mille gaietés fugaces. Ruddi s'enfonça dans le fauteuil et se détendit. Pourtant, son instinct lui conseillait de parler d'argent le plus vite possible.

— Je fumerais bien un cigare, dit-il avec un fameux toupet.

Il se pencha vers l'avant et lui prit la bouteille de Dom Pérignon des mains parce qu'elle n'arrivait pas à la déboucher. Il établit clairement sa supériorité d'homme en maîtrisant l'explosion du bouchon en un temps record. Il versa le champagne dans les coupes avec une dextérité de serveur confirmé. Maryika revint de la pièce voisine avec un coffret de bois qu'elle ouvrit devant lui. Il choisit son cigare en faisant craquer le tabac entre ses doigts aussi méticuleusement qu'il l'avait vu faire aux deux vieux banquiers qui fréquentaient le bar de l'hôtel. « La justesse, la précision des gestes importent beaucoup, pensa-t-il, quand on s'apprête à être franchement désagréable. »

— Oh ! tiens, dit-il avec – espérait-il – un ton de parfaite désinvolture, puis-je vous raconter une petite histoire de ma façon ?

— Certainement, Ruddi, répondit-elle en ouvrant plus grands ses yeux. J'aurai grand plaisir à vous écouter.

Ils prirent leurs coupes et se portèrent mutuellement

un toast. Après quoi, le garçon se renversa vers l'arrière. Il vida sa coupe d'un trait, fit un immense effort pour paraître plus vieux que son âge et s'enroba de fumée bleue.

— Hier, commença-t-il en gardant son cigare rivé au bec, je rencontre mon ami Girgl... « Comment vas-tu, Girgl ? » Il ne me répond pas. Il regarde ma bonne mine, ma montre en or, mes vernis et me dit : « Ruddi Reinecke, comment fais-tu pour vivre sur ce pied ? Quelle sorte de boulot as-tu trouvé ?... » Et savez-vous ce que j'ai répondu ?

— Je n'en ai pas la moindre idée, dit Maryika en consultant furtivement sa propre montre du coin de l'œil.

— J'ai répondu : « Girgl ; j'ai trouvé la bonne affaire : le matin, je vends des pigeons voyageurs et le soir... ils sont de retour. »

— Génial, applaudit Maryika. Mais ce n'était pas la vérité, n'est-ce pas ? Ici, vous devez travailler très dur...

— Vous n'y êtes pas du tout, mademoiselle, siffla Ruddi en retrouvant sa tête des mauvais jours. Ce matin, en vous sauvant, je vous ai en quelque sorte vendu mes pigeons voyageurs. Je vous ai rendu service. Et ce soir, mes pigeons doivent revenir vers moi. Vous me devez... de la reconnaissance.

Le téléphone sonna. Maryika se leva d'un bond.

— Eh bien, mais, Rudi, ne sommes-nous pas là comme des amis ? demanda-t-elle en reculant jusqu'à l'appareil.

Elle décrocha, sourit avec douceur et tourna le dos au garçon pour parler à son interlocuteur.

— Je suis prête, Wilhelm, chuchota-t-elle. Vous pouvez monter. Oh... vous êtes au courant de cette histoire ?

Elle jeta un coup d'œil machinal du côté du jeune groom.

— Qui vous a prévenu ?

Son visage s'était altéré, empreint d'une angoisse qui

fanait l'éclat de son teint. Elle releva une mèche imaginaire.

— Un journaliste ?... Ne peut-on pas essayer de retenir la photo ? Je dois avoir l'air si bouleversé...

Elle soupira.

— Depuis ?... Je me suis terrée dans ma chambre... Oh, un sentiment d'insécurité, vous imaginez... Montez vite, je vais tout vous raconter...

Elle avait complètement oublié la présence de Ruddi. La lassitude pesait sur ses épaules. Elle posa la main à hauteur de son cœur comme pour en contenir les battements et approcha le combiné de sa bouche.

— Vous ne me quitterez pas ce soir à la première, n'est-ce pas, Wilhelm ? J'ai peur de tous ces gens...

Cloué au fond de son fauteuil, écœuré par l'odeur du cigare, Ruddi serra les poings. Il sentait que sa rançon venait de lui échapper. Pourtant, il devait parler d'argent. C'était maintenant ou jamais. Tout était en place.

— C'était mon metteur en scène, dit Maryika en raccrochant.

Elle s'approcha de lui. À présent, il la sentait absente.

— Alors, Ruddi, murmura-t-elle, avant que M. Speer soit là, dites-moi vite ce qui vous ferait plaisir...

Il fit tout ce qui était encore en son pouvoir pour durcir ses yeux, montrant qu'il était animé des plus mauvaises intentions de la terre. En se concentrant, il eut même l'impression d'atteindre à un sacré degré de froideur et d'insensibilité. Seigneur ! Maintenant qu'en plus il fronçait le sourcil, comment ne distinguait-elle pas toute la virilité qu'il portait sur le visage ? C'était à désespérer ! Se croyait-elle invulnérable parce qu'elle était si belle ? Il se sentit rougir.

— Allez-y, Ruddi, l'encouragea-t-elle. Ne soyez pas timide comme une pivoine...

— Moi ? Timide ? C'est bien mal me connaître, siffla Ruddi Reinecke.

Il se leva. Lissa ses cheveux. Et dit dans un souffle de voix :

— Je... Je voudrais simplement avoir l'honneur de vous embrasser, mademoiselle... et avoir aussi, si cela vous paraît possible, deux places de cinéma pour aller voir votre film...

Il avait dit cela ! Il avait dit cela alors qu'il s'était juré d'extorquer au moins deux cents marks pour prix de ses services !

— Deux places de cinéma pour la première ? Accordé, Ruddi ! promit Maryika.

Elle se pencha vers lui et l'embrassa sur les deux joues. Dès qu'elle eut répandu le voile de son parfum autour de lui, il se sentit à nouveau perdu. Il n'oserait jamais réclamer son dû. Il était contre sa peau, le cerveau brouillé. Il en voyait le grain, percevait le duvet de son cou, et toute cette douceur suffocante annihilait sa hargne. Le temps s'était arrêté, semant des fleurs d'ivresse. Et lui, le rebelle, exaspéré, furieux et faible sur ses mollets de coq, souhaitait que ce bonheur n'en finît pas. Il aurait aimé pleurer contre son épaule. Le reste pouvait attendre. Il avait toujours rêvé de décrocher la lune, voilà, c'était fait, personne ne l'avait jamais plus embrassé depuis qu'il avait eu sept ans.

— Maintenant, filez vite, dit Maryika en lui fourrant une enveloppe dans la poche. Oh, et puis tenez, Ruddi, puisque moi aussi je vous ai vendu mes pigeons voyageurs, seriez-vous assez serviable pour poster ceci ?... Le plus vite possible. À l'adresse indiquée.

Elle lui glissa dans la main un petit paquet à destination de Paris.

— Je compte sur vous, Ruddi. Ce paquet est pour mon cousin...

— Pas besoin de me faire un dessin, mademoiselle Vremler. M. Borowicz, vous pensez ! Je me souviens parfaitement de lui...

L'œil du groom avait repris sa méchanceté naturelle.

Il la tenait, sa revanche, Ruddi Reinecke ! Il boutonna son manteau, partit à reculons, salua en chemin et faillit se jeter dans Wilhelm Speer.

Retrouvant ses réflexes serviles, il s'effaça, lui tint la porte et la referma sans bruit, emportant l'image d'un homme en smoking tendant avec déférence une rose de Rothenburg à une déesse qui lui donnait sa main à baiser.

Exclu une fois de plus, Ruddi Reinecke repassa derrière l'envers du décor. En remontant sans bruit les cent quarante-quatre marches de l'escalier de service, il compta l'argent que contenait l'enveloppe. Cinq marks ! Une obole ! Un pourboire de plus ! Il fit grincer ses dents en frottant ses mâchoires l'une contre l'autre et poussa brutalement la porte de sa chambre.

Enfermé dans son trou gris, il fit trois fois le tour des murs en les rasant d'aussi près que possible. De temps en temps, il s'arrêtait, serrait ses incisives et repartait dans sa ronde.

Finalement, il s'immobilisa devant la commode qui lui servait de fourre-tout, ouvrit rageusement le tiroir supérieur et y jeta tout au fond le paquet destiné à ce Borowicz.

Jamais il ne le posterait.

Il se dévêtit. Fit bouger son nez avec satisfaction, plia soigneusement le costume emprunté, dressa le manteau sur un cintre et, habillé en groom, courut jusqu'à l'appartement 405 afin de remettre les vêtements dans la penderie avant que leur propriétaire ne rentre.

Sur le point de refermer l'armoire, il repensa à la scène humiliante qu'il venait de vivre, à ce Borowicz qui s'était moqué de lui en l'obligeant à chercher des bagages imaginaires. Il sortit un canif de sa poche et en ouvrit la lame. Il choisit minutieusement l'endroit qui lui paraissait le plus irréparable et plongea la lame dans la laine du manteau.

En pratiquant trente centimètres de déchirure à hauteur du plastron, Ruddi Reinecke pensait à son père.

DEUXIÈME PARTIE

En attendant la gloire

Soupirs et tâtonnements

Chaque matin, Boro se réveillait en sursaut vers sept heures. Un seau galvanisé à la main, ses bretelles flottant derrière lui, il courait à l'aveuglette jusqu'au bout du couloir. Il ouvrait en grand le robinet de l'unique point d'eau, emplissait son récipient dans un bruit sourd de canalisations, puis, définitivement réveillé par ce tempo de matchiche, plongeait plusieurs fois la tête dans l'eau glacée. Cette immersion disciplinaire lui donnait une raison supplémentaire de survivre. Au bout de quelques secondes, le visage empourpré, il resurgissait du fond du baquet. Lisse comme un phoque, il happait l'air frais de ce début de journée puis sautait dans du linge frais et, Leica en bandoulière, partait faire sa moisson de nouveaux visages.

Il faut dire qu'en ce début de l'année 1932 Paris avait encore des couleurs aux joues. Sortait-on dans les rues, poussé par l'appel d'une belle matinée, on pouvait espérer rencontrer ce peuple de petites gens de métier qui savaient si bien donner des gestes au quotidien, de la sève à l'humour ou un fond de gouaille à la misère la plus crasse.

Depuis qu'il était revenu de Munich, Boro était devenu leur chroniqueur. Infatigable malgré le tiraillement de sa jambe, il se jetait dehors bien avant l'heure d'aller à son travail et mettait à profit le moindre de ses congés pour s'aller perdre dans des quartiers de chiffonniers où le bistrot était roi pour les casquettes grises et le son de l'accordéon prêcheur de noces et banquets.

Son Leica II pendu au col, les poches bourrées de pellicule, l'œil aux aguets, il allait au hasard célébrer des mariages avec des inconnus, lever le coude avec des lutteurs de foire ou piéger les jardiniers du dimanche penchés sur leur bêche.

Si le temps le permettait, Boro s'embarquait à contre-voie dans un train de marchandises, traquant au travers de son objectif les gares de triage, les rails en éventail, les sémaphores et les locomotives haut-le-pied venues étancher leur soif auprès des réservoirs entre Charenton et Ivry.

Ah, le peuple de Paris ! C'était du joli monde à photographier ! Boro, l'œil rivé à la fenêtre du télémètre, s'en goinfrait à loisir. Une orgie de gestes. Une cueillette de mœurs. Des nuitées de danse. Des balançoires de lumière. Des filles pas chiches de leurs appas ou des grinches teigneux de leurs poings. Des jules, des trottins, des ouvrières, des apaches. Mais partout, c'était du vivant. Du tendre et du charnu. Des personnages à trogne, à costume, à habitudes qu'il finissait immanquablement par connaître et qui se prêtaient à ses simagrées. Il les accompagnait. Mieux, il se greffait sur leur vie. Donio, le dresseur de chiens, Sans-dos, le tenancier du ratodrome de Villejuif, ou P'tit Vélo, le roi du pédalo de Joinville – autant de sorties, autant de journées de bonheur, autant d'heures d'apprentissage. Boro avait le chic pour se glisser du côté de l'intimité des êtres ou pour profiter du moment décisif. Sa soudaine intuition lui faisait appuyer sur le déclic au bon moment et, peu à peu, une certitude se glissait, en lui, chaude comme la camaraderie, une voix qui lui soufflait qu'il était fait pour aller au-devant de ses contemporains et que, cambrioleur instantané de leurs attitudes, de leurs mimiques, des canines de leur joie ou des lâchetés de leur solitude, il était à jamais voué à leur dérober leur vérité. Il les pillerait. La photographie était la définition même de l'homme moderne et coulait de ses veines, implantée comme une fonction supplémentaire de son organisme. Elle se mariait à merveille avec son absence de timidité, sa générosité, son enthousiasme, sa gaieté et son charme qui partout le mettaient à l'aise.

Il photographiait les rues, il immobilisait les gestes, il traquait les visages. Les jours bénis où il se donnait l'illusion de sa propre réussite le galvanisaient, l'aidaient à tromper son impatience. Alors, son cœur se gonflait d'une exaltante ferveur. Il riait. Il achetait pour deux sous une poignée d'anémones, s'en allait trouver Marinette Merlu, la fille de sa logeuse, et l'embrassait, Ninette, Ninon, petite Manette, sur la bouche et sur les seins, pointes de jeune fille.

Lorsqu'il était revenu en novembre de son périple d'Allemagne, la charmante enfant l'avait accueilli à bras ouverts et même un peu plus. Ensemble, les chérubins avaient bien fait la culbute. Comment pourrait-on avoir le cœur de condamner Boro pour avoir succombé aux charmes de Marinette ? À dix-huit ans, la gosselette sentait la violette double et l'eau de mélisse. Elle avait les yeux verts sous une frange à la garçonne, un tour de gorge mal contenu par ses brassières Arista. Elle était montée le soir même de son retour, Ninon, Nichon, Ninette, quatre à quatre jusqu'à sa chambre de bonne, exigeant à l'instant qu'il fît d'elle une femme.

Au début, Boro avait dit non. Il était si triste ce soir-là. Il mesurait tellement l'infranchissable fossé qui le séparait désormais de sa cousine. Mais, passant outre à son humeur mélancolique, la coquine s'était approchée. À force de frôlements, elle avait tout fait pour qu'il s'occupât d'elle. Boro s'était retrouvé sous la grosse couette paysanne. Dans la chaleur du duvet, il avait doucement conduit Marinette jusqu'aux lisières du bonheur.

Dans un élan du ventre, c'était elle qui avait franchi le dernier pas. Pas un cri. Une douceur de pomme. Qu'il était pulpe, le joli fruit ! Comme il est des corps qui sont faits pour exulter ! Et combien Marinette était douée pour la joie !

Depuis cet épisode, au moins trois fois la semaine, la redemandeuse arrivait tout essoufflée, la main sur son devant et, hop, les jambes écartées, se laissait choir sur le lit, qui grinçait.

— J' pense pas que ma mère m'a vue, disait-elle aussitôt. Et j'ai jusqu'à six heures si tu veux.

Boro voulait. Alors, elle posait son cabas empli de poireaux, de courgettes, et se jetait au cou de son compagnon de jeux.

Marinette Merlu avait du rein, du chou, des envies de quatre saisons. Pas une ombre de vice. Et les dents du bonheur. Folle à lier dans ses transports, nature après l'averse, elle devenait drôle à pleurer dans les moments d'accalmie.

— T'en fais pas, mon p'tit loup, disait-elle en inspectant la situation sous les draps.

Mais pas l'ombre d'un drame.

Si le répit était trop long, elle bâillait. Elle avait faim. Un appétit avec cela ! Piaillant misère pour du cervelas, des rillettes. Hardie sur le saint-nicolas-de-bourgueil qu'elle chipait à sa mère. Et pas dernière sur le sucre.

Plus tard serait plus tard. Marinette le savait assez et se résignait par avance. Elle grossirait. Elle perdrait du muscle. De l'attrait.

— Je serai logeuse comme ma mère. Propriétaire. Probloque ! Je louerai quelques chambres sous les toits et l'appartement du deuxième à des gars dans ton genre. Je garderai la loge de la concierge. Comme la mère Frou... Ça me plaît.

Elle serait bignole. Binette. Par pure vocation. Elle épouserait un sergent de ville. Un bœuf qui serait hirondelle, à cheval sur un bicycle. En trois ans, il lui ferait bien deux gosses. Elle deviendrait revêche, la jolie plume. Elle serait dans l'escalier. Elle reviendrait de suite. Elle exigerait qu'on s'essuie les pieds. Qu'on paie son terme. Elle serait moche et c'était moche.

— Fais-moi penser, disait-elle à Boro, faudra que je fasse ton ménage avant de partir.

En attendant, c'était deux heures de liesse. D'odeurs de joie. Mille galipettes sans complications. Une sorte de joute propre à réveiller le sang et à équilibrer le corps.

Entre les bras de Marinette, Boro s'étourdissait, cherchait à oublier la mouise et l'ambition. Plus que tout, sans qu'il se l'avouât, il luttait désespérément pour échapper au souvenir obsédant de Maryika, de celle qui serait à jamais le véritable amour de sa vie. La lointaine, l'inaccessible moitié de lui-même.

Soudain, les odeurs de lit, le parfum bon marché de Marinette lui paraissaient insupportables. Il rejetait les draps, engourdi, révolté par sa propre inconduite. Il s'assoupissait ensuite, assommé par tant de mécontentement de soi-même. Il murmurait :

— Maryika, Maryik, mon amour, quand je serai célèbre, je viendrai te chercher...

De plus en plus faibles, les mots s'éteignaient sur ses lèvres. Il ouvrait les mains, reposait sur le dos, s'offrait au tumulte des rêves.

Depuis longtemps déjà, les ténèbres avaient englouti la chambre sous les toits. Marinette se levait sans bruit. Se rhabillait dans le noir. Déposait un baiser sur le front du dormeur et l'abandonnait à la dérive d'un sommeil lourd.

Les après-midi du Palais-Bourbon

Prenant de l'assurance, désireux de brûler les étapes, Boro s'assignait de temps à autre de vrais reportages. Ainsi, au début de l'année, s'était-il rendu sur l'esplanade des Invalides où il avait photographié les obsèques nationales faites à André Maginot, ministre de la Guerre, mort dans son lit d'une mauvaise colique pour avoir absorbé douze fines-de-claire datant des batailles de la Marne.

À quelque temps de là, se faisant passer pour un célèbre photographe hongrois, il avait réalisé une série de portraits de Jules Ladoumègue, le nouveau recordman mondial du mile.

Une fois développés, il comparait ses clichés à ceux qui étaient publiés dans *Vu* et dans *L'Illustration.* Était-ce indulgence de sa part ? Était-ce réel talent ? Boro trouvait son approche autrement plus aiguë que celle des photoseurs officiels. Et même si la réalité quotidienne était beaucoup plus désenchantée qu'il ne voulait l'admettre, Blèmia Borowicz attendait avec confiance quelque chose qui pouvait bien ressembler à la gloire.

Jamais rebuté, il guettait cet infime signe de connivence du destin qui ne manquerait pas de se manifester et qu'il saurait immédiatement reconnaître pourvu qu'il s'y préparât. Après tout, il suffisait pour saisir le moment opportun de se présenter régulièrement au carrefour de la chance. De fréquenter par exemple le même lieu, un de ces lieux où inévitablement l'Histoire donnerait un jour rendez-vous à des circonstances exceptionnelles – et les circonstances à la présence d'esprit du photographe.

Se remémorant l'une des prédictions des gitanes et la conversation qu'il avait eue avec Maryika à propos de l'Assemblée nationale, Boro avait choisi de se rendre sur le terrain au moins deux fois par semaine. Il le faisait par superstition et pour célébrer en secret une sorte de culte fétichiste à la mémoire de sa belle cousine. C'était sa manière à lui de dire je t'aime, qu'importe si je suis loin.

Le mardi et le vendredi étaient donc devenus « les jours de Maryika ». Après son travail à l'agence Iris, même s'il était éreinté, Boro filait là-bas. Il battait la semelle sur le trottoir de la Chambre des députés. Les heures qui passaient, une pluie fine, un froid plus vif n'affaiblissaient pas sa vigilance. Un pas, une canne. Boro gardait l'œil sur les allées et venues des ténors de la politique. Il les jugeait par le menu et les reconnaissait à une attitude, à un chapeau, à leur manière de porter le maroquin. Blum, Doumergue, Daladier... Il les voyait tous. Il aurait pu dire où ils allaient dîner en ville.

Mais de signe du destin, point. Boro attendait en vain.

Parfois, son front se plissait. Il suivait des yeux le passage d'une jeune élégante dont la démarche souple, la toilette, l'allure générale lui rappelaient la silhouette idéalisée de sa cousine.

Tandis que l'inconnue s'éloignait, le regard du jeune homme dérivait lentement dans le vague ou s'allait perdre dans le clapotis éternel de la Seine. Il restait sur place, accoudé au parapet de pierre jusqu'à ce que, alerté par une sournoise bouffée de mauvaise conscience, il sortît de sa rêverie avec le sursaut d'un dormeur qu'on réveille sans ménagement. À nouveau, il scrutait la rue, le trafic plus intense qui annonçait la fin du jour. Il reprenait sa déambulation le long des grilles du Palais-Bourbon. Il attendait le défi.

Or, un vendredi de brouillard, alors même qu'il venait d'échanger quelques banalités sur le fond de l'air avec le maréchal des logis Trochu, un garde républicain soigneusement retranché dans sa guérite, Boro se sentit littéralement traversé par un frisson qui ne devait rien à l'humidité. Mû par un pressentiment impérieux, il se tourna avec autant de soudaineté que si on l'avait appelé par son nom. À quarante mètres de lui à peine, il découvrit la présence irréelle d'une automobile dont les phares s'allumèrent à deux reprises comme pour lui faire un signe. Fasciné, protégeant ses yeux pour essayer de mieux distinguer les formes de la carrosserie masquées par la brume, Boro s'avança. Tapie au bord du trottoir, les chromes vaporisés de fines gouttelettes, la Delahaye faisait le gros dos. Elle ressemblait à un fauve rassemblé autour du nœud de sa force. Boro s'immobilisa à hauteur du capot et chercha à distinguer le conducteur. Hélas, l'intérieur du coupé était insondable. Les vitres opacifiées par la nuit renvoyaient un glacis constellé de larmes, une mosaïque liquide où se brisait la lumière renversée d'un réverbère.

Boro fit tourner sa canne pour fouetter l'air. Il y avait de l'impatience dans son geste. Une attitude de dompteur. Il fit un pas de côté pour changer l'incidence de son regard et se pencha imperceptiblement. Aussitôt, comme pour apaiser son comportement vindicatif, la vitre s'abaissa lentement. Protégé par une voilette, un visage de femme se dessina, lové dans la douceur sensuelle d'un col de renard argenté.

— Rien n'est plus séduisant que ce qui est déraisonnable, prononça l'inconnue. Pourquoi ne monteriez-vous pas près de moi ?

Sa voix jouait sur des inflexions rauques tempérées

par une façon policée de placer les mots. La conductrice se détourna vers Boro, prêta furtivement le blanc de ses yeux à la nuit et quêta le regard du jeune homme. Un pan d'ombre masqua la partie supérieure de son visage, laissant le devant de la scène à sa bouche ourlée de rouge incarnat.

— Eh bien, monsieur Je-regarde, qu'attendez-vous pour vous glisser près de moi ? répéta l'inconnue avec une douceur énervante.

Poussé par un instinct obscur, Boro contourna la voiture.

Dès qu'il eut pénétré dans l'habitacle de la Delahaye, il ressentit une impression d'euphorie. Celle-la même que lui communiquaient immanquablement les situations insolites.

Du bout des doigts, il caressa le cuir miel qui recouvrait les sièges, laissa glisser ses yeux sur le luxueux tableau de bord en macassar et de là sur le volant sport que dirigeaient fermement deux mains gantées. Il ne put s'empêcher de humer l'air ambiant alourdi par un capiteux parfum.

— Shangaï de Lenthéric, le renseigna la femme à la voilette. Est-ce un fumet trop poivré ?

Elle rit avec sa manière particulière de faire bondir sa voix rauque, puis, poussant les rapports de la boîte de vitesses, lança la voiture dans le flot de circulation qui encombrait la place de la Concorde.

Alentour, la nuit parisienne orchestrait une symphonie de lumières pâles. Leur ronde semblait se complaire à jouer en reflets sur le capot, sur le pare-brise, détachant les gouttes de pluie comme autant de perles éphémères qui retournaient au néant après avoir été éblouissantes de clarté.

Boro était subjugué par le luxe, par la facilité que donne la richesse à choisir sa vie, à aller plus vite, se sentir bien.

— Paris est une fête si l'on est du bon côté, dit

l'inconnue, comme si elle avait le pouvoir de percer ses pensées. Aimez-vous l'argent ?

— Je n'en ai jamais eu, répondit Boro. Mais si j'en gagne, il me brûlera les doigts !

Elle sourit. Sa bouche était gourmande. En se détournant à demi, Boro n'entrevoyait d'elle qu'une cicatrice écarlate tendue vers le rideau de la bruine.

— Ôtez votre voilette, demanda-t-il sourdement. Donnez-moi votre visage.

— Rien ne presse, Petit Prince, murmura l'inconnue en jetant un coup d'œil machinal à son rétroviseur. Dites-moi plutôt ce que vous faites à rôder si souvent près de l'Assemblée ?

Boro se rejeta en arrière. Le siège profond l'accueillit. Il s'y cala avec un vif plaisir. La Delahaye remontait les Champs-Élysées.

— Vous m'aviez déjà vu ? interrogea-t-il comme si c'était de peu d'importance.

— Plusieurs fois. Il se trouve que, le vendredi, je prends le thé chez ma cousine qui est mariée au secrétaire auprès du ministre de la Guerre.

— Vous avez des relations.

— C'est pire que cela ! J'appartiens à un monde.

— Moi, j'avais remarqué votre voiture, mentit Boro avec insolence. C'est une deux litres neuf, n'est-ce pas ? Avec un radiateur en V.

— Qu'il est savant ! Désirez-vous conduire ?

— Je ne conduis pas... Je veux dire... Je ne peux pas conduire, corrigea-t-il en ramenant sa canne contre lui.

Elle jeta un regard furtif sur sa jambe inerte.

— C'est une blessure récente ? demanda-t-elle.

— C'est une blessure d'amour-propre, rectifia-t-il d'un ton léger.

— Mais encore ?

— J'avais parié que je poserais l'avion dans le jardin de mon meilleur ami.

— Et vous avez échoué ?

— Partiellement. C'était un jardin minuscule.

— Passionnant, assura-t-elle. Racontez-moi la suite.

— Elle est du même genre, dit sérieusement Boro. J'ai évité le saule pleureur, épargné le caniche nain. Mais au bout de l'allée de rosiers grimpants, j'ai décapité mon ami.

— Ah, je vois ! C'est votre sens de l'humour, pouffa la conductrice.

— Vous ne voyez rien, trancha Boro avec une soudaine mauvaise humeur. De toute façon, il n'y a rien à voir pour une étrangère.

— Je ne voulais pas être indiscrète, s'excusa la dame.

— Oubliez cela, dit brièvement Boro en regardant vers l'extérieur. Ma jambe est foutue et j'aime qu'on me conduise... Pourriez-vous aller nettement plus vite avec votre bagnole ?

— Et comment ! approuva-t-elle. J'adore la vitesse !

Elle conduisait avec une grande sûreté de réflexes. Ils traversèrent l'Étoile en faisant place nette devant eux. Tout en bas de l'avenue Foch, le compteur indiquait cent vingt-sept à l'heure. Ils s'enfoncèrent dans le bois de Boulogne sans ralentir le moins du monde. Juste avant la grande cascade, l'intrépide conductrice rétrograda, opéra un demi-tour sur route qui fit chanter les pneus, longea un moment le lac inférieur et accomplit le chemin du retour par la route de Suresnes en maintenant son train d'enfer. Avant d'aborder la place Dauphine, elle ralentit, céda le passage à une Amilcar conduite par un chauffeur de maître puis remonta à faible allure la contre-allée qui longe le côté impair de l'avenue Foch.

Elle avait posé sa main gantée sur la cuisse de Boro et, doucement possessive, lui communiquait sa chaleur. Murés dans le silence que commandait cette situation embarrassante, ils firent bien deux cents mètres avant que l'inconnue se risquât à altérer la précarité de leurs rapports.

— Ainsi, vous aimez les voitures ?

— Par-dessus tout.

— Eh bien, moi, je remarque les princes, dit-elle. Paris est une ville pleine de princes... Souvent, je les recueille. Ils viennent à la maison. Ils se reposent. Ils se remplument et puis repartent. Ils ont des appétits d'ogres !

— Que leur demandez-vous en échange ?

La dame à la voilette arrêta la Delahaye devant le numéro 57 et ôta le gant de sa main droite.

— Rien dont vous soyez incapable, murmura-t-elle en lui prenant le poignet. Je les aime, tout simplement... Et ne soyez pas mufle : la balourdise n'irait pas avec la douceur de vos doigts... Quelles jolies mains vous auriez si quelqu'un les soignait !

Elle l'abandonna le temps d'ôter son second gant. L'éclat d'un diamant brilla dans la pénombre. Elle releva lentement sa voilette puis alluma le plafonnier.

— J'habite cet hôtel particulier, chuchota-t-elle en affrontant la lumière. Je m'appelle Albina d'Abrantès. Mon mari est riche. Il est complaisant pourvu que je sois heureuse.

Elle avait avancé son visage tout contre celui de Boro et, bravement, attendait son verdict. Brusquement, Blèmia se trouva confronté à sa beauté fanée, à ses yeux admirables engourdis par l'épaisseur du fard, à cette volonté farouche de conquérir un homme malgré l'implacable insulte du temps. Cent fissures apparaissaient aux commissures des lèvres. Emporté par une sorte de mansuétude instinctive, Boro ouvrit les siennes, ferma les paupières et rendit son baiser à cette femme impérieuse. Elle fouilla sa bouche avec emportement. Elle caressa sa nuque en frayant de ses ongles une kyrielle de chemins imprévus. Il respirait son souffle saccadé.

— Aime-moi ! Aime-moi pour un peu. Même pour

une fois, supplia-t-elle à mi-voix. Je t'emmènerai en voiture...

Trop étourdi pour rompre cette prise de possession, trop ensoleillé par la manière savante dont elle savait réveiller sa force, Boro la laissa faire un moment. Puis, lentement, il quitta cet abandon inadmissible et se raidit. Au terme d'une ultime étreinte, elle dénoua progressivement ses bras. Maintenant, elle avait les yeux grands ouverts. C'était comme si elle sentait sa proie lui échapper. Elle scruta longuement son regard et mit un terme à son interrogation muette en la saccageant d'un rire déraisonnable.

Les traits tirés, la bouche amère, elle souffla sur un ton de défaite :

— Bientôt j'aurai une voiture encore plus puissante. Tu pourras l'essayer avec moi. Qu'en dis-tu ?... Nous irions jusqu'au bord de la mer. À Etretat. À Paris-Plage...

— Ne m'en veuillez pas, s'excusa Boro, si ce soir je suis impoli.

Il défit lentement le bouquet de ses mains jointes qui l'imploraient encore, ouvrit ses paumes et déposa dans chacune un baiser.

— Je ne me moque pas de vous. Je comprends. Je comprends qu'on ait besoin d'aimer.

Puis, sa main tâtonnant derrière lui, il ouvrit la portière et se jeta dans la nuit.

Un pas, une canne. Tandis qu'il s'éloignait, il pleuvait doucement sur les beaux quartiers.

Berliner Requiem

À Berlin, minuit venait de sonner à l'horloge de l'Hôtel de Ville rouge de l'Alexanderplatz. Les tempes bruissantes de migraine, le corps énervé par la fièvre, Maryika Vremler avait déserté son lit afin de rompre avec l'incompréhensible insomnie qui la consumait. Nue sous sa chemisette de soie, elle avait couru jusqu'à la fenêtre et se tenait plaquée contre elle, offrant sa peau à la fraîcheur du verre. Les yeux ouverts sur la nuit auréolée d'une lueur sanglante, elle observait cinq étages plus bas la tiare de lumière dont s'était parée la silhouette trapue de Berlin.

La ville géante s'étendait devant elle, fascinante dans sa froideur, ébouriffée de fumées et de suie, tendant vers le ciel son poing de boucher comme une divinité malfaisante. Berlin au bord du gouffre, Berlin séduisante et dévergondée, catin de ruisseau et fille d'usine, Berlin redoublant de plaisir et de sensibilité, à la veille d'être soumise, violée, emportée par la grande étreinte du nazisme. Berlin, la ville qui avait construit plus de théâtres que d'églises, engendré plus d'artistes qu'aucune autre capitale européenne, Berlin brutale et tendre, qui se réfugiait dans le rythme trompeur de l'évasion et de l'oubli.

Cédant sans qu'elle y prît garde à une sensation

d'irréalité accusée par le flou du décor qui s'étendait à ses pieds, Maryika se laissa emporter par un flot d'images – traces éblouissantes déjà atténuées par le temps, nuances sépia d'un bonheur fugace...

Elle se souviendrait toute sa vie de l'accueil triomphal que lui avaient réservé les Munichois le soir de la première de *L'Aube des jours*. Tandis qu'auréolée par les flashes elle remontait la travée du Bayerischer Hof pour être présentée sur la scène, elle se sentait protégée par une armure de lumière. Oh, bien sûr, elle n'avait rien oublié de l'agression des SA. Mais il semblait à Maryika que puisqu'en un soir elle était devenue la *kleines Mädchen* chère au cœur du public, personne, plus rien ne saurait l'atteindre. Le faciès grotesque de Cochon-qui-souffle, la tête de mort de Heinrich le boucher ne l'effrayaient plus. Les hommes à la matraque étaient relégués à l'état d'ectoplasmes, et leurs visages grimaçants se superposaient de plus en plus faiblement à l'image de la foule en délire.

À son retour à Berlin, Maryika, pressée par son entourage, avait loué un appartement sur le Tiergarten, 6, place de la Kleiner Stern. Elle avait conservé l'ameublement de base mais avait décoré les pièces selon son goût, expédiant les tableaux, les coussins et les bibelots dont elle ne voulait pas dans une soupente qui ouvrait sur l'entrée.

Elle s'était d'abord amusée de sa célébrité comme s'il se fût agi d'une guirlande étincelante. Elle avait été semblable à une ballerine, conviant dans sa ronde les journalistes, les photographes et les admirateurs qui ne la quittaient pas.

Elle avait signé un fabuleux contrat avec la UFA et avait tourné un nouveau film sous la direction de Speer. Cette fois, le glamour était au rendez-vous de sa carrière. Dans *Shanghai-Lily*, elle incarnait sur fond de Chine le destin d'une aventurière internationale, une femme de haut vol, un peu tenancière, un peu chanteuse, qui acculait le héros, un jeune milliardaire, à se suicider par amour pour elle.

Dans le même temps, le statut de Maryika s'était haussé au niveau de celui d'une star. Outre sa doublure lumière, Barbara Dorn, elle disposait d'une coiffeuse-maquilleuse entièrement à sa dévotion, et son imprésario, Gustav Umlauff, veillait en permanence sur ses affaires, fussent-elles domestiques. Ainsi avait-il recruté une soubrette pour assister Maryika dans les tâches ménagères. C'était une robuste campagnarde débarquant de Souabe qui répondait au nom de Martha. Maryika aimait beaucoup la petite pour son bon sens rustique ; elle lui abandonnait volontiers les cordons du ménage.

Pour compléter le tableau de sa réussite, Maryika avait exigé qu'un chauffeur du studio vînt la prendre chaque matin devant sa porte. Ah, si le cousin Blèmia l'avait vue monter dans la Mercedes !

En évoquant son élégance, sa légèreté, le ton inimitable de son humour fou, Maryika se surprit à soupirer. Borowicz. Mauvais cousin de Pest. Qu'était-il advenu de leurs projets de voyages ? Des rendez-vous téléphoniques ? Des rencontres en Suisse ? Déjà des semaines et des semaines sans nouvelles. En quels bras se trouvait-il ?

« Je dois le chasser à jamais de mes pensées », décida-t-elle en sachant pertinemment qu'elle ne le pourrait pas.

Fâchée contre elle-même, elle s'absorba de nouveau dans la contemplation de la ville. Elle essaya d'imaginer l'inextricable confluent de rues et de venelles adjacentes où tout un peuple s'étourdissait. On aurait juré que pauvres et riches confondus, gredins de Wedding et aristocrates du Grünewald, exorcisaient leur angoisse du lendemain. Que, sacrifiant à une sorte de caligarisme rituel, ils s'aguerrissaient en attendant le pire. Qu'en passant des arrière-cours sillonnées par les rats aux dorures de l'Apollo-Theater, ils illustraient à leur insu la célèbre phrase inspirée du poème de Walter Mehring : « Berlin, ton danseur est la mort. »

En entendant des hurlements et des rires sous sa fenêtre, Maryika ne put réprimer un frisson. Elle ouvrit en grand la porte du balcon et, inconsciente du froid qui lui mordait la peau, alla se pencher au-dessus du vide.

Dans la rue, une dizaine d'hommes sortis vivants d'une toile de Baluschek venaient d'entamer une mélodie en argot berlinois. Ils entouraient de leur ronde grotesque une jeune bourgeoise en robe du soir dont l'allure contrastait avec celle de ses partenaires de hasard. Leurs silhouettes, étirées par le halo blafard des réverbères, offraient le spectacle d'un fantastique théâtre d'ombres sur la façade des immeubles d'en face.

« Quelle étrangeté, pensait Maryika en sondant la nuit. Berlin-Chicago, Berlin-Babylone, Berlin-Mahagonny. Ici, déjà se côtoient toutes les mythologies du désespoir. Le Dr Mabuse est parmi nous. »

Se détachant brusquement du balcon où elle se tenait, elle prit son envol comme une danseuse, traversa la chambre en allumant les lumières sur son passage. Les lumières, toutes les lumières. Ce faisant, elle agissait comme si elle voulait à toute force nettoyer l'espace de ses impuretés, rejeter le monde des ténèbres, nier, oublier la crasse, les taudis et la concupiscence. Elle se hâtait d'une pièce à l'autre et, partout sur son passage, faisait resurgir un univers de luxe, le sien, celui d'une star du cinéma. Maryika riait nerveusement.

— Je suis riche, je suis célèbre, prononça-t-elle à voix haute pour faire fuir les derniers démons de sa crainte.

Elle sentit ses nerfs affleurer sous sa peau...

Elle se dirigea vers le bar et se versa un whisky sur de la glace. C'était bien le troisième de la soirée. Elle se sentait un peu grise. Elle esquissa un pas de danse et s'immobilisa devant une glace de Venise. Libérant ses cheveux retenus par un peigne, elle fit couler des mèches fatales devant son regard. Les cils battants, les lèvres plus lourdes, elle redevint pour un moment Shanghai-Lily, l'héroïne qu'elle venait d'incarner à l'écran. Une femme de mauvaise vie. Une héroïne sans foi ni loi.

— Voilà ce que je suis devenue, dit Maryika en se regardant boire son whisky dans le miroir. Une incorrigible pocharde !

Elle éclata d'un rire qui sonnait faux.

Elle se sentait fantasque. Imprévisible, dangereuse, fût-ce pour elle-même. Ces derniers temps, elle avait de plus en plus tendance à mal supporter la solitude. Entourée le jour, choyée, prise en charge, elle redevenait une personne seule dans un appartement de rêve dès que s'insinuait la nuit.

Restait Speer. L'indispensable Wilhelm Speer.

Elle poussa un gloussement, finit son verre d'un trait et courut jusqu'au téléphone. Elle s'agenouilla devant la table basse. Composa le numéro. Elle le connaissait par cœur. Elle attendit en secouant la tête, le visage noyé par ses cheveux.

— Allô ? Wilhelm, chuchota-t-elle en faisant de sa voix un velours. C'est moi. J'ai grand besoin de vous.

Sans doute l'avait-elle tiré de son premier sommeil.

— Quelle heure est-il ? demanda-t-il comme s'il se parlait à lui-même.

— Peu importe l'heure, trancha-t-elle d'une voix autoritaire. Je veux que vous soyez là très vite. Tout est bleu ce soir. Apportez du champagne.

— À quelle heure me jetterez-vous dehors ?

— Dès que j'irai mieux. Ne me posez pas ce genre de questions.

— Très bien, j'accours. C'est vous qui êtes la reine. Donnez-moi seulement une demi-heure.

— C'est trop. Je serai morte.

— N'en faites rien. Je tentais mon dernier bluff. Je serai là dans dix minutes.

Elle raccrocha.

De plus en plus souvent, elle s'accordait le droit de l'appeler à n'importe quelle heure du jour ou de la nuit. Avec une patience inépuisable, le metteur en scène lui accordait son temps. Maryika avait pris l'habitude d'en user. Wilhelm lui-même l'y avait encouragée, sans doute parce qu'il connaissait mieux que quiconque sa fragilité. En fait, elle avait laissé s'instaurer entre eux des rapports de tendresse qu'elle mesurait mal. Ces liens, bien sûr, étaient la résultante inévitable de leur symbiose professionnelle, tant il est vrai qu'un film est presque toujours un philtre d'amour pour le metteur en scène et son interprète féminine, mais Maryika sentait bien qu'aux yeux de Speer elle était bien davantage que la simple idéalisation d'une image de femme.

Souvent, dans le courant d'une scène, elle croisait furtivement son regard attentif. Un trouble intime la traversait alors. Elle changeait une inflexion, un geste, presque malgré elle. C'était comme si, de manière occulte, elle avait été guidée vers un meilleur chemin. Et quand le metteur en scène disait : « Coupez ! », elle savait déjà que ce qu'elle avait joué était dans la bonne direction. Dans la direction que souhaitait Speer. Comme pour la récompenser, il la prenait dans ses bras, la tenait embrassée contre lui pendant un long moment, puis la renvoyait dans sa loge tandis que les techniciens mettaient en place le prochain plan.

« Je lui suis redevable de tout, pensait-elle. Jamais je n'ai été aussi bonne. »

Dans la vie courante, leurs rapports s'inversaient. Maryika cessait d'être une actrice qu'on modèle à sa guise et Wilhelm n'était plus le tout-puissant chef d'orchestre battant la mesure d'une poupée de chair. Il se contentait de redevenir l'ami attentif et cultivé. Ses tentatives pour prolonger son influence ou même pour donner seulement un conseil se soldaient généralement par d'imprévisibles rebuffades de la part de Maryika.

— Cessez de me voir comme vous aimeriez que je

sois ! s'indignait-elle. J'ai un imprésario pour me guider dans ma carrière mais ma vie privée ne regarde personne !

Si l'humeur était vraiment mauvaise, Maryika claquait sa porte. C'était le signe d'une grande fatigue nerveuse.

Dans ces moments de crise, elle était imprévisible. Parfois, elle n'avait de cesse qu'elle eût pris un bain de foule et allait s'étourdir de champagne au fond de la Viktoria Strasse, où se trouvait l'hôtel Schlenker. Elle le faisait avec emportement, liant conversation avec des inconnus qu'elle provoquait en riant, quitte, le lendemain, terrorisée par l'univers luciférien auquel elle s'était frottée, à ne pas même oser se risquer dehors de peur que ses admirateurs ne la reconnaissent. Elle coiffait alors une perruque blonde et courait jusque chez Speer. Elle entrait chez lui sans s'annoncer et, forçant la porte de son bureau, l'accusait d'avoir fait son malheur, de l'avoir transformée en « un vulgaire objet public ».

— Je ne veux plus dépendre de vous, lui disait-elle avec un tremblement dans la voix. Je vais partir en France.

— Retrouver votre cousin ?

Elle le fixait avec défi.

— Blèmia est le grand amour de ma vie, disait-elle. C'est une portion de moi-même contre laquelle vous ne pouvez rien.

Pour marquer plus d'indépendance encore, elle envisageait contre tous les avis de signer pour un film avec un autre metteur en scène que Speer. Flattée d'avoir été contactée par Leni Riefenstahl, elle avait pris un malin plaisir à raconter à Speer ses entrevues avec cette dernière.

La Lumière bleue, que Leni écrivait en collaboration avec Béla Balàzs, serait un grand film. Maryika ne tarissait pas d'éloges sur la personnalité très complète de cette femme d'exception. Elle n'en finissait pas de faire savoir combien elle serait heureuse d'évoluer en d'autres mains, d'être obligée de chercher en elle d'autres ressources.

— La haine du père vous aveugle, tonnait Speer. Pour Riefenstahl, vous êtes un joli oiseau sans cervelle. Rien d'autre. C'est de votre corps qu'elle est amoureuse. Et aussi de votre cote de popularité, croyez-moi.

— Vous êtes trop injuste !

— Je suis objectif.

— Vous êtes jaloux !

— Votre Leni Riefenstahl possède à peu près autant de grâce qu'un guide de haute montagne !

— La féminité de Leni n'est nullement entamée par ses qualités athlétiques. Elle vient du monde de la danse et de la peinture.

— Dites plutôt que ses sympathies vont aux zélateurs de l'ordre ! Elle fera de vous le symbole d'un avenir inacceptable !

— Vous ne supportez pas de me voir travailler avec quelqu'un d'autre que vous ! J'ai décidé de prendre mes distances.

— Très bien, capitulait Speer. Allez faire votre tour de valse avec votre Walkyrie ! Vous me reviendrez bien vite. J'espère que je serai encore là pour vous accueillir.

Ces discours cruels, elle le savait, mettaient à mal l'amour-propre de celui à qui elle devait sa carrière. Wilhelm disparaissait pendant des jours. Il travaillait depuis peu au chef-d'œuvre de sa vie, un sujet ambitieux qui serait à la fois une évocation du monde de la pègre et une accusation portée contre la société allemande.

Au bout de trois semaines, Maryika revenait. Elle arrivait chez lui sans crier gare, lui apportait des brassées de fleurs pour égayer son bureau, s'installait dans son salon pour l'après-midi, se comportait comme si la veille encore ils avaient été ensemble et entourait cet homme vieillissant de tous ses soins. Au besoin, elle devenait cordon-bleu, cuisinait pour lui des spaghetti dont elle le savait très friand. Petit à petit, la carapace d'indifférence du metteur en scène craquait.

— Ah, finissait-il par dire, Little Shanghai est revenue !

Il s'installait près d'elle sur le divan où elle l'attendait. Il lui prenait la main et la portait respectueusement à ses lèvres. Il se bornait à la regarder en lui posant cette simple question :

— *Warum ?*

Elle répliquait immanquablement :

— *Warum nicht ?*

Et puis tout était oublié. On éclatait de rire. On débouchait du champagne. Maryika demandait pardon, s'abandonnait toute, exigeante et capricieuse, reprenait possession des lieux et des gens avec sa voix d'ange et s'en remettait à Speer comme s'il s'agissait d'un père.

— Aimez-moi, suppliait-elle. Faites-moi jouer dans votre meilleur film. Faites de moi la meilleure actrice. Je veux conquérir le monde.

Elle pleurait sans retenue.

Un aristocrate

Par un frileux après-midi du mois d'avril, Maryika se glissa hors de chez elle et se fit déposer par un taxi devant la galerie Katia-Stein, Potsdamer Platz, où elle était à peu près certaine de trouver des œuvres de George Grosz.

Depuis que l'artiste avait été poursuivi en justice pour la publication de son livre *Miroir du bourgeois*, il vivait en Provence afin d'échapper à ceux qui ne lui pardonnaient pas sa féroce satire de la société berlinoise. Ses peintures et ses caricatures se vendaient presque sous le manteau, et Maryika désirait en acquérir une afin de l'offrir à Wilhelm pour son anniversaire.

Speer nourrissait une passion véritable pour ce créateur au graphisme cruel. Il avait maintes fois expliqué à Maryika en quoi l'observation aiguë des mœurs contemporaines telle que la pratiquait le peintre était proche de ses propres préoccupations du moment.

Maryika poussa la porte de verre et pénétra dans la galerie à une heure où celle-ci était vide. Le silence aggravait l'austérité de ce lieu spartiate dessiné par un architecte du Bauhaus. Longuement, la jeune femme resta plantée au milieu de la salle, mais, au lieu de s'intéresser aux toiles d'inspiration cubiste qui faisaient l'objet de l'exposition de ce jour-là, elle resta au centre de la pièce, incapable de se mouvoir dans quelque direction que ce fût. Elle parut soulagée lorsqu'elle entendit des pas. C'était la première fois qu'elle entreprenait un acte aussi important : acheter de la peinture.

« Maintenant je suis une vraie grande personne », pensa-t-elle. Prenant sa respiration, elle affronta le regard énergique de la femme qui s'était immobilisée derrière elle.

— Puis-je vous aider ? demanda cette dernière en dévisageant sa visiteuse.

Maryika fit signe que oui. Sa bouche était sèche. Elle fit part à la directrice de la galerie de son intention d'acheter une toile de Grosz. Frau Stein la reconnut et la pria, pour plus de commodité, de passer dans son bureau.

— Malheureusement je n'ai rien de cet artiste à vous proposer, s'excusa-t-elle.

— Oh, non, s'insurgea Maryika, vous ne pouvez pas me faire ça !

— Désolée, mademoiselle Vremler. George ne m'envoie plus rien depuis qu'il est en France.

— Mais c'est impossible ! La personne à qui je veux l'offrir aime tellement ce qu'il fait !

— Grosz envisage de s'expatrier aux États-Unis et garde sa production pour son marchand de New York.

— Vous voulez dire que toutes les toiles que j'ai vues chez vous l'hiver dernier ont été vendues ?

— C'est à peu près cela, dit Frau Stein. Les collectionneurs spéculent toujours sur un talent qui change de patrie. Rien qu'aux remous qui se sont créés il y a quelques mois autour de Klee, j'étais sûre que nous allions perdre aussi cet artiste. Et vous voyez, le voilà à Berne.

Maryika était si désappointée qu'elle s'était levée. Suivie par la marchande de tableaux, elle était revenue au milieu de la salle d'exposition et jetait un regard absent sur les œuvres pendues à la cimaise.

— Vous n'aimez pas Feininger ? s'enquit une voix masculine toute proche de son oreille.

— Si, naturellement, répondit Maryika sans se préoccuper de son nouvel interlocuteur. Mais aujourd'hui est aujourd'hui et j'aurais donné n'importe quoi pour acheter une toile de Grosz.

— Imaginez une seconde que je puisse vous venir en aide, insista la voix.

— Mais, bredouilla Maryika en se retournant et en dévisageant l'homme jeune et élégant qui lui faisait face, qui êtes-vous donc, monsieur ? Un marchand ?

— Marchand de rêve, pour vous servir, s'inclina l'inconnu en lui prenant la main pour la baiser avec déférence.

— Je vous présente Friedrich von Riegenburg, intervint Frau Stein. Il appartient à une grande famille de collectionneurs.

— Oh, dites plutôt que tout ce que je possède est à mon père, rétorqua Friedrich non sans humour. Même son château de Prusse !

Il se tourna vers Maryika et ajouta sur un ton d'excuse :

— Et c'est bien dommage parce que si seulement j'avais possédé l'aile gauche de sa propriété de Neudeck, je vous y aurais invitée pour que nous fassions connaissance.

— Voilà une éventualité plutôt séduisante, le remercia froidement la jeune femme. Mais je ne pense pas que ce soit un projet tout à fait réaliste.

Friedrich von Riegenburg posa sur elle ses yeux bleu acier.

— Je vous avais prévenu, mademoiselle Vremler, je suis un rêveur. Toutefois, j'ai la conviction que nous sommes appelés à nous revoir.

— N'en faites pas un devoir, dit Maryika. Je suis très accaparée par mon métier et je sors peu.

Friedrich von Riegenburg lui sourit. Il ne semblait

nullement découragé par le peu d'enthousiasme que la jeune femme lui manifestait. Un peu raide dans son strict pardessus sombre qui lui élançait la taille, il rectifia furtivement le nœud de sa cravate noire piquée d'une perle et s'inclina pour prendre congé.

— À bientôt, vous verrez, dit-il sur ce ton de courtoisie glacée qui ajoutait à son pouvoir de séduction. Vous serez ravie de m'accueillir chez vous.

Et sans un mot de plus, laissant les deux femmes à leur stupeur, il tourna les talons.

Maryika le suivit des yeux tandis qu'il s'éloignait. Le comportement du jeune homme la laissait partagée entre l'amusement et un sentiment de malaise. Un peu comme si elle avait eu la prescience que ce persiflage ne relevait pas du simple jeu.

— Un bel aristocrate allemand, apprécia Frau Stein en suivant le regard de Maryika. Son père est de la trempe des von Seeckt et autres Ludendorff. Un homme de fer, à ce qu'il paraît.

— Pauvre Friedrich ! ironisa Maryika. Encore un peu scolaire mais on sent qu'il a dû être à bonne école !

— Vous ne croyez pas si bien dire. Une amie de sa mère m'a raconté que lorsqu'il était enfant, pour l'endurcir, son père lui faisait passer les nuits de janvier dans un baquet d'eau froide.

— Voilà qui explique la raideur mais n'excuse pas le toupet.

— *Herrenklub*, laissa tomber Frau Stein d'une voix désabusée. La race des seigneurs, je présume.

— Eh bien, moi, dit résolument Maryika, je suis de celle des saltimbanques. Je déteste ce lien étrange qui lie le peuple allemand à ses futurs bourreaux.

Les chiens de Satan

Ils avaient surgi de la foule. Depuis combien de temps étaient-ils derrière elle ? Depuis quand épiaient-ils le moindre de ses déplacements ?

Ils étaient habillés en civil. Heinrich ressemblait à un fonctionnaire étriqué et Cochon-qui-souffle à un buveur de bière. Pour faire son entrée en scène, Heinrich avait choisi avec beaucoup de théâtralité d'apparaître à Maryika dans le reflet d'une glace. Elle avait levé les yeux du collier exposé à la vitrine de la bijouterie du grand magasin Karstadt devant laquelle elle se trouvait, et avait rencontré son regard implacable.

Après un court instant de flottement, elle se persuada qu'ils n'oseraient rien tenter en pleine rue et essaya de se recomposer un visage. Elle affecta une sorte de détachement orgueilleux et commença à marcher dans la direction inverse de l'endroit où Heinrich s'était posté. Elle arborait ce jour-là un chapeau à voilette et tenait le visage légèrement baissé, si bien qu'en avançant elle découvrit tout d'abord l'abdomen de Cochon-qui-souffle. Le rustre affichait toujours la même bonhomie, mais la soudaineté avec laquelle il passa son bras sous celui de la jeune femme en disait long sur la brutalité de ses intentions.

— Hé ! Mon sac ! cria Maryika en lâchant intentionnellement sa pochette de cuir pour alerter les gens qui passaient.

Mais Heinrich veillait dans leur sillage. Avec un naturel parfait, il la ramassa, se découvrit poliment devant Maryika et lui tendit l'objet en la fixant droit dans les yeux.

— En faisant du scandale, vous allez contre votre intérêt, mademoiselle Vremler. Nous sommes mandatés officiellement par le comte Helldorf, préfet de police de Berlin. Suivez-nous sans résistance.

Maryika tenta de se défaire de l'emprise du gros SA. Mais il la maintenait fermement contre lui. Elle sentit danser la graisse de son ventre contre ses côtes. Elle décida de crier.

Parmi les passants, ceux qui n'étaient pas assez lâches pour faire semblant de ne pas entendre ralentirent leur marche en arrivant à hauteur du groupe. Mais la plupart des Berlinois se hâtaient, peu enclins à intervenir dans ce genre d'affaires qui devenaient monnaie courante.

— Je suis Maryika Vremler ! hurla l'actrice comme ses assaillants l'entraînaient en direction d'une voiture sombre.

— Et moi, je suis le *Kronprinz !* lança un badaud habillé en drap vert.

Cette réflexion imbécile sembla libérer la bonde de la mauvaise conscience générale. Un rire lourd courut sur les bedaines, secoua les joues. Après quoi, chacun s'en fut vers ses affaires.

Un claquement de portières, un hurlement prolongé du moteur et là-bas la limousine décollait du trottoir. Maryika était coincée à l'avant entre les deux hommes. Cochon-qui-souffle fredonnait la *Marche de Badonwiller*. Il tapotait le tableau de bord de ses doigts boudinés et semblait content de lui-même.

— Cela fait huit jours que nous vous suivons sans discontinuer, dit-il de sa voix de fausset.

En détournant imperceptiblement la tête, Maryika

pouvait sentir l'odeur d'eau de Cologne qui imprégnait les joues fraîchement rasées de Heinrich. Il conduisait avec application. Son visage lisse ne laissait rien filtrer de ses états d'âme. Pas la moindre fissure. Pas la moindre faiblesse. « De quelle trempe sont-ils donc faits ? » se demanda amèrement Maryika.

Elle s'efforça d'être lucide et de comprendre la raison qui justifiait de leur part pareil entêtement. Pourquoi la harceler jusqu'à Berlin ? En quoi un rouleau de pellicule anodin pouvait-il intéresser les services spéciaux du NSDAP ? Plus elle cherchait à se remettre en mémoire la scène de chez Hoffmann, moins elle entrevoyait d'explication sensée.

— Je n'ai toujours pas le film que vous recherchez, dit-elle d'une voix assurée.

— C'est ce que nous allons savoir, grinça Heinrich.

Brusquement, Maryika se rendit compte qu'ils venaient de stopper devant chez elle. Elle fut prise de panique : s'il était quelque chose qu'elle ressentait comme un viol de sa personnalité, c'était bien qu'on vînt fouiller son appartement.

— Je ne vous laisserai pas faire, dit-elle d'une voix glaciale. Je me plaindrai à la police gouvernementale.

La menace eut à peu près autant d'effet sur eux que si elle avait cherché à les piquer avec son épingle à chapeau.

Heinrich mit pied à terre sans proférer un mot, se bornant à faire un signe bref à l'intention de Cochon-qui-souffle.

— Nous sommes la force de demain, dit le gros homme, comme s'il voulait justifier son comportement brutal.

La tirant à sa suite, il l'obligea à sortir du véhicule.

— Au lieu de vous entêter sottement, pourquoi ne pas collaborer avec nous ? Bientôt, nous tiendrons ce pays. Vous aurez besoin de nous pour votre carrière. Tout le monde aura besoin de nous...

Heinrich la poussa devant lui. Elle commença à gravir les marches du perron de l'immeuble. Ils la suivaient à quelques pas. À mi-chemin de l'escalier, elle se retourna vers eux. Elle les dominait. Heinrich s'immobilisa. De ses yeux froids et cruels il affronta pendant une fraction de seconde le regard de Maryika. Celui-ci était illuminé par la haine. Le nazi était féru d'opéra. Il fut frappé par la beauté allégorique de la jeune femme : silhouette habillée de blanc sur le ciel gris, sa robe plaquée au plus près de son corps par le vent annonciateur de pluie, elle commandait le respect qu'inspirent les demi-dieux.

— Allemagne, murmura-t-il, réveille-toi. Nous sommes le seul recours.

Nuit noire

Ils pénétrèrent dans l'appartement comme s'ils étaient chez eux. Cochon-qui-souffle jeta sa veste tyrolienne sur la première chaise venue et retroussa ses manches de chemise comme n'importe quel honnête artisan s'apprêtant à varloper une planche devant son établi.

— Par où commençons-nous ? s'informa-t-il auprès de son collègue.

Heinrich avait seulement retiré ses gants. Son regard translucide se posait sur les murs, sur les objets, s'attardait sur les saxes du XVIIIe qui ornaient la vitrine.

— Bel appartement, commenta-t-il. La décoration est soignée. L'argent ruisselle. Chaque objet est coûteux, fragile. Ne va pas commettre de maladresse en ouvrant les tiroirs, Kurt.

— Je veux téléphoner, dit Maryika en s'efforçant de se frayer un chemin entre eux deux.

Elle avait la nausée.

— Tant que nous sommes là, le téléphone ne fonctionne plus, dit Heinrich en la retenant au passage.

— D'ailleurs, vous pouvez vérifier, confirma le gros Kurt.

Il leva la tête, repéra la sonnerie et remonta le vestibule d'entrée en suivant la gaine du fil d'alimentation. Il allait tourner le coin à gauche et déboucher dans le petit bureau de Maryika où se trouvait l'appareil lorsqu'il percuta de toute sa masse une fille aux joues roses, habillée en soubrette.

— *Was ist los ?* s'étonna la solide paysanne en restant d'aplomb sur ses jambes. Je ne vous ai pas entendu sonner.

— Voilà un joli jambon pour notre repas froid, commenta Kurt en dévorant la nouvelle venue du regard.

À l'improviste, il balança la main en direction de sa croupe bien pleine.

— Tchi ! c'est vous qui passerez le premier à la charcuterie, répliqua la fille qui n'avait décidément pas froid aux yeux. Et ne continuez pas comme ça, sinon j'en parle à mon fiancé !

— J'ai peur, simula Cochon-qui-souffle en jouant les valets de comédie.

— Vous pouvez. Il est boulanger à Mutzig et il a l'habitude de vider des gros sacs comme vous !

— Martha, du calme ! intervint Maryika. Retournez à la cuisine.

Déplaçant Kurt comme s'il s'agissait d'une colonne érigée en travers de son chemin, l'effrontée fit apparaître sa frimousse.

— Ah ! Vous êtes là, mademoiselle ? Je ne savais pas que vous étiez rentrée.

— Nous venons d'arriver... avec ces messieurs.

La soubrette s'inclina légèrement.

— En ce cas, ils seront trois : un autre visiteur vous attend au salon... Un vrai gentleman, celui-là. Il a l'air d'un acteur. Il m'a juré que vous aviez rendez-vous avec lui...

Maryika n'attendait personne, mais l'occasion lui parut trop belle. Devant un témoin, ses persécuteurs n'oseraient sans doute pas procéder à leur perquisition.

— Je vais le recevoir, dit-elle en refrénant son envie de crier au secours.

— Vous n'allez même pas le voir, corrigea Cochon-qui-souffle en s'avançant vers elle et en la prenant par le poignet. Suivez-moi.

— Kurt, dit Heinrich en tirant nerveusement sur sa veste, coupe le téléphone et commence la fouille par le bureau. Je m'occupe de ce Peter Lorre à la gomme.

— Pas Peter Lorre, dit Martha. Mon monsieur est beau et n'a pas les yeux globuleux. Il est autrement distingué que votre M. le Maudit. Et généreux avec ça : il m'a donné dix marks...

— Je ne vous ai pas sonnée, ma fille ! dit Heinrich en sortant un browning de sa poche intérieure.

La paysanne le regarda avec des yeux grands comme des soucoupes. Heinrich l'empoigna par le bras et la conduisit à la porte.

— Retournez à vos *Wienerschnitzel*, dit-il en la poussant dehors. Vous nous apporterez le menu ce soir. Pas avant.

Il referma le battant et, sans un mot de plus, se dirigea vers le cœur de l'appartement.

De son côté, Cochon-qui-souffle, entraînant Maryika dans son sillage, s'élança de son pas de pachyderme vers la pièce voisine. Après un coup d'œil circulaire, il se pencha derrière le bureau et, d'un mouvement brusque de son gros poing, arracha les fils du téléphone. Puis ses gestes se firent professionnels. Avec méthode et efficacité, il ouvrit chaque meuble, sortit les tiroirs de leur logement, en répandit le contenu sur le sol, s'attardant sur certains documents. Il ne laissait passer aucun tirage photo sans y jeter un regard suspicieux.

— Vous ne trouverez rien, dit Maryika. D'ailleurs, je vous l'ai dit dès le premier jour : le film que vous recherchez est parti en France. Il est entre les mains de mon cousin.

Kurt releva la tête. Soudain attentifs, ses petits yeux engloutis par la graisse luisaient d'une mauvaise lueur.

— Comment s'appelle votre cousin, mademoiselle Vremler ?

Elle le lui dit. Elle lui décrivit Boro comme un véritable bohème. Un garçon qui changeait sans cesse d'adresse.

— C'est drôlement commode de ne pas savoir où il habite, mais ce n'est pas raisonnable. Quelle est la profession de votre cousin ? demanda-t-il sur un ton plus léger.

— Photographe.

— Nous y voilà, opina-t-il. Vous pouvez même dire « photographe professionnel », mademoiselle Vremler. M. Borowicz, qui s'appelle en réalité Grilenstein et qui est juif par son père, travaille à Paris dans une agence. Il est retoucheur. Nous avons pris nos renseignements.

— Très bien. Puisque vous avez retrouvé sa trace, pourquoi vous acharner sur moi ?

— Mademoiselle (Cochon-qui-souffle approcha son groin si près de son visage qu'elle sentait sa respiration aigre), nous avons peut-être une réputation de lourdeur dans des milieux comme les vôtres, mais pouvez-vous croire une seconde que nous soyons assez naïfs pour penser qu'un professionnel n'aurait pas exploité les clichés en question ?

— En quoi sont-ils exploitables et mon cousin le sait-il ?

— Spécialement, je dirais un... un traîne-savates comme votre parent, poursuivit Cochon-qui-souffle, ignorant la question. Un type qui court après l'argent. Non, voyez-vous, nous avons acquis la certitude que ce film se trouve toujours en Allemagne...

Brusquement, avec l'agilité des obèses, il contourna le bureau dessiné par Mies van der Rohe et alla fermer la porte. Revenant se camper devant Maryika, il ajouta :

— Pour aller au bout de ce raisonnement, tout porte à croire que c'est vous qui détenez ce précieux petit morceau de dynamite...

Comme elle baissait le visage d'un air las, il avança

vivement sa main potelée au-devant de son menton et le lui releva.

— Avouez que vous savez pertinemment en quelles mains il se trouve.

— Je vous jure bien que non, balbutia la jeune femme.

Elle avait l'impression de se débattre au milieu d'un cauchemar.

La voix de Kurt devint sifflante. Le mouvement fou de ses prunelles s'accéléra.

— Je vais être tout à fait clair, dit-il en la fixant. Pour qui travaillez-vous, mademoiselle Vremler ? Pour les communistes ? Pour les Juifs ?

— C'est un dialogue de sourds, capitula Maryika. J'ai assisté à la séance de photos et je ne comprends toujours pas ce qui les rend compromettantes. Hoffmann est un homme ordinaire. La vendeuse était quelconque. Quant au joli cœur avec ses glaïeuls, à part son caractère de chien, je ne vois vraiment pas ce qu'on peut lui trouver d'exceptionnel !

Ces derniers mots parurent déclencher une nouvelle vague de contrariété chez Kurt. Il éprouva le besoin de s'essuyer les mains avec son mouchoir et, ce faisant, se redressa pour mieux la dominer de toute sa masse. Le sang s'était retiré de ses oreilles habituellement rouges, et un pli oblique barrait son front :

— Ne jouez pas avec notre patience, Fräulein Vremler, menaça-t-il avec son index. S'il n'y avait que moi, vous passeriez un nouveau moment désagréable...

Ses yeux dansaient leur insupportable gigue au fond de ses orbites. En un éclair, Maryika revit les mêmes images de terreur qu'à Munich.

— Vous finirez par me rendre folle, murmura-t-elle en soutenant son regard.

Elle serra les dents et se laissa envahir par un sentiment de révolte plus fort que la raison.

— Qu'y a-t-il donc de si important sur votre photo ? cria-t-elle.

Oubliant la plus élémentaire prudence, elle se rua sur le gros homme et commença à marteler son torse de ses petits poings fermés. Elle avait l'impression de secouer en pure perte un gros édredon. Un tel sentiment d'impuissance décupla ses forces et sa rage. Dans un accès de brève folie meurtrière, elle lança sa main droite vers le visage de Kurt et ses ongles cherchèrent à atteindre les yeux du colosse. L'obèse recula et renversa la lampe de bureau dont l'ampoule explosa avec un bruit sourd. Maryika ne désarma pas pour autant. Ses ongles lacérèrent la joue de l'Allemand, y creusant trois rigoles de sang. Puis, sans qu'elle eût vu arriver le coup, une formidable gifle emporta sa tête vers l'arrière. Elle trébucha sur le tapis, sa nuque alla frapper contre un meuble.

Et elle perdit connaissance.

« *Le Jour des faucons* »

Lorsqu'elle revint à elle, Maryika était étendue sur son lit. On avait pris soin de la couvrir d'un châle pour qu'elle n'attrape pas froid. Elle essaya de se dresser sur un coude, mais ses forces la trahirent. Elle laissa retomber sa tête douloureuse sur l'oreiller et lutta pendant un moment contre l'effet de voile qui obscurcissait à nouveau sa vue.

Au prix d'un effort harassant, elle souleva graduellement les paupières. À travers la frange de ses cils elle distingua tout d'abord, posées sur le rebord du lit, les mains fines de celui qui veillait sur elle.

L'homme portait à l'annulaire une chevalière sertie d'or où, sur fond de gueules, étaient gravées des armoiries de famille. Elle ouvrit tout à fait les yeux et fut surprise par le halo de lumière crue auréolant à contre-jour la chevelure blonde de son sauveur. Elle lui sourit faiblement en signe de remerciement et, tandis que le visage attentif de Friedrich von Riegenburg se penchait vers elle, murmura :

— J'avais si peur de retrouver leurs faces de carême... Où sont-ils ?

— Je les ai chassés. Pas plus difficile que cela, plaisanta le jeune homme en faisant claquer ses doigts.

— L'un d'eux était armé. Comment avez-vous fait pour vous en débarrasser ?

— Rien de plus simple : j'ai opéré une diversion en regardant le bouton de porte situé derrière lui avec autant d'étonnement que si je voyais un loulou de Poméranie entrer dans la pièce en portant son gros copain sur les épaules... Le salaud s'est retourné une fraction de seconde et je vous jure que je lui ai collé un sacré « une-deux ».

Maryika regardait son interlocuteur avec autant de confiance qu'une petite fille écoutant un conte de Grimm. Elle hocha la tête et répéta avec ferveur :

— Sacré « une-deux », hein ?

— Absolument, enchaîna Friedrich en levant la garde de ses poings devant un ennemi imaginaire. Direct du gauche à la face, crochet du droit au menton. C'est ma spécialité. Il faut bien accompagner de l'épaule...

— Vous n'avez pas l'air d'un boxeur.

— J'appartiens à cette race longiligne de pugilistes dont Georges Carpentier est l'exemple vivant, protesta-t-il avec suffisamment de fausse modestie pour qu'on eût envie d'en rire. Et j'ai toujours protégé la rectitude de mon nez d'Aryen grâce à mon art de l'esquive.

— Une sorte de diplomate du pugilat, en quelque sorte, dit Maryika en se soulevant sur un coude.

— Si vous voulez, mademoiselle. Mais en pratique, mon père aurait tout de même préféré que je devienne officier.

— Et vous ne l'êtes pas ?

— Pas tout à fait.

— Pourquoi ?

— Oh... c'est une longue histoire. Pour simplifier, sachez qu'au prytanée militaire mon attitude décourageait déjà mes maîtres.

— Parce que vous étiez mauvais élève ?

— Non. Parce que je contestais la valeur de leur enseignement.

— Tentez-vous d'insinuer que vous faisiez souffler un parfum de défaite sur les *Kriegspiele* de l'Académie militaire ?

— Vous y êtes presque. À force de plancher sur la bataille de Mollwitz, ces généraux cacochymes avaient fini par croire à ce qu'ils disaient.

— Et que disaient-ils ?

— Qu'ils préféraient les exploits de Frédéric le Grand aux vertus de la boxe anglaise.

— On vous a renvoyé ?

— Je suis parti de moi-même.

— Et après, qu'avez-vous fait ?

— De la politique, mademoiselle. À mon avis, c'est un truc qui a un certain avenir en Allemagne.

Le jeune homme se pencha soudain vers l'avant et cueillit le browning de Heinrich, dissimulé par l'épaisseur du couvre-lit.

— Prise de guerre ! s'exclama-t-il.

Il présenta l'arme du bout des doigts, comme s'il s'était agi d'une langouste pas très fraîche, se leva et fit quelques pas en direction d'une commode.

— Cadeau ! dit-il encore en ouvrant un tiroir. Je vous le donne. Cet objet m'a bien servi pour reconduire le gros pourceau jusqu'à la porte.

Sans demander son avis à Maryika, il laissa tomber l'automatique sur une pile de sous-vêtements féminins.

— Mais au fait, s'étonna-t-il, nous parlons, nous parlons, et vous ne m'avez pas demandé l'objet de ma visite...

Maryika se souleva à demi, porta la main à sa tempe et siffla comme un garçon :

— Futttt... À part un sacré mal de tête, je crois que je vais mieux.

Elle mit pied à terre, enfila ses chaussures et leva les yeux sur son visiteur. Celui-ci venait de refermer le tiroir.

— C'est vrai cela, dit-elle soudain. Oublions un peu

que vous m'avez tirée d'un mauvais pas... Que me vouliez-vous en réalité ? Je vous trouve un peu sans-gêne d'avoir forcé ma porte en plein après-midi...

Le jeune homme sourit.

— Pas de doute : vous allez beaucoup mieux... Eh bien, profitons-en !

Il traversa la pièce, se rendit au salon et revint au bout d'une longue minute. Il était porteur d'un paquet plat qu'il tenait religieusement à bout de bras.

— Et voilà pourquoi j'ai forcé votre porte ! s'écria-t-il en commençant à déchirer l'emballage.

Maryika suivait ses gestes avec attention. Elle découvrit rapidement que le papier dissimulait un tableau. Lorsque la toile apparut dans la lumière, aucun doute n'était possible : l'œuvre en question était traitée dans la veine de George Grosz.

C'était un George Grosz !

— La composition est magnifique ! applaudit-elle. Ces trois militaires sont sortis tout droit de la *Brigade Ehrhardt !* Ont-ils l'air bêtes et féroces !

— Le titre ne vous décevra pas non plus, dit Friedrich. Grosz a intitulé sa toile *Le Jour des faucons.*

— Fasse le ciel que ce jour n'arrive jamais, se rembrunit la jeune femme.

— À chacun son opinion, répliqua rapidement von Riegenburg comme s'il ne souhaitait pas entamer ce sujet de conversation. Toujours est-il que cette toile est à vous si vous souhaitez l'acquérir.

— Elle est à vendre ?

— À un prix raisonnable, dit le jeune homme en retrouvant sa légèreté de ton. J'ai persuadé mon père de se dessaisir d'un tableau dont le sujet est aussi radicalement antinationaliste.

Maryika réunit ses mains devant son visage comme pour cacher une joie qu'elle ne savait contenir.

— Vous êtes le plus chevaleresque de tous les Prussiens oxfordiens que j'aie jamais rencontrés ! Vous êtes... vous êtes épatant !

— Seulement un marchand de rêve un peu orgueilleux, protesta-t-il en s'inclinant sèchement devant elle.

Elle se leva, franchit le peu d'espace qui les séparait et, cédant à un emportement spontané, embrassa von Riegenburg sur les deux joues. Elle resta un moment plaquée contre lui. Ses yeux rieurs rencontrèrent le regard bleu acier, et elle perçut le trouble de Friedrich. Il fixa un bref instant ses lèvres si proches de sa bouche et dit :

— Ne vous avais-je pas promis que vous seriez ravie de m'accueillir chez vous ?

Elle sentit qu'il allait l'attirer tout contre lui si elle ne se ressaisissait pas. Elle se raidit imperceptiblement et, anticipant son geste d'une fraction de seconde, se rejeta en arrière.

— Je vous préviens tout de suite, dit-elle d'une voix ferme : même si je vous suis reconnaissante, je ne vous accorde pas le privilège de vous conduire comme en pays conquis.

Il éclata de rire avant de retrouver toute sa raideur. Un mélange d'élégance et de mépris, de persiflage et de dureté.

— Ah ! vous les femmes, s'écria-t-il. Qu'allez-vous penser là !

Il s'éloigna jusqu'à la cheminée. Maryika se dirigea vers un petit secrétaire situé sous la fenêtre. Elle en ouvrit le premier tiroir et se rembrunit soudain. Lorsque l'Allemand se retourna, il découvrit une Maryika plus combative qu'il n'escomptait.

— Pourquoi faites-vous assaut de chevalerie, Friedrich ? demanda-t-elle d'une voix cassante. Par pur désintéressement ? Par désœuvrement de fils de famille ? Ou parce que vous aussi, vous recherchez le film ?

Une lueur de malice apparut dans les prunelles de von Riegenburg.

— Un film, chère amie ? De quel film parlez-vous ?

— Vous le savez pertinemment. Mais je vais essayer d'être plus claire encore, puisque, apparemment, vous ne redoutez pas que je le sois.

— Grands dieux, bien sûr que non ! protesta-t-il. Ce qui ne veut pas dire pour autant que je comprenne où vous voulez en venir...

— À ceci, que vous ne pourrez pas nier, Herr von Riegenburg. S'il est un meuble que je range avec un soin particulier, c'est le petit secrétaire situé sous la fenêtre. J'y mets mes contrats et mes papiers personnels. Or vous l'avez fouillé de fond en comble pendant mon évanouissement.

— J'aimerais savoir ce qui vous autorise à proférer pareille accusation ? s'étonna froidement le jeune homme.

Il sortit une cigarette d'un étui en argent et lui fit signe de poursuivre.

Les yeux de Maryika brillèrent de colère.

— On a changé la place de chaque objet. On a lu mon courrier, feuilleté mon carnet d'adresses. Je viens de m'en rendre compte alors que j'allais chercher de l'argent pour vous rembourser de votre... de votre cadeau, ajouta-t-elle avec une mauvaise grimace.

— Et vous n'avez pas imaginé une seule seconde que ces indiscrétions pouvaient être le fait de l'homme au revolver ?

— Il fouillait la grande pièce tandis que l'autre s'occupait du bureau. Aucun des deux n'est entré dans ma chambre.

— Comment pouvez-vous affirmer une chose pareille ?

— Simplement parce que je connais leurs manières, siffla Maryika. Dans le bureau, ils ont retourné les tiroirs et renversé les meubles. La grande pièce doit elle aussi ressembler à un capharnaüm. Mais ici, tout est en ordre.

Elle embrassa la chambre d'un large geste de la main.

— Vous seul êtes entré là, sous prétexte de me conduire à mon lit.

L'Allemand prit une attitude peinée, poussa un soupir et se contenta de l'écouter plus avant.

— Vous seul avez pu fouiller le secrétaire, insista Maryika. Et vous avez eu tout le loisir de le faire avant que je recouvre mes esprits.

Il alluma sa cigarette avec un soin méticuleux et releva la tête en exhalant longuement la fumée par le nez.

— En m'accusant, vous dépassez les bornes, dit-il sèchement.

Elle ne lui répondit même pas. Il se retrancha derrière une attitude offusquée qui ajoutait à son arrogance naturelle. Maryika se tenait dos au secrétaire, appuyée à une chaise, et observait un silence rancunier.

Von Riegenburg le rompit le premier :

— Admettez, dit-il en recouvrant un mince sourire de convention, admettez que vous avez été le jouet de votre imagination de comédienne et que vous vous inventez des ennemis partout.

Il s'avança jusqu'à elle et se risqua à effleurer son avant-bras. Elle tressaillit et redressa la tête, prête à affronter son regard.

— Allez, c'est fini, prononça Friedrich sur le mode apaisant. Faisons la paix, je vous en prie, et soyons à nouveau les meilleurs amis du monde.

— Parce qu'en plus vous insinuez que j'affabule ? s'indigna Maryika.

D'un trait elle traversa la chambre, ouvrit la porte donnant sur le salon, considéra le désordre qui régnait dans la grande salle – meubles renversés, papiers épars, tiroirs ouverts –, passa dans le couloir où elle vit qu'on avait tiré l'échelle de la penderie pour l'appliquer sur la trappe du grenier. Même celui-ci avait été fouillé.

Les joues en feu, elle revint dans sa chambre. Elle observa la pièce d'un coup d'œil rapide, poussa un petit cri lorsque son regard accrocha la bibliothèque. Elle s'immobilisa devant les rayonnages.

— Et ça ? dit-elle. Les pièces de théâtre de Brecht ont été mises à l'envers. Döblin ne s'est jamais trouvé à la lettre T, à côté de Tolstoï !... Et si cette évidence ne vous suffit pas, sachez que vous avez commis la maladresse de ne me poser aucune question concernant mes visiteurs indiscrets ! Avouez que leur attitude de soudards méritait au moins votre étonnement !

— Je vous avais sous-estimée, ma chère, constata von Riegenburg.

— Tenez, dit froidement Maryika en ouvrant le tiroir de la commode. Reprenez ce revolver et rendez-le à vos complices. Je conçois qu'il fallait une preuve à votre héroïsme, mais elle était un peu succincte...

Tremblante de colère, elle ajouta :

— À moins qu'en ouvrant le tiroir de la commode vous n'ayez cherché à jeter un coup d'œil dans un endroit que vous n'aviez pas encore eu le temps de mettre à sac !

Friedrich von Riegenburg lissa ses cheveux d'un geste préoccupé. Puis, mains derrière le dos, il se campa face à la jeune femme.

— Mademoiselle Vremler, il est temps que vous et moi ayons une conversation où les cartes seront étalées sur la table, dit-il avec un calme épouvantable.

— Vous êtes du côté des tortionnaires, n'est-ce pas ?

— Disons plutôt que je protège certaines valeurs auxquelles je tiens.

— Je vous prie de prendre la porte, ordonna-t-elle. Et remportez votre tableau, ce prétexte qui ne vous a servi qu'à m'approcher !

Friedrich hocha négativement la tête.

— Vous n'y êtes pas du tout, énonça-t-il sur un ton inamical. Nous avons cessé d'évoluer sur le terrain du marivaudage, mademoiselle Vremler.

Il la fixa de ses yeux bleus. Elle y lut tant de cruauté qu'elle abaissa les siens. En même temps, un souffle glacial lui parcourut la nuque : la peur revenait. Les épaules accablées par une fatigue indicible, elle abandonna la lutte.

Friedrich von Riegenburg se haussa sur la pointe des pieds, se laissa retomber lentement sur les talons et, reprenant à son compte le geste possessif de Cochon-qui-souffle, lui redressa le menton.

— Au nom de ceux que je représente, exigea-t-il d'une voix sifflante, je vous demande avec la plus extrême solennité de dire la vérité sur le « devenir » de ce rouleau de pellicule.

Il ajouta :

— C'est à ce prix seulement que votre liberté d'aller et de venir dans cette ville ne sera pas remise en question. Sinon...

— Sinon ? demanda Maryika.

— Sinon, j'ai peur pour votre vie, dit-il à mi-voix.

Le montreur d'ombres

La nuit avait envahi l'appartement, Maryika ferma les yeux. Elle n'en pouvait plus.

— Pourquoi avez-vous choisi d'aller chez Hoffmann plutôt que chez n'importe quel photographe de la ville ? demanda-t-il pour la troisième fois.

Elle ne répondit pas.

— Combien de temps votre cousin est-il resté à Munich ?

Elle baissa la tête, serra les poings : c'était sa manière de résister. Elle avait soif et eût donné n'importe quoi pour un verre d'eau. Riegenburg s'approcha de la fenêtre et souleva le rideau. Dehors, la rumeur de la ville s'estompait. La foule se disloquait, le ferraillement des trams s'espaçait. Le monde du travail se retirait.

— Nous n'avançons pas ! s'exclama l'Allemand.

Sans précipitation excessive, il revint auprès de la jeune femme. Il alluma une lampe qu'il orienta vers son visage.

— Pourquoi votre cousin est-il reparti aussitôt après avoir impressionné le rouleau de pellicule ?

— Je vous l'ai déjà dit : la voiture qui l'avait amené à Munich devait être le jour même à Paris.

— Ah, oui ! La fameuse voiture de rêve ! La Royale ! Le cocher noir en redingote et le carrosse de

Cendrillon ! Disparus sur un coup de baguette magique !

— Je vous promets que cette Bugatti existe.

Il approcha son visage du cône de lumière et murmura :

— Je le sais. Mais au diable vos contes de fées ! Gardez vos pantoufles de vair ! Pour qui me prenez-vous ?

Il se redressa, reprit son va-et-vient.

— La vérité, dit-il, c'est que vous avez organisé cette séance de photo avec un complice et que vous avez mis le film en sûreté le plus vite possible. Voilà au moins qui expliquerait la présence d'une voiture rapide.

— Cessez de me harceler ! Vous venez vous-même de prouver que je n'ai pas le film !

Il se retourna d'une pièce.

— Si vous ne le déteniez pas, à qui donc l'avez-vous fait parvenir ? À quelle organisation ? Aux pacifistes ? Aux Rouges ? Encore une fois, pour qui travaillez-vous ?

— Comment voulez-vous que je réponde ? Et puis, bon sang, me direz-vous enfin ce qu'il y a sur cette photo ?

Elle retint un sanglot sec. Elle ne savait plus sur quel ton clamer son innocence.

— Vous savez, je ne suis pas dupe, s'énerva von Riegenburg. Je n'oublie pas que vous êtes une fantastique comédienne !

Il se coula dans l'ombre, jouant avec les nerfs de la jeune femme. Elle était exposée dans un faisceau de blancheur incandescente tandis qu'il passait et repassait, faisant craquer de façon horripilante la même latte de parquet. Il attendait. Soudain, sans qu'elle l'eût entendu se déplacer, sa main se referma sur son épaule. Son visage crispé apparut en marge de la flaque de lumière.

— N'allez pas me faire croire que votre visite chez Frau Stein était le fruit du hasard, s'écria-t-il.

Elle se rebella une nouvelle fois.

— Alors vous me suiviez ? C'est pourquoi vous m'avez abordée à la galerie ?

Il passa outre à sa remarque. Il suivait le fil de sa pensée. Sa voix s'aiguisa soudain, dérapant dans l'aigu. Il hurla :

— Le mari de cette Frau Stein était juif et communiste ! Il travaillait pour le *Münchner Post*, une feuille de chou qui ne nous porte pas dans son cœur !...

Soudain, Maryika entendit une porte claquer derrière eux : Martha était de retour. Sa silhouette s'encadra dans la porte.

— Ma parole ! Il fait une drôle de lumière ici ! s'exclama-t-elle.

Son regard se posa sur Maryika.

— Je suis revenue pour le dîner, comme on me l'a ordonné. Quelque chose qui ne va pas, mademoiselle ?

— Tout va bien, dit Friedrich, prenant l'initiative des réponses avec autant d'abattage que s'il avait été le maître de la maison.

Il avança vers Martha, arborant son sourire d'archange. Il prit fermement la soubrette par le bras et la conduisit en direction de sa chambre.

— Venez, ma belle, je vais tout vous expliquer.

Restée seule, Maryika se dressa. La tête lui tournait. Elle franchit les quelques pas qui la séparaient de la porte-fenêtre du balcon et l'ouvrit. Elle avait besoin d'air et de lumière. Elle était sur le point de se trouver mal. Elle s'appuya à la rambarde, fascinée par le vide.

Plus bas dans la rue, un chômeur à casquette de cuir passait, visage pâle et mollasse. Elle aurait pu l'appeler au secours. L'homme gratta d'une main absente le fond de son pantalon gras de cambouis et leva machinalement les yeux vers les immeubles des riches. Il regarda à hauteur du cinquième étage et vit s'allumer la découpe d'une fenêtre, puis de deux fenêtres, de toutes les fenêtres de l'étage. Une jeune femme en blanc prenait le frais au balcon. Un grand type la rejoignit.

— Les sagouins, là-haut ! gazouilla l'homme dans son javanais de poivrot. Ils ont un bon p'tit nid, faudra bien finir par leur casser la binette !

Il s'éloigna en fredonnant *L'Internationale* : c'était pas ça qui allait le renipper, mais ça aidait quand même à marcher la tête haute.

Au cinquième étage, prise de vertige, Maryika s'appuya sur Friedrich pour ne pas tomber.

— Venez à l'intérieur, lui souffla ce dernier. Rentrez. Je vous ai apporté de l'eau.

Quand elle reprit pied dans l'appartement, elle s'aperçut que von Riegenburg avait allumé partout. Tant de lumière après l'obscurité : allait-il lui offrir la paix ?

Il l'aida à s'asseoir. Il lui servit un grand verre d'eau fraîche qu'elle but d'un trait. Elle le regarda presque avec reconnaissance. Elle se sentait une mine à faire peur.

— Comment puis-je vous convaincre qu'il n'y a pas complot ? demanda-t-elle d'une voix brisée par la fatigue.

Il sourit avec lassitude. Il semblait avoir retrouvé son calme. Comme elle reprenait souffle, il lui dit qu'il savait tout des relations amoureuses qu'elle entretenait avec Blèmia. Il connaissait jusqu'à leur complicité d'adolescents. Il s'érigea en juge. En moraliste. Il se moqua d'elle. Son cousin ! On était au bord de l'inceste !

Elle essaya de rassembler ses forces, de faire face avec lucidité. Elle se donna le temps de réfléchir. Une sorte d'instinct lui soufflait que la clé du problème se trouvait peut-être à Munich. Elle se jura, quoi qu'il arrivât, de ne pas mentionner la façon dont elle avait confié le paquet à Ruddi Reinecke. S'il y avait une toute petite chance pour que le groom eût mangé la commission, elle ne devait pas en faire état devant Friedrich. À elle de vérifier plus tard. Elle eût tant aimé flouer l'arrogant Prussien ! Cette pensée l'aida à tenir tête à son interlocuteur. Elle décida de ne plus prononcer une seule parole.

Une demi-heure passa sans que les yeux de von Riegenburg s'attendrissent. Avec un entêtement de bête sourde, il continuait à poser inlassablement les mêmes questions sous des formes différentes. Mais elle tint bon. Elle ne desserra pas les dents. Sa pensée était ailleurs.

— J'aurais tant souhaité que nous fussions amis, dit Riegenburg en souriant tristement.

Il alluma une cigarette, prit le temps d'aspirer une bouffée avant de se relever.

— Tant que vos amis ne publieront pas le document, nous nous bornerons à vous surveiller, dit-il d'une voix sourde. Si jamais le contraire se produisait, je ne serais plus en mesure de vous protéger.

Maryika osait à peine croire à son départ.

Il remit son pardessus, assura le bord de son feutre, enfila ses gants et s'inclina devant elle.

— Je me permettrai de vous inviter à dîner de temps à autre, afin que nous fassions le point sur nos relations et que nous puissions suivre cette affaire.

— Je ne me rendrai pas à vos invitations, répondit fermement Maryika.

Maintenant, elle voulait aller jusqu'au bout.

— Je ne vous conseille pas d'adopter cette attitude. Il y va non seulement de votre carrière mais aussi du sort de ceux que vous aimez.

Il la fixa longuement de son regard impitoyable.

Tandis qu'il refermait doucement la porte derrière lui, elle eut la certitude que les jours gris, les rues sans joie s'ouvraient devant elle.

Les rues sans joie

Après que l'Allemand eut disparu, Maryika fouilla les tiroirs de son secrétaire. Quand elle eut mis la main sur la carte du Regina Palast, elle se glissa dehors. Elle voulait à toute force parler à ce Ruddi Reinecke qu'elle avait chargé d'envoyer le paquet à son cousin.

Tramway numéro 9. Elle attrapa la voiture de queue au vol afin de rompre les filatures éventuelles. Place Wildenbruch, gare de Treptow, pont de Varsovie, place des Baltes. Sitôt descendue, elle pénétra dans un petit café de la Mulackstrasse et téléphona au Regina Palast. Elle reconnut immédiatement la voix caverneuse de Herr Rumpelmayer. Elle se nomma. L'autre entreprit de tourner à l'actrice un de ces compliments à chichis dont il avait le secret. Dès qu'il eut fini, elle demanda à parler au jeune Reinecke. L'homme aux clés d'or parut stupéfait :

— Le Ruddi Reinecke ? Vous voulez parler au Ruddi Reinecke ?

— C'est cela, répondit nerveusement Maryika. Et vite, s'il vous plaît.

— Je vous l'envoie chercher, mademoiselle.

Elle observa machinalement le manège de deux filles de la rue, des *Tippelschickse* qui racolaient un employé de la gare de Stettin. Puis il y eut un déclic dans le téléphone. Maryika porta le combiné à l'oreille.

— Il arrive, prévint la voix ronflante du portier.

Dix secondes plus tard, Maryika reconnut le timbre fêlé du groom à tête de rat.

— Ruddi Reinecke, à votre service.

Il ne semblait pas étonné de son appel. Elle s'excusa de le déranger en plein travail. Il la rassura :

— J'étais justement de repos. M. Rumpelmayer m'a envoyé chercher dans ma chambre où je fumais tranquillement un bon cigare en compagnie de mon vieil ami Girgl.

— Ah, oui, c'est vrai... votre ami Girgl. Comment va Girgl ?

— Bien, mademoiselle. Il m'envie toujours ma montre en or.

— Qui ne l'envierait pas, Ruddi ? dit Maryika en levant les yeux au ciel.

Et elle enchaîna le plus vite possible :

— Je viens faire appel à votre mémoire, Ruddi. Vous souvenez-vous de cette soirée de novembre dernier où vous et moi avons sablé le champagne ?

— Cela va de soi, mademoiselle. Les mois ont passé, mais chaque phrase que nous avons échangée ce jour-là est restée gravée dans ma tête.

— Il en est de même pour moi, Ruddi, assura-t-elle. Vous étiez très en forme.

— Oui, c'est exact, dit-il avec son aplomb infernal. Je crois que vous avez plutôt apprécié mon sacré sens de l'humour.

— Tout à fait, dit-elle. Et maintenant, si vous permettez que nous en venions à la raison de mon appel téléphonique, je voudrais bien vous poser une question...

— S'il vous plaît, mademoiselle Vremler. Je vous écoute attentivement.

— Ce fameux soir, je vous ai confié un petit paquet

en vous chargeant de le poster pour Paris... Vous êtes-vous bien acquitté de votre mission ?

— Oh, ça oui ! Vous pensez ! s'écria le rouquin de sa voix de fausset. Par le premier courrier ! Laissez-moi une seconde et je vous dirai même l'heure exacte de la levée... Attendez voir... Dix-huit heures quinze, mademoiselle. Maintenant, j'en suis sûr.

Il mentait avec un grand naturel. Si Maryika avait pu voir son faciès intelligent, elle aurait mesuré la satisfaction qu'il tirait de sa vengeance. Il informa Maryika qu'il envisageait de venir travailler à Berlin si l'occasion s'en présentait.

— J'en serais très heureuse pour vous, Ruddi, dit Maryika, qui mourait d'envie de raccrocher.

Elle entendit le groom rire à l'autre bout de la ligne.

— Vous savez, je vais voir tous vos films ! Dernièrement, cette Shanghai-Lily m'a beaucoup plu. À cause de ses jambes et de la peau qu'elle laisse voir au-dessus de ses bas noirs. J'ajouterai que j'ai punaisé une photo d'elle juste en face de mon lit. Elle est assez déshabillée pour que je n'oublie pas votre parfum, mademoiselle. Et je crois bien que de vous avoir sous les yeux me donne de l'assurance dans mon métier.

— J'en suis ravie, Ruddi. Et maintenant, je dois vous quitter.

— Avant, je veux que vous sachiez que vous pourrez toujours compter sur moi, mademoiselle.

— Merci.

— Je vous embrasse, mademoiselle Shanghai, dit précipitamment l'adolescent.

Il raccrocha de lui-même.

Maryika resta un moment sur place. Elle retirait de cette conversation téléphonique qu'elle n'avait pu maîtriser une étrange sensation d'impuissance et d'amertume.

Elle erra longtemps dans ce quartier populaire, confiant son désarroi à la nuit. Elle passa sans les voir près de lieux où l'on menait grand train. Longea des brasseries où, encouragées par la choucroute et trois bocks de bière, des familles entières reprenaient en chœur l'air joué par la musique. Plus loin, une affiche annonçait un concours des plus beaux mollets. Devant la porte des tavernes, les hommes fumaient à grandes bouffées et reluquaient les femmes.

Elle traversa un carrefour encombré par la foule. Des filles blondes, les cheveux bouclés à l'eau de mélisse, tapaient dans leurs mains, babillaient sans arrêt, faisaient les yeux au ciel et se blottissaient au creux des épaules de leurs bien-aimés. Au-dessus des têtes, sous une rangée de lampions, trois musiciens trônaient sur une estrade en chantant :

Bois, frérot, bois !
Oublie soucis,
Chagrins, ennuis...

Un monsieur poivre et sel pencha sa figure moustachue sur le manteau de Maryika, roula des yeux de marionnette et lui tendit un ballon de foire accroché à une ficelle. Elle l'accepta sans trop savoir pourquoi.

Elle poursuivit sa route, avançant droit devant elle dans une odeur de légumes surchauffés, une cacophonie de hurlements, de petits sanglots, de râles anonymes, de malédictions et d'espoirs. Doucement, elle fredonna à son tour :

Bois, frérot, bois !
Oublie soucis,
Chagrins, ennuis...

Ogre de vie, Berlin la dévorait.

Révolte à l'agence Iris

À l'agence Iris, 17, rue de l'Échiquier, où Boro avait été engagé par son directeur, Alphonse Tourpe, pour tirer, agrandir et retoucher les clichés, son statut de garçon de laboratoire, loin de lui offrir les avantages de la renommée internationale, ne lui conférait qu'un maigre salaire. Et s'il est vrai qu'à la moindre occasion, l'apprenti reporter renouait avec les rêves de gloire que lui inspirait son cher Leica, c'était au prix de privations sans nom. Le dîner du soir prenait souvent la forme d'un hareng saur. Les fins de mois revenaient inéluctablement avec leur cortège de mortifications involontaires : jeûne et impression de flottement dans les jambes.

Ces jours-là, qui étaient au moins six ou sept, Boro trompait les sucs de son estomac avec force verres d'eau sucrée et s'ingéniait à faire durer n'importe quel carré de camembert en le mariant à plusieurs livres de pain.

Un jour de débine pire encore qu'à l'accoutumée, Borowicz, qui sortait avec une pincette une feuille de papier sensible d'une cuve de révélateur, entrevit le reflet de sa propre image et, refusant soudain la fatalité de sa pâleur cadavérique, décida que son talent en valait bien un autre.

Passant de la colère légitime à l'acte irréparable, il balança un flacon d'hyposulfite en direction de l'ampoule inactinique, la vit exploser avec satisfaction et, rallumant dans sa rage l'éclairage *a giorno*, gâcha le travail entrepris avec une telle hargne qu'il eut envie de la faire partager à tout le personnel de l'agence.

La foulée plus longue que d'habitude, la claudication plus accusée et les narines pincées, il fit irruption dans la salle des reporters. Celle-ci était vide. Faute d'interlocuteurs, Boro fut pris d'un vertige de faim. Cette déperdition d'énergie, loin de faire reculer son courroux, suscita en lui un nouveau geste de violence. Du fouet de sa canne, il balaya les bureaux, distribuant des coups si précis qu'en moins d'une minute il avait nettoyé la moitié des meubles, précipitant au sol plusieurs bouteilles d'encre, un Voigtländer en réparation et les fichiers de Mlle Fiffre.

Mlle Germaine Fiffre était à l'agence Iris ce qu'en son temps la douille baïonnette avait été au fusil Chassepot : une prolongation symbiotique et tranchante de l'autorité de son patron. Cette demoiselle de quarante ans à peine, vouée par l'indifférence des hommes à une chasteté qui lui tournait les sangs, avait acquis après des lustres de classement et de besognes subalternes un degré d'abandon de soi et de mimétisme à son maître en tout point comparable à celui qui frappe les animaux domestiques. Elle avait donc en place de tête la poire et les sourcils de M. Tourpe. Le reste était à l'avenant : un matériau peu engageant, à part les yeux qu'elle avait fort beaux ; deux yeux levantins qui, lorsqu'elle riait, faisaient oublier ses joues de poisson-lune terminées sur le dessus par un front bas, injustement étranglé à hauteur des tempes par la double poigne plutôt stricte d'une permanente aux volutes un peu mauves.

— Mes fichiers ! Mes fichiers ! piailla-t-elle en pénétrant sur le champ de bataille.

De la main gauche, elle ramassa une poignée de négatifs étiquetés qui jonchaient le sol, mordit nerveusement dans une tranche de cake qu'elle tenait dans la droite et reprit du caquet en toisant le jeune homme :

— Vous êtes un malappris, dit-elle d'un ton vif qui ramena du cramoisi sur son visage. Un malappris, monsieur Borovice ! (Elle n'avait jamais pu prononcer son nom autrement.) Est-ce que c'est des manières, ça, de s'en prendre à des riens ? À des fiches ? À du matériel ?

— C'est que j'ai faim, mademoiselle Fiffre, dit soudain Boro en fixant les mains potelées de la secrétaire.

Il guigna la portion de gâteau à peine grignotée que Mlle Fiffre tenait dans sa dextre, la lui ôta des doigts avant qu'elle fît ouf et la mit entièrement dans sa bouche.

— Ça alors ! s'effaroucha Germaine Fiffre. Mon quatre-heures !

Prenant presque peur, elle fit un pas de côté. En face d'elle, calme comme un ours brun gobant un pot de miel, Boro léchait son index.

— C'est bigrement sucré, votre affaire. Et puis ça colle aux dents !

— Du cake anglais ! Personne ne vous obligeait à le manger !

Boro afficha un sourire désarmant.

— Connaissez-vous Brides-les-Bains, mademoiselle Fiffre ? demanda-t-il avec une grande douceur dans le regard.

— Non, dit la secrétaire que la géographie mettait mal à l'aise. Je parie que c'est une victoire de Napoléon ?

— Pas du tout. C'est une station thermale.

— Franchement, je ne vois pas très bien où vous voulez en venir.

— Pure charité de ma part, dit l'aimable Boro. Vous m'inquiétez ces temps-ci, mademoiselle Fiffre. Tout ce sucre qui vous va sur les hanches...

— Oh !

— Je vous prescris une cure d'amaigrissement.

— Ça alors ! s'étrangla la demoiselle qui prenait tous

les Hongrois pour des descendants d'Attila. Voilà bien les étrangers ! Ils vous ôtent le pain de la bouche et en plus se conduisent en soudards !

Comme Boro faisait mine d'avancer, elle recula davantage, poussa sournoisement du talon la porte entrebâillée derrière elle et, d'une voix fêlée, appela à la rescousse :

— Monsieur Tourpe ! Monsieur Tourpe ! Venez un peu voir ce qui se passe ici !

Sans quitter son agresseur des yeux, elle monta son coude en un geste diagonal et le maintint haut placé, comme s'il s'agissait de défendre son abondante poitrine. Ainsi donnait-elle plus de drame à la situation.

La bouille un peu roublarde de M. Tourpe s'encadra dans le chambranle de la porte. Bien que le téléphone se fût mis à sonner, le petit homme ne bougea pas, regardant le branle-bas.

— C'est une sédition, Borowicz ? interrogea-t-il. Une révolte de palais ?

— C'est une révolution, monsieur. Je ne veux plus travailler au laboratoire. J'étouffe. D'ailleurs, le noir me rend aveugle.

— Je vois, je vois..., murmura le directeur de l'agence Iris.

Il tourna malgré lui un visage ennuyé du côté du téléphone, puis plissa le nez et les sourcils en une grimace attentive.

— Je ne vous paye peut-être pas assez ? demanda-t-il avant d'ajouter rêveusement : Mais vous ne valez pas plus. Manque de soin dans le développement, fixage insuffisant. Quant aux agrandissements, vos masquages sont trop marqués... vous gâchez du papier !

— J'ai beaucoup progressé.

— Vous manquez d'enthousiasme. Vous êtes irresponsable et pas ponctuel pour un rond.

— Je suis fait pour être reporter, dit Boro. Les gens, leur personnalité, il n'y a que cela qui m'intéresse.

— Il a levé la main sur moi ! glapit soudain Mlle Fiffre qui sentait qu'on l'oubliait. Il m'a manqué de respect !

Instantanément, la trogne d'Alphonse Tourpe se défripa.

— Non, sans blague ? dit-il sans quitter Boro des yeux. Vous avez fait cela ?

Admiratif, il tendit la main à l'aveuglette vers le téléphone et décrocha le combiné.

— Iris, un œil sur le monde, ronchonna-t-il en s'éclaircissant la voix. Je vous écoute...

Tandis que son correspondant lui parlait, Alphonse Tourpe obtura pour un temps le micro et lança :

— Ravi que les choses bougent pour vous, Fiffre ! Après toutes ces années, vous ne l'avez pas volé...

Comme elle allait répondre, il la fit taire d'un geste sec et reporta son attention sur la communication téléphonique. À part quelques oui et un seul non, il écouta son correspondant avec une attention grandissante. D'un coup, il sembla se décomposer, devint pâle comme un sucre, boucha son oreille pour mieux entendre et murmura :

— Merde !... Oh, eh bien, merde alors !

Il finit par noter une adresse sur le bloc, répéta les mêmes grossièretés d'un ton las et promit avant de raccrocher :

— Tout de suite. Je vous envoie une équipe tout de suite... La meilleure !

Après quoi, il se jucha sur un classeur et, laissant pendre ses courtes jambes dans le vide, commença à se gratter le menton, signe chez lui d'une grande perplexité. Au bout d'un long moment, il répéta d'une voix épuisée :

— Eh bien, ça, nom de Dieu... Merd' alors !

Puis ses petits yeux foncés d'Auvergnat remontèrent le long de la trame usée du tapis et finirent par se poser sur les chaussures de son employé, sur sa canne d'ambre surmontée d'un pommeau de cuir.

Vous vous êtes fait ça comment ? interrogea-t-il soudain en tapotant sur sa propre rotule. Vous êtes tombé de cheval ? C'est un accident ?

— Un mauvais coup de sabre, répondit aussitôt Boro.

— Un duel ?

— Un différend.

— Comme vous y allez !

— À l'université de Pest, c'est ainsi que nous réglions nos dettes d'honneur.

Mlle Fiffre n'osait plus bouger. La peau plus transparente que de coutume, elle regardait ses fiches comme si elles avaient détenu une part d'éternité. À part une mouche qui s'énervait sur une vitre gorgée de soleil printanier, le temps n'offrait plus de repères. Un mauvais silence flottait dans la pièce.

— Alors comme ça, vous voulez à toute force être reporter ? demanda encore Alphonse Tourpe.

Boro acquiesça.

À cette minute même, il pensait à Maryika et l'idée qu'elle lui avait fait confiance au point de lui offrir son premier Leica l'inondait d'un bonheur sans partage. Il se sentait invulnérable.

Il ajouta :

— Je serai le meilleur sur le terrain.

— Pourquoi pas ? s'énerva brusquement le patron de l'agence Iris en sautant de son perchoir. Vous ne vous prenez pas pour de la crotte, mais ça tombe plutôt bien ! Tous mes gars sont partis et je n'ai personne sous la main. Venez, Borowicz ! Vous et moi allons faire équipe.

Retrouvant ses jambes de vingt ans, Alphonse Tourpe rafla un sac de cuir et commença à y entasser son matériel.

Boro restait coi. Alors c'était fait ? Il allait enfin pouvoir s'exprimer ? Appliquer ses théories sur le petit format ? Devenir, à l'instar de Kasàk, Kepes ou Guttmann, le nouveau héros venu de Hongrie pour mémoriser la palpitante impression de la vie ? Déjà, il se voyait imposant son style dans les principaux magazines anglais et européens.

Tourpe avait disparu de la pièce. Mme Fiffre ramassait les miettes de sa défaite. Des fiches, encore des fiches. Boro glissa son Leica dans la poche de sa veste de velours.

Il rejoignit son patron qui piaffait d'impatience dans le hall. Outre un tripode à tête rotative assez massif et trois sacoches d'accessoires, Tourpe avait regroupé une chambre Folding de format 4 x 5 inches et un Rolleiflex 6 x 6. En tout, plusieurs kilos.

— Mille dieux ! Commencez donc par porter le matériel, monsieur le reporter ! s'exclama narquoisement l'Auvergnat. Après tout, vous êtes déjà sur le terrain !

Sans plus attendre, il s'empara du Rollei qui pesait bien trois cents grammes et, tournant avec ostentation le dos à son grouillot, s'engouffra dans la porte à tambour.

Une fois sur le trottoir, dressé sur ses ergots, il alluma une Balto, goût américain. Tandis qu'il inhalait lentement la fumée, son regard rusé sembla filtrer un moment la foule des chalands qui baguenaudait sur les boulevards, puis, comme si Boro n'existait pas, il se dirigea vers sa voiture, une modeste 201, et se mit au volant.

Il chantonnait.

Dans le hall, plusieurs sacoches en bandoulière, le nouvel assistant de M. Tourpe bataillait contre le harnachement dont il était devenu le colporteur. Après quelques essais infructueux pour soulever le trépied en même temps que la caisse du Folding, Boro suspendit sa canne à son poignet par la dragonne, lança sa jambe raide derrière lui, ploya brusquement sur celle qui était valide et se pencha avec adresse, sans perdre l'équilibre. En se relevant avec succès, il éclata de rire. Si sa cousine le voyait !

Dehors, trois jappements de klaxon le rappelèrent à l'ordre. Le patron s'impatientait.

Le choucas de Budapest

Alphonse Tourpe conduisait vite, sans ménagement pour sa boîte de vitesses ou ses amortisseurs. Il avait juste assez d'astuce et d'esprit de décision pour faire prendre à son tacot les chemins les plus courts et s'évertuait à traverser Paris en un temps record. La Peugeot fonçait, tanguait, freinait, piquait du nez, couinait, frôlait les passants à gauche, à droite, devant ou derrière, si près que c'était merveille d'en réchapper.

— Où allons-nous si vite ? se permit Boro en rétablissant une fois de plus son équilibre compromis par un tour de volant hasardeux. Photographier un Grand Prix d'élégance automobile ?

— Vous n'y êtes pas du tout, jeune homme ! Nous allons essayer de ne pas être les derniers sur l'événement le plus inattendu, le plus tragique, le plus barbare de l'année !

— Quoi ? L'enlèvement du petit Lindbergh se terminerait-il en France ?

— Foutaises, monsieur le reporter ! Le président Paul Doumer vient d'être assassiné !

Les yeux de Boro rencontrèrent furtivement ceux de Tourpe. Puis chacun se détourna, s'enfermant dans ses pensées.

Incliné vers la vitre, visage fermé, Boro laissait flotter

son regard sur la foule moutonnière des promeneurs. Comment, se demandait-il, comment ce vendredi 6 mai qui avait paré la capitale d'un air de fête si printanier avait-il pu se transformer en un jour de deuil et de colère ?

Plus pragmatique, Tourpe, de son côté, passait en revue les informations qu'il détenait de son mystérieux correspondant. Le président de la République avait quitté l'Élysée vers quatorze heures trente pour se rendre à la Fondation Rothschild où avait lieu une vente de livres au profit des écrivains combattants. Là, il s'était entretenu avec Claude Farrère, à qui il avait acheté une édition de *La Bataille*. Puis l'idée lui était venue d'aller se perdre au milieu de la foule. C'est alors que son assassin avait surgi, déchargeant par trois fois son arme.

— Un Russe ! Je parie pour un bolchevik ! lança nerveusement le directeur de l'agence Iris en rompant le silence.

Il effectua un dernier dérapage avant de stopper en catastrophe à une centaine de mètres du lieu de l'attentat. Il ouvrit la portière et sauta hors de la voiture.

— Laissez le trépied ! Suivez-moi avec le reste ! ordonna-t-il en prenant le Rollei sur le siège arrière. Et nom de Dieu, grouillez-vous sur vos pattes !

Une foule compacte était maintenue à distance par un cordon de policiers. Bien que Tourpe brandît sa carte de presse au-dessus des chapeaux et des feutres, les deux hommes eurent toutes les peines du monde à se glisser dans l'espace dégagé où stationnaient les voitures du cortège officiel.

Un peu plus loin, devant l'hôtel Rothschild, sept ou huit journalistes se pressaient au coude à coude, glanant les premiers témoignages auprès des inspecteurs en civil qui entouraient Paul Guichard, le directeur de la Police municipale.

Un quart d'heure plus tôt, ce dernier avait désarmé

le meurtrier du président. L'homme en question, une sorte de géant massif aux épaules impressionnantes, était un médecin nommé Paul Gorguloff. Les joues marbrées de rouge, il se tenait immobile au pied de l'entrée principale. Tête baissée, les menottes aux poignets, il attendait, immobile, sous l'étroite surveillance de plusieurs hommes de la brigade chargée d'assurer la sécurité présidentielle.

Frappé par leur pâleur qui contrastait avec le teint sanguin de leur prisonnier, Boro sortit son Leica de sa poche et assura coup sur coup plusieurs instantanés en approchant chaque fois plus près du groupe.

— Rentrez-moi ce machin-là ! chuinta Tourpe qui se tenait dans son sillage. Mettez-moi plutôt le Folding en batterie. Il est chargé au moins ?

— Oui, patron.

— Alors passez-le-moi dès qu'il sera prêt...

En attendant, il prit lui-même quelques clichés du prisonnier avec son Rollei, changea d'axe, repoussa l'épaule d'un homme qui le gênait, maugréa : « Saperlidieu ! Laissez-nous faire notre travail ! », puis se rabattit vers Boro et répéta :

— Ça vient, ce Folding ? Grouillez-vous, voilà Leroux !... C'est signe qu'il va y avoir du nouveau !

— Leroux ? se renseigna Boro en adaptant le flash sur le Folding.

— Le commissaire spécial de l'Élysée. C'est lui qui m'a appelé tout à l'heure... On se rend des services. Allez ! Passez-moi ça, vite !

Il s'empara du Folding, grimaça un sourire servile en direction du fonctionnaire et courut faire quelques photos de lui, l'encourageant du geste à venir poser près de l'assassin.

— Merci pour le tuyau, monsieur le divisionnaire !

— Vous n'êtes pas le premier, Tourpe ! Un petit gars qui se trouvait là pour photographier la manifestation et tirer le portrait de M. Farrère a déjà pris la photo du président. Juste après l'attentat... Tenez, il est là-bas... C'est un malin, ce gars-là...

Bora se retourna et sourit instantanément.

— Prakash ! murmura-t-il. Ce salaud de Béla Prakash !

Il s'avança au-devant d'un jeune homme brun assez voûté, le thorax enfoncé, les épaules étroites noyées dans un pull à col roulé, et lui frappa sur l'épaule.

Pour qui travailles-tu, ignoble corbeau hongrois ? Hein ? Espèce de charognard !

L'autre se retourna, le dévisagea une fraction de seconde, visage aigu de choucas dominé par d'admirables yeux noirs, et se détendit presque aussitôt.

— Boro ! Tu sais, ça y est ! J'ai LA photo ! La chance était avec moi aujourd'hui... Béla Prakash va démarrer !

— Le président est-il mort ? demanda Boro.

— C'est tout comme. Il a reçu une balle derrière la joue. Une autre a traversé l'aisselle.

— Où est-il ?

— À l'intérieur. Un médecin de quartier est à son chevet, mais ils vont certainement l'évacuer.

Survolté, le Hongrois montra le perron.

— C'est là que ça va se tenir maintenant... C'est par là qu'il va sortir !

Comme pour lui donner raison, un officier de marine en grand uniforme, portant le sabre d'apparat au côté, parut en haut des marches. Derrière lui, plusieurs personnalités en pardessus et chapeau avançaient à petits pas. Ces gens portaient le corps inanimé du président.

Très excité, Prakash détourna un bref instant son profil de corvidé en direction de Boro et croassa par-dessus son épaule :

— À ce soir ! Chez Capoulade ou en enfer ! Nous arroserons cela !

Noyé dans l'empenne de son pull-over noir, il sembla prendre son vol en même temps qu'une nuée de ses congénères surgis comme par miracle du fond de la terrasse.

L'officier leva la main pour les arrêter, mais la troupe des voyeurs, des feuillistes, des informateurs, grimpait les marches, cavalait, submergeait l'homme en uniforme, l'absorbait, le dépassait, marée montante, horde pillarde, et déjà, à l'arrière-plan, les flashes se déclenchaient, crépitaient, rageurs, répétitifs, foudroyants – malgré la présence hostile d'une vingtaine d'hommes graves et consternés qui levaient eux aussi la main en un geste dérisoire pour appeler à la dignité et au calme. En dépit des cris, des ordres, des exhortations à la raison, inlassablement, le vol des prédateurs de l'image et de l'actualité se rabattait, s'enfonçait, s'approchait plus près de la proie, faisait cercle pour repartir en même temps que le cortège, cherchait à gagner les voitures et s'immobilisait à nouveau, englué par une horde de pillards partie plus loin se poster et qui se déployait à son tour, ondulant comme un linge battu par le vent. Ils continuaient à faire leur ouvrage, Prakash, Tourpe et consorts, l'œil derrière le viseur, possédés d'un autre monde, un monde sec et sans cœur où la vie est inscrite dans un rectangle et le désir de la capter plus fort que le tintamarre des sentiments. À son tour, Boro était parmi eux. Passé de l'autre côté de la vitre, il courait, s'acharnait, faisait sa place – photo, photo –, œil de son propre Leica, découvrant son pouvoir et sa force. Lui aussi était le choucas tandis qu'il survolait la foule – photo, photo –, à la recherche du visage livide de l'illustre blessé, jouant du corps, des épaules et des coudes pour s'insérer à la meilleure place, voir le mieux possible et être le premier. Toujours. Ce soir. Maintenant. Le premier.

Essoufflé, il s'arrêta alors que claquaient les portières. Dans une insupportable odeur d'essence, une voiture sombre immatriculée 8231 RD 3 démarra, emportant le moribond vers l'hôpital. Elle était suivie par une, deux, trois autres automobiles. La troupe des journalistes se disloquait. Les uns couraient vers un téléphone, les autres vers une chambre noire. Ceux qui continuaient la chasse criaient :

— À Beaujon ! À Beaujon !

Boro rejoignit la 201. Il ressentait une lénifiante fatigue. Il se tourna vers Tourpe qui arrivait en sautillant sur ses courtes jambes. Tout en déchargeant son Leica, il lui demanda aimablement :

— Comment ça a marché, patron ? Êtes-vous satisfait ?

L'Auvergnat passa devant Boro sans un mot et grimpa dans sa guimbarde. Après avoir lancé le moteur, il abaissa la vitre et dit d'une voix éraillée par la colère :

— Borowicz, encore un coup comme ça et vous êtes saqué ! Un assistant doit suivre son patron et le pourvoir en pellicule.

— Vous en avez manqué, patron ?

— Vous vous foutez de moi ? J'étais à sec à moitié du parcours !

Boro sourit et brandit son propre rouleau de film.

— Ce n'est pas grave ! J'ai tout ce qu'il vous faut là-dedans...

— Vous pouvez garder votre petit format de merde ! s'écria l'autre, la visage déformé par la rage. Votre 24 x 36 n'a pas d'avenir ! Les photos ont du grain, pas de définition, aucune force !

— Alors je les fous en l'air ? demanda Boro.

Il fit mine de vouloir lancer son rouleau de pellicule derrière lui.

— Ça va, bougonna Tourpe. Ne faites pas l'intéressant ! Donnez-moi ça quand même. Je vais voir ce qu'on peut en tirer.

Il arracha presque le film des mains de Boro et fit démarrer sa bouzine dans un crissement de pneus. Blèmia resta un long moment sur place. La foule s'était dispersée. Le ciel était terriblement bleu, à part un nuage imbécile. Un livreur de chez Nicolas dressé sur les pédales de son triporteur passa derrière lui en sifflant *Parlez-moi d'amour*.

Boro fit cabrioler sa canne plusieurs fois et se mit en marche. Il avançait la tête haute. Il se sentait une faim de Hongrois.

Les plaines du désespoir

Lorsque Boro passa la porte de Capoulade, la fête battait son plein.

Ils étaient tous là, les immigrés. Pierre Pázmány et Benjamin Ráth, les frères Kossuth – Étienne et Mathias. Et Gabriel Baross, qui devenait si triste quand il était si gai. Baross aux longues moustaches effilées que ses amis avaient surnommé le Gaucho pleureur parce qu'il était originaire de la Puszta, la grande plaine hongroise, et que son père était Csikós, l'un de ces intrépides gardiens de chevaux à chemise noire, qui, sous le large chapeau, affrontent les brouillards et la Fata Morgana.

Ils étaient tous là, alignés le long du zinc sous les yeux reconnaissants du taulier, Albert Boutru, natif de Bourguébus, chef-lieu du Calvados. Ils parlaient fort. Ils buvaient brut. Le tiroir-caisse du Normand avalait l'argent des apatrides, le champagne coulait à flots, et Béla Prakash était le roi de la soirée :

Il avait touché une fameuse avance de son agence, Delphot. La photo du Président était vendue, elle ferait le tour du monde. Payé Prakash, le voleur de crime ! Grâce à lui, oubliées les heures de dèche et le mal du pays. Ce soir, puisqu'il était riche, tous ses amis seraient riches !

Il embrassa Boro comme une pieuvre, l'entraîna dans

une valse incertaine et, se raccrochant finalement à lui, le conduisit jusqu'à une pyramide de coupes déjà remplies.

— Elles t'attendaient, Boro, les jolies blondes ! Rattrape-nous, frère ! Après celle-ci, vides-en une autre ! Et après l'autre, au moins deux autres encore !

— C'est que je n'ai pas mangé depuis hier, se défendit Boro. À part une tranche de cake...

— Bois, te dis-je, après tu auras une omelette, des frites, peut-être du boudin... N'est-ce pas, Boutru, qu'il aura une omelette ?

— Tout ce qu'il voudra, monsieur Béla. Tant que vous aurez de l'argent dans vos poches.

— Boutru est un ami, dit Prakash. Un ami saisonnier !

Il fit trois pas en titubant et laissa tomber sa coupe qui se brisa sur le carrelage.

— Oh ! fit-il en prenant l'air navré.

— Oh ! dit aussitôt Baross.

— Oh ! Oh ! répétèrent les frères Kossuth.

Et tous laissèrent échapper leurs coupes en feignant la maladresse.

— Oh ! gémit Boro en entrant dans le jeu.

— Une omelette de six œufs, commanda Prakash. Avec un peu de gruyère et beaucoup de pain !

Puisqu'il fallait boire, Boro se mit à boire. Bientôt, Boutru déposa une succulente omelette devant lui et, au fur et à mesure qu'il se restaurait, une bienheureuse chaleur s'installait dans ses membres.

En même temps, il retrouvait sa gaieté naturelle. Sa gaieté lui donnait soif. La soif le dressait sur ses jambes. Boro buvait. Il buvait à cette journée mémorable. À l'inconscience du moment.

— Blèmia Borowicz ! Chante ! Chante avec nous !

Ils étaient tous autour de lui. Ils prétendirent être des bergers assis sur les collines coumaniennes et s'essayèrent à une vieille complainte vantant les prouesses des chiens komondors, ces animaux au poil blanc hérissé, forts et agiles comme des tigres, qui mettaient en déroute les loups pendant les nuits glaciales ou arrêtaient les voitures en enfonçant leurs crocs dans les rayons des roues.

Baross sortit sa flûte. Aussitôt, apparut au fond des regards un monde de rêverie. Abasourdis par l'alcool, les Hongrois écoutaient en silence. Boro lisait à livre ouvert sur leurs visages. Chevaliers de l'errance et de la pauvreté, n'étaient-ils pas, ces gueux d'Europe centrale, l'avant-garde d'une débâcle ? La Grande Guerre n'avait pris fin que depuis quatorze ans et, comme une fatalité, voilà que s'inscrivait le retour de l'Allemagne. Les réfugiés de l'Est refluaient vers Paris. Ce soir, Capoulade-sur-moleskine était une parcelle de l'Alföld. Chacun semblait heureux, même Boutru. Mais Boro ne s'y trompait pas : rien n'était plus faux que le sourire mercantile du bistroquet normand. Dans ses yeux, brillait la méchante petite braise de la bêtise et de la xénophobie. Qu'étaient pour lui ces jeunes à l'exubérance tapageuse, sinon des gens d'un autre peuple, parlant une langue rébarbative ? De quel droit ? En vertu de quel principe le rejetaient-ils, lui, l'autochtone, dans le camp minoritaire ?

— Pardon, messieurs, disait François, le garçon de café, en ramassant les débris de verre.

Le tiroir-caisse ouvrait sa mâchoire. Cling, encore du champagne. Boro buvait la terre entière. Il buvait.

Soudain, des exclamations fusèrent. Congestionné par l'effort, Béla Prakash venait de ceinturer le grand Baross. Il le soulevait de terre. Malgré sa stature malingre, il réussit à le hisser debout sur une table, ivre mort dans ses bottes rouges. Il l'abandonna là-haut comme sur une île déserte et lui ordonna :

— Allez, Gabriel ! Parle-nous du pays, petit frère ! Raconte à M. Boutru le voyage jusqu'ici, ta tante Ruttka qui attendrissait sa viande dans sa gaine et le vin que tu buvais en cachette !

Mais Baross était ailleurs. L'ivresse le conduisait à l'heure où l'habitant de la Puszta met sa main devant ses yeux en manière de visière et regarde le soleil levant. Il saluait le vautour, sombre voleur de cadavres, les nuits de vent où les poulains prennent peur et galopent de tous côtés dans la plaine, la fin de la moisson où le jeune maître danse avec les glaneuses, et la demoiselle avec les moissonneurs.

La méchante petite flamme de la xénophobie brillait toujours dans les yeux du limonadier. Boro la voyait. La ressentait comme une menace. Boutru Albert, natif de Bourguébus, sécrétait sa rancœur, patiemment. Il apprenait à enfermer dans les mêmes draps les communistes et les Juifs. La racaille et les métèques. Il travaillait pour plus tard. Il mûrissait derrière son zinc et son tiroir-caisse. D'ici à quelques années, il soupirerait après un dictateur efficace, il appellerait de ses vœux un maréchal qui aurait les moustaches de son père. Il ferait du marché noir. Il arborerait le béret, la francisque et la motte de beurre. On lui casserait sa vitrine. Il croirait à l'Ordre. Comme tant d'autres. Il en reviendrait, comme tant d'autres. Pourtant, les germes étaient déjà là. En l'observant, Boro comprenait où était la place du bistrotier : parmi les ligues fascistes qui paradaient au quartier Latin, bandes de jeunes gens aussi avides de violence que les chemises brunes du café Luitpold.

Munich.

Brusquement, Boro eut peur. Il songea à sa cousine. Il fallait à tout prix qu'il communique avec elle, qu'il la mette en garde, qu'il la fasse venir ici. Qu'elle abandonne sa carrière, qu'elle secoue les chimères de son ambition pour le rejoindre.

Il se leva d'un bond, boitilla sans le secours de sa canne jusqu'à Prakash.

— Béla, fais-moi crédit. Aide-moi, choucas de

Budapest, prête-moi de l'argent ! J'ai besoin d'appeler quelqu'un en Allemagne...

— Maintenant ? En plein orage ? Alors que Gabriel attise les éclairs ? Tu n'y penses pas, Borowicz ! La ligne est coupée par la tempête.

Le choucas de Budapest était ivre. Il posait ses yeux noirs sur Boro, riait dans sa coupe, faisait non de la tête.

— Pas maintenant, camarade photographe !

— Maintenant ! répéta Boro en le secouant. Donne ! Dans une heure, il sera trop tard. Tu n'auras plus un sou !

Prakash opina vaguement du chef et désigna le limonadier.

— Juste ! C'est Boutru qui aura avalé tout mon argent dans sa caisse. Cling ! Il s'y connaît. Il avale tout rond !

Avec une brutalité inattendue, Boro redressa son ami qui faisait mine de s'étendre sur une banquette. Il le secoua par le revers de sa veste.

— Prakash, chuchota-t-il en jetant ses dernières forces pour dissiper sa propre ivresse, joli corbeau de Pest ! C'est une question de vie ou de mort !...

L'autre ouvrit un œil glacial :

— Encore ta cousine ! Écris-lui. Je te paye le timbre !

— Cent fois j'ai écrit ! Les lettres reviennent !

Boro mentait. Depuis six mois qu'il était rentré de Munich, pas une seule fois il n'avait pris la plume. Le désespoir, l'orgueil le lui avaient interdit. À Paris, au Gaumont-Clichy où il avait vu *L'Aube des jours*, puis, plus récemment, *Shanghai-Lily*, il s'était promis de ne faire signe à sa cousine que lorsqu'il aurait connu une réussite digne d'elle.

— Les lettres reviennent ? ânonna Prakash qui semblait avoir dans la bouche un poids de deux kilos. C'est qu'elle t'a oublié !

Il tendit une main vague vers le pied d'une bouteille.

— Bois ! Tu gagneras du temps sur ton futur chagrin !

Sortant un billet de sa poche, il le brandit en direction de Boutru :

— Aubergiste ! Donne à boire !

En un geste fou, Boro intercepta la coupure. Il sauta sur sa canne, prêt à défendre son larcin.

Prakash se dressa sur un coude, trop faible pour se mettre debout :

— Holà, camarades ! s'écria-t-il en rameutant les autres.

Ce Borowicz que voilà veut dépenser l'argent du peuple pour satisfaire son libertinage personnel ! Je veux qu'il soit jugé !

Mais le peuple avait d'autres chats à fouetter. Baross pleurait, les frères Kossuth dormaient, Pierre Pázmány lisait *Gringoire* avec l'air fâché, et Benjamin Ráth avait disparu dans les toilettes.

Boro se tourna triomphant vers Boutru et lui tendit le billet :

— Je veux appeler Berlin. Tenez, voilà l'argent.

— Berlin ? Avec ça ? ironisa le limonadier. Va pas falloir être bavard...

Il fit tourner la manivelle, demanda les appels longue distance et, lisant sur un bloc Cinzano le numéro que lui présentait le Hongrois, demanda :

— Un, six, cinq, quatre, sept, sept et encore quatre, mademoiselle... Je veux ce numéro avec I.D... ou plutôt non, donnez-nous-en pour vingt francs, c'est tout l'argent que nous avons...

— Un, six, cinq, quatre, sept, sept et encore quatre, répéta l'opératrice d'une voix mécanique. Après vingt francs, je coupe... Ne quittez pas !

— Cabine un, dit Boutru. J' savais pas que vous aviez de la famille en Allemagne, ajouta-t-il sur un ton de reproche.

Boro haussa les épaules et se rua vers la cabine.

Le fils du caporal Gril

Sitôt qu'il eut décroché l'appareil et pris l'écouteur, il entendit la mer. D'un coup, c'était comme si, balayé par un ressac intérieur, le chant des vagues entrouvrait sa mémoire.

Boro ferma les yeux. Il serra les poings et les mâchoires. Venu du fond du temps, le crachouillis du téléphone ralluma en lui les feux du passé, faisant naître avec une fidélité parfaite une image jusqu'alors enfouie dans son inconscient. Il vit son père, un soir de 1914. C'était un soldat harnaché dans sa capote bleu horizon. Il tenait un enfant de cinq ans sur ses genoux. Et Boro savait qu'il était ce gosse. Le poilu penchait vers l'enfant son visage un peu triste, barré d'une moustache, et appliquait à l'oreille du gamin un coquillage en forme de conque.

Il disait à voix basse :

— Petit, je vais repartir au front. Si les yeux te piquent le soir sans que tu puisses dormir, ou si tu penses à moi, prends ce coquillage sur la cheminée. Écoute battre la mer. Alors, dis-toi que je serai toujours dans les parages...

Et le gamin répondait :

— Tu seras sur la plage, papa ? Comme à Val-André quand on pêchait les crevettes ?...

— Je serai là, garçon. Si tu sais écouter la mer, je serai toujours là...

Et cette nuit-là, entre la France et l'Allemagne, au-dessus des hauts de Meuse, par-delà la Forêt-Noire, jusqu'à Berlin la presque prussienne, Boro était le fils du caporal Gril, mort au champ d'honneur.

Soudain, il eut l'impression qu'un projecteur s'éteignait dans sa mémoire. La scène vide redevint un mur gris couvert de graffiti, de numéros de téléphone inscrits hâtivement à la mine de plomb. Une voix de femme à l'accent un peu traînant fit vibrer son tympan de manière désagréable.

Il rouvrit les yeux. On l'interpellait en allemand :

— *Hier ist Martha Kipfmüller !*

— Blèmia Borowicz... J'appelle de Paris... Je souhaite parler à Mlle Maryika Vremler...

— *Wie, bitte ? Ich verstehe gar nichts ! Können Sie langsamer sprechen, bitte ?*

Boro se pencha, entoura le micro de ses mains rapprochées et articula soigneusement :

— Maryika Vremler, Borowicz...

— *Moment.*

Boro attendit dans l'angoisse. Les unités passaient, annoncées par une sorte de chuintement, puis disparaissaient comme des nébuleuses, tout au bout de la nuit. Qu'elle vienne ! Mon Dieu, faites qu'elle se dépêche ! Soudain, surgie du fond d'un marécage de conversations parasites qui par bribes s'entrecroisaient en français et en allemand, la voix de Maryika lui parvint, propre comme une source, nette, distincte :

— Borowicz, c'est toi, Borowicz !

Le timbre s'atténua, sombra – un filet.

— Que deviens-tu ? Borowicz, pourquoi ce silence ?

— Pas Borowicz : Blèmia !... Je travaille !

Il criait, se tournant dans l'étroite cabine pour vérifier qu'on n'entendait pas ses mensonges.

— Je travaille beaucoup !... Grâce au Leica, je photographie les ministres... Les hommes d'État... Grâce à toi, c'est la gloire, petite sœur... Je vais... Je veux venir te chercher...

Il se tut et tendit l'oreille pour cueillir la réponse qui tardait à venir. Une unité passa, météore de l'espace et du temps. Les voix parasites enflaient.

— Maryika ! Maryik !

Boro criait comme quelqu'un sur le point de se noyer. Il barbotait, perdait le fil de sa pensée. Répétait :

— Maryik !...

— Je t'entends, répondit la voix de sa cousine. Parle, parle-moi, Blèmia. Pourquoi n'as-tu pas répondu à mes lettres ?

Il eut un sourire amer.

— Je n'en ai pas reçu ! Mais j'ai lu tes succès dans la presse ! Tu as tourné un nouveau film ?

— Oui. Et je vais bientôt en commencer un autre avec Leni Riefenstahl comme metteur en scène... Ici, ce sera un événement !

De dépit, Boro frappa du poing contre la paroi de la cabine. Son regard croisa celui de Boutru. Hilare, le bistrotier désignait le cadran de sa montre. Il fit un signe giratoire avec ses doigts courts, mimant l'urgence du temps qui coule.

Furieux, Boro lui tourna le dos et boucha son oreille gauche. Il hurla dans le téléphone :

— Je déteste que tu sois célèbre ! Je déteste la robe qu'ils t'ont fait porter dans *Shanghai-Lily* ! Je déteste qu'on te vole ton image... Maryika, tu m'entends ?

Il s'interrompit parce que les voix étrangères avaient une fois de plus dérobé le devant de la ligne. Il attendit un moment, puis reprit son monologue saugrenu et cria désespérément :

— Je ne t'entends pas ! Je n'arrive pas à t'entendre !

La voix de Maryika resurgit du chaos :

— L'Allemagne est un enfer. On m'a menacée plusieurs fois... Je ne peux pas te parler, mais sache que ce que tu avais pris en photo ne doit pas être publié... Tu m'entends ? Pour ma sécurité... C'est une matière trop grave...

— Des photos ? Quelles photos ?

— Celles que tu as prises le dernier jour... Chez Hoffmann...

— Je ne me souviens plus très bien... Ah ! Le péteur ! Qu'est-ce qu'il a de si ?...

La communication se brisa, laissant place à un signal répétitif exaspérant pour les nerfs.

Boro raccrocha lentement.

TROISIÈME PARTIE

Les temps difficiles

L'année des sept orages

Berlin fourbissait ses clairons. Concerts au coin des rues, fanfares militaires encouragées par des hordes à brassards. La campagne électorale battait son plein. Dans la touffeur d'été, éclatait la chanson du *Bon Camarade* :

Un cri jaillit comme un coup de tonnerre,
À la garde du Rhin !

Un attroupement se formait. Dans la foule, quelqu'un gueulait :

— Fascistes ! Assassins !

Les coups pleuvaient, sonorités mates qui secouaient les visages, faisaient claquer les mâchoires et disloquaient les nuques. Parfois, un combattant s'affaissait dans l'obscurité d'un porche. Un ordre bref, comme un jappement, fusait dans la nuit :

— *Vorwärts !*

Les chiens du NSDAP étaient lâchés.

Les gens refluaient, couraient en désordre, lançant des invectives pour oublier leur terreur. Une chaussure, une broche, un chapeau restaient sur le pavé.

Un bruit de bottes poursuivait les traînards. Coups de matraque, coups de pied. Les injures reprenaient :

— *Schnauze ! Schweine ! Henker !*

Ni le bel été sous les tilleuls, ni la victoire d'André Leduc dans le Tour de France, ni celle de Jean Borotra dans la coupe Davis n'éclipseraient la sulfureuse promesse des affiches placardées sur les murs de Berlin : HITLER, UNSERE LETZTE HOFFNUNG.

Le 31 juillet, à l'issue d'une campagne musclée, les élections au sixième Reichstag donnaient une éclatante victoire au parti national-socialiste qui devenait la première force politique de l'Allemagne. Désormais, les acteurs de la plus macabre pièce de l'Histoire étaient en place pour jouer le deuxième acte.

Deutschland wach auf ! Deutschland über alles !

À la fin du mois d'août, la canicule s'abattit sur la capitale allemande. Elle prit d'abord la forme d'un soleil aveuglant qui embrasa l'atmosphère, puis celle d'une accumulation de nuages bourrés d'étoupe qu'un feu dévorant mais caché entretenait dans un état de combustion lente. Dans les banlieues ouvrières de la cité Siemensstadt, on prétendait que c'était la politique qui avait détraqué le temps.

En septembre, la chaleur devint si lourde que le ciel sembla se recouvrir d'une sorte de pelage gris. Une mauvaise buée s'installa au-dessus des immeubles. Dès le matin, on s'éveillait avec une fatigue de plomb installée dans les jambes. Les garçons de café arrosaient sans conviction la poussière des trottoirs, espérant ainsi faire naître un peu de fraîcheur. À dix heures du matin, les trams ferraillaient dans une atmosphère de marmite norvégienne. Vers midi, l'asphalte se liquéfiait sous les pas des Berlinois. Ceux qui se risquaient dehors pour vaquer à leurs occupations marchaient avec la raideur ankylosée des somnambules.

Dans son appartement du Tiergarten, Maryika Vremler avait elle aussi l'impression d'une sorte d'étiage.

Languide, à peine vêtue, elle se traînait de pièce en pièce, s'offrant aux ventilateurs qu'elle avait disséminés un peu partout sur son passage. Elle houspillait Martha pour un oui pour un non, perdait ses journées à ne rien faire, mangeait du sucre pour se calmer les nerfs, s'en voulait d'avoir pris deux cents grammes derrière les joues.

Depuis deux mois, l'activité professionnelle, les joies de l'amitié, tout allait en se raréfiant. Boro ne répondait pas à ses lettres. Speer travaillait à la campagne. Barbara Dorn était tombée amoureuse, et Leni Riefenstahl ne lui téléphonait plus pour lui parler de leur merveilleux projet de film. C'était comme si sa carrière marquait le pas. Comme si son existence avait été encalminée par un magicien malveillant. Jusqu'à son imprésario, Gustav Umlauff, qui, plutôt que de veiller à ses affaires du moment, se trouvait en France où il voyageait pour son plaisir.

L'air était immobile et le temps s'était figé. Dépressive, repliée sur elle-même, Maryika vivait un mauvais cauchemar, persuadée que son appétit d'entreprendre l'avait définitivement quittée et que, telle une juste réponse à son anorexie du moment, les gens qu'elle aimait ou qu'elle estimait le plus avaient totalement disparu. À l'entendre, elle était seule à Berlin. Seule au monde. Abandonnée. Rabougrie. Laide. À demi morte.

Martha, la rustique paysanne de Souabe, entrait dans la chambre. Elle essuyait un meuble du coin de son tablier blanc, jetait un coup d'œil furtif du côté de sa patronne et finissait par demander :

— Que voulez-vous que je prépare pour ce soir ? Il faudra bien manger.

— Rien, disait Maryika. Je n'ai pas faim.

— Alors c'est comme hier, constatait paisiblement la soubrette.

— Je vous dispense de vos commentaires, Martha.

Mais la fiancée du boulanger ne s'en tenait pas là. Bien plantée sur ses jambes, elle tournait autour du lit en travers duquel s'était jetée Maryika.

— Mademoiselle devrait prendre un amant, conseillait-elle avec sa logique de jument poulinière. Elle serait moins à cran avec moi et, au moins, nous verrions du monde à la maison.

— Du monde ? quel monde ? soupirait Maryika.

— Je ne sais pas, moi. Marlène Dietrich. Elle est de passage à Berlin. C'est une femme sympathique et mademoiselle l'aime bien, non ?

— Je l'aime beaucoup... Mais elle est à Hollywood ! En ce moment je n'ai même pas le goût de vivre !

— C'est bien ce que je dis, recommençait Martha Kipfmüller avec son doux entêtement, prenez un amant.

Maryika coulait un regard furieux dans sa direction.

— Dis donc, toi ! quelle mouche te pique ces temps-ci ? Tu ne vas pas recommencer à me pousser la même chansonnette qu'hier ?

— Non, non, bougonnait Martha Kipfmüller en gonflant ses joues roses pour exprimer sa propre lassitude. Mais je me mets à votre place. Tout de même, il y a des jours...

Les « jours » de Martha Kipfmüller, justement, ne lui laissaient guère de répit. Plus la canicule gagnait, plus les deux femmes vivaient terrées dans la pénombre des persiennes closes, et plus la soubrette, prise de chaleurs intimes, soupirait à fendre l'âme.

Un après-midi, à l'heure de la sieste, elle entra dans la chambre de Maryika avec une mine défaite qui ne lui était pas habituelle. Elle se planta au pied du lit et observa sa patronne sans piper mot. Elle était pâle, tassée sur elle-même, insensible à l'avance d'une éclaboussure de soleil qui lui étoila les épaules avant d'illuminer sa physionomie consternée.

— Mon Dieu, sursauta Maryika en levant les yeux sur cette apparition inopinée, ne nous couverais-tu pas quelque chose, ma fille ?

La paysanne de Souabe observa un silence réfléchi, puis, comme si le moment était venu pour elle de se jeter à l'eau, vint s'asseoir au bord du lit.

— C'est au sujet d'hier, dit-elle sans faire plus de façon.

— Je t'écoute, répliqua Maryika, encore mal revenue de la rêverie dont on l'avait tirée.

— Voilà, commença la petite bonne avec une gravité farouche. Moi, je crois bien que je ne resterai pas les bras ballants le jour où je rencontrerai un homme qui me fera signe.

Amusée par ces confidences d'un genre nouveau, Maryika se redressa sur un coude.

— On t'aura changée, taquina-t-elle. Moi qui croyais que tu aimais ton mitron !

— Mademoiselle pense bien, je n'aime que lui ! se récria la divette. Mais seulement lorsqu'il est devant moi, ajouta-t-elle dans un soupir.

— Ah, bon ! apprécia Maryika avec une certaine dose de rouerie. En somme, ton boulanger a le tort d'être au four pendant que le ventre te gratte ?

— Je ne dis pas comme vous, mademoiselle, mais il faut admettre que quelquefois, lorsque je me balade, il y a des hommes qui me donnent chaud autour de la taille.

Après pareil aveu, Martha devint encore plus grave, encore plus rougissante. Un fin liséré de transpiration perlait au-dessus de ses lèvres gourmandes.

— Et puis, dans mon cas, il n'y a pas que les tourments du ventre. Il y a autre chose aussi...

Martha s'arrêta court. Elle se tordit les mains, hésitant à s'épancher davantage.

— Eh bien, vas-y ! Crache, vilaine poule blanche !

Prise d'une indicible pudeur, la petite finit par murmurer en baissant la tête :

— Cette ville, Berlin. Elle détient tellement de secrets, tellement de savoir...

Elle désigna les rayonnages de la bibliothèque et ajouta :

— Tous ces livres...

— Veux-tu que je t'en prête ?

— Si ça vous était possible, dit Martha, les yeux brillants de convoitise.

Mise en confiance par l'attitude généreuse de sa maîtresse, elle ajouta :

— Voulez-vous que je vous avoue, mademoiselle ? Si vous ne m'en aviez pas prêté, je crois bien que je les aurais pris dans la bibliothèque !

— Voleuse, en plus ! Ah, la vilaine campagnarde ! s'écria Maryika en se laissant glisser à nouveau sur le lit.

Les deux femmes se turent. La chaleur moite s'insinua entre elles. Elles se laissèrent gagner par un engourdissement qui leur soudait la nuque. Leurs paupières s'alourdirent. Pas un souffle d'air pour caresser leurs peaux. Pas un bruit à part le volettement heurté d'une guêpe coincée entre l'épaisseur du rideau et la transparence de la fenêtre.

Elles prêtèrent vaguement attention à la gigue énervée de l'insecte pris au piège, puis, comme des chemins divergent, s'enfermèrent chacune dans sa contemplation intérieure. Martha pensait aux livres qui lui permettraient de comprendre le monde. Maryika s'était transportée en Hongrie avec le cousin Blèmia. Elle se représentait clairement deux adolescents dans une grange à l'époque des foins. Elle courait derrière ce diable de Boro, si agile lorsqu'il était adolescent.

Sa respiration s'accéléra, ses yeux brillèrent davantage. Elle tourna le dos à la soubrette comme pour lui signifier qu'elle souhaitait mettre un terme définitif à leur conversation du jour.

Par degrés, Martha redescendit sur terre. Sa maîtresse souriait, doucement mélancolique. Absente. Elle se leva avec d'infinies précautions pour ne pas troubler sa torpeur. Elle traversa la chambre en affectant de faire le ménage, ici un meuble qu'elle époussetait du coin du tablier, là un bibelot qu'elle remettait soigneusement à sa place.

Comme elle passait devant la bibliothèque, sa main droite sembla lui échapper. Elle s'envola vers l'étagère la plus proche et se referma précipitamment sur la tranche d'un ouvrage. Hélas, la maladroite heurta un petit cendrier d'argent qui chut au sol.

Maryika se retourna. La vision heureuse du passé, Boro courant devant elle sans boiter, s'effaça brusquement. Son regard tomba sur la trame du couvre-lit en madapolam. Elle s'adressa à Martha, qu'elle savait toujours dans la pièce :

— Sois gentille, apporte-moi du thé glacé. Ou plutôt, va donc dans la rue voir si le marchand de sorbets est encore là.

— Bien, mademoiselle, murmura Martha en faisant disparaître le livre dans la poche de son tablier.

Depuis le seuil de la chambre, sans doute pour apaiser sa propre culpabilité, elle ajouta :

— Il n'empêche.... Je repensais... Mademoiselle est moins gaie depuis qu'elle n'a plus revu ce grand jeune homme blond si poli... C'est lui que mademoiselle devrait appeler. Il serait le remède.

Aussitôt Maryika se dressa sur son oreiller.

— Friedrich von Riegenburg ? Je t'interdis de me parler de lui, tu m'entends !

Elle se leva d'un bond, tremblante de colère, ramassa une pantoufle et l'envoya avec rage en direction de la porte.

— Il est un des hommes que je déteste le plus au monde, tête de linotte ! Mets-toi bien cela dans la tête ou je te chasse !

Tout en disant cela, Maryika savait qu'elle n'en ferait rien. Elle ressentait une vive sympathie pour Martha Kipfmüller et appréciait trop sa simplicité saine et loyale pour s'en séparer injustement. Elle savait bien que ses emportements faisaient partie de leur vie quotidienne.

Ils fortifiaient les rapports d'humour et de confiance qui s'étaient installés entre deux jeunes femmes issues de mondes totalement différents. Au reste, ces éclats sans gravité auraient pu se reproduire éternellement si un jour de la mi-septembre l'orage tant attendu n'avait pas éclaté au-dessus de la ville.

Il fut annoncé par un ciel d'une noirceur d'apocalypse et par une insupportable sensation d'oppression qui laissa les Berlinois sur le flanc. Mais avec l'arrivée de la pluie salvatrice, la vie reprit le dessus sur les forces de l'inertie. Comme si le sortilège s'était enfin dénoué.

Au beau milieu des éclairs et de la foudre, le téléphone sonna au fond de l'appartement de Maryika. Son timbre strident fit sursauter Martha qui bouquinait dans la fraîcheur de la lingerie. Vite, elle se mit à courir. Obscurément, elle pressentait l'importance de cet appel.

Maryika se tenait sur le balcon. Elle n'avait pas entendu la sonnerie. Les yeux mi-clos, le visage et les bras offerts à l'averse, elle tournait sur elle-même, laissait la pluie venir contre son corps, épouser ses formes, ruisseler sur son corsage, plaquer sa jupe contre son ventre. Elle était possédée d'une joie animale. Elle tapait dans ses mains, célébrant le retour de la vie.

Lorsque la soubrette s'arrêta devant elle et cria son nom, elle ne l'entendit pas. Dansant toujours, elle regardait les éclairs zigzaguer jusqu'aux toits des immeubles d'en face avant de disparaître dans le fracas de la foudre. Une boule incandescente lécha le paratonnerre le plus proche, s'enroula sur elle-même et, dévalant un escalier métallique situé à l'arrière du building, s'aplatit en gerbes jusque dans la rue. Maryika se retourna. Elle ne fut pas peu surprise en découvrant la présence de Martha. Cette dernière brandissait le combiné.

— C'est pour vous !

Aussitôt, la respiration de Maryika s'emballa. Elle pinça ses lèvres et, prête à défaillir, porta la main à son cœur et demanda :

— C'est Paris ?

— Non, répondit Martha. C'est lui. C'est Friedrich von Riegenburg. Il vous invite à dîner.

La peur s'empara de Maryika. Elle regarda vers l'orage, se prit la tête entre les mains et dit d'une voix défaillante :

— Je n'irai pas.

Les parties fines de l'hôtel Nürnberg

Elle irait. Elle irait parce qu'il l'avait exigé d'une voix inflexible.

Elle dînerait avec lui parce qu'il lui avait rappelé leur pacte. Parce que, en passant de l'autoritarisme le plus sec à trois ou quatre phrases suaves, il avait su la convaincre qu'elle n'était pas en position de lui opposer un refus. Qu'il y allait de sa paix. De sa sécurité.

— Vous me harcelez !

— Je vous ai laissé un long mois de répit.

— C'était sans doute pour mieux jouer avec mes nerfs.

— Ne soyez pas injuste. J'ai souvent pensé à vous.

— Ne devenez pas sentimental, je vous ai détesté à chaque minute.

— Belle amie, venez me le dire. Il faut nourrir sa haine.

Elle accepta par passivité, par usure. Pour préserver sa carrière. Pour s'épargner de nouvelles brimades.

Elle s'en voulut d'avoir cédé à son chantage. Elle fut exaspérée par son persiflage, par son attitude pleine de contentement de soi-même.

— J'ai longtemps cherché un cadre digne de notre rencontre.

— Je suis sûre que vous l'avez trouvé. Je fais entièrement confiance à votre perversité instinctive.

Il ne releva pas. Il dit de sa voix de miel :

— Je serai dans le hall de l'hôtel Nürnberg à neuf heures. Je n'aime guère attendre.

— Vous imposez votre loi comme un vainqueur.

— N'y voyez qu'impatience de vous revoir.

Elle raccrocha brutalement, partagée entre la rage et l'humiliation.

Plus tard, en se maquillant devant sa glace, elle songea avec amertume qu'elle était une femme seule et vulnérable. La renommée, loin de l'avoir menée à l'accomplissement de sa vie privée, l'avait écartée de ce bien si précieux : jouir de la confiance d'un seul être. Ah, si Boro avait été à ses côtés pour la protéger ! Si Speer avait été à Berlin pour la consoler. Au lieu de cela, personne... Elle se sentait meurtrie, abandonnée. Responsable de son propre isolement.

— Pauvre jolie idiote ! lança-t-elle à son image dans la glace.

Sur le point de farder ses lèvres, elle suspendit son geste. Elle resta un long moment devant sa coiffeuse, son bâton de rouge entre les doigts, à écouter crépiter la pluie sur le zinc des gouttières. Pour se prouver à elle-même que la fin du bel été mettait un terme à sa solitude, elle décida de téléphoner à Leni Riefenstahl. Elle s'en voulait d'aller aux nouvelles, comme une débutante relance un metteur en scène dans l'espoir de décrocher un rôle, mais elle se persuada qu'il est des circonstances où il convient de mettre son amour-propre de côté. Après tout, si ce film devait ne pas se faire, mieux valait qu'elle le sût.

Elle tomba sur une voix masculine. À la préciosité des mots employés, elle sut qu'elle avait en ligne l'un des éphèbes qui constituaient la cour de la cinéaste. Elle reconnut même « Ludo », Ludowig de son vrai nom, un blondin aux yeux de chèvre qui avait un cheveu sur la langue et dont les manières étaient atrocement familières.

— Trésor, comment allez-vous par ces chaleurs insupportables pour les nerfs ?

— Leni est-elle là ? demanda Maryika, ignorant l'interrogation.

— Figurez-vous qu'il y a un instant encore nous parlions de votre immense talent...

— Pouvez-vous me la passer ?

Ludo s'éclaircit la voix.

— Hélas, Mlle Riefenstahl ne peut pas vous prendre maintenant. Mais je dois vous dire qu'il y a du nouveau et qu'elle vous appellera sous peu.

— C'est tout ? ne put s'empêcher de balbutier Maryika.

— C'est tout, répondit Ludo. Nous vous embrassons tendrement.

Maryika raccrocha. Elle eut un petit rire sec et nerveux.

— Ma fille, il est temps que tu réagisses !

Une seule armure pourrait la protéger : celle de sa féminité. Ce soir, elle devait être belle. La plus belle.

Vingt minutes plus tard, en abordant le perron de l'hôtel Nürnberg, elle était éblouissante. Elle mesura sa beauté aux démonstrations compassées avec lesquelles les voituriers lui ouvrirent la portière de son taxi et lui firent cortège jusqu'en haut des marches, à la façon obséquieuse dont le portier la salua en retirant sa casquette. Elle était connue. Reconnue. Et tandis qu'elle franchissait la porte à huit reflets, sa démarche de reine entravée par le fourreau moulant de sa robe créée par Marcel Rochas, elle devinait les regards des hommes et des femmes posés sur elle.

Elle passa devant les smokings et les robes du soir, les fausses dents et les vrais rubis, allant au-devant de celui qu'elle avait repéré dès l'entrée, Lucifer habillé d'un strict costume noir, Friedrich von Riegenburg, posté dans l'ombre d'une colonne de marbre.

Il s'inclina cérémonieusement devant elle, baisa la main qu'elle lui tendait et plongea ses yeux d'acier dans les siens.

— J'ai un quart d'heure de retard, le brava-t-elle sans baisser les paupières.

— Vous êtes venue.

— Je ne suis pas soumise.

— C'est sans importance, dit-il en souriant mystérieusement. L'essentiel est que vous soyez là.

— C'est un endroit fréquenté par vos amis ? s'inquiéta Maryika en notant la présence de nombreux membres du NSDAP qui exhibaient leurs brassards.

— C'est un endroit à la mode. Je suis fier de m'y montrer avec vous.

— Parader serait plus juste, corrigea la jeune femme.

— Venez, dit nerveusement Friedrich en tentant de l'entraîner vers la salle à manger.

Au lieu de le suivre, elle se détourna machinalement, l'attention attirée par des cris et des rires graveleux. Près du bar, elle remarqua quelques visages connus : des médecins, des avocats. D'un groupe à l'autre, on s'interpellait bruyamment. Il y avait des éclats de voix, des familiarités inadmissibles en ce lieu. Des couples s'enlaçaient, se défaisaient et finissaient par prendre la direction de petits salons mal éclairés.

— Où vont ces gens ? Pourquoi se conduisent-ils ainsi ?

En guise de réponse, son mentor lui prit le bras.

— Suivez-moi. Laissez-vous guider.

Ils croisèrent un couple. Friedrich salua l'homme avec une certaine familiarité. Ce dernier avait le crâne rasé. Il portait un costume noir et l'insigne nazi au revers de sa veste. Il tenait un seau à champagne dans la main droite. Pâmée à son bras, sa compagne dégrafait son corsage en marchant.

— Je vous présente Helmut Krantz, dit Friedrich à Maryika. Helmut est mon adjoint. Il vient de prendre ses fonctions mais je sais déjà que nous sommes sur la même longueur d'onde. Amusez-vous bien, Krantz. Je vous verrai demain au bureau.

Aussitôt, l'autre se cabra dans une sorte de garde-à-vous militaire et tendit le bras devant lui.

— Amusez-vous, répéta Friedrich, satisfait de sa propre importance. Ce soir, vous n'êtes pas de service.

Rieuse, la fille pendue au bras d'Helmut s'avança et ouvrit généreusement son corsage, offrant aux regards sa lourde poitrine.

— Ce soir, Helmut n'est pas de service ! C'est moi qui le suis !

Friedrich les congédia. Tandis que Krantz et sa compagne s'éloignaient, il dit :

— J'aime ce genre d'hommes. Ils sont le ferment de l'Allemagne. Ce sont des sujets dociles. Il faudrait les reproduire à de nombreux exemplaires.

— Pour qu'ils purifient la race au bras de leurs catins ? demanda Maryika, blanche d'indignation.

Friedrich s'arrêta net. Sous l'empire d'une colère froide, il rétorqua, détachant bien ses mots :

— Je ne vous permets pas d'insulter ceux qui se mêlent d'idées généreuses. Quant aux catins, comme vous les appelez, sachez qu'au bras de vrais Allemands, elles enfanteront de beaux Allemands.

— Elles se conduisent comme des prostituées !

Friedrich fixa Maryika. Comme la jeune femme soutenait son regard, insensiblement l'éclat de ses yeux s'adoucit, retrouvant les nuances d'un bleu aussi mouvant, aussi pur que celui d'un fond marin. Tout charme et sensibilité, il se pencha a l'oreille de Maryika. Elle pouvait sentir son souffle. Pastilles de menthe et eau de Cologne.

— Ne soyez donc pas inquiète. Ces débordements sont sans importance.

Il passa fermement son bras sous le sien.

Elle le suivit malgré elle, perdue dans un cauchemar flottant. Tout tournait. La chaleur de la salle, l'éclat des lustres l'enivraient. Elle répondit vaguement à des saluts, traversa la salle à manger au bras du Prussien. Escorté par des serveurs, un sommelier et un maître d'hôtel, Friedrich la mena à la table qu'il avait choisie. Il s'inclina à nouveau, glissa une chaise sous elle et l'aida à s'asseoir au moment même où, prise de vertige et de tremblements, elle allait se trouver mal.

— Vous êtes pâle.

— Il fait si chaud !

Il la débarrassa de son châle de soie. Ses épaules apparurent, admirables. Friedrich sourit. Il regardait le monde comme s'il venait de le conquérir tout seul.

— Eh bien, murmura-t-il en fixant un point situé en deçà de Maryika, ce soir, il semble que l'enfer ouvre ses portes plus tôt que de coutume...

Il fit un geste fataliste et regarda l'assistance avec son radieux sourire d'archange.

— Après tout, dit-il en s'asseyant à son tour, soyons tolérants. Pourvu qu'il soit tenu par une laisse invisible, chacun d'entre nous a le droit de donner libre cours à sa sauvagerie naturelle. Vous n'êtes jamais sauvage, vous, Maryika ?

Elle n'aimait pas qu'il l'appelât par son prénom. Au lieu de répondre à l'intimité qu'il cherchait manifestement à établir, elle feignit la nervosité et braqua son regard sur l'endroit le plus bruyant de la salle.

Cette fois, le tapage provenait de l'escalier monumental qui conduisait à l'étage. Il était mené par une femme de trente-cinq ans à peine, entourée d'un groupe de jeunes hommes en habit. Elle avait retiré sa robe et riait aux éclats. De temps à autre, un de ses chevaliers servants lui tendait sa coupe de champagne qu'elle vidait aussitôt. Un haut-de-forme campé sur ses jolies boucles, habillée de sa seule combinaison et d'un porte-jarretelles noir, elle attisait plus particulièrement l'excitation muette d'un sexagénaire décrépit, de toute évidence son mari. Devant lui, elle faisait mille aguicheries aux jeunes mâles qui la pressaient, allant de l'un à l'autre, choisissant tel mâtin plutôt que tel autre, riant aux larmes, à demi folle de son corps brûlant. Tantôt elle embrassait un nez en gloussant, tantôt croquait le lobe d'une oreille, pouffant derrière sa main, ivre et perdue.

— Voulez-vous du champagne ? proposa Friedrich.

Maryika délaissa le spectacle de l'escalier et se retourna.

— Non.

Elle se reprit aussitôt :

— Oui, s'il vous plaît.

— Comment va votre beau cousin ?

— Bien, je suppose. Je n'ai pas de nouvelles de lui.

— Dès que vous en aurez, faites-le-moi savoir.

— Bien sûr, mentit Maryika.

Elle marqua un silence avant d'ajouter :

— Je tiens à ce que soit éclaircie cette histoire de pellicule. Je veux recouvrer la paix.

— Vos amis ont eu le goût de ne pas publier les photos prises chez Hoffmann. Un bon point pour vous...

— Ne recommencez pas sur ce chapitre. Je vous ai déjà dit que je ne faisais pas de politique. Seul mon métier m'intéresse.

— Où en sont vos projets ? demanda aimablement Friedrich. Ne devez-vous pas tourner un film avec Leni Riefenstahl ?

— Comment le savez-vous ?

Il biaisa :

— J'ai mes informateurs. De toute façon, il n'est pas certain que ce projet se concrétise. Pour vous tout au moins, laissa-t-il tomber avec un sourire pincé... Que penseriez-vous d'un peu de foie gras de France ?

Elle ne répondit pas. Quel jeu jouait von Riegenburg ? Lui suggérait-il qu'il était capable par ses relations de nuire à sa carrière ?

Elle se contenta de dire :

— Je n'ai pas très faim.

— Et votre autre projet ? demanda-t-il comme si la conversation suivait son cours. Le film avec Speer ?

— Oh ! dit Maryika comme si de rien n'était. Le script avance. Wilhelm travaille à la campagne.

— Speer est un homme de valeur. Dommage que son père fût juif.

— Sa mère aussi, vous êtes mal informé.

Elle consulta le menu, choisit un brochet du Rhin et reporta son attention sur le groupe de l'escalier qui devenait de plus en plus bruyant.

Encouragée par la cour des jeunes coqs qui faisaient ronde autour d'elle, la jeune femme venait de faire mouvement vers son mari et, se campant devant lui, lui avait arraché son nœud de cravate.

— Gifle-moi ! s'écria-t-elle en défiant le vieil homme. Gifle-moi puisque je me conduis comme une grue !

Devant son impuissance, elle éclata d'un rire hystérique, dit : « Ehrardt, mon pauvre Ehrardt », et, sans le quitter des yeux, s'en fut plaquer son corps à demi nu contre celui de l'un de ses soupirants. Le regard chaviré par l'alcool, elle posa sa main sur l'entrejambe de celui qu'elle venait de choisir.

Au milieu des hourras, l'homme chauffé à blanc la laissa faire. Ses yeux s'injectèrent de sang. Il commença de trembler sur place, rejeta les bras en arrière et ferma les poings. Puis, tandis que les voyeurs vociféraient, il laissa sourdre une longue plainte rauque et colla brutalement ses lèvres sur celles de la femme. Il la souleva de terre, la prit dans ses bras et, fendant le groupe de ses semblables soudain frustrés du spectacle, dévala les marches. Il traversa la salle à manger sans un seul regard pour les convives qui l'applaudissaient et se dirigea vers la table de Maryika.

Arrivé à sa hauteur, il s'arrêta devant elle et adressa un clin d'œil à von Riegenburg :

— La veux-tu pour toi, Friedrich ? demanda-t-il en désignant sa captive. Je me contenterai volontiers de Mlle Vremler.

— Passe ton chemin, Josef, dit le Prussien de sa voix de glace.

— Vous me rejetez de votre omelette-surprise ? demanda la femme ivre. Une épouse de banquier dans une douzaine d'œufs, ça ne se refuse pas !

— Elle a voté pour nous, dit celui qu'on appelait Josef.

Il claqua les fesses de la dame et ajouta à l'attention de Maryika :

— Une pure Aryenne vaut mieux qu'une chienne juive !

— Je ne suis pas juive, si c'est ce que vous insinuez, répondit Maryika en le dévisageant. Mais à cette minute même, je serais fière de l'être.

Elle fit volte-face et, d'un geste résolu, se leva de table. Elle marcha vers la sortie. Au bout de huit pas à peine, Friedrich l'avait rejointe.

— Ne partez pas, dit-il d'une voix douce.

Maryika se tourna vers lui et le regarda avec mépris.

— Si vous avez quelque honneur, je ne vois pas comment vous pourriez m'empêcher de m'en aller, dit-elle en tremblant de colère.

— Maryika, murmura Friedrich sans oser avancer sa main vers celle de la jeune femme, ce soir, je jure que je voulais célébrer la paix.

— Mon pauvre Friedrich, répliqua Maryika d'un ton cinglant. Vous êtes trop proche de l'abjection pour que quelque chose puisse encore nous réunir.

Leurs regards se croisèrent, peuplés d'ombres et de lumières contradictoires.

— Abandonnez, commanda sourdement la jeune femme.

Avec un sourire d'enfant gâté, Friedrich von Riegenburg ploya soudain la tête. Lorsque Maryika franchit le seuil de l'hôtel Nürnberg, elle se jura que jamais plus elle ne remettrait les pieds dans ce lieu où régnaient les démons.

Leni Riefenstahl

Trois jours plus tard, Wilhelm Speer était de retour à Berlin. Dans ses bagages, il rapportait avec lui le scénario définitif de son prochain film, *Der Weg des Todes*, « Le Chemin de la mort ». Son premier souci fut d'appeler Maryika. Sur un ton enjoué, il lui annonça une nouvelle qui lui réchauffa le cœur :

— C'est fait, Little Shanghai ! Les producteurs ont trouvé leur financement. Nous touchons au port ! Le tournage est pour cet hiver.

Ils prirent rendez-vous pour le soir même.

— Nous dînerons ici, proposa Maryika.

— Oh ! si ma petite fiancée veut bien de moi, alors j'accours avec des roses ! répondit joyeusement Wilhelm.

Il avait une voix de jeune homme.

— Je suis si heureuse de vous revoir ! dit-elle.

La journée lui parut interminable. Afin que le temps passât plus vite, elle bouscula ses usages, tint à s'occuper elle-même des courses et des fourneaux.

— Nous allons faire du cochon de lait ! dit-elle à Martha. Et puis non. Je veux le régaler avec du goulasch et j'achèterai du vin de Tokay.

Tout l'après-midi, elle envahit la cuisine, utilisant tant de casseroles, remuant tant de plats et d'accessoires de ménage que Martha prétendait que même une vache de Souabe n'y retrouverait pas son veau.

— On dirait que mademoiselle préfère les dîners avec les vieux messieurs à ses soirées avec les jeunes hommes !

— Tais-toi, vilaine pie, tu radotes ! Rends-toi plutôt utile et passe-moi la farine !

La paysanne ne cessait de faire la vaisselle, essuyait ses doigts mouillés sur son tablier, allait au placard et ronchonnait :

— Il n'empêche, j'ai raison. Le joli blond vous avait mise à l'envers l'autre soir. Si vous aviez vu votre mine en rentrant ! Blanche comme du lait ! Et tard dans la nuit, vous avez été malade du foie. Ça, c'est un signe qui ne trompe pas !

Maryika ne répondait pas. Elle haussait les épaules, se concentrait sur sa pâte à tarte, appuyait sur le rouleau, saupoudrait, beurrait son moule, sifflait comme un garçon.

À sept heures, elle était prête, pimpante comme pour une audition. Elle avait passé une robe en toile de lin et enfilé une blouse brodée de la région de Zimony, au confluent du Danube et de la Save, qui lui venait d'une de ses tantes.

En parfaite maîtresse de maison, elle avait veillé au degré d'humidité des cigares, changé trois fois l'ordonnance de la table, la couleur des serviettes et retapé les coussins du divan.

À huit heures, elle était arrivée à ce degré d'excitation qui gâche les soirées pour un rien, lorsque le téléphone la fit bondir.

— Laisse ! dit-elle à Martha qui se précipitait. Je prends la communication.

— Seigneur Jésus, soupira la soubrette, faites qu'il ne se décommande pas !

Maryika décrocha.

— Allô, Wilhelm ?

— Non. C'est Leni, répondit une voix lourde.

Leni Riefenstahl ! Maryika se mordit la lèvre.

— Oh ! pardonne-moi, Leni, se reprit-elle. J'attendais justement un autre coup de fil.

— C'est à moi de m'excuser, ma chérie. Je t'appelle à pas d'heure !... Mais tu sais comment sont les choses... Les jours passent, il y a eu cette abominable chaleur, les amis vous envahissent pour profiter de la piscine et, de fil en aiguille, on remet ce qui est important au lendemain.

— Je sais, soupira Maryika. Personne n'est parfait.

Il y eut un silence qu'elle se garda bien de rompre la première.

— Je t'appelle comme convenu, finit par dire Leni Riefenstahl sur un ton moins désinvolte. Ne pourrions-nous pas trouver un petit moment pour nous parler ?

— Si, bien sûr. Quand veux-tu ?

— Figure-toi, ma chérie, que je suis en bas de chez toi... J'ai fait des courses et je me disais...

Maryika réfléchit rapidement.

— Monte, dit-elle. Je t'attends.

Elle raccrocha.

Elle referma les portes coulissantes par lesquelles le salon et la salle à manger communiquaient, puis se hâta dans la salle de bains où elle refit son chignon : elle voulait se durcir le visage. À peine avait-elle fini de se coiffer qu'elle entendit sonner à la porte. Elle ouvrit elle-même à sa visiteuse.

— En effet, tu n'étais pas loin, dit-elle en embrassant la jeune femme.

— En bas de chez toi. Figure-toi que Ludo m'a emmenée à l'Universum. Il voulait revoir ce film que je déteste, *Jeunes Filles en uniforme*. Comme prévu, nous sommes sortis de là avec de la fureur plein la tête. Tu m'aurais vue ! Je n'arrêtais pas de vitupérer Léontine Sagan ! À force de marcher pour évacuer notre hargne, nous sommes arrivés jusqu'au Tiergarten.

— Qu'as-tu fait de Ludo ?

— Il refroidit devant un bock de bière à la brasserie du coin. Et c'est mieux ainsi. Tu sais comme il est, c'est un homosexuel sensible. Il n'a pas à entendre ce que j'ai à te dire...

Les deux femmes se dévisagèrent une fraction de seconde. Un imperceptible signal avertit Maryika d'un danger imminent. Elle sourit à Leni, mais la gêne s'était déjà installée en elle.

— Entre, dit-elle en entraînant sa fausse amie en direction du salon. Défais ton imperméable...

Moulée dans une robe blanche, Leni apparut dans toute sa grâce de sportive.

— Comme tu es belle ! s'exclama Maryika. Où as-tu pris tout ce soleil ?

Leni Riefenstahl rit en disant qu'elle était une guerrière, que la santé était sa cuirasse.

— Je ne resterai qu'un instant, ajouta-t-elle en apercevant la table dressée. Tu attends quelqu'un ?

— Wilhelm Speer. Vous vous connaissez assez pour trouver un sujet de conversation si vous vous croisez.

Leni tourna son visage intelligent vers la lumière.

— Lui et moi sommes un peu en froid « idéologique », laissa-t-elle tomber négligemment. Nous ne nous parlons guère depuis que j'ai été engagée par Fanck pour cette série de films sur la montagne.

— Assieds-toi, proposa Maryika. Que dirais-tu d'une petite Slivo-Witz entre filles ? Cela nous donnera du courage...

— Je ne bois jamais d'alcool et ce que je veux te dire n'est pas si bouleversant qu'il faille prendre des gants.

« Nous y voilà », pensa Maryika.

Elle dévisagea Leni et se surprit à lui sourire.

— Je parie que tu es venue m'annoncer que je ne faisais pas ton film, dit-elle d'une voix très calme.

Leni parut soulagée.

— C'est pire que cela, gémit-elle cocassement. Figure-toi que c'est moi qui vais interpréter le rôle !

— Actrice et metteur en scène ! Tu ne risques pas d'être en désaccord avec toi-même...

— N'est-ce pas ?... Les producteurs le veulent ainsi. Ils disent que je suis « la femme de la situation » !

— Pour ne rien te cacher, mentit Maryika avec la légèreté de quelqu'un qu'on vient de délivrer d'un grand poids, tout cela tombe à merveille. J'étais moi-même embarrassée au sujet des dates. Le film de Wilhelm démarre plus tôt que prévu.

— Je m'en réjouis pour vous deux, dit Leni Riefenstahl.

Elle se tut un instant avant d'incliner la tête, marquant un regain d'intérêt.

— Je me suis laissé dire qu'il s'agissait d'un sujet difficile...

— C'est une histoire très forte. Un rôle éblouissant, construit sur mesure pour moi et sans doute plus approprié à ma nature profonde que celui que tu me proposais dans *La Lumière bleue.*

— Sans nul doute, acquiesça Leni Riefenstahl sans se départir de son sourire. Mais j'ai les plus grandes appréhensions concernant son avenir commercial. C'est que, vois-tu, je ne suis pas certaine que le public ait envie qu'on lui montre sa crasse ou ses problèmes. Les gens paient leur place au cinéma pour endosser les rêves des fils de roi et des acteurs. Pas pour barboter dans la fange des bas-fonds.

— Aux États-Unis, le public a acclamé *Scarface.*

— En Allemagne, nous préférons *Concert de flûtes à Sans-Souci.*

Elles furent interrompues par Martha Kipfmüller qui ouvrit la porte sans frapper.

— Herr Speer est arrivé, annonça-t-elle précipitamment. Il a apporté tant de roses qu'il faudra en donner !

— Fais-le entrer, dit Maryika sans grande conviction. Après tout, ce chassé-croisé est stupide...

— Non, non ! Je me sauve et je vous laisse à votre petite fête ! rétorqua Leni Riefenstahl.

La cinéaste avait déjà enfilé son imperméable. Elle se faufila dans l'entrée, passant devant la soubrette médusée par un départ aussi précipité.

Maryika l'y suivit en maudissant intérieurement le mauvais sort qui allait faire se rencontrer Wilhelm et Leni.

À son grand soulagement, Speer n'était pas dans le vestibule. Leni prit Maryika dans ses bras.

— Au revoir, ma chérie...

— Reste donc dîner avec nous, balbutia cette dernière, tentant de sauver les derniers meubles.

— Pas question, répondit Leni en l'embrassant sur les joues.

Dans l'embrasure de la porte palière, elle se retourna et ajouta, les yeux brillants de mauvaise foi :

— À bientôt, trésor ! Travaille bien. Tu sais combien je t'aime... Tu sais comme je penserai à toi !

— Oui ! À bientôt, dit Maryika en refermant la porte.

Anéantie par tant de fausseté, elle vit s'avancer vers elle la lourde silhouette du vieux metteur en scène.

— La Riefenstahl est-elle venue sans son piolet et ses crampons ? demanda-t-il malicieusement.

Elle n'eut pas le loisir de répondre. Déjà, il lui tendait une rose.

— Les autres sont dans les assiettes, dit-il en lui offrant galamment son bras.

— Oui ! Et Madame est servie, claironna Martha.

La minute suivante, comme Maryika prenait place devant son assiette, elle y découvrit, noyé dans les fleurs, un présent d'un genre inattendu. C'était un volumineux manuscrit cartonné de bleu, relié par une spirale et entouré pour la circonstance d'une faveur rose.

— La version définitive de *Der Weg des Todes*, souffla la voix de Speer qui se tenait derrière elle. J'ai voulu que tu sois la première à la lire.

Elle était sincèrement bouleversée et se jeta dans les bras de son vieil ami. Tandis qu'elle le couvrait de mille baisers affectueux, ses yeux se brouillaient. Elle se sentait un cœur d'enfant. Un cœur au bord des larmes. Elle éprouvait une joie si lourde à porter mais si douce à vivre qu'elle avait envie de danser.

Échappant brusquement à l'étreinte paternelle de Speer, elle esquissa quelques pas en tournant sur elle-même. C'était la fin des malheurs, la mort de cette insupportable grisaille.

Elle murmura :

— Merci, oh, merci ! Je suis tellement touchée. Tellement émue !

Elle tournait, tournait. Ombres. Lumières. Des centaines de bougies valsaient avec la nappe. Encore, encore. Éclats dans les verres, seau à champagne, visages, visages, elle répétait inlassablement :

— Tellement touchée, tellement émue !

Elle s'arrêta devant son bienfaiteur, plongea en une révérence de danseuse étoile et murmura sans lever les yeux :

— Que voulez-vous de moi ? Vous n'avez qu'à dire et vous serez exaucé.

Il la dévisagea gravement. Après un temps de réflexion qui parut le mettre à rude épreuve, il dit simplement :

— Dans une semaine commencent les essais de notre film. Je veux que vous soyez Thea von Hasler. Éternellement.

« *Der Weg des Todes* »

Maryika suivait attentivement sa propre transformation dans la glace. Les cernes accentuaient la pâleur de son fond de teint. Deux rides amères plissaient sa jolie bouche. Une ombre creusait ses joues. Elle était méconnaissable.

— Lotte, vous avez du génie, s'écria-t-elle en scrutant son image dans la glace encadrée d'une double rampe de lumières. Pour un peu, je ne me reconnaîtrais pas moi-même !

La maquilleuse prit du recul pour observer son travail, contourna le fauteuil incliné vers l'arrière, sonda d'un œil neuf le reflet de l'actrice et, prise d'un ultime scrupule, compléta l'estompage des pommettes par un soupçon de gris.

— Voilà, mademoiselle Vremler, murmura-t-elle en balayant doucement le sommet des joues de Maryika avec l'extrémité de son pinceau. Nous y sommes presque.

Satisfaite, elle se redressa en poursuivant :

— Bien sûr, « elle » fait gros cœur comme cela, surtout avec sa petite robe usée, pauvre chou ! Mais moi, c'est ainsi que je la vois pour la fin du film...

— Eh bien, allons voir ce qu'en pense le metteur en

scène, proposa Maryika après s'être observée une dernière fois dans la glace.

La maquilleuse acquiesça, lui dégagea le cou et les épaules des protections qui empêchaient le maquillage de baver sur son costume de scène.

— Elle est vraiment très mal en point ! constata Lotte en pouffant de rire à la vue des haillons dont Maryika était affublée.

— Oui, soupira cette dernière. Et j'ai bien peur qu'elle ne reste dans cet état-là jusqu'à ce qu'elle rencontre ce salaud de Hagler à la troisième bobine !

Hagler, c'était Emil Jannings. Après le succès de *Der Blaue Engel* de Sternberg et, plus récemment, celui de *Liebling der Götter* tourné par Schwatz, il avait accepté avec enthousiasme de tourner dans *Der Weg des Todes*, le dernier film de Wilhelm Speer.

Le célèbre acteur y incarnerait un riche spéculateur, un roi de la viande régnant sur le quartier des abattoirs. Il partagerait sa couronne de « vedette au-dessus du titre » avec l'héroïne féminine, Maryika Vremler, dont ce serait la consécration. Maryika serait Thea von Hagler, une aristocrate dont le destin tragique était de suivre sa pente amoureuse jusque dans les bas-fonds de Berlin. De s'y enliser dans la déchéance et d'y abdiquer toute dignité humaine.

— Quand je pense qu'elle va se damner pour une tranche de jambon ! soupira comiquement Maryika en rentrant le ventre. Il va falloir que je maigrisse un peu !

— Vous êtes mince comme un fil, mademoiselle Vremler ! protesta la maquilleuse. Vrai, j'aimerais bien avoir votre ligne !

— Je ne mangerai plus de confitures de mirabelles. C'est un énorme sacrifice.

Rieuse, elle entraîna Lotte dans son sillage et emprunta le long couloir qui menait au plateau.

Chemin faisant, elle rencontra un petit homme chauve dont les lunettes de myope dévoraient le visage. À la vue de Maryika, il parut transporté de joie. Un vaste sourire sembla lui trancher la gorge un peu au-dessus du nœud papillon. Après quoi, l'homoncule exécuta un plongeon inattendu vers l'avant qui lui donnait quitus pour le baisemain, et se mit à tourner autour de la jeune femme avec l'excitation bouillonnante d'une lessiveuse montée sur pattes.

Maryika, brusquement devenue le centre de ce manège fou, regardait caracoler son petit imprésario avec un air blasé que renforçait l'habitude de le voir s'agiter de la sorte.

— Que se passe-t-il, Gustav ? Encore la fin du monde ?

— Catastrophe ! Catastrophe sur toute la ligne ! se borna à répéter le nabot en essuyant son front soucieux trempé par la sueur.

Maryika soupira. Elle adorait Gustav Umlauff même si, en toute circonstance, il prenait l'allure d'une toupie suractivée par un fouet invisible. Ce jour-là, son vrombissement était accéléré par la lecture des premiers commentaires de presse à propos du film.

— Regarde toi-même ! dit-il avec emphase. Catastrophe !

Il tendit à sa protégée un rouleau de coupures froissées. Tandis qu'elle tentait de les déchiffrer, Gustav les lui commentait d'avance en faisant de grands gestes d'excitation.

Avec un détachement olympien, elle tenta de s'abstraire de son tapage et, tournant délibérément le dos à son caquet, commença à parcourir les titres :

« Maryika Vremler : un grand premier rôle dans un chef-d'œuvre à venir », annonçaient les journaux corporatifs. Dans *Das Blaue Heft*, Margit Freud ajoutait avec une certaine perfidie : « Pour plus d'indépendance, le grand metteur en scène Wilhelm Speer a choisi de se lier non pas à la UFA, firme à laquelle il reproche “son caractère traditionaliste et réactionnaire”, mais à une petite compagnie, Prometheus, soutenue par le parti communiste. »

— Les salauds ! éructa Gustav Umlauff en se haussant sur la pointe des pieds pour lire par-dessus l'épaule de Maryika. Tu te rends compte ?... Ils crachent dans leur propre soupe ! Il ne faut pas que Wilhelm tombe là-dessus aujourd'hui ! Ce n'est pas le moment : ça le contrarierait beaucoup. Je compte sur toi, n'est-ce pas, Maryika ? Il ne doit rien savoir.

— Cela va de soi !

Il pirouetta à nouveau sur place.

— Tu comprends, ces essais doivent se dérouler dans le calme... et je...

S'étouffant dans les mots, il arracha avec brusquerie les journaux des mains de Maryika et fit trois pas. Puis, se retournant d'une pièce :

— Les ignobles salauds, n'est-ce pas ?... Les chacals ! Et en plus, ils sont là ! Ils se sont donné rendez-vous sur le plateau. Une meute. Une meute autour d'un saint ! Mais, Dieu merci, il leur tient tête !

Et c'était vrai. Debout face à la presse, le metteur en scène était d'une lucidité parfaite. D'ailleurs, comment aurait-il pu en être autrement ? Speer défendait une parcelle de sa vie, son intégrité de créateur.

Il avait investi toute son énergie dans l'élaboration de son ambitieux projet. Il avait été omniprésent, intervenant aussi bien dans le casting des seconds rôles que sur le chapitre des essayages de costumes.

Il s'était battu pour que ces essais eussent lieu avec autant de sérieux que s'il s'agissait du premier jour de tournage. Il avait imposé la présence de son chef opérateur, Fritz Arno Wagner, un technicien hors pair qui venait tout juste de terminer le dernier film de Fritz Lang, *Le Testament du Dr Mabuse.* Les producteurs s'étaient pliés à toutes ses exigences.

Pendant ces derniers mois, il ne les avait pas ménagés, recourant au chantage pur et simple s'il sentait faiblir leur résolution, allant jusqu'à les menacer en maintes occasions de mettre le sujet entre les mains de Neo, une autre société qui s'était également offerte pour produire le film.

— Après *Le Chemin de la mort*, on me flanquera à la porte de l'Allemagne, avait-il coutume de répéter à Maryika. Mais je m'en fous ! Honnêtement, j'aurai dit l'essentiel de ce que je porte en moi. Et toi, petite Shanghai, tu seras si grande que tu pourras voler de tes propres ailes. Aller travailler où bon te semble – Amerika ! Amerika ! – et entreprendre tout ce dont tu rêves... Hollywood, la Metro Goldwin et tout le saint frusquin de la consécration internationale. Plus personne n'aura le pouvoir de se mettre en travers de ta route. *And then*, ajoutait-il avec un terrible accent autrichien, *you will be a tremendous star !*

En débouchant dans le studio, Maryika ressentit un sentiment désagréable. Gustav Umlauff avait raison : c'était bien à une meute que l'on avait affaire ; Wilhelm Speer, debout face à une vingtaine de journalistes, faisait davantage figure d'accusé que de héros du jour. Curieuse conférence de presse, en vérité ! Il y avait de l'acharnement dans le comportement des chroniqueurs, une hargne de chiens courants. Même le timbre de leurs voix, qui allaient en s'exaspérant et parfois se conjuguaient dans l'aigu, faisait penser aux aboiements de la meute lorsqu'elle force le gibier et que les mâtins s'enhardissent.

Au lieu de s'avancer dans les lumières, Maryika préféra se dissimuler dans l'ombre du praticable. Elle était peu soucieuse d'intervenir dans ce débat passionné dont le film était l'enjeu. Lotte se tenait blottie derrière elle. Les deux femmes échangèrent un bref regard anxieux. Point n'était besoin d'être grand clerc pour mesurer la tension extrême qui régnait entre les journalistes et l'interviewé. Les questions fusaient sans la moindre tendresse. C'était un peu comme si, brusquement confrontés à une situation inattendue, les gens de la profession, accoutumés à voir travailler Speer dans le giron d'un cinéma confortable, venaient lui reprocher de bouder ses derniers succès au box-office.

— Pourquoi vous acharner à tourner ce film avec une petite compagnie ? Pourquoi accepter un budget si réduit alors que les studios de la UFA vous garantissaient une fabuleuse autonomie de moyens ?

— Parce que je veux être libre et indépendant, répondait Speer avec une indéfectible patience. Il me semble que je me suis déjà expliqué sur ce sujet. Mais je vais me répéter : je souhaite moins de semaines de tournage, une préparation très poussée et un film dont je contrôlerai entièrement le contenu.

Après un silence hostile, une éditorialiste nommée Sylvia von Harden, dont Maryika connaissait le portrait peint par Otto Dix, assujettit son fameux monocle sur l'œil droit et avança sa mâchoire prognathe.

— Vous avez annoncé dans une récente interview au *Berliner Tageblatt* que votre film serait réaliste, dit-elle de son inimitable voix chevrotante. Faut-il comprendre que vous vous êtes converti à l'idéologie marxiste ?

— Le sens de votre question m'échappe, répondit Speer avec un sourire suave qui masquait sa rage. J'ai simplement précisé que je prendrais appui sur les faits quotidiens. Je revendique le droit à la satire et, éventuellement, je veux me colleter brutalement avec l'histoire contemporaine de mon pays.

La journaliste s'entoura d'un rideau de fumée bleue. Un sourire condescendant atténua pour un temps sa laideur.

— Êtes-vous conscient du tort que vous vous faites ? Vous allez donner à votre public l'image d'un artiste officiel se dévoyant au moment même où les gens de cinéma sentent tourner le vent et envisagent de revenir à des...

— Que voulez-vous dire, chère Sylvia ? l'interrompit Speer. Que la politique pusillanime des producteurs de cinéma s'oriente vers la glorification des valeurs idéales ?

— Quelque chose comme cela, convint Sylvia von Harden en retrouvant sa laideur habituelle. Seriez-vous le seul à ne pas pressentir l'avenir ?

— L'avenir ? Et comment donc le voyez-vous, chère amie ?

— Tourné vers la grandeur nouvelle de l'Allemagne, intervint un jeune homme qui se tenait au premier rang.

— Cette fois, monsieur, c'est moi qui vous écoute, dit Speer en le dévisageant avec une certaine dose de défi agacé.

— L'ordre et la discipline font inéluctablement leur chemin dans la mentalité du public. C'est une évidence qui n'a pas pu vous échapper.

— En effet, ironisa Speer. La mode est aux surhommes, aux montagnards solitaires, aux modestes mais honnêtes habitants des vallées et des plaines. Je n'ai pas envie de respirer votre cinéma, jeune homme, et, appliquée à la politique, votre promenade de santé sera vite étouffante !

— Vous préférez la suie des cheminées d'usines ?

— Je pense qu'il est grand temps de parler de ces antihéros broyés par l'injustice et le chômage.

— Votre prolétariat boit trop de bière, monsieur Speer. Il est sur une mauvaise pente depuis bien longtemps.

— C'est trop facile de railler la fatalité...

— Vous ne l'acceptez pas ?

— Je la combats. Je crois surtout en un meilleur partage des chances.

— En somme, vous attendez que surviennent les hommes providentiels que chaque Allemand réclame dans son for intérieur ?

— J'ai peur que vous ne fassiez fausse route, monsieur « je ne sais qui »...

— Knecht, du *Völkischer Beobachter*. Franz Knecht.

— Ah ! je vois, murmura Speer.

Il fixa droit dans les yeux le représentant du quotidien dirigé par les émules de Hitler et ajouta presque aussitôt :

— Vos sorciers ne sont pas fatalement les miens, monsieur Knecht...

— Et d'ici peu, vous le regretterez peut-être amèrement, répliqua le journaliste nazi en se détournant pour quêter l'approbation de ses confrères.

Comme il ne glanait que quelques sourires embarrassés, il se pencha sur son siège, fourragea dans ses cheveux et se laissa aller à mi-voix à quelques considérations racistes englobant à la fois le bolchevisme mondial, la juiverie, l'Église catholique et la franc-maçonnerie. Un morne silence succéda à cette suite de propos. On aurait pu imaginer que les perturbateurs allaient s'en tenir là, lorsque, venue du dernier rang, s'éleva une voix de castrat soigneusement retranchée dans l'anonymat.

— Monsieur Speer ? glapit-elle avec un accent d'hystérie. Pourquoi entraînez-vous d'aussi grandes vedettes que celles que vous avez engagées dans le vertige de vos nouvelles croyances ?

— Emil Jannings et Maryika Vremler ont leur libre arbitre, répondit Speer avec une grande fermeté. Quand je leur ai lu le sujet, je me suis trouvé en face d'artistes enthousiastes et responsables de leurs choix professionnels. Les contrats sont signés. Le film commencera cet hiver.

Le vieil homme s'arrêta comme au seuil d'une soudaine fatigue. Une sorte de mélancolie surnaturelle se peignit sur son visage.

— L'an prochain, il sera trop tard, dit-il sourdement. Le poulpe nous aura tous pris dans ses tentacules et nous serons broyés. Déjà il fait noir et nos vues s'obscurcissent sous l'étreinte mortelle. Vous-mêmes, mesdames et messieurs de la presse, hâtez-vous d'écrire vos articles et l'essentiel de ce qui vous tient à cœur. Vous n'avez plus qu'un souffle de vie et vous ne le savez pas !

Ayant prononcé ces paroles de mise en garde, il posa son regard impérieux sur chacune des personnes qui l'avait pris à parti. Il tourna brusquement le dos aux journalistes, aussi fier qu'un matador défiant son taureau de l'attaquer par-derrière. Il fit quelques pas, attendit, les épaules rentrées, que quelqu'un se risquât à l'interpeller de nouveau, puis, très pâle, se retourna face à son auditoire.

— *Meine Damen und Herren*, dit-il d'une voix blanche, la conférence de presse est terminée. Je dois reprendre mon travail. Je vous remercie de l'attention que vous avez bien voulu me porter.

Au pied du praticable, Maryika pleurait.

La paysanne de Souabe

Les personnages secondaires ont rarement droit à des égards. Pourtant, ils valent souvent qu'on fasse le détour par les vrais replis de leur âme. Et ce serait bien du mépris que d'associer la grisaille d'un costume ou le niveau d'une situation sociale à une inévitable absence de personnalité.

Ainsi en allait-il de Martha Kipfmüller, simple bonne à tout faire recrutée par annonce.

Apparemment, elle était une simple fille des champs, bien campée sur des jambes un peu lourdes. Une soubrette à la bouille un peu rose, avec du bagou s'il le fallait, une pointe de culot et une naïveté s'arrêtant à l'amour du pourboire.

En fait, elle méritait mieux.

Martha Kipfmüller était bien cette paysanne de Souabe montée à la ville pour gagner son trousseau. Nulle vilenie dans son cas. Pas de calculs. À vingt et un printemps soufflés, la petite était propre. Jusqu'alors, elle n'avait donné aux hommes que ce pour quoi elle était faite : de la gaieté sur les collines, un brin de mélancolie au bord des étangs et des soupirs d'amour, couchée dans les prairies. Mais elle avait les prunelles luisantes. Elle exigeait beaucoup autour d'elle. Et en dix mois de vie citadine, le serpent avait déjà fait son chemin.

Les choses s'étaient mises en place par le plus grand des hasards.

Un soir qu'elle était de congé, la femme de chambre de Maryika Vremler était entrée dans un cinéma. On y donnait un film qui s'appelait *Kühle Wampe*, « Ventres glacés », une œuvre d'inspiration communiste réalisée par Slatan Dudow sur un script de Brecht et d'Ottwald.

Martha ne le savait pas, bien sûr. Elle était seulement venue dans la salle pour voir bouger des images. D'ailleurs, pour elle, un film devait être un divertissement. Si l'on y parlait trop, c'est qu'on s'y regardait le nombril. À ce compte-là, Martha préférait qu'on chantât. Des trois seuls films qu'elle avait jamais vus jusqu'alors, c'était *Drei von der Tankstelle*, « Le Chemin du paradis », une opérette de Wilhelm Thiele avec Olga Tchekhova, qu'elle préférait.

Ce soir-là, elle s'attendait à des refrains, à des chansons. En quoi elle se trompait. En place de bluette, elle se trouva confrontée à des séquences puissamment stylisées, ayant pour cadre Berlin en proie à la misère et au chômage.

La gamine était sensible. Elle fut empoignée par la force de ce drame. Elle découvrit qu'elle appartenait au peuple. Elle s'identifia avec les héros qui, sous ses yeux, se débattaient contre l'inégalité des chances. Elle avait envie d'applaudir les acteurs, surtout celui qui se démenait tant pour convaincre les autres que seule la solidarité pouvait retourner le gant d'infortune qui pesait sur l'Allemagne.

Elle rêvait. Elle rêvait, l'ingénue...

Sur l'écran justement, un ouvrier, désespéré de ne pas retrouver d'emploi, venait de décider de se suicider en sautant par la fenêtre de son misérable logement. Alors qu'il ôtait sa montre-bracelet et se hissait audessus du vide pour mieux s'engloutir dans le néant, la jeune paysanne, bouleversée par l'horreur de ce qu'elle voyait, cherchait un refuge à tâtons. Ah, si au moins son Ludwig de boulanger avait été là !

Au lieu de cela, la solitude.

Dans le noir, la main de Martha appelait à l'aide. Sur l'écran, le jeune prolétaire venait d'enjamber la balustrade et de commettre l'irréparable. Au moment fatidique, alors que la tête du pauvre jeune homme allait cogner sur le trottoir, Martha eut un sursaut dans la nuque. Elle ne put refréner un cri d'effroi et ferma les yeux. Quand elle les rouvrit, elle se rendit compte que son voisin la tenait serrée par la main.

Comment en vouloir à cet inconnu ? N'était-ce pas elle qui l'avait agrippé par la manche ? Dans la pénombre, elle chercha à reprendre son indépendance. À l'inverse, l'homme fit tout pour conserver sa menotte enfermée dans la sienne. Lutte molle et transversale. Le film reprenait de plus belle. Elle ne batailla plus.

Maintenant, la sœur du jeune suicidé tombait amoureuse d'un jeune ouvrier interprété par Ernst Busch. Abandonnée de l'autre côté de l'accoudoir, pour ainsi dire étrangère, la paume retournée de Martha Kipfmüller devenait humide comme une grotte. Doucement, à petits ronds rusés, les doigts du monsieur exploraient ses recoins, l'apprivoisaient à force de caresses attentives.

Parfois, Martha se détournait. Dans un éclat plus vif du projecteur, elle entrevoyait furtivement les dents de son suborneur. Son costume boutonné. Sa cravate à pois. Sans qu'aucun mot ne fût prononcé, elle lui rendit son sourire. Elle se sentait gourde et fautive. Elle se sentait si bien aussi. Elle laissa donc le monsieur s'occuper de sa main, de son avant-bras, de sa petite veine bleue.

L'homme connaissait son affaire. Il demanda davantage. Mais Martha ne céda pas à la déraison. Si la main du gredin frayait son chemin là où elle n'avait rien à entreprendre, hop, d'une tape, elle la congédiait. C'était bien du mérite de sa part. Une sorte de vertu. Et plusieurs fois dans le courant de cette soirée mémorable, la ferme poitrine de la jeune fille se souleva dans un soupir de chaleur. Mais elle tint bon. Pas de débordement dans son cas. Sa lucidité rustique lui dictait sa conduite. Cet homme généreux l'avait nettoyée de sa frousse, protégée, hébergée dans ses bras. Bon. Elle payait son loyer. Et après serait quitte.

Forte de cette résolution, Martha soupira encore une fois, puis plus du tout. Et finalement, s'habitua à ce tripotis d'occasion. « Demain, je ne verrai plus le coquin, pensait-elle. Je serai de nouveau à mon boulanger. » Et elle retourna au film.

Une heure passa de la sorte sans qu'elle la vît s'écouler. Fascinée par le discours politique qu'elle entendait, rassurée par la chaleur apaisante des attouchements furtifs dont elle était l'objet, Martha ignorait à quel point elle subissait à son insu une évolution radicale.

Quand la lumière se ralluma, elle fondit en larmes.

Son protecteur lui offrit un café pour la remettre sur pattes. Il la raccompagna en taxi. Elle le revit dès le lendemain.

Ulrich avait des manières. Un regard de père. Des attentions d'une délicatesse exquise. En l'espace d'un mois, Martha s'attacha à cet homme de cinquante-trois ans et épousa ses idées. Il était professeur d'histoire et l'initia au marxisme. Sur son conseil, par curiosité aussi, elle dévorait des livres. Le reste du temps, elle lui prêtait son corps. Ils étaient aussi amants, même si, pour Martha, là n'était pas l'essentiel.

Ils se voyaient souvent. Ils avaient rendez-vous dans une soupente du Wedding. Elle apprenait à vue d'œil. Elle se cultivait. Se persuadait de la justesse des idées révolutionnaires. Elle devint farouche et convaincue. Elle déclinait *Le Capital* comme on apprend la grammaire. Elle n'écrivait plus au boulanger. Plus rien ne l'effrayait. Pas même que son amant fût marié et eût trois enfants. Ils refaisaient le monde. Elle jugeait sa patronne.

Souvent, Maryika s'inquiétait de la voir dépérir.

— Tu ne tiens plus sur tes jambes, Martha. Que t'arrive-t-il ?

— Tout va très bien, mademoiselle, répondait la soubrette.

Trois fois dans le mois, elle cassait des assiettes.

En vérité, son service ne l'intéressait plus. Maryika avait mille fois raison de la croire malade. Au fur et à mesure de sa conversion idéologique, la pauvrette devenait plus pâle. Se cognait dans les meubles. Fredonnait *L'Internationale* en servant le poisson et lisait des tracts à l'office.

Jusqu'à une nuit du mois d'octobre. Une nuit terrible. Une nuit fatale. Martha avait tout prévu. Sauf que la mort l'attendait au coin d'une rue.

Les eaux noires de la Spree

Heinrich conduisait vite.

Bien sûr, il avait parfaitement choisi l'endroit où il interviendrait pour débarrasser la terre de cette péronnelle qu'on l'avait chargé d'éliminer, mais il tenait à arriver sur les lieux avec un bon quart d'heure d'avance sur sa future victime. Pour être en pleine possession de ses moyens. Pour aller au bout de son plaisir. Accessoirement, pour mesurer le pouls du quartier à cette heure de la nuit.

La raison lui commandait de ne courir aucun risque avec les schupos du coin. Non pas que Heinrich les craignît pour sa propre sécurité – il avait fait don de sa personne à la Cause –, mais parce que les nationaux-socialistes comme lui étaient toujours à la merci du zèle d'un journaliste à la manque. Pour un rien, pour la moindre expédition punitive menée dans les rues de Berlin, la voyoucratie des feuillistes réactionnaires aboyait. Si Heinrich se faisait prendre cette nuit, il y aurait fatalement un de ces chiens de sociaux-démocrates pour monter l'affaire en épingle. À moins que le KPD ne ramène encore une fois sa grande gueule comme récemment durant ce sanglant dimanche d'Altona. *Das rote Gesocks !* La vermine rouge !

En abordant le carrefour peu éclairé où il attendrait

sa proie, Heinrich ressentit cet habituel picotement au cœur qui le prenait déjà lorsque, écolier, il s'apprêtait à tordre le cou à un pigeon. Heinrich détestait les oiseaux.

Il arrêta la voiture dans un pan d'ombre et alluma une cigarette pour se détendre. En général, Martha, la petite bonne de Maryika Vremler, sortait de ses rendez-vous d'amour avec le professeur vers une heure du matin. Il avait repéré son itinéraire en la suivant trois ou quatre fois. La gamine était réglée comme une partition de Bach. Ainsi, par cette calme nuit du mois d'octobre, avait-il la certitude qu'elle traverserait la chaussée en diagonale à une centaine de mètres en avant de l'endroit où il se trouvait. Elle trottinerait sur les pavés et débarquerait sur le trottoir d'en face à l'aplomb du grand mur de brique transformé en support publicitaire.

Heinrich se pencha vers son pare-brise et jeta un bref regard en direction de la réclame en question. Un réverbère éclairait un visage de gosse émergeant d'une monumentale chope de bière ; juste au-dessous était écrit le slogan : *Trinkt Berliner Kindl.*

Heinrich pensa qu'à sa manière il était lui aussi un enfant sorti d'une chope de bière.

Autrefois, du côté de la gare de la Friedrichstrasse, alors qu'il déchargeait les péniches de fruits, *son* père avait pris l'habitude de boire plus de bocks que la Spree n'avait charrié d'eau sale. Son père ! Nuit et jour une odeur de chou et de houblon fermenté troublait l'haleine de cet ivrogne indestructible. Il rentrait tard et battait sa femme. Elle se faisait faire des gosses par les voisins.

Heinrich avait très vite appris qui était son véritable père. Une autre vermine : le chef du syndicat, M. Schplumpf, un maigre avec une montre-gousset qui lui caressait la tête et élevait des pigeons.

Heinrich écrasa sa cigarette dans le cendrier et laissa errer son regard transparent sur la perspective du carrefour. Pas un chat. Pas un cycliste. Pas un piéton qui s'approchât.

Il se sentait prêt à remplir sa mission. Il avait appliqué à la lettre les consignes édictées par Friedrich von Riegenburg. Il n'était porteur d'aucun papier d'identité, d'aucune marque distinctive. La voiture dans laquelle il se trouvait avait été volée près de la gare d'Anhalt. Si les choses tournaient mal, l'exécuteur des basses œuvres serait un homme seul, désavoué par les siens. À aucun prix il ne fallait que la presse puisse discréditer le parti nazi à la veille des nouvelles élections prévues pour le 6 novembre.

L'attention du tueur se concentra brusquement sur une extrémité de la place. Une silhouette démesurée venait de s'y découper en ombre chinoise sur la façade de l'un des immeubles. Peu après qu'elle eut cessé de grandir, elle fondit brusquement et sembla rattraper un pochard titubant. L'homme s'immobilisa devant une porte cochère et se racla la gorge. Il cracha à ses pieds et entama un refrain sans suite. Après quoi, il leva le bras pour attraper la lune, s'essaya plusieurs fois à des bonds inutiles pour faucher le croissant haut placé dans le ciel et, finalement, découragé par l'entreprise, s'assit au bord du caniveau. Le visage entre les mains, il se mit à pleurer.

Heinrich sourit dans la pénombre.

En avait-il passé, du temps, à sangloter de rage devant la volière de M. Schplumpf pendant que sa mère se faisait culbuter pour payer le loyer ! Des heures à entendre des râles. Des caracoulements. Des frottements d'ailes et des rires sous cape. Que de révolte accumulée !

Alors, Heinrich avait commencé à s'exercer.

Pour son coup d'essai, il avait étouffé le biset préféré de M. Schplumpf, un superbe trembleur un peu fat du jabot qui avait pris l'habitude de lui manger dans la main. Il avait longuement appuyé sur le cou de l'oiseau et, une fois l'affaire faite, l'avait dissimulé dans sa poche avant d'aller le jeter dans le canal de la Landwehr. Il n'avait éprouvé aucun remords en administrant sa punition à l'animal. Les semaines suivantes, de colombin en tourterelle, il s'était aguerri. Il avait treize ans.

Plus tard, lorsqu'il avait tué des hommes, Heinrich avait appris à reconnaître le masque blafard de la mort lorsqu'elle s'installe sur les visages. Et juste après ce passage subtil – un nuage devant le soleil –, il aimait retrouver sur les traits soudainement apaisés des trépassés la saisissante sérénité de l'au-delà. À peine ses victimes étaient-elles de l'autre côté qu'il se penchait sur elles pour en ausculter le regard. Mais autant le visage était reposé, autant les yeux racontaient l'effroi. C'était comme si seule la terre était difficile à quitter. Lui, au seuil d'une crainte archaïque, regardait couler au fond de leurs prunelles les eaux noires de la Spree. Soudain, d'une main de velours, il leur fermait les paupières et n'entendait plus les fous rires agacés de sa mère.

Là-bas, l'ivrogne avait cessé ses jérémiades. Il se dressa sur ses jambes flageolantes et se mit à courir devant lui comme une oie sans cou.

À peine avait-il disparu de son champ de vision qu'Heinrich entendit un pas de femme.

Il se retourna sur son siège et reconnut au premier coup d'œil la silhouette de Martha Kipfmüller. Elle se hâtait en longeant les maisons et s'apprêtait à passer tout contre la voiture. Heinrich se laissa couler au fond de son siège et attendit que sa proie l'eût croisé. Son cœur de tueur battait lentement. Ses doigts étaient secs. Quand elle eut parcouru cinquante mètres, il lança le moteur.

Il démarra en douceur et accéléra lorsque la jeune fille se trouva engagée au milieu de la chaussée. Elle se retourna quelques mètres avant d'être percutée. Il nota son expression de terreur. Éblouie par les phares, elle ébaucha au tout dernier moment une fuite inutile. La calandre la frappa au centre du dos. Elle parut s'élever dans les airs. Elle perdit une chaussure. En retombant sur le capot, son corps disloqué fit un bruit sourd. Puis il s'engouffra sous les roues.

Heinrich abandonna le lourd véhicule sous un pont métallique du S-Bahn. Il lui semblait plus sûr pour sa sécurité, plus apaisant pour l'équilibre de ses nerfs, de se rendre à pied à son rendez-vous.

Une demi-heure plus tard, il sonna à la grille d'une modeste maison avec jardinet. La porte s'ouvrit presque aussitôt sur une robuste quadragénaire qui le toisa du haut de son perron sans prononcer un mot.

— Frau Spitz ? s'enquit Heinrich en soutenant le regard inquisiteur de cette femme.

Elle fit un bref signe de tête affirmatif et laissa son visiteur poireauter derrière la grille jusqu'à ce qu'il se fût nommé à son tour.

Dès qu'il eut décliné son identité, elle vint à sa rencontre en empruntant l'unique allée du jardinet. Elle se figea devant lui après un bref salut hitlérien et attendit.

Son visage aux pommettes hautes, ses yeux abrités par des paupières lourdes, ses mâchoires larges encadrées par les macarons de ses tresses contribuaient à lui donner un abord d'une grande brutalité.

— Ma mission est accomplie, dit Heinrich. La vôtre commence.

— À vos ordres, répliqua-t-elle. Que dois-je faire ?

— Prendre contact avec la concierge du 6, place de la Kleiner Stern, dans le Tiergarten. Cette femme est des nôtres. Elle vous introduira dans la place.

— Et si Fräulein Vremler me préfère une autre gouvernante ?

— J'en serais surpris. Avec les certificats que nous vous fournissons, vous devriez être à l'abri de toute concurrence déloyale !

Il fit mine de partir et se ravisa.

— Nous exigeons un rapport quotidien. Ah ! et puisque nous en sommes aux recommandations, ajouta-t-il en laissant filtrer une mince lueur dans son regard, n'oubliez pas de sourire de temps à autre, Frau Spitz. Croyez-moi, ce sera le meilleur moyen de séduire autour de vous.

— *Jawohl, Herr Heinrich.* Sourire.

— Et puis, peut-être aussi dénouer vos cheveux. Un peu de flou, Frau Spitz, un peu de flou...

— *Jawohl, Herr Heinrich.* Un peu de flou et sourire.

En deux épingles, elle défit ses macarons et montra ses dents de fauve.

— Sourire, dit-elle en secouant sa chevelure pour libérer ses nattes.

Quand elle releva la tête, il avait déjà franchi la grille. Elle resta au milieu du jardinet tandis qu'il s'éloignait sous un réverbère. C'était un homme singulier. Un homme qui n'aimait pas les femmes.

Là-bas, au bout de la rue, Heinrich pressait le pas. Il sifflotait le même air que d'habitude. D'habitude, quand il avait regardé couler la Spree.

Frau Spitz

C'est seulement six semaines après l'assassinat de Martha Kipfmüller que Frau Spitz entra au service de Maryika.

Malgré ses appuis dans la place, et bien que la concierge de l'immeuble l'eût présentée à la jeune actrice comme une veuve respectable, elle avait dû compter avec l'immense chagrin de cette dernière.

Maryika pleurait sa petite paysanne de Souabe comme s'il s'agissait d'une parente. Ses yeux perpétuellement rougis par les larmes témoignaient de son désarroi véritable. Si d'aventure son amie Barbara Dorn lui conseillait de reprendre quelqu'un pour tenir son ménage, elle se fâchait presque. C'était comme si on la poussait à trahir.

— Comment peux-tu me parler comme cela, Barbara ? T'ai-je jamais traitée avec mépris ? demandait-elle.

— Jamais, balbutiait la jolie doublure, surprise par tant de violence.

— Alors ne me demande pas de remplacer Martha comme on change de balai ! éclatait Maryika. Pour l'amour du ciel, c'était une personne, pas un O'Cédar !

Elle sortait en claquant la porte. Elle différait sans cesse l'engagement d'une nouvelle recrue. Elle alléguait que tant qu'elle ne travaillait pas régulièrement au studio, elle pouvait fort bien se passer des services d'une gouvernante.

De son côté, afin de forcer sa chance et pressée qu'elle était par Heinrich (qui l'était lui-même par von Riegenburg), Frau Spitz était venue faire le ménage en deux ou trois occasions, sans qu'on l'en priât.

— Mademoiselle Dorn et le petit monsieur Umlauff m'ont conseillé de forcer votre porte, s'excusait-elle auprès de Maryika.

Et si cette dernière se récriait en la voyant arriver à l'improviste, Frau Spitz prenait une expression à la fois bonasse et têtue, la désarmait d'un sourire et persistait dans son attitude de femme de devoir.

— Je veux vous aider, disait-elle. Et vous ne pouvez pas m'empêcher de vous vouloir du bien.

Elle courait jusqu'au placard à balais, sortait la paille de fer, l'encaustique, se mettait à genoux, commençait à frotter les parquets du salon.

— Laissez-moi faire, disait-elle en s'échinant. Laissez-moi faire, répétait-elle avec autorité.

Lorsque Maryika protestait en disant qu'elle ne voulait pas qu'on lui forçât la main, Frau Spitz se redressait de dessus son ouvrage. À quatre pattes sur ses chiffons de laine, elle laissait affluer le sang à son visage et, les yeux masqués par le rideau de ses lourdes paupières, offrait le masque pathétique d'un vieux chien d'avalanche qu'on veut envoyer à la réforme.

— J'ai tellement besoin de travailler, plaidait-elle.

Elle trimait comme une esclave jusqu'à six heures, répondait aux visiteurs, prenait les messages au téléphone, servait les apéritifs, souriait au moins trois fois dans l'après-midi, laissait l'appartement briqué comme un sou neuf, et se retirait avec discrétion. Peu à peu, elle prenait sa place dans la maison.

Le mois d'octobre fila sans qu'on le vît passer. Novembre s'afficha dans les rues en costume de pluie.

De nouveau, les Berlinois baissèrent le nez pour aller au-devant du vent aigre. Comme on frissonnait vers le soir, on monta les calorifères.

Maryika faisait salon. Pour ne pas céder à la mélancolie, elle retenait ses amis à dîner. Barbara Dorn et Lotte, la maquilleuse, acceptaient volontiers de lui tenir compagnie. Elle prolongeait ses soirées le plus possible et retardait l'heure du coucher afin d'échapper aux cauchemars qui peuplaient sa nuit.

Depuis la mort de sa soubrette de Souabe, elle dormait mal, poursuivie par une farandole de visages grimaçants qui voulaient l'entraîner dans leur sabbat. Souvent elle repensait à la faune de l'hôtel Nürnberg. Pourtant, aucune nouvelle de Friedrich von Riegenburg. L'élégant Prussien semblait être retourné au néant. Loin de soupçonner sa part de responsabilité dans le meurtre de Martha Kipfmüller, Maryika, tout à son chagrin, l'avait d'ailleurs escamoté de son souvenir. Protégée par le verrou de son subconscient, elle l'avait même totalement évacué de ses rêves. Et il fallut un coup de téléphone de Munich pour que se ravive l'angoisse diffuse que le nazi avait imprimée en elle.

C'était un mardi après-midi, un de ces jours mouillés où les arbres se tordent, sapés, minés, fouillés, froissés par le vent qui les branle. Maryika rentrait du cimetière où elle était allée fleurir la tombe de Martha. Ses cheveux étaient trempés par l'averse. Elle était occupée à les sécher lorsque le téléphone sonna. Elle eut un geste agacé et se donna le temps d'enturbanner sa tête dans une serviette-éponge. Elle décrocha le combiné en allumant une cigarette. Voilà qu'elle s'était mise à fumer ces derniers temps.

Le timbre inimitable de la voix qu'elle entendit au bout du fil lui donna un sursaut au cœur. Pas de doute, avec cet accent sorti d'une opérette tyrolienne, il ne pouvait s'agir que de Herr Rumpelmayer.

Le rubicond réceptionniste du Regina Palast la salua

au nom de la direction et du personnel tout entier. Il ajouta quelques compliments sur la beauté de Maryika avec cette façon très ornée qu'il avait de donner à chacune de ses phrases des allures de guirlande.

— Merci, Herr Rumpelmayer, dit Maryika en souriant malgré elle. Vos compliments me font rougir de confusion.

— Ils sont sincères ! Et même s'ils traduisent imparfaitement mon admiration pour votre talent, sachez qu'ils vous sont adressés du fond du cœur.

— Vous êtes un grand connaisseur de l'espèce féminine, admit Maryika en levant comiquement les yeux au ciel. Voilà donc qui me touche doublement.

Un silence succéda à cet échange de plumes de paon. Maryika commençait à s'énerver sur sa cigarette lorsque Herr Rumpelmayer prit à nouveau la parole :

— Mademoiselle se doute bien que je ne la dérangerais pas si les circonstances ne l'exigeaient. Et c'est d'un véritable cas de conscience que je veux l'entretenir.

— Que se passe-t-il donc de si bouleversant, mon bon Rumpelmayer ?

— Il se passe, il se passe, mademoiselle, que je suis mandaté pour vous présenter les excuses que nous vous devons.

— Maintenant allez au but, Rumpelmayer. Ne me laissez pas dans l'incertitude.

— *Ach*, soupira le général des grooms à l'autre bout de la ligne. Les choses ne sont pas brillantes pour nous ! Mais il vaut mieux avouer les fautes que les dissimuler. Voilà, mademoiselle... Si je vous appelle, c'est à cause du Ruddi Reinecke !

— Qu'a-t-il pu faire de si grave ?

— C'est un voleur ! Un homme indélicat. Et nous l'avons jeté dehors.

— En quoi suis-je concernée ? Il ne m'a jamais fait de tort.

— Détrompez-vous, mademoiselle... Le Ruddi Reinecke vous a joué un mauvais tour ! Quand nous avons pénétré dans sa chambre afin de la vider de tous les larcins qu'il avait opérés au détriment de notre clientèle, nous avons découvert un petit paquet par vous adressé à une personne de Paris.

— Un petit paquet ?

— Un petit paquet qui a dû faire tiroir-restant pendant presque un an...

« La pellicule ! », pensa aussitôt Maryika.

— Que dois-je en faire ? s'enquit Herr Rumpelmayer à l'autre bout de la ligne. Vous l'envoyer ou l'adresser toutes affaires cessantes à son destinataire ?

— Envoyez-le à Paris, ordonna la jeune femme après avoir réfléchi un moment. Ce paquet ne présente aucun intérêt particulier, mais promettez-moi de faire diligence.

Le concierge jura ses grands dieux que réparation serait faite immédiatement. Il héla sans doute un groom qui passait à proximité car la jeune femme l'entendit aboyer un fantastique : « *Helmut ! Kommen Sie da !... Schnell !...* » Après quoi, il demanda à son interlocutrice de bien vouloir patienter un moment et, son aparté terminé, reprit la ligne pour dire d'une voix doucereuse :

— Mademoiselle Vremler, votre courrier vient de partir à l'instant. Il tourne déjà le coin de la rue !

Suivirent de nouvelles excuses à chichis et seul un merci assez bref de la part de Maryika sut mettre un terme à la communication.

Pensive, elle retourna à son séchoir. En remettant ses cheveux en plis, elle songeait avec amertume à tous les tourments que lui avait valus ce bobinot de celluloïd. Elle s'apprêtait à maudire Blèmia, à couvrir son cher cousin de noms d'oiseaux pour son incapacité à donner de ses nouvelles, lorsqu'on sonna à la porte. Elle attendait Barbara pour cinq heures.

C'était Umlauff.

— Jeudi, séance de photos ici même ! annonça le

nabot en tricotant son chemin autour d'elle de façon surexcitée.

— Impossible, rétorqua Maryika. Jeudi, je vais essayer mon postiche chez le perruquier et je n'aurai pas le temps de préparer l'appartement pour les photographes.

— Catastrophe ! postillonna-t-il.

Et, se prenant le pied dans un tapis, il s'étala de tout son court.

Maryika éclata de rire.

— Catastrophe ! gémit-il à nouveau en retrouvant son assiette. Ici, rien n'est coordonné ! Chacun travaille dans son coin !

Il fallait admettre qu'une fébrilité studieuse s'était emparée de tous les proches de Maryika. La préparation de *Der Weg des Todes* avançait à pas de géant. Toutefois, après avoir établi le devis de manière définitive, le directeur de production s'était rendu compte qu'il faudrait solliciter un nouvel emprunt auprès d'une banque.

Tiefel et Rosenkrantz, les deux producteurs, avaient obtenu de Speer que le premier tour de manivelle initialement prévu pour le 15 décembre fût reporté au 15 janvier. Très accaparé par son découpage, le metteur en scène avait maugréé pour la forme. Il passait de longues heures en tête à tête avec Karl Vollbrecht, son décorateur, exigeant de lui qu'il réalise à l'échelle des maquettes de chacun des décors.

Emil Jannings venait souvent chez Maryika afin de répéter avec elle quelques-unes des scènes les plus difficiles. Ces séances étaient orchestrées par Jacques-Pierre Feydeau, un jeune assistant français qui se serait fait couper en fines lamelles plutôt que de trahir la pensée de son metteur en scène.

Quant à Gustav Umlauff, il était comme un fer qu'on a mis au feu. Dès le matin, il prenait les airs importants qu'on lui connaissait lorsqu'il entamait le lancement publicitaire d'une nouvelle production.

— Je veux que ce tournage soit un événement ! disait-il en virevoltant comme une toupie. Je veux de l'historique !

Juché sur un tabouret de bar, il passait cent coups de téléphone, chiffonnait fébrilement des pages de bloc-notes et demandait à chacun de fournir un effort. Si personne ne comprenait quel effort, il se fâchait tout rouge, éternuait, fumait, transpirait, profitait de sa courte taille pour se glisser dans toutes les réunions de travail.

Souvent, il venait camper dans l'appartement de Maryika et pestait contre l'absence de personnel.

— Ce n'est pas à toi de servir le thé ou d'épousseter les meubles, lui disait-il. Toi, on te paie pour autre chose. Tu es une vedette, une reine, pas une chambrière ! Fais ton métier et laisse-moi m'occuper du mien !

D'escarmouche en bataille d'encrier, l'absence de soubrette était devenue un *casus belli* de première importance. Si bien que, le jour de sa visite, le nabot exaspéré finit par accepter que Maryika allât chez son perruquier le jeudi à condition qu'elle quittât le deuil de sa paysanne de Souabe et, puisqu'elle devait recevoir dès le lendemain les photographes du *Vossiische Zeitung* à son domicile, qu'on engageât pour servir le buffet cette, cette... comment s'appelait-elle au fait ?

— Frau Spitz.

— Frau Spitz, déglutit comiquement Gustav Umlauff en postillonnant. C'est un grenadier plus qu'une femme, mais la rigidité de ses remparts inspire confiance. Elle est rébarbative, donc compétente.

— Elle sait répondre au téléphone, reconnut Maryika.

— Nous l'engageons, décréta Umlauff.

Le lendemain à huit heures du matin, le grenadier Spitz était sur la brèche. Cintrée dans une blouse boutonnée sur l'épaule, elle avait l'aspect curatif d'une infirmière-chef. En trois tours de baguette, elle avait pris en main les destinées de la maison.

— Il faut avant toute chose admettre le présent, conseilla-t-elle à Maryika dans une sorte d'ordre du jour de type militaire. Vous reprendre, ma petite, oublier le passé, tout ce qui paralyse. Et puis me faire confiance.

En un clin d'œil, Frau Spitz prit possession de la chambrette située sous les combles où dormait autrefois Martha Kipfmüller, disposa ses affaires de toilette (dont un gant de crin) en place de celles de la petite paysanne et borda son lit au carré. Après avoir méticuleusement tiré sur la couette qui faisait un pli, elle s'approcha de sa patronne qu'elle dominait de la taille et du regard.

— Vous verrez, lui dit-elle en se forçant à sourire, nous allons bien nous entendre et la douleur s'estompe pourvu qu'on ait la volonté de tourner la page. « *Wer will, der kann* », ajouta-t-elle avec dérision, vous savez bien...

Contre toute attente, les traits de son visage s'étaient adoucis imperceptiblement.

— Ainsi, moi qui vous parle, confessa-t-elle à voix contenue, j'ai été veuve au bout de cinq ans, et c'est dur au début pour une jeune femme de perdre son mari...

Elle s'alla planter devant une fenêtre, en écarta le rideau pour regarder plus commodément à l'extérieur. Elle murmura pour elle-même :

— Mon pauvre Fritz ! À peine rentré de la guerre, qu'il repartait pour le ciel ! Le temps d'acheter un complet d'été impeccable payé comptant, d'arborer sa croix de fer histoire de légitimer son bras amputé et il s'était fait repasser par un tram...

Elle se retourna. Une ombre de nostalgie avait estompé la férocité de son regard.

— Il a bien fallu survivre, conclut-elle avec froideur.

— Je trouve que vous avez bigrement survécu, Frau Spitz, constata Maryika.

— C'est parce que je me suis fixé un idéal, répliqua la gouvernante en se fermant soudain.

Ce furent là les seules confidences dont cette femme embrigadée fut à jamais capable.

Passé ce jour, qui était le premier de son service, elle se cantonna dans son rôle de gouvernante revêche, ne cherchant plus jamais à séduire, seulement à accomplir la mission pour laquelle elle avait été désignée par ses chefs : écouter, fouiller, espionner. Haïr. En attendant la venue du caporal autrichien, en appelant de tous ses vœux la grâce de l'heure zéro, elle se conformait à son destin. Avant de s'endormir, elle prenait des notes. Elle savait déjà qui elle dénoncerait dans son quartier. Trois Juifs et un communiste qui avaient chacun une croix dans la marge de son cahier d'écolière.

« Trois croix comme un petit cimetière », pensait-elle avant d'éteindre sa lampe de chevet.

Et sitôt plongée dans les ténèbres, elle ronflait du sommeil du juste.

QUATRIÈME PARTIE

La peste brune

Victoire de Mme Merlu

C'était un dimanche de janvier à l'heure des cloches. Un de ces jours clairs où le soleil d'hiver engourdit l'air de paresse, ni gel ni blizzard pour une fois, juste un cirrus à la houppe dans un ciel bleu qui n'en revient pas. Une sorte de trêve inespérée dont les moineaux profitent en picorant les miettes de pain à hauteur des appuis de fenêtres et les Parisiens en traînassant au sortir de la messe.

L'esprit apaisé par la sainte communion, saluant son quartier avec des sourires tout faits, Mme Merlu rentrait chez elle.

Elle sortait à peine de Notre-Dame-de-Bercy où elle avait un prie-Dieu à son nom, et s'avançait sur le trottoir, tenant par le nœud du bolduc une pyramide d'emballage pâtissier contenant deux éclairs, l'un pour sa fille Marinette, l'autre pour elle-même, ainsi que cent grammes de petits fours à destination de son chien.

Mme Merlu essaya à la seule force des hanches de s'engouffrer dans le hall de l'immeuble où s'affairait la concierge.

— Pourriez-vous pas me tenir la porte, maâme Frou ? J'ai les mains prises ! caqueta-t-elle, coincée à hauteur de bassin.

À la vue de cette tour, de cette citadelle de la

moyenne bourgeoisie française empêtrée entre gâche et serrure, Clémentine Frou se précipita. Elle avait les yeux brillants d'une joie mauvaise.

— Oh, justement, madame Merlu, vous tombez à pic ! susurra la tourière.

Elle semblait excitée comme un pou.

Et quand la probloque s'apprêta à la remercier en assortissant ses propos d'un de ces lieux communs où, palliatif universel, la météorologie immanquablement aurait eu son rôle à jouer, la pipelette l'avisa de la présence du sieur Borowicz dans les parages immédiats.

— Votre « Russe » du septième vient de s'enfermer dans la cour en entendant votre pas, cafta-t-elle en minaudant. Pensez si je l'ai vu ! Cette fois, vous ne le raterez pas !

Aussitôt, Mme Merlu s'élança, frappée d'apoplexie.

À gauche de l'escalier de service s'ouvrait une porte de verre cathédrale donnant sur un rabicoin encaissé entre les immeubles et qu'on avait baptisé « cour » en raison de son carré de ciel. C'est là qu'on casait les poubelles, qu'on remisait un landau, une bicyclette, pourvu qu'on fût dans les bonnes grâces de la pipelette. C'est là que Mme Merlu débusqua son locataire récalcitrant.

Avec un mépris bien singulier pour la situation qui ne l'avantageait pourtant pas, Blèmia Borowicz attendait que ce fâcheux moment passât en faisant mine de s'inspecter les ongles.

Campée sur ses chaussures à boucles, la logeuse mit un poing sur sa hanche et savoura son triomphe.

— Eh bien, monsieur le mauvais payeur ! entonna-t-elle en déglutissant sa salive avec un soin médical. Cette fois, vous ne vous débinerez pas !

— En effet, dit calmement Boro. Voilà une conversation qui prend un tour inévitable.

Mme Merlu se campa bien d'aplomb sur ses jambes.

— Monsieur Borowicz, vous jouez le nécessiteux,

mais je me suis laissé dire qu'on vous paie régulièrement. Vous gagnez votre vie, ne dites pas le contraire.

Il n'y avait pas songé. Sa situation financière s'était momentanément améliorée depuis qu'Alphonse Tourpe l'avait bombardé reporter. Son salaire, même s'il n'était pas faramineux, devait beaucoup au fameux reportage sur la mort du président Doumer. On se souvient du rouleau de pellicule que le patron avait empoché en disant qu'« il verrait ce qu'on en pouvait tirer ». Eh bien, l'Auvergnat en avait tiré le meilleur, trois pages dans *Vu* qu'il avait signées sans vergogne. Boro avait eu l'adresse de ne pas s'en offusquer. Il avait préféré mettre à profit tous ces mois pour faire admettre sa conception du travail sur le vif. Et, pour plus d'efficacité, il avait investi ses émoluments dans l'achat d'objectifs longue focale pour son cher Leica. À ce train-là, on imagine, il avait de nouveau négligé son loyer.

— Vous me devez quatre termes, s'écria la logeuse. À raison de deux cents francs par mois (elle leva les yeux pour se concentrer), quatre fois deux huit, voilà qui fait huit cents plus les charges... Vous m'êtes redevable de huit cent quatre-vingt-huit francs exactement. Payez tout ou je vous fais jeter en prison !

— Mauvais calcul, l'arrêta Boro. Un homme qu'on incarcère ne rapporte plus d'argent.

— Alors payez ! répéta l'intraitable bonne femme. Ou bien je fais saisir vos hardes. Et votre appareil photo.

— Plutôt vous attaquer à ma personne, répliqua Boro.

Il se dressa sur sa jambe valide pour dominer la mégère et fit pirouetter sa canne. Le jonc frappa sa paume avec un sifflement de fouet.

— Vous ne m'impressionnez pas, décréta Mme Merlu. Je vendrai votre appareil. Les huissiers vous feront dégorger.

— Si vous me privez de mon gagne-pain, vous ne reverrez jamais un sou ! En revanche, si vous me faites confiance, je risque de vous rendre vos largesses au centuple...

— Ah, oui ! Du violon ! Vous allez faire pleurer les cordes !

— Pas du tout. Je vous paierai...

— Assez de poudre aux yeux ! Je connais le chapitre !

La grosse dame avait mille fois raison de se méfier des violons slaves. À cette minute même, Boro cherchait sur quelle note sensible il aurait bien pu poser son archet.

— Madame Merlu, commença-t-il avec un sourire éclatant, les situations les plus désespérées sont susceptibles d'évolution... Que diriez-vous si, à titre de dédommagement, je vous offrais mes services ?

— Vos services ? Quels services ? Je n'en veux pas !

— J'aurais pu vous prendre en photo. En buste. Un portrait retouché au fusain. C'est très bien vu dans les familles.

Image monolithique d'une monumentale bêtise, Mme Merlu fit la moue, pinça les lèvres et questionna :

— En photo ? À mon âge ?

— Oui. Vous avez... du caractère.

Les yeux de Mme Merlu se durcirent.

— Arrêtez. Je vous vois venir. Vous avez failli m'avoir.

Boro sentit qu'il avait perdu du terrain.

— Si vous préférez, je peux photographier Marinette. Avec ses joues bien fraîches, dans un cadre doré...

— Laissez ma fille ! Ne vous en approchez pas !

— Ou votre chien. Hein ? Qu'en dites-vous ?... Votre petit chien ?

— Laissez Pierre Laval !

— Il a l'air si intelligent sous son poil !

— C'est fini. Vous ne m'aurez pas comme ça, jeune homme ! Revenons-en au principal : à cette histoire d'argent.

Boro bredouilla :

— Je suis un peu gêné en ce moment...

Elle posa sur lui ses yeux de porcelaine et assena d'une voix inflexible :

— Vos états d'âme ne me concernent pas, monsieur l'artiste ! Payez vos dettes ! Tenez, je vous donne un jour pour vous exécuter. Pas une heure de plus. Sinon, c'est à la justice que vous raconterez vos sornettes.

Elle fit un pas pour s'en aller, mais se ravisa presque aussitôt.

— Et n'allez pas déménager à la cloche de bois ! Sinon, vous ne reverrez jamais votre courrier.

Boro réagit instantanément :

— Vous avez des lettres pour moi ?

— Trois, dit Mme Merlu en savourant l'effet de son chantage sur son vaniteux interlocuteur. Avec des enveloppes bleues à chichis. Trois lettres d'Allemagne, figurez-vous. Et aussi un petit paquet rempli de noms compliqués. Vous ne les aurez que contre argent !

Comme pour confirmer sa victoire, elle resta encore un peu sur place, fixant la nuque inclinée du vaincu qui dessinait des ronds au sol avec le fer de sa canne.

Ce qu'elle vit, le désarroi de sa personne, la rassura si bien qu'avec un emportement de toupie elle pivota dans sa robe et, dans un bruissement d'étoffe, s'en fut d'un pas de cheval.

Boro resta un long moment sans redresser la tête. Quand enfin il bougea, un espoir fou éclairait son visage.

— Comment n'y ai-je pas pensé plus tôt ? murmura-t-il

Il se mit à tâter ses poches avec fièvre, les retourna toutes pour y trouver un peu d'argent, fût-ce de la menue monnaie. Puis, n'en dégotant pas miette, il haussa les épaules et se dirigea d'un pas vif vers la sortie.

Il passa devant la concierge en l'ignorant superbement. Comme cette femme un peu jaune se penchait pour le suivre des yeux, elle vit sa silhouette élégante longer le trottoir, puis s'immobiliser soudain à la vue d'un taxi qui maraudait.

« Le gredin ! pensa-t-elle en le voyant s'engouffrer dans la voiture. L'infâme suborneur ! Pas un sou pour solder son loyer mais de quoi se payer un chauffeur ! »

Elle était si contrariée qu'elle se prit les pieds dans un tapis et faillit s'étaler.

Le prix du péché

Le chauffeur de taxi était un ancien officier du Czar. Il s'appelait Féodor Alexeï Léontieff et pleurait comme un veau.

Bien sûr, la perte récente de son épouse justifiait amplement son chagrin, mais la présence consolatrice d'une bouteille de vodka qu'il n'abandonnait que pour tourner le volant de sa Renault n'était pas étrangère à la faconde de l'ex-commandant de la Garde impériale.

Chemin faisant, Boro apprit tout sur lui. La voix de stentor de l'homme de Saint-Pétersbourg coulait comme un fleuve. Submergé, Boro s'y retrouvait mal dans le désordre de cette vie tumultueuse et essayait vainement de penser à ses propres affaires, aux lettres de Maryika restées si longtemps en souffrance, à ce mystérieux petit paquet, à ce qu'il était obligé de mettre en œuvre pour tenter de les sortir des griffes de la Merlu.

Pendant ce temps, l'automédon hurlait son histoire. Pleurait un coup. Frappait du poing sur le pare-brise. Racontait comment en 1917, alors qu'il jouait du piano-punaise dans un bouge à Constantinople, il avait retrouvé et séduit en une seule nuit la danseuse nue de ce lieu mal famé qui n'était autre que sa voisine d'enfance, la très chère comtesse Maria Petrovna Romanovna.

L'histoire n'avait pas de fin : elle reprenait le dessus, s'accompagnait d'un torrent de larmes ou d'une bordée d'imprécations. Lénine, Trotski, les autres bolcheviks en prenaient pour leur grade. Parfois, Boro s'absentait, pensait à sa cousine, mais Léontieff le guignait au coin du rétroviseur. Brusquement, il remettait son malheur sur la table. Buvait une rasade de vodka. Jurait comme un fiacre.

Pourtant, on avançait. Et même on arriva, dans un couinement de freins.

57, avenue Foch. Pas de doute, l'adresse était bonne.

— Huit francs tout rond, annonça le voiturier.

Le G 7 arrêté, il avait cessé de parler de lui. La suite serait pour un autre passager. Il gémissait en silence, attendant que ce client-là lui réglât le prix de sa course. Comme rien de tel ne se produisait, il finit par poser sa main sur le drapeau de son compteur qui tournait toujours.

— Vous venez d'en prendre pour huit balles.

Il s'apprêtait à remettre le taximètre à zéro quand d'un geste vif Boro lui frappa sur l'épaule.

— Je vous garde ! dit-il avec un aplomb superbe. J'ai les moyens !

Et, joignant un sourire épanoui à une tape sur le ventre du chauffeur que lui autorisait leur intimité éreintante, il ajouta avec un clin d'œil :

— Vous devriez piquer un petit somme, Féodor. Je ne devrais pas en avoir pour bien longtemps...

Déjà, il se glissait dehors.

— Si je ne suis pas de retour dans dix minutes, je vous ferai porter une bouteille de vodka par un domestique, promit-il en abandonnant le veuf au bord du trottoir.

Il franchit la grille du jardinet qui menait au perron de l'hôtel particulier et sonna en s'efforçant de ne rien perdre de la détermination dont il avait besoin pour son plan.

Alors qu'il attendait devant la double porte en fer forgé, une silhouette sombre se dessina en contre-jour sur le verre dépoli et la physionomie méfiante d'un majordome en jaquette pipa par l'embrasure :

— Nous ne recevons pas les démarcheurs.

— Perdu, dit Boro.

Le ton désinvolte, il ajouta :

— Je viens voir Mme d'Abrantès à titre privé. Je suis de ses amis.

La bouche du serviteur s'allongea.

— Monsieur a une carte ? s'enquit-il sans ménagement. Je la ferai passer à Madame.

— J'ai une invitation permanente.

— Oh, je vois ! dit le loufiat avec un sourire de mépris. Monsieur est de passage... Qui dois-je annoncer ?

— Boro, prince de la Concorde.

La porte s'entrouvrit un peu, laissant tout juste assez d'espace à l'intrus pour qu'il se glissât à l'intérieur.

Boro se retrouva dans un vaste hall dallé de noir et blanc. Trois fois bordés par des glaces qui se renvoyaient les unes aux autres l'image multiple des visiteurs, les murs, échappant par le haut à cette atmosphère de faux-semblant, s'élevaient à bien six mètres jusqu'à un plafond décoré de festons et corniches. Au centre de celui-ci, pendait un lustre de cristal de Bohême qui brûlait en plein jour. Tout au fond de cette salle, un escalier monumental habillé d'un chemin de tapis pourpre venait mourir jusqu'aux dalles et continuait sa révolution vers le sous-sol.

La quatrième face s'ouvrait sur la perspective d'une galerie ornée de portraits de famille, des hommes à perruque, des femmes en dentelles qui avaient en commun – flatterie de peintre envers ses illustres modèles – le pétillement de la prunelle et l'éternité du sourire. Ce fut du côté de ce couloir que, sur un signe de son gant blanc, le domestique entraîna le jeune homme.

Ils longèrent des boiseries de chêne céruse avant que le majordome introduisît le visiteur dans un petit salon Louis XVI.

— Nous avons eu trois personnes dans votre cas le mois dernier, dit le loufiat compassé. J'espère que vous ferez moins de bruit que le précédent et que vous mangerez moins salement que le premier.

Boro fit mine de ne pas entendre. Il risqua quelques pas sur l'admirable tapis bleu Nattier et fixa son regard sur un pastel inachevé.

— N'est-ce point là ce bon d'Alembert ? s'enquit-il sans se détourner.

Et comme aucune réponse ne lui parvenait, il se permit encore :

— L'œuvre n'est pas signée. Mais je parie pour un Quentin de La Tour.

— C'est cela même, reconnut le majordome.

Il était clair que ce sursaut de culture de la part d'un traîne-savates ne lui procurait qu'un vif déplaisir.

— Eh bien, mon ami, dit Boro en se retournant d'une pièce, tout à l'heure je vous ai interrompu et cependant je mettrais ma main à couper que vous mourez d'envie de me parler du deuxième de vos invités inattendus... Qu'avait-il de si particulier ?

— Celui-là, monsieur, a voulu faire le malin avec tout le monde et mon patron n'en a pas voulu sous son toit. Il l'a fait jeter dehors. Paul, le chauffeur, et moi-même nous en sommes donné à cœur joie pour le rosser. Nous n'apprécions guère les gens de votre sorte. Ils n'ont qu'à travailler.

Pour garder le dernier mot, il avait marché à reculons jusqu'à la porte et la referma doucement derrière lui.

Boro venait à peine de s'asseoir au creux d'une bergère qu'une fillette assez laide fit son entrée par l'autre porte. Elle avait le museau grimé en souriceau et portait un costume de cavalière.

— Je vous ai vu entrer, dit-elle en faisant une courte

révérence. Et comme j'ai fini mon piano, rien ne s'oppose à ce que je vienne vous tenir compagnie.

— Vous tombez bien, dit Borowicz. La maison manque de personnes sympathiques.

— Oh, à part moi, vous n'en trouverez pas, avertit la petite fille.

Elle posa sur Boro l'éclat pénétrant de ses yeux noirs et ajouta avec un petit rire :

— Mon père est trop riche. Ma mère sort beaucoup. Et moi, je suis fatiguée d'être une enfant à domicile. D'ailleurs, poursuivit-elle avec un soupir, la vie ici ne vaut pas qu'on la prolonge. Un jour, je partirai. Il faudra bien qu'on m'épouse.

— N'est-ce pas un peu tôt pour penser au mariage ?

— Si. Ma mère dit qu'à treize ans, mes charmes ne suffisent pas pour attirer une grande personne éligible.

Boro sourit poliment.

— Vous êtes en avance sur n'importe quelle petite fille, dit-il avec admiration. Comment vous appelez-vous ?

— Vanessa. Et ne me regardez pas comme cela. Aujourd'hui, j'ai un visage à faire peur. C'est parce que j'ai pleuré.

— On vous a fait de la peine ?

— Oui. On m'a forcée à aimer Mozart pendant deux heures, et moi, c'est Bismarck que j'adore.

— Bismarck ?

— C'est le nom de mon poney. Aimez-vous les chevaux, monsieur... monsieur comment, au fait ?

— Boro... Je les ai beaucoup aimés. Mais je ne peux plus monter.

— Ah ! C'est donc cela, votre jambe ?

— Oui. Été 31. À Deauville. Une mauvaise chute. À l'avant-dernier obstacle.

— Comme je vous plains !

Elle se tut, le visage envahi par une soudaine gravité.

Seule sa jambe droite qu'elle faisait remuer en une trépidation nerveuse trahissait son tourment intérieur.

— Vous venez voir maman ? demanda-t-elle avec brusquerie.

— Oui.

— Elle ne peut pas se passer de compagnie. Elle ferait mieux de s'occuper de moi. C'est comme mon père : plutôt que d'aller à ses réunions pour refaire le monde, il ferait mieux de regarder sous son lit.

— Qu'y trouverait-il ?

— Les amants de ma mère, dit Vanessa. Ils sont dans tous les placards. Vous n'êtes pas le premier, vous savez.

Sous l'insistance de son regard intransigeant, Boro baissa la tête. Il avait mille fois envie de partir. L'image de sa logeuse décachetant les lettres d'Allemagne était la seule chose capable de le retenir.

— Vous ne me verrez pas souvent, promit-il.

— Oh ! vous ne me dérangez pas, dit Vanessa. Au moins, j'ai quelqu'un à qui parler.

Elle afficha un opiniâtre sourire tiraillé par des envies de larmes et s'essuya le nez du revers de la main.

— Zut, c'est trop bête, dit-elle. On ne pleure pas si on n'a pas de mouchoir dans sa poche.

— Puis-je vous prêter le mien ? demanda Boro en le lui tendant.

Elle l'attrapa et se frotta le nez qui rougissait à vue d'œil.

— Ne pleurez pas, dit Boro. Vous allez gâcher vos belles moustaches de chat.

— Pas de chat, sanglota Vanessa. De rat.

Elle avala de l'air. Se reprit sur le point d'éclater en sanglots.

— Je les dessine chaque fois que je suis en colère.

— Contre qui l'êtes-vous ?

— Cette fois, c'est contre mon père. Pouvez-vous garder un secret ? demanda-t-elle à brûle-pourpoint.

— Je jure que c'est ce que je fais de mieux.

— Eh bien, voilà trois mois, je l'ai surpris devant sa glace et j'ai eu si peur en le voyant sous cette abominable cagoule que j'ai poussé un cri...

— Une cagoule ? Tout le monde se déguise dans cette famille !

— Ce n'était pas un déguisement. C'était une cagoule comme un fantôme noir. Dès que mon père s'est rendu compte de ma présence, il a arraché son masque. Il avait l'air comme fou. Il m'a attrapée par le bras, vous n'imaginez pas comme il serrait fort, et il m'a giflée.

Elle s'interrompit, planta ses dents dans le mouchoir roulé en boule et avala sa salive.

— Il ne m'avait jamais giflée. Mais j'ai tout de suite pensé que j'avais assisté à quelque chose de grave parce qu'il m'a fait promettre de ne parler à personne de ce que j'avais vu... même pas à maman.

— Alors pourquoi me le racontez-vous ?

— Parce que, depuis la nuit dernière, j'ai peur... peur de faire des cauchemars.

— Que s'est-il passé ?

— Il était trois heures du matin et je me suis levée pour aller aux toilettes. En bas, une lampe brûlait et j'ai pensé qu'on avait oublié de l'éteindre. Je suis descendue et me suis aperçue que de la lumière filtrait sous la porte qui mène à la cave. J'ai entrouvert le battant et j'ai entendu gronder des voix sourdes. Alors, je ne sais pas ce qui m'a pris, je suis descendue et j'ai regardé par le trou de la serrure du grand cellier...

— Qu'avez-vous vu ? demanda Boro.

— Quelque chose de terrible, dit Vanessa en hoquetant nerveusement. Et je veux partager mon secret...

Elle parut incapable de parler davantage et, brusquement, se jeta contre Boro en pleurant comme si son besoin de protection passait par l'exigence de sa sensualité.

Il la prit maladroitement dans ses bras, caressant ses joues tandis qu'elle étouffait son désespoir contre lui. Au bout d'un moment, elle parut se calmer, leva vers lui ses superbes yeux noirs et, juste comme elle s'apprêtait à parler, au moment même où elle entrouvrait ses lèvres enfantines pour se délivrer du fardeau de son oppressant secret, la porte s'entrebâilla et le visage sans états d'âme du majordome apparut dans l'embrasure.

En voyant ainsi Vanessa pâmée dans les bras de Boro, ses yeux s'allumèrent d'une méchante lueur aussitôt refrénée.

Il s'avança de son pas égal et policé et dit :

— Je pense que Mademoiselle ferait mieux de regagner sa chambre. Elle effacerait le crayon noir qu'elle a sur les joues. Et Paul le chauffeur l'emmènerait au manège.

— Je vous reverrai, n'est-ce pas ? demanda Vanessa en se détournant vers Boro. Nous n'avons pas fini de parler.

Elle se dressa sur ses jambes, raide comme un oiseau malade, fit quelques pas qui l'éloignaient de la tendresse et, se ravisant soudain, revint lentement en direction du canapé.

— Vous êtes le genre de personne qu'on aime, murmura-t-elle en regardant Boro avec ferveur.

Elle déposa un baiser brusque sur sa main et courut jusqu'à la porte.

— Je suis sûre de vous retrouver, ajouta-t-elle avant de s'enfuir pour de bon. Je garde le mouchoir !

Eût-elle été capable de présager l'avenir, Vanessa aurait su qu'elle reverrait souvent Blèmia Borowicz, notamment dix années plus tard. Elle serait une jeune fille accomplie et seuls les hasards de la guerre la replaceraient sur le chemin de celui qui avait su l'écouter. Boro serait toujours, malgré la noirceur des circonstances, « le genre de personne qu'on a envie d'aimer ». Elle le lui dirait même au cours d'une nuit torride, une nuit inoubliable. Mais, pour l'heure, Vanessa est une petite fille malheureuse, notre héros n'est pas célèbre, il n'a pas d'argent et pas encore de scrupules. Son audace constitue sa seule fortune, Maryika son seul amour. Devant lui, un majordome s'incline. Il dit d'une voix glaciale :

— Mme d'Abrantès vous attend à l'étage. Essuyez-vous les pieds, je vous prie.

Nous sommes le 29 janvier 1933. À Berlin, se joue le sort du monde libre.

Mme d'Abrantès

Les appartements d'Albina d'Abrantès avaient été meublés par les plus grands décorateurs contemporains. La richesse, la diversité des matériaux, l'ingéniosité des formes contribuaient à faire de cette exceptionnelle enfilade de pièces un exemple du bon goût élitiste de l'époque. L'ivoire, le galuchat, le macassar, la loupe d'ormeau le disputaient à la hardiesse plus novatrice des éléments métalliques issus du Bauhaus, à la netteté des laques et au fini des chromes. Meubles uniques, meubles d'architectes. Chaque modèle était un chef-d'œuvre.

Après avoir traversé un salon d'inspiration transatlantique, débouché dans une salle à manger fonctionnelle, erré dans l'intimité d'une chambre où l'élégant Prinz avait mis la main, Boro était arrivé sans rencontrer personne jusqu'à un charmant fumoir qui sentait le cuir et un parfum de femme.

Comme la main émerveillée du jeune homme caressait la dalle de verre martelé d'un bureau créé par Lurçat, la voix rauque de son hôtesse lui parvint, aussi présente que si elle sortait de sa propre poche. Il sursauta avec l'arrière-pensée de quelqu'un pris en flagrant délit d'indélicatesse. Son geste provoqua le fameux rire en cascade de Mme d'Abrantès.

Albina était lovée au tréfonds d'un canapé de cuir. Dans la lumière tamisée d'un abat-jour en pâte de verre, les rides de son beau visage étaient atténuées. Elle portait avec élégance une de ces robes diaphanes rebrodées de perles et ceinturées de strass comme savait en faire Jeanne Lanvin, avec des effets de transparence dans le haut du corsage et le bas de la jupe.

Jambes croisées, elle feignait de s'intéresser à un magazine intitulé *Je sais tout*, dont la couverture représentait une élégante à la chevelure emprisonnée par un inextricable entrelacs de fils électriques.

Il sembla à Boro qu'il n'avait pas d'autre ressource que de balbutier :

— Je vous dérange ?

Mesurant aussitôt la banalité de ce propos, il se sentit dépossédé d'une grande moitié de son audace.

— Pas le moins du monde, répliqua-t-elle. J'étais en train de lire une de ces âneries... « Peut-on mourir d'une indéfrisable ? » ou quelque chose comme ça...

Elle posa doucement la main sur le cuir fauve du canapé.

— Asseyez-vous donc près de moi.

Il ne bougea pas d'un pouce. Il restait planté devant elle, cherchant par quel biais il pourrait aborder son affaire, paralysé à l'idée que la moindre maladresse qu'il commettrait ferait capoter son projet.

— Seriez-vous devenu timide ? s'étonna-t-elle. On vous aura changé !

Ses yeux moqueurs glissèrent par-dessus le bord du journal qu'elle abaissa soudain pour dire :

— Il est midi et demi... C'est un dimanche ennuyeux... Alors que je dépéris de solitude et de faim, que m'annonce-t-on ? La visite de mon joli prince... Ah ça ! Mais que me vaut un empressement pareil ?

— Je... Il fallait que je vous parle.

— Voyez. Je vous écoute.

Boro fit le tour du canapé et se réfugia dans la

contemplation d'une toile de Kandinsky. Choisissant le ton détaché des affaires, il dit :

— L'autre soir, vous m'aviez fait une proposition.

— Oui. C'était l'autre soir, dit Albina non sans humour. Mais je m'en souviens tout de même.

— Je n'ai pas su la saisir. Aujourd'hui, pour des raisons... personnelles, il en est autrement. Je... j'ai pensé que pourvu que nous nous entendions sur les termes de nos... relations, je pourrais peut-être reconsidérer votre offre généreuse...

— Ah ! laissa-t-elle tomber à voix basse.

Et après un temps :

— Vous voulez sans doute évoquer la tarification de vos « services » ?

— Oui, dit Boro, presque soulagé d'avoir été démasqué.

Le silence s'était brusquement faufilé entre eux. Les mains derrière le dos, incapable de soutenir le regard de Mme d'Abrantès, le jeune homme faisait nerveusement tourner son stick entre ses doigts agacés.

— Et... à combien chiffrez-vous votre compagnie, cher prodige ?

— À huit cent quatre-vingt-huit francs, répondit Boro en énonçant la somme d'une seule traite.

— Voilà qui est précis, apprécia Albina. Mais voilà qui est exorbitant. Surtout pour un début.

Elle avait cessé de rire. Sur son front, une profonde tristesse imprimait en creux la défaite de sa vie de femme. Elle se pencha jusqu'à une table basse, y prit un coffret à cigarettes et choisit une Abdullah, goût oriental. Enrobée de fumée bleue, elle finit par murmurer :

— Voyez-vous, Petit Prince, c'est d'amour que j'avais essayé de vous parler cette fameuse nuit. Pas de transactions douteuses au cours desquelles je perdrais fatalement ma dignité et vous votre fraîcheur. Je me fais de la tendresse une assez haute idée et je sais par expérience qu'on ne peut maquignonner les sentiments sous prétexte que le corps a ses demandes.

Elle inclina le visage et fixa le dos de son compagnon.

— Comprenez-vous la manière dont je vous parle ? demanda-t-elle à mi-voix. Sinon, je n'aurai rien de plus à vous dire, il faudra vous en aller.

— Tout à fait, dit Boro en éclaircissant sa gorge. Je vous demande pardon pour mon inconduite, madame.

Il osa enfin se retourner et s'inclina devant elle, guidé par un sentiment de contrition véritable.

— Je ne suis pas très fier de moi...

— Oublions cela, dit-elle en lui tendant une cigarette qu'il refusa. Passez derrière le bar. Confectionnez-nous des cocktails. C'est la seule façon de nous retrouver comme avant. Un doigt de Martini, un trait d'Angostura, un peu de seltz... Il y a des glaçons dans la machine frigorifique.

Boro s'apprêtait à lui obéir lorsqu'un bruit de tempête sembla se rapprocher, ponctué par des vociférations et le martèlement d'une course précipitée.

Le majordome fit son entrée sans frapper et glissa longuement sur le parquet comme si le vent d'une tornade l'y avait poussé. Sa pâleur extrême, ses boutons arrachés, son nœud de travers témoignaient assez de l'ardeur qu'il avait déployée à défendre l'accès des appartements de sa patronne.

Mme d'Abrantès jeta un regard amusé sur sa mise.

— Qu'y a-t-il, Gaston-Pierre ? Où est passé votre plastron ? Je veux qu'on me laisse tranquille.

— Il y a, Madame, une sorte de cosaque dans l'escalier, un colosse un peu chauve qui empeste la punaise et prétend se faire remettre une bouteille de vodka de la part de Monsieur.

Il désigna Boro de la pointe du menton. Albina se tourna vers ce dernier.

— C'est un de vos amis ?

— C'est un chauffeur de taxi, répondit Boro avec embarras. Je lui ai demandé de m'attendre et je l'ai oublié...

— Il dit que vous lui devez dix francs, intervint Gaston-Pierre qui reprenait du poil. Il a décroché un sabre de la panoplie et menace de me couper les oreilles si je reviens sans son dû.

— C'est un ancien officier du Czar, expliqua Boro. Sa charge risque d'être assez rude.

— Eh bien, pactisons, dit aussitôt Mme d'Abrantès. Et s'adressant au majordome :

— Ne restez pas là comme un bœuf, Gaston-Pierre. Prenez seize francs dans mon sac et présentez-lui nos excuses.

Gaston-Pierre s'inclina avec un manque d'enthousiasme notable.

— Quel dommage que Paul le chauffeur ne soit pas là, marmonna-t-il. Le soudard aurait passé un bien mauvais quart d'heure.

— Remuez-vous, trancha Albina. Et faites comme j'ai dit.

Le menton de Gaston-Pierre reprit le dessus.

— Si M. d'Abrantès savait cela ! maugréa-t-il en s'exécutant à contrecœur. Un monsieur qui aime tant l'ordre !

— Il ne le saura pas, n'est-ce pas ? dit Albina d'une voix sans réplique.

Elle attendit que le serviteur fût sorti, alla fermer la porte à clé, alluma une nouvelle cigarette et fixa Boro avec sympathie.

— Retournez vos poches, ordonna-t-elle doucement.

Il le fit de bonne grâce. À part des clés et un bouton de col qui roula sur la moquette, elles ne contenaient vraiment rien.

— Voilà des doublures bien spartiates ! s'écria-t-elle. Pourquoi ne pas avoir avoué tout de suite que vous n'aviez pas un sou vaillant ?

Comme il ne répondait pas, elle se leva et sa silhouette gracieuse s'avança au-devant de lui, à contre-jour des lampes.

— Vous avez tellement besoin d'argent, Petit Prince ?

— Oui, souffla-t-il.

Maintenant, elle se tenait devant lui, tout contre lui, la main posée à plat sur ses pectoraux.

— J'ai quarante et un ans demain, murmura-t-elle comme apaisée par cet aveu.

Son regard levé vers le sien laissait filtrer une subtile interrogation renforcée par l'imperceptible va-et-vient de ses pupilles qui cherchaient à percer le mystère de cet homme si beau et si imprévisible.

— À quoi servira la somme dont vous me rançonnez, Boro ? Avouez tout, commanda-t-elle en lui effleurant les épaules.

— À payer mon loyer, je le jure.

— N'y a-t-il pas une femme derrière tout cela ?

— Seulement ses lettres. Seulement une femme inaccessible.

— Est-elle jeune ?

— Oui, Albina. Elle est jeune. Nous sommes séparés par la distance. Elle est l'amour de ma vie.

— Enfant ! murmura Mme d'Abrantès. Cruel enfant chéri ! répéta-t-elle en fermant les yeux. Si tu savais comme une mère peut être jalouse !

Quand elle sentit les lèvres de Boro enfermer les siennes dans leur chaleur pulpeuse, elle se raidit, soudain traversée par une réaction d'effroi.

— Va-t'en ! dit-elle dans un souffle. Je te donnerai l'argent.

Mais elle entrevit un éclair noir, presque de la haine – les yeux de chat de Borowicz. Son visage fondit à nouveau contre le sien, un acte brutal, presque meurtrier, et elle sombra dans l'incohérence d'une nouvelle étreinte.

— Mon Dieu, murmura-t-elle, c'est du feu que j'ai devant moi, du feu que je traverse.

Quand elle se dégagea, éperdue, elle se sentit plus lourde. Sa tête tournait. Sans rouvrir les paupières, elle offrit à nouveau ses lèvres. Elle n'avait plus d'amour-propre. Plus d'âge. Boro l'embrassait encore et encore. Toujours, elle succombait.

— Tu lèches ma blessure, petit tigre, suffoquait-elle à demi. Mais tu ne peux rien faire contre le temps. Dans cinq ans, je serai vieille.

Emportée par le tourment du désir, elle sentait au travers de ses doigts la force de son cœur, percevait les fuseaux de ses muscles, l'invincibilité de sa jeunesse.

Parfois, aiguillonnée par une sourde inquiétude, elle rouvrait les yeux pendant une fraction de seconde pour sonder furtivement les intentions de son amant. Peu à peu, elle apprenait à lire sur ses traits.

« Comme la douleur et l'amour se ressemblent », pensait-elle en s'ingéniant par ses caresses à guider la montée de son exaltation de mâle. Attentive à son voyage, elle inventait des jeux d'experte avec ses ongles, ondoyait le long de ses nerfs, trouvait sur ses hanches, au creux de ses reins, des harmonies impulsives.

Au fur et à mesure qu'un étrange sourire de chaleur consentante s'installait sur le visage du jeune homme, de sa main descendante elle allait au-devant de son ventre si dur. Et tandis que montait à leurs cerveaux la brume de l'irréflexion, ses doigts aveuglément capturaient le soleil.

L'homme aux gants de pécari

Au petit matin, Blèmia Borowicz eut un sursaut. Sur le point de s'écraser tout au fond d'un ravin, une énergie incontrôlable allongea un coup de fouet le long de son épine dorsale. La nuque douloureuse, la perception engourdie, il entrouvrit les yeux. Il lui fallut un bon moment pour s'orienter. À sa droite, la proximité d'une fenêtre calfeutrée par un lourd rideau dessinait un rai de lumière crue. Archer polychrome tapi dans la pénombre, un totem peint par Herbin semblait décocher sa flèche dans la direction du plafond. Boro referma les yeux et barbota comme un nageur épuisé. Il essaya vainement de remonter le courant d'une onde de soie bleue et respira des draps imprégnés d'un parfum si tenace que sa mémoire retrouva bientôt les outrances de la nuit.

Albina d'Abrantès ! Le souvenir de ses râles, la folie de ses gestes, l'impudeur sainte de ses débordements l'emplirent d'une sourde angoisse. Jamais l'acte d'amour n'avait entraîné Boro si près de la déraison.

La marquise d'Abrantès, en se livrant à lui, avait abdiqué son savoir-faire de femme du monde, mais elle l'avait troqué contre un pouvoir autrement plus inquiétant : celui des femmes-insectes. Des fourmis-lions. Des phasmes-mères. Tandis qu'elle le laissait seul et qu'il se déshabillait dans la chambre, Albina, en place de falbalas, avait revêtu dans la salle de bains contiguë sa carapace de mante, ses yeux de forticule, ses anneaux de raphidie, sa tarière de psoque. Une fois lovée dans les bras du jeune homme, l'exploration de son corps étant faite, elle avait exigé de devenir tour à tour la farouche catin qui rassasie le mâle, la sultane incestueuse qui vampirise un sexe d'esclave, l'amazone cruelle qui mortifie les fanfaronnades du guerrier et l'ingénu tendron qui devient fenêtre dormante si l'amant la chevauche.

Lumière éteinte – c'était là sa seule exigence –, elle lui avait fait visiter des contrées jusqu'alors inexplorées. Ombre et illusion, voile et couverture, aguichante ou ordurière, pendant des heures elle l'avait conduit à la chaleur limite, au point d'arrêt incandescent. L'instant d'après, virginale ou débauchée, elle l'avait écorché vif, lui avait fait oublier son éducation, ses préjugés moraux, leur différence d'âge et jusqu'à la vérité de ses sentiments.

« Quoi ? s'était-il étonné. Voilà une femme que je n'aime pas et je me laisse cajoler, une laide un peu riche et elle s'installe en moi ? »

Cédant à un moment de révolte, il avait voulu allumer la lumière. Mise en déroute comme une pipistrelle, Albina s'était réfugiée sous les draps.

— Je t'en prie, éteins ! disait-elle d'une voix peureuse. Ne me regarde pas ! Ne cherche pas à m'humilier ! Ah, mon Dieu, sanglotait-elle, quelle défaite, le corps !

Il avait cédé à ses injonctions. La nuit rendait ses forces à Albina. Elle redevenait fauconnière. À nouveau, elle tournoyait, amante insatisfaite, suppliait qu'on la prît, qu'on la brulât et qu'on l'emportât. Sa bouche impérieuse courait sur l'abdomen de son compagnon. Insensiblement, par la grâce de ses caresses, ce qui aurait pu être interprété comme despotisme de vieille maîtresse se muait en plaisir fou. Boro, dépossédé de son libre arbitre, perdait une fois de plus la gouverne de ses sens, rechutait derrière les reins. Gagné par une mystérieuse hargne de vaincre, il ferrait Albina par son enfourchure, la gagnait toute avec son membre, la traitait mal, avec des noms de grue, revenait à la charge et, le ventre enraidi de mouillure, laissait venir sa semence. Elle s'égarait dans des plaintes, froissait le drap de sa main crispée, pinçait les lèvres jusqu'à en retirer le sang.

— Tue-moi d'amour, suppliait-elle. Ne me laisse pas de répit.

Comment s'étaient-ils endormis ? Pourquoi ne la trouvait-il pas à côté de lui, tandis qu'à tâtons sa main cherchait sa présence sur l'oreiller voisin ? Il se souvenait vaguement de ses sanglots, des sombres confidences qu'elle lui avait faites à propos de son mari. Dans les brumes du sommeil qui le gagnaient malgré lui, il avait emporté de M. d'Abrantès l'image d'un ange déchu, d'un homme aux cheveux calamistrés consumant sa vie au bras des danseuses de revue, des théâtreuses de boulevard, des pensionnaires du Sphinx ; celle d'un redoutable noceur, d'un impitoyable homme d'affaires aussi, capable de rejeter brutalement les faux-semblants de la luxure pour s'investir avec autant de violence dans la construction mystique d'un monde ou régnerait l'Ordre de Parsifal.

L'Ordre de Parsifal : n'était-ce pas ainsi qu'Albina avait désigné la mystérieuse confrérie à laquelle appartenait son mari ? Boro secoua la tête, frotta sa nuque douloureuse. Il avait dans la bouche un désagréable goût de métal. Comme un écho supplémentaire au malaise qu'il ressentait, certaines phrases revenaient à son esprit : « Ils sont nombreux à être de sa sorte... Des gens puissants et résolus... Des êtres prêts à se mettre au service du Mal... Ils sont partout... Ils attendent l'heure... Que la démocratie s'effrite et alors, légion, ils sortiront de terre... »

D'un coup, Boro éprouva le besoin de se lever. Il lui

fallait retrouver la petite fille qui l'avait abordé la veille, lui poser des questions sur son père. Il s'habilla en hâte. Comme il allait quitter la pièce, il s'avisa qu'une enveloppe à son nom était déposée sur la table de chevet. Il la décacheta aussitôt. Elle contenait mille francs – le montant de sa liberté, l'accès aux lettres de Maryika – et une note rédigée de la main d'Albina.

De sa grande écriture violette, la marquise lui enjoignait de quitter les lieux sans chercher à la revoir. « Je suis trop froissée le matin, Petit Prince. Voilà qui fait offense à mon sens du beau. Et même si par courtoisie tu attendais le milieu de la matinée pour prendre congé, c'est une Indienne sur le sentier de la guerre que tu trouverais devant son miroir. Les crèmes et les masques n'avantagent point. Je m'en voudrais de te faire peur ! Puisque j'en suis aux confidences, qu'une chose soit claire entre nous : tu as été le meilleur démon que j'aie jamais croisé dans la rue et je suis persuadée que je ne te reverrai pas de sitôt. Adieu donc, envole-toi vite ! Et laissons le remords ensevelir le remords. Toutefois, si tu as faim comme je le souhaite, un solide breakfast est servi dans le fumoir. Puisse-t-il réparer tes forces ! Albina d'A. »

Boro retrouva sans peine le petit cabinet où son hôtesse l'avait accueilli la veille. Sur un plateau d'argent, un service à café dessiné par Puiforcat l'attendait. Il se versa du café noir maintenu à la bonne température par un ingénieux système de thermos et dévora deux toasts qu'il avait agrémentés de marmelade anglaise. Boro sentait confusément qu'il avait mis le pied dans un monde où non seulement il n'avait pas sa place, mais encore où rôdait l'occulte menace d'une conspiration. Il avala son café avec la sensation d'être observé, et s'empressa de regagner le rez-de-chaussée.

L'une après l'autre, il traversa des pièces vides. Point de bruit. Aucun domestique. Les tapis étouffaient ses pas.

En arrivant sur le palier, il pensa que puisqu'il venait de quitter l'aile dévolue à la marquise, la partie symétrique s'ouvrant devant lui devait être celle du maître de céans. Poussé par un irrépressible besoin d'en savoir plus, Boro repéra une porte à deux battants dont il fit doucement tourner la clenche. En se risquant sur le seuil, il comprit qu'il se trouvait effectivement dans le domaine privé de M. d'Abrantès.

L'ordonnance froide du mobilier Empire et l'étalage des panoplies d'armes blanches trahissaient la rigueur quasi militaire du marquis.

Boro se risqua jusqu'au bureau. Outre un sous-main de cuir vert repoussé d'une marge d'or, un encrier de bronze, un coffret à glissière et une lampe à double abat-jour, il nota la présence d'un cadre qui enfermait deux photographies. L'une d'elles, assez petite, avait été prise par un amateur. Elle représentait la silhouette brouillée par la lumière d'été d'un homme assez jeune. Il portait un feutre. Appuyé à une limousine sombre, il serrait tendrement contre lui une jeune femme rieuse qui n'était autre qu'Albina. Mais le regard de Boro ne s'attarda guère à cette vision conventionnelle du bonheur, attiré qu'il fut par la présence de l'autre cliché. Il s'agissait d'un portrait du propriétaire des lieux. La réalité s'imposa brutalement à l'indiscret qui se penchait sur son sourire figé : le marquis d'Abrantès ne lui était pas inconnu ! C'était le noceur qui l'avait ridiculisé et humilié en le faisant chuter lourdement au Select. C'était le nabab aux yeux exorbités. C'était l'homme aux gants de pécari !

Revenu de son premier moment de stupeur, Boro sembla frappé d'une courte folie. Il ouvrit les tiroirs, comme s'il cherchait une évidence et, n'en trouvant point, s'acharna à fouiller le reste de la pièce. Enfin, au mépris de la plus élémentaire prudence, il s'enfonça dans les appartements et n'eut de cesse qu'il eût localisé la chambre à coucher.

Le lit n'était pas défait.

En trois boiteries, Boro se rendit jusqu'à une pantalonnière et en ouvrit les tiroirs. Au troisième essai, il trouva non pas ce qu'il cherchait mais ce qu'il attendait : sur un lit composé de douze paires de gants de pécari dormait un revolver.

Gaston-Pierre et M. Paul

À peine Boro venait-il de refermer le tiroir de la pantalonnière que la masse d'une main carrée se posa sur son épaule et le retourna d'une pièce.

Déséquilibré, il se trouva face à face avec un géant en vareuse et leggings qui armait son bras droit comme un piston. Réaliste, Boro esquissa un geste apaisant afin de différer ce combat par trop inégal. Il risqua un pas de côté et découvrit le faciès empesé du majordome qui l'observait en retrait de la scène.

— Comme je l'avais dit auparavant, nous n'aimons guère les indiscrets, pérora Gaston-Pierre en ôtant son gilet jaune à rayures noires.

Il releva ses manches de chemise sur ses biceps de gringalet et s'approcha en poursuivant sur un ton de salon :

— Je vous présente M. Paul, le chauffeur. Paul a été champion d'Europe en 1929. Franz Diener K-O à la treizième reprise. Il va se charger de vous...

Il se retourna vers la brute et lui parla avec des accents de manager :

— Êtes-vous prêt, monsieur Paul ?

Curieusement, M. Paul ne bougea pas d'un iota. Il semblait soudé sur place et gardait son regard terne posé sur Boro avec un intérêt ruminatoire qui aurait pu passer pour de l'abrutissement pur et simple.

— Est-on prêt, monsieur Paul ? réitéra Gaston-Pierre.

Et comme l'autre bûche ne bougeait toujours pas, il crut bon d'ajouter à l'intention de Boro :

— M. Paul observe toujours ses adversaires pour les graver dans son cerveau. Il a une mémoire de pachyderme. Il vous a regardé longtemps. Je ne vous conseille pas de vous retrouver un jour sur son chemin.

— Prêt ! grasseya la voix de l'ex-boxeur.

Boro eut le temps d'esquisser un salut drôle et navré. Le marteau-poing du colosse en uniforme entra en collision avec la base de son visage.

Notre reporter eut la sensation désolée que sa mâchoire sortait de sa bouche en claquant des dents. Dans un moulinet irraisonné des avant-bras, il s'en fut percuter le mur contre lequel il s'affaissa doucement.

Il se rendit compte qu'on le transportait en le trimbalant par les bras et par les jambes. Gaston-Pierre avait pris la tête du cortège et se taisait. M. Paul, plus cynique, sifflait la *Java vache.* Ils traversèrent le hall, franchirent le seuil de la demeure, dévalèrent le perron, piétinèrent les plates-bandes du jardinet et, à la une, à la deux, à la trois, harmonisèrent leurs efforts pour catapulter le plus loin possible le visiteur indiscret.

Au terme d'une trajectoire gracieuse, Boro prit un contact assez rude avec le caniveau où, brisé en deux parties, son jonc vint le rejoindre. Il envisageait de se dresser lorsqu'une main, disons plutôt un battoir secourable, le hissa à la verticale. En même temps, la voix de basse de Féodor Alexeï Léontieff prit possession de ses tympans et lui souhaita la bienvenue.

Le capitaine de la garde de Sa Majesté impériale semblait avoir cuvé son alcool. Il tenait sur ses jambes avec beaucoup de fermeté et gardait à la main un sabre de cavalerie qu'il avait arraché à ses ennemis de la veille.

Bien sûr, un âcre remugle d'oignon mêlé à des pestilences d'alambic alourdissait son haleine, mais quoi qu'il eût passé la nuit dans son taxi, le Russe arpentait le trottoir dans un état de fraîcheur qui tenait du prodige.

Ayant assuré Boro de son affection indéfectible, Féodor Alexeï postillonna en direction du visage du jeune homme et dit qu'il avait attendu la sortie de son protégé et grand ami devant l'Éternel afin de s'introduire dans l'hôtel particulier et d'y sabrer le personnel et toutes les catégories de mal embouchés qui s'opposeraient à leur passage. Ayant culbuté les larbins, il ne resterait plus qu'à investir les étages, à délivrer la jeune femme dont Boro était fatalement très épris et à piller la cave.

Il fallut à Blèmia une sombre éloquence et la promesse d'une bouteille de vodka pour qu'il renonçât à ce projet. Avec une indicible tristesse dans les yeux, Féodor redevint donc chauffeur de taxi. Il fit un détour par l'épicerie russe de la rue Daru où il se ravitaillait en breuvage et, cap sur le XIIe, pilota le G7 jusqu'à la rue des Jardiniers.

Chemin faisant, sa litanie habituelle avait repris le dessus. Une phrase, une rasade de vodka, Féodor poursuivait son rêve éveillé en roulant dans Paris. Il jouait du piano-punaise dans son bastringue à Constantinople. Maria Petrovna s'avançait au bord de la scène. Elle dénudait son corps admirable devant un parterre de janissaires avinés. Il l'enlevait le soir même.

Il pesta contre sa déchéance, conspua le régime. S'en prit à Lénine, à Trotski, aux autres bolcheviks. Russie, sainte Russie, en quelle détresse sont tes enfants ! Féodor jurait comme un fiacre et pleurait comme une fontaine.

Dix francs au compteur. Boro donna quinze francs.

— Buvez tout, Féodor. Vive le Czar, cher cocher. Au revoir, petit père !

Il courait déjà vers ses chères lettres, vers son petit paquet. Il ne sentait plus le poids de sa mâchoire.

Boro paie ses dettes

Mme Merlu baissa le gaz sous son lait et se mit à trottiner dans le vestibule.

Chemin faisant, elle resserra son chignon et se prit à maugréer contre celui qui tambourinait à sa porte. Ma foi, si c'étaient là les manières du nouveau facteur quand il vous délivrait un pli, il était bien mal embouché et allait immédiatement comprendre de quel bois la veuve Merlu se chauffait.

Elle regarda par son judas mais ne vit rien.

— Ah ! mais çà, jeune homme..., commença-t-elle en donnant deux tours pour ouvrir son verrou, où donc vous croyez-vous ?... Dans un bouge ?

Lorsqu'elle découvrit par l'entrebâillement de la porte qu'en place du préposé des postes elle s'adressait au sieur Borowicz, sa bouche s'arrondit de stupeur.

— Le Hongrois, balbutia-t-elle en reculant.

Un peu de crainte, beaucoup de rage, elle essaya, mais bien trop tard, de repousser l'huis. L'intrus avait déjà forcé son passage et s'enfonçait dans l'appartement.

— Mais monsieur, de quel droit ?..., s'insurgea-t-elle en clopinant à sa hauteur comme une ligne parallèle. Est-ce qu'on entre chez les gens comme dans un...

— Où est mon courrier ? l'interrompit Boro.

Il avait l'air passablement excité. La Merlu s'étrangla, en perdit ses épingles. Elle était trop contrariée pour répondre.

Il repartit de son train d'enfer. Elle suivit.

Dédaignant les patins de feutrine qui invitaient le visiteur éventuel à skier dès l'entrée du salon, il s'arrêta au milieu de la pièce, scruta avec étonnement le mobilier breton qui conférait au lieu un parfum de musée et, se reprenant, brandit sous le nez de la logeuse une liasse de billets, sortis comme par enchantement de la poche de sa veste.

— Voilà neuf cents balles ! rugit-il en l'attrapant par l'avant-bras pour mieux la secouer. Prenez votre dû et donnez-moi mon courrier ! C'était là notre accord.

À la vue des espèces, la logeuse se recomposa un visage. En moins que rien, elle lui arracha les billets de la main et s'esbigna dans un coin.

— Vous payez, vous payez, triompha-t-elle en mettant l'argent à l'abri dans son sac, c'est une chose ! Mais moi, je vous mets à la porte, et ça, c'en est une autre !

— Voilà qui m'est bien égal ! s'emporta Boro. Faites-moi un reçu et apportez-moi mes lettres.

Pour le faire lanterner, elle commença par lui dire qu'il fallait effectivement faire les choses dans les règles. Qu'elle allait lui donner quitus sur son carnet à souches. Elle sortit son encre violette, sa plume Sergent-Major et, le temps qu'elle écrivît huit cent quatre-vingt-huit francs de son écriture appliquée, Boro s'était rongé un ongle. Deux.

— Ne pourriez-vous pas me donner les lettres en attendant ? demanda-t-il nerveusement.

— Il faut que les choses se fassent chacune à son heure, répondit la rombière.

C'est sûr qu'elle était vache.

Elle rangea ses affaires avec une lenteur désespérante. Elle jubilait de le sentir si tendu. En quelques minutes, elle savourait une revanche de plusieurs mois.

— Où donc ai-je bien pu fourrer ces maudites lettres ?

Au lieu de répondre à ces provocations, Boro se fit plus aimable encore. Il risqua son équilibre sur le parquet rutilant et balaya du regard le mobilier breton.

— Bel échantillon de néogothique celte, apprécia-t-il avec respect. Sont-ce là des meubles de famille ?

— Mon oncle Lebeaupin me les a légués.

— Ça, il ne s'est pas foutu de vous !

— Ces meubles, c'est toute mon enfance, se laissa aller Mme Merlu. Ils viennent du Trégor. Trévou-Tréguignec, si ça vous dit quelque chose.

— Ça doit valoir bien cher à l'heure qu'il est, dit Boro avec une lueur d'amusement dans les yeux.

— Un paquet, opina la logeuse, prise au piège du régionalisme. Quand je pense que mon défunt mari les détestait ! Il préférait du Lévitan !

Boro se tourna vers elle. Elle fut surprise de constater qu'il avait changé d'expression.

— Si vous ne me donnez pas mon courrier immédiatement, dit-il en levant vers elle le pommeau de son jonc cassé par le milieu, je vais transformer votre héritage en bois de chauffe !

Pour prouver sa détermination, il allongea un coup de pied appuyé dans la boiserie la plus proche.

— Vous ne m'impressionnez pas, dit Mme Merlu en s'armant d'un tisonnier.

Incapable de se contenir davantage, Boro s'élança sur les meubles. Rien ne pouvait plus l'arrêter, ni les cris de la logeuse qui piaillait autour de lui, ni les aboiements de Pierre Laval, sorti du lit clos de l'oncle du Trégor.

Boro retournait tout. Secouait le chien pendu à son pantalon, écartait la bonne femme en s'acharnant sur les tiroirs, mettait tout à sac et n'eût rien trouvé si Mme Merlu, pour mettre fin à ses débordements, ne lui avait crié :

— Là ! Là !... Sous votre nez !

C'était sur le dessus du piano. Trois lettres et un petit paquet. Un petit paquet qu'il tourna fébrilement entre ses doigts.

— Je m'en vais, balbutia-t-il.

Ils se regardèrent un bref moment.

— Vous n'auriez jamais dû solder vos loyers, murmura la logeuse. Si vous m'aviez donné seulement la moitié de la somme, je n'aurais pas pu vous renvoyer.

— Je ne regretterai que votre fille, répliqua Boro.

— C'était donc ça ? encaissa Mme Merlu. Vous l'avez subornée. J'en étais sûre !

Ils se toisèrent une dernière fois, puis Boro claudiqua vers la sortie en prenant appui contre les parois du vestibule.

— Votre monnaie ! cria la logeuse dans son dos. Et votre canne ! Les morceaux de votre canne !

— Gardez tout ! répondit Boro sans se retourner. Même les miettes ! Je m'en fous ! Vous voyez, je marche ! Je cours ! Je vole !

Il boitait comme un diable.

Elle resta seule au milieu de son intérieur breton, pensa au savon qu'elle allait passer à Marinette et seulement alors sentit une insupportable odeur de roussi en provenance de sa cuisine.

— Mon lait ! gémit-elle en se hâtant vers le lieu du sinistre.

Un quart d'heure plus tard, tandis qu'à quatre pattes elle finissait d'éponger ses deux litres de lait sous le Butagaz, elle répétait encore :

— C'est sa faute ! Encore lui ! Encore ce Kirghiz !...

Elle se tut une seconde et ajouta à mi-voix :

— Comme il va nous manquer !

Le pétomane révélé

Lorsque Boro ressortit du métro Bonne-Nouvelle, station au nom prédestiné s'il en fut, il avait relu son courrier trois fois.

Devant la loge de la pipelette, sous l'œil délateur de Clémentine Frou embusquée derrière ses rideaux de macramé, il avait fiévreusement pris connaissance de la lettre la plus récente. Entre Porte-de-Charenton, où il avait embarqué, et Reuilly-Diderot, où il avait relevé la tête, il avait lu la deuxième. À Bastille, il avait terminé la plus ancienne.

Comme la rame quittait la station et plongeait à nouveau dans l'obscurité du tunnel, il avait porté à ses lèvres la liasse de feuilles de papier bleu et l'avait humée pour essayer d'y surprendre les vestiges d'un parfum depuis longtemps enfermé. Il avait ouvert le petit paquet, en avait extrait le rouleau de pellicule, l'avait glissé dans sa poche.

Pensif, il avait recommencé la lecture de ses chères lettres, revenant sans cesse à la plus récente qui résumait mieux que les autres l'actuelle situation dans laquelle se trouvait sa cousine.

Le ton employé par Maryika était celui d'une personne à bout de nerfs. Elle lui disait combien elle était affectée par la surveillance permanente dont elle était l'objet de la part des nazis. Elle lui écrivait surtout : « ... Quand tu liras cette lettre, sans doute auras-tu reçu ce maudit petit film, cause de tous mes déboires. Sitôt que tu l'auras développé, de grâce, fais-moi savoir quel secret enferment ces images en apparence anodines. Si par hasard elles constituaient un événement journalistique de poids et que leur publication fût susceptible de t'aider à démarrer dans ton métier de reporter, n'hésite pas, Blèmia. Vends le reportage au plus offrant. Ne cherche pas à me protéger. Je ne pense pas que les gens qui m'ont menacée ici seraient capables d'entreprendre quoi que ce soit de vraiment dommageable contre moi tant qu'ils n'auront pas pris les rênes du pouvoir. Toutefois, si le pays tombait entre leurs mains, j'aurais tout avantage à prendre le large le plus vite possible. N'envisage aucun voyage en Allemagne. Il y va de ta vie. Elle m'est trop précieuse pour que tu commettes la folie de me rejoindre. En fait, sache-le, après le tournage du prochain film de Wilhelm Speer, j'envisage très sérieusement de m'expatrier aux États-Unis. Dans ma profession, beaucoup font carrière à Hollywood. Je corresponds régulièrement avec Marlène Dietrich qui me jure qu'on m'attend. Elle est bien généreuse de ne pas voir en moi l'inévitable rivale que je pourrais devenir !... »

Abandonnant le boulevard Bonne-Nouvelle, les tempes serrées par le froid vif de janvier, Boro se hâta par la rue du Faubourg-Poissonnière. Le vent était passé au nord durant la nuit et avait relégué le soleil de la veille à l'état de vieux souvenir. Notre reporter avait relevé le col de sa veste de velours dont la trame lustrée était insuffisante pour le protéger des rigueurs de l'hiver.

Il tourna à l'angle de la rue de l'Échiquier et, comme le vent glacial lui mordait le thorax, se demanda si, un de ces jours prochains, il n'allait pas entrer dans une brasserie afin de se servir au perroquet et de dérober le manteau de laine d'un joueur de belote. Tout en échafaudant ces plans déraisonnables, il était arrivé devant l'immeuble où l'agence Iris tenait ses bureaux.

Il s'engouffra sous la voûte, fit le gros dos en affrontant le tourbillon d'un mauvais courant d'air et passa devant la plaque de marbre noir sur laquelle était gravé un œil doré inscrit dans l'orbe d'une mappemonde. Il poursuivit son chemin, traversa l'arrière-cour et, au bout d'une volée de marches de bois, poussa la porte de l'agence.

Le cigare au bec, les pouces passés dans ses bretelles, Alphonse Tourpe était assis sur un bureau. Jambes pendantes, il pérorait au milieu de ses reporters. À la manière dont il argumentait en ponctuant la moindre de ses phrases de gestes courts et nerveux, à regarder sa complexion sanguine qui s'épaississait à vue d'œil, le petit Auvergnat donnait l'impression d'être en proie à une incontrôlable excitation.

Lorsque la harangue du patron commençait à s'enliser dans un fatras de lieux communs, chacun donnait son opinion. Les éclats de voix, les interventions s'entrecroisaient dans la plus grande des confusions. C'était une véritable cacophonie. Profitant de cette atmosphère de ruche, Boro, sans attirer l'attention, emprunta le long vestibule qui menait à la chambre noire.

Se fiant à sa bonne étoile, il pensait ne rencontrer personne. Encore dix enjambées et il s'enfermerait dans le laboratoire.

C'était compter sans l'omniprésente Mlle Fiffre qui, malencontreusement sortie de la salle des archives, percuta notre ami de plein fouet. Le choc fut si rude que la secrétaire laissa échapper ses classeurs.

— Encore vous ! piailla-t-elle aussitôt en se précipitant au sol pour récupérer ses précieuses fiches. Vous n'en ferez jamais d'autres !

Après avoir ramassé deux ou trois enveloppes bistre, elle s'interrompit dans sa tâche. Sidérée par la muflerie inattendue du jeune homme qui ne se donnait même pas la peine de l'aider, elle plissa son front bas encadré de boucles mauves et fixa soudain les jambes de Boro.

— Mais... murmura-t-elle, il vous manque quelque chose aujourd'hui !

— Ma jambe de bois, dit Boro. Je l'ai perdue.

— Décidément, vous égarez tout ! C'est une épidémie, grinça Mlle Fiffre en se rendant compte qu'il n'avait pas de canne.

— Qu'ai-je perdu d'autre ?

— Votre place, monsieur Borovice !

— Encore !

— Cette fois, c'est officiel. Le patron en a parlé devant tout le monde !

— Qu'ai-je fait pour mériter ses foudres ?

— Du travail au noir.

— J'essaie de rembourser mes dettes.

— Votre fixe de reporter ne vous suffit donc pas ?

— Non, mademoiselle. Il est ridicule. Je l'ai sucé avant le quinze du mois.

Mlle Fiffre fit un signe de la main pour signifier qu'après tout ce n'était pas son affaire.

— Quoi qu'il en soit, dit-elle, on a trouvé vos agrandissements dans le laboratoire. Deux, trois femmes qui ont posé nues, dit-elle en devenant pivoine. Plusieurs groupes d'enfants des écoles et tout un lot de jeunes mariés.

— Mes mariés du XIIe ! Qu'a-t-on fait des photos ?...

— Dans le bureau de M. Tourpe ! Vous vous débrouillerez !... Il était furieux. Si vous l'aviez vu !

— Pas besoin. J'imagine.

— Il vous a traité de malhonnête, reprit Mlle Fiffre. Je ne suis pas loin de penser la même chose, ajouta-t-elle. Vous vous servez du papier et de la pellicule de l'agence pour photographier contre argent des noces de quartier. Et c'est strictement interdit !

— Quelle journée ! constata Boro. En somme je n'ai plus rien à perdre.

Comme il manifestait l'intention de pénétrer dans le laboratoire, la voix de la secrétaire l'arrêta.

— Vous n'avez plus rien à faire là-dedans ! glapit-elle sur un ton péremptoire.

— Je vais récupérer mes affaires, plaida Boro en essayant sur elle son regard le plus mélancolique.

— Je ne vous crois pas, articula la gardienne du temple. Je n'ai aucune raison de vous croire.

Elle se dressa sur ses jambes maigrelettes et vint se placer en travers de son chemin.

— On n'avance pas ! siffla-t-elle. Et si vous insistez, j'appelle !

Au lieu de s'enfermer de force dans le cagibi, Boro sourit à Mlle Fiffre. Elle sembla désarçonnée par cette attitude inattendue. Il s'enhardit jusqu'à l'embrasser affectueusement sur ses deux joues de poisson-lune.

Prise d'un frisson inopiné, la demoiselle prolongée ne put refréner un écart de jument.

— Monsieur Borovice ! hennit-elle. Est-ce que c'est des manières, ça ?

Incrédule, elle passait la main dans son cou dévoré par la chair de poule.

— Germaine ! ma bonne, ma tendre Germaine ! murmura Boro en poussant son avantage, soyons complices, voulez-vous ? J'ai besoin d'une petite heure de tranquillité dans la chambre noire... Pouvez-vous ne pas signaler ma présence à âme qui vive pendant ce laps de temps qui s'annonce capital pour mon avenir ?

Mlle Fiffre se rengorgea en l'observant étrangement. Il y avait un peu de ruse dans son regard. Un parfum de troc.

— Je ne vois pas pourquoi je devrais protéger votre clandestinité, monsieur Borovice, décréta-t-elle au bout d'un moment. Jusqu'à maintenant vous ne m'avez jamais fait endurer que des misères.

— Je le regrette sincèrement, Germaine, dit Boro en

la prenant par le bras. Comment vous exprimer mon repentir ?

Elle leva vers lui des yeux étonnés.

— Vous ne m'avez jamais parlé comme cela auparavant, monsieur Borovice... Est-ce que vous êtes malade ? Est-ce que vous avez faim ?...

— C'est pire que cela, Germaine.

Elle baissa la tête. Parut réfléchir. Opina avec un sourire grave. S'anima tout d'un coup.

— Que diriez-vous d'un peu de cake anglais, hein ? proposa-t-elle avec une lueur folle dans les yeux. Ça vous requinquerait. J'en ai dans le tiroir de mon bureau...

— Non merci, répondit sourdement Boro. Je n'ai même plus faim.

— Mon Dieu ! Un jeune homme si plein de vie ! Qui aurait pu supposer cela, monsieur Borovice ?

Elle se sentait utile, maternelle, consolatrice. C'est que sur le chapitre du manque affectif, la demoiselle en connaissait un rayon. Vingt-trois ans de solitude !

Elle afficha sur ses lèvres minces une sorte de sourire séraphique et, cédant à un brusque état de vague à l'âme, osa plonger son regard alangui dans celui de Boro.

— Aidez-moi, Germaine, la pressa-t-il en la voyant faiblir.

— Vous ne préparez pas un mauvais coup, au moins ?

— Je le jure !

— Bon. Je vous donne votre petite heure, pas une minute de plus. Et je ne sais pas pourquoi je fais cela, ajouta-t-elle. Vous ne le méritez pas, vilain garçon. Mais je le fais. Je le fais. Tant pis si j'y perds des plumes...

Elle soupira. Elle avait la tête qui lui tournait. Elle déposa un baiser furtif et sec sur la joue de Boro et s'éloigna dans le couloir. Elle avait laissé quelques enveloppes derrière elle, sur le sol.

Boro se glissa dans la chambre noire et s'y enferma au verrou.

Une fois protégé par le signal de la lampe rouge, il retrouva ses gestes de laborantin. Il était animé par une fièvre qu'il n'avait pas connue depuis des mois. Tandis que le film mijotait dans son bain de développement, il prépara le papier mat sur lequel il tirerait les premières épreuves.

Dès qu'il fut en possession du négatif, il le mit à sécher et, armé d'un compte-fils, essaya dans le contre-jour d'une rampe de lumière de lui arracher ses premiers secrets.

On distinguait plusieurs personnages. Pour quiconque, le jeu des blancs et des noirs inversés eût été un total imbroglio, mais la mémoire visuelle est ainsi faite que notre reporter, ayant reconnu sur l'un des clichés le visage de sa cousine, fut capable, après quelques instants de réflexion, de mémoriser en amont et en aval de cette image les différentes étapes de l'action. Portrait de Hoffmann, le photographe. Portrait de la vendeuse. Elle était blonde. Elle avait de bonnes joues, il s'en souvenait. Et maintenant, dans l'encadrement de la porte du magasin, le petit pétomane au bouquet de fleurs. Maryika radieuse. Hoffmann, encore lui. La vendeuse. Le nouveau venu offrant ses fleurs. N'avait-il pas flatté la croupe de la jolie blonde à ce moment-là ? Si ! Le cliché suivant en était la preuve. La blonde avait reculé en riant. Elle avait sa main sur la bouche... Boro revoyait la scène. Hoffmann levant la main pour obturer l'appareil... C'était bien cela.

Boro glissa le négatif devant la fenêtre de l'agrandisseur. Brûlant les étapes, il fit un rapide test d'exposition et commença à tirer systématiquement chaque négatif. Dieu sait quand il pourrait avoir de nouveau accès à un laboratoire ! Il voulait à tout prix emporter avec lui un échantillon de chaque photographie.

Pour plus de lisibilité, il avait choisi le format 9 x 12 et se concentrait uniquement sur la technicité de ses gestes. Pas le temps de fignoler les rendus par des masquages ou des filtres. Boro savait qu'il entamait une véritable lutte contre le temps et qu'inévitablement, même en admettant que Mlle Fiffre protégeât son entreprise, un autre reporter voudrait avoir accès au labo pour son propre travail. Dès qu'il serait débusqué, Tourpe ne manquerait pas d'intervenir. Boro serait jeté dehors sans aucune considération pour ce travail qui ne concernait pas l'agence.

De temps à autre, du bout de sa pince, il saisissait un agrandissement, l'inclinait vers la lampe inactinique et l'observait avant de le changer de bac. Il découvrait fugitivement un geste, une expression, un visage. La blonde roucoulant sous la caresse du petit homme à chapeau, l'inconnu comprenant qu'on l'avait photographié et ouvrant la bouche pour vociférer, la blonde considérant l'opérateur avec perplexité, Maryika se dirigeant vers la porte, Hoffmann furieux, le pétomane défiguré par un flou, la main d'Hoffmann se rapprochant. Et puis le presque noir. L'étouffement de l'objectif. Le noir absolu.

Soudain, Boro sursauta. On frappait à la porte. On tambourinait. On invectivait. Plus que deux photos ! Boro s'activa à sa tâche. Dehors, on en était aux sommations.

— Ouvrez ou j'enfonce la porte !

Le dernier négatif. Boro présenta le cliché devant la fenêtre de l'agrandisseur. Il était pris d'une espèce de frénésie. Pourvu que l'huisserie résiste au coups de boutoir de celui qui cherchait à la forcer !

Diaphragme. Mise au point. Exposition trois secondes. Obturation. C'était fait.

À peine Boro venait-il de tremper la feuille de papier sensible dans le bac du révélateur que le verrou céda sous la poussée d'un violent coup d'épaule. Catapulté par son élan, l'homme-projectile, incapable de freiner sa trajectoire, percuta le rideau noir qui formait un sas de protection contre la lumière. La tringle et les anneaux qui le soutenaient dégringolèrent aussitôt dans une froissement métallique de mauvais augure. Pris au piège de cette nasse d'un genre nouveau, l'agresseur entama une gigue désordonnée sous le drapé de satinette. Boro profita du répit pour refermer vivement la porte en la coinçant avec un tabouret.

Dos au chambranle, il observa avec fatalisme les soubresauts convulsifs du petit fantôme noir, attendant qu'il se dépêtrât de son suaire pour retrouver la matérialité d'Alphonse Tourpe. Quand le visage déformé par la hargne de ce dernier apparut dans un éclat de lumière rouge, il était visible que la négociation serait difficile.

Syncopées par les hoquets d'une quinte de toux, les premières paroles du directeur de l'agence Iris furent inaudibles. Il tourna comme un toton, sembla s'orienter dans le noir et découvrit son vis-à-vis.

— Ainsi c'était vous, Borowicz ! J'en aurais mis ma tête à couper ! s'étrangla-t-il à nouveau.

Il fondit sur Boro, ferma ses poings nerveux et écuma sous son nez :

— Je parie que vous étiez encore en train de faire dans les noces et banquets ! Tout cela à mes frais, bien entendu !...

Devant l'absence de réponse du fautif, il opéra une volte-face. Il se précipita vers l'évier où se trouvait le bac de rinçage et, attrapant une pince, commença à fourrager sans ménagement dans les agrandissements.

— Qu'est-ce que c'est que ça, hein ? répétait-il. Et ça ? Et ça ? Des mariées ? Du cul ? Des scolaires ?

— Non, monsieur, l'interrompit Boro en venant le rejoindre. C'est une tranche de vie.

— Une tranche de vie ? Ah ça, c'est la meilleure !

Hors de lui-même, Alphonse Tourpe pivota sur place et laissa rouler des yeux égarés sur les cuves.

— Une tranche de vie..., répéta-t-il comme un homme à bout d'arguments.

Il tourna le dos à Boro, creusa les épaules, leva son poing droit et dit :

— Borowicz... Avec un type comme vous, vous savez quelle sorte d'argument il me reste ?

Alors qu'il s'apprêtait à se détendre pour porter un direct en pleine face à son employé, il resta le poing en l'air, la bouche entrouverte, fasciné par ce qui lui était tombé sous les yeux.

— Attendez voir, murmura-t-il. Attendez voir...

Il fixait avec une expression incrédule le dernier agrandissement que Boro venait de plonger dans le révélateur. Changeant d'angle pour échapper aux reflets, il se pencha au-dessus du bac afin de mieux voir naître les traits d'un homme qui, dans un geste de fureur, brandissait son chapeau au-dessus de sa tête. En réponse à son attente, comme sorti du néant, un regard haineux se précisait, encadré par une moustache furieuse, par le dessin diagonal d'une mèche opiniâtre. C'était un regard inoubliable pour peu qu'on en perçût la force hallucinée dont l'éclat n'était visible que s'il était isolé de sa source – celle d'un visage assez banal en somme.

— C'est lui, murmura Tourpe en masquant le front, le nez, les joues. C'est bien lui ! répéta-t-il en amenant le portrait de cet homme passe-partout dans la lumière. Le nouveau maître de l'Allemagne !...

Comme frappé d'un coup de folie, il se rua en direction de l'évier et jeta un coup d'œil rapide aux autres photos.

— Qui a exposé ce négatif ? demanda-t-il d'une voix blanche.

— C'est moi, dit Boro.

— Bon Dieu ! rugit le directeur de l'agence Iris en filant vers la porte.

Il bouscula le tabouret et se mit à cavaler dans le couloir.

Resté seul, Boro commença à rassembler ses clichés afin qu'ils ne tombent pas entre les mains de l'ennemi. Vingt secondes plus tard, Tourpe était de retour. Il brandissait un journal et paraissait au comble de l'excitation. Dans son sillage immédiat se faufilaient deux reporters alertés par ses cris, par sa conduite étrange. En moins d'une minute, prévenu par un mystérieux tam-tam, ce fut bientôt tout le personnel de l'agence qui investit le laboratoire. Dans un brouhaha continu où perçaient les piaillements de Mlle Fiffre, on se pressait du coude autour des bacs pour en examiner le contenu.

Pendant ce temps, Tourpe glissait le quotidien sous le nez de Boro.

— Vous avez vu cela ? Dites ? Vous avez vu ce que je vois ? éructa-t-il.

Boro jeta un coup d'œil à la une. Au-dessus d'une photo qui envahissait tout l'espace, le titre en lettres capitales lui sauta au visage :

ADOLF HITLER CHANCELIER DU REICH !

Il examina de plus près le héros du jour immortalisé au milieu d'une foule en délire.

— Le pétomane, murmura-t-il abasourdi.

Il releva la tête et dévisagea Tourpe avec lenteur. À sa profonde stupéfaction, le patron lui souriait de la façon la plus affable qui soit.

— Vous vous rendez compte de ce qui nous tombe du ciel ? lui dit cet homme aimable en se frottant les mains. Les amours d'Adolf Hitler ! Un jour comme aujourd'hui !... Mais c'est un scoop, ça !... C'est Trafalgar ! Nous sommes riches, mon cher Blèmia !

— Nous ?

— Oui, dit Tourpe. Vous ! Moi ! L'agence Iris ! Nous sommes riches !... Ces photos vont faire le tour du monde ! Ah ! je suis fier de vous... Un garçon que j'ai entièrement formé !

— Alors M. Borovice fait toujours partie du personnel ? s'informa Mlle Fiffre qui venait mettre son grain de sel à point nommé.

— Non seulement Blèmia fait partie des nôtres, répondit M. Tourpe, mais il est l'honneur de cette maison... Blèmia, vous êtes... vous êtes notre fleuron !... Je veux qu'on prépare une fête, mademoiselle Fiffre. Vous achèterez du champagne. Moi, je vais de ce pas vendre chèrement notre reportage...

Sur le point de quitter les lieux, il se ravisa et revint serrer vigoureusement la main de son employé modèle.

— Passez me voir en fin de soirée pour votre petite augmentation, dit-il avec bonhomie. Et tirez-moi tout ça en 24 x 12, n'est-ce pas ? Que ce soit soigné. Prenez votre temps. Le labo est à vous. Venez, messieurs, laissons travailler notre ami...

La porte se referma.

En prêtant l'oreille, Boro pouvait entendre la voix de Tourpe qui fredonnait en s'éloignant dans le couloir :

— Iris, Iris, Iris, un œil sur le monde...

Il resta un moment immobile et fixa le soleil rouge qui brillait au-dessus de sa tête. C'était donc cela, la gloire ? Il jeta un coup d'œil à Adolf Hitler. Au pétomane révélé.

— Tu vois, imbécile, dit-il en s'adressant au tyran, nous sommes nés le même jour.

Il prit la photo, l'examina de plus près, et soudain, en détaillant le décor de la boutique Hoffmann, eut l'intuition qu'il n'avait pas encore arraché son véritable secret à la pellicule. Presque au même instant, les mots que la gitane avait prononcés deux ans plus tôt, dans les rues sombres de la ville, lui revinrent en mémoire : « Tu seras l'œil qui surveille le monde. Tu iras regarder les hommes jusqu'au fond de leur nuit. Méfie-toi alors de ne pas mourir d'une balle en plein front. »

Sur la photo, en arrière-plan, dans la rue, grisé par le

reflet de la vitrine, visage mordu vers le haut par un pan d'ombre, un homme blafard se tenait en observation.

Boro en éprouva un étrange malaise. Sans parvenir à se l'expliquer, il pressentait que si elle arrivait un jour, la balle viendrait de là.

Le feu des torches

Ce même 30 janvier, à trois heures moins le quart de l'après-midi, tandis que notre reporter découvrait le faciès d'Adolf Hitler dans ses bains de révélateur, Maryika comprenait enfin pourquoi tant d'individus s'étaient montrés si assidus dans la recherche de la fameuse pellicule. Ce fut le *Berliner Tageblatt* qui lui permit de nouer des fils qu'elle n'avait pas songé, jusqu'alors, à assembler. Parmi les photos du nouveau chancelier, il y en avait une qui le montrait debout devant une vitrine, quelques années auparavant. Un homme dans la foule. Semblable, ou presque, à l'individu rogue, voûté, petit, qui avait fait irruption chez le photographe Hoffmann. Entre le promeneur du *Berliner Tageblatt* et le tribun à la figure sévère qui posait sur les affiches du NSDAP, il y avait un monde : celui qui distingue les inconnus des personnages.

Maryika s'en voulut d'avoir concentré son attention sur Hoffmann exclusivement. Cependant, elle s'accorda une circonstance atténuante et un lot de consolation : dans la folie de ce jour-là, il n'était pas anormal, après tout, qu'elle eût oublié les seconds rôles pour se consacrer au héros du jour, son cousin, qu'elle n'avait pas revu depuis de longues années. Et puis, après tout, le péteur de chez Hoffmann contribuerait certainement plus à la gloire de Blèmia que les mannequins du jardin d'Orsay ou les cuisses de Joséphine Baker. Un détail cependant l'intriguait : Hitler avait-il envoyé ses sbires simplement parce qu'il ne convenait pas à un futur chancelier du grand Reich d'apparaître sur la couverture glacée d'un magazine, la main collée aux fesses d'une vendeuse ? Incapable de trouver une autre explication aux pressions dont elle avait été l'objet, la jeune fille mit l'entêtement de Hitler sur le compte de son caractère. Sans doute était-il complexé et maladroit dans les choses de l'amour. « Une minute trente, douche comprise », pensa-t-elle en souriant.

Elle n'assista pas à la prestation de serment. Mais le soir, alors qu'elle regagnait son appartement après une nouvelle séance d'essais aux studios de la UFA, elle se trouva mêlée à la marée humaine qui, du Tiergarten à la Wilhelmstrasse, déferlait sur Berlin pour célébrer le nouveau maître du pays. D'abord, elle entendit le martèlement des bottes frappant le pavé. Puis il y eut le roulement des tambours, les chants militaires. Enfin, elle vit des centaines de jeunes hommes vêtus de chemises brunes et de bottes luisantes qui avançaient de front, précédant des milliers de civils marchant au pas, eux aussi. Tous hurlaient « *Heil, Heil ! Sieg Heil !* »

Le grondement de cette foule, moins déchaînée que passionnée, tétanisée plutôt qu'enthousiaste, ébranla Maryika au plus profond d'elle-même. Jamais elle n'avait vu démesure si disciplinée, efficacité si redoutable. Et, bien qu'elle fût terrifiée par la force de ce qu'elle découvrait, une onde la parcourait – désir, angoisse, impatience, elle ne savait. Elle ne reconnaissait pas dans la ferveur alentour l'excitation dont faisait preuve son public lorsqu'elle paraissait sur scène, excitation qu'elle avait crue paroxysmique mais qui ne pesait rien comparée à cette indécence qu'elle percevait autour d'elle. Le pire était que cette indécence la gagnait. Allant sur les marges de cette foule presque hystérique, elle sentait monter en elle une joie sauvage, malsaine, déplacée. Elle mit un certain temps à comprendre que ce plaisir trouble était celui de l'incognito. Pour la première fois depuis un an, elle pouvait marcher sur un trottoir sans être abordée. On ne la reconnaissait pas. Mieux, on l'avait oubliée. Elle était libre.

À Wittenbergplatz, on distribuait des torches à résine, et le cortège se gonfla de nouveaux venus qui scandaient un cri aux contours nets, acéré comme une baïonnette, un cri que toute l'Allemagne allait hurler dans les jours, les semaines et les mois suivants : « *Heil Hitler !* »

La foule se dirigea vers la porte de Brandebourg. L'obscurité était tombée. Les torches formaient des tourbillons sauvages d'une beauté monstrueuse. Maryika les suivit, effrayée, fascinée. Un homme lui prit le bras. Elle se dégagea aussitôt. L'autre lui lança un regard d'une extrême violence.

— Vous êtes là !

Certaine de l'avoir déjà vu, elle ne put cependant mettre un nom sur ce visage. Mais, face à l'inconnu, elle éprouva le besoin de se démarquer de cette foule luciférienne qui marchait au pas dans la nuit. Incapable d'ouvrir la bouche, elle se contenta de secouer la tête avant d'être happée par les rangs.

Elle se dégagea dans la Wilhelmstrasse. Des adolescents étaient perchés dans les arbres. Le cortège s'arrêta devant le palais présidentiel. Des milliers de soldats lançaient des slogans. D'autres chantaient le *Horst Wessel Lied* :

Brandissez les drapeaux ! Rang après rang,
[ensemble,
Les troupes d'assaut marchent d'un pas régulier
[et tranquille.

Des bourgeois en melon, des ouvriers en bleu de travail, des femmes, des enfants, des clochards, des anciens combattants de la Grande Guerre – tout Berlin faisait face à la Chancellerie. Et dans l'encadrement d'une fenêtre, le bras tendu, vêtu d'une jaquette noire dont une manche remontée laissait voir la chemise, le péteur de chez Hoffmann souriait aux drapeaux tendus vers lui. Sur un autre balcon, des hommes en uniforme remontaient des bouquets de fleurs accrochés à l'extrémité d'une ficelle, offerts par des femmes énamourées au vainqueur de ce soir-là. Plus loin, austère, appuyé sur sa canne, le vieil Hindenburg regardait ce déchaînement de passions sans bouger. Lorsque la troupe entonna le *Fredericus Rex*, son œil sembla s'animer et il battit lentement la mesure de la main droite. Maryika observa avec curiosité ce général gâteux qui passait en revue des troupes rebelles à son pouvoir. Son regard se porta sur le nouveau chancelier, puis revint au vieux président. L'un arborait des bacchantes de hussard qui lui tombaient sur les joues, l'autre une moustache roide et sévère. Le premier avait les yeux lourds, le cheveu blanc, le front dégarni, le regard las mais humain. Le second paraissait plus frêle, plus agité, rusé, content de soi. Il buvait le spectacle de la foule amassée à ses pieds et s'écartait parfois du balcon pour échanger une parole avec l'un de ses proches, invisible du bas. Hindenburg était seul.

Maryika regarda une dernière fois ce bouledogue ankylosé, puis, se détournant, elle se fraya un passage au travers de la foule. Elle lutta des bras et des coudes, parvint enfin à se dégager et remonta lentement en direction du Tiergarten. Il était près de onze heures. Des hommes en uniforme kaki glissaient le long des rues en chantant sous le regard fiévreux des policiers. Des enfants déguisés en SA couraient sur les trottoirs. D'autres reprenaient les chants hurlés par les nazis. Maryika grimaça. Cette ferveur commençait à lui peser.

Comme elle allait bifurquer à droite dans une ruelle noire et déserte, elle entendit soudain quelqu'un crier son nom. Elle se retourna. Elle aperçut tout d'abord une silhouette qui se dissimula hâtivement sous un porche, puis, alors qu'elle avançait pour surprendre celui qui la suivait, elle fut tirée en arrière, retournée, étreinte, embrassée.

— Maryika !

Leni Riefenstahl avait toujours la même voix lourde. Maryika se dégagea, jeta un coup d'œil en direction du porche derrière lequel l'inconnu avait disparu. Mais son regard ne croisa que l'œil bleu et glacé de Friedrich von Riegenburg.

— Maryika, je te présente un grand ami...

— Mais nous nous connaissons ! s'écria-t-elle.

Elle ne parvint pas à dissimuler sa surprise. Comment ces deux-là s'étaient-ils rencontrés ? Friedrich allait-il faire allusion à l'étrangeté de leurs rapports ? Allait-il en ce jour de triomphe pour les nazis profiter de la situation pour l'humilier publiquement ?

Elle décida de faire celle qui ne se dérobait pas.

Friedrich défit son gant. Maryika lui tendit la main. Il la baisa.

— Je suis heureux de vous voir ce soir, dit-il, avec son élégance coutumière.

Puis, devançant la question que la jeune femme s'apprêtait à poser :

— Comme vous le savez, rien de ce qui touche aux arts ne m'est étranger. Leni moins que tout autre. Sinon vous-même, ajouta-t-il avec un pâle sourire.

Maryika regarda par-dessus l'épaule de Friedrich. Personne ne s'abritait sous le porche. Elle revint à l'Allemand. Celui-ci portait son éternel pardessus sombre, une chemise blanche et une cravate noire piquée d'une perle. Sur la manche droite de son manteau, il arborait un brassard à croix gammée.

— Tu ne vas pas à la Chancellerie ? demanda Leni Riefenstahl.

— J'en viens.

— C'est un soir extraordinaire !

Maryika se tourna vers la réalisatrice. Elle n'avait pas changé depuis la dernière fois. Toujours cet éclat de guerrière intacte. Simplement, son regard était animé d'une passion qu'elle ne lui avait jamais vue. Friedrich, sans doute...

— Viens avec nous... nous descendons jusqu'au palais.

— Je rentre. Je suis fatiguée...

Non loin, on entendait des roulements de tambour, des cris, des sifflets, des chants. Leni Riefenstahl insista pour entraîner Maryika, mais celle-ci répéta qu'elle était fatiguée. Elle s'avoua à elle-même que la réalisatrice l'exaspérait : alors qu'elles ne s'étaient pas vues depuis plusieurs mois, la seule question qu'elle lui avait posée avait trait à la Chancellerie. En outre, elle ressentait un malaise diffus à la voir ainsi accompagnée par Friedrich von Riegenburg.

— Au revoir, dit-elle en faisant un pas en arrière. Bonne soirée à vous.

— Mais viens donc ! Tu ne vas pas te coucher un soir pareil !

— Pourquoi pas ? intervint Friedrich. Si elle se lève demain...

Maryika se tourna vers l'Allemand. Elle n'aimait pas le ton qu'il avait employé.

— Pourquoi, demain ?

— La nuit porte conseil. Il suffit parfois de quelques heures de repos pour comprendre l'importance de certains événements.

— Vous voulez parler de Hitler ?

— Je veux parler du chancelier, répondit froidement Friedrich en insistant sur le dernier terme.

Maryika le regarda bien en face. L'homme sourit, gardant les lèvres closes. Ses yeux ne cillaient pas. Sa mine était à la fois courtoise et sévère, détachée mais empreinte d'un voile qui fit frissonner la jeune femme car elle y lut une sorte de menace. Comme si le silence qu'il avait observé depuis la soirée de l'hôtel Nürnberg n'avait été qu'une trêve à laquelle il n'était pas obligé de se soumettre. Lui et ses semblables étaient désormais les maîtres de l'Allemagne.

— Le chancelier Adolf Hitler, répéta Friedrich sans détacher ses yeux de ceux de Maryika.

Ils demeurèrent quelques secondes face à face sous le regard de Leni Riefenstahl qui les observait avec intérêt. On eût dit qu'ils se mesuraient. D'un côté un Aryen blond aux allures d'oxfordien délicat, de l'autre une Hongroise rétive, d'une beauté foudroyante. Et derrière ces deux-là, les rumeurs d'une foule déferlante. « Belle image », songea la cinéaste.

Elle posa la main sur l'épaule de Maryika, mais celle-ci ne bougea pas, continuant à fixer Friedrich d'un regard aigu.

— Je ne vous avais encore jamais vu porter ceci, dit cette dernière comme un défi.

Du doigt, elle désignait le brassard.

— Vous me verrez bientôt en uniforme, répondit Friedrich. À partir de maintenant, le civil s'efface et devient soldat. Il est important que chaque citoyen de ce pays apprenne à endosser ce que les poètes allemands de tout temps ont appelé le *Ehrenkleid*, le vêtement d'honneur.

— À condition qu'il ne soit pas taché de sang, répliqua Maryika.

— Allons, vous deux, cessez de vous chamailler et marchons plutôt jusqu'à la Chancellerie, intervint Leni Riefenstahl, alarmée par le ton que prenait cette passe d'armes.

Mais, avec une superbe déconcertante, Maryika offrit sa main à l'Allemand pour prendre congé. Puis, tandis qu'il s'inclinait devant elle, elle dit :

— J'ai déjà rencontré Hitler. Personnellement.

— Je le sais, répondit Friedrich en passant délicatement le pouce sur le dos de sa main. C'était en novembre 1931, à Munich. Chez Hoffmann.

— Hoffmann ! s'écria Leni Riefenstahl.

— Eh oui, chère amie, mais c'était bien avant qu'il devienne le photographe officiel du chancelier.

Maryika afficha un sourire glacé.

— Si je vous avouais que c'est seulement ce matin, en lisant la presse, que j'ai compris que le ridicule petit homme au bouquet de fleurs et votre idole ne faisaient qu'une seule et même personne, me croiriez-vous ?

Friedrich abandonna la main de Maryika.

— J'aurais du mal, répondit-il avec froideur. On ne photographie pas la vie privée des hommes politiques sans arrière-pensée.

— Quand je pense que c'est pour protéger le futur maître de l'Allemagne que vous avez tout fait pour récupérer ce film ! dit amèrement Maryika.

— Pas tout, non, répliqua doucement Friedrich. Je peux même vous dire que cette photo paraîtra demain dans la plupart des journaux du monde.

— Comment le savez-vous ?

L'Allemand eut un rire sec.

— Une agence française l'a proposée au *Deutsche Allgemeine Zeitung*. Savez-vous comment s'appelle cette agence ?

— Non.

— Iris. *Iris, un œil sur le monde.* Je suppose que vous n'ignorez pas l'identité de celui qui s'est fait votre intermédiaire...

— Cela ne m'intéresse pas, répondit sèchement Maryika.

Elle crânait, mais un filet glacé lui coulait le long du dos.

— Si par hasard votre cousin décidait de faire un petit voyage à Berlin, reprit Friedrich, dites-lui que nous le recevrions avec plaisir. Un reporter de cette trempe...

— Qu'a-t-il fait de si formidable ? demanda Leni.

— Il a photographié le chancelier dans des circonstances... des circonstances un peu particulières.

Il passa son bras sous le coude de Leni et referma son poing ganté.

— Rappelez-vous, mademoiselle : il suffit parfois de quelques heures pour comprendre l'importance de certains événements. Et la nuit porte conseil...

Juif et communiste

L'Allemagne s'embrasa. Le papier-monnaie flamba, les livres brûlèrent sur les places publiques, les chemises brunes incendièrent les fiefs des sociaux-démocrates, des centristes, des Juifs, des communistes. Maryika suivait les événements avec angoisse, ignorant quand et qui étoufferait le brasier.

Souvent, elle observait Frau Spitz du coin de l'œil, se demandant si une paire de gifles effacerait de son visage cet air arrogant qu'elle affichait depuis le 30 janvier. Frau Spitz lui semblait être l'incarnation absolue du mal qui sévissait dans le pays. Elle cousait, brodait, répondait au téléphone et introduisait les visiteurs avec une grâce de uhlan qui lui rappelait le maintien de ces nazis à la main tendue que montraient les journaux et qu'elle croisait quotidiennement dans les rues de Berlin.

Elle la soupçonnait d'établir un barrage entre elle et certaines de ses relations. Ainsi, chaque fois qu'elle avait chargé la gouvernante d'appeler Paris pour elle et de lui passer son cousin dès qu'elle l'aurait en ligne, Frau Spitz avait pris l'air excédé de celle qui n'arrive jamais à obtenir son correspondant.

— Vingt fois que vous me faites appeler ce numéro ! Et c'est toujours la même réponse ! Ce Borowicz ne travaille plus à l'agence Iris.

Un jour, afin de la confondre, Maryika laissa éclater ses doutes et sa mauvaise humeur.

— Essayez encore et passez-moi la personne qui vous répondra. N'importe laquelle ! Je veux savoir où mon cousin se trouve.

Ce jour-là, comme d'habitude, Frau Spitz mit toute la mauvaise volonté du monde à composer le numéro de téléphone. Elle l'avait prétendument égaré et fit mine de chercher au fond de sa boîte à couture le papier sur lequel elle l'avait inscrit. Pour couper court à ces simagrées, Maryika le lui récita de mémoire. Dès que la connexion fut établie avec la France, elle prit le combiné des mains de la gouvernante et demanda à parler à son cousin. Une voix féminine lui fit savoir d'un ton guindé et supérieur que le nommé Borovice avait changé d'employeur.

— Où travaille-t-il à l'heure actuelle ? se risqua Maryika qui sentait poindre l'animosité dans les propos de son interlocutrice.

— Nous n'en savons rien. Nous n'en saurons jamais rien, insista la voix qui piaillait à l'autre bout de la ligne. Votre M. Borovice est un homme sans foi ni loi !

Et l'on raccrocha.

En voyant la déconvenue se peindre sur le visage de sa patronne, Frau Spitz afficha sur le sien les signes d'un triomphe rancunier. Elle quitta la pièce après avoir réaffirmé, la main sur le cœur, qu'elle transmettait consciencieusement toutes les lettres et tous les appels téléphoniques dont on la chargeait.

S'entêtant, Maryika écrivit encore une fois rue des Jardiniers et posta la lettre elle-même. Quinze jours plus tard, la gouvernante lui tendit avec défi son enveloppe, barrée de la mention : « Retour à l'envoyeur. Inconnu à l'adresse indiquée. » Elle pavoisait.

Cette guerre intestine ne fit pas renoncer Maryika. Par Wilhelm, elle essaya d'obtenir les coordonnées de son cousin auprès des journaux allemands qui avaient publié la photo prise chez Hoffmann. Mais, sur ce terrain également, ses efforts se soldèrent par un échec. Le mutisme de Blèmia lui paraissait inexplicable. Se pouvait-il que sa réussite professionnelle, qu'elle devinait fulgurante, lui eût fait à ce point oublier son amour pour elle ?

Elle eut inopinément la preuve du contraire.

Un matin où Frau Spitz astiquait l'argenterie, Maryika fut plus prompte que sa gouvernante à soulever le combiné du téléphone. Un flux d'allégresse inonda son visage. Soudain, quelle chaleur ! Elle sentait ses joues rosir d'un feu de fièvre qui la mettait à l'envers. Blèmia ! C'était lui ! C'était bien sa voix moqueuse, déformée par la distance.

— Petit cousin, mauvais drôle ! D'où m'appelles-tu ?

— De la crinière d'un cheval emballé !...

On entendait si mal ! Maryika tapa du pied. Elle colla le combiné contre son oreille et décrocha l'écouteur.

— Parle distinctement... Où es-tu ?

— Sur un champ de courses. Boro dans la première.

Maryika haussa les épaules dans un geste d'humeur. Elle s'apprêtait à supplier son cousin de cesser son verbiage lorsqu'elle eut nettement l'impression qu'on venait de décrocher le combiné du second poste situé dans la cuisine.

— Dès que le cheval aura ralenti son galop, je sauterai dans le premier train pour venir te voir, dit Boro. Je t'aime !

Les sons parvenaient comme dans un écho : une autre oreille écoutait la conversation. Maryika rejeta nerveusement une mèche qui venait de barrer son visage. Se souvenant des menaces à peine voilées formulées par Friedrich von Riegenburg le soir du 30 janvier et devinant la présence attentive de Frau Spitz sur la ligne, elle décida d'aller à l'essentiel :

— Je te supplie de ne pas mettre les pieds à Berlin. Je ne le souhaite pas.

Toute jovialité disparut soudain de la voix de Boro.

— Voilà un an que tu m'interdis de venir. Est-ce un prétexte ?

— Blèmia... Blèmia, je t'en prie, ne rends pas les choses plus difficiles... Je...

— Le pur-sang qui cavalait ventre à terre vers le poteau d'arrivée vient de se transformer en carne, dit Boro d'une voix comprimée par l'émotion. Il est mûr pour l'équarrissage. Dis-moi plutôt si tu as refait ta vie avec un autre ?

Elle eût voulu protester, lui demander sa nouvelle adresse, mais la présence de l'espionne à l'autre bout du fil l'en dissuada. Elle ferma les yeux, gagnée par les larmes.

— Ne viens pas à Berlin, répéta-t-elle en se mordant les lèvres.

Puis la ligne fut brouillée.

Plus tard, lorsque Maryika se fut ressaisie, elle ne fit aucun commentaire à Frau Spitz. Elle avait compris l'essentiel. Cette femme la surveillait. Certes, elle eût pu la questionner sur le pourquoi, le comment, le pour qui. Mais elle s'abstint. Dans ce pays, chacun avait l'œil sur son voisin. La délation, les brutalités, la haine avaient pris le dessus sur tout le reste. Depuis longtemps, Maryika se méfiait des nazis. Il ne se passait pas de jour sans qu'elle apprît un drame, le départ d'un ami, une mesquinerie qui mettait en péril le film de Wilhelm. L'Allemagne était semblable à un tapis de paille sur lequel jouaient des incendiaires. Le 28 février, le feu prit au cœur même de la maison.

La veille au soir, alors qu'elle tirait les rideaux de sa chambre à coucher, Maryika avait remarqué que le ciel était d'une couleur un peu particulière : un rougeoiement inhabituel, des volutes noires – une incandescence supplémentaire, mais bien réelle celle-ci puisque, à l'évidence, il s'agissait d'un incendie. « Certainement, on brûle des voitures », avait-elle songé.

Elle s'était couchée.

Le lendemain matin de bonne heure, Frau Spitz frappait à la porte de sa chambre.

— *Fräulein ! Fräulein !*

Tout d'abord, la jeune femme crut à un mauvais rêve. Mais, les coups redoublant contre sa porte, elle bougea la tête, ouvrit les yeux et se dressa sur un coude.

— *Fräulein ! Herauf ! Schnell !*

— Qui vous autorise !...

Jamais encore Frau Spitz ne s'était permis de l'éveiller sans qu'elle le lui eût ordonné la veille au soir.

— Laissez-moi dormir ! protesta-t-elle avant de se recroqueviller sous les couvertures.

Mais la gouvernante, passant outre à ses adjurations, entra avec emportement dans la chambre et se campa devant le lit qu'elle fit mine de vouloir ouvrir. À l'issue d'une courte lutte, Maryika retint les draps serrés contre elle et s'assit sur sa couche.

— Qu'est-ce qui vous prend ? s'écria-t-elle, stupéfaite. Êtes-vous devenue folle ?

Sa dame de compagnie arborait une expression d'une grande violence. Ses yeux roulaient méchamment sous les paupières. Sa bouche était agitée d'un tic nerveux qui tirait la lèvre supérieure, découvrant la mâchoire. Elle tenait le *Völkischer Beobachter* entre les mains. Elle jeta le quotidien sur le lit en disant :

— Lisez, je vous prie.

— Que se passe-t-il ?

— Les communistes ont incendié le Reichstag.

Maryika dévisagea sa gouvernante. Puis, gênée plus qu'irritée par la bestialité dégagée par cette femme, elle lui demanda de la laisser seule.

— Lisez ! éructa l'autre.

— Sortez, dit froidement Maryika. Et communistes

ou pas, je vous interdis de pénétrer ainsi dans ma chambre.

Restée seule, elle déplia le journal.

Une énorme manchette barrait la première page : « Cette nuit, les communistes ont incendié le Reichstag. » Maryika haussa les épaules : elle n'avait jamais accordé une grande crédibilité au *Völkischer Beobachter*, quotidien raciste dirigé par les nazis. Elle rejeta le journal, s'allongea et ferma les yeux.

Elle fut incapable de trouver le sommeil. Le feu, toujours le feu. Un doute la saisit. Elle se leva et tourna le bouton de la TSF. Elle resta plantée devant l'appareil le temps qu'il chauffât, puis, après avoir réglé le volume, revint au lit. Il y eut quelques chants militaires mêlés à des crachotements. Enfin, elle entendit la voix suraiguë du speaker de Radio-Berlin. Et elle apprit qu'en effet, cette nuit même, aux alentours de neuf heures, un communiste du nom de Van der Lubbe avait incendié le Parlement. Accompagné d'une vingtaine de « criminels marxistes », parmi lesquels deux députés, il avait entreposé cinq cents kilos de matériel incendiaire dans les sous-sols du Reichstag. Le feu devait donner le signal d'une insurrection générale.

À dix heures, les pompiers étaient sur place. Peu après, survenaient le chancelier Hitler et le ministre de l'Information et de la Propagande, Joseph Goebbels. Les deux hommes participaient à une fête donnée chez le second en l'honneur du premier lorsqu'ils avaient appris la nouvelle. À peine avait-il pénétré dans l'enceinte du Reichstag, le Führer avait demandé si les tapisseries des Gobelins avaient brûlé. Rassuré sur ce point, il avait exigé d'être conduit devant les incendiaires. Suivait une courte déclaration de son homme de confiance, Hermann Goering, qui annonçait que face au commencement de la révolution communiste le nouveau pouvoir devait se montrer intraitable. Il fallait pendre haut et court tous les rouges.

Maryika quitta sa chambre et passa au salon. Elle tenta d'appeler Wilhelm Speer, mais le metteur en scène n'était pas chez lui. Elle composa d'autres numéros, en vain. Tous ses amis semblaient s'être volatilisés au cours de ces dernières vingt-quatre heures.

Elle sonna Frau Spitz. Les humeurs de sa dame de compagnie s'étaient quelque peu refroidies depuis son entrée intempestive dans la chambre. Maryika lui commanda son petit déjeuner. Lorsque celui-ci lui fit servi, elle congédia l'Allemande pour la journée. Elle ne supportait pas son regard, lourd de reproches et de violence contenue.

Elle téléphona au studio, chez Gustav Umlauff, chez Lotte, dans une brasserie où Wilhelm avait ses habitudes. Personne n'avait vu le metteur en scène. Elle alluma de nouveau la radio et, durant toute la matinée, écouta les diatribes du speaker de Radio-Berlin. L'incendie du Parlement la replongeait quelques années en arrière, lorsqu'elle avait participé à cette manifestation ouvrière de Budapest. Elle se souvenait des cris lancés par les chômeurs – « Du pain, du travail, à bas la bourgeoisie ! » –, des policiers armés de sabres chargeant devant le Musée agricole, de son court séjour dans les geôles hongroises. Ces déshérités, elle les avait revus à Berlin, devant la maison Karl-Liebknecht. Là aussi, ils faisaient face à la troupe. Et le spectacle de cette énorme bâtisse ornée des portraits de Lénine et de Rosa Luxemburg sous lesquels se rassemblaient les sans-abri de la ville, ce spectacle, si semblable à celui de Budapest, l'avait tant émue que seule l'autorité de Wilhelm l'avait empêchée de se joindre à la foule des pauvres. Elle s'était contentée de regarder, en retrait, et de lire ces bannières qu'elle avait découvertes quelques années plus tôt à Budapest. Avec, cependant, une nuance : là-bas, on ne parlait pas de *Kriegsgefahr* ni de *Faschismus*. Et encore moins d'Adolf Hitler.

Vers midi, un coup de sonnette la tira de ses pensées.

— Wilhelm ! s'écria-t-elle en sautant sur ses pieds.

Ce n'était pas lui.

Dans l'embrasure de la porte se tenait un homme qui darda sur elle un regard brûlant, si brûlant, si passionné que la jeune femme pesa aussitôt sur le battant pour le refermer. Mais le visiteur avait glissé son pied entre l'huis et le chambranle. En un geste de défense instinctif, Maryika porta la main à sa poitrine. Elle n'était vêtue que d'une chemise de nuit en soie blanche.

— Partez, dit-elle d'une voix rauque. Ou j'appelle.

L'inconnu hocha silencieusement la tête. Il fléchit le buste, insinuant son genou dans l'ouverture. Affolée, Maryika s'arc-bouta sur la poignée.

— Partez !

Elle jeta un coup d'œil désespéré en direction de son agresseur et, lorsqu'elle l'eut reconnu, poussa un long cri qui couvrit les propos lancés par l'autre. Incapable de résister à la pression, elle recula d'un pas. L'homme se précipita vers elle et lui bâillonna la bouche. La porte fut refermée. Glacée d'horreur, Maryika détourna son visage du regard halluciné. Elle tenta de mordre la main qui l'étouffait. L'homme resserra son étreinte. Il haletait.

— Mademoiselle Vremler...

La voix était douce.

— Je ne vous veux aucun mal. Nous nous connaissons...

Elle referma ses dents sur la paume, griffa le bras qui la retenait. Un goût âcre pénétra ses papilles.

— Ne criez pas. Souvenez-vous : Munich...

Et soudain, elle se rappela. Oui, elle l'avait vu dans les rues de Berlin, le jour de la passation des pouvoirs. Il s'était dissimulé sous le porche lorsque Leni Riefenstahl l'avait abordée. Mais avant, il y avait eu Munich, la danse des matraques sur le pavé, et cet œil haineux qui observait les nazis du café Luitpold.

— Ne criez pas, je vous le demande.

L'homme dégagea doucement sa main. Maryika n'avait plus peur. Elle était troublée.

— On m'appelle Dimitri.

Elle écarta la main, eut un petit mouvement de la tête et ouvrit les yeux.

— Dimitri comment ?

— Dimitri. Seulement Dimitri, s'entêta-t-il.

— C'est un pseudonyme ?

Il ne répondit pas.

— Un nom de guerre, peut-être ? Devant le café Luitpold, si mes souvenirs ne me trompent pas, les chemises brunes voulaient vous faire la peau. Vous étiez communiste, il me semble ?

Il ne desserra pas les lèvres.

— Comme vous voudrez, dit-elle. Gardez votre mystère.

Elle ne songea même pas à passer dans la chambre afin d'y prendre sa robe de chambre. Elle leva les yeux sur l'homme de Munich. Il lui souriait, gentil, gêné. Il respirait normalement. Son regard avait perdu cet éclat si troublant. La parenthèse était close. Le temps d'un éclair, Maryika en conçut une étrange insatisfaction. Puis elle se reprit.

Son visiteur était petit, large d'épaules, très jeune. Il portait une canadienne de cuir fauve qui alourdissait sa silhouette. Ses cheveux, bouclés, étaient plaqués sur son front par la sueur.

— Vous avez couru ?

— Oui.

Voilà qui expliquait l'incandescence du regard et le manque de souffle.

— Qui vous a donné mon adresse ?

— Personne. Je vous ai suivie.

Il observait sa paume.

— Pourquoi ?

Il laissa mollement retomber sa main.

— J'ai besoin de vous.

Elle fut frappée par le ton quelque peu perdu avec lequel il avait prononcé cette phrase. Il se tourna vers elle, la regardant avec des yeux écarquillés qui lui firent penser à ceux d'un enfant désemparé. Exactement la même expression que celle qu'elle avait lue sur le visage de Blèmia, le jour où, alors qu'il était âgé d'une douzaine d'années, elle l'avait poussé sous la douche après qu'il fut tombé dans le compost du jardin. Elle se souvint brusquement du contact lisse de son dos, de ses fesses qu'elle avait savonnées et de son regard affolé quand elle lui avait ordonné de se tourner vers elle.

Elle attacha soudain son regard aux yeux noirs de Dimitri. Elle ne sut pourquoi, mais son plus grand désir, en cet instant, eût été de le voir nu.

Elle lui demanda d'ôter sa veste et de la suivre dans la salle de bains. Là, elle lui montra l'armoire à pharmacie.

— Soignez votre main, dit-elle sèchement.

Elle l'abandonna devant le lavabo et s'enferma dans sa chambre. Lorsqu'elle revint dans le salon après s'être habillée, elle le trouva le nez vissé à la fenêtre.

— Pourquoi avez-vous besoin de moi ? demanda-t-elle en se dirigeant vers la cheminée.

— Ils ont incendié le Reichstag, murmura-t-il sans quitter son poste d'observation.

— Quel rapport y a-t-il entre le Parlement et Maryika Vremler ?

Il se retourna brusquement et la dévisagea avec un grand sourire.

— Moi.

— Pourquoi vous ?

— Parce que je suis communiste.

— Et alors ?

— Juif et communiste, poursuivit-il, imperturbable. Par les temps qui courent, ce n'est pas la meilleure des cartes.

— Qu'attendez-vous de moi ?

— Que vous me cachiez.

Elle frissonna. Elle pensa à la soupente qui se trouvait au-dessus de leurs têtes et qui aurait pu accueillir un fugitif. Presque aussitôt, elle chassa cette pensée déraisonnable de son esprit, songeant à la présence lancinante de Frau Spitz et à ses indiscrétions permanentes. Pourquoi prendre des risques inutiles pour défendre une cause qui n'était pas la sienne ?

Elle posa à nouveau son regard sur le jeune homme. Il l'observait, le sourcil droit plus haut que l'autre. Son visage exprimait tout à la fois l'insolence et la plus grande timidité. « C'est un homme double, pensa-t-elle. Il m'attire et me rebute. »

Elle se décolla de la cheminée et dit, feignant l'insouciance :

— Je ne vois pas pourquoi je devrais vous cacher.

— Moi non plus. Mais je ne connais que vous ici. Je vous ai suivie le jour de l'intronisation du... du chancelier (il pouffa et s'inclina légèrement en exécutant un geste cérémonieux des bras). Je voulais savoir où vous habitiez pour frapper à votre porte en cas de besoin. À Munich, déjà, vous m'avez aidé. J'ai pensé qu'ici...

Il s'interrompit. Elle laissa passer un silence avant de répondre qu'elle doutait qu'il ne connût qu'elle à Berlin.

— Vous avez raison, dit-il. Je connais d'autres Juifs et d'autres communistes.

— Pourquoi ne leur demandez-vous pas de l'aide ?

Elle se reprocha immédiatement cette question. Dimitri s'avança vers elle.

— Avez-vous un poste de radio ?

Elle l'entraîna dans sa chambre. Il s'assit à même le sol, au pied du lit, sans un regard pour les draps défaits, les combinaisons qui traînaient sur les fauteuils, les robes éparses.

— Branchez-vous sur Radio-Berlin.

Pendant une demi-heure, ils écoutèrent les informations. La police avait effectivement procédé à l'arrestation de l'un des incendiaires. Il s'agissait d'un individu d'origine hollandaise, connu des services de police comme agitateur international : Marinus Van der Lubbe.

Lorsqu'il entendit ce nom, Dimitri tressaillit. Il se leva brusquement. S'étant approché de la TSF, il en monta le volume et, figé sur place, promena sur Maryika un regard tendu, vibrant, semblable à celui qui avait tant effrayé la jeune femme quelques minutes auparavant.

Le commentateur passa en revue les conséquences d'un acte de terrorisme qui plaçait le parti communiste hors la loi. À l'entendre, la traque ne faisait que commencer. Les députés à la solde des rouges seraient tous inquiétés, et leurs journaux interdits. Étant donné la gravité de la situation et les menaces pesant sur la démocratie allemande, le chancelier Hitler allait demander au président Hindenburg qu'il signât un décret pour la protection du peuple et de l'État contre les actes de violence communistes. Sur tout le territoire, la liberté de la presse, la libre expression des opinions et de droit d'association seraient assujettis à des règles strictes. Le secret des communications postales, télégraphiques et téléphoniques ne serait plus garanti ; les perquisitions, les confiscations et les expropriations seraient autorisées au-delà des limites fixées par la constitution de Weimar. Les individus ayant attenté à la sécurité de l'État seraient passibles de la peine de mort.

Dimitri hocha doucement la tête et tourna le bouton de la TSF.

— Comprenez-vous maintenant pourquoi je ne puis demander de l'aide à mes amis communistes ?

Maryika ne répondit pas. Elle s'était assise sur le lit. Le jeune homme s'adossa au mur et enfouit ses mains dans ses poches.

— C'est une provocation, dit-il en plissant les yeux. Je connais ce Van der Lubbe. Nous étions ensemble à Stuttgart. Il a quitté le Parti il y a quatre ans. C'est un fou, un illuminé qui voue une haine inextinguible à Moscou. Ce n'est pas lui qui a fait le coup.

— Qui alors ? demanda Maryika sans quitter le jeune homme du regard.

— Qui ?

Dimitri s'agenouilla devant le lit. Il attrapa le poignet de la jeune femme et le serra violemment.

— Les nazis, voyons ! Les nazis eux-mêmes ont incendié le Parlement ! À onze heures, hier soir, Goering a demandé à lire le rapport envoyé aux services officiels de la presse. Le rédacteur avait écrit qu'il n'y avait qu'un incendiaire, et que celui-ci avait apporté cinquante kilos d'explosifs. Goering a pris un crayon bleu et a ajouté un zéro. Cinq cents kilos d'explosifs ! Et comme le rédacteur lui faisait remarquer que cela lui paraissait beaucoup pour un seul homme, Goering s'est emporté. Il a ordonné qu'on écrive qu'il n'y avait pas un seul homme, mais dix, vingt, trente... Et tous des communistes, bien sûr !

— Comment pouvez-vous savoir tout cela ?

— Le rédacteur en question est un sympathisant. Il nous a communiqué le rapport transmis à la presse. C'est clair ! Toutes les informations écrites et diffusées aujourd'hui dans le pays proviennent de la même source : Goering, Goebbels, Hitler.

Le jeune homme serra plus vigoureusement encore le poignet de Maryika.

— Savez-vous qui est le président du Reichstag ?

— Goering, répondit la jeune femme.

— Savez-vous où il habite ?

— Non...

— Dans un palais proche du Parlement. Et entre les deux bâtiments, il y a un passage souterrain. Vous comprenez, maintenant ?

— Il ne faut pas voir des complots partout, répliqua Maryika. Et si ce Van der je ne sais trop quoi s'est fait prendre, c'est que...

— C'est qu'on l'a entraîné de force ! On lui a donné des allumettes, on lui a demandé de mettre le feu à une paillasse ou à autre chose et, pendant ce temps-là, les vrais incendiaires entraient au Reichstag par le passage souterrain. Ni vu ni connu !

Dimitri desserra son étreinte et se releva.

— Croyez-vous, demanda Maryika, que les nazis aient vraiment besoin d'un stratagème aussi grossier pour vaincre les communistes ?

— Non. Mais ce genre de provocation peut entraîner l'adhésion des hésitants et convaincre une fraction de la presse étrangère. Les nazis s'y entendent pour manipuler l'opinion, croyez-moi !

Le jeune homme s'était mis à tourner dans la chambre comme un ours en cage. Maryika était frappée par la rapidité avec laquelle ses traits se modifiaient lorsqu'il était passionné.

— Savez-vous seulement que tous les meetings communistes sont interdits depuis le début du mois ? demanda-t-il soudain en se penchant vers elle.

Et, sans attendre sa réponse, il s'enflamma à nouveau :

— Nous sommes bâillonnés ! Même les sociaux-démocrates ont du mal à se faire entendre. Les provocateurs troublent toutes leurs réunions et leurs journaux sont sans cesse suspendus.

Tandis qu'il poursuivait ses réflexions désabusées, Maryika l'observait. Il arborait parfois une moue presque enfantine qui s'effaçait une seconde plus tard pour laisser place à une expression dure et impitoyable. Tantôt il paraissait très proche, fragile, émouvant, tantôt il devenait cassant et sûr de lui. De ce chaud et froid permanent émanait un charme très particulier qui touchait Maryika dans une zone très secrète d'elle-même.

— Les SA sont allés jusqu'à frapper Stegerwald, le chef des syndicats catholiques. Goering fait ce qu'il veut, et même von Papen ne peut rien contre lui. Il n'a pas été capable d'empêcher la création d'une force de police auxiliaire qui encadre la police officielle. Dans ces conditions, croyez-vous que les communistes puissent réellement appeler à une insurrection ? Foutaises !

À bout d'arguments, il se laissa tomber à côté de Maryika. Quiconque l'aurait vu s'installer de la sorte sur le lit défait aurait pu croire que seule une longue amitié l'autorisait à se montrer si familier avec la jeune femme.

Il ébouriffa ses cheveux. Maryika songea que son côté gamin le rapprochait de Boro. Ses accents de tribun lui conféraient une force qui, même en ces circonstances, la rassurait. En outre, la situation dans laquelle ils se trouvaient, ce tête-à-tête dans l'intimité de sa chambre, lui rappelait le plaisir trouble qu'elle éprouvait, dans son enfance, à pénétrer dans une pièce interdite où elle restait aussi longtemps que possible, invisible pour autrui mais délicieusement aspirée par le gouffre de l'illicite.

Le téléphone sonna. Dimitri se redressa brusquement.

— Ne vous inquiétez pas, dit Maryika.

Elle décrocha sans le quitter des yeux. C'était Speer. La jeune femme s'allongea sur le lit, la nuque appuyée contre les oreillers, les jambes tendues devant elle, à plat. Wilhelm avait quitté son domicile tôt ce matin-là, était passé au studio, avait lu les journaux dans un café, s'était inquiété pour elle, jugeait scandaleux les événements, voulait passer la voir.

— Non, répondit sèchement Maryika.

Dimitri l'observait toujours. Il n'y avait nulle panique, nulle interrogation dans son regard. Seulement une froideur imperturbable. Il attendait. Maryika se débarrassa de ses chaussures, les jetant à l'autre bout du lit.

— Je ne veux voir personne aujourd'hui, dit-elle au metteur en scène. Même Frau Spitz n'est pas là. Demain...

Elle s'apprêtait à raccrocher quand une idée lui traversa l'esprit.

— Je voudrais que vous rendiez service à l'un de mes amis...

Elle adressa un clin d'œil à Dimitri.

— Faites-le engager comme accessoiriste... Sur n'importe quel film... Je ne sais pas... Oui, je me porte garante... Non, je ne vous verrai pas aujourd'hui.

Elle raccrocha.

— Je ne vous cacherai pas, dit-elle à Dimitri en le regardant droit dans les yeux, mais je vous aiderai.

Elle fit glisser ses mains le long de ses jambes et, presque aussitôt, les remonta avec lenteur. Après une impalpable caresse à ses propres genoux, elle laissa redescendre doucement ses paumes jusqu'à ses chevilles.

— Je ne connais aucun endroit où vous pourriez aller. En revanche, je vous trouverai du travail.

— Que voulez-vous que j'en fasse ? demanda le jeune homme avec violence.

— Personne ne touchera au protégé de Maryika Vremler, dit-elle en respirant plus vite.

Elle se faisait horreur, mais cette horreur-là lui plaisait. Après tout, elle se conformait au rôle que lui-même lui avait suggéré. « Est-ce ma faute, pensa-t-elle, si ce texte me séduit tant ? »

De la rue montait un grondement sourd. Dimitri alla à la fenêtre.

— Des camions, dit-il en se retournant. Pourquoi passent-ils par le Tiergarten ?

— Parce que maintenant ces gens-là sont chez eux, dit Maryika.

Elle ferma les yeux. C'était comme jadis. Elle se trouvait au beau milieu d'une pièce close, et on la cherchait à l'extérieur. Aucun lieu n'était plus rassurant que celui-ci : au cœur même du danger. Elle resterait là le temps d'une bêtise, personne n'en saurait rien, motus et bouche cousue. Sa main glissa entre ses cuisses. Elle ferma les yeux.

— Des camions, répéta Dimitri.

Elle se souleva légèrement, dégrafa sa robe. Ses doigts remontèrent jusqu'au chemisier. S'immobilisèrent sur le col.

— Venez, dit-elle à voix basse. On va le faire une fois. Après, vous partirez.

Il s'approcha. Elle ouvrit les yeux. Comme il se penchait vers elle, elle fit non de la tête.

— Pas comme ça.

Elle ôta un à un les boutons du chemisier et s'en débarrassa d'un geste lent. Puis elle fit glisser sa robe sous elle. Enfin, elle l'attira à elle, songeant que jamais, jamais elle ne s'était ainsi donnée à un homme.

Heil Hitler !

Le vieil Hindenburg signa le décret proposé par le chancelier Hitler. L'Allemagne entra dans un régime d'exception. Dans les jours qui suivirent l'incendie du Reichstag, des hordes de SS et de SA s'abattirent sur les villes, doublant la police officielle chargée d'appliquer les nouvelles mesures. Des milliers de communistes, de sociaux-démocrates et de libéraux furent arrêtés, torturés et jetés en prison. Les trains furent fouillés, les aérodromes surveillés, les contrôles renforcés aux frontières. Ernst Torgler, porte-parole des parlementaires communistes, se constitua prisonnier. Il fut jugé, puis acquitté. La presse étrangère s'émut de la chasse aux sorcières qui sévissait en Allemagne. Maryika fut surprise de découvrir sous la plume de maints observateurs la thèse défendue par Dimitri : l'incendie du Reichstag n'était pas l'œuvre des communistes mais des nazis eux-mêmes.

À l'aube des élections prévues pour le mois de mars, les violences redoublèrent. Les chemises brunes arrachaient les affiches des rouges pour les remplacer par les leurs. Des agents provocateurs faisaient irruption dans les meetings encore autorisés, déclenchaient des rixes, interrompant ainsi les réunions. À Berlin, des haut-parleurs furent disposés sur les places publiques. Le matin, Maryika était parfois réveillée par les hurlements gutturaux des dignitaires du parti nazi qui promettaient monts, merveilles ou châtiments aux amis et ennemis du régime. Frau Spitz prenait un malin plaisir à ouvrir les fenêtres sitôt que les slogans étaient retransmis. Maryika se bouchait les oreilles pour ne pas entendre ces phrases aussi démagogiques que menaçantes, diffusées également à longueur de journée sur les ondes de Radio-Berlin.

N'étant pas de nationalité allemande, elle ne put se rendre aux urnes le jour des élections. Mais son cœur battait à gauche, moins par adhésion aux thèses social-démocrates que par dégoût des chemises brunes et de l'ordre qu'elles prétendaient établir. Lors de la proclamation des résultats, elle fut enchantée de découvrir que les nationaux-socialistes n'avaient pas obtenu la majorité – et déchanta presque aussitôt, après que Speer lui eut annoncé que, grâce au jeu des alliances, ils feraient la loi au Parlement comme ils la faisaient déjà dans la rue.

Le 23 mars, dans la salle de l'opéra Kroll de Berlin, décorée pour l'occasion aux couleurs des nazis, le chancelier demanda aux députés de lui accorder les pleins pouvoirs pour une durée de quatre ans. Tandis que, dans les couloirs, les SA paradaient aux cris de : « Nous voulons la loi ! Sinon nous mettrons le pays à feu et à sang ! », un leader social-démocrate osa répliquer à Hitler. Celui-ci bondit sur l'estrade et répondit en hurlant :

— Je n'ai que faire de vos voix ! L'étoile de l'Allemagne est en train de monter, la vôtre de disparaître. Votre heure a sonné.

Ce jour-là, par quatre cent quarante et une voix contre quatre-vingt-quatorze, le péteur de chez Hoffmann devint le seul conducteur de l'Allemagne.

Heil Hitler !

De l'autre côté de l'Atlantique, Charlie Chaplin pouvait commencer à prendre des notes : le dictateur était né.

CINQUIÈME PARTIE

La tête dans les nuages

La maison des artistes

La photo montrant le nouveau maître du Reich appliquant ses cinq doigts sur le postérieur de sa bien-aimée fit le tour du monde. Après enquête, un reporter du *Philadelphia Gardian* découvrit même l'identité de l'heureuse élue. Elle s'appelait Eva Braun et travaillait chez un photographe munichois devenu le portraitiste officiel du chancelier, Herr Hoffmann. Cette information ne fut pas reprise par les gazettes. Elle n'eut aucune conséquence décisive sur la marche de l'Histoire, mais bouleversa radicalement la vie d'un grouillot de laboratoire.

Lorsque Boro eut empoché une liasse non négligeable de *bank-notes*, il offrit une fête à ses camarades de débine, envoya mille francs à Mme d'Abrantès, une étole de vison à sa cousine et des dessous de soie à Marinette. Enfin, avec l'ingratitude qu'on était en droit d'attendre « d'un de ces va-nu-pieds venus des Carpates », le boiteux, renippé comme un joueur de tennis, expédia treize roses et un camembert piégé à Mlle Fiffre et fit une croix sur l'Iris d'Alphonse Tourpe, indiquant avec désinvolture à son ancien patron qu'il venait d'accepter l'offre de différents journaux et d'une agence anglaise qui lui proposaient un contrat plus conforme à son ambition du moment.

Boro se savait entièrement redevable à Maryika de

sa bonne fortune. C'était à elle, et à personne d'autre, qu'il devait sa gloire toute récente. Jamais sa belle cousine n'eût accepté qu'il la partageât avec un cuistre dont les yeux, fussent-ils ouverts sur le monde, n'étaient pas capables d'embrasser paysage plus vaste que celui d'un bedon corseté dans un gilet de fonctionnaire. Non, ce qu'il fallait à Boro, c'était la vie, le mouvement, l'alcool, les femmes.

Il loua un atelier d'artiste à Montparnasse, 21, passage de l'Enfer, non loin de la Ruche, où habitaient les rapins si chers à son cœur. Il s'y fit livrer un lit, un fauteuil à bascule, cinquante assiettes, autant de couteaux et de fourchettes, des verres à pied, quelques vases et un phonographe. Au fond de l'appartement, dans la partie la plus sombre, il installa un laboratoire de développement. Lorsque ses amis venaient sans prévenir, il n'était pas rare qu'il s'y réfugiât, leur laissant la libre disposition des lieux, du mobilier et des spiritueux. Enfermé à double tour, il sortait de son portefeuille son précieux négatif, protégé dans du papier de soie. Il le portait toujours sur lui, comme un talisman. Il le plaçait sous la lunette de l'agrandisseur. Jouant avec les molettes, il grossissait tour à tour chaque détail des photos : Maryika, Hitler, Hoffmann, la vendeuse, l'homme qui se tenait derrière la porte vitrée, à l'extérieur du magasin, et qu'il avait sans doute revu dans la rue, marchant au côté de celui qui était devenu chancelier du Reich. L'inconnu portait une grosse chevalière, peut-être un bracelet, il ne savait, sur lequel était gravée une figurine qu'il lui semblait avoir déjà vue. Peut-être était-ce ce bijou, peut-être était-ce autre chose. Il avait beau observer ses négatifs à la loupe ou au compte-fils, il ne parvenait pas à découvrir la raison qui expliquait le malaise qu'il avait ressenti la première fois, lorsque Tourpe s'était écrié : « Mais, mon ami, c'est un coup de génie ! » – sensation qui ne l'avait pas quitté depuis et qui l'exaspérait d'autant plus qu'il en ignorait l'origine.

Tout venait de l'inconnu debout derrière la vitre. Mais pourquoi ?

Tard dans la nuit, déçu, il rejoignait ses compagnons. On l'acclamait. Il buvait trois verres de vodka pour se désembrumer l'esprit, après quoi il se laissait aller au bonheur des réjouissances. N'ayant jamais été riche, il éprouvait un grand plaisir à festoyer ainsi chez lui, en compagnie d'amis qu'il régalait de ses vins et de ses liqueurs. Il jouait du billet de banque sans aucune parcimonie, flambant au gré des fêtes le reste du pécule consenti par Tourpe et les avances versées par les journaux qui l'employaient. Il n'achetait pas, il gaspillait. Il était comme un enfant découvrant les joies de la bicyclette : trop ivre du miracle de l'équilibre pour se raisonner, pas assez expert pour rêver d'autre machine. Il allait donc, maladroitement mais avec bonheur.

Il lui arrivait d'emmener son ami Prakash au bois de Boulogne. Le choucas et lui déjeunaient d'huîtres et de saumon frais au Pavillon royal. Il rentabilisait parfois ses expéditions en usant du Leica. Ainsi ce jour béni des dieux où il photographia Michel Simon et Jean Renoir, venus célébrer dans l'ivresse *Boudu sauvé des eaux* au bar du Fouquet's. Et cette autre fois où, remontant les Champs-Élysées par temps clair, il avait rencontré Marcel Thil, tout récent champion du monde de boxe, marchant au bras d'une blonde enamourée. Le soir, tandis que ses amis s'enivraient chez lui, il était entré dans son laboratoire pour y développer sa pellicule. Un éclat de rire général avait accueilli ce reportage pris sur le vif.

— Tu arpentais à la Madeleine ? avait demandé Pázmány.

— Ou bien tu piétinais à Richelieu-Drouot ?..., s'était moqué Baross.

— Non. Je remontais les Champs-Élysées, avait répondu Boro.

— Trottoir de droite ?

— Oui.

— Notre Blèmia est un expert ! s'était écrié un des frères Kossuth. Il sait que, sur le trottoir de gauche, ces dames ont moins de talent !

Bref, il avait photographié Marcel Thil et sa gourmande d'un soir, trente balles la passe à condition d'enlever ses gants de boxe. La petite bande en riait encore, ne cessant de railler Boro pour ses manières de cambrioleur et de gentleman. Il avait volé la scène, mais il avait refusé de publier la photo. L'anecdote avait fait le tour des cercles hongrois de la capitale.

Souvent, peintres, chroniqueurs, amis d'amis ou passants inconnus se joignaient aux habitués de la Maison des artistes, comme on appelait l'atelier de Boro. Ces nuits-là se jouait la sarabande de l'univers. On parlait des mobiles de Calder, du dernier film de Jean Vigo, interdit par la censure. Un surdoué expliquait les sulfamides, un autre décrivait une nouvelle invention digne du concours Lépine, un invraisemblable engin transmettant les images à distance et connu de quelques rares initiés sous le vocable de télévision. Des esprits plus concrets se plaignaient de la hausse du coût de la vie, de la grogne des cultivateurs, de la fragilité de l'Empire grâce auquel, cependant, la France était approvisionnée en matières premières. On en arrivait tout naturellement à l'interrègne de Paul-Boncour, au retour de Herriot, à l'entêtement de Daladier, aux incertitudes des radicaux et à la guerre des deux Édouard. Heureusement, disait l'un, que le Parti communiste est encore là, à quoi un autre rétorquait qu'avec dix sièges à la Chambre les suppôts de Moscou ne disposaient plus que d'un petit strapontin sur lequel, rugissait un troisième, pousseraient bientôt des petits Souvarine – à bas Staline, l'effondrement des communistes profite à la SFIO, notait quelqu'un – la SFIO est devenue le premier parti de France, ajoutait une autre voix – l'extrême droite se développe et Coty, parfumeur, paie de ses propres deniers, on devrait le fusiller, et fusiller en passant Gaxotte et sa feuille de chou, *Je suis partout*, vitupéraient un quatrième, un cinquième et un sixième. On se calmait avec *Esprit*, fondé quelques mois plus tôt par Mounier, puis, vers trois heures du matin, une main généreuse proposait des billets pour Pleyel où viendrait Louis Armstrong, tandis qu'une voix empâtée suggérait que l'on se retrouvât le lendemain au Vieux-Colombier ou au Studio 28, séance de huit heures, il y aura des films russes...

Ils se quittaient à l'aube, le teint blanc mais les yeux brillants, heureux de s'être gentiment grondés et tristes de partir déjà. Resté seul, Blèmia se remémorait les propos échangés par ses amis. Il naissait immanquablement de ces soirées mille sujets de reportage, et il lui suffisait de tendre la main pour découvrir la matière qu'il choisirait le lendemain matin – ou plus tard dans la journée s'il ne s'éveillait pas à temps.

Il était connu de la presse parisienne comme l'un des meilleurs photographes des hommes publics. Cette réputation l'amusait. Il savait qu'elle reposait davantage sur le hasard que sur la vocation. Le jour où il avait enfermé Hitler dans son boîtier, il ignorait que nombre de politiciens allaient suivre. Et c'est tout naturellement que, répondant à la demande, il devint le photographe attitré des personnalités politiques, culturelles et sportives de l'époque. Il rôdait souvent dans les couloirs de l'Assemblée, Leica en bandoulière, prêt à mitrailler Déat, Renaudel, Laval ou Moch. Il en surprenait d'autres place de la Concorde où, avec une régularité de métronome, il se rendait toujours au rendez-vous de l'Histoire.

À force de le voir arpenter le trottoir du Palais-Bourbon, les familiers de l'endroit le saluaient. Ainsi en était-il par exemple du brigadier Trochu, immuable factionnaire du mardi et du vendredi, avec lequel Boro entretenait désormais des rapports familiers. Le garde républicain était un brave homme qui trouvait le temps bien long, au pied de sa guérite. Du coup, souvent, on parlait. D'opérette, de cyclisme ou du prix de la baguette de pain. Trochu était éclectique dans le choix des sujets.

Il avait une bonne voix de baryton et racontait volontiers l'expérience originale qu'il avait eue dans un petit music-hall situé boulevard Clichy, nommé le Crochet. Chaque soir, des amateurs s'y présentaient devant le public. S'ils étaient bons, ils pouvaient finir leur chanson ; dans le cas contraire, on les emboîtait. Un jour, Trochu avait gagné vingt francs et avait été présenté sur la scène par Gabriello en personne.

Chaque fois que le militaire recommençait son histoire, Boro lui disait qu'il n'était pas loin de la consécration. Ça lui faisait plaisir, à Trochu, qu'on lui répétât une chose pareille. Tout ragaillardi, il fredonnait *Couché dans le foin* de Jean Nohain et Mireille, relâchait son fusil et se prenait pour Jacques Pills.

— C'est calme, ce soir, disait Boro.

— Oui, répondait le factionnaire entre deux phrases musicales. C'est un beau temps de saison.

Ou bien il pleuvait. On roulait en douce une cigarette avec du papier Job en inspectant le ciel. Lorsqu'on est sentinelle ou photographe, le ciel, ça compte. Trochu était intarissable sur le vent d'est ou les feuilles de platane, idées ni profondes ni démodables, qui rapprochaient les deux hommes au lieu de les diviser comme l'eût fait la politique.

Sur ce chapitre, Boro n'avait pas d'opinions bien tranchées. Il ne votait pas, les querelles de l'hémicycle lui faisaient souvent penser à des parades de cirque, il n'éprouvait de haine pour personne. Cependant, quand il croisait Philippe Henriot à la buvette de l'Assemblée, il ne pouvait s'empêcher de tressaillir. Il voyait en cet homme le laudateur des Jeunesses patriotiques, Croix-de-Feu et autres ligues qui défilaient (pas encore en grand nombre) sur le boulevard Saint-Michel. Lorsqu'il croisait ces bandes, il changeait de trottoir et, par un bien curieux réflexe, se réfugiait au Mahieu, temple des communistes, qui se réunissaient au premier étage du café.

Il ne lisait ni *Gringoire*, ni *Candide*. En aucun cas il n'eût travaillé pour ces feuilles de chou, trop répugnantes à son goût pour qu'il leur offrît sa signature.

Profitant de sa nouvelle notoriété, il se payait le luxe de choisir ses employeurs. Il refusait systématiquement les propositions émanant d'organes antiparlementaires ainsi que celles sans rapport avec l'actualité politique. Ainsi, au grand dam des frères Kessel, refusa-t-il de travailler pour *Détective*, la revue fondée quelques années plus tôt par Gaston Gallimard. On eut beau arguer du fait que des écrivains aussi sérieux que Mac Orlan, Morand, Carco, Simenon collaboraient à la publication, rien n'y fit. Boro déclina l'invite ; en dépit de la parure dont on les affublait, faits divers et commissariats restaient pour lui du domaine des chiens écrasés. L'époque méritait mieux.

En revanche, il accepta l'offre que lui fit Georges Kessel de collaborer à *Voilà*, l'« hebdomadaire du reportage » : l'événement y avait une place de choix ; on pouvait s'y exprimer librement. L'année précédente, alors que les actualités cinématographiques vantaient les mérites de la croisière africaine de Citroën, l'écrivain Georges Simenon, envoyé en reportage dans les colonies, n'avait pas hésité à titrer ainsi son article : « L'Afrique vous parle, elle vous dit merde. » Tout cela plaisait à Boro. Il confia à *Voilà* la plupart de ses portraits d'hommes politiques.

À *Vu* il vendit une série de photos illustrant des articles consacrés à des écrivains engagés à des titres divers dans l'actualité du moment. Ainsi pénétra-t-il dans le pavillon qu'habitaient les surréalistes derrière la gare Montparnasse, chez Colette, sa voisine rue Campagne-Première, chez Roger Martin du Gard, rue du Cherche-Midi, chez André Gide (dont les prises de position en faveur de l'URSS faisaient scandale), au dernier étage d'un immeuble bourgeois de la rue Vaneau.

Il devait revoir Gide le 21 mars 1933. Près de deux mois s'étaient écoulés depuis le coup de téléphone qu'il avait donné à Maryika, échange trop bref, interrompu par le vent, la pluie, l'incendie, la censure – il ne savait. Les fêtes n'avaient pas cessé d'enluminer la Maison des artistes. Blèmia Borowicz, jeune reporter photographe de vingt-quatre ans, avait brillamment remporté la première manche de sa carrière.

À Berlin, le chancelier Adolf Hitler s'apprêtait à suspendre le Parlement. À Paris, on venait de créer la Loterie nationale.

François Coty, parfumeur

— Qu'est-ce que c'est que ce machin-là ? demanda le videur en costume croisé un peu lâche. Presse alliée incorporée ?

— Associated Press Incorporated, rectifia Boro.

— Et après ?

— Je dois entrer.

— Personne ne vous en empêche.

Boro soupira. Il agita nerveusement son stick.

— Je suis ici pour le compte d'une agence américaine. Je dois photographier la tribune.

Il désigna l'estrade, distante de quelques mètres. L'homme lui barrait le passage.

— Qu'est-ce qui me prouve que vous êtes photographe ?

— Ça, répondit Blèmia en sortant son Leica de la poche de son imperméable.

L'autre voulut poser sa patte sur l'appareil. Boro claqua la langue contre le palais.

— Pas touche !

— Faut pas me raconter des boniments, m'sieu ! dit l'armoire à glace. Les photographes ont toujours des valises pleines de matériel. Regardez autour de vous si c'est pas vrai...

Il montra un homme qui venait de poser trois fourre-tout non loin de l'estrade. Un pied dépassait de l'un des sacs.

— Je travaille autrement, dit Boro. Maintenant, laissez-moi passer.

La salle était presque pleine. Une majorité d'hommes, entre deux âges pour la plupart, bien vêtus et silencieux. Des intellectuels.

À peine Boro s'était-il faufilé jusqu'au pied de la tribune, le bouledogue aux épaules de déménageur l'avait rejoint et lui tapotait sur l'épaule.

— Pas là, m'sieu. Le devant, c'est pour les huiles. Reculez de trois rangs.

— En quoi cela vous dérange-t-il que je me mette au premier rang plutôt qu'au quatrième ?

— J'ai des consignes, répliqua le nervi.

— Moi aussi. Je dois assurer ce reportage.

— Alors faites-le d'un peu plus loin, m'sieu. Personne sera défiguré. Et moi, j' serai pas obligé de me fâcher contre vous.

Boro avait insisté auprès du directeur de l'API, Arthur Finnvack, pour couvrir ce meeting de l'Association des écrivains et artistes révolutionnaires. Il avait refusé l'offre faite par *L'Humanité*, considérant que la presse nationale serait largement représentée à la réunion. S'il était diffusé en Grande-Bretagne, son reportage contribuerait à accroître le rayonnement du meeting. Tout mouvement qui s'élevait contre le fascisme méritait qu'on rendît compte le plus largement possible de son action auprès du grand public.

Il avisa un homme qui passait devant l'estrade.

— S'il vous plaît ! cria-t-il en élevant sa canne par-dessus l'épaule de son ange gardien.

L'homme jeta un coup d'œil dans sa direction. Il avait le crâne dégarni. Des lunettes d'écaille rondes lui tombaient sur le nez. De gros sourcils renforçaient la sévérité du regard. Il considéra Boro pendant une fraction de seconde, puis, l'ayant reconnu, marcha dans sa direction.

— On ne veut pas que j'entre, dit Boro en désignant le factotum.

Celui-ci se retourna, s'écarta et, les bras un peu trop longs pour son costume, amorça une légère révérence.

— Je ne savais pas que vous le connaissiez, s'excusa-t-il.

— Venez, dit l'autre en prenant Boro par le coude.

Le costaud se colla contre le mur pour les laisser passer.

— Bonne chance, monsieur Gide, murmura-t-il. Nous sommes avec vous...

— J'ignorais que vous deviez venir, dit Boro à l'écrivain.

— Moi aussi. Mais Paul Vaillant-Couturier m'a persuadé de le faire. Hélas, j'ai été nommé président de séance... À croire que je suis indispensable.

— Mais vous l'êtes ! dit poliment Boro.

L'écrivain se tourna vers lui et le considéra avec un petit sourire.

— Dans votre feuille, précisez que je ne suis pas membre de l'association.

— Et vous venez quand même ? !

— C'est une compromission... gidienne, dirons-nous.

Boro gagna un siège au premier rang, à droite de la tribune. Il se retourna pour considérer la salle. Le public attendait, assis sur des chaises en bois. L'atmosphère était lourde. On entendait ici et là quelques chuchotements vite étouffés. Sur les bordures, des hommes musclés observaient les issues, bras croisés sur la poitrine.

Boro sortit son Leica de sa poche. Il adressa un salut à quelques confrères qu'il avait pris l'habitude de retrouver ici et là, au hasard des événements. Il ne frayait guère avec eux, qui le toisaient avec hauteur. Dans la profession, on ne comprenait pas comment un énergumène pareil, boiteux, affublé d'un nom imprononçable et d'un appareil pour ours en peluche, avait fait son trou si rapidement. Hormis son ami Prakash, le seul photographe avec qui Boro se sentait à l'aise était un autre Hongrois. Hélas, Andrzej Kertész n'était pas présent ce jour-là.

Tandis que les autres reporters disposaient pieds, flashes et chambres aux coins de la salle, Boro glissa une pellicule ultrasensible dans son appareil. Il s'apprêtait pour sa part à travailler au trentième de seconde à 3,5.

Le comité de patronage de l'Association des écrivains et artistes révolutionnaires ne comptait pas que des hommes de lettres. Luis Buñuel et Man Ray participaient également à ses activités. Ce jour-là, cependant, lorsque les orateurs sortirent des coulisses pour se présenter à la tribune, Boro constata que seule la littérature était représentée. Il reconnut Jean Guéhenno, Eugène Dabit, Paul Vaillant-Couturier et un jeune écrivain dont il avait oublié le nom et qui avait publié deux romans asiatiques, dont le dernier, paru trois ans plus tôt, s'appelait *La Voie royale*.

L'assistance se leva, partant en applaudissements frénétiques. Le calme revint quand les conférenciers se furent assis à leur table. Boro jeta un coup d'œil sur sa droite, puis sur sa gauche. Ayant repéré l'orientation des flashes, il s'approcha de l'estrade et s'agenouilla au sol, sa jambe malade tendue devant lui, le poignet passé dans le lacet de son stick, le Leica levé vers la tribune.

Gide prit la parole le premier.

— Je ne suis pas un orateur, dit-il en embrassant la salle.

Et, de fait, on sentait chez lui un manque d'assurance et un malaise évidents.

— Je voudrais qu'il me soit permis, après avoir dit quelques mots, de quitter cette estrade et de me confondre avec les simples auditeurs.

Boro n'écouta pas la suite. L'œil vissé à son viseur,

il photographia Gide debout, lisant ses notes ; le jeune écrivain se penchant vers Guéhenno ; Dabit, roide sur son siège, les lèvres crispées, le teint pâle. Puis il prit quelques clichés de la salle, revint à son fauteuil et rechargea le Leica. Gide parlait de son angoisse face aux événements qui se déroulaient en Allemagne. Le public ne bronchait pas. Il y eut cependant quelques mouvements lorsque l'écrivain critiqua l'absence de libertés en Union soviétique. Gide repoussa ses lunettes sur son nez et, levant les bras, admit que les régimes des deux pays n'étaient pas comparables. Tout cela parut bien plat à Boro. Il se demanda soudain s'il avait eu raison de proposer le sujet du meeting à l'API. Et si lui-même, passant outre aux conseils de Maryika, ne ferait pas mieux de partir pour l'Allemagne afin d'y faire une série de reportages clandestins capables de restituer aux lecteurs la véritable image du péril fasciste.

Son regard tomba sur sa jambe droite. S'il n'avait pas été blessé au champ d'honneur (et quel champ d'honneur !), il ne serait pas seulement allé à Berlin. Il eût également traversé l'Italie des chemises noires, la Mandchourie occupée par les Japonais, le Nicaragua où les partisans d'Auguste César Sandino avaient pris les armes contre le gouvernement. Il serait monté dans le biplan de Paul Codos, Marseille-Paris à deux cent. soixante à l'heure, il se serait fait parachuter sur l'*Atlantique* au moment où le paquebot brûlait au large de Cherbourg, il aurait pris place dans l'*Oiseau bleu*, qui venait de battre le record du monde de vitesse à Daytona... Cette jambe, oh, cette jambe !

Blèmia eut une pensée assassine pour Maryika, puis il reprit sa place devant l'estrade au moment où Guéhenno adjurait les artistes de s'engager contre toutes les dictatures. Il photographia l'écrivain debout, le doigt tendu en direction de l'assistance. Il se tourna vers la salle afin de surprendre quelques expressions et soudain, dans son viseur, apparut un visage qu'il eût reconnu entre mille autres. Il tiqua. L'homme se tenait debout dans l'allée de gauche, à l'endroit même où le videur avait tenté de refouler Boro. Il ne regardait pas les orateurs mais le public. Au premier abord, on aurait pu croire qu'il cherchait quelqu'un. Mais son regard ne fouillait rien. Il notait et apprenait. Des yeux de physionomiste qui se posaient en un point, y restaient quelques secondes avant de se fixer ailleurs – et le manège se reproduisait ainsi, méthodiquement.

« Une mémoire de pachyderme », songea notre reporter. Il attrapa son trench-coat, glissa le Leica dans sa poche et remonta en direction de l'allée. Il bouscula involontairement un de ses confrères qui lui lança une remarque acrimonieuse. Il pressa le pas. L'individu n'était plus qu'à dix mètres. Boro le ferait jeter dehors. Pas pour prendre sa revanche, mais pour éviter à d'autres de subir le sort qu'on lui avait infligé un an auparavant. Car il était clair que si M. Paul était venu en ce lieu, c'était, mandaté par son patron, pour repérer des visages et mieux connaître les ennemis de la cause qu'il défendait. M. Paul travaillait sur ordre du marquis d'Abrantès.

Au moment où il empruntait l'allée, le boxeur se tourna vers lui. En moins d'une seconde, Boro comprit qu'il était reconnu. M. Paul esquissa une mauvaise grimace. Puis, sans attendre, il fit demi-tour et se dirigea vers la sortie. Boro hâta le pas. Lorsqu'il se retrouva dehors, l'autre venait de monter dans un taxi. Le reporter hésita à peine. Il sauta à son tour dans un G 7 et commanda au chauffeur de suivre la voiture.

— Faut se faire voir ou faut pas se faire voir ? demanda re dernier.

— Faut pas se faire voir. Comme dans les films. Tandis que le taxi démarrait, Boro songea qu'il aurait peut-être mieux fait d'achever son reportage. Après tout, il savait où se rendait M. Paul. Cette filature était inutile...

Alors qu'il allait demander au chauffeur de rebrousser chemin, le G 7 vira à gauche. Boro connaissait suffisamment Paris pour savoir qu'ils se dirigeaient vers le nord et non pas vers l'ouest. M. Paul ne rentrait pas avenue Foch.

Ils franchirent la Seine et roulèrent vers la place de la République. Le premier taxi quitta les grands boulevards à hauteur de Strasbourg-Saint-Denis. Ils suivirent. On remonta vers la gare de l'Est, on tourna dans la rue du Faubourg-Saint-Martin, puis on emprunta la rue de Verdun. Le taxi s'arrêta devant une façade grise.

— Poursuivez, ordonna Boro. Vous stopperez à cent mètres.

Il se retourna. M. Paul paya sa course, après quoi, ignorant la filature dont il était l'objet, il pénétra sous un porche.

— Attendez-moi là, dit Boro.

Il sauta du taxi et parcourut les cent mètres qui le séparaient de l'immeuble où M. Paul était entré. Nulle porte n'en interdisait le passage. Boro franchit le seuil et se retrouva dans un couloir sale et humide qui débouchait sur une cour. À droite, à demi dissimulée sous une bâche alourdie par de l'eau de pluie croupie, une carriole achevait de pourrir sur place. De l'autre côté, des cages à lapins vides attendaient leurs pensionnaires. Un escalier extérieur repeint à neuf permettait d'accéder aux étages. Boro leva la tête. Le premier niveau était fait de planches disjointes qui fermaient des pièces livrées à l'abandon. Au-dessus, une immense baie vitrée abritait des bureaux manifestement occupés, bien que désertés à cette heure du soir. Il était impossible de distinguer le troisième étage : une rambarde de ciment le dissimulait au regard.

Boro emprunta l'escalier. Marchant le plus légèrement possible afin de ne pas faire grincer les marches, il atteignit le deuxième niveau. À travers les vitres de la porte d'entrée, il distingua des lavabos, des becs Bunsen, des instruments de laboratoire. Un panonceau invitait à monter au troisième étage, où se trouvaient les bureaux de l'entreprise. Quelle entreprise ? Boro grimpa encore. Lorsqu'il posa le pied sur la dernière marche de l'escalier, il comprit enfin où il se trouvait. Devant lui, gravés en creux sur une plaque de bronze, étaient inscrits ces mots : FRANÇOIS COTY, PARFUMEUR. En bas, à droite, était dessiné un petit bonhomme qu'il lui semblait avoir déjà vu.

À quoi rêvent les oies ?

Maryika suivait les événements avec crainte et résignation. Elle avait compris que, loin d'être un illuminé fragile, le chancelier Hitler était un démiurge redoutable et que sa folie des grandeurs prenait chaque jour davantage la couleur de la mort. Nombreux étaient ceux qui avaient fui depuis longtemps déjà.

Avant l'incendie du Reichstag, bien des histoires avaient couru sur le départ d'Albert Einstein pour la Californie. La rumeur prétendait que le savant était sans cesse agressé par des hordes de nazis, aussi bien à la porte de son domicile, Haberlanstrasse, que devant l'Académie des sciences de Prusse. On le conspuait aux cris de « sale Juif », on glissait sous sa porte des lettres d'insultes et des menaces de mort. Dernièrement, on avait saisi son compte en banque sous le prétexte qu'on avait trouvé chez lui un poignard. Selon Speer, le poignard en question n'était qu'un couteau de cuisine mal affûté. Einstein, qui revenait de temps à autre en Allemagne, avait déclaré à la presse étrangère qu'il ne reconnaissait plus son pays et que, bientôt sans doute, il n'y remettrait plus les pieds.

Bertolt Brecht avait fui Berlin pour Prague le lendemain de l'incendie du Reichstag. Kurt Weill et Vassili Kandinsky comptaient partir eux aussi. Arnold Schönberg, présenté par le régime hitlérien comme un compositeur juif dégénéré, s'était réfugié à Paris où les autorités allemandes lui avaient notifié que le contrat qui le liait à l'Académie des beaux-arts de Prusse était dénoncé. D'autres artistes privés de subsides prenaient à leur tour le chemin de l'exil, et Maryika se demandait souvent si, cédant aux exhortations épistolaires de son amie Marlène Dietrich, elle ne ferait pas mieux de partir pour Hollywood.

Seul Wilhelm s'y opposait.

Il le faisait avec ce tragique entêtement des gens qui n'ont plus rien à perdre. C'était comme si plus sa santé s'altérait, et plus il trouvait de raisons pour faire plier le destin. Muré dans un stoïcisme glacé, drogué par l'abus des médicaments, il affirmait que rien ne l'empêcherait de mener à bien le tournage de son film. Il comptait donner le premier tour de manivelle aux alentours du 1er septembre.

La date de mise en chantier de *Der Weg des Todes*, initialement prévue pour le 15 janvier, avait été singulièrement retardée. Les démarches faites par les producteurs pour emprunter auprès des banques le complément nécessaire au budget s'étaient révélées infructueuses. Une à une, les portes des places financières s'étaient fermées. Aux faux-fuyants polis et argumentés des premières semaines s'étaient rapidement ajoutés des refus à peine courtois : Tiefel et Rosenkrantz, les deux producteurs, s'étaient entendu répondre un beau matin que les banquiers allemands ne prêtaient plus d'argent à « la racaille portant barbe et cafetan ».

Si Rosenkrantz estimait qu'il fallait abandonner le projet, Tiefel persistait de son côté dans sa résolution de mener l'entreprise à son terme. Ce petit homme aimable et rond était un incorrigible optimiste. Il était persuadé que, pourvu qu'on s'accommodât du nouveau régime et qu'on le contournât, on pourrait donner le premier tour de manivelle vers la fin de l'année. Il réunirait l'argent en Suisse, en France ou sous le sabot d'un cheval – n'importe.

Il réconfortait Speer, suppliait « la superbe actrice » d'attendre « le fond du bocal » avec calme et confiance. Il riait de tout. Il débouchait du champagne pour un rien et disait régulièrement :

— Courage ! Après tout, on est là pour prendre des coups dans la gueule. À partir du troisième, ça ne fait plus tellement mal !

Un matin, il arriva au studio de meilleure humeur encore qu'à l'accoutumée. Il pénétra dans son bureau où se tenaient déjà le metteur en scène et Maryika, venus aux nouvelles. Après avoir ôté son chapeau, il s'assit en face d'eux et, hochant méditativement la tête, déclara avec une gravité affectée :

— Avant d'entendre vos jérémiades, vous deux, j'ai une importante révélation à vous faire.

— Nous vous écoutons, répondit Speer.

Tiefel s'enroba de la fumée opaque d'un cigare irrespirable et déclara, les yeux mi-clos :

— Madame, monsieur, vous admettrez avec moi que, malgré les photos parues récemment, vous savez, celles qui montrent Hitler sous le jour d'un joyeux drille avec les dames, on ne lui connaît guère de liaisons. Autant dire pas du tout. Or, moi, je dis que sa sexualité vaut zéro. Nul ! ajouta-t-il en arrondissant son pouce et son index devant ses yeux pétillants de malice.

Il mesura le peu d'effet de sa déclaration sur ses interlocuteurs et se mit à rire aux larmes.

— Savez-vous pourquoi Hitler met toujours sa main entre ses cuisses pendant les défilés ? demanda-t-il entre deux hoquets.

Et devant leur stupéfaction, il ajouta :

— Pour protéger le dernier chômeur de Berlin !

Speer et Maryika se déridèrent malgré eux. Tiefel les entraîna aussi longtemps qu'il put dans le sillage de son rire. Il avait ce matin-là de bonnes raisons pour cela.

C'est qu'il devait faire avaler à ses partenaires une pilule bigrement amère : Emil Jannings les abandonnait pour aller tourner *Les Aventures du roi Pausole*, en France, avec Granowsky. Lorsqu'il eut lâché le morceau, il s'empressa d'ajouter avec assurance :

— Nous le récupérerons dès qu'il aura fini le film. Ce qui importe ce matin, c'est que Maryika nous consente un sourire.

Comment aurait-elle pu faire autrement ?

Elle resta donc, moins pour elle-même que pour Speer. À aucun prix elle ne voulait le blesser, entamer cette énergie qu'il déployait autour de son projet. Naïvement, elle espérait que plus ses forces se concentreraient sur le film, plus elles déserteraient le foyer de la maladie. En demeurant à Berlin, Maryika lui accordait une sorte de répit qu'elle estimait lui devoir, non seulement parce qu'il l'avait fait connaître, mais aussi en raison de l'admiration qu'elle lui portait.

— J'ai peut-être raté ma vie, disait parfois Speer. Je ne sais faire que du cinéma.

Maryika lui serrait tendrement la main. Elle ne répondait pas directement. Elle se penchait vers le vieil homme.

— Tu sais quoi, Wilhelm ? chuchotait-elle. Il existe un proverbe magyar : « À quoi rêvent les oies ? Au maïs, bien sûr. » Et tu sais pourquoi ? Parce que le maïs est leur aliment principal. Nous sommes un peu comme elles. Voilà pourquoi nous ne savons faire que du cinéma.

Un jour, en fin d'après-midi, Speer dit qu'il avait rencontré le jeune homme que Maryika lui avait demandé de placer comme accessoiriste. Dimitri. À l'évocation de ce nom, la jeune femme ne put s'empêcher de sursauter. Wilhelm posa sa main sur la sienne.

— Il est très débrouillard, paraît-il.

Elle eut un petit sourire, écarta les mains en signe d'ignorance. Mais il la regardait et elle se sentait rougir, exactement comme elle faisait lorsque, sur un plateau, il l'avait prise en faute. Dimitri ne représentait rien pour elle, sinon un faux pas, une entorse, un délicieux détour dont elle n'avait pas honte, mais qu'elle préférait oublier. Surtout lorsque c'était Wilhelm qui le lui rappelait.

À la manière dont il la dévisagea ce jour-là, elle comprit qu'il savait. Et comme elle tentait d'aborder un sujet de diversion, il lui tapota paternellement la main :

— Tu es aussi transparente dans la vie que devant une caméra. C'est pourquoi je t'aime.

Elle ne fut pas heurtée par ces paroles. Elle en conçut même une sorte de réconfort. Il l'aimait – à sa manière, bien sûr – quoi qu'elle fît. Il la soutiendrait, la comprendrait toujours.

« C'est un génie, pensa-t-elle. C'est mon bon génie. »

— Je préfère rester à Berlin avec toi plutôt que traverser l'Europe seule, lui dit-elle comme il la déposait au bas de chez elle.

À peu de temps de là, Wilhelm, qui désormais organisait leur emploi du temps de l'après-midi et s'ingéniait à trouver d'astucieux palliatifs susceptibles de tromper leur attente, emmena Maryika sur le tournage de *Spione am Werk* que dirigeait Gerhard Lamprecht. Les deux hommes se connaissaient bien et Speer avait tout particulièrement apprécié *Émile et les détectives*, un film que son confrère avait tourné avec des enfants.

Lorsqu'il vit la silhouette de Speer s'avancer prudemment à contre-jour, le visage de Lamprecht s'illumina. Il surgit au détour d'une feuille de décor, vint au-devant de son aîné, le palpa dans tous les sens, scruta attentivement son teint très pâle, son faciès amaigri, et recula en s'écriant :

— Je te trouve en grande forme, Wilhelm. En grande forme !

Speer ne démentit pas les pieux mensonges de son

ami. Il était devenu maître dans l'art de ne pas parler de lui.

— Nous ne te dérangerons pas, assura-t-il à son collègue tandis qu'ils échangeaient une accolade de vieux complices. Si je suis venu te voir, c'est seulement pour respirer l'air du grand large !

— Nous sommes d'incurables intoxiqués, Willy, de vieux augustes incapables de se passer de l'odeur de la piste !

Lamprecht s'excusa auprès de ses hôtes et retourna se placer légèrement en retrait de la caméra montée sur travelling. Il s'agissait de filmer une scène d'action au cours de laquelle l'espion, sur le point d'être désigné par un traître, était contraint de supprimer par surprise celui qui s'apprêtait à consommer sa perte. L'acteur qui personnifiait le délateur était censé téléphoner depuis la cabine d'un café enfumé où allaient et venaient en arrière-plan des filles et des marins. L'espion se glisserait derrière lui et l'étranglerait de ses propres mains.

Tandis qu'ils attendaient que tout fût en place sur le plateau, Maryika se pencha vers Speer.

— Peux-tu m'expliquer ce que nous faisons ici ? chuchota-t-elle à son oreille.

— Nous venons prendre une leçon de réalisme, répondit Wilhelm.

Il plissa les yeux et ajouta :

— Nous sommes également là pour nous assurer que ton protégé est dans de bonnes mains.

Il désigna un coin de « cyclo » où, accroupi, un jeune accessoiriste s'affairait sur un petit soufflet d'où s'exhalait une âcre fumée. Sur un ordre du metteur en scène, le chef électricien rétablit tous les projecteurs en passerelle et, aussitôt, tel un funambule, silencieux sur ses espadrilles, Dimitri, visage masqué par un mouchoir, parcourut rapidement le décor en laissant derrière lui des lambeaux de fumée qui donnaient l'impression d'une tabagie.

— Bien, apprécia le premier assistant.

Puis, se tournant vers Lamprecht :

— Quand vous voulez, monsieur. La fumée est prête.

Le metteur en scène prit encore le temps de parler à l'oreille de son interprète, après quoi, avec un geste prudent de pêcheur lançant sa ligne dans le courant ; il poussa doucement le comédien dans le champ de la caméra.

— Vas-y, Karl !... Glisse le long du mur comme je te l'ai indiqué... Un serpent, pense que tu es un serpent...

L'homme atteignit le coin du téléphone. Sur le point de se précipiter sur son partenaire pour simuler la strangulation, il s'immobilisa soudain.

— Je ne peux pas faire ce que tu m'as indiqué, Gerhard, dit-il avec un rien de panique dans le regard. Je sens bien que ce ne sont pas des gestes justes... Jamais un professionnel ne s'y prendrait comme cela... Ce n'est pas... naturel ! On n'étrangle pas quelqu'un à mains nues en passant derrière lui...

— Vas-y ! ordonna Lamprecht. Intériorise-toi davantage. Pénètre-toi de ce vieux sentiment qui s'appelle la haine.

— Ce n'est pas un problème de mise en condition, rétorqua Karl. Je suis tout simplement victime d'un ridicule et tangible problème manuel ! Je ne sais pas comment étrangler ce pauvre Ludwig !

— C'est sûr que si tu poses les mains sur mon cou, je vais me retourner. Même par surprise, il y aura lutte, dit l'acteur qui s'appelait Ludwig. Il me semble qu'on doit trouver autre chose.

Une sorte de silence prudent s'était installé sur le plateau.

— Moi je sais comment il faudrait faire ! dit soudain une voix juvénile.

Tout le monde se tourna vers celui qui avait osé prendre la parole. Lamprecht se pencha, abritant son regard de l'éclat d'un « deux kilos » placé à la face.

— Ah ! C'est toi le conseilleur, Dimitri, dit-il avec calme. Eh bien, mon garçon, que suggères-tu ?

— Ça, répondit le garçon en dénouant un lacet de cuir qu'il portait autour du cou. Je vous assure que c'est une arme redoutable.

Et comme des sourires incrédules commençaient à se peindre sur les visages des techniciens, Dimitri fit un pas en avant.

— Très bien, l'encouragea Lamprecht. Montre-nous ta méthode infaillible. Ludwig, reprends ta place.

L'instant d'après, comme un reptile, Dimitri se glissait derrière l'acteur et, d'un geste d'une vivacité inattendue, passait ses deux bras tendus par-dessus la tête de sa victime. Au bout de ses poings refermés, le lacet traça une ligne droite qui vint s'incruster dans la chair du cou de Ludwig. Ce dernier, dans un violent sursaut, essaya de desserrer le cordon de cuir, mais, par un effet de cisaille, le trait noir était entré sous sa peau, mordant cruellement son pharynx et le privant d'air. Son visage devint rapidement écarlate. Il ouvrit la bouche, ses bras décrivirent plusieurs cercles affolés, et, comme son agresseur lui verrouillait le dos de sa rotule enfoncée dans les reins, il fléchit sur ses genoux.

— Arrête ! cria Lamprecht.

— Bon sang, lâche-le ! hurla un assistant en se jetant sur Dimitri.

Nerveux mais capable de se maîtriser, le jeune homme relâcha aussitôt son étreinte. Tandis que le malheureux Ludwig essayait de reprendre son souffle et qu'on s'affairait autour de lui, le jeune communiste eut un pâle sourire et s'approcha du metteur en scène.

— Vous le voulez ? proposa-t-il en lui tendant son lacet.

Et comme l'autre le dévisageait sans un mot, il le posa en travers de son avant-bras et s'éloigna derrière le décor, où l'appelait son travail.

— Étrange garçon, murmura Speer.

Il se tourna vers Maryika et lui demanda :

— D'où vient ton protégé, Maryika ? Comment l'as-tu rencontré ?

Au lieu de lui répondre, elle se leva. Il la regarda franchir la zone d'ombre qui délimitait l'arrière du décor et longer les battants pour aller rejoindre le jeune homme.

Maryika demeura un instant derrière Dimitri, observant sa nuque d'adolescent, ses cheveux bouclés.

Il se retourna. Elle le dévisagea sans sympathie excessive.

— Le petit numéro auquel tu viens de te livrer en public est absurde, dit-elle en le tutoyant pour la première fois. Tu as voulu faire le malin parce que j'étais là et tu as attiré l'attention sur toi au lieu de te faire oublier.

— Je fais ce qui me plaît, répliqua-t-il fièrement. Ces gens de cinéma sont des fantoches.

— Même si c'est à leur insu, tu oublies qu'ils garantissent ta sécurité.

Il l'observa sans mot dire.

— Au moins, as-tu trouvé à te loger ?

— Les premiers temps, je dormais sur le décor.

— Et maintenant ?

— Je couche avec l'habilleuse, dit-il sur un ton de défi. Mais elle ne pourra pas me garder éternellement.

— Pourquoi ?

— Trop dangereux, laissa-t-il tomber avec une lueur énigmatique dans le regard.

— Si elle te demande de partir, où iras-tu ?

Dimitri la fixa étrangement.

— Chez vous, dit-il. Tu le sais bien.

— Il n'en est pas question, trancha-t-elle.

Et elle rejoignit Wilhelm Speer qui l'attendait à quelques pas.

— Qui est-il ? demanda-t-il sèchement. J'ai le droit de savoir.

Elle baissa la tête parce qu'elle ne voulait pas qu'on lût ses sentiments.

— Un homme qui refuse de courber l'échine, murmura-t-elle. Un rebelle. Seulement un rebelle.

Le regard derrière la porte

Cent fois il avait téléphoné. Cent fois il avait fait arrêter son taxi devant la façade du 57, avenue Foch. Il lui semblait que le froissement des rideaux du dernier étage n'avait plus de secret pour lui. Il détestait l'odeur pourtant si légère des lilas affleurant au sommet des grilles. Et plus encore le « Allô ? » sinistre du sieur Gaston-Pierre, qui, déjouant toutes les ruses, finissait toujours par le reconnaître et raccrochait après avoir lâché une bordée d'injures meurtrières.

Il avait contrefait sa voix et demandé à ses amis hommes et femmes d'appeler à sa place. Fidèle à ses manières de garde-chiourme, le majordome posait sempiternellement la même question :

— De la part de qui, je vous prie ?

Quel que fût le nom inventé, sa réponse ne variait pas :

— Madame ne connaît pas. Bien le bonjour.

Après plusieurs semaines de vaines tentatives, Boro n'était toujours pas parvenu à rencontrer Albina pour qu'elle lui parlât de son mari, de M. Paul et des relations que ces ceux-là entretenaient avec le parfumeur Coty, fondateur de Solidarité française – organisation d'extrême droite calquée sur le parti nazi –, créateur de *L'Ami du peuple* – quotidien antisémite – et sympathisant de nombreux groupements paramilitaires, notamment les Croix-de-Feu. Il avait fini par croire que la belle Albina d'Abrantès était séquestrée en son hôtel particulier du XVIe arrondissement.

Pour en avoir le cœur net, il décida finalement d'attaquer la forteresse par sa façade la moins exposée : Vanessa. À défaut d'obtenir de l'épouse des renseignements sur le mari, il questionnerait l'enfant pour savoir ce qu'était devenue la mère. Il s'occuperait du sieur d'Abrantès après avoir élucidé le mystère de la disparition d'Albina.

Il attendit la fillette tout un après-midi devant chez elle. L'enfant arriva à cinq heures et demie. M. Paul l'accompagnait. Boro se rencogna dans son taxi. Le lendemain matin, quelques heures avant de partir en reportage, il était à son poste d'observation. Trente minutes plus tard, le portail s'ouvrait devant la fillette et son mentor. Celui-ci portait un cartable qui paraissait minuscule dans sa pogne de pachyderme. Vanessa allait au côté de son garde du corps. Elle était vêtue de bleu et portait des nattes.

Boro attendit qu'ils eussent pris de l'avance pour marcher sur leurs traces à l'abri des arbres de la contre-allée. Ils parcoururent ainsi deux ou trois cents mètres avant de tourner dans la rue Duret, puis dans la rue Puccini. M. Paul s'arrêta devant une porte en chêne foncé. Il cogna au battant, tendit son cartable à la petite et s'effaça pour la laisser entrer. Boro traversa. Sur le trottoir opposé, il feignit de s'absorber dans la contemplation d'un marronnier centenaire. Lorsque M. Paul eut disparu dans la rue Duret, il s'approcha de la porte derrière laquelle Vanessa avait disparu. Nulle plaque n'indiquait où il se trouvait. Il pesa sur le bouton. Celui-ci refusa de tourner. Il frappa et attendit. Un judas coulissa. Derrière un fin grillage, Boro aperçut un œil, un cil, une paupière. Il marqua un léger mouvement de recul, époustouflé par la beauté de ce regard, l'éclat de la pupille, le blanc très pur de la cornée.

— Bonjour, dit-il, tout sourire.

La paupière battit deux fois, voile opalin teinté d'un vert tendre, fragile comme un duvet d'oiseau.

— Mademoiselle...

Il inclina le visage sur le côté, inspira et poursuivit :

— Je ne suis pas venu pour vous. Mais vos yeux sont si beaux que j'ai oublié pourquoi je suis là.

— Je ne saurais vous répondre, dit-on avec une pointe de malice.

La voix était claire comme l'eau de source.

— Battez encore des paupières. Je vous en supplie ! Quel âge avez-vous ?

— Dix-neuf ans. Vous n'en saurez pas plus.

— Êtes-vous une amie de Vanessa d'Abrantès ?

— Vous déraisonnez, monsieur. Elle n'a que treize ans.

— Et moi vingt-quatre, dit Boro avec douceur. Nous avons presque le même âge. Ouvrez-moi...

— Pourquoi ?

— Mais pour vous, naturellement !

L'œil s'écarta du judas.

— Revenez ! supplia Boro. Je ne vous ferai aucun mal. Et puis regardez...

Il haussa sa canne à hauteur de l'ouverture.

— Je suis blessé. Ma jambe est malade. Je ne peux rester longtemps debout.

— Que voulez-vous ?

— Voir Vanessa d'Abrantès. Une minute seulement.

— Nous n'ouvrons qu'à la famille, répliqua l'inconnue en revenant vers la porte. Ici, vous êtes dans une école.

— Devant seulement, objecta Boro. Mais il ne tient qu'à vous de m'y faire entrer.

L'œil était si tendre, si parfait, si bouleversant, qu'il

ne put résister à l'envie d'effleurer la paupière. Son doigt, hélas, ne rencontra que le grillage.

— Admettez que je sois son frère et n'en parlons plus, dit-il avec un large sourire.

— Vanessa n'a pas de frère.

— Son père, alors.

— Vous êtes beaucoup trop jeune.

— Mais précoce ! s'écria Blèmia en levant un doigt.

Le judas fut aussitôt refermé. Boro fit trois pas en arrière, puis revint et cogna contre la porte. Il était sûr que la jeune fille avait collé son oreille au battant.

— Ouvrez-moi. Ma jambe me fait souffrir, soudain.

Il gémit et, s'étant penché, se massa la rotule. Il entendit le judas coulisser.

— Je dois m'asseoir. Soyez bonne...

— Pourquoi devez-vous la voir ?

— Il faut que je lui transmette un message de la part de sa mère. Elle a oublié de le faire ce matin. Ce ne sera pas long et je parlerai devant vous. Oh !

Il ferma les yeux et porta ses deux poings à ses joues.

— Je vous en supplie. Une crampe...

Il entendit une clé tourner dans la serrure. D'un bond, il fut à l'intérieur.

— Ainsi, vous n'avez plus mal ?

Il se retourna. Devant lui, enjuponnée de noir, les cheveux dissimulés par une cornette et les mains enfermées dans un chapelet, se tenait la plus jolie novice qu'il eût jamais vue.

— Mademoiselle ! s'écria-t-il, confus.

— Sœur Catherine. Restez là. Je vais chercher Vanessa.

Boro se trouvait dans une pièce en rotonde haute de murs et de plafond. Un escalier en pierre partait sur la droite. Au-dessus des marches, sur un linteau de bois, étaient gravés ces mots : COLLÈGE SAINTE-MARIE, INTERNAT, EXTERNAT, DEMI-PENSION.

Boro posa sa canne sur le sol et fit les cent pas dans le hall glacé. Il régnait en ce lieu un silence austère.

Un double bruit de talons martelant le dallage à contre-temps se fit entendre, amplifié par l'écho. Sœur Catherine descendait l'escalier, conduisant la petite Vanessa par la main. Quand elle le vit, celle-ci s'arrêta brusquement. Boro eut peur qu'elle ne le reconnût pas.

— Vanessa ! dit-il joyeusement. Comment va le poney Bismarck ?

Un grand sourire éclaira le visage de la fillette.

— Mais c'est mon petit ami ! s'écria-t-elle en s'élançant vers lui.

Elle s'arrêta à mi-course et, s'étant tournée vers sœur Catherine, lança à tue-tête :

— L'avant-avant-dernier amant de ma mère. Une affaire, à ce qu'il paraît !

La novice ne répondit pas. Elle resta sur la dernière marche de l'escalier et montra trois doigts.

— Cinq ? demanda Vanessa en levant la main, phalanges tendues.

— Trois, répéta sœur Catherine.

Vanessa vint vers Boro.

— Nous avons trois minutes, qui peuvent aller jusqu'à cinq si vous ne m'ennuyez pas.

Elle offrit le dos de sa main à Boro, qui l'effleura de ses lèvres et la baisa.

— Comme les dames, dit Vanessa... On nous apprend ça en cours de maintien. Dites-moi, qui vous a dit que j'étais là ?

— L'Esprit-Saint, dit Boro en désignant le plafond.

— Ça prouve qu'il peut être utile, répliqua la fillette. Voilà une chose qui réconforte. Et pourquoi n'êtes-vous pas revenu à la maison ?

— MM. Paul et Gaston-Pierre ne me portent pas dans leur cœur.

— Et vous ?

— Je les déteste.

— Alors nous sommes amis. Il faudra revenir me voir ici le plus souvent possible.

— Je m'y efforcerai.

— Promettez, soupira la petite. Sainte-Marie est un endroit où l'on s'ennuie de vêpres à matines et de matines à vêpres.

— Juré, je ne vous laisserai pas tomber.

— Alors posez votre question. Je suppose que vous n'êtes pas venu me voir pour me parler de l'Esprit-Saint.

Une nouvelle fois, Boro fut impressionné par la vivacité d'esprit de la gamine. Elle se tenait devant lui, le museau tendu, les poings sur les hanches. Plus loin, la novice les observait, bras croisés. De l'endroit où il se trouvait, Boro ne voyait pas ses yeux. Il s'en félicita.

— Où est votre mère ? demanda-t-il en posant sa main sur l'épaule de Vanessa.

— En voyage.

— Mais encore ? Ne lui est-il rien arrivé ?

— Si. Elle a pris de fichus coups de soleil. C'est ce qu'elle dit en trois lignes et la signature dans sa dernière carte postale datée du Caire.

— À quel hôtel pourrais-je la joindre ?

— Vous ne pourrez pas la joindre. Entre deux escales, elle voyage à dos de chameau, essaie ses costumes de bain dans la mer Rouge, joue aux cartes avec le capitaine et danse la rumba avec les matelots.

— Vers où se dirige-t-elle ?

— Hier Aden, demain Karachi. Il y a tant d'hommes à visiter !

Boro parut contrarié. Il assena une petite tape sur la nuque de la gamine et dit :

— Merci, jeune fille. Vous êtes aussi gentille et délicieuse que la première fois.

— N'exagérez rien. Je me contente de rendre service. Les amants de ma mère sont mes amis.

— Quand rentre-t-elle ?

Vanessa fit la moue.

— C'est le genre de croisière qui risque de s'éterniser, répondit-elle en guettant sœur Catherine du coin de l'œil. Ma mère vous manque vraiment ?

— Oui. Mais pour des raisons que vous ne soupçonnez pas. Lui écrivez-vous ?

— Non, mais elle téléphone parfois. Y a-t-il un message ? Dois-je lui dire que vous l'attendez, que vous vous languissez d'elle, que vous l'aimez un peu, beaucoup, passionnément ?

Boro éclata de rire. Puis il se contint. Dans cette institution de jeunes filles, l'hilarité avait quelque chose de déplacé. À son tour il décocha un regard du côté de sœur Catherine. Celle-ci montra son index à Vanessa.

— Plus qu'une minute, il faut se grouiller, déclara celle-ci. Alors, que dois-je dire à ma mère ?

— Qu'elle m'envoie un câble lorsqu'elle connaîtra la date de son retour. Dites-lui que je l'attends.

Boro griffonna son adresse sur un bristol qu'il tendit à Vanessa.

— Surtout, ne vous faites pas prendre ce papier par M. Paul.

— Je le mangerai.

— Et veillez à ce qu'il n'écoute pas lorsque vous parlerez à votre mère.

— Quand revenez-vous ? demanda la fillette.

— Plus tard. Je pars demain pour le Brésil.

— Longtemps ?

— Dix jours.

— J'aimerais tant prendre l'avion ! murmura Vanessa. Vous avez bien de la chance !

— Je n'y vais pas en avion, dit Boro. Ça vole mais ce n'est pas un avion.

— Un ballon ?

— Presque.

— Un zeppelin ! s'écria Vanessa en battant des mains. J'adore les zeppelins ! Est-ce qu'ils sont si grands qu'on le dit ?

— Je ne sais pas. Je n'en ai encore jamais vu.

— Vous me raconterez ?

— Bien sûr !

La fillette se tourna vers sœur Catherine qui avançait à pas lents dans leur direction. Elle revint à Boro. Une lueur de tristesse passa dans son regard.

— Je crâne, dit-elle, mais si vous étiez mon ami, je serais contente. On mangerait des glaces et vous me feriez réciter mes leçons. Ne trouvez-vous pas que je ressemble un peu à maman ?

— Oui, reconnut-il. Vous êtes vive comme elle et vous avez le même langage.

— Reviendrez-vous ?

— Je vous le promets.

Il déposa un baiser sur son front. Son regard croisa celui de la novice. Il comprit pourquoi elle l'avait laissé entrer et pourquoi, sans doute, elle le lui permettrait encore : elle souffrait pour la petite Vanessa.

Il ajusta sa canne dans sa main droite et, après s'être incliné devant sœur Catherine, marcha vers la porte de chêne. Il avait le cœur gros.

Le « Graf Zeppelin »

Un taxi le déposa rue Auber, devant l'agence de voyages Hamburg-Amerika. Son billet avait été réservé par l'Associated Press Incorporated, qui lui avait commandé ce reportage en duo sur le zeppelin. Il devait retrouver une journaliste anglaise dont il n'avait jamais entendu parler afin d'illustrer le texte qu'elle écrirait sur le voyage.

Boro avait tenté de se défiler : en ballon, en bateau ou en avion, le trajet Paris-Friedrichshafen-Rio de Janeiro-Paris ne l'intéressait nullement. En outre, il se souvenait de l'ordre de Maryika : « Ne viens jamais en Allemagne. » Mais, s'étant rappelé l'insistance avec laquelle il avait demandé à couvrir le meeting de l'AIEA (pour finalement le rater), il avait accepté la proposition de l'API. Il leur devait bien cette compensation, qui ne lui coûterait pas grand-chose et dont les risques ne l'effrayaient pas ; Friedrichshafen n'était pas Berlin et la frontière était trop proche pour qu'on lui fît des ennuis. Et puis un peu d'aventure n'a jamais fait de mal à personne, songeait-il en examinant de près le programme du voyage.

Il quitterait Friedrichshafen le soir même à vingt-trois heures. Lundi – soit trois jours plus tard –, il serait à Pernambouc, dans le Nordeste brésilien. Mercredi, le zeppelin le déposerait à Rio de Janeiro. Une correspondance par avion était assurée jusqu'à Buenos Aires, où il resterait jusqu'au jeudi suivant. Puis, retour à Rio, embarquement, escale à Pernambouc, arrivée à Friedrichshafen le lundi.

Dans le G7 qui le ramenait chez lui, il lut attentivement la brochure que l'employé de l'agence lui avait remise. Les organisateurs conseillaient de ne pas s'encombrer de vêtements trop chauds, le zeppelin étant chauffé et ventilé. Les femmes devaient prévoir une tenue habillée, les hommes un smoking ou un complet sombre pour le soir. Il était formellement interdit de donner des pourboires au personnel, de fumer ou de jeter des objets par les fenêtres. Dans un style qui déplut à Boro, il était précisé que les contrevenants seraient débarqués à la première escale et que leur voyage ne serait pas remboursé. Notre reporter se promit de faire le nécessaire pour être balancé par-dessus bord le plus rapidement possible. Et il maudit Arthur Finnvack, le directeur de l'API, de s'intéresser à une croisière de luxe alors que le monde regorgeait de sujets autrement plus exaltants. Ce qu'il ignorait, c'est que Finnvack se souciait aussi peu que lui-même des villégiatures pour millionnaires. Seule l'intéressait la rencontre entre Julia Crimson et Blèmia Borowicz. Pour des raisons qui n'avaient que peu à voir avec le journalisme.

Chez lui, Boro glissa chemises et pantalons dans une valise de carton bouilli, l'unique bagage qu'il possédât. Il s'arma de trois douzaines de pellicules, nettoya son Leica, écrivit un mot à son ami Prakash, qui devait occuper l'atelier durant son absence. Il lui recommanda de ne pas briser tous les verres, d'user largement ses forces sur son matelas et de lui envoyer un câble à Rio si une lettre arrivait d'Allemagne ou une autre d'une quelconque ville extrême-orientale. « Sois sage, conclut-il, et ne ménage pas tes montures. Si je disparais en mer ou ailleurs, prends tout ce qui m'appartient. Sauf ma cousine. »

Au Bourget, grelottant de peur, il embarqua sur un Farman, Lorsqu'il atterrit à Sarrebruck, il détestait l'avion plus encore qu'avant d'y être monté. Il attendit deux heures à l'aéroport, combattant une nausée inextinguible. Les remous lui avaient donné le mal de mer, le bruit l'avait assourdi, il en tremblait encore. Tout cela, pensait-il, pour une journaliste à bajoues et dents de lapin qui devait empester la poudre de riz et ressembler à Agatha Christie en plus désinvolte. Il se promit de lui mener la vie dure, et la vision des sévices psychologiques qu'il lui ferait subir l'aida à supporter le voyage Sarrebruck-Friedrichshafen. Quand il descendit du trimoteur de la Lufthansa, ses jambes tremblaient.

— Les trous d'air, dit-il à l'employé de la Luftschiffbau Zeppelin venu le chercher.

En vérité : la peur, la rage, la colère.

Il fut conduit à l'hôtel Kurgarten, dépendance de la compagnie des zeppelins. Des gens discutaient par petits groupes dans le hall. D'autres descendaient à grand bruit l'escalier principal. Des grooms en livrée rassemblaient les bagages.

Boro observa ce remue-ménage sans ciller. Appuyé sur son stick, sa valise posée devant lui, il tenta de découvrir parmi les voyageurs une femme au nez pointu et à l'allure peu avenante des demoiselles anglaises : Miss Julia Crimson. Il l'imaginait un carnet à la main, les lunettes remontées sur le front, affublée d'un chignon sévère, natté, élastiqué et emprisonné par ses mains sèches de vieille fille.

Il fut tiré de ses réflexions par un factotum portant l'écusson de la compagnie, qui, après s'être enquis de son identité, le pria de le suivre dans un des salons de l'hôtel. Notre reporter se retrouva bientôt assis dans un fauteuil en cuir, devant une table basse, une feuille de papier et un stylographe.

— Le règlement a-t-il encore des secrets pour vous, voyageur ? demanda le factotum dans un français approximatif.

— Plein, répondit Boro.

— Pour les bagages, vous ne devez pas être plus gros que cent trente kilogrammes.

Blèmia désigna sa valise.

— Ça ira ?

— Cette chose, une malle ?

— Non. Une valise.

L'autre apprécia en connaisseur. Puis, après avoir surmonté son dégoût :

— C'est désuet pour la cabine, mais vous avez droit à trente kilos. Le reste sera chargé sur un bateau qui débarquera le fret à Rio ou New York.

— Il n'y a pas de reste, fit Boro, sincèrement navré.

Le factotum l'observa avec une certaine dose de rêverie dans le regard. Ses lèvres se contractèrent en cul de poule et, d'une voix de gallinacé malade, il demanda :

— Vous vous embarquez sur le *Graf Zeppelin* avec cette seule petite valise ?

— Cette seule petite valise, confirma Boro.

Il y eut un silence. Alentour, les voyageurs se regroupaient devant la porte de l'hôtel.

— Avez-vous des armes ? demanda l'employé avec délicatesse.

— Non.

— Des pigeons voyageurs ?

— Ah ! J'avoue n'y avoir pas pensé !

— Ça signifie-t-il que vous en détenez ?

— Eh bien, non, repartit Boro. Pas d'armes, pas de pigeons voyageurs. Est-ce tout ?

— Il ne faut pas de cigarettes non plus.

— Je ne fume pas.

— Cigares ?

— Je ne fume pas ! répéta Boro avec impatience.

— Bien. Je dois encore vous dire que vous n'avez

pas le droit de photographier la France quand nous passerons sur elle. À cause du traité de Versailles. Et avez-vous une assurance personnelle ?

— Oui, mentit Boro.

— Pourriez-vous m'en donner une petite preuve ?

— Bien sûr. Ma parole.

— Je la prends, répondit le factotum. Maintenant, signez ces papiers.

Il présenta le stylographe et une première feuille que Boro signa sans même la lire. Quand il eut paraphé trois exemplaires du formulaire, il demanda de quoi il s'agissait.

— Règlement, fit l'autre avec sévérité. Vous vous engagez à ne pas fumer, à ne pas photographier la France et à avoir une assurance. Maintenant, il faut rejoindre les autres dans l'omnibus.

Boro se leva. Il se pencha pour prendre sa valise, mais celle-ci avait disparu.

— Elle est déjà dans votre cabine, déclara le factotum avec une certaine fierté. Discrétion, efficacité, bonne volonté...

— Quel est le numéro de ma cabine ?

— 3.

— Je dois rencontrer une journaliste anglaise, dit Boro en se dirigeant vers la sortie de l'hôtel. Julia Crimson. Savez-vous où je peux la trouver ?

L'employé sortit un calepin de sa poche.

— Crimson... Crimson... Avec un C, un Q ou un K ?

— Un Q, certainement, dit Boro en étouffant un rire.

— Alors ce n'est pas marqué, répondit l'autre après avoir consulté sa liste.

— Regardez à C.

— C ! s'écria le factotum. C'est écrit : Julia Crimson... Cabine 8.

Boro monta bon dernier dans l'omnibus. Les passagers, une vingtaine, le dévisagèrent un instant, puis s'intéressèrent aux lueurs qui bordaient la route. Dix minutes plus tard, après qu'on eut stoppé devant un hangar, ils se pressèrent vers les issues pour être parmi les premiers à découvrir le *Graf Zeppelin*.

Celui-ci reposait dans un hangar, semblable à un matou au repos, un matou monstrueusement obèse, long de plus de deux cents mètres, grisâtre, obscène, impressionnant. Sous lui, tel un ventre aux tétons alourdis par le poids d'une portée prête à naître, la nacelle s'étirait, vitrée à l'avant, disparaissant sous l'enveloppe à l'arrière. Cinq moteurs munis de cinq hélices étaient arrimés à la structure, deux de chaque côté, un à l'arrière. Au-dessus du gouvernail, de part et d'autre de l'empennage, Boro découvrit avec horreur deux croix gammées fraîchement peintes.

— J'espère que c'est moins laid vu d'en bas.

Boro se retourna vers la jeune femme qui avait prononcé ces paroles. Elle se tenait légèrement en retrait et contemplait le ballon avec dégoût. Elle portait un lourd manteau de fourrure et un chapeau rond. Ses cheveux, noirs, raides et très courts, recouvraient à peine des boucles d'oreilles de jade.

— Vous faites le voyage ? demanda Boro en se tournant vers elle.

— Oui, dit-elle en posant sur lui un regard bleu.

Il répondit par un sourire en coin, un de ceux dont Maryika prétendait qu'il faisait chavirer le cœur des dames.

— Vous n'avez pas vu une vieille Anglaise ? s'enquit-il en se faisant enjôleur. Droite comme un *i* et sévère comme un *t*.

Elle le considéra de pied en cap et secoua négativement la tête.

— Je n'ai pas encore eu le temps de m'intéresser à mes compagnons de voyage, dit-elle dans un français parfait. J'ai huit jours pour le faire là-haut.

Elle désigna le ballon autour duquel une foule nombreuse s'agitait. Il y avait là des porteurs, des officiers, des badauds. Un escalier en bois fut ajusté à la porte de la nacelle et, par haut-parleurs, les voyageurs furent invités à monter à bord du *Graf Zeppelin*.

Boro prit son tour dans la queue. On ne lui demanda aucun papier, mais on le pria de monter sur une balance qui avait été apportée au bas de l'échelle. Après qu'on eut noté son poids, il grimpa les quelques marches qui conduisaient à l'aéronef et se retrouva dans la pièce principale de la nacelle, appuyé à la vitre. L'escalier fut retiré. On accrocha un câble à l'extrémité antérieure du zeppelin, puis un treuil fut actionné et le ballon sortit du hangar. Quand il fut à l'air libre, des haut-parleurs crachèrent une chanson en allemand :

Muss i denn, muss i denn.

— Le *Chant du départ,* dit un homme portant monocle.

L'équipage de manœuvre s'approcha de la carlingue, et deux cents paires de mains, dont certaines munies de perches, s'emparèrent des saillies pratiquées sur l'engin. Le treuil fut décroché. Un homme vêtu d'un uniforme parcourut la salle où se tenaient les voyageurs. Il se pencha à chaque fenêtre, donna quelques ordres en allemand, puis, après avoir gagné l'avant du dirigeable, ordonna de tout lâcher :

— *Hoch !*

Le zeppelin s'éleva à la verticale. Dans la lumière du projecteur fixé sous le ballon, Boro vit s'éloigner le terrain. Il ressentait un léger malaise, dû sans doute au balancement mais aussi à l'appréhension : comme s'il était dans un couloir de train, sans appui.

Il observa les voyageurs. Le nez collé aux fenêtres, ils regardaient la terre disparaître dans l'ombre. Il y avait là une femme entre deux âges coiffée d'un invraisemblable chapeau à plume, un couple d'Américains dont les tendres baisers trahissaient un voyage de noces, un homme assez jeune en costume tyrolien, un vieillard à lorgnon, un autre, plus mal en point, qu'accompagnaient sa future veuve et une presque orpheline de vingt ans, un célibataire au regard langoureux, une jeune fille, objet de ce regard, un irascible à bajoues et sa soumise à jupons, deux sœurs aussi jumelles que vieilles filles et qui, à en croire leur sinistre allure, le resteraient longtemps encore. Un Allemand et sa femme expliquaient les manœuvres à voix haute – des habitués.

Boro chercha du regard la journaliste anglaise qu'il devait rencontrer. Puis il résolut d'attendre que les voyageurs eussent gagné leurs cabines pour frapper à la porte du numéro 8.

En une minute à peine, le zeppelin avait fait un bond de deux cents mètres. Une sonnerie retentit et les moteurs s'ébranlèrent. Puis on entendit le bruit du vent frappant l'enveloppe de la nacelle. Le ballon prit de la vitesse. Boro s'appuya sur sa canne et observa la pièce dans laquelle il se trouvait.

C'était une salle carrée d'environ cinq mètres de côté, dont les vitres étaient inclinées obliquement vers le bas. Des rideaux de cretonne encadraient les ouvertures. Des tentures recouvraient les murs, et les coussins des fauteuils étaient ornés de motifs de velours. Quatre tables étaient disposées çà et là. On pouvait aisément se déplacer entre elles. L'espace était plus que confortable : luxueux.

L'homme qui avait donné l'ordre de départ apparut dans le salon, venant d'une pièce contiguë. Il était grand, massif, assez âgé. Il avait le cheveu court, blanc, taillé en brosse.

— Je suis le Dr Hugo Eckener, se présenta-t-il en allemand. Commandant de bord. L'équipage du zeppelin compte quarante-quatre membres, dont trois navigateurs, six timoniers, un postier, trois arrimeurs, trois radiotélégraphistes, un chef ingénieur mécanicien, quinze mécaniciens et deux électriciens. Le premier officier est le capitaine Ernst A. Lehmann.

Il désigna un homme plus jeune au visage avenant.

— J'espère que vous ferez un bon voyage sur le LZ-127. Nous allons vous montrer vos cabines. Dans quelques minutes, nous passerons au-dessus du lac de Constance. Nous volerons à deux cents mètres d'altitude, à une vitesse de cent kilomètres à l'heure.

Le commandant s'inclina cérémonieusement devant ses passagers avant de repartir par où il était venu. Un steward vêtu d'une veste blanche traversa le salon et ouvrit un battant situé à l'autre extrémité.

— Si vous voulez bien me suivre...

Un à un, les voyageurs se détachèrent des fenêtres pour pénétrer dans un couloir étroit. Devant lui, Boro aperçut la jeune femme qu'il avait abordée à Friedrichshafen. Elle lui adressa un signe de la main, auquel il répondit par une inclination du visage. Il songea que le périple, après tout, lui réserverait peut-être quelque heureuse surprise.

Il poussa la porte de sa cabine (il y en avait dix au total) et se retrouva dans un espace plus grand qu'un compartiment de train. L'ameublement était très soigné : lit, penderie, pliant, étagères, coussins. Des fleurs et un buvard gravé au nom de la compagnie étaient disposés sur la table. Au pied du lit, il retrouva sa valise de carton bouilli.

Boro alla à la fenêtre et tira le rideau de soie bleue qui dissimulait le paysage. Le zeppelin filait au-dessus du Rhin. Dans la nuit noire, on n'entendait que le ronronnement des moteurs et le sifflement du vent. Tout cela, ce luxe, ce détachement, avait quelque chose de suranné. Agréable, certes, mais déplacé. Boro songea que ce reportage ne lui apporterait rien, sinon le plaisir de l'évasion.

Alors qu'il abandonnait la fenêtre, on frappa à la porte. Il ouvrit à l'assistant du steward, un homme très jeune, presque un enfant, qui portait des appareils photo en bandoulière.

— Kodak, dit-il simplement.

Boro tiqua.

— Kodak, répéta l'autre. Pas photos en France.

— Vous voudriez qu'on photographie des secrets militaires la nuit ?

— Règlement, dit le jeune garçon en français.

Boro fouilla dans la poche de son trench-coat et tendit son Leica.

— Je peux garder les pellicules ? demanda-t-il avec un sourire railleur.

— Bien sûr, Monsieur !

— Comment vous appelez-vous ?

— Hans.

— Hans, puis-je aller à la cabine 8 ?

Le jeune garçon lui adressa un clin d'œil égrillard.

— C'est recommandé, dit-il.

Puis il désigna l'extrémité du couloir.

— Au bout, Monsieur.

Boro sortit après avoir refermé la porte de sa cabine. Il foula l'épaisse moquette et s'arrêta un peu plus loin, devant le numéro 8. Il frappa. Une voix claire demanda :

— *Yes. Who is it ?...*

— Blèmia Borowicz. Associated Press Incorporated.

— *I'm comin' !... Just a moment...*

La porte s'ouvrit. Boro eut un mouvement de recul. Devant lui se tenait l'inconnue de Friedrichshafen.

— Droite comme un *i* et sévère comme un *t*, dit la jeune femme en souriant. *My name is Julia Crimson*, ajouta-t-elle presque aussitôt en lui tendant la main... *Why don't you come in ?*

Julia, « made in England »

— Pourquoi faites-vous courir le bruit que les Anglaises sont plus bêtes, plus sèches et plus méchantes que les autres femmes ? demanda Miss Crimson, en français, lorsque Boro eut pénétré dans sa cabine.

— Loin de moi cette pratique calomnieuse ! se récria le jeune homme, à la fois gêné et ravi qu'on l'agresse ainsi. J'aime les Anglaises et le porridge autant que les Américaines et le général Grant ou les Françaises et Maurice Chevalier. Et cela pour une raison bien simple...

Il se tourna vers son interlocutrice et lui effleura la joue de son index gauche.

— C'est que, précisément, elles sont femmes. Et cela, voyez-vous, les rend irremplaçables à mes yeux... Ainsi, pour ce qui vous concerne, sachez que dès la toute première fois, j'ai...

— Inutile de préciser votre pensée, répliqua la journaliste. J'avais déjà remarqué votre intérêt pour notre différence.

— Voilà un raccourci fulgurant, apprécia Boro en se laissant choir sur le lit étroit. Il nous fera sans doute gagner du temps.

Il promena son regard à travers la cabine et tomba

sur un étrange appareil posé sur la table. On eût dit un téléphone de campagne doté d'un cornet acoustique.

— Qu'est-ce que c'est que ce machin ? demanda-t-il en se redressant sur un coude. Ça sert à faire des pâtes fraîches ?

— Non. C'est un dictaphone.

— Et que diable avez-vous à dictaphoner, mam'zelle ?

— Les voix.

Comme il paraissait incrédule, la jeune femme tourna un bouton, s'empara d'un flexible à l'extrémité évasée qu'elle tendit en direction de Boro.

— Racontez vos boniments, ils seront enregistrés.

— Vous êtes si belle, commença Blèmia en approchant le conduit de sa bouche, si intelligente, si radieuse que...

Julia Crimson lui arracha le flexible des mains.

— Nous ne sommes pas ici pour que vous me fassiez votre insupportable cour ! s'écria-t-elle.

Elle fut brusquement interrompue par un coup sourd frappé contre la cloison. Boro fit la grimace.

— Quelle promiscuité ! Pas commode de se chicaner dans le zeppelin !

Ils se turent. La journaliste considéra le photographe avec colère. La pâle lumière du plafonnier se reflétait dans ses yeux bleus. Sa chevelure paraissait plus sombre encore qu'à Friedrichshafen. Sa gorge était agitée d'une palpitation qui parut sublime à Boro. Il y vit la marque d'une grande capacité à agir. Il éprouva soudain du respect pour cette jolie femme qui venait de le remettre à sa place.

— Que sommes-nous censés faire ensemble ? demanda-t-il en ramenant sa canne à lui.

— Un reportage. Je décrirai le zeppelin et vous le photographierez. Puis je poserai quelques questions au Dr Eckener et vous le portraiturerez dans sa cabine de pilotage.

Julia s'assit sur le pliant, fit le geste de porter une cigarette à ses lèvres, puis, avec un soupir, laissa retomber ses doigts.

— Vous attendrez trois jours, dit Boro. Interdiction de fumer dans cet hôtel volant.

Le dirigeable fut pris dans un remous qui le fit brusquement tanguer. Blèmia s'accrocha des deux mains au matelas.

— Il ne faut pas avoir peur ! se moqua doucement Julia. S'il n'y a pas d'orage, tout ira bien. À condition, bien sûr, de ne pas provoquer d'étincelles susceptibles d'embraser l'hydrogène. Sinon, nous serions transformés en torchères. Remarquez, nous ne sentirions rien en nous écrasant au sol. Nous ne serions plus que des petites marionnettes bouffées par le feu...

— Vous n'avez rien trouvé de plus excitant que d'interroger cette vieille croûte de commandant ? bougonna Boro. Quelle idée originale !

— Plus qu'il n'y paraît ! répliqua Julia Crimson. Sachez que le docteur est un des hommes les plus populaires d'Allemagne. Au point que, l'an dernier, les sociaux-démocrates lui ont demandé de se présenter à la présidence de la République.

— Et vous avez besoin de monter en ballon pour écrire tout cela ?

— Oui. Et je vous prierais de ne pas rater vos photos. Le commandant, l'équipage, les passagers, le zeppelin, de la proue à la poupe. N'en oubliez aucune. Nous ferons un grand reportage...

Boro secoua négativement la tête. Il se redressa et, regardant la journaliste droit dans les yeux, déclara :

— Chère mademoiselle *from London*, apprenez que je ferai exactement ce que je voudrai, quand je le déciderai.

Elle plissa les lèvres de dépit, et sa gorge palpita de nouveau.

— Soyons clairs, surenchérit Boro. Le seul ordre que

j'accepterai de vous concernera nos relations privées. Si vous me demandez de vous prendre dans mes bras, je m'exécuterai aussitôt. Pour le reste, pas de directives. Sinon je deviendrais un type franchement caractériel... *You would not like it ? Would you ?*

Il lui adressa un sourire froid. Elle y répondit par une grimace rageuse. Mais comme elle eut le bon esprit de se taire, il comprit qu'elle ne lui donnait pas tort et choisit de se montrer magnanime. Il posa sa main sur son épaule.

— Vous êtes soupe au lait, Miss Crimson.

Elle leva sur lui un visage dépourvu d'expression.

— Vous êtes hypocondriaque, monsieur Borowicz.

— Soupe au lait, mais sympathique. Avez-vous quelque chose à boire dans cette cambuse ?

Elle fit un geste en direction de la table. Derrière le dictaphone, Boro découvrit une fiasque et deux gobelets en argent.

— Vous voyez que vous n'êtes pas si mauvaise : vous aviez même prévu de me recevoir. Et avec du whisky écossais, s'il vous plaît !

Il versa l'alcool et lui tendit un verre.

— Arrosons ce fameux reportage.

Ils trinquèrent. Boro avala son gobelet d'un trait. Elle but le sien par petites lampées.

— Je vais tout vous avouer. L'idée de passer trois jours avec des pingouins vêtus d'or et d'argent qui n'ont rien de mieux à faire qu'à regarder la terre depuis cet observatoire volant m'est odieuse. Je ne conçois pas meilleure façon de perdre son temps.

— Et moi donc ! dit-elle en hochant la tête.

— Cela nous fait au moins un point commun. À partir de là, je suggère que nous fassions tout pour éviter de nous prendre au sérieux.

— D'accord. Mais ne jouez pas au coq avec moi.

Il inclina le visage et la regarda par en dessous.

— Sale type ! dit-elle, conquise.

Ils éclatèrent de rire. À nouveau, on cogna contre la paroi. Puis ils perçurent un bruit lancinant. Boro paria pour une défaillance de moteur, Julia pour une fuite de combustible. Ils appelèrent Hans, qui leur expliqua qu'il s'agissait plus simplement du groupe électrique, situé à l'arrière de la nacelle.

Ils se penchèrent par la fenêtre et regardèrent la France défiler sous eux. Le projecteur du dirigeable trouait la nuit. Ils apercevaient tantôt une maison, tantôt un pont, parfois le clocher d'une église. À deux cents mètres d'altitude, ils manquaient de repères, en sorte qu'ils ne savaient pas précisément quelle ville ils survolaient. Mais cette incertitude leur plaisait assez, car elle les distinguait des autres occupants des cabines qui, ils l'imaginaient, consultaient fébrilement cartes et planisphères.

Vers deux heures du matin, ils refermèrent la fenêtre. Boro s'apprêtait à réclamer l'hospitalité à sa charmante consœur lorsque, sans que rien l'eût annoncé, Julia lui demanda où il avait pris cette photo de Hitler qui l'avait rendu célèbre. En soi, la question n'avait rien de remarquable. Mais elle tombait à un moment si imprévu, en un lieu si particulier, qu'il fut incapable de répondre sur-le-champ. Et comme il la regardait dans l'ombre, elle dit qu'en tant que journaliste, elle ne pouvait qu'admirer ce coup sensationnel.

Il ressentit une certaine tristesse à l'entendre parler ainsi, et comme il cherchait une raison à cette vague de cafard qui l'envahissait soudain, il comprit que ce voyage en zeppelin lui serait insupportable s'il ne la séduisait pas, s'il ne parvenait pas à briser en elle la carapace professionnelle dont elle venait à nouveau de s'affubler. Dans ce lieu clos abrité du monde, la seule chose qui lui importât était de vivre une histoire d'amour. trois nuits et trois jours d'une douce passion qui lui ferait oublier l'ombre de la seule personne qu'il eût aimé retrouver ici : sa cousine.

— Lorsque je vous ai rencontrée à Friedrichshafen vous veniez d'Allemagne ? demanda-t-il.

— Oui. J'ai fait un reportage à Berlin.

— Connaissez-vous Maryika Vremler ?

Elle marqua une hésitation avant de secouer négativement la tête.

— Elle est actrice. Vous n'avez pas vu *L'Aube des jours* ou *Shanghai-Lily* ?

— Si, dit-elle en agitant ses boucles de jade.

— Maryika y tient le rôle principal.

— Alors je sais qui elle est. Mais je ne l'ai jamais rencontrée.

Elle se tut un instant avant de demander :

— Pourquoi me posez-vous cette question ?

— Parce que Maryika est ma cousine et qu'elle se trouvait avec moi lorsque j'ai photographié Hitler.

— Où était-ce ?

Il ignora l'interrogation.

— Elle est à Berlin, mais je ne puis m'y rendre. Elle me l'interdit.

— Pourquoi ?

— À cause de cette fameuse photo, dit-il en s'appuyant à la cloison. Les nazis ont tout fait pour la récupérer. Maryika prétend que si je vais à Berlin, les SA m'empêcheront de repartir.

— Elle n'a sans doute pas tort, dit Julia abruptement. Il se passe là-bas des choses que la loi méconnaît. C'est d'ailleurs un risque que de vous avoir fait venir jusqu'à Friedrichshafen.

— Arthur Finnvack l'ignorait.

Elle le regarda, mâchoires crispées.

— Pas sûr, laissa-t-elle échapper.

Il haussa les épaules.

— Pourquoi voudriez-vous que l'API sache tout de ma vie privée ?

— On ne peut lui demander cela, en effet, dit-elle en

se retournant. Et puis, au fond, Berlin est loin... Non, il n'y avait pas de risques.

Elle revint vers lui et lui tendit la main.

— Allons nous coucher. Demain, nous travaillerons.

— C'est cela, lança-t-il. On zeppelinera ensemble.

Il lui baisa le dos de la main et regagna sa cabine. Il éprouvait un léger malaise qu'il ne sut s'expliquer, sauf à admettre qu'il ne venait pas des oscillations douces du dirigeable.

Il y avait autre chose.

Une étrange journaliste

À l'aube, le zeppelin survola la vallée du Rhône. Puis ce fut l'étang de Vaccarès, les Saintes-Maries-de-la-Mer et la Camargue. Boro s'éveilla tard dans la matinée. Le dirigeable avait mis le cap sur Gibraltar. Lorsqu'il les retrouva dans le salon, les voyageurs achevaient leur petit déjeuner. Quatre tables avaient été dressées aux coins de la pièce. Julia Crimson partageait l'une d'entre elles avec un couple de sexagénaires qui grignotaient de la brioche en regardant par la fenêtre. Boro s'approcha. La journaliste avait revêtu une robe blanche bordée d'un liséré carmin. Ses boucles de jade scintillaient au soleil.

Elle lui adressa un sourire aimable. Il lui fit un clin d'œil.

— On prétend que la nuit porte conseil, dit-elle alors qu'il s'asseyait face à elle. Je crains qu'elle ne vous ait rien appris...

— Si, souffla-t-il en posant son pied sur le sien. Elle m'a conseillé de persévérer dans mes efforts.

Elle ne se déroba point. Boro la regarda avec une stupéfaction mal feinte.

— Dans votre cas, elle fut certainement très profitable.

Elle haussa les épaules et retira son pied.

— Vous n'avez pas entendu le gong annonçant le petit déjeuner ?

— Non. J'étais en plein conciliabule avec moi-même. Dans ces cas-là, rien ni personne ne peut me déranger.

— Je vous présente M. et Mme Schumpeltz, dit-elle en allemand.

Boro inclina la tête en direction de ses voisins de table. Ils lui adressèrent un cillement de leurs paupières parcheminées puis reportèrent leur attention sur les fenêtres.

— Je suis ravi de faire votre connaissance, dit Boro en hongrois.

Il répéta sa phrase en français. Les Schumpeltz ne bronchèrent pas.

— Faites croire à ces otaries que je ne comprends pas l'allemand, dit-il en français à Julia. Ça me fera des congés payés.

Un maître d'hôtel vêtu d'une tenue noire s'approcha. Bore, commanda un café sans sucre. On le lui apporta quelques secondes plus tard. La tasse était en porcelaine, une porcelaine ultralégère conçue spécialement pour le zeppelin.

— Où sommes-nous ? demanda Boro.

Julia posa la question en allemand aux Schumpeltz. Boro fut enchanté par cette complicité qui s'était établie entre la journaliste et lui.

Sans quitter la fenêtre du regard, Herr Schumpeltz répondit qu'ils longeaient les côtes d'Espagne. Son épouse ajouta que Gibraltar n'était pas loin. À quoi son digne et tendre objecta que nous n'en n'étions pas encore là. Sur quoi, l'otarie femelle se plaignit de ne pouvoir ouvrir la bouche sans être immédiatement remise à sa place. À propos de quoi, dévissant son monocle, Herr Schumpeltz lui conseilla le silence pour s'éviter de proférer des âneries.

— Nous ne sommes pas loin de Gibraltar, traduisit Julia.

À ce mot, Frau Schumpeltz la gratifia d'un sourire mi-large tandis que le poil sourcilleux de son mari affichait une brusque remontée vers le nord.

— Nous longeons les côtes espagnoles, reprit Julia avant d'ajouter, en français cette fois : soyons diplomates et ne prenons pas parti.

Boro leva le bras en direction du maître d'hôtel.

— Mon Leica ! s'écria-t-il. Vite !

L'autre lui fit signe de la main, disparut par la porte du fond et revint quelques minutes plus tard avec une douzaine d'appareils qu'il entreprit de rendre à leurs propriétaires. Boro récupéra son 24 x 36 et lui envoya un baiser.

— Mon seul enfant, dit-il avec une mimique d'amour paternel immodéré.

— C'est avec cela que vous avez pris Hitler ? demanda Julia.

— Parfaitement. Ce fut même notre première rencontre.

— Où était-ce déjà ?

— En Allemagne.

— Montrez...

Il lui tendit l'appareil. Julia le tourna entre ses mains. Elle découvrit l'inscription que Maryika avait fait graver par Hoffmann : BORO-MARYIK.

— Qui est Maryik ? demanda-t-elle.

— Ma cousine. C'est elle qui m'a offert le Leica.

— Je n'avais jamais vu d'appareil si compact. Où achète-t-on ces bijoux ?

Boro lui jeta un coup d'œil perçant et lui désigna le bord supérieur du Leica.

— Ici, dit-il sèchement.

Elle lut l'inscription : ERNST LEITZ. WETZLAR. DRP.

— Rendez-moi cela.

Il défit le bouchon de l'objectif et entreprit de mitrailler le salon du zeppelin. Puis il s'accouda à la fenêtre, ouvrit un des carreaux et photographia la plaine qui défilait sous eux. Au sol, l'ombre du dirigeable formait un fuseau noir qui avançait au rythme de la machine. On distinguait parfaitement les maisons, le cordon des routes et même les cultivateurs qui se désintéressaient de leurs travaux pour admirer le zeppelin.

— Au travail ! dit Boro en se tournant vers Julia. Après tout, nous sommes ici pour faire un reportage...

Ils appelèrent le maître d'hôtel et demandèrent à visiter le ballon. Aussitôt, tous ceux qui se trouvaient là émirent le même souhait. Le capitaine Lehman proposa de leur servir de guide. Hans apparut avec une grande boîte en carton. Il l'ouvrit et en sortit une trentaine de paires de chaussures à semelles de crêpe.

— Vous devez ôter vos souliers et mettre ceux-là, expliqua le capitaine. Tous les membres de l'équipage ont les mêmes. Le crêpe est une garantie contre les étincelles.

Les voyageurs s'approchèrent de la boîte et chacun chercha chaussure à son pied. Boro hérita de la bonne pointure, mais Julia dut se contenter d'une taille quarante et un. Voyant son embarras, Blèmia la complimenta sur le choix de son chausseur. Des messieurs distingués se jetèrent galamment aux pieds de ces dames pour les aider à s'habiller. Boro voulut les imiter. Julia le repoussa, arguant qu'elle savait se débrouiller seule.

— Un pied ! Une cambrure ! Un peu de vous ! supplia notre reporter.

— Vous n'aurez rien que vous ne l'ayez mérité, répliqua-t-elle gentiment.

Ils suivirent le capitaine Lehman, montèrent un escalier situé à l'extrémité de la nacelle et se retrouvèrent dans la quille du zeppelin. Dans le couloir de circulation, ils découvrirent la face cachée du dirigeable : longerons, croisillons, arceaux, cordes à piano, filets métalliques, ballonnets, sacs à lest, réservoirs à combustible, câbles de commande des gouvernes et des soupapes, filins rétractables, canalisations électriques, cheminées d'air. Sur cette construction impressionnante était fixée la toile du ballon, constituée par des fuseaux de coton lacés sur les chantignolles maîtresses. Une échelle métallique permettait de passer de la quille à la passerelle centrale, celle-ci traversant le dirigeable du nez à la queue. À la base du ballon, surmontant la nacelle, se trouvaient les réservoirs de gas-oil, d'eau et d'huile, les soutes à bagages et les parachutes, le poste de repos de l'équipage. Tout cela ressemblait à une sorte de meccano géant qu'ils parcoururent dans un sens puis dans l'autre, cinq cents mètres de marche à pied au milieu d'une symphonie métallique. Le capitaine Lehman expliqua que dans les ballonnets brûlait un gaz spécial chargé d'alimenter les cinq moteurs Maybach de 500 CV, et que ce gaz, un mélange de méthane et d'hydrogène, avait une densité égale à celle de l'air. Il était insensible aux variations de poids. L'Américain délaissa un instant les lèvres de sa bien-aimée pour demander où était stockée la nourriture.

— Ici, répondit le capitaine en montrant une glacière et une boîte à neige sèche.

— Et l'eau ?

— Nous en avons embarqué cinq tonnes au départ. Les eaux usées seront recueillies dans des sacs que nous utiliserons comme lest.

L'irascible à bajoues (en vérité le filleul du maréchal Hindenburg qui voyageait incognito sous la fausse identité d'un campeur suisse) murmura qu'on n'arrêterait jamais le progrès, c'est à cela que servent les guerres, déclara avec force Herr Schumpeltz, oublions cela, voulez-vous ? proposa timidement la jeune fille convoitée en silence qui tentait depuis une douzaine d'heures de faire comprendre à son puceau d'admirateur que s'il avait les yeux plus gros que le ventre elle ne lui en voudrait pas, à condition, bien sûr, de voir le ventre maintenant qu'elle connaissait les yeux. Quant à notre ami Borowicz, il observait moins les entrailles du zeppelin que sa compagne de travail, pour laquelle il éprouvait une attention de plus en plus vive et une curiosité qui ne passait plus seulement par la finesse de sa taille. Il se demandait pour quelle raison l'Associated Press Incorporated lui avait collé dans les pattes une collaboratrice qui était autant journaliste que lui-même était explorateur de fonds sous-marins. Et lorsque Julia se tourna vers lui afin de lui demander combien de pellicules il avait utilisées, il se fit un malin plaisir d'ouvrir son Leica, exposant au jour les quelques photos qu'il avait prises.

— Mais vous êtes complètement fou ! s'écria-t-elle.

Il la prit par le coude et l'obligea à rester en arrière. Lorsque le capitaine Lehman et sa colonie de vacances se furent éloignés, il lui demanda :

— Avez-vous bien écouté notre guide ?

— Certainement !

— Alors je vais vous poser quelques questions. Premièrement : quel est le diamètre du zeppelin ?

— Vingt mètres, il me semble.

— Inexact : trente mètres cinquante. Deuxièmement : combien mesure la nacelle ?

— Une quarantaine de mètres.

— Vous n'avez pas la mémoire des chiffres, Miss Julia Crimson. Il s'agit de cinquante-cinq mètres et non de quarante.

— Quelle importance ? demanda-t-elle en levant sur lui un regard où il lut la surprise la plus extrême.

— Troisième question : la structure du ballon est-elle en zinc ou en cuivre ?

— En zinc, dit-elle sans hésiter.

Il s'approcha d'elle, appuya ses deux mains sur une poutrelle, de part et d'autre de son visage, et dit, la regardant bien en face :

— Faux : elle est en aluminium.

— Quelle importance ? répéta-t-elle en ouvrant délicatement la bouche.

— Aucune. À ceci près que si l'on est journaliste, qu'on voyage pour le compte d'une agence de presse et qu'on ne peut compter sur une mémoire défaillante, on prend des notes. Miss Julia Crimson, j'attends de vous une explication convaincante.

Et sans lui laisser le temps de répondre, il posa ses lèvres sur les siennes. Elle ferma les yeux et se laissa aller en arrière.

Le gant

Ils déjeunèrent à la table des vieilles filles. À peine avaient-ils pris place à leurs côtés, ces laiderons à la gémellité parfaite leur décochèrent leur plus entreprenant sourire. La permanente dévorée par leurs identiques chapeaux à plumes, elles se mirent à donner du cou en direction de Boro et Julia. Comme les jeunes gens répondaient mal à leurs élans et aguicheries, les demoiselles Greta et Gerda Schmutz, échauffées par les vapeurs d'un *blue lagoon*, eurent recours à l'usage de la parole. Ce fut nettement pire.

Dangereusement affriolées par le monde des ballons qu'elles avaient découvert sur le tard, ces demoiselles prolongées gardèrent le devant de la scène tout au long des apéritifs. Lorsque apparut la langouste servie sur un canapé de petits légumes moulés en forme de zeppelin, Boro, usant envers ses voisines d'une muflerie dont il avait le secret, fit savoir haut et fort qu'il préférait la conversation de sa compagne de route au babil des paradisiers rouges. Profondément ulcérées par cette accablante comparaison ornithologique, les Schmutz pépièrent leur dépit pour la forme, puis changèrent de perchoir, choisissant de se réfugier dans le tombeau d'un oppressant silence. Il était si profond que, s'il autorisait l'échange d'idées, il interdisait les confessions plus personnelles. Boro tenta bien de retrouver l'intimité de Julia qu'il avait perdue, mais, à la première question qu'il risqua en français, elle répondit avec malice :

— Je vous en prie, monsieur. Soyez correct !

Cela en allemand, ce qui eut pour résultat de faire bondir les deux biques. Elles considérèrent Boro avec une indignation qui vira au mépris lorsque, excédé de les sentir après lui, il les pria de changer de plat de résistance et de s'intéresser à leur assiette plutôt qu'à sa personne. Il décocha un regard furieux à Julia Crimson, qui le considérait pourtant avec un éclatant sourire.

— Vous avez le mal du pays ? demanda-t-elle, narquoise.

Et, tandis que les jumelles opinaient du chef, il répondit en anglais :

— Dès que nous serons seuls, je vous donnerai une fessée dont vous vous souviendrez.

Il montra le pommeau de son stick.

— Avec ça.

— *Whenever you like*, dit-elle avec une mimique charmante. Le tout sera de trouver le moment.

On leur apporta le menu du jour et une carte des vins. Chaque pays était représenté par ses spécialités. L'Angleterre par ses gins et ses whiskies, la Hollande par ses liqueurs, la France, l'Italie, l'Allemagne et le Portugal par leurs meilleurs crus. Boro choisit un pontet-canet. Lorsque le maître d'hôtel eut rempli leurs verres, il choqua le sien contre celui de Julia et, tout en montrant sa canne, dit en français :

— Je bois à la fessée.

— Oubliez mes fesses et dites-moi plutôt ce que vous vous êtes fait à la jambe, répliqua Julia. En allemand, s'il vous plaît.

— J'ai voulu chasser deux pies curieuses, dit-il en regardant ses voisines de table. Hélas pour moi, la branche sur laquelle je me trouvais a cassé sous mon poids.

Les deux oiseaux échangèrent un regard chargé de

connivence pour elles et d'un indicible dédain pour le malotru de droite qui ignorait à qui il avait affaire – on peut parier que s'il l'avait su, Boro n'aurait probablement pas modifié son attitude à l'égard de ces demoiselles, dont l'une avait offert le billet du voyage à la seconde pour la remercier de l'avoir fait rompre avec l'amant qu'elle convoitait en lui apprenant qu'il était juif, communiste et vraisemblablement syphilitique.

On en était aux viandes lorsqu'une passagère vêtue d'une chemise d'homme et d'une cravate poussa une exclamation : on approchait de Barcelone. D'un même mouvement, les quatorze passagers se précipitèrent aux fenêtres. Seule Julia Crimson resta à sa place, coincée par la poigne de Boro qui, s'étant levé, la maintenait sur sa chaise.

— Allons, dit-il. Maintenant, vous pouvez parler.

— Quoi ! s'écria-t-elle en élevant le ton. Vous m'empêcheriez de voir Barcelone !

Quatorze paires d'yeux se tournèrent vers eux : Boro lâcha sa prise.

— C'était pour jouer, fit-il piteusement.

Et il rejoignit les autres aux fenêtres.

Le zeppelin passait au-dessus de la ville. De la nacelle, on apercevait mille silhouettes dont les têtes étaient levées vers le ciel. Une fanfare jouait, les badauds applaudissaient au passage du dirigeable. Frau Schumpeltz se pencha par-dessus bord et agita ses bras, bientôt imitée par les autres. Julia regardait Boro, goguenarde.

— Historique, n'est-ce pas ?

— Admirable !

Ils restèrent aux fenêtres, le temps de franchir les faubourgs. Lorsque la mer succéda aux routes et aux avenues, ils retrouvèrent leurs places. On servit un chevreuil en sauce accompagné de pommes de terre rissolées. Le Dr Eckener sortit de la cabine de pilotage, salua les voyageurs et s'approcha de la carte du monde apposée sur l'un des murs du salon. Il déplaça le drapeau marquant la position du zeppelin et déclara qu'on aborderait l'Atlantique le lendemain en fin de matinée. Puis il chercha une place où s'asseoir et s'installa finalement à côté des deux pies, en bout de table. On lui apporta une assiette. Julia adressa un pied de nez discret à Boro. Furieux, celui-ci se résolut au silence.

Eckener mangeait vite, sans prendre la peine de mâcher. Il se levait toutes les cinq minutes, allait à la fenêtre, passait la main pour sentir le vent, observait les nuages et revenait enfin à table. De temps à autre, il appelait le maître d'hôtel à qui il confiait un message pour le pilote. Bien qu'il fût sans cesse sur le qui-vive, c'était un homme rassurant, qui dirigeait son navire avec la précision d'un militaire et la souplesse d'un gentleman.

Julia le questionna sur le dirigeable. Eckener lui parla de l'amitié qui le liait à Ferdinand Zeppelin, qu'il avait connu au début du siècle. Il raconta comment, au lendemain de la Première Guerre mondiale, les deux hommes avaient décidé de créer une compagnie de transport qui traverserait l'Atlantique. Eckener s'était fait l'entremetteur du comte Zeppelin auprès des Alliés, qui avaient interdit aux Allemands de fabriquer des ballons.

— Finalement, nous avons eu gain de cause, conclut-il en embrassant le salon d'un large mouvement de bras. Maintenant, c'est avec Hitler que nous traitons.

Boro tendit l'oreille.

— J'ai été invité à déjeuner en juin dernier par Diels, le chef de la Gestapo. Il m'a demandé d'apposer des svastikas sur l'empennage du zeppelin. Juste avant notre départ, c'est Hitler qui m'a convoqué.

Le Dr Eckener marqua un silence avant d'ajouter :

— À lui, on ne peut rien refuser. Si vous voyez ce que je veux dire...

Il se leva au moment où le maître d'hôtel apportait les desserts et disparut derrière la porte qui conduisait à la cabine de pilotage. Boro regarda Julia. Le visage de la jeune femme était fermé. Ses doigts trituraient nerveusement une cigarette fantôme. Elle n'avait plus envie de plaisanter.

— Êtes-vous vraiment anglaise ? demanda-t-il.

— Bien sûr.

— Pourquoi parlez-vous le français sans accent ?

— Parce que je l'ai appris à Cambridge.

— Vous avez fait vos études là-bas ?

— Oui.

Et ce fut tout. Il tenta d'obtenir quelques renseignements supplémentaires sur sa vie privée, mais la jeune femme refusa de répondre, sinon pour dire qu'elle avait vingt-neuf ans, qu'elle n'était pas mariée et qu'elle pratiquait le cricket. Lassé, Boro se leva et gagna sa cabine.

Dans l'après-midi, ils achevèrent la visite du zeppelin. La cuisine donnait de plain-pied sur le salon. Le chef régnait en maître au milieu de ses marmites, de ses louches et de son fourneau électrique dont les prises de courant étaient isolées dans des cavités remplies d'huile. Le capitaine Lehman expliqua que ce dispositif permettait d'éviter les étincelles, fatales au zeppelin.

À côté de la cuisine, ils découvrirent le guichet du télégraphe, le poste de radio qui permettait d'obtenir les renseignements météo de Hambourg ou des bateaux croisant sur l'Atlantique, et, enfin, la cabine de direction, fief du Dr Eckener. Lorsqu'ils y pénétrèrent, celui-ci observait la côte espagnole, assis sur un siège en bois. Il se leva et désigna le paysage à travers les baies vitrées qui ceinturaient la pièce.

— Le meilleur poste d'observation ! dit-il en écartant les bras. Mais vous n'y viendrez pas souvent. Il nous est réservé.

La cabine était traversée par des poutrelles en aluminium percées de trous qui en allégeaient le poids. Un timonier manœuvrait la barre de direction. À gauche se trouvait le volant de profondeur et à droite des cornets permettant de transmettre les ordres aux mécaniciens.

— D'ici, vous pouvez tout faire, déclara le Dr Eckener. On monte, on descend, on change de direction, on ouvre et on ferme les soupapes à gaz, on mesure la température de l'air et du gaz. Les timoniers se chargent des volants tandis que nous nous occupons des questions de météo et de vitesse. On fait le point avec un sextant comme dans la marine, et on mesure l'altitude grâce à une sonde acoustique ou en chronométrant le temps que met une bouteille pour tomber à la mer. Voulez-vous voir ?

Les voyageurs se pressèrent en demi-cercle autour du commandant. Julia et Herr Schumpeltz demeurèrent en retrait. Boro s'approcha avec les autres. Le Dr Eckener actionna une manette située près de l'inclinomètre, puis, élevant le bras, déclencha un chronographe vissé dans une poutrelle transversale. Il resta là quelques secondes, mains tendues. C'est alors que Boro vit le gant. Un gant de daim gris, très fin, sur lequel était serti un rond d'or frappé aux couleurs de la Luftschiffes *Graf Zeppelin* : une couronne de lauriers entourant les lettres L et Z. En un éclair, Blèmia Borowicz comprit ce qui l'avait intrigué sur la photo qui avait fait le tour du monde, SA photo. S'il fut incapable de mesurer l'étendue de sa découverte, et même de savoir si elle avait un quelconque intérêt pour tout autre que lui-même, il se rendit compte que son intuition ne l'avait pas trompé. Il n'avait pas seulement photographié Adolf Hitler caressant les fesses d'une vendeuse.

Eckener abaissa la main et, après avoir vérifié le chiffre du chronographe, annonça :

— Deux cent dix mètres. Nous volons à deux cent dix mètres au-dessus des poissons.

Mû par un étrange réflexe, Boro s'approcha du docteur. Il lui tendit la main droite. Eckener le regarda avec étonnement.

— Je veux vous féliciter, dit Boro en allemand. Vous êtes un grand capitaine.

L'autre ôta son gant et, après une hésitation, serra la main du voyageur. Boro s'empara du gant.

— Vous permettez ? demanda-t-il.

Il éleva le gant à hauteur d'homme et l'exhiba devant Julia, paume contre lui, dos et armoiries face à elle. Et ce qu'il avait attendu se produisit. Elle blêmit et tourna la tête.

— Vous n'êtes pas journaliste, murmura-t-il.

L'orage

Les pies déclinèrent l'après-midi sur le mode ludique : réussites et jeu de dames. Les Schumpeltz s'essayèrent aux scènes mezza voce. Le couple de jeunes Américains convola en cabine. Les autres se livrèrent à une correspondance assidue, grattant sur les tables avant de glisser leurs missives dans la boîte aux lettres ornée de la corne des postes allemandes, boîte accrochée à l'un des murs du salon. Julia s'enferma à double tour dans ses appartements. Boro regarda venir l'orage.

À quatre heures, alors que le dirigeable avait mis le cap sur Gibraltar, il perçut une agitation anormale au sein de l'équipage. Hans allait et venait du salon au couloir des cabines. Le capitaine Lehman scrutait attentivement le ciel, tantôt à bâbord, tantôt à tribord. Le Dr Eckener demeurait invisible.

Le ciel s'était couvert. Un voile opaque dissimulait la Terre. Le soleil avait disparu. S'étant penché aux fenêtres, Blèmia découvrit de lourds nuages qui dérivaient d'est en ouest. Le dirigeable fendait l'air à une vitesse accrue, montant et descendant avec une souplesse qui ripait parfois – de brusques embardées le projetaient de haut en bas. Il se stabilisait ensuite, mais pour quelques minutes seulement, et les douces oscillations auxquelles les voyageurs s'étaient habitués devenaient ébranlement, agitation, secousses.

Les pies abandonnèrent leurs jeux. Le jeune homme vêtu d'un costume tyrolien carra les épaules avant de demander d'une voix chevrotante si un moteur avait cassé. Herr Schumpeltz leva les deux bras en signe d'apaisement :

— Un petit grain. Rassurez-vous, le zeppelin en a vu d'autres.

Il entreprit de raconter un voyage précédent au cours duquel un orage avait éclaté entre Rio et Pernambouc. Sa chère épouse elle-même avait supporté l'aventure. La preuve : elle avait accepté de monter à nouveau sur le dirigeable.

— N'est-ce pas, Birgitt ?

Frau Schumpeltz acquiesça en claquant des dents.

— Comme vous le voyez, elle n'en est pas morte. Enfin, pas encore...

Il partit d'un rire bref qui tomba comme une fiente de pigeon sur le trottoir.

Boro se leva et poussa la porte du poste de commande. Tous les timoniers étaient à leur place. Le Dr Eckener, le capitaine Lehman et un troisième officier observaient les nuages à la jumelle, l'un devant, le deuxième à droite, le troisième à gauche. De temps à autre, ils donnaient un ordre. Aussitôt, l'un des timoniers agissait sur une commande et le dirigeable montait, descendait, virait dans un sens ou dans l'autre.

— On doit absolument éviter de percer les nuages de pluie, dit le capitaine Lehman en jetant un coup d'œil en direction de Boro.

— Je peux vous aider ? demanda celui-ci en s'appuyant à une poutrelle.

Il n'obtint aucune réponse. Tous les membres de l'équipage étaient concentrés, qui sur ses manettes, qui sur le sextant, qui sur l'inclinomètre. Par l'intermédiaire des cornets, les navigateurs transmettaient les ordres des officiers aux mécaniciens qui travaillaient dans la quille. Le temps fut oublié, emporté par une ronde gestuelle dont chaque seconde semblait avoir été répétée cent fois. Le poste de pilotage était semblable à une ruche où chacun s'activait dans son alvéole.

— Bâbord, dix degrés ! commanda le Dr Eckener d'une voix claire.

Le zeppelin fit une brusque embardée. On évita un nuage, mais un autre se présenta aussitôt devant le nez du ballon.

— En haut, toutes ! *Hoch !*

Boro se prit le ventre à deux mains. L'ombre grandit. On alluma quelques lampes. Un éclair zébra le flanc gauche du dirigeable. Puis un autre, moins rapproché. Le ciel vira au noir.

Pas de projecteurs ! ordonna Eckener. Éteignez tout. À vue, s'il vous plaît.

La nuit succéda brusquement au jour. Les officiers abandonnèrent leurs jumelles et s'approchèrent des vitres. Dans la cabine, seules luisaient les lumières des cadrans de mesure. La tension était grande.

— On va passer au travers, murmura le capitaine Lehman.

En dépit d'un mal de mer grandissant, Boro se mit lui aussi de la partie. Le regard vissé sur les larges fenêtres, il s'efforça de signaler les taches sombres qui, tels des nœuds d'ébène sur fond opaque, approchaient du zeppelin. Ils traversèrent pourtant un nuage de pluie. L'eau claqua sur le pare-brise, glissa en rigoles sur les bordures. Il y eut comme un choc répété à l'infini, une multitude d'ondes qui traversèrent le zeppelin d'un bout à l'autre avant de mourir en vaguelettes sur l'empennage. Cent mille mètres cubes de gaz piqués par l'averse.

La voix calme du Dr Eckener troua le silence tendu qui régnait dans le poste de pilotage :

— On monte, les garçons. Tribord vingt degrés, à plat, doucement. Le plus gros est passé.

Il se tourna vers Boro. Dans l'ombre, celui-ci distingua son visage. Ses traits étaient détendus.

— Voyez-vous, jeune homme, le zeppelin est un renard. Il n'affronte jamais l'adversité mais feinte avec elle. L'orage est son seul ennemi. Il faut passer à côté. Nous arriverons à Rio avec un peu de retard, voilà tout.

— Mais ce n'est pas fini ! s'écria Boro en désignant les masses lourdes qui cernaient le dirigeable.

— Ce ne sont plus des nuages de pluie. L'orage s'est éloigné. Dans cinq minutes, nous y verrons comme en plein jour.

Cependant, l'équipage demeurait concentré.

— Aura-t-on assez de carburant ? demanda Boro d'une voix timide.

Le Dr Eckener posa sur lui une main lourde.

— Ne vous inquiétez pas, jeune homme. Nous pouvons faire Friedrichshafen-Rio aller-retour sans escale. Allez donc rassurer vos compagnons.

Dans la grande pièce du zeppelin, les voyageurs suivaient avec angoisse la dérive des nuages.

— Noé vous fait dire que l'arche a bien résisté, dit Boro en allemand. Ce n'était pas le Déluge.

Il poussa la porte conduisant aux cabines et entra sans frapper au numéro 8. Julia Crimson se tenait devant la table, le cordon du dictaphone dans la main. L'orage était passé sur elle comme une pluie fine sur un champ fraîchement coupé.

— Vous n'avez pas eu peur ?

— Cela m'arrive rarement, répondit-elle. Je suis moins livide que vous...

— Merci du compliment. Vous ne perdez donc jamais pied ?

— Jamais... Et vous ?

— Une fois, dit-il en montrant sa jambe malade.

Il referma la porte. Julia avait baissé le rideau, de sorte qu'on ne voyait rien à l'extérieur. La cabine était semblable à une coquille de soie. Le zeppelin avait repris son balancement habituel.

— Je veux savoir quelle journaliste vous êtes, dit Boro en prenant place sur le pliant qu'elle venait d'abandonner pour le lit.

— Je comprends votre curiosité, dit-elle en ôtant une de ses boucles d'oreilles.

— Pour qui travaillez-vous ?

— La même agence que vous.

Il haussa les épaules.

— Ne vous moquez pas. Depuis le début, je sais que vous vous intéressez à la photo de Hitler. Pourquoi ?

— Pour des raisons strictement professionnelles, dit-elle en enlevant sa seconde boucle d'oreille.

— Vous avez tenté de me faire dire où je l'avais prise. Est-ce vrai ?

— Pas tout à fait.

Elle se releva et présenta son dos à Boro.

— Ôtez le bouton, s'il vous plaît, murmura-t-elle.

— Ah !

Le premier moment de surprise passé, il s'exécuta. Ou plutôt, avant de faire glisser la nacre hors de la boutonnière, il marqua un infime temps d'arrêt. Il eut immédiatement la perception d'un fil invisible tendu entre la jeune femme et lui-même. Elle, de trois quarts dos, suspendue à son attente, incertaine de ce qu'il allait faire, et lui, découvrant le grain de sa peau, le duvet fragile de son cou, franchissant un peu avant elle la fragile aurore de leur intimité.

Il défit le premier bouton.

Il y avait dans la lenteur même de ses gestes une volonté de revanche. Julia avait imposé son heure et ses choix ; en réponse, il donnerait à leurs amours les rites de sa propre croyance. Il dégrafa donc la robe par étapes, mêlant son souffle et ses baisers à la chaleur de la peau qu'il découvrait à mesure. Elle se laissa faire docilement. Dès qu'il eut fini, elle lui échappa, reprit sa place sur le lit, le défia du regard. Il ôta sa cravate, puis sa veste de velours. Le jeu qu'elle lui proposait l'amusait plutôt.

— Je ne vous ai pas demandé où vous aviez pris vos photos de Hitler, car je le sais déjà, dit-elle. Munich.

Il la dévisagea avec stupeur. Elle défit les lacets de ses chaussures et ses mains remontèrent sous la robe. Un bas glissa le long de sa jambe.

— Ce que j'ignore en revanche, mais je le saurai bientôt, c'est l'endroit exact, à Munich.

Elle lui adressa un large sourire. Le deuxième bas rejoignit le premier sur le sol de la cabine. Troublé en même temps que ravi, Boro se leva et déboutonna sa chemise.

— Pourquoi dites-vous que vous le saurez bientôt ? demanda-t-il, feignant l'indifférence.

— Nous finirons par nous rejoindre, monsieur Blèmia Borowicz. Et pas seulement sur ce lit, ajouta-t-elle en lui enjoignant de venir l'y retrouver.

— Tout cela ne manque-t-il pas un peu de romantisme ? fit remarquer Boro.

Au fond de lui-même, il était choqué.

— Je ne suis pas favorable à l'amour courtois, dit Julia. J'aime la chose pour ce qu'elle est. Ce qui va autour, les guirlandes, le luth, les sonnets et les troubadours, m'ennuie à mourir. Venez-vous ?... Ou faut-il vous chercher ?

— Qui êtes-vous ? demanda-t-il en ôtant son pantalon. Finirez-vous par parler ?

— Je ne résiste pas à la fessée, dit-elle en souriant.

Elle laissa choir sa robe. Elle était nue. Un corps mince et bronzé. Boro s'approcha. Au passage, son coude souleva le rideau. Le ciel était gris mais limpide.

— Refermez la tenture, dit-elle en s'allongeant sur le lit. Je n'aime pas être vue.

— Qui pourrait vous voir à deux cents mètres d'altitude ? demanda-t-il en riant.

— Les oiseaux.

L'Ordre de Parsifal

Ils ne virent pas Malaga, ignorèrent Algésiras et Gibraltar, s'endormirent à Tanger, s'éveillèrent au large de Larache où, dans les brumes, Boro songea que Julia était plus espionne que reporter, moins femme du monde que femme d'action, femme de tête en tout cas, et douée d'une sacrée énergie. Lorsqu'il ouvrit les yeux, beaucoup plus tard, il faisait jour et soleil, on avait abandonné la côte pour les Canaries, elle se tenait au pied du lit, une tasse à la main.

— Buvez.

Elle était maquillée, habillée, prête. Elle portait une jupe de daim gris clair, un chemisier blanc aux manches retroussées, une montre-bracelet d'homme et des mocassins souples. Ses boucles de jade dansaient orgueilleusement à ses oreilles.

Il se dressa sur un coude et prit la tasse qu'elle lui tendait. Le café était amer.

— Quelle heure est-il ?

— Tard.

— Où sommes-nous ?

— Loin.

— Quel jour ?

— Un nouveau jour.

Elle s'assit sur le bord du lit et lui caressa le visage. Il tenta de la prendre contre lui, mais elle se dégagea.

— Nous avons à parler, dit-elle. Après, tout l'Atlantique sera à nous.

Il regarda par la fenêtre. Le zeppelin survolait l'eau. Au loin, de grands rochers rouges barraient l'horizon. Le soleil était radieux.

— Commencez, dit-elle.

— Après vous, Miss. Je suis un gentleman.

— Pas de cérémonie entre nous, monsieur le photographe. C'est moi qui ai ouvert la porte.

— Quand ?

— Hier soir. Vous êtes dans ma cabine, que je sache.

Il se leva et sauta dans son pantalon.

— Je me lave, je m'habille, et je suis à vous ! s'écria-t-il d'une voix claire.

Il sortit, alla chercher sa trousse de toilette et se dirigea vers le cabinet de toilette, situé au fond du couloir. Il croisa Hans qui, une pointe de malice dans la voix, lui demanda s'il avait bien dormi.

— Parfaitement, dit-il avec froideur.

Et il passa son chemin. Il détestait la complicité masculine à propos des affaires de cœur.

De retour dans la cabine de Julia, il s'assit sur le lit tandis qu'elle restait à la table. Il la pria d'éloigner le dictaphone.

— Vous craignez que j'enregistre notre conversation ?

— Je préfère que vous le fassiez avec vos oreilles plutôt qu'avec un microphone.

Elle glissa l'appareil sous le lit.

— Êtes-vous rassuré ?

— La photo a été prise chez le photographe à qui ma cousine a acheté le Leica, dit-il, ignorant la question. L'homme s'appelait Heinrich Hoffmann.

— Je m'en doutais, répondit Julia.

— La fille qui se tient à côté de Hitler était vendeuse dans le magasin.

— Et l'inconnu ?

Il tressaillit, leva les yeux sur elle. Elle l'observait avec un regard attentif, non dénué d'affection, mais curieux, inquisiteur. Il se souvint de la phrase qu'elle avait prononcée la veille : « Nous finirons par nous rejoindre, monsieur Blèmia Borowicz. Et pas seulement au lit. » Il décida d'abattre son jeu et de tout lui dire.

— Je ne sais pas qui est l'inconnu. Je ne l'ai vu que ce jour-là, derrière la vitre du magasin, puis un peu plus tard, dans la rue, au côté de Hitler. Sur la photo, son visage est trop flou pour qu'on le reconnaisse.

— Sauf pour ceux qui l'ont abordé de près... Il ne vous a pas intrigué ?

— Si. Au moment exact où la photo est sortie du révélateur. À l'époque, je travaillais dans une agence parisienne. Lorsque j'ai développé le cliché, mon patron a sauté de joie en reconnaissant Hitler. Moi, j'étais troublé. Je ne savais pas pourquoi. Longtemps j'ai cherché. Hier, par le plus grand des hasards, j'ai trouvé. À cause du gant.

Elle approuva en silence et murmura :

— Nous en sommes au même point.

Elle se tut quelques secondes. Puis, abandonnant ses pensées, elle tendit le bras en direction de la mer.

— Regardez. Nous arrivons au-dessus de Tenerife.

L'île apparut, prise dans l'ombre du zeppelin. Ils virent des rochers plongeant dans l'eau, un port de plaisance où quelques yachts se balançaient doucement sur la mer tranquille. Puis ce fut une vallée, un plateau, des palmiers. Une ville surgit soudain du paysage désert, ville blanche noyée dans ses jardins et ses arènes. Julia se pencha à la fenêtre. Boro la rejoignit. Une odeur d'algues et d'eucalyptus montait jusqu'à eux. Les rues de Santa Cruz étaient emplies d'une foule en délire qui agitait la main tout en poussant des cris et des sifflements. Du salon, on entendait les vivats des voyageurs qui répondaient aux insulaires.

Boro revint à sa place et sortit son portefeuille de la poche intérieure de sa veste. Il l'ouvrit et en extirpa le négatif dont il ne se séparait jamais.

— Regardez...

Il l'exposa à la lumière et en suivit les contours de la pointe de son stylomine.

— Ici, vous avez Hitler. Là, la jeune fille. Derrière, la silhouette de l'inconnu. Et enfin, il y a ça.

Il montra un point noir sur le négatif.

— Sur les photos diffusées par l'agence et reprises par les journaux, on aperçoit vaguement l'homme tel qu'il était ce jour-là, derrière la vitre. Il a les bras croisés et porte un bijou à la main droite. C'est le point noir sur le négatif.

— Exact, dit Julia.

— Ce point m'a toujours intrigué. Au début, je croyais que c'était à cause du dessin gravé sur le bijou. Il me rappelait quelque chose que je ne parvenais pas à préciser. Et hier, tout s'est mis en place. D'abord, j'ai compris que le bijou n'est pas une chevalière ; il est porté trop haut sur la main. Ce n'est pas un bracelet non plus. Sur le négatif, vous voyez un point noir et non plusieurs, qui auraient pu être les maillons d'une gourmette. C'est un sigle cousu sur un gant. L'inconnu de la photo porte des gants. Cela, je ne l'avais pas remarqué.

Julia écoutait sans mot dire.

— Sur le gant du Dr Eckener, poursuivit Boro, l'emblème de la compagnie Zeppelin est serti dans le cuir, côté dos. Sur l'un des gants de l'inconnu, il y a également un signe. Comme sur ceux du Dr Eckener. Mais ce n'est pas le même. À partir du moment où j'ai compris qu'il s'agissait non d'une bague ou d'un bracelet, mais d'un sigle cousu sur un gant, il m'est venu à l'esprit que j'avais déjà vu ailleurs des gants semblables, ornés du même dessin.

— Où ? demanda Julia, le souffle court.

— Une première fois au bar du Select. J'ai été flanqué à terre par un individu qui portait un gant de pécari sur lequel le sigle était brodé. La deuxième fois, c'était dans le bureau du même homme, chez qui j'étais entré... mettons par hasard. À côté du gant, il y avait un automatique de fabrication belge, un Herstal. La troisième fois, c'était chez le parfumeur Coty.

— Où est situé le bureau où vous avez découvert le pistolet ?

— À Paris.

— Avenue Foch ?

— C'est cela, répondit Boro, abasourdi.

— Savez-vous ce que représente le sigle ?

— Oui. Un bonhomme barbu.

— Et connaissez-vous sa raison d'être ?

— Non.

— Il est l'emblème d'un groupe secret auquel appartiennent un certain nombre de citoyens allemands, français, italiens ou britanniques que vous ne connaissez pas, des gens de l'ombre, comme l'inconnu de chez Hoffmann, le parfumeur Coty, l'homme qui vous a fait tomber au Select et chez qui vous avez découvert le pistolet. Je peux même vous donner le nom de ce dernier.

Boro attrapa Julia par l'épaule. La jeune femme souriait. Sa gorge palpitait et ses yeux brillaient.

— Dites, bredouilla-t-il.

— Le marquis d'Abrantès.

— Comment le savez-vous ?

— Je m'intéresse aux groupes factieux. Et le marquis d'Abrantès appartient à l'un de ces groupes.

La stupeur le paralysa. Ainsi, cette journaliste anglaise, cette Julia Crimson qu'il ne connaissait même pas trois jours auparavant et avec qui il venait de passer plusieurs heures aussi épuisantes qu'inoubliables, effectuait une enquête qui l'avait menée sur ses propres traces.

— D'Abrantès est un homme dangereux, reprit-elle en refermant la fenêtre de sa cabine. Il est lié à des mouvements nationalistes qui opèrent dans votre pays mais aussi dans le mien. En Angleterre.

— Pourquoi Arthur Finnvack a-t-il inventé ce prétexte de reportage ? demanda Boro qui se remettait mal de sa surprise.

— Pour que je vous rencontre. Je suis journaliste, en effet, mais j'accomplis parfois des missions... disons extra-professionnelles.

— En quoi consiste celle-ci ?

— Il fallait que je sache où vous aviez pris la photo de Hitler. Pour confirmer ce que nous savons déjà et surveiller le groupe. Maintenant, nous sommes sûrs que le photographe Hoffmann est sans doute un membre actif de l'Ordre de Parsifal.

— L'Ordre de Parsifal ? demanda Boro.

— C'est le nom de l'organisation dont le bonhomme barbu est l'emblème. Dès avant 1933, donc au moment où vous avez pris cette photo, Parsifal était chargé de l'élimination physique de certains opposants juifs et communistes, et de la propagande néo-nazie à travers l'Europe. On soupçonne l'organisation d'avoir incendié un hôtel à Bucarest et d'avoir assassiné six participants au congrès de l'Alliance internationale contre l'antisémitisme, à Londres, le 25 mars 1933. L'Alliance avait décidé de boycotter toutes les marchandises allemandes. L'inconnu de chez Hoffmann est le chef de l'Ordre de Parsifal. Il est Parsifal.

Boro blêmit soudain.

— Comment le savez-vous ?

— Nous le connaissons. Grâce à un traitement spécial du positif, nous avons précisé ses traits. Et nous l'avons reconnu.

— Vous voulez dire que si les nazis ont tout tenté pour récupérer la pellicule, ce n'était pas pour Hitler...

— Certainement pas, répondit Julia en posant sa main sur son épaule. À cet égard, votre photo ne présente pas un grand danger pour le chancelier. Le fait qu'on y voie un des grands maîtres des réseaux de propagande occultes est beaucoup plus compromettant. Car le sigle – l'homme barbu – est connu des milieux spécialisés. La meilleure preuve en est ma présence sur ce dirigeable. C'est après l'avoir remarqué sur votre fameuse photo qu'on m'a chargée de vous rencontrer pour en savoir plus.

— « On » ? demanda Boro en la regardant avec gravité.

Julia se tourna vers la fenêtre et s'absorba dans la contemplation de la mer.

— Nous sommes partis pour la grande traversée, dit-elle. L'Atlantique...

— « On » ? répéta Boro en s'approchant d'elle.

Il passa ses bras autour de sa taille. Elle prit une de ses mains et la porta à ses lèvres.

— Je ne puis vous répondre. Sachez seulement que je travaille en effet pour l'AP, mais que je rends parfois quelques services à d'autres organismes.

— Comme l'Intelligence Service ?

— N'allons pas jusque-là, voulez-vous ? Considérez-moi d'abord et avant tout comme une journaliste. C'est mon seul vrai métier. Le reste, je le fais par conviction.

Elle se tut et regarda par la fenêtre. Le zeppelin s'éloignait peu à peu des îles Canaries. Devant, on ne distinguait plus que l'étendue de l'Atlantique. Boro songea qu'il n'avait utilisé qu'un rouleau de pellicule depuis le départ, et que ce rouleau avait été exposé au jour. Mais, sans le savoir, il s'était aventuré sur un terrain d'où naîtrait peut-être un formidable reportage. Cependant, une pensée terrible traversa son esprit et il s'écarta brusquement de la fenêtre.

— Vous ne connaissez pas Maryika Vremler ? murmura-t-il.

Comme si elle avait deviné ses pensées, Julia lui fit face et dit :

— Elle ne risque rien.

— Ils ont pourtant tout fait pour récupérer la pellicule.

— Oui, mais elle est trop connue pour qu'on puisse quoi que ce soit contre elle. Ne vous inquiétez pas, sa notoriété la protège.

— Je n'en crois rien, dit Boro, soudain nerveux. On peut lui vouloir du mal.

Il imagina sa cousine emprisonnée par les nazis, et cette pensée le déchira. Tout cela à cause d'une photo...

— Écoutez-moi, dit Julia. Ils avaient tout intérêt à empêcher la publication de votre cliché. Non pas pour Hitler, mais pour la sécurité personnelle de Parsifal. À partir du moment où ils n'y sont pas parvenus, que voulez-vous qu'ils fassent ?

— Parsifal est certainement un homme dangereux. Imaginez qu'il identifie Maryika...

Julia croisa les bras sur sa poitrine et posa ses fesses sur le coin de la table.

— Il ne fera rien contre elle. Pour une raison très simple : nous avons pisté cet homme, et nous savons qui il est. Au moindre geste, il serait abattu.

— Par qui ?

— Par l'un des nôtres, répondit Julia en baissant la tête. Je ne devrais pas vous le dire, mais tant pis. Je préfère apaiser vos craintes. Un de nos agents est en Allemagne. Il s'est infiltré dans les plus hautes sphères de l'Ordre. Il ne quitte jamais notre homme et nous renseigne sur ses projets. S'il le fallait, l'inconnu aux gants de pécari serait supprimé. Immédiatement.

Elle pointa deux doigts vers Boro.

— Poum, poum. En plein cœur... Votre cousine ne risque rien.

— Et moi ? demanda Boro en glissant ses mains dans ses poches.

— Faites ce que vous dit votre cousine. N'allez pas à Berlin. Jamais. Ils pourraient vouloir se venger. À ce propos, ajouta-t-elle après un silence, je puis vous avouer que c'était en effet un risque de vous faire venir jusqu'à Friedrichshafen. Un risque minimal mais un risque quand même.

— Vous remercierez ces messieurs de l'agence, fit-il d'un ton mauvais. Car ils le savaient, naturellement ?

— Naturellement, admit-elle. Mais nous n'avons rien trouvé de mieux que le zeppelin : vous ne pouviez m'échapper. À Paris, vous auriez pu filer. Ici, vous êtes condamné à passer trois jours avec moi.

Il ricana et lui jeta un regard en biais.

— La fessée était prévue dans le programme ?

— Pas du tout, répondit-elle en allant vers lui. La fessée était un extra.

Il la regarda avec obstination.

— Je suivrai la piste de Parsifal. Comptez sur moi pour retrouver le marquis d'Abrantès dès mon retour à Paris.

— Je n'en attendais pas moins de vous, répliqua-t-elle. C'est cela, notre vrai reportage : à vous les photos, à moi le texte. Nous publierons une enquête commune et les légionnaires de l'Ordre de Parsifal seront démasqués. Tâchez d'en savoir un peu plus sur l'avenue Foch.

— Comptez sur moi, répéta Boro.

Et il se souvint de la phrase qu'il avait adressée à d'Abrantès, ce fameux soir, au bar du Select : « Je suis à votre disposition. Quand vous voulez, sauf aujourd'hui. N'oubliez pas mon nom. Je m'appelle Blèmia Borowicz. »

Fin de partie

La mer était leur compagne. Tantôt bleu pâle, tantôt bleu marine, parfois rageuse et souvent lunatique, battue par les vents, habitée de naufrages, brillante au soleil, masquée sous la brume, mesquine les jours de calme et inépuisable si l'écume de la colère la prenait. Elle avait son va-et-vient vers nulle part, gorgone endormie dans la tromperie de ses robes, fascinante héroïne des premières heures du jour et fastidieuse accompagnatrice des approches de la nuit.

— Comment peut-on passer son temps aux fenêtres à contempler une plaine aussi morne ? demanda Boro à Julia lorsqu'ils eurent retrouvé les autres passagers dans le grand salon du zeppelin. Sur un bateau, je comprends. L'océan cherche à mordre. Mais ici, où est le mérite ? Nous sommes de simples paquets transatlantiques.

Il n'avait qu'une idée en tête : rentrer à Paris, joindre Albina d'Abrantès et s'occuper de l'homme aux gants de pécari.

— Vous auriez pu choisir un moyen de transport plus rapide...

Elle lui expliqua que leurs « retrouvailles » (ainsi appelait-elle ce moment où ils s'étaient tout dit) auraient pu être beaucoup plus longues.

— Si vous ne m'aviez pas montré le gant du capitaine Eckener, je ne vous aurais rien dit. Nous aurions finassé l'un avec l'autre pendant des heures, vous pour savoir quelle journaliste je suis, moi pour connaître le lieu où fut prise cette fameuse photo. Le voyage n'y aurait peut-être pas suffi.

— Vous auriez pu me poser la question de but en blanc.

— Vous n'y auriez pas répondu. Et puis, n'est-ce pas mieux ainsi ?

Julia avait mille fois raison. Boro et elle étaient devenus de vrais complices.

— J'y vois trois raisons principales, dit-elle avec son pragmatisme habituel : nous poursuivons la même affaire, nous nous ennuyons sur le même zeppelin et nous trompons l'ennui de la même manière.

Sur ce terrain, les membres de l'équipage ainsi que les voyageurs embarqués avec eux les considéraient avec sympathie ou répugnance. Les jeunes mariés tentèrent de nouer une amitié, façon comme une autre de lier des causes qu'ils croyaient communes ; les Schumpeltz se montrèrent attentifs au premier vers des algarades ; la jeune fille enamourée considéra Julia avec envie ; Greta et Gerda Schmutz, les pies célibataires, jurèrent, mais un peu tard, qu'elles ne remonteraient plus dans ces aérostats qu'on transformait en lupanars. Quant à nos deux héros, le corps apaisé et l'esprit inventif, ils attendaient que la terre ferme voulût bien se présenter sous leurs pas.

Il y eut fête lors du passage de l'Équateur. On fit des paris pour savoir si les poissons volants l'emporteraient en vitesse sur le zeppelin. Le délire s'empara des voyageurs lorsque le *San Marin*, paquebot de la Hamburg-Amerika, tira un coup de canon en l'honneur du dirigeable. Julia et Boro décidèrent de se renseigner à Pernambouc pour savoir s'il leur était possible de rentrer par escales en Douglas DC-1.

Le troisième jour, à trois heures du matin, ils parvinrent en vue des côtes brésiliennes. Lorsque Boro quitta la cabine de Julia, il croisa Hans qui lui annonça qu'ils arrivaient à l'escale. Le jeune garçon avait les traits tirés et les yeux bouffis de sommeil.

— Vous devriez aller vous recoucher, lui conseilla notre ami.

— Je ne veux pas rater l'atterrissage. On aura besoin de moi.

Boro s'habilla dans sa cabine. Puis il passa dans le salon où le Dr Eckener buvait un café.

— Nous y sommes, jeune homme ! s'écria-t-il à l'adresse de Boro.

— Dans combien de temps ?

— Une heure.

Boro s'approcha des fenêtres. La côte était à moins de cent mètres. On percevait des odeurs de vanille, d'ananas et de fleur d'oranger. Le jour n'était pas encore levé.

— Je n'aime pas bien atterrir la nuit, reprit le Dr Eckener. Alors on attend...

Le zeppelin décrivait des cercles au-dessus du continent américain. La brise était douce, nul bruit ne parvenait de la côte. Boro rejoignit sa cabine et rangea sa valise. Aucune des rares photos qu'il avait prises au cours du voyage ne serait publiée. Il ne souhaitait pas attacher son nom à cette croisière de luxe, au zeppelin frappé de la croix gammée. Il n'était pas devenu reporter photographe pour voyager au-dessus de l'Atlantique dans un ballon portant les armes du chancelier Hitler. Grâce à Julia, il n'avait pas réellement perdu son temps, mais il voulait rentrer au plus vite et se consacrer à son affaire.

Le jour équatorial survint brusquement, sans transition. Le zeppelin s'orienta vers l'est. Il commença de descendre lentement à la rencontre des palmiers. Les voyageurs quittèrent leur cabine. Boro les rejoignit au salon. Julia était là, resplendissante dans une robe de tulle vert pâle.

— Eh bien, voilà le terme du voyage, Miss Efficacité, dit-il en la prenant par la taille.

Il la conduisit vers une des fenêtres restée vide, et ils se penchèrent sur la terre qui montait vers eux dans un bruissement d'air et de feuilles.

— Pas trop désenchanté ? demanda-t-elle doucement.

— À condition de savoir où vous joindre.

Il lui sourit comme à un complice.

— J'espère que nous ferons d'autres voyages en souvenir de celui-ci.

— Bien sûr, dit-elle en se serrant contre lui. Il suffira que vous me fassiez signe.

Ils survolèrent des cases dissimulées sous des palmes séchées. Des milliers d'enfants les regardaient en battant des mains. Herr Schumpeltz vint vers eux. Il s'inclina devant Boro.

— Je dois vous préciser, dit-il dans un mauvais français, que ni ma femme ni moi ne sommes des otaries.

Puis il s'éloigna, très digne. Julia éclata de rire.

— Il comprenait ce que nous disions !

Plus loin, Frau Schumpeltz les dévisageait avec un sourire méprisant. Boro lui adressa une moue navrée. Elle haussa les épaules et se détourna.

Le terrain d'atterrissage apparut sous eux. Ils virent le mât et des hommes, nombreux, qui attendaient. On descendit encore. Des filins furent lancés de la proue du ballon. Ils se déployèrent, furent agrippés et tirés vers le sol. Du salon, on entendait la voix chaude du Dr Eckener qui criait ses ordres à travers un porte-voix.

Les visages se rapprochèrent. Des mains saisirent la rampe du dirigeable, d'autres s'accrochèrent à la nacelle. Le zeppelin fut amarré à son mât. Il y eut une secousse, puis plus rien. Les moteurs furent coupés. Boro éprouva une légère sensation de malaise.

— J'avais oublié l'immobilité, dit-il à Julia.

— Il faudra vous y faire, répondit-elle en quittant la fenêtre.

Ils suivirent les voyageurs et sautèrent sur le gazon. Déjà, les membres de l'équipage dirigeaient la file vers les bâtiments de la douane. Boro s'écarta.

— J'ai une mission à accomplir, dit-il. Je m'occuperai des papiers après.

— Que devez-vous faire ?

— Envoyer un câble.

— À Paris ? demanda Julia.

— Non. À Berlin.

À Berlin, où Heinrich Mann venait d'être déchu de la citoyenneté allemande. À Paris, où les premiers billets de la Loterie nationale s'arrachaient au comptoir des banques.

Une leçon d'hygiène

AI ATTERRI SUR JAMBE VALIDE AU BRÉSIL GRÂCE À ZEPPELIN. VOULAIS VÉRIFIER T'AIME AUSSI FORT AUTRE CÔTÉ ÉQUATEUR. RÉPONSE : OUI. VIENDRAI BIENTÔT FAIRE DÉCLARATION AMOUR UNIVERSEL. BLÈMIA.

Maryika replia le télégramme et ferma les yeux sur son beau cousin. La première image qui lui vint fut celle de son infirmité. Elle la chassa. Aucune vision ne lui était plus désagréable que celle-là. Elle préféra l'imaginer au Brésil, balançant sa canne d'avant en arrière, aussi fier d'avoir fait un si long voyage qu'un enfant découvrant qu'il vient de parcourir seul vingt mètres en patinette.

Elle sourit, ouvrit les yeux et relut le télégramme. Soudain, son regard se figea. Elle approcha le papier de son visage, puis le replia soigneusement. Elle quitta le fauteuil crapaud dans lequel elle s'était laissée choir et passant dans le salon, appela Frau Spitz d'une voix vibrante. Une minute plus tard, la femme de chambre se présentait. Maryika l'observa durant quelques secondes sans broncher. L'autre attendait, faisant porter son poids tantôt sur sa jambe droite, tantôt sur sa gauche.

— Parlez-vous le français ? demanda Maryika en plissant les paupières.

— *Nein.*

— Qui vous paie ?

— Vous, Fräulein.

— Pour la moitié du service que vous rendez, en effet. Mais je songeais à l'autre...

Comme la Spitz ne répondait pas, Maryika la dévisagea avec un sourire méchant et poursuivit :

— Vous devriez demander à vos seconds employeurs de vous offrir des cours de langue. Ainsi pourriez-vous lire les télégrammes qui me sont adressés...

— Je ne comprends pas...

— Vous comprenez tout, sauf le français, répliqua sèchement la jeune femme. C'est ici que le bât blesse. Comment allez-vous faire pour transmettre à vos chefs le contenu de ce télégramme ?

Elle montra le papier.

— Quand l'avez-vous lu ?

Frau Spitz porta la main à son cœur. Dans le même temps, elle fit ses grands yeux de vache, laissa lourdement tomber sa tête sur le muscle de son épaule : elle s'essayait à la candeur.

— Voyez-vous, reprit Maryika en ouvrant délicatement le télégramme, moi, je ne suis pas blonde...

Elle écarta ses doigts et, du pouce et de l'index, piqua un crin contenu dans le pli du papier. Elle le porta à son visage, esquissa une moue méprisante et le laissa tomber sur le tapis.

— Que vous écoutiez mes conversations téléphoniques et lisiez mon courrier est une chose. Mais que vous laissiez partout vos tifs de souillon, voilà qui me gêne particulièrement.

Elle se fit une moue angélique.

— Si vous voulez rester à mon service, Frau Spitz, vous devriez revoir un peu tout ça.

Elle recula d'un pas. La Spitz arborait un visage de cendre. Mais elle ne soufflait mot.

— Je ne vous chasse pas, car je n'ai rien à cacher,

dit Maryika en allant à la fenêtre. Épiez-moi autant que vous le voudrez. Fouillez mes affaires, ouvrez mon courrier, écoutez mes communications. J'ai besoin de vous, car c'est par votre intermédiaire que ceux qui vous emploient comprendront combien ma vie est limpide. Vous êtes ma paix. Si je vous renvoyais, ils imagineraient Dieu sait quoi, et, naturellement, auraient tôt fait de vous remplacer.

Elle se retourna et croisa les bras.

— Je ne vous demande que deux choses : un, de faire au mieux ce double travail qui vous vaut double salaire ; deux, de me laisser prendre connaissance de mon courrier la première.

Frau Spitz arbora un sourire crispé, leva le bras droit et sortit en claquant la porte.

Une fois et demie

Trois jours après cette scène, la vie de Maryika Vremler, si transparente jusqu'alors, aborda le défilé tragique qu'elle redoutait depuis de longs mois, ainsi que le dangereux précipice que les nazis avaient si patiemment creusé. Dans un cas, il s'agissait de fatalité ; dans l'autre, de hasard. Alors que le sol commençait à se fissurer sous ses pas, Maryika continuait de marcher, ignorant que seule une mince couche de sable la retenait encore à la terre ferme. La dépression était là. Lentement, le gouffre s'ouvrait sous elle.

Le 14 octobre 1933, l'Allemagne quitta la conférence sur le désarmement et la Société des Nations. À l'instant précis où Konstantin von Neurath, ministre des Affaires étrangères, annonçait au monde médusé que son pays ne reviendrait plus à Genève, Wilhelm Speer tomba dans la rue, victime d'une attaque. Maryika fut prévenue par Gustav Umlauff. Elle courut à l'hôpital où le metteur en scène avait été transporté. Devant la porte 12 attendait son imprésario. Il se précipita à la rencontre de sa protégée et, du plus loin qu'il put, cria :

— *Es geht, es geht !*

Elle entendit : « *Er lebt* » et, pressant le pas, remercia muettement une divinité qu'elle avait toujours ignorée jusqu'alors.

— *Ihm geht's gut !* répéta le petit homme en lui prenant la main.

Il l'entraîna le long du couloir tout en lui expliquant, dans le babil effréné qui était le sien, que Wilhelm avait fait une petite chute, perdu connaissance, été amené là, subi des premières analyses, repris connaissance, demandé à la voir, exigé qu'on le laissât tranquille, souhaité partir au plus vite...

Elle mit un terme à la logorrhée de Gustav en ouvrant la porte de la chambre puis en la lui refermant au nez. Speer était allongé sur un lit, près de la fenêtre. Elle se précipita. Il leva la main.

— Du calme, Thea von Hasler ! Tout va bien.

Elle le dévora du regard, examinant son visage, son cou, ses bras. Lorsqu'elle fut certaine qu'il était vivant, bien vivant, elle s'effondra en pleurs sur son épaule.

— Je suis tombé, dit-il lentement. Tombé, c'est tout. Je sors demain.

Elle se redressa brusquement.

— Il n'en est pas question, dit-elle à voix basse. Vous restez là le temps de vous reposer.

Il secoua la tête. Il avait le teint cireux, et un pansement barrait sa joue. Son regard brillait d'une détermination farouche.

— Je sors demain, répéta-t-il. Mon film ne peut attendre.

Elle courba la tête. À la manière dont il l'avait dévisagée, elle venait de comprendre qu'il était au bout, tout au bout du chemin. Comme pour confirmer cet écho douloureux, il ajouta :

— Vous comprenez bien ce qui ne peut attendre, n'est-ce pas ?

— Vous, dit-elle dans un souffle.

— Il fallait bien en parler un jour, murmura-t-il. Je suis vaincu.

Elle demeura à son chevet jusque tard dans la nuit. Ni lui ni elle ne parlèrent. Ils se contentèrent, main dans la main, de fixer un point reculé qui venait de faire un bond au-devant d'eux et à l'intérieur de lui-même. Lorsque, peu après minuit, l'ascenseur déposa Maryika au cinquième étage de son immeuble, elle savait qu'il lui faudrait se faire à cette idée : bientôt, elle marcherait seule, telle une funambule.

Elle mit un pied devant elle, puis l'autre et, comme elle allait glisser la clé dans la serrure, une main se posa sur son bras. Elle eut le sentiment que le sol s'ouvrait devant elle.

— N'ayez pas peur, dit une voix.

— Vous !

Elle étouffa son cri.

— Mais vous ne pouvez pas venir ici !

— Faites-moi entrer. L'appartement est vide. J'ai vérifié d'en bas. J'attends depuis six heures.

Elle songea qu'il n'y avait aucun risque en effet à introduire son visiteur. À cette heure de la nuit, Frau Spitz avait quitté son service depuis longtemps.

Elle ouvrit la porte, la referma à double tour et alluma la lumière dans le couloir. Dimitri dardait sur elle le même regard aigu que la première fois.

— Pourquoi es-tu venu ? demanda-t-elle froidement.

— Allons dans votre chambre.

— Pas question. On a dit *une* fois.

— Alors dans le salon.

Elle passa devant lui. Il s'assit dans le fauteuil crapaud qui faisait face à la cheminée. Elle l'observa. Son visage était de marbre. Dans l'échancrure de sa chemise, elle aperçut le lacet de cuir. Elle frissonna.

— Il faut me cacher, dit sèchement Dimitri.

— Pourquoi ?

— Vous n'avez pas le choix.

— Pourquoi ? répéta-t-elle.

Il la considéra bien en face.

— Je suis un militant antifasciste, pas un vantard.

Moins vous en saurez, mieux cela sera. Vous n'avez pas le choix car si je ne reste pas là, je suis un homme mort.

— Vous avez...

Elle s'étonna de ce vouvoiement et laissa sa phrase en suspens.

— J'ai fait... Mettons, une action.

Il sourit en voyant l'expression de son visage et, devançant sa question, ajouta :

— Une action sur le matériel, pas sur les hommes.

Elle parut soulagée.

— Si je vous disais que j'étais très malade, me cacheriez-vous ?

Elle songea à Speer et acquiesça en silence.

— Je ne suis pas malade et je serais un salaud si je vous demandais refuge sous ce prétexte-là. Sachez-le, on me recherche. Il y a des risques, et je vous en avertis. Maintenant, à vous de décider.

— D'accord, dit-elle sans hésiter plus d'une fraction de seconde.

Elle accepta moins pour lui-même que contre autrui. En l'hébergeant sous son toit, elle prenait une revanche sur Frau Spitz, Friedrich von Riegenburg, les banquiers allemands qui boudaient le film de Speer, les hordes brunâtres qui paradaient sous ses fenêtres. Cependant, immédiatement après qu'elle lui eut donné son accord, elle mesura les dangers qu'impliquait sa décision. Son appartement n'était pas, loin s'en fallait, à l'abri des regards hostiles.

— Il va falloir se méfier de tout et de tous, dit-elle. Les nazis ont placé chez moi une garde-chiourme qui me tient lieu de dame de compagnie.

— Renvoyez-la.

— Impossible. Si je la chasse, ils me surveilleront d'encore plus près.

Dimitri se leva.

— Quelle pièce allez-vous m'attribuer ?

— Une seconde... Tu devras te garder de cette

femme, mais aussi de certains de mes visiteurs. De tous mes visiteurs, se reprit-elle. On ne sait jamais.

Au fur et à mesure qu'elle alignait les difficultés auxquelles ils seraient confrontés, une étrange satisfaction la gagnait. Comme si elle s'apprêtait à jouer une partie avec des armes enfin dignes d'elle. Cochon-qui-souffle, Heinrich, Riegenburg... ils l'avaient tous persécutée pour rien. Et alors qu'ils s'étaient retirés sur la pointe des bottes, voilà qu'à leur insu elle allait mener un combat dont ils ignoraient jusqu'à l'existence. Personne n'avait remporté la première manche. La deuxième serait pour elle.

— Suis-moi, dit-elle à Dimitri.

Elle l'entraîna dans le couloir et ouvrit la porte de la penderie dans laquelle ses manteaux étaient accrochés. Elle se faufila entre la soie et les fourrures, découvrit l'échelle qui avait servi à Heinrich et à Cochon-qui-souffle pour fouiller la soupente. Elle la tira hors du placard, en appliqua l'extrémité contre l'embase sur laquelle venait s'appuyer l'ouverture du grenier, et entreprit de gravir lentement les échelons. Parvenue sur le dernier barreau, elle leva la tête et regarda. La trappe se trouvait exactement au-dessus d'elle. Elle était fermée par un verrou.

— Monte, dit-elle à Dimitri en soulevant le panneau.

Quelques secondes plus tard, ils se retrouvèrent dans une pièce qui sentait le renfermé et le moisi. Dimitri tâtonna le long des murs, découvrit un interrupteur qu'il bascula. Jaillie d'une ampoule nue, la lumière leur offrit le spectacle d'une vaste remise encombrée d'objets hétéroclites, parmi lesquels des coussins éventrés, des abat-jour, de vieux journaux, des pots, des chaises et, miracle, un matelas crevé.

— Ce sera ton antre, dit Maryika en se pinçant le nez. Je n'ai rien de mieux à t'offrir.

— Ce sera parfait, répondit le jeune homme.

— Défense de sortir entre neuf et dix-huit heures :

le garde-chiourme est en bas. Ôte tes souliers pour marcher et ne parle à personne : on t'entendrait d'en bas.

— À qui voudriez-vous que j'adresse la parole ? demanda Dimitri avec un pâle sourire. Aux pigeons ?

Il s'approcha du vasistas qui ouvrait sur le ciel, souleva le verre et regarda par-dessus les toits.

— Je me promènerai avec eux sur les hauteurs, dit-il en revenant auprès de Maryika. Et s'il y a danger, je fuirai par là.

Il marcha de long en large quelques instants, sondant le sol et examinant les murs. Le grenier coiffait le couloir et la grande salle de l'appartement. Une cage de cinquante mètres carrés.

— Splendide, s'exclama-t-il avec son beau sourire d'adolescent.

— Je t'offre non seulement le gîte, mais aussi le couvert, dit Maryika. Chaque jour, ta soubrette personnelle te montera de quoi manger. Interdiction absolue de la toucher.

— Bien, mademoiselle, répondit Dimitri... Mais si c'est elle qui fait les premiers pas ?

— Ne compte pas là-dessus.

— Tant pis ! soupira le jeune homme. Si je comprends bien, une fois suffit...

— Pas tout à fait, dit Maryika en faisant une petite révérence.

Elle s'approcha de lui et lui souffla à l'oreille :

— Une fois et demie. Embrasse-moi.

SIXIÈME PARTIE

La gueule du loup

Un espion

Albina en riait encore.

— Il n'y a que vous, Petit Prince, pour m'entraîner dans une situation pareille : suivre mon mari en compagnie de mon amant !

— Je préfère que nous soyons derrière lui plutôt que devant, répondit Boro. Êtes-vous sûre qu'il ne reconnaîtra pas votre voiture ?

— Il ne l'a jamais vue et ne la verra pas. Elle appartient à une amie qui voulait me la vendre. J'en serai quitte pour ne pas l'acheter, voilà tout.

— C'est une voiture anglaise ?

— Toujours aussi savant !... Une Aston Martin.

Boro passa sa paume sur les sièges. Lorsqu'il était monté dans la conduite intérieure, quelques heures plus tôt, il n'avait pas remarqué combien cette voiture était belle. L'habitacle sentait le bois et le cuir. Une douce lumière verte éclairait les cadrans. Mme d'Abrantès conduisait toujours avec la même sûreté de réflexes.

Il désigna les lanternes rouges de l'auto qui les précédait.

— Votre mari roule lui aussi dans une sacrée voiture...

— Oui, dit-elle d'un air désabusé. Aujourd'hui, c'est la Delage. Mais il a toute une panoplie de coupés et de bolides remisés au garage. Il les collectionne. Les bagnoles et les grues. Il en va ainsi depuis vingt-trois ans, cinq mois et deux semaines.

— Vous avez compté ?

— Chaque matin, devant ma glace. Recta !

— Albina ! C'est indigne de vous !

— Pourquoi le serait-ce, Petit Prince ? Je vous choque ?

— Je vous imagine si mal... Et quelle affreuse comptabilité !

— Dites plutôt : quel ignoble personnage !

Boro savait qu'elle haïssait d'Abrantès jusqu'au fond de ses tripes. Mais là n'était pas sa préoccupation essentielle. Il reporta son attention sur la Delage.

— Conduit-il toujours lui-même ?

— Il est bien trop paresseux ! Ce soir, c'est exceptionnel. Il ne tient pas à partager ses secrets avec quiconque.

Edmond d'Abrantès : en trois mois, Boro avait collecté nombre de renseignements sur lui. Il avait appris qu'il occupait de hautes fonctions dans l'industrie, étant administrateur d'une dizaine de sociétés dont les activités s'étendaient du bâtiment au sucre en passant par l'automobile et les cosmétiques. Sa fortune immobilière, acquise par héritage et soigneusement gérée depuis, était immense. Il n'appartenait pas au club des « cent familles » mais possédait tout de même un hôtel particulier avenue Foch, un château en Sologne, treize immeubles dans Paris, une villa à Saint-Jean-Cap-Ferrat, une autre à Gstaad et des entreprises installées en France, en Italie et en Allemagne.

Il avait obtenu ces renseignements par Julia Crimson, qui les lui avait envoyés d'Angleterre, mais aussi par ses amis Prakash et Pázmány, qui l'avaient aidé dans ses recherches. Cependant, les informations les plus intéressantes lui avaient été données par Albina elle-même.

Vanessa avait transmis l'adresse de Boro à sa mère. Celle-ci avait câblé sa date d'arrivée. Notre reporter s'était fendu d'un billet de chemin de fer. Il avait retrouvé Mme d'Abrantès à Nice, entre la Promenade des Anglais, l'hôtel Miramar et les coussins de la Rumba, une nouvelle boîte de nuit cannoise. Albina avait ajouté les quelques pièces qui manquaient à son puzzle. Oui, son mari confiait des fonds au parfumeur Coty afin que ce dernier les utilisât de la meilleure manière, et sans profit s'il vous plaît. Oui, il était l'un des membres fondateurs de l'Ordre de Parsifal en France. Oui, M. Paul entraînait au combat des jeunes hommes qu'il réunissait certains matins dans la forêt de Montmorency. Oui, Gaston-Pierre était à la fois trésorier et secrétaire de l'Ordre...

Elle avait tout déballé, sans la moindre retenue, lavant le linge sale de sa famille avec une volonté de saccage stupéfiante. À Paris, elle lui avait téléphoné pour lui communiquer de nouveaux éléments d'information qu'elle n'aurait pas voulu passer sous silence pour un empire. Et ainsi de novembre à janvier, le temps qu'il avait fallu à Boro pour photographier les douze paires de gants de pécari et le pistolet rassemblés dans la commode du marquis, Gaston-Pierre devant chez le parfumeur Coty, M. Paul entraînant en forêt une douzaine de militants... Albina n'avait pas cessé de nourrir sa curiosité en pimentant ses comptes rendus de détails confondants de précision.

Souvent, Boro s'écriait :

— Albina, Albina, que me racontez-vous là ? Êtes-vous sûre de vouloir continuer ?

— J'y tiens, mon ami ! Je veux absolument vous aider à peaufiner votre reportage !

Boro était d'autant plus effrayé par la teneur des confidences de Mme d'Abrantès que, respectant son pacte avec Julia, il lui téléphonait régulièrement afin de la tenir au courant des prolongements de l'affaire. Il l'avait promis. En même temps, il eût souhaité épargner Albina. Par amitié, par tendresse, il lui arrivait de crier casse-cou. Il l'interrompait au milieu d'une phrase, s'exclamait :

— Mais enfin ! vous êtes inconsciente ? Ne me dites pas ça ! Ces gestes, ces propos que nous consignons seront utilisés un jour contre votre époux. Il y aura sans doute procès. Peut-être une condamnation grave pour haute trahison.

— Je le sais. Je le sais et je le veux ainsi, persistait-elle.

Elle parlait toujours de cette voix rauque et chantante qu'il écoutait désormais sans appréhension, étant sûr que la tendresse qu'elle éprouvait pour lui ne s'exprimerait plus en dehors des limites qu'elle avait elle-même fixées : un baiser de temps à autre, une promenade de ses doigts bagués dans la broussaille de ses cheveux, quelques petits noms affectueux qui lui réchauffaient le cœur. Il avait compris le mode d'emploi de leurs nouveaux rapports lorsque, à l'hôtel Miramar, elle avait demandé deux chambres avant de lui effleurer les lèvres en disant :

— Nous nous retrouverons demain matin, amour joli. Entre nous, désormais ce sera toujours ainsi : le matin, seulement le matin.

Ils s'accordaient comme des amants d'une fois aussitôt devenus, par la grâce des secrets partagés, amis de longue date. Elle aimait à rire de leur première rencontre, « huit cent quatre-vingt-huit francs, se rappelait-elle, je valais bien cher à vos yeux ! ».

Il éprouvait à ses côtés la même complicité que celle qui le liait à ses amis Prakash et Pázmány, à Benjamin Ráth, aux frères Kossuth et au Gaucho pleureur. Il n'oubliait pas qu'il l'avait connue alors qu'il était dans la mouise avant qu'un pied de nez de l'Histoire ne le propulsât au firmament des photographes.

Albina raillait souvent ses manières de bohème que

la gloire et la fortune n'avaient pas su lui faire perdre. Ainsi moquait-elle sa garde-robe, pas assez distinguée à ses yeux, cette façon désuète qu'il avait de sortir les billets par poignées de sa poche (elle lui avait offert un portefeuille en maroquin rouge dont il ne se servait pas), son goût pour les farces, l'alcool et les midinettes, son incapacité à tracer des plans ailleurs que sur la comète.

— Prenez-vous une bonne fois par la peau du cou, disait-elle. Organisez votre carrière !

— On verra demain, répondait-il. C'est le vin d'aujourd'hui qui est le meilleur.

De son côté, il brocardait ses allures de grande dame, sa passion pour les dessous de ceinture des jeunes hommes, la voilette qu'elle n'oubliait jamais d'abaisser sur une bouche sans âge, et ces faux cils démesurément longs qu'elle arborait, sacrifiant à une nouvelle mode qui faisait fureur chez les Parisiennes cet hiver-là. Toutefois, ces joutes surfilées d'humour ne pouvaient passer pour des manifestations d'acrimonie. Boro et Albina non seulement ne remettaient jamais en question leur affection l'un pour l'autre, mais, au contraire, la renforçaient sans cesse en l'agrémentant d'attentions délicates, de gestes familiers d'où la polissonnerie n'était pas totalement exclue.

Boro avait révélé à Albina presque tous les secrets de son existence. Par grandeur d'âme, il s'était simplement abstenu de lui parler de Maryika. Et, par prudence, il avait tu les circonstances dans lesquelles il avait rencontré le marquis d'Abrantès.

Ce jour-là, elle lui avait téléphoné en fin d'après-midi, la voix vibrante, exigeant de le retrouver à huit heures du soir place de la Concorde.

— Nous allons mettre un demi-point final à notre entreprise, avait-elle dit. Apportez vos appareils.

— Où allons-nous ? avait-il demandé.

— Ce sera une surprise, Petit Prince.

Ils roulaient vers la surprise. Elle n'avait rien voulu

dévoiler de son plan. Depuis plusieurs heures maintenant, ils suivaient la Delage. Ils l'avaient prise en chasse rue de Verdun, à la sortie des laboratoires Coty. On avait d'abord roulé à vive allure sur la route de Meaux. Puis on avait quitté les nationales pour des voies secondaires que bordaient des masses informes, champs ou garennes, indiscernables dans l'obscurité. Albina maintenait l'Aston Martin à distance de la Delage. Boro avait froid.

— Savez-vous au moins où nous nous rendons ? demanda-t-il en se tournant vers la conductrice.

— Naturellement, amour chéri ! Nous allons vers un lieu de perdition.

— Vous en dites trop ou pas assez, dit-il en remontant le col de son trench-coat.

— La Prusse s'y perdra un jour et mon mari dans moins de deux heures.

— Pourquoi faites-vous cela ?

— Par patriotisme... Vous en doutez ?

Il ne répondit pas.

— Souffrez qu'après vingt ans de vie commune je préfère l'oreiller de la France à l'hypocrisie du matelas conjugal ! C'est moins douillet, j'en conviens. Mais je m'y sens autrement libre !

— Vous le détestez, n'est-ce pas ?

— C'est pire, mon petit. Il m'ennuie.

Boro observait les chemins sur lesquels roulait l'Aston Martin. Le ventilateur du chauffage ronronnait doucement sans réchauffer l'habitacle, et il ne comprenait pas ce qu'il faisait là, assis dans une voiture de luxe à respirer un parfum aux effluves exaspérants – Shangaï de Lenthéric – sans savoir où il se rendait, à minuit passé de quelques minutes.

Albina ralentit et tourna dans une allée forestière. Cent mètres devant eux, les stops de la Delage s'allumèrent. La conductrice coupa ses phares et se rangea sur le bord du chemin.

— Que fait-il ? demanda Boro.

— Il montre patte blanche.

À travers la vitre, les arbres formaient un rideau sombre. Ils se trouvaient au milieu d'une forêt et on n'y voyait goutte.

— Pourquoi m'avez-vous demandé d'emporter mon appareil ?... La lumière est si vive au fond de cette campagne que ce sera du gâchis. Toutes les photos seront surexposées !

— Pas de mauvais esprit, Petit Prince. D'ailleurs, les photos, c'est pour plus tard. Vous n'aurez droit qu'à quelques clichés, et vous les volerez quand je vous le dirai. En pleine lumière et très vite.

— Je n'y comprends rien ! grogna Boro en se tassant sur son siège.

— Cessez d'être un cas difficile, bel enfant, et, quoi qu'il arrive, ayez l'air naturel, dit-elle en glissant sa main dans ses cheveux. Vous n'êtes pas un espion, et moi non plus. Nous sommes là pour autre chose.

— Là ? maugréa-t-il. Et comment s'appelle l'endroit ?

— Vous le saurez bientôt. En attendant, confiez-moi votre appareil.

— Qu'allez-vous en faire ?

— Le mettre sous mon intime protection.

Il sortit le Leica de sa poche et le tendit à Albina. Celle-ci le glissa dans l'encolure de son manteau.

— Si on vous pose trop de questions, dites que vous êtes mon beau-frère. Ici, tout doit se passer en famille.

Devant eux, les feux de la Delage s'éloignèrent. Albina attendit quelques secondes, puis elle mit le contact et l'Aston Martin roula lentement sur l'allée, entre les arbres. Ils atteignirent une grille. Dans l'ombre, Boro distingua deux guérites. Trois hommes armés montaient la garde.

— Sommes-nous à une frontière ?

— En quelque sorte. Mais vous ne la franchirez pas

sans moi. Faites confiance à votre sauf-conduit et ne parlez plus.

Albina d'Abrantès freina devant la clôture. L'un des hommes s'approcha de la voiture. Boro constata qu'il était en uniforme. C'était un soldat français. Il portait une capote qui lui descendait jusqu'aux mollets, des bandes molletières et un fusil Lebel. Sur la grille était placardé un écriteau : TERRAIN MILITAIRE - DÉFENSE D'ENTRER.

Albina fouilla dans son sac et en sortit une feuille pliée en quatre. Elle abaissa la vitre. Le soldat porta une main à son casque et se pencha.

— Avez-vous un ordre de mission et une carte d'identité ?

La conductrice tendit la feuille. Le soldat l'examina à la lueur d'une torche électrique. Puis il braqua son faisceau à l'intérieur du véhicule.

— M. d'Abrantès vient de passer, dit-il en observant Boro. Qui êtes-vous ?

— Mon beau-frère, répliqua sèchement Albina. Nous rejoignons mon mari. Observez la signature.

Le soldat pénétra dans la guérite de gauche. Quelques secondes plus tard, il était de retour.

— Vous pouvez y aller, dit-il.

Il adressa un signe aux deux hommes qui montaient la garde devant la grille. Celle-ci s'ouvrit dans un grincement métallique. Le soldat rendit son papier à Albina.

— Vous devez repasser ici avant quatre heures du matin.

— Où serez-vous, joli militaire ?

Albina démarra sans attendre la réponse.

— Pour la dernière fois, où m'emmenez-vous ? s'impatienta Boro.

Albina lui tendit la feuille et alluma le plafonnier.

— Lisez.

Il découvrit un laissez-passer au nom de M. et Mme d'Abrantès. L'ordre était signé de la main même du ministre. Il demandait à « toutes les autorités compétentes » de ne pas entraver les déplacements que les porteurs du document voudraient effectuer à l'intérieur du lieu-dit « Les Souris ».

— Comment avez-vous obtenu ce sauf-conduit ?

— Il a tout oublié, l'animal ! s'écria malicieusement Mme d'Abrantès. Où donc vais-je prendre le thé chaque vendredi que Dieu fait ?

— Chez votre cousine du boulevard Saint-Germain.

— Tout juste. Et même si Agathe est une langue de vipère, elle a ses bons côtés. Ainsi, et ce n'est pas son moindre mérite, elle est mariée au sous-secrétaire auprès du ministre de la Guerre. C'est un politicien un peu potiche. Enrobé du jabot, solennel, et franchement impotent dès qu'il s'agit des femmes. Mais il délivre régulièrement des laissez-passer de ce genre à mon mari. Edmond a perdu le dernier en date et m'a chargée d'en réclamer un autre. J'ai téléphoné à mon cousin pour qu'il m'en envoie un à nos deux noms. Il va sans dire que j'ai miraculeusement « retrouvé » celui qui avait été « égaré ». D'Abrantès a donc un premier laissez-passer à son nom, et moi un second libellé à notre nom à tous les deux. Pour l'heure, ajouta-t-elle avec un large sourire, vous êtes donc marquis et mon époux !

Elle laissa échapper un petit ricanement et éteignit le plafonnier.

— Nous sommes sur un terrain militaire ? demanda Boro.

— Le tendre chéri a tout compris !

— Et que fait votre mari sur un terrain militaire ?

— Du dessin.

— Vous vous moquez !

— Non pas, jeune homme. Il va parcourir trente kilomètres à une allure d'escargot, marquant son chemin sur des cartes d'état-major. Et nous irons comme des limaces derrière lui. Il ne faut pas le surprendre dans son travail. Soyez patient, votre peine sera récompensée.

Les feux de la Delage apparurent à deux cents mètres devant eux. Albina ralentit. Ils longeaient une coulée noire qui serpentait à travers les arbres. Malgré ses efforts, Boro ne parvenait pas à percer l'ombre alentour.

— Pourquoi votre mari fait-il du dessin sur un terrain militaire ?

— Officiellement, il surveille l'avancement des travaux.

— Mais les travaux de quoi ? s'écria Boro.

— Du calme, Petit Prince ! dit doucement Albina d'Abrantès. Il vous faut d'abord savoir que mon mari a obtenu de mon cousin que ses entreprises de travaux publics participent à la construction des bâtiments que vous voyez ici.

Elle désigna les formes noires, à ras de terre.

— Ce sont des couloirs souterrains.

— Pourrais-je enfin savoir où je me trouve ? demanda Boro en tapotant nerveusement le tableau de bord de l'index.

— Oui, répondit Albina. Vous avez été sage. Je peux vous dévoiler la surprise.

Elle obliqua légèrement sur la droite, mordant sur le bas-côté. L'Aston Martin s'enfonça dans la terre meuble. Albina éteignit les phares et coupa le moteur. Plus loin, au-delà d'une courbe, la Delage avançait lentement, longeant les coulées.

— Petit Prince, dit doucement la belle Albina. Avez-vous déjà entendu parler de la ligne Maginot ?

La ligne Maginot

— Veuillez m'expliquer ce que nous faisons sur la ligne Maginot un mardi soir à minuit passé, demanda Boro tandis qu'Albina se tournait vers lui après avoir remonté sa voilette.

— Nous espionnons un espion qui espionne.

Boro désigna les feux de la Delage qui s'éloignaient dans la nuit. La voiture avait franchi un lacet et roulait au ralenti, deux cents mètres plus loin.

— Vous voulez dire que votre mari profite de sa situation d'entrepreneur pour se balader sur la ligne...

— Il ne se balade pas, l'interrompit la marquise. Il note, il croque, il mesure...

— À qui destine-t-il ses œuvres ?

— Je l'ignore encore. Mais je vous préviendrai quand j'en saurai davantage.

— Le commanditaire est-il russe, allemand, italien ?

— Aucune idée, mon ange. Mais je le saurai.

Albina sourit dans l'ombre.

— Vous allez faire un reportage sensationnel.

Elle posa ses mains sur le volant et mit le contact.

— Je vois d'ici les manchettes du *Petit Parisien* : « Un aristocrate trahit son pays pour le compte des rouges. »

— Ou des bruns, rétorqua Boro en se rappelant les confidences que Julia lui avait faites.

— « Découvrez en page 3 le reportage photographique de Blèmia Borowicz », poursuivit Albina sur le même ton.

— Boro, rectifia notre reporter. Blèmia pour le prénom, Borowicz pour le nom, Boro pour la signature.

Albina accéléra en douceur. La voiture patina quelques secondes, puis les roues mordirent l'allée forestière. Ils franchirent la courbe. Dans la pénombre, Boro distingua une masse compacte entre les arbres.

— Arrêtez-vous.

Il ouvrit la portière et descendit de voiture. Le vent lui envoya son souffle glacé en plein visage. S'appuyant sur sa canne, Boro fit trois pas en direction des arbres. Il aperçut une casemate.

— Vous condamnez votre mari, dit-il après avoir retrouvé sa place sur le siège avant de l'Aston Martin.

— Je me contente de le désigner, répliqua Albina d'Abrantès en démarrant sèchement. La condamnation viendra des juges.

— Comment l'avez-vous percé à jour ?

— Vanessa. Le marquis ne connaît pas sa fille. S'il avait su combien elle est curieuse, fouineuse et indiscrète, il aurait pris quelques précautions. Vanessa m'a dit certaines choses et j'ai découvert le reste.

— Belle collaboration ! siffla Boro, songeant que la mère et la fille se ressemblaient décidément beaucoup.

— L'ennui, c'est que, pour le moment, je ne vois pas comment protéger le secret de la ligne Maginot, ajouta Albina après un silence.

— Moi non plus, répliqua Boro.

Loin devant, les feux de la Delage pâlissaient. Ils quittèrent la forêt et roulèrent au pas sur une étendue vallonnée. À droite, des tiges métalliques sortaient de terre – chemin de ferraille au milieu de la nuit. Ils le suivirent. Profitant d'un repli du terrain qui leur dissimula soudain la première voiture, Albina mit pleins phares. Ils découvrirent un paysage lunaire. Des milliers de rails coupés avaient été plantés sur une largeur de plusieurs dizaines de mètres. Ils formaient une barrière antitank qui se prolongeait à l'infini, suivant des courbes et des détours, derrière lesquels, probablement, se trouvait la ligne Maginot. Dans l'obscurité, les ouvrages demeuraient invisibles.

— Vous devriez baisser vos phares, dit Boro. Le marquis pourrait vous repérer.

— Il songera plutôt à un véhicule militaire, répondit Albina.

Elle s'exécuta néanmoins.

— Une question : je possède les photos des gants, de Paul, de Gaston-Pierre et du marquis. J'ai également un rouleau de l'équipée en forêt de Montmorency, et je parviendrai peut-être à photographier le réceptionnaire des plans de la ligne Maginot. Mais comment voulez-vous que je prenne la Delage en pleine nuit ?

— Vous ne prendrez pas la Delage mais le marquis lui-même, et en lumière artificielle.

— Où ?

Albina tendit le doigt vers le pare-brise.

— À l'intérieur des fortifications.

— Vous voulez dire que nous allons pénétrer dans les casemates ?

— Les couloirs seulement, Petit Prince. Laissons le reste aux militaires. Voulez-vous que je vous fasse un petit cours de stratégie ?

— Vous y connaissez quelque chose ?

— Pas plus que Vanessa, mais elle a l'oreille fine... Et mon cousin, de son côté, est un expert. Un expert qui arrose ses repas de vins capiteux et parle volontiers au dessert. Figurez-vous qu'aujourd'hui, le marquis va tenter le grand chelem : la ligne et les canons.

— Ce sont des canons particuliers ?

— Du 75 spécial. Trente coups à la minute pour une portée de onze kilomètres.

Boro siffla d'admiration.

— Ne m'interrompez pas, ignare que vous êtes ! Et rattrapez plutôt votre retard ! La ligne Maginot est constituée de galeries souterraines reliant des forts dont seuls émergent les organes de tir et les postes d'observation. Si les militaires étaient des ânes, ils auraient choisi des canons avec de longs tubes qu'on aurait vus de très loin. Mais comme ce sont des gens avertis, ils ont préféré des petits tubes qui permettent d'utiliser des tourelles escamotables. Ces tourelles ont été construites par le marquis d'Abrantès.

— S'il les a construites, pourquoi voulez-vous qu'il revienne les inspecter en pleine nuit ?

— Parce que, depuis huit jours, les canons y ont été installés.

— Et vous comptez qu'on va nous servir le thé au beau milieu de ces secrets militaires ?

— Non, pas exactement au milieu. Mais n'oubliez pas que si les tourelles sont aussi bien gardées, en revanche les galeries sont tellement banales qu'elles pourraient être publiques. Quel intérêt offrent des couloirs de béton dont on ne sait même pas où ils se trouvent ? Leur seul attrait, paraît-il, c'est qu'on y rencontre de délicieux soldatinets.

Elle avait prononcé ces derniers mots avec une concupiscence affectée qui amusa Boro.

— Les plans de la ligne Maginot constituent sans doute un secret de polichinelle, dit-il.

Il montra les rails bordant la route.

— Je parie que derrière chacun de ces totems se dissimule un service de renseignements étranger.

— Vous avez raison, dit Albina. N'est-ce pas un casque à pointe que j'aperçois derrière le grand sapin ?

— Pour les canons, c'est plus ennuyeux. Vous devriez prévenir votre cousin...

Elle haussa les épaules.

— Émile est un dindon décoré. Il ne me croirait pas.

— Pourquoi cela ?

— Parce qu'il ne le voudrait pas.

— À vous de le convaincre.

— Me prenez-vous pour une idiote ? Il ne le voudrait pas, car je le soupçonne d'appartenir lui aussi à l'Ordre de Parsifal.

Boro étouffa un juron.

— En ce cas, dit-il après un silence, vous courez un grand risque. Si nous nous faisons prendre là-dedans, rien ni personne ne pourra nous sortir du pétrin.

— Si, chevalier-photographe : vous. Votre courage. Votre détermination. Et puis, il sera toujours temps de présenter votre reportage à la police militaire.

— Vrai, reconnut Boro. Mais hasardeux. Les photos prises ne seront pas fatalement une preuve accablante.

— Vous hésitez ? Eh bien, moi, je n'ai pas peur, s'enflamma Albina. Sauf, évidemment, si le marquis me voit. Officiellement, je passe la soirée au Palace du Faubourg-Montmartre. Demain, je renverrai mon laissez-passer à mon cousin en prétextant une erreur.

— Que répondrez-vous au marquis si les plantons lui disent vous avoir vue ?

— Qu'il se trompe.

— Vous croira-t-il ?

— Non. Mais il ne pourra pas prouver le contraire. Et de toute façon, il n'insistera pas : la loi est de mon côté. Pas du sien.

— Vous avez pensé à tout, murmura Boro avec une admiration non feinte.

— Pas tout à fait, répliqua Albina. Mais s'il m'arrivait quelque chose, vous le sauriez par Vanessa. J'espère alors que vous voleriez à mon secours...

— N'entrez pas dans les fortifications. Vous multipliez les risques.

— Si je n'y allais pas, vous n'iriez pas non plus : le

sésame est à mon nom. Nous entrerons donc ensemble. Je vous rendrai votre appareil, puis je resterai à l'écart pour éviter que mon mari ne me remarque. Ce sera à vous de jouer. Vous suivrez le marquis et le photographierez comme vous savez si bien le faire. Discrètement, bien sûr.

Ils stoppèrent à deux cents mètres de la Delage. Albina coupa les feux de l'Aston Martin. Un homme descendit de la première voiture.

— Attendons, souffla la marquise.

Boro se redressa sur son siège, l'œil aux aguets. Mais il fut incapable de reconnaître son agresseur du Select.

— Votre mari sait-il que nous nous connaissons ?

— Comment voudriez-vous ?

— Alors je possède un moyen pour l'empêcher d'accéder aux canons, dit Boro en ouvrant la portière.

Ils descendirent de l'Aston Martin et se dirigèrent à pas lents vers le sentier qu'avait emprunté le marquis. Devant eux, au bas d'une levée de terre, un vantail d'acier se découpait dans l'ombre.

— Frappez, ordonna Albina à voix basse.

Sa voix se perdit dans les roulements du vent. Boro souleva un coin de la voilette. La lèvre supérieure d'Albina tremblait légèrement.

— Vous avez pris assez de risques, dit-il en lui effleurant le front. Dès que vous m'aurez rendu le Leica, remontez dans la voiture et attendez-moi.

Il cogna contre la porte et s'écarta aussitôt. Un œilleton coulissa dans la paroi, puis le battant bascula, tiré vers le haut. Ils se retrouvèrent face à un soldat accompagné d'un capitaine.

— Marquise d'Abrantès, fit Albina en ôtant son gant et en tendant le dos de sa main à l'officier. Je fais une surprise à mon mari.

L'autre parut stupéfait. Cependant, dans son comportement, quelque chose gêna Boro : l'étonnement ne semblait pas naturel.

— Marquise d'Abrantès, répéta Albina en levant le bras un peu plus haut. Prouvez-moi, monsieur, que les soldats de notre pays n'ont rien à envier aux défenseurs de l'Angleterre. Au moins sur le chapitre des bonnes manières.

Le capitaine prit la main de la marquise et la baisa cérémonieusement.

— Mon beau-frère, poursuivit Albina en lançant un doigt insolent en direction de Boro. Nous avons un sauf-conduit.

Elle exhiba le papier barré de tricolore. Tandis que l'officier en prenait connaissance, Blèmia observa le couloir qui descendait en pente douce devant eux. Trente mètres en contrebas, un tunnel le coupait à angle droit.

— Je suis charmé, dit le capitaine en rendant son accréditation à Albina. Que puis-je faire pour vous être agréable ?

— Rien, précisément. Je vais attendre mon mari là-bas.

Elle désigna le tunnel.

— S'il tarde, je regagnerai la voiture. Ne dites rien, je vous prie. C'est une surprise.

— Vous avez choisi un bien curieux endroit pour faire une surprise ! s'exclama le capitaine en riant.

Une nouvelle fois, Boro songea que quelque chose ne tournait pas rond. Le rire était forcé.

— Vous avez raison. D'ailleurs, je n'entrerai pas... Philippe ?

Boro se tourna vers la marquise.

— Philippe, cherchez donc le marquis, et remettez-lui son cadeau.

Elle esquissa un geste vers son chemisier, puis se reprit et déclara, lançant un regard enjôleur à l'officier :

— Depuis tout à l'heure, vos yeux ne sont pas ennemis de mon décolleté, et je ne leur en tiens pas rigueur. Mais puisque vous et moi ne sommes pas en guerre, regardez donc ailleurs une minute !

Le capitaine rougit, le soldat rougit, Albina se tourna vers Boro et lui tendit son Leica.

— Faites vite, souffla-t-elle.

Boro descendit en direction du tunnel. Comme il l'atteignait, une voix retentit derrière lui :

— Philippe !

Il se retourna. Le capitaine était toujours au côté d'Albina.

— Le marquis est dans le poste de commandement, près de la casemate. Vous n'avez qu'à frapper et entrer.

— À vos ordres, mon capitaine ! cria Boro.

Il obliqua sur la droite et découvrit un couloir éclairé par des projecteurs grillagés fixés aux murs. Des tuyaux filaient le long des parois et du plafond. Celui-ci était recouvert d'une couche de plâtre blanc crème, déjà écaillé. Des rails couraient au sol. La ligne Maginot ressemblait au métro.

Deux soldats marchant de front et portant une lourde gamelle fumante contraignirent Boro à se plaquer contre le mur. Il leur demanda où était la casemate. L'un d'eux le dévisagea en riant.

— Oh, toi, t'es un planqué ! Ça se voit tout de suite...

— Et puis, c'est pas ta canne qui fera peur aux Frisés ! dit l'autre en tendant la main dans la direction d'où ils arrivaient. Pour ce qui est d'aller à la casemate, tu prends tout droit, première galerie à droite, marche ! Et au bout, deux fois à gauche.

Boro poursuivit son chemin. Il passa devant des tables étroites où deux hommes pouvaient s'asseoir face à face. Sur l'autre mur, des distributeurs de bière étaient fixés au mur. Des appareils frigorifiques flambant neufs étaient installés dans un coin.

Il prit à droite, s'écarta pour laisser passer un chariot transportant des caisses de munitions et se retrouva devant une galerie d'ascenseur. Un panonceau était accroché au grillage : « Pharmacie, hôpital, infirmerie, salon de coiffure – cinquième sous-sol. » Un autre indiquait la casemate d'artillerie.

Boro tourna à gauche, dans le sens de la flèche. Il passa devant un standard téléphonique inoccupé, déboucha sur une intersection où trois rangées de soldats allaient au pas, commandés par un sous-officier. Il suivit un couloir qui montait, franchit une soufflerie fonctionnant à plein régime et arriva enfin devant le poste de commandement. Un escalier barré par une lourde paroi blindée protégeait l'accès du poste d'artillerie.

Notre reporter glissa la main dans sa poche et frappa à la porte du poste de commandement. On lui ouvrit presque aussitôt. Et c'est là, dans la lumière d'une ampoule se balançant au plafond, que, pour la deuxième fois, il vit le marquis d'Abrantès. Il le reconnut immédiatement. En deux ans, l'homme avait gardé tous ses kilos. Il paraissait aussi empesé que par le passé. Une pensée fugitive traversa l'esprit de notre reporter : comment Albina pouvait-elle... Il sourit en songeant que, justement, elle ne pouvait pas.

D'Abrantès lisait des papiers, penché au-dessus d'une table en bois.

— Marquis, appela Boro par-dessus l'épaule du sous-officier qui lui avait ouvert.

L'autre redressa brusquement le visage. C'était bien cette même face congestionnée, cet œil petit et vif, cette force massive malgré l'embonpoint.

— Excusez-moi une seconde, fit le marquis.

Il se dégagea et sortit du poste de commandement.

— Venez, dit Boro.

Il l'entraîna sous une lampe, dans un coin éloigné du couloir. Il assura son Leica dans la main droite, au niveau de la cuisse, et, dirigeant l'objectif au jugé, pressa une première fois le déclencheur sans quitter son interlocuteur des yeux.

— Je ne vous connais pas, dit celui-ci.

Boro fut frappé par le ton employé par d'Abrantès : il ne paraissait nullement surpris d'être ainsi abordé par un inconnu.

— Vous êtes des nôtres ? demanda le marquis en plissant les yeux.

— Non, répondit froidement Boro en armant doucement le Leica.

Il s'efforçait de ne pas lâcher le marquis des yeux pour contraindre celui-ci à le regarder bien en face.

Il déclencha.

— Rappelez-vous, un soir au Select. J'avais une canne.

Il éleva le pommeau à hauteur de visage.

— Je vous avais promis qu'on se retrouverait.

D'Abrantès vira soudain au blanc. Blanc plâtre, blanc d'écume. Boro arma puis déclencha.

— Ne faites pas d'esclandre, monsieur Edmond d'Abrantès, conseilla-t-il. Je vous ai percé à jour et suis à même de prouver ce que j'avancerai. Je sais pourquoi vous êtes là et ce qu'est l'Ordre de Parsifal. N'appelez pas. N'alertez personne. Vous sortiriez d'ici avant moi, mais on vous retrouverait vite.

Il sourit largement, arma une nouvelle fois. Le marquis roulait des yeux apeurés. Ses lèvres étaient brillantes.

— N'allez pas voir les canons, monsieur d'Abrantès. Retournez au poste de commandement, attendez cinq minutes et demandez à remonter à l'air libre. Je partirai derrière vous. Si je vous vois entrer dans la casemate d'artillerie, je lance une accusation publique contre vous. Espionnage. Est-ce clair ?

Le marquis s'appuya au mur. Boro l'empoigna par le col et le plaça dans le champ de la porte blindée qui protégeait l'accès aux canons. Puis, en un clin d'œil, il porta le Leica à son visage, déclencha, arma, déclencha. Cela fait, il remit l'appareil dans sa poche.

— J'ai tout ce qu'il me faut, dit-il enfin. Vous devant le 75 spécial. N'allez pas y voir de plus près. Retournez au poste de commandement. Et n'oubliez pas que je serai derrière vous jusqu'à ce que vous soyez sorti d'ici.

Telle une marionnette, Edmond d'Abrantès réintégra la pièce qu'il venait de quitter.

Les roues à fil

— En route !

Boro ouvrit la portière à la volée et sauta aussi vite que possible dans l'Aston Martin.

— Paris, et vivement, joli fiacre !

Le moteur vrombit.

— Formidable ! chanta Boro. J'ai tout ce qu'il nous faut et plus encore.

— Le marquis vous a-t-il vu ? demanda Albina en lui jetant un regard en coin.

— Mieux que cela ! Nous avons pris le temps de nous parler en tête à tête. Entrevue musclée mais sportive. Le cher Edmond avait du plomb dans l'aile !

— Avait-il la lèvre humide ?

— Trempée !

— Roulait-il des yeux de cochon ?

— De goret !

— Alors, même si on lui dit que j'étais là, il ne me fera aucun mal. Il arbore cette expression quand il est pris au piège et qu'il a peur. Que lui avez-vous dit ?

— Que je connaissais ses manigances et que s'il ne la bouclait pas ou s'il photographiait le canon de 75, je le balançais aux autorités.

— Tu es un as, mon amour.

— S'il vous pose des questions, niez : vous étiez au Palace. Savez-vous qui s'y produisait ce soir ?

— Les duettistes Charles et Johnny. Ceux qui chantent *Sur le Yang-tseu-kiang*.

— S'il vous le demande, poussez votre comptine.

— Il ne me le demandera pas. Je le connais.

— Le capitaine pourrait parler.

— Le capitaine n'ouvrira pas la bouche.

— Vous avez l'air bien sûre de vous !

Elle posa sa main sur son genou.

— J'ai rendez-vous avec lui la semaine prochaine.

— Vous êtes une courtisane ! s'écria Boro en éclatant de rire.

Ils quittèrent le terrain militaire bien avant l'heure fixée par le planton. Albina se déchaîna sur la route nationale. Boro l'encouragea à accélérer encore, à prendre les virages à la corde. Il riait comme un gamin quand elle montait la vitesse, et elle eut beau provoquer sa peur, elle n'obtint que des hennissements de joie.

— Mais vous avez sept ans !

— Plus vite, chauffeur, plus vite !

Il leur fallut moins de six heures pour regagner Paris. Comme elle lui demandait où elle devait le déposer, il lui ordonna de s'arrêter.

— Où ?

— Sous un lampadaire.

— Qu'allez-vous encore inventer ?

— Arrêtez, je vous dis !

Elle pila. Au moment où il allait percuter le pare-brise, elle donna un brusque coup d'accélérateur. Il se retrouva sur son siège, la tête renversée vers l'arrière. Il hoquetait de rire. Albina se rangea le long du trottoir, sous un réverbère.

— Voilà, dit-elle. Que voulez-vous de plus ?

Boro descendit. Il claqua la porte et observa la voiture. Elle était d'un vert bouteille très anglais, avec de longues ailes noires qui surmontaient des roues à fil. Le capot, haut et long, semblait buter sur deux énormes phares chromés. Les vitres étaient basses, le coffre plat, la carrosserie dépourvue de fioritures. La ligne générale était d'une grande pureté. Boro s'approcha de la conductrice.

— À combien ça roule ?

— Cent soixante.

— Parfait.

Boro avisa un G7 qui maraudait en sens inverse. Il le héla. Lorsque la Renault se fut garée derrière l'Aston Martin, il s'approcha du chauffeur et lui donna l'adresse de la Maison des artistes. Puis il remonta au côté d'Albina.

— Que faisiez-vous ? demanda cette dernière.

— Je supputais, ne vous en déplaise.

— Vous supputiez ? J'en suis bien aise.

— Eh bien, rentrons maintenant.

Il bâilla comme un carpeau, étendit ses longues jambes devant lui et, sur le point de fermer les yeux, s'enquit avec candeur :

— Serait-ce trop vous demander, chère Albina, de me déposer chez moi ?

Elle soupira parce qu'elle ne savait pas lui résister.

— En route, Petit Prince. Chemin faisant, j'espère que vous ferez de beaux rêves.

— Je viens d'en faire un merveilleux, répondit Boro en se calant langoureusement contre les coussins de cuir. Vous m'avez dit que cette voiture était à vendre ?

— Depuis hier.

— Vous ne l'achetez pas ?

— Non. D'abord parce que je ne voudrais pas que le marquis la reconnaisse si par malheur il l'avait vue le long de la ligne Maginot. Et puis je préfère les décapotables. Ce sera une Mannheim Sport de chez Mercedes !

Boro rouvrit les yeux.

— Très bien. Dites à votre amie que sa voiture n'est plus à vendre.

— Et pourquoi donc, joli trésor ?

— Je viens de l'acheter. Nous réglerons cela demain.

Albina manqua de s'étouffer.

— Vous voudriez une Aston Martin alors que vous ne savez pas conduire !

— Il n'y a pas de lien de cause à effet entre les deux termes de votre proposition, fit-il avec sérieux. Si encore vous m'aviez dit que la voiture était chère...

— Mais elle l'est ! Elle vaut les yeux de la tête !

— Raison de plus. Ainsi je ne gaspillerai pas mon argent à autre chose.

— Il est fou ! s'exclama Albina. Il veut une voiture de millionnaire et il n'a pas trois costumes dans sa penderie !

Ils arrivaient à Montparnasse.

— Prenez la rue Campagne-Première, dit Boro qui n'avait plus sommeil, et entrez dans le passage de l'Enfer. C'est là, à droite, au numéro 21.

Albina vira dans une allée caillouteuse. Le G7 attendait déjà, tous feux éteints.

— Voici votre taxi, fit Boro. Je garde l'Aston Martin.

Elle dépassa le taxi et arrêta la voiture au milieu de l'allée.

— Vous la voulez, ce n'est pas un caprice ?

— C'est un caprice, mais je la veux quand même.

Elle ouvrit la portière.

— Je vous téléphone demain.

Il l'observa avec désarroi.

— Vous ne pouvez pas la garer ?

— Je suis si fatiguée ! dit-elle avec un charmant sourire. Et puis, tôt ou tard, il va vous falloir apprendre !

Il s'extirpa de la voiture et clopina derrière elle tandis qu'elle se dirigeait vers le G7.

— Demain, nous nous occuperons des papiers,

confirma-t-il en l'aidant à monter dans la Renault. Et dès que vous avez des nouvelles du canon de 75, vous me prévenez, n'est-ce pas ? Il faut que nous découvrions le commanditaire de tout cela...

Elle lui envoya un baiser, tira la portière à elle et abaissa la vitre tandis que le taxi s'éloignait en marche arrière.

Il resta un long moment sur place, désemparé. Il se retourna vers l'Aston Martin. À cet instant, une fenêtre s'ouvrit au dernier étage de l'immeuble.

— Blèmia, c'est toi ?

Il leva les yeux. Dans l'encadrement de la vitre, il reconnut la bouille ronde et noire du choucas de Budapest.

— Prakash, tu es seul ? cria-t-il.

— Non. Le Gaucho est là. Et aussi Benjamin Ráth. Il reste du champagne.

— Venez tous. Il y a une surprise en bas.

La fenêtre fut refermée. Boro se dirigea vers l'Aston Martin et s'installa derrière le volant. Il s'étira d'aise. Albina avait laissé la clé de contact sur le tableau de bord. Le moteur démarra à la première sollicitation. Boro tendit l'oreille. Prakash, Benjamin Ráth et Gabriel Baross débouchèrent de l'allée du jardinet. Blèmia leur adressa de grands signes.

— Qu'est-ce que c'est que cet engin ? demanda Prakash en s'approchant.

— Chut ! fit Boro. Écoutez.

Dans la nuit, on n'entendait que le doux ronronnement du moteur.

— Ne fait-elle pas un bruit bizarre ? questionna Boro, le front barré par la contrariété. Un cliquetis ou quelque chose comme cela ?

Ils collèrent l'oreille au capot.

— Accélère ! cria Baross.

— Je n'y tiens pas, dit Boro. Le bruit est toujours là.

Prakash ouvrit la portière, poussa le nouveau propriétaire de l'Aston et s'installa derrière le volant. Il appuya légèrement sur la pédale de l'accélérateur. Le moteur s'emballa.

— Elle tourne comme une horloge, décréta Benjamin Ráth en se décollant du capot.

— Tu es sûr ?

— Comme une horloge !

Il fit le tour de la voiture, rejoint par les autres. Boro souriait de bonheur.

— C'est à qui ? demanda Prakash.

— À moi. Je viens de l'acheter.

Ils l'observèrent, incrédules.

— Il faudrait la garer, Prakash, dit Blèmia après un moment de réflexion.

— Où veux-tu que je la mette ? demanda imprudemment le choucas en desserrant le frein à main..

Les yeux de Boro s'allumèrent quand son ami claqua la portière.

— Je connais un petit endroit tranquille. Près de Deauville...

Clic-clac

Boro vécut dans l'impatience et la nervosité pendant près de quinze jours. Déçu par le vent qui ridait le bassin de Honfleur, il trompa le temps et les rigueurs de l'hiver sur les routes du Midi, parcourant inlassablement les voies étroites, riches en trous et en virages, des Maures et de l'Estérel. Prakash conduisait. Ils partaient le matin de Marseille, descendaient la Canebière à vive allure, slalomaient entre les tramways avant de longer la mer jusqu'à Toulon. Ils s'arrêtaient près du port, buvaient des Picon-bières en regardant les filles. À celles qui répondaient à leur invite ils donnaient rendez-vous pour plus tard au Maya, une boîte à matelots où les entrechats étaient inutiles : on savait pourquoi on y venait.

Ils repartaient avant le déjeuner, filaient vers Saint-Tropez où ils paressaient sous les parasols devant les yachts au mouillage. En début d'après-midi, ils atteignaient Cannes et Nice, fuyaient rapidement ces villes qu'ils n'aimaient pas pour revenir aux Issambres où ils dînaient à l'hôtel Week-End. Là, à dix-sept heures trente précises, Boro appelait Albina qui attendait son coup de fil pour lui dire, une fois encore, qu'elle n'avait rien de spécial à lui communiquer, sinon qu'elle s'amusait comme une folle avec les moustaches de son capitaine.

Après deux semaines de vacances et cinq mille kilomètres de routes, Prakash et Boro abandonnèrent le soleil pâle du Midi pour le pavé boueux de la capitale.

Boro alla au Bourget photographier les aviateurs Bonnot, Jeanpierre et Gauthier, en partance pour Saint-Louis-du-Sénégal d'où ils comptaient tenter la traversée de l'Atlantique Sud à bord d'un Latécoère 300, *La Croix du Sud*. Puis *Paris-Soir* le chargea de photographier Trotski, réfugié à Barbizon. Ce fut la première fois qu'on reconnut les mérites de son Leica.

— Trotski n'accepte pas d'être photographié, lui expliqua Pierre Lazareff dans son grand bureau de la rue du Louvre. Sitôt qu'il aperçoit un reporter avec ses engins, il disparaît. Il craint toujours que des pistolets soient dissimulés dans nos boîtes. Un jeune homme a réussi à le prendre à Copenhague, il y a deux ans. Il avait un Leica.

— Pourquoi ne lui proposez-vous pas le reportage ? questionna Boro.

Lazareff repoussa ses lunettes sur son front dégarni.

— On l'a cherché partout, mais on ne l'a pas trouvé. Le connaissez-vous ? Il s'appelle Endre Erno Friedmann et signe d'un pseudonyme : Capa.

Boro secoua la tête en signe d'ignorance.

— Je sais que vous travaillez uniquement au Leica, reprit Pierre Lazareff. Je voudrais que vous fassiez comme Capa à Copenhague. Trotski devait faire un discours. Aucun photographe n'a réussi à entrer. Capa avait son Leica dans sa poche. Il a fait un reportage sensationnel. Ni vu ni connu.

Boro accepta. Il se rendit à Barbizon en compagnie d'une dizaine de journalistes et d'hommes de lettres. (Parmi lesquels le jeune écrivain qu'il n'avait pas reconnu lors du meeting de l'Association des écrivains et artistes révolutionnaires, et qui, en décembre, avait obtenu le prix Goncourt. Comment s'appelait-il déjà ?) Trotski les accueillit dans son bureau, une vaste pièce occupée par un divan de velours pourpre et une demi-douzaine de sièges assortis. L'homme ne ressemblait plus au chef de l'Armée rouge qu'il avait été. Il parlait d'une voix éteinte, presque timide, empreinte d'intonations yiddish. Il était voûté. Derrière d'épaisses lunettes, le regard restait vif, mais il était d'un bleu tendre, humain, bon. Boro, qui s'attendait à rencontrer un tribun en campagne, découvrit un homme souriant et doux. Même la moustache grise paraissait celle d'un grand-père, comparée au bouc que Trotski arborait du haut de son train blindé quand il parcourait les campagnes russes.

Boro se tint à distance alors que l'assistance se groupait autour de l'ancien chef bolchevique. On parla de l'Allemagne, notamment de la condamnation à mort de Marinus Van der Lubbe. Trotski évoqua la fin de la prohibition en Amérique, puis les conversations roulèrent autour du fascisme naissant en France. Tous admirent qu'il fallait s'employer à lutter contre les ligues.

Boro prit trente-sept photos de Trotski. Quelques-unes furent publiées dans *Paris-Soir*. Jamais il ne devait revoir l'ancien compagnon de Lénine. Et il ignorait que trois ans plus tard, au sud de Guadalajara bombardée par les troupes mussoliniennes et franquistes, il serrerait la main du jeune écrivain venu en Espagne soutenir le bataillon Garibaldi de la XIIe Brigade internationale.

De retour à Paris, il fut envoyé par *Détective* à Bayonne, sur les traces d'un homme d'affaires dont les deux cent quarante millions de francs dérobés au Crédit municipal de la ville avaient éclaboussé, en grosses coupures, le gilet de maints politiciens : M. Alexandre. Il se rendit ensuite à Chamonix, suivant de près le commissaire Charpentier et les inspecteurs Le Gall et Girard, envoyés par le directeur de la police judiciaire pour y arrêter l'escroc. Il photographia l'encerclement du Vieux Logis, un chalet où l'homme s'était réfugié, entendit comme les autres le coup de feu tiré à l'intérieur, découvrit peu après M. Alexandre, allongé au pied de son lit, la tempe trouée. Le moribond était vêtu d'un pull-over et d'un pantalon. M. Alexandre, de son vrai nom Serge Alexandre Stavisky, devait mourir à quatre heures de l'après-midi.

Le lendemain, Boro suivit la manifestation organisée par l'Action française autour du Palais-Bourbon. Il prit une centaine de photos d'hystériques plus ou moins jeunes qui défilaient en hurlant : « À bas les voleurs et les assassins. » « Les députés à la lanterne ! » Il ne fut pas surpris de voir là Gaston-Pierre et M. Paul – qui, par chance, ne le remarquèrent pas. Il espérait y retrouver Edmond d'Abrantès, mais son souhait ne fut pas exaucé. Le marquis ne se commettait pas encore avec la piétaille.

Quand la manifestation se fut dispersée, Boro ne faillit pas aux devoirs de l'amitié et paya visite au brigadier Trochu, replié dans son corps de garde. Trochu était amer et n'avait plus le goût à chanter.

— Ah, monsieur Boro, dit le militaire, tout fout le camp ! La République a du plomb dans l'aile ! Ces Croix-de-Feu, bon, ils souhaitent le départ de Chautemps. Moi, je veux bien. Mais qu'est-ce qu'ils vont mettre à la place ? Un Herriot ? Un Doumergue ? Mais, mon pauvre monsieur, ça n'arrangera rien ! Pour venir à bout de la pourriture, voyez-vous, il faudrait un chef. Comme en Italie. Comme en Allemagne. Et un chef, ça ne se trouve pas sous la queue d'un pigeon !... Un chef... ça se mérite !

La droite et la gauche s'accordaient pour prétendre que Stavisky ne s'était pas donné la mort : « on » l'avait suicidé. Pour les uns, sa disparition servait les intérêts du préfet Chiappe, compromis dans le scandale ; pour les autres, elle était l'œuvre des francs-maçons, en particulier du président du Conseil, ce pauvre Camille Chautemps dont Trochu venait de sonner le glas et qui avait contre lui d'être un radical lié aux Loges. À la Chambre, Boro assista aux empoignades qui aboutirent, le 27 janvier, à la démission de Chautemps. Il n'était pas loin de penser, lui aussi, qu'il y avait quelque chose de pourri au royaume de France.

Quelques jours plus tard, Albina téléphona. Au timbre de sa voix, Boro comprit que la situation s'était enfin débloquée : la marquise paraissait très excitée.

— Petit Prince, dit-elle, préparez vos valises ! Vous partez en voyage.

— Où ? demanda Boro.

— À Berlin.

Il pâlit.

— Edmond a rendez-vous demain à seize heures au café Schön, sur Unter den Linden. Avec son commanditaire.

— Comment savez-vous que c'est lui ?

Elle lui répondit par une autre question

— Avez-vous oublié les charmes de la petite Vanessa ?

— Elle est futée comme un renard !

— Elle est curieuse comme il n'est pas permis, rectifia Albina en riant.

— Êtes-vous certaine que c'est pour demain ?

— Absolument : quand il voyage à l'étranger, Edmond utilise toujours la même voiture. Il a exigé qu'elle soit prête pour ce soir. Je suis donc sûre de la voiture, du lieu et de l'heure.

— Bien, dit Boro d'une voix blanche.

— Vous ne paraissez pas bien, mon cœur... Si l'avion vous effraie, prenez le train ! Ou faites-vous conduire en Aston Martin !

— Aura-t-il les plans de la ligne Maginot ?

— Je le suppose.

— Bien, répéta Boro.

La marquise poussa un profond soupir.

— Je ne vais pas vous voir pendant quelques jours...

— Peut-être même davantage.

— Mais non, petit chéri ! Rien ne peut vous arriver !

— Je l'espère, dit Boro d'une voix sourde.

— Préférez-vous le train ou l'avion ?

— Le train.

Boro entendit un froissement de papier dans le récepteur.

— Si vous voulez être à l'heure au café Schön, il faut partir ce soir. Départ gare de l'Est à vingt-trois heures douze.

— J'y serai.

— Et ne tardez pas à rentrer. Je vous attends avec impatience.

Il raccrocha sans répondre.

Sans doute pour faire taire ses appréhensions, il resta devant le téléphone une minute ou deux. Puis il téléphona à Prakash en lui demandant de le rejoindre séance tenante à la Maison des artistes. Après avoir raccroché, il appela l'Angleterre.

Lorsque Prakash arriva, quelques minutes avant dix heures, notre reporter rayonnait en faisant sa valise : le lendemain, Maryika serait dans ses bras.

— Merci d'être venu, dit-il à son ami. Il faut que je t'explique quelque chose.

La fiancée du Dr Mabuse

La métamorphose de Friedrich von Riegenburg se lisait sur son visage. C'était comme si, après une période d'incubation, l'humour avait disparu de ses lèvres. Son regard soudain plus caverneux avait gagné en cruauté ce qu'il avait perdu en romantisme.

Bien qu'il fût habillé en civil, son manteau noir jeté comme des ailes sur un costume sombre accusait encore cette impression glacée que dégageait toute sa personne.

Il sonna de façon impérative et attendit dans la pénombre du palier. La porte s'ouvrit sur le visage méfiant de Frau Spitz. Elle parut surprise de le voir, mais masqua sa réaction instinctive en la tempérant d'un salut hitlérien qu'il lui rendit distraitement. Ensuite, elle s'effaça pour le laisser entrer dans l'appartement.

— Nous apprécions votre travail de renseignement, Frau Spitz, murmura Friedrich en tournant le dos à la gouvernante.

Elle le débarrassa de son manteau. Un mince sourire éclaira le physique ingrat de la dame de compagnie tandis qu'elle contournait le visiteur pour le défaire de ses gants et de son chapeau constellé de neige.

— J'ai repéré l'entrée de la cachette, dit-elle à voix basse. Elle lui porte ses repas pendant la nuit.

— Descend-il de temps en temps ?

— Jamais. Mais il marche beaucoup. C'est ainsi que j'ai su qu'il était là-haut. Et il sort par les toits...

— Redoublez de prévenances, lui enjoignit Friedrich. Et absentez-vous chaque fois qu'on vous le demande. Il ne faut pas leur mettre la puce à l'oreille.

En entendant la porte du salon s'ouvrir, il s'interrompit et transforma sa raideur en une sorte d'attention qui pouvait passer pour de la politesse.

— Comment allez-vous, chère amie ? demanda-t-il en s'inclinant devant Maryika qui venait de se figer à sa vue.

— Pas très bien, rassurez-vous, lui répondit-elle en se refermant sur elle-même.

Il prit l'air navré et s'avança pour lui baiser la main.

— Je suis de passage seulement. Ma visite sera d'autant plus brève qu'elle est officielle...

Il jeta un regard autour de lui, comme quelqu'un qui ne sait où se poser.

— Pourriez-vous me recevoir un instant ?

— Gardez la théâtralité pour vos messes noires, monsieur l'archiprêtre ! Je ne vois pas comment je pourrais refuser ma porte à l'adjoint de Goebbels.

— Ah ! vous êtes au courant, dit-il, secrètement flatté. Eh bien, c'est justement au conseiller pour la Propagande que vous avez affaire aujourd'hui...

Il la suivit au salon et s'assit sans qu'on l'y eût invité.

— Rien n'a changé ici, fit-il observer aussi naturellement que n'importe quel familier retrouvant une maison amie. Et toujours votre goût délicieux pour les bouquets de fleurs...

Il tira une cigarette blonde de son étui et commit un simple geste interrogateur pour savoir s'il pouvait fumer. Sans tenir compte de la réponse de Maryika, qui d'ailleurs ne venait pas, il alluma sa cigarette, lissa ses sourcils qui s'étaient accusés en même temps que tous ses traits, et dit d'une voix empreinte d'autorité :

— Comme vous le savez, le cinéma de notre pays est en pleine mutation.

— Je m'en suis rendu compte, répondit-elle brièvement. J'ai entendu les déclarations du Dr Goebbels prônant un cinéma allemand « engendré par le caractère national ». Ce sont des formules qu'on n'oublie pas.

— Qu'y aurait-il à y redire ? demanda Friedrich en fixant la pointe de ses chaussures noires. Dans les films comme ailleurs, on doit admettre les idées fondamentales du gouvernement national... Et nous sommes l'émanation du gouvernement national !

— En vertu de quoi vous avez éliminé Hugenberg, l'âme de la UFA.

— Hugenberg était un grand industriel, mais notre politique consiste à centraliser l'industrie et le commerce du film.

— En plaçant vos gens à tous les rouages.

— En constituant des comités à la tête des sociétés.

— Ah oui ! Votre Carl Froelich !

— Qu'avez-vous contre lui ?

— C'est un homme de paille !

— Et Emil Jannings ? Vous le respectez, n'est-ce pas ?

— Oui. Je crois...

— Eh bien, il vient d'accepter de présider le comité de la Tobis Klangfilm.

— Jannings ? murmura Maryika, incrédule.

— Oui. Le grand Emil Jannings avec lequel vous deviez tourner. C'est vous dire si les acteurs les plus réputés acceptent de collaborer avec nous.

— Ils n'ont vraiment pas peur de se salir les mains !

Il sourit tristement.

— Comme à l'ordinaire, je vous trouve rebelle et indisciplinée, Maryika, dit-il en jouant les magnanimes. Et je vous assure que la violence que vous mettez à combattre le régime pourrait vous attirer bien des désagréments si je m'en tenais à la stricte orthodoxie que me commande ma fonction. Je pourrais vous faire jeter dans un camp de rééducation pour moins que cela. Sachez-le.

— Pourquoi vous en priver ?

Il posa sur elle le métal de ses yeux gris-bleu et opta pour une expression réellement navrée.

— Parce que j'ai pour vous une réelle tendresse. Ne la transformez pas en dépit et écoutez plutôt la proposition magnifique que je suis venu vous faire au nom de mon ministre... Demain a lieu une fête somptueuse organisée par le Dr Goebbels. Le ministre en personne prendra la parole pour célébrer les noces de la nation avec le cinéma. J'ai promis, je me suis engagé personnellement à ce que vous soyez là... Vous serez le symbole de ces retrouvailles. Votre attitude vous ouvrira la porte des plus grosses productions dont nous voulons être les instigateurs... Écoutez-moi, Maryika... L'enjeu est colossal. Il ne tient qu'à vous d'être la petite fiancée de l'Allemagne...

— Dites plutôt la fiancée du Dr Mabuse ! répondit la jeune femme avec force. Jamais je ne me prêterai à cette mascarade !

— Mabuse n'a rien à voir dans cette affaire, dit Friedrich en haussant les épaules. C'est un personnage de fiction qui fait partie intégrante de sa propre mise en scène, de son grand jeu avec la réalité.

— Votre définition me donne des frissons ! En vous entendant, j'ai même l'impression que vous venez de me parler d'Adolf Hitler !

— Laissez le Führer de côté, je vous prie.

— Vous ne pouvez pas le nier. Votre maître a le vertige de la supériorité !

— Maintenant taisez-vous ! hurla-t-il soudain.

Friedrich s'était levé d'un bloc. Il ne contrôlait plus un léger tremblement. Sa pâleur trahissait la violence de ses sentiments.

— Taisez-vous, répéta-t-il en essayant de s'apaiser.

Il fit un pas dans la direction de la table et écrasa sa cigarette en serrant les mâchoires.

— Vous avez jusqu'à demain pour réfléchir, finit-il par dire sur un ton cassant. J'enverrai chercher votre réponse.

Il s'inclina sèchement et prit congé sur-le-champ.

Comme il s'engageait dans le corridor d'entrée, il trouva Frau Spitz en conversation avec un homme en uniforme.

— Je crois que vous connaissez Helmut Krantz, mon adjoint, dit-il à l'adresse de Maryika qui l'avait suivi pour le raccompagner.

Le SS ôta sa casquette et découvrit son crâne rasé devant la jeune femme. Tandis qu'il se figeait au garde-à-vous, Maryika reconnut en lui l'homme qu'elle avait rencontré lors de la fameuse soirée de l'hôtel Nürnberg. Elle lui lança un regard méprisant. Frau Spitz s'avança respectueusement au-devant de Friedrich et l'aida à passer son manteau.

— Pourquoi êtes-vous monté, Krantz ? demanda ce dernier en enfilant ses gants de pécari. Je vous avais demandé de m'attendre en bas, dans la voiture.

— Excusez-moi, *Herr Oberst*, mais le temps passait et je voulais vous rappeler l'heure de votre rendez-vous.

Friedrich consulta nerveusement sa montre.

— C'est bien, Krantz. Déposez-moi là-bas. Vous garderez la voiture. Je n'en aurai plus besoin.

Sur le point de se couvrir de son feutre noir, il se tourna pour saluer Maryika. Mais la jeune femme avait déjà regagné le fond de l'appartement.

— Elle se soumettra ! murmura von Riegenburg. Sinon, je la briserai.

Les haut-parleurs du café Schön

La neige fardait les joues de Berlin. La ville paraissait en paix sous ses flocons. Rien ne troublait l'extraordinaire blancheur des avenues. Soldats, policiers, limousines, voitures attelées, balayeurs passaient silencieusement sur Unter den Linden. Ils n'existaient pas. Ils glissaient au loin comme des gouttes sur une peau vierge. Il fallait regarder ailleurs pour distinguer les comédons, les plaies, les crevasses que dissimulait le voile de l'hiver.

Installé depuis près d'une heure au café Schön, Boro découvrait Berlin par le petit bout de la lorgnette : le papier journal. Il avait lu tous les quotidiens qui traînaient sur les tables. Et maintenant, assis devant un bock de bière, il recomposait mentalement l'odieux collage du national-socialisme.

« Nous avons la joie d'apprendre à nos lecteurs qu'après avoir été choisi par le peuple comme le conducteur politique de la grande Allemagne, le chancelier Hitler vient d'être plébiscité comme son guide spirituel. *Mein Kampf* s'est vendu à un million d'exemplaires en 1933, faisant de notre chancelier l'auteur le plus lu de l'Empire germanique. »

« *Mein Kampf* doit devenir notre guide pédagogique

infaillible ; les maîtres qui ne le comprendront pas seront renvoyés de notre enseignement national. »

« On ne se suicide pas sous Hitler. La chambre des Lettres vient de rappeler cette vérité à Herr Blatung, romancier, en le priant de bien vouloir revoir la fin de son dernier livre. »

« Il faut purifier l'Allemagne en la débarrassant de l'art décadent et remplacer celui-ci par un nouvel art germanique. En conséquence, Cézanne, Van Gogh, Matisse, Picasso, Gauguin seront retirés des musées. »

« Richard Strauss, notre très honoré compatriote, est le meilleur compositeur du monde. »

« Le chef d'orchestre italien Arturo Toscanini, qui a refusé de participer au dernier festival de Bayreuth, est trop médiocre pour que notre peuple prenne ombrage de sa décision. »

« Martin Luther : "Il faut enlever toute leur fortune, leurs bijoux, leur argent et leur or aux Juifs. Mettre le feu à leurs synagogues et à leurs écoles." Hitler : "J'estime agir en accord avec les desseins du Tout-Puissant Créateur : en combattant les Juifs, je combats pour le Seigneur." »

« Heinrich Grösste pourra exercer son métier de coiffeur. Il a brillamment remporté les épreuves de coiffures moderne et ancienne ainsi que l'interrogatoire politique. À la question de l'examinateur lui demandant quel était le plus beau jour de sa vie, il a répondu : le 30 janvier 1933. »

« Nous rappelons à nos jeunes enfants que l'écoute de la radio est obligatoire lorsque Hitler prononce un discours durant les heures de classe. »

« Homme quarantaine, désirant descendance mâle, cherche jeune Aryenne, robuste, hanches larges, cheveux blé, portant talons plats, pas de boucles d'oreilles. »

« Rappelons qu'en juillet dernier, le grand Conseil des ministres a adopté la loi sur la stérilisation, entrée en vigueur le 1er janvier. Dans le but de purifier la race germanique, toutes les personnes du sexe masculin ou féminin atteintes de maladies héréditaires telles que schizophrénie, épilepsie, cécité, surdité, infirmités corporelles ou idiotie, peuvent faire une demande de stérilisation. Les mineurs âgés de moins de dix-huit ans seront stérilisés contre leur volonté si leurs tuteurs l'exigent, de même que toute personne assujettie à cette mesure par les tribunaux. »

Les pages des journaux étaient pleines de rappels de cet ordre. Elles glorifiaient le système nazi, vilipendaient les Juifs, les communistes, les socialistes, les pacifistes, les petits, les laids, les maigrichons, les étrangers. Boro en avait la nausée. Dissimulé dans un coin du café Schön, son Leica posé sur la table, un feutre sur la tête, il guettait tout à la fois l'arrivée du marquis d'Abrantès et l'apparition, dans cette neige si blanche et si pure, des balafres présentées par la presse comme des merveilles de la chirurgie esthétique. Mais les flocons dissimulaient la violence sous un voile de tulle. Pas d'affiches, pas de roulements de tambour, l'Allemagne semblait reposer.

À quinze heures trente, les haut-parleurs du café Schön crachèrent une musique militaire. Aussitôt, les quelques consommateurs présents se turent. Les garçons se figèrent sur place. Les hommes se découvrirent. Et Hitler parla. Boro reconnut le timbre métallique, aigu, les inflexions coléreuses, le ton tantôt joueur, tantôt menaçant, la démagogie, voire le simplisme de la phrase.

Le discours commença par ces mots : « *Deutschland, wach auf !* » Puis le chancelier s'adressa à son peuple : « J'ai besoin de toi. Tu auras du travail et la paix. Mais tu dois me faire confiance. Tu es fort, mais tu ne le sais pas assez. Je te le ferai comprendre. Suis-moi. N'écoute pas les autres. Grâce à toi, je redresserai le pays. Je ferai de toi un homme grand et fier... »

La primarité du discours était confondante. Le plus surprenant, cependant, résidait moins dans la vanité et la mégalomanie de l'orateur que dans la fascination avec laquelle il était écouté. Consommateurs, garçons et maîtres d'hôtel ne perdaient pas une miette du propos. Ils se tenaient immobiles, les lèvres entrouvertes, les yeux écarquillés. En trois minutes, le café Schön s'était transformé en une salle d'attente conduisant au paradis. Boro n'en revenait pas.

« Tu vivras pour l'Allemagne et l'avenir de la Patrie. Regarde-moi et suis la route que je te montre. »

Musique militaire. Fin du programme. D'un seul bloc, les consommateurs quittèrent leur siège et applaudirent à tout rompre. Certains levèrent le bras. On entonna le *Deutschland über alles*. Une femme en prière pleurait. Trois fois, elle cria : « *Heil !* » Les autres reprirent derrière elle. Une voiture vert bouteille s'arrêta devant le trottoir. Un maître d'hôtel s'épongea le front. Un autre tendit les deux mains vers la TSF en un geste d'offrande ou de sacrifice. Boro vit la voiture. Elle portait une plaque minéralogique française. Le garçon qui avait servi sa bière à notre reporter secouait la tête, yeux clos, main sur le cœur. Une femme s'assit, au bord de la syncope. Boro abaissa son feutre sur ses yeux et se rencogna près de la fenêtre. Il ne voyait que la malle arrière de la voiture, mais il lui sembla la reconnaître. Les hommes échangèrent quelques poignées de main viriles. En allemand, quelqu'un dit : « Il est l'âme de ce pays. » Une femme entre deux âges répondit : « Oui, il nous sauvera. Il n'a pas d'hésitations. » Boro s'inclina vers la table et arma le Leica. « Il a compris le peuple, s'écria le maître d'hôtel. C'est un sauveur compétent qui fera trembler le monde sur ses bases. » Edmond d'Abrantès pénétra dans l'enceinte du café Schön. Il était quatre heures dix.

Il embrassa la salle du regard mais ne vit pas Boro, dissimulé sous son chapeau et tassé derrière un rideau. Le marquis portait un pardessus gris, un cache-nez, un feutre et des gants de pécari. Il était sur le qui-vive. À la grande surprise de notre reporter, il n'avait ni valise, ni sac de voyage, ni porte-documents.

Le marquis s'installa à une table située à l'écart, éclairée latéralement par la proximité d'une fenêtre. Boro, qui avait équipé son appareil d'une longue focale de 135 mm Elmar ouvrant à 4,5 seulement, bénit cette source de lumière naturelle qui lui permettrait de travailler sans être obligé de surdévelopper le négatif. Il porta rapidement le Leica à son visage et prit successivement cinq photos. Puis, il regarda en direction de la malle de la voiture verte. Mais il n'eut pas le temps de s'y attacher : un homme habillé de noir venait d'entrer dans le café Schön. Il était grand, blond, sec et de mise élégante. Lui aussi portait des gants de pécari. Boro tressaillit à peine lorsqu'il reconnut l'inconnu de chez Hoffmann, celui qui regardait à travers la vitre et qu'il avait croisé au côté de Hitler, sur le trottoir.

L'homme rejoignit le marquis d'Abrantès au fond de la salle. D'un geste négligent de la main, il éloigna le garçon qui s'approchait pour prendre les commandes. Boro se déplaça insensiblement sur la banquette. Feignant de relacer son soulier, il mitrailla le Français et l'Allemand. Il les prit de profil, l'un en face de l'autre, en grande discussion. Lorsqu'il eut terminé sa pellicule, il se redressa, son feutre toujours abaissé sur les yeux. Il laissa quelques marks sur la nappe amidonnée et se prépara à quitter les lieux. D'Abrantès se leva à son tour. L'entrevue avait été brève. Boro se hâta vers la sortie, dissimulant sa canne dans les replis de son manteau. Il traversa Unter den Linden. Parvenu sur le terre-plein central, il se retourna. Le long du trottoir, crottée par la boue, basse, majestueuse, se trouvait l'auto de Douglas Fairbanks et de Gary Cooper : la Duesenberg. Boro frémit. Il se dissimula derrière un arbre recouvert de poudre blanche. L'Allemand s'approcha de la voiture américaine. Il tendit la main à d'Abrantès. Celui-ci la prit. L'autre la retira aussitôt. Et, à la grande stupeur de

Boro, ce fut lui et non le Français qui s'installa au volant. Le marquis resta sur le trottoir.

La Duesenberg démarra. Elle patina dans la neige, effectua une glissade qui la conduisit sur la droite de l'avenue, non loin de l'endroit où se tenait Boro. Lorsqu'elle reprit sa trajectoire, notre reporter était vissé au sol. Il avait les mains gourdes et son cœur battait follement dans sa poitrine. Sur la calandre de la voiture, il venait de reconnaître le fameux bonhomme avec de grands yeux et une barbe, ce bonhomme pour lequel, quelque deux ans auparavant, Scipion, le chauffeur d'Ettore Bugatti, avait failli casser la Royale. Le buste de Rodin volé à Foujita.

Le buste de Rodin n'était ni plus ni moins que le symbole cousu sur les gants de pécari. L'emblème de l'Ordre de Parsifal.

Froides retrouvailles

— Fräulein Maryika Vremler, fit-il en s'inclinant légèrement devant la rébarbative personne qui venait de lui ouvrir la porte.

— De la part de qui ? demanda celle-ci en allemand.

— Si je vous disais que c'est personnel ? répliqua Boro en se fendant d'un délicieux sourire.

Au lieu d'être amadouée par cette offensive de charme, la matrone en tablier blanc parut se cadenasser davantage. Son visage aux pommettes hautes, ses yeux abrités par des paupières lourdes n'exprimèrent rien qui pût être pris de près ou de loin pour un début de communication. Elle se borna à remuer la tête sur son cou de taureau.

— J'ai des consignes. Personne n'entre sans avoir décliné son identité.

Nullement rebuté, Boro renouvela son infatigable sourire.

— Dites à Fräulein Vremler qu'on est venu de Paris pour la voir...

— Paris ? *Ach !* Je vois !

La Walkyrie porta la main à sa tresse, inspecta Boro comme si elle le découvrait sous un jour nouveau, puis, soulevant sa lèvre supérieure, dégagea une denture en excellent état.

— Vous êtes le cousin ! Le fameux cousin !

— Pourquoi « fameux » ?

Elle eut un sourire contraint, ouvrit la porte et s'effaça. La curiosité peinte sur le visage, Boro se glissa dans l'appartement.

— Suivez-moi.

Il parcourut un corridor sombre et entra dans une vaste pièce bien éclairée. Au premier coup d'œil, il sut que l'appartement avait été meublé par un décorateur. Bien sûr, il y avait là un subtil dosage de meubles contemporains et de fruitiers plus anciens qui apportaient l'indispensable note chaleureuse. Mais s'il était un reproche à faire à l'ensemble, c'était peut-être justement ce côté attendu, glacé, confectionné. Un peu comme si l'abus de la raison avait primé sur les élans du cœur.

« C'est cela, pensa Boro : tout est presque trop bien placé. L'argent est parfois un cimetière de beautés. »

Heureusement, par-ci, par-là, il découvrit des plages de liberté où Maryika avait semé son propre parfum. Ainsi, à travers les coussins éparpillés au sol, les fleurs et les multiples babioles qui encombraient les tables basses, Boro reconnut les goûts de sa cousine. Elle avait déposé là quelques-unes des graines plantées dans sa chambre de jeune fille de Buda. Il en conçut une certaine émotion.

Il posa son sac de voyage et s'approcha d'un guéridon sur lequel était placée la photographie d'un homme posant derrière une caméra : Wilhelm Speer. Il prit le cadre et l'observa. Puis il le remit à sa place en maugréant à voix basse. Il sortit son Leica de sa poche, réembobina la pellicule et la glissa dans sa poche. Il déposa l'appareil sur le manteau de la cheminée et alla vers la fenêtre. La neige tombait toujours sur Berlin. À travers les flocons, on ne distinguait que des formes grises, des salissures, un voile brouillé.

Une porte s'ouvrit derrière lui. Un long frisson lui descendit le long de l'échine. Il ne bougea pas. Le battant fut refermé. Il sourit devant la vitre et posa sa canne contre le mur.

— Blèmia !

Il se retourna lentement.

— Blèmia !

Sa cousine se tenait devant lui, à dix mètres. La surprise déformait ses traits. Il attendit qu'elle vînt à lui, mais comme elle ne bougeait pas, il reprit sa canne et marcha vers elle. Il était incapable de parler. Une douce chaleur le gagnait. Berlin, l'Ordre de Parsifal, l'homme aux gants de pécari... tout cela venait d'être balayé par un regard. Maryika. Il lui tendit ses deux mains. Elle les ignora.

— Maryik ! murmura-t-il en faisant un pas en arrière.

Elle l'observait, les yeux emplis d'effroi. Ses cheveux étaient relevés en un chignon disgracieux. Elle n'était pas maquillée.

— Je t'avais pourtant demandé de ne pas venir, dit-elle en secouant la tête. Pourquoi ?...

Elle n'acheva pas sa phrase. Boro recula jusqu'à la fenêtre. Il crispa les mâchoires et rabattit son stick le long de sa jambe.

— Je ne voulais pas te déranger, dit-il sèchement. D'ailleurs, je repars bientôt.

Elle secoua la tête et vint vers lui.

— Comment peux-tu dire cela ! Je suis si contente, murmura-t-elle. Mais quelle imprudence !

Il sourit froidement.

— Ne t'inquiète pas pour moi. Je suis venu en connaissance de cause. En revanche, sans doute me suis-je trompé en arrivant ici sans prévenir. Mais je vais redescendre et je te téléphonerai d'un café. Tu me diras quand je pourrai revenir.

Joignant le geste à la parole, il fit un pas en direction de la porte. Elle lui barra le passage.

— Tu as toujours ton sale caractère !

Elle se campa devant lui, poings sur les hanches. Il savait qu'à travers ses lèvres serrées, le rire était là, prêt à fuser.

— Je peux rester quelques secondes ? demanda-t-il en inclinant la tête.

— Cent mille siècles !

Elle vint se jeter contre lui et il l'accueillit entre ses bras. Elle appuya son front sur son épaule et resta là, sans mot dire.

— Je ne suis pas venu pour toi, dit Boro. Mais puisque j'étais à Berlin, j'ai pensé que je pouvais faire un détour pour prendre de tes nouvelles. Est-ce si inconvenant ?

— Ce n'est pas inconvenant, Blèmia ! Mais comprends que c'est dangereux, répondit-elle.

Elle dégagea son visage de son épaule et, prenant le sien entre ses mains, fixa son cousin comme ces enfants rétifs sur lesquels on s'acharne en vain pour leur inculquer un ultime rabâchage.

— Je n'ai pas cessé de te le répéter, Blèmia. Ici, tu n'as pas que des amis.

Elle lui adressa un pâle sourire et lui caressa les cheveux vers l'arrière, pour lui dégager le front.

— Tête de mule !

— Ça va ! On ne dira rien à personne, dit-il en posant un doigt sur ses lèvres. Petit secret entre nous. Ce ne sera pas le premier...

— Le secret est déjà largement éventé. Frau Spitz t'a vu.

— Spitz, c'est le nom du dromadaire ?

Elle acquiesça.

— Qui est cette femme ?

— Je l'ai engagée comme gouvernante. Puis elle est devenue *Blockwart.*

Il la sentait tendue. Certes, elle était heureuse de le voir là, mais une taie voilait son plaisir. Il ne comprenait pas. Elle s'écarta de lui.

— Maryik, que se passe-t-il d'autre ?

Elle fit un grand geste autour d'elle.

— Il se passe l'Allemagne. Rien de plus. C'est assez dur...

Il eut un mouvement d'humeur en songeant que, jusqu'alors, rien ni personne n'avait su se glisser entre eux au moment de leurs retrouvailles. Même à Munich, alors qu'ils ne s'étaient pas vus depuis des années, elle n'avait pensé à rien d'autre qu'à lui quand elle l'avait revu. Et aujourd'hui, installée dans ses murs, elle l'accueillait avec la froideur aimable des femmes orgueilleuses qui attendent d'avoir reçu dix baisers de leur amant pour tomber dans ses bras.

Une porte claqua dans l'appartement. Boro soupira et se laissa choir dans un fauteuil.

— Elle va faire son rapport, lâcha Maryika d'une voix éteinte. Dans une heure, tout Berlin saura que tu es là.

— À cause du dromadaire ?

— Les *Blockwarte* ne sont pas des dromadaires mais des chiens de garde. Ils sont chargés par les nazis de faire respecter les lois. Frau Spitz s'occupe de l'immeuble. Elle n'ignore rien de ce qui s'y passe – qui vient, qui s'en va, à quelle heure...

— En quoi est-ce dangereux ?

Elle le considéra avec un sourire réjoui.

— Tu es d'une telle naïveté, mon chéri ! Crois-tu que je t'aie demandé de ne pas venir ici pour le seul plaisir de ne pas te voir pendant plus de deux ans ?

Il hocha la tête en signe d'ignorance.

— La pellicule, fit-elle à voix basse. As-tu oublié la pellicule ?

Elle lui raconta les violences de Cochon-qui-souffle

et de Heinrich après son départ de Munich. Elle lui fit le récit des tourments dont elle avait été l'objet. Elle essaya de lui faire percevoir les conséquences que risquait d'avoir la publication des clichés de Hitler : jamais les nazis ne la laisseraient repartir.

Sachant quel secret supplémentaire enfermait la photo de chez Hoffmann, Boro l'écoutait, perdu dans ses pensées, ajoutant aux informations qu'elle lui fournissait ses propres conclusions. Lorsqu'elle en vint à lui décrire la personnalité de Friedrich von Riegenburg et qu'elle aborda le rôle qu'avait joué le jeune aristocrate prussien dans l'orchestration de ce harcèlement, Boro eut l'intuition que se dressait devant lui un rival. Il dissimula son trouble, mais fut traversé par un doute lorsque Maryika fit valoir que seule sa position d'artiste reconnue la protégeait encore des rigueurs du régime. Il l'écouta encore plus attentivement lorsqu'elle lui décrivit les différentes pressions exercées par les nazis pour qu'elle tourne dans des productions contrôlées par eux.

Plus elle s'enfonçait dans son récit et plus sa cousine semblait être la proie d'une angoisse que ravivaient l'évocation des faits, la mesquinerie du quotidien, cette impression de ne jamais pouvoir faire un pas sans être surveillée, même à la maison.

Boro finit par se cabrer.

— Mais enfin, renvoie la Spitz !

— Tu ne te rends vraiment pas compte de l'atmosphère qui règne ici, soupira-t-elle. Non seulement je me mettrais à dos tout l'appareil nazi, mais, en plus, elle serait aussitôt remplacée par une autre créature de son espèce !

Elle finit par se taire, comme si elle était impuissante à partager son désarroi avec un tiers. Soudain, Boro la sentit à cent lieues de lui. Doucement, il lui prit la main.

— Je voudrais te poser une question. Une question toute simple, murmura-t-il : pourquoi restes-tu ?

— À cause de Wilhelm, répondit-elle. Voici des années qu'il travaille sur son film. Il n'y a guère d'espoir qu'il le réalise jamais, mais c'est l'œuvre de sa vie. C'est un homme à qui je dois tout. Il est normal que je l'aide. Naturel que je ne l'abandonne pas au bord du gouffre.

Elle s'interrompit soudain. Boro tendit l'oreille. Il lui sembla percevoir un glissement dans le couloir.

— Y a-t-il quelqu'un ?

Maryika se leva.

— Ne bouge pas, ordonna-t-elle, chuchotant presque.

Elle se dirigea vers la porte, appliqua l'oreille contre le panneau et l'ouvrit soudain.

— C'est vous ! s'exclama-t-elle en allemand. Vous l'avez entendue partir ?

Boro entendit une voix répondre :

— Oui. J'ai sauté du perchoir.

Maryika tendit le bras.

— Entrez. Je suis avec un ami.

Boro se leva. Un jeune homme fit son apparition dans la pièce. Il était petit, trapu, avait la peau mate et les cheveux noirs. Il darda sur Borowicz un regard scrutateur. Celui-ci demeura immobile.

— Vous vous êtes déjà rencontrés, dit Maryika en repoussant la porte.

— Exact, répondit l'inconnu.

Il fit un pas en avant.

— C'était à Munich, en 1931.

— Je ne me souviens pas, répondit froidement Boro.

Au premier regard que lui avait lancé sa cousine en annonçant le nouveau venu, il avait compris ce qu'il eût préféré ignorer. Mais il connaissait trop cette moue un peu timide qu'elle arborait naguère, lorsqu'elle lui présentait un jeune homme bien mis habitant Buda, pour ne pas savoir quel lien existait entre ces deux-là.

— Je suis content de vous revoir, dit l'inconnu en tendant la main.

Boro se contenta d'une inclinaison rapide du buste.

— On m'appelle Dimitri.

— Et moi Boro. Blèmia pour le prénom, Borowicz pour le nom, Boro pour la signature.

Maryika et son double

— Combien de fois ?
— Une.
— Seulement une ?
— Je te le jure.
— Quand ?
— Il y a quelques mois.
— Et Speer ?
— Jamais.
— Et ce Friedrich von Riegenburg ?
— Jamais ! Borowicz, tu m'insultes !
— Et moi ?
— Jamais non plus.
— Hier, d'accord, mais demain ?
— Borowicz, cesse !

Ils se trouvaient dans un restaurant hongrois, non loin d'Alexanderplatz. Maryika y avait entraîné son cousin, espérant que les *korozotts* et les *almas retes* de leur enfance les aideraient à briser la glace que les événements avaient glissée entre eux. Mais à peine s'étaient-ils assis qu'elle avait posé la question fatale à laquelle Boro avait répondu avec des détails qui s'étaient abattus sur elle comme une pluie de grêlons. Ainsi donc, les nazis n'avaient pas recherché la pellicule pour récupérer simplement la photo d'Adolf Hitler et de sa maîtresse.

Sans le savoir, son cousin et elle avaient mis le doigt dans un engrenage qui lui paraissait plus terrible encore que tous ceux qu'elle avait imaginés. Ils étaient bel et bien plongés dans une affaire de subversion internationale.

Il ne lui avait rien caché de son enquête et de ses pérégrinations. Il lui avait même montré le négatif sur lequel, en effet, on apercevait la silhouette d'un homme, un homme qu'elle n'avait jamais remarqué sur les photos publiées dans les journaux car l'image était trop floue, trop mal éclairée. L'absence de profondeur de champ dissimulait l'identité de l'espion. Et après lui avoir raconté l'objet de sa venue à Berlin, voilà qu'il la questionnait sur Dimitri, comme si Dimitri avait de l'importance, comme s'il comptait en cet instant où la vie même de Boro était menacée !

— Tu dois repartir immédiatement, dit-elle en dédaignant la slivovitz qu'il lui proposait.

Il ignora son geste et emplit leurs deux verres.

— Nous finissons de dîner et je te ramène à l'Anhalter Bahnhof. Il y a certainement un train de nuit pour Paris.

Il secoua la tête.

— Tu ne dois pas rester à Berlin. À cette heure-ci, toute la ville sait que tu es là. Ils n'hésiteront pas à t'arrêter...

— À cause des photos ? s'emporta-t-il. Elles ont été publiées ! C'est du réchauffé !

— Celles de Hitler, oui. Pas celles qui épinglent ton marquis...

— D'Abrantès, précisa-t-il.

— Imagine que l'Allemand aux gants de pécari sache que tu sais. Crois-tu qu'il te laissera quitter le pays ainsi ?

— Il ne peut rien contre moi, répliqua Boro. Ta notoriété me protège. Personne ne touchera au cousin de la grande Maryika Vremler.

Elle lui lança un coup d'œil furtif.

— Tu sais parfaitement que j'ai raison. Au pire, on me raccompagnera à la frontière.

— Et s'ils voulaient s'emparer des photos prises au café Schön ?

— Ils ignorent que je m'y trouvais.

— C'est vrai, reconnut-elle.

— De toute façon, je ne partirai d'ici qu'après avoir retrouvé la Duesenberg.

— Mais tu es fou ! s'écria-t-elle.

Il lui adressa un geste comminatoire en désignant les garçons en livrée qui évoluaient autour des tables.

— Doucement, Maryik. Nous sommes en territoire ennemi...

— Comment veux-tu découvrir une voiture verte parmi toutes celles qui circulent à Berlin ? demanda-t-elle à voix basse.

— Je ne sais pas encore.

— Et pourquoi userais-tu tes forces à cela ? Cette voiture ne présente aucun intérêt.

— Détrompe-toi, dit-il en portant son verre à ses lèvres. J'ai bien observé les deux hommes : ils n'ont rien échangé, sinon la Duesenberg. Les plans de la ligne Maginot sont à l'intérieur.

— Et comment veux-tu les récupérer ?

— En volant la voiture.

Maryika pouffa.

— Tu ne sais même pas conduire !

— Moi non, fit-il avec un sourire rusé. Mais je connais quelqu'un que cela intéressera.

Elle le considéra moqueusement.

— Je t'ai vu dans tous les rôles, sauf dans celui-ci : Blèmia Borowicz en héros de feuilleton.

— Grand, dit-il, fort, courageux, intelligent, subtil...

— ... Boiteux et ne sachant pas conduire. Bravo, mon cousin !

Il posa sa main sur celle de sa cousine.

— Nous en étions à Dimitri...

Elle se dégagea d'un geste brusque.

— Je me moque de Dimitri. Je t'ai dit que j'avais accepté de le cacher pour le soustraire aux nazis. Je te prie de cesser avec cela ! Il y a des choses plus importantes.

— Par exemple ?

— Toi, dit-elle en plantant son index au creux de sa poitrine.

— Je suis bien d'accord, reconnut-il avec un sourire ravi.

Ils furent interrompus par le soupir d'un violon. Un orchestre venait de s'installer sur une estrade proche. Les musiciens portaient des chemises blanches ornées de motifs multicolores et des vestes sans manches, typiques des costumes traditionnels magyars. Quelques dîneurs applaudirent.

— Ils vont nous faire le coup des *Danses hongroises*, grommela Boro.

Ce ne fut pas Brahms mais Bartók, les *Danses roumaines* au lieu des *Danses hongroises.* Maryika battit la mesure, Boro soupira après le pays perdu, Maryika dit que le Rhin ne valait pas le Danube, ils poursuivirent sur ce chapitre qui leur rappelait les jeux de leur enfance, lorsqu'ils brocardaient la Hongrie en allemand, en français ou en anglais.

— Te rends-tu compte que nous ne sommes jamais retournés là-bas ? demanda-t-elle. Et je reçois si peu de lettres de mes parents...

Boro demeura de marbre. Depuis la mort de sa mère, la Hongrie lui était devenue un pays étranger. Il n'en parlait jamais, fût-ce avec ses amis photographes. Même les parents de Maryika, dont elle donna quelques nouvelles, s'étaient éloignés de son cœur et de son âme.

— Tu ne m'écoutes pas ? demanda-t-elle comme il ne répondait pas à l'une de ses questions.

— Non, avoua-t-il.

— Tu as raison, tout cela n'a pas d'intérêt. Même à moi la Hongrie ne manque pas.

Elle lui parla de la fête organisée pour le lendemain soir par la chambre du Cinéma, et dit que si les nazis n'avaient pas pris le pouvoir en Allemagne, elle se fût certainement installée définitivement dans le pays et eût accepté d'apparaître comme une vedette nationale. Elle tendit un bras vers l'orchestre qui attaquait un duo pour violon et violoncelle de Zoltán Kodály.

— Même lui ne m'émeut plus. Et pourtant, souviens-toi comme je l'ai aimé...

Boro la regardait. Elle venait de prononcer une parole qui l'avait frappé et dont elle n'avait certainement pas mesuré l'importance. Il attendit qu'elle eût égrené ses derniers souvenirs hongrois pour lui demander où elle s'installerait si elle quittait l'Allemagne.

— Je ne sais pas encore, répondit-elle.

— À Paris ? s'enquit-il, l'œil pétillant.

— Plutôt en Amérique. La plupart de mes relations sont là-bas.

— Ah oui, Marlène Dietrich ! siffla-t-il. Et que ferais-tu en Amérique ?

— La même chose qu'ici.

Il haussa les épaules et se servit un nouveau verre de slivovitz. Un garçon s'approcha. Boro éloigna l'importun d'un geste vague.

— Quand Speer aura-t-il fini son film ? demanda-t-il avec brusquerie.

Un sourire désabusé apparut sur les lèvres de Maryika.

— Je te l'ai déjà dit. J'ai peur qu'il ne le tourne jamais.

— Faute d'argent ?

— Oui, parce que le cinéma indépendant n'existe plus. Parce que les banques ne prêtent plus d'argent aux producteurs juifs. Et surtout, dans le cas de Speer, parce que la mort rattrape ceux qui n'ont plus de forces.

Elle leva vers lui un regard chargé d'émotion contenue.

— Tu sais comment s'intitule le film ?

Il fit signe que non.

— *Der Weg des Todes*, dit-elle. « Le Chemin de la mort. »

Il baissa la tête. Maryika murmura d'une voix tremblante :

— Wilhelm sent que ses jours sont comptés. Il m'a dit que je serais déliée de mon pacte avec lui avant que le printemps revienne.

— Est-ce à ce... moment-là que tu partiras ?

— Certainement, dit-elle.

— Bien. Je te louerai un superbe appartement sur les Champs-Élysées. Cinq pièces avec moquette.

— Tu mélanges tout ! soupira-t-elle en hochant la tête. Je ne fonctionne pas comme toi...

— Je prendrai un petit meublé dans le même immeuble, poursuivit-il, imperturbable. Tu n'auras qu'à sonner pour me voir apparaître. Borowicz, au service de Madame.

Il s'inclina galamment devant elle. Elle ne répondit pas mais observa l'entrée du restaurant. Un couple venait de passer la porte. L'homme portait un pardessus sombre et un feutre recouvert de neige. La femme leur tournait le dos.

— Tu les connais ? demanda Boro.

— Elle, oui. Et toi aussi.

— Allons bon ! s'écria-t-il. Jusqu'à présent, même le chauffeur de taxi ne t'avait pas reconnue... Qui est-ce ?

L'inconnue ôta son manteau et se tourna dans leur direction. Elle aperçut Maryika et s'approcha de leur table. Boro étouffa un juron.

— Montre-toi bien élevé ! gronda sa cousine.

Il se leva pour accueillir la femme que Maryika lui

avait désignée, deux ans plus tôt, comme sa doublure image.

— Barbara Dorn, Blèmia Borowicz.

Il s'inclina profondément devant elle et eut un geste bref pour l'homme qui l'accompagnait. La ressemblance entre Barbara et sa cousine lui coupait le souffle. Aucune de leurs expressions n'était semblable, elles n'avaient pas le même timbre de voix, l'une avait les traits plus fins que l'autre, mais à dix mètres, n'importe qui – sauf Boro – aurait pu les confondre.

Il claqua des doigts pour appeler un serveur et commanda qu'une chaise et un couvert fussent immédiatement ajoutés à leur table.

— Deux chaises et deux couverts, rectifia sévèrement Maryika.

— Pardonnez-moi, dit Boro à l'homme qui accompagnait Barbara. L'émotion, comprenez-vous... Avez-vous déjà vu deux femmes se ressembler autant ?

Il ignora la réponse, s'empressa autour de Barbara à qui il offrit de la slivovitz dans son propre verre après lui avoir cédé sa place. Maryika l'observait, bouche bée. Comme les fauteuils n'arrivaient pas assez vite à son gré, Boro en prit un à la table voisine et s'assit à côté de la jeune femme.

— Puisque vous avez fait vos études à Paris, parlons français, lui proposa-t-il. Savez-vous où j'habite ?

Et il se lança dans un dithyrambe de Montparnasse. Dès qu'il en eut fini avec le Dôme et la Rotonde, il fit faire à Barbara une visite des Halles, du Châtelet, de Neuilly, de la tour Eiffel et de l'Arc de Triomphe qui eût laissé pantois le meilleur guide de la capitale. Barbara avait posé son menton dans la paume de sa main et l'écoutait, les yeux brillants. Son compagnon s'assit entre elle et Maryika. Ne connaissant aucune autre langue que l'allemand, sa langue maternelle, il ne comprenait rien au discours de Boro. Maryika soupçonna son cousin de parler français pour cette seule raison.

Boro abandonna Paris pour la Côte d'Azur, Marseille, Nice et Saint-Tropez. Il prit un virage serré du côté des Alpes, revint aux banlieues, demanda un yoyo (« qui fait fureur à Paris ») au garçon, enfonça sa fourchette et son couteau dans des petits pains et montra, sur la nappe, le pas d'une nouvelle danse. Puis, passant sans transition de la biguine au Vel'd'Hiv refait à neuf, il chanta un couplet de Paul Colline. Même s'il avait cessé alors d'occuper le devant de la scène, il eût passé pour un mufle. Mais comme il poursuivait son verbiage mégalomaniaque, l'atmosphère, déjà franchement tendue, prit des allures de ligne à haute tension. Lui, apparemment inconscient du climat de gêne qu'il créait autour de la table, raconta par le drôle l'intrigue du dernier film de Claude Autant-Lara, exhiba la nouvelle pièce de cinq francs – « En nickel, s'il vous plaît ! » –, et décrivit avec l'accent la joie du coiffeur de Tarascon qui avait gagné le gros lot de la Loterie nationale, cinq millions, en novembre 1933. Quand il freina sur la mort de Louis Lépine, Barbara le regardait en riant, son compagnon affichait un rictus de colère, et Maryika était debout.

— Blèmia Borowicz, raccompagnez-moi, dit-elle d'une voix blanche.

Boro fit un signe d'incompréhension, considéra sa cousine, puis la jeune femme penchée à ses côtés reprit ses esprits et se leva, penaud.

— Mademoiselle...

Il s'inclina devant Barbara Dorn, qui lui tendit sa main à baiser.

— 21, passage de l'Enfer, lui glissa-t-il à l'oreille. Troisième étage, porte de gauche.

Il rejoignit Maryika. Celle-ci signait un papier au comptoir.

— L'addition ! demanda Boro en allemand au maître d'hôtel.

— C'est fait, répondit sèchement sa cousine.

Puis, s'adressant au maître d'hôtel :
— Envoyez cela à la production. J'ai noté l'adresse.
Boro tenta de s'emparer du papier, mais sa cousine fut plus rapide. Elle le jeta de l'autre côté du comptoir. On leur donna leurs manteaux. Un taxi attendait devant la porte. Ils s'y engouffrèrent.
— Je n'ai rien à te dire, dit Maryika après avoir indiqué son adresse au chauffeur. Tu es un goujat. Ne m'adresse plus la parole et repars aussi vite que possible.
Boro s'installa aux côtés de sa cousine. Il voulut la prendre par l'épaule, mais elle se dégagea d'un mouvement brusque. Il rit. Le taxi démarra en douceur.
— Tu me fais une scène, Maryik ?
— Maryika, s'il te plaît.
— Tout cela parce que j'ai voulu séduire une femme devant toi ?
Elle ne répondit pas. Boro regarda à travers la vitre. La neige avait cessé de tomber sur Berlin. Une gadoue sombre recouvrait les rues. Quelques passants se hâtaient vers les derniers restaurants ouverts. Notre reporter se sentait immensément heureux.
— Elle est jolie, ta doublure, commença-t-il. Moins que toi, mais tout de même...
Elle lui lança un regard de braise.
— Tu devrais comprendre... Essaie de te mettre à ma place...
— Ça suffit ! s'écria-t-elle.
— Toi, tu as Dimitri, fit-il avec tendresse. Et moi, si seul, si abandonné, je me contente du double de ton image. Qu'y puis-je si l'original m'échappe ?
— Ne sois pas vulgaire, Blèmia Borowicz ! Tu étais ridicule. As-tu seulement vu ton regard ? Un regard de cochon !
— Oui, mais quelle truffe !
— Je ne te savais pas si grossier.
— C'est la douleur qui m'égare, mon cœur.
— À Paris, je suppose qu'elle t'égare tout autant ?

Il porta la main à son cœur.

— Jamais ! Je me garde pour toi seule. Les femmes vont dans ma vie comme des passantes sur un trottoir désert.

— En plus, tu les trouves sur le trottoir !

— Champs-Élysées, côté droit en montant. Une fois par mois tout au plus...

Elle lui jeta un regard noir.

— Et c'est tout ce que tu as trouvé ?

— Il faut bien que le corps exulte...

— Berlin n'est pas un marché aux truffes, répliqua-t-elle. Fais ça à Paris, mais pas en ma présence.

— Oui, Maryik, dit-il en fermant les yeux. Poursuis ta scène. J'adore quand tu es jalouse.

— Je ne suis pas jalouse.

— Non, mon cœur. Bien sûr que non.

Elle se rabattit sur la vitre, et ils n'ajoutèrent plus un mot avant d'arriver chez elle. Dans l'escalier, il se fit enjôleur.

— Tu m'offres l'hospitalité ?

— Tu dormiras dans le salon.

— Oui, ma chérie. Comme d'habitude.

Sur le palier, il la prit fermement par le bras et l'obligea à le regarder.

— Nous ne sommes plus des enfants, siffla-t-il.

— Tu viens de me démontrer que si.

Elle fouilla dans son sac à la recherche de ses clés.

— Le salon communique-t-il avec ta chambre ?

— Tu ne m'amuses plus.

Elle ouvrit. Un rai de lumière filtrait sous la porte de la grande pièce.

— Frau Spitz est là. Tu es prié de bien te tenir.

— Le dromadaire ! fit Boro à haute voix. Le dromadaire est là ?

Tandis que sa cousine se débarrassait de son manteau et de ses chaussures dans l'entrée (une habitude qui datait de son enfance), il prit appui sur sa canne et entra le premier dans le salon. Là, il resta sur place, immobile, comme tétanisé. D'un seul coup, son sang quitta ses jambes pour affluer à son cerveau. Il s'appuya à sa canne, ferma le poing gauche. Dans l'ombre, devant la cheminée, un homme jouait avec son Leica. Cet homme était blond et portait des gants de pécari sur lesquels était brodé le bronze de Rodin. L'homme qu'il avait vu au café Schön. L'inconnu de chez Hoffmann.

Les mâchoires du piège

— Friedrich ! s'exclama Maryika. Que faites-vous là à cette heure ?

L'Allemand quitta la cheminée. Ignorant la jeune femme, il avança lentement vers Boro.

— Je suis ravi de vous voir, dit-il avec un mince sourire. Depuis le temps que je vous attendais... Blèmia inspira profondément et se retourna vers sa cousine.

— Demande à monsieur de reposer immédiatement mon Leica sur la cheminée.

Maryika regardait les deux hommes sans comprendre. Friedrich von Riegenburg retourna l'appareil.

— BORO-MARYIK, lut-il. Un petit souvenir de Munich, je suppose...

— Veuillez m'expliquer, demanda la jeune femme sèchement.

— Depuis combien de temps monsieur te colle-t-il aux basques ? demanda Boro.

— Plus d'un an.

— Il était chez Hoffmann. Derrière la vitre.

Elle pâlit brusquement.

— Monsieur est un espion, dit Boro.

Il se tourna vers sa cousine et, à mi-voix, ajouta en hongrois :

— Je l'ai vu au café, cet après-midi. Silence là-dessus, sinon tout est perdu.

Il revint à l'Allemand. Celui-ci l'observait avec un rictus rusé, le Leica toujours entre ses mains.

Boro s'était avancé de quelques pas. Il tenait sa canne par le pommeau. Le lacet était libre.

— Demande à monsieur de poser le Leica, répéta-t-il froidement à Maryika.

— Ce petit appareil a donc tant de valeur ? s'enquit Friedrich von Riegenburg en lui jetant un coup d'œil surpris.

Sans le quitter des yeux, il ouvrit le dos du 24 x 36. Ses doigts gantés se promenèrent dans la chambre.

— Pourtant, il n'y a pas de pellicule, constata-t-il en refermant le boîtier.

— Verrouillez-le, ordonna Boro. La molette du bas.

— S'il n'y a que cela pour vous faire plaisir...

L'Allemand tourna la molette. Aussitôt, Boro lança sa canne en avant, la rattrapa par le pied et lui fit faire un moulinet. Il y eut un froissement, une zébrure dans l'air. Le lacet s'enroula autour du poignet. D'un mouvement sec, Boro attira le bras à lui. De sa main libre, il cueillit le Leica.

— Il aurait pu tomber. J'aurais été très triste.

Il tourna le stick. Le lacet s'enfonça dans les chairs. Sur le gant de pécari, apparut le bronze de Rodin. Boro relâcha sa prise.

— Très fort, dit Friedrich von Riegenburg en se massant le poignet.

Il adressa un sourire glacé à Maryika :

— Vous ne m'aviez pas prévenu : votre cousin est un homme vindicatif.

— Partez d'ici.

— Pas tout de suite, répliqua Friedrich von Riegenburg. Il faut d'abord que nous ayons une petite explication.

Il s'assit dans un fauteuil bas. Soucieux de son élégance, il remonta le pli de son pantalon avant d'observer ses interlocuteurs. Boro lui tourna le dos et se rendit à la fenêtre. La Duesenberg était garée plus loin, à l'écart des lampadaires.

— Tout d'abord, dit Friedrich von Riegenburg, je dois féliciter votre cousin.

Boro se retourna. Maryika se tenait debout, pétrifiée, bras croisés. Il alla vers elle et entoura ses épaules de son bras. Au travers de l'étoffe, il pouvait sentir la tension de son corps.

Von Riegenburg, contrairement à ses hôtes involontaires, sembla s'épanouir dans son fauteuil, adoptant un ton de familiarité extrême qui n'était pas de mise.

— Vous savez excellemment tirer parti des hasards, monsieur Borowicz, dit-il en préambule. D'une miette d'actualité qui vous tombe sous le bec, hop ! vous passez à des festins de goinfre ! Vouloir avaler tout rond l'Ordre de Parsifal, dites-moi, quel appétit ! Fort opportunément, le hasard a bien voulu être serviteur de deux maîtres, comme on dit chez vous. Grâce à M. Paul, qui vous a croisé à ce meeting d'intellectuels décadents, nous avons su que l'indiscret qui fouillait dans les bureaux du marquis d'Abrantès n'était autre que vous.

Boro sursauta.

— La première fois, lorsque vous avez été éjecté de l'avenue Foch, personne ne vous avait reconnu. Mais avant ce fameux meeting, il y avait eu les photos de Munich... La presse française vous a salué comme la nouvelle vedette du reportage. Dès lors, M. Paul savait à qui il avait affaire : le cousin Blèmia.

L'Allemand écarta les bras en un geste fataliste.

— Pour vous, c'était le commencement de la fin. Pour nous, le premier pas vers la victoire.

— Quelle victoire ?

— Ne brûlons pas les étapes, voulez-vous ?

Friedrich von Riegenburg se releva. Il parcourut la

pièce dans le sens de la largeur avant de s'arrêter devant la cheminée.

— Le Reich vous a confondu, monsieur Borowicz. Vous avez cru jouer au plus fin, mais vous êtes perdu.

Maryika avança d'un pas.

— Je vous prie de sortir, sinon j'appelle.

— Qui ? Frau Spitz ? Elle n'est pas là. Mais, je vous le concède...

Il ricana.

— ... Frau Spitz étant absente, il reste le communiste. Il pourrait fort bien sortir de sa boîte et me briser la nuque...

Maryika blêmit.

— Seulement, avant de partir et de me faire entrer ici, le dromadaire, comme l'appelle si gentiment votre cousin, l'a enfermé dans sa remise. Malgré son poids, Frau Spitz sait encore monter à l'échelle et tourner un verrou...

Il sourit froidement et ajouta :

— Pour le reste, j'ai pris mes précautions.

Il écarta le revers de sa veste. Ils virent tout d'abord la cravate noire piquée d'une perle, la chemise impeccablement blanche, puis la housse en cuir d'un holster. La crosse d'un parabellum brilla à la lumière des lampes.

— Vous avez une bien curieuse manière de parler aux dames, observa Boro.

— Tout dépend des circonstances, monsieur Borowicz. Et croyez bien que je m'adressais à vous plutôt qu'à Fräulein Vremler.

— Vous avez de la chance que je ne puisse vous répondre.

— Pardon ?

— Ma jambe, s'excusa Boro en appuyant légèrement sur le cou de sa cousine.

— Ah oui ! Cette longue chose un peu oblique que vous traînez toujours derrière vous... Je suppose que, selon votre habitude, vous fouiniez à un endroit où vous n'auriez pas dû vous trouver et qu'un malheur est arrivé...

— En effet. C'était en 1923, le jour du putsch de Munich. Non loin du ministère de la Guerre, où Röhm était prisonnier. J'étais présent lorsque des policiers armés de carabines ont arrêté les troupes des SA.

— Comment pouviez-vous être là ? demanda Friedrich von Riegenburg en mordant à l'hameçon. Vous n'étiez qu'un enfant !

— On a tiré pendant une minute. Le bilan fut consternant : vingt morts et trois mille fuyards. Le premier à décamper fut un certain Adolf Hitler. Il m'a fait un croche-pied pour partir plus vite.

— Vous êtes un insolent !

— Je ne savais pas que vous vous trouviez là vous aussi ! s'exclama Boro en simulant la surprise. Avez-vous fui avant ou après votre chancelier ?

— Je ne vous permets pas !

— Je me passe de votre permission.

Maryika jeta sur l'Allemand un regard stupéfait. Elle l'avait souvent vu sournois, menaçant, mais rarement brutal. Face à Blèmia, il perdait ses bonnes manières. En moins de cinq minutes, le bel Aryen froid et distingué s'était défait de toute sa superbe. Il jetait à Boro des coups d'œil furieux. Celui-ci l'observait en jouant avec son stick, un sourire impertinent gravé sur son visage. Maryika ne put s'empêcher de songer à l'adolescent frondeur qui défiait naguère Jozek Szajol, épicier en gros.

— Venons-en aux faits, dit doucement Boro. Comment envisagez-vous la suite ?

— Le plus simplement du monde. Vous êtes venu en Allemagne. Vous resterez en Allemagne. Aussi longtemps que je le voudrai.

— Vous n'avez pas peur que je m'enfuie ?

— Que les choses soient claires : vous ne le pourriez pas.

— Bon, dit Boro en regardant sa cousine. Après tout, chaque contretemps a ses bons côtés. Grâce à monsieur, nous allons passer quelques jours ensemble.

Puis, se tournant vers Friedrich qui semblait abasourdi par son incroyable toupet :

— C'est dit ! J'annule tous mes rendez-vous ! Bien entendu, il faudra me faire un mot d'absence pour mes employeurs. Et pas rédigé de votre main, je vous prie. À Paris, à Londres, votre signature vaut nibe et pipi de chat. En revanche, si le Grand Flatulent voulait bien se fendre d'un paraphe, je ne dis pas que je ne me laisserais pas faire...

— Cela ne dépend pas de lui, répondit sèchement Friedrich von Riegenburg.

— De qui dépendons-nous alors, je vous prie ?

— De Maryika Vremler.

L'Allemand se tourna vers la jeune femme. Celle-ci croisa ses mains sur sa poitrine.

— Je vois où vous voulez en venir.

— À demain soir, je ne m'en cache pas, dit tranquillement Friedrich.

— La cérémonie d'intronisation ? s'enquit Boro.

— Vous avez l'esprit vif, cher ami. Nous avons besoin de sa caution. Pour la grandeur et le rayonnement culturel de l'Allemagne.

— Je ne vous la donnerai pas.

— Mais si, Fräulein Vremler. Vous allez voir, c'est une question d'accommodements mutuels.

Friedrich von Riegenburg retrouva son siège. Il se lissa les sourcils avant d'ajouter :

— Je crois que vous ne m'avez pas bien compris...

— Avant de poursuivre, puis-je apporter une petite contribution au débat ? demanda Boro en approchant.

L'Allemand consentit de la main.

— Je crois avoir affaire à une manière de chantage. Et je ne peux faire moins que de vous en proposer un autre, de mon cru.

Il allongea le menton et fit mine de se caresser une barbe imaginaire.

— Voyez-vous, je suis un homme prudent. Avant de quitter Paris, j'ai fait ce que tout Rouletabille aurait fait à ma place. J'ai déposé les photos du sieur d'Abrantès en lieu sûr. Et s'il nous arrivait quelque chose de fâcheux, à moi ou à ma cousine... Dois-je poursuivre ?

— Vous vous fatigueriez pour rien, monsieur Borowicz. Même si vous avez remonté l'organigramme de l'Ordre de Parsifal en France et que vous faites paraître vos supputations dans la presse, vous ne représentez pour le moment aucun danger. Comprenez que tant que vous n'aurez pas apporté la preuve formelle que le marquis d'Abrantès a transmis certaines informations en Allemagne, on risque fort de vous prendre pour un joyeux fumiste ou pour un mythomane pur et simple. Sur ce point, vous pensez bien, ajouta-t-il, ce n'est pas ici, en Allemagne, qu'on ira dire le contraire... Alors quoi ? Vous alignerez deux, trois pièces d'un gigantesque puzzle, mais les plus essentielles manqueront. Et pour peu que nous mettions les gazettes et les rieurs de notre côté, vous aurez jeté un bien petit caillou dans une grande mare. Le ridicule noie, monsieur Borowicz, je vous aurai prévenu.

— Ennuyeux, grommela Boro.

Il songea avec un certain déplaisir que si Friedrich von Riegenburg apprenait sa visite au café Schön, son Leica ne lui servirait plus à grand-chose.

Il décida de se taire et s'éloigna en arrière-plan, suivi du regard par l'Allemand qui savourait sa déroute.

— Pour l'heure, proposa von Riegenburg en se frottant les mains et en les posant bien à plat sur ses cuisses, imaginons un scénario parfaitement improbable mais que je préfère évoquer devant vous. Supposons, si vous le voulez bien, que Mlle Vremler ne comprenne pas où se trouvent ses intérêts...

Il se tourna vers elle comme s'il était armé d'une nouvelle patience.

— C'est cela, reprit-il à voix feutrée. Imaginons, fût-ce un instant, que vous ne veniez pas demain à cette petite réunion donnée en votre honneur. Savez-vous ce qui arriverait ?

L'Allemand ricana de plaisir avant de poursuivre :

— Aussitôt, nous vous arrêterions. Et nous vous accuserions d'espionnage au profit des Soviets.

— C'est trop fort ! s'écria Maryika.

— Croyez-vous que nous aurions laissé ce communiste en liberté s'il ne servait pas nos plans ? Nous savons depuis le début qu'il se cache chez vous, ma chère.

— Il vous manque un élément, objecta Boro, tout sourire. Pour qu'il y ait espionnage, il faut qu'il y ait objet à espionner. Quel est donc l'objectif dont Maryika aurait donné les plans aux Russes ?

— Vous ne devinez pas ?

— Je donne ma langue au chien.

— Ne soyez pas insolent, monsieur Borowicz. Vous avez perdu la partie.

L'Allemand ramassa un coupe-papier qui traînait sur la table.

— Approchez, dit-il.

S'étant baissé, il dessina une ligne sur le tapis.

— D'un côté, vous avez l'Allemagne. Et de l'autre, la France. Entre les deux, il y a la ligne Maginot.

Boro posa brusquement l'extrémité de sa canne sur le coupe-papier. Il venait de comprendre. La pièce lui sembla soudain aussi sombre que les couloirs souterrains dans lesquels Albina l'avait entraîné. Il s'approcha des lourdes tentures de velours, s'y appuya et regarda autour de lui. Les meubles, les tapis, le manteau en marbre de la cheminée – tout lui parut sinistre.

— Monsieur Blèmia Borowicz, reprit Friedrich von Riegenburg en se redressant, nous vous accusons également d'espionner pour le compte des Russes. Vous avez dérobé les plans de la ligne Maginot.

Il marqua un temps pour juger de son effet. L'actrice semblait pétrifiée sur place ; le reporter crânait mais n'en menait pas large.

— Vous les avez volés afin de les communiquer à Fräulein Vremler qui devait les remettre au militant communiste qu'elle cache et héberge sous son toit.

— Bravo, murmura Boro d'une voix aimable.

— Vous êtes immonde, cracha Maryika.

— Patriote, seulement. Et respectueux des secrets de la France. Voulez-vous que j'achève la lecture du scénario ?

L'Allemand se leva. Il alla à la porte, puis à la fenêtre. Enfin, il se retourna vers ses interlocuteurs.

— Nous arrêtons Fräulein Vremler, le communiste et Blèmia Borowicz. Nous remettons ce dernier aux autorités françaises. Pour preuve de sa culpabilité, nous livrons également les plans de la ligne Maginot que nous avons trouvés sur lui. Fräulein Vremler restera en Allemagne. Elle sera jugée par les instances de mon pays pour avoir caché un espion communiste. Vingt ans de camp, c'est un minimum pour un délit de ce genre...

Boro réfléchissait. Il savait que la première manche était perdue. Restait la seconde...

— Voulez-vous des précisions ? demanda Friedrich von Riegenburg en s'avançant vers lui.

— Ce ne serait pas désagréable.

— L'Ordre de Parsifal existe bel et bien. Mais nous ne pratiquons pas l'espionnage. Le marquis ne nous aurait jamais livré les plans des canons de 75, si tant est qu'il les ait connus.

Il lança sur Boro un coup d'œil faussement admiratif.

— Quoi qu'il en soit, je salue au passage votre savoir-faire professionnel et aussi cette façon cocardière de voler au secours de la défense nationale en danger. Beaucoup de panache ! Si, si ! ne soyez pas modeste.

Le coup de la photo visant à empêcher ce bon marquis d'accéder aux canons, c'était remarquable.

Il eut un petit rire et poursuivit :

— Nous, notre... registre, ce n'est pas l'espionnage, mais plutôt les coups de main, le travail dont on ne voit pas tout de suite les conséquences. Nous tirons des traites sur l'avenir. Nous noyautons. Nous déstabilisons...

Il s'arrêta court, sembla réfléchir avant de reprendre son exposé.

— Je ne me souviens plus très bien, dit-il, de l'identité des quelques personnalités anglaises et françaises pour lesquelles nous avons recouru à la solution définitive. En revanche, voici le type d'actions que nous pratiquons : c'est nous qui avons détruit l'hôtel Britannia à Bucarest en 1932, parce qu'une délégation de communistes allemands avait eu la mauvaise idée d'y trouver refuge. Nous avons également incendié le théâtre de la Passion, à Erl, en Autriche. Ce genre de travail se révèle parfois très amusant. Ou très imprévisible. Tenez, précisément dans le cas d'Erl, nous visions seulement les sous-sols, où se réunissaient des antinazis allemands. Par malchance, les pompiers sont intervenus trop tard et il y a eu des victimes. Peu importe, d'ailleurs. Il faut frapper les imaginations. Installer la crainte. Créer un nouvel état d'esprit. Et dans ce domaine, comme vous le voyez, nous sommes efficaces.

— Et bavards, compléta Boro. Vous enrichissez mon reportage.

— À condition que vous puissiez le publier.

L'Allemand ricana en observant Boro bien en face. Maryika restait figée sur place. Elle fixait le sol, mains croisées devant elle. Elle avait l'impression de vivre un supplice. Comme si une main lui appuyait la tête dans l'eau d'une baignoire, la laissant respirer un instant avant de l'y replonger. À l'intérieur d'elle-même, elle suffoquait.

— De toute façon, reprit Friedrich von Riegenburg

à l'adresse de Boro, vous ne parviendriez pas à prouver ce que je viens de vous confier. Car même si vous me citiez, je nierais vous avoir jamais rencontré.

— Il y a la photo de Munich...

— Elle ne prouve rien. De plus, elle est trop floue pour qu'on me reconnaisse.

Boro songea avec satisfaction que l'Allemand ignorait que les Anglais l'avaient démasqué.

— Enfin, reprit Friedrich von Riegenburg, personne ne peut rien contre moi en Allemagne. Et au cas où il vous viendrait de mauvaises pensées, sachez que je ne voyage jamais.

— Si vous êtes si bien protégé, expliquez-moi pourquoi vous avez tout fait pour tenter de récupérer la pellicule ? demanda Maryika qui voulait joindre ses dernières forces à celles de son cousin.

— Parce que je savais que M. Blèmia Borowicz m'avait photographié à travers la vitre du magasin et qu'avant de voir ses photos dans la presse, j'ignorais si on me distinguait ou non. Plus tard, j'ai cru que la pellicule avait été perdue. Et le 30 janvier 1933, après leur publication dans la presse, ces photos ne m'ont plus intéressé : seuls des gens très proches de moi auraient pu me reconnaître.

Friedrich von Riegenburg pointa un doigt sur notre reporter.

— En revanche, j'ai commencé à m'attacher sérieusement à vous. J'ai rapidement compris que le seul moyen de gagner Fräulein Vremler à la cause de l'Allemagne passait par vous.

— C'est un grand honneur ! s'exclama Boro.

— Il fallait donc vous faire venir à Berlin. Et, pour cela, découvrir un sérieux appât.

— La ligne Maginot, dit pensivement Boro qui savait désormais exactement où il en était.

— Vous avez compris. Nous avons monté l'opération de la ligne Maginot dans ce but. Croyez-vous, monsieur Borowicz, que nous ne connaissions pas le tracé des fortifications ?

— Poursuivez...

Friedrich fit une grimace méprisante.

— Votre taupinière française est bien mal gardée ! Tous les services secrets du monde en possèdent un relevé. Seul un novice pouvait croire qu'elle intéresserait une puissance étrangère. Et vous êtes un novice.

L'Allemand émit un rire bref.

— N'en voulez pas à Mme d'Abrantès. Elle a été manipulée par son mari. Nous avons demandé à ce dernier de vous entraîner sur la ligne. C'est volontairement qu'il a parlé devant sa fille et commis certaines « imprudences » qui ont éveillé l'intérêt de son épouse. Celle-ci s'est débrouillée pour obtenir un laissez-passer qui n'était pas nécessaire, des consignes avaient été données aux postes de garde pour vous permettre de pénétrer dans le saint des saints le soir de votre expédition. Ai-je besoin de préciser que le capitaine responsable de la garde cette nuit-là est l'un des nôtres ?

Boro siffla d'admiration. Il comprit pourquoi le comportement de l'officier l'avait troublé.

— D'une certaine manière, poursuivit Friedrich von Riegenburg, c'est le marquis d'Abrantès qui vous a donné rendez-vous sur la ligne Maginot, et non pas vous qui l'avez surpris en flagrant délit d'espionnage. Et, s'il en était besoin, je veux vous rassurer à nouveau. Il n'était pas dans ses projets de dérober les plans du canon de 75. Le marquis est un patriote. Il se contentait de vérifier les travaux effectués par ses entreprises.

— Pourtant, il a paru surpris de ma visite.

— En effet. Au café Schön... À ce propos...

L'Allemand leva sur Boro un regard dédaigneux.

— Quand le chancelier parle, on se lève. Vous avez choqué tous les garçons...

Boro encaissa le coup.

— Je disais donc que d'Abrantès m'a expliqué qu'il

ne pensait pas vous rencontrer. Il était persuadé que le voyage sur la ligne vous suffirait. Par acquit de conscience, il avait informé le capitaine d'une possible visite. Mais il n'y croyait pas. Et enfin, n'ayant vu aucun portrait de vous, il ignorait qu'il vous avait déjà croisé. Dans un café du boulevard du Montparnasse, si mes sources sont bonnes...

— En effet. Ce soir-là, votre bon marquis a bu la tasse...

— Quoi qu'il en soit, poursuivit Friedrich von Riegenburg sans se démonter, je dois vous transmettre ses compliments. Il m'a dit que vous étiez un remarquable journaliste.

— Merci, gronda Boro.

— Descendre dans les couloirs de la forteresse pour vérifier qu'il s'y trouvait, c'était tout de même fort courageux !

— Merci, répéta Boro.

— Cette première partie de l'opération accomplie, reprit Friedrich von Riegenburg, il ne nous restait plus qu'à vous faire venir à Berlin. Nous avons attendu le moment où le ministre de l'Information populaire et de la Propagande, également président de la Chambre culturelle du Reich, Joseph Goebbels, pouvait se libérer pour un soir. Demain.

— Demain, répéta Maryika sans bouger.

Boro la regarda. Elle considérait toujours le tapis, les mains croisées devant elle. On eût dit que le monde s'était abattu sur ses épaules.

— Maryik ! glissa-t-il en hongrois. Ne t'inquiète pas. Je te sortirai de là.

Elle leva sur lui un regard vide.

— J'avais raison de te demander de ne pas venir à Berlin...

— Permettez-moi de vous interrompre, dit Friedrich von Riegenburg. Je vous ferai remarquer, chère

Maryika, que vous pourriez nous honorer de votre visite demain soir pour au moins une raison.

— Laquelle ?

— J'ai sauvé la vie de votre cousin.

Un grand froid passa entre eux.

— Comprenez, monsieur Borowicz, qu'il n'était pas question de vous supprimer : nous avions trop besoin de vous. C'est pourquoi, contrairement à ce que croyait Fräulein Vremler, vous ne risquiez rien en venant en Allemagne. À Berlin ou à Friedrichshafen. Si vous voyez ce que je veux dire...

Boro attendit une allusion à Julia Crimson. Mais elle ne vint pas. Il songea qu'il avait marqué un quart de point : l'Allemand ignorait son existence.

— Je dois vous avouer avoir éprouvé certaines difficultés à convaincre le marquis d'Abrantès, reprit Friedrich von Riegenburg. Il voulait à tout prix vous liquider. Mais, finalement, je suis parvenu à lui faire partager mes vues...

Il s'inclina légèrement devant Boro.

— Vous êtes là, en parfaite santé. Et je m'en félicite.

— Achevez votre scénario, dit doucement Maryika.

— Est-ce bien la peine ?

— Je vous le demande.

— Vous acceptez la place que nous vous offrons dans l'art germanique. Votre cousin bien-aimé rentre en France. Nous n'avisons pas le marquis d'Abrantès de son retour, laissant le temps à M. Borowicz de publier son reportage sur l'Ordre de Parsifal. Aussitôt, le réseau français est démasqué. M. Borowicz ne court plus aucun risque. Toute action contre lui serait signée. De plus, sa disparition ne servirait personne, les secrets étant éventés. Est-ce clair ?

— Tu vaux très cher, dit Boro à Maryika. Monsieur sacrifierait le marquis d'Abrantès et l'Ordre de Parsifal pour ta plus grande gloire en Allemagne.

— En effet, reconnut suavement l'Allemand. Fräulein Vremler est une grande comédienne... Elle a valeur de symbole. En outre, l'Ordre de Parsifal, même s'il est dissous, peut à tout moment renaître de ses cendres. Vous savez, il suffit de changer de gants, de mettre une nouvelle cagoule... Les gens comme nous sont éternels.

— Même le marquis ?

— Le marquis ne risque rien. Il a le bras long...

— Et si je ne me rends pas à votre « invitation » ? coupa Maryika.

Friedrich von Riegenburg leva les bras au ciel.

— Je me verrai contraint de vous arrêter tous les deux. Tous les trois, rectifia-t-il en désignant le plafond au-dessus de leurs têtes.

— Admettez que je vienne demain et que je quitte Berlin après-demain ?

— Comment feriez-vous ? Mon chauffeur viendra vous chercher et vous ramènera. De toute façon, de grands amis de l'art et de l'Allemagne montent la garde en bas de chez vous. Voulez-vous les voir ? Ils appartiennent à la police politique du Parti, la Gestapo. Ce sont de grands esthètes...

Friedrich von Riegenburg s'approcha d'une fenêtre et souleva la tenture. Maryika ne bougea pas.

— Je vous fais confiance pour ce genre de tâche.

— Enfin, reprit l'Allemand en rabattant le rideau, Frau Spitz ne vous laisserait jamais partir...

— Je suis donc prisonnière en Allemagne ?

— Pour le moment, oui. L'entrée de l'immeuble est gardée. Après, tout dépend de vous...

L'Allemand se tourna vers Boro.

— Quant à vous, inutile de jouer les Rouletabille. Si votre contact parisien tentait de publier votre reportage avant demain soir, il lui en cuirait, Prakash, Béla, n'est-ce pas ? Citoyen hongrois. 21, passage de l'Enfer... Il n'est pas naturalisé français comme vous, cher monsieur Borowicz...

— Vous êtes très fort, reconnut Boro.

Il alla vers sa cousine et lui prit les mains.

— Je crois que nous n'avons pas le choix, dit-il en la regardant dans les yeux.

Et, en hongrois, il ajouta :

— Accepte. Ne discute pas et accepte.

Maryika demeura silencieuse.

— Fais-moi confiance. Dis oui.

Maryika repoussa son cousin, souffla profondément et, sans regarder Friedrich von Riegenburg, lâcha :

— Contrainte et forcée, j'irai à votre réunion demain soir.

— Parfait ! s'écria l'Allemand. Toute l'Allemagne vous fera fête, mademoiselle Vremler.

— Mais rendez-moi un service. Partez d'ici. Partez immédiatement.

— Une seconde, intervint Boro. Une dernière question : pourquoi avez-vous gardé la Duesenberg du marquis d'Abrantès ?

— C'est une Duesenberg ? De toute façon, peu importe la marque, répondit Friedrich von Riegenburg. Il a choisi celle-là pour des raisons sentimentales que vous n'avez pas à connaître.

— Le bronze de Rodin, dit Boro.

— Vous avez remarqué cela aussi ?

— La calandre, oui. Ce bronze a été dérobé au peintre Foujita.

— Décidément, vous êtes un excellent reporter. Vous devriez travailler pour le *Völkischer Beobachter*.

— Vous n'avez pas répondu à ma question.

— Si nous avions dû vous remettre aux autorités françaises, nous aurions prétendu que vous étiez venu en voiture. Cela nous aurait arrangés.

— Il ne sait pas conduire, déclara maladroitement Maryika.

Boro lui jeta un regard vif.

— Nous ne l'ignorons pas, répliqua l'Allemand. Mais, pour la version officielle, cette voiture a été volée au marquis. Par l'homme qui a conduit Boro en Allemagne.

— Qui est cet homme ?

— Vous n'avez pas à le savoir. Un gêneur dont nous nous serions débarrassés en même temps que de vous.

— Il vous faudra trouver autre chose, dit Boro avec une moue navrée.

— Tu peux compter sur lui, déclara froidement Maryika.

Elle alla à la porte et l'ouvrit d'un mouvement brusque.

— Demain, à six heures, chez moi, dit l'Allemand : 3, Kaiserwilhelmstrasse, près de Horst Wessel-Platz. Je vous enverrai mon chauffeur.

Il marqua un temps avant d'ajouter :

— Bien entendu, je me permettrai de vous téléphoner dans la matinée pour savoir si vous n'avez pas changé d'avis.

— Ne vous inquiétez pas. Je serai exacte au rendez-vous.

— Aurai-je droit à une invitation ? demanda Boro.

— Naturellement. Et apportez votre Leica. Vous ferez un reportage que tout le monde vous enviera : les fiançailles de Maryika Vremler avec l'Allemagne.

— Avec l'Allemagne nazie, rectifia Maryika.

Des oreilles amies

Elle referma le battant sur Friedrich von Riegenburg. Boro se tenait à l'entrée du salon, la mine préoccupée. Elle jeta sur lui un regard défait.

— Je t'avais bien dit de ne pas venir.

— C'est secondaire. Ils t'auraient coincée de toute façon.

— Qu'allons-nous faire ?

Il croisa les bras sur sa poitrine et, la regardant bien en face, déclara :

— Sortir d'Allemagne.

— Mais c'est impossible ! s'écria-t-elle.

— Je ne te laisserai pas un jour de plus dans ce pays. On s'en va.

— Et si je refuse ?

— En ce cas, tu refuses pour deux. Si tu restes, je reste aussi.

— Mais tu es fou !

— Maryik, dit-il en s'approchant d'elle, tu n'as plus rien à faire en Allemagne. Tu es déjà ligotée. Qu'attends-tu ? Qu'ils te passent la corde au cou ?

— Et le film de Speer ?

Il balaya l'air d'un revers de la main.

— Tu n'y crois plus toi-même.

— Et les promesses que je lui ai faites ?

— C'est ta vie qui est en jeu.

Elle soupira.

— Partir, répéta-t-il. Tu n'as plus le choix. À moins d'accepter d'offrir ta caution au régime.

Elle secoua la tête avec répugnance.

— Alors on ne discute plus cette question. Il faut maintenant trouver le moyen de sortir de ce piège.

— Tu en as un ?

— Peut-être. Tout dépend de ce que tu es prête à faire.

Ils furent interrompus par un bruit sourd venant du plafond.

— Je viens ! cria Maryika.

Elle fila dans le couloir, sortit l'échelle de la penderie et, après y être montée, tourna le verrou que Frau Spitz avait refermé quelques heures auparavant. Dimitri apparut dans le rectangle de la trappe. Ses cheveux étaient hirsutes. Il avait le teint pâle des reclus. Une lueur sauvage brillait dans ses yeux.

Il descendit derrière Maryika. Comme il atteignait le dernier barreau, il dit seulement :

— J'ai tout entendu.

Ils rejoignirent Boro qui, resté au salon, marchait de long en large, abîmé dans ses réflexions. Soudain, sans prêter garde à l'entrée de Dimitri, il alla jusqu'à l'autre bout de la pièce, sortit un carnet de sa poche et, assis à califourchon sur le bras d'un fauteuil, en tourna les pages rapidement. Quand il sembla avoir trouvé ce qu'il cherchait, il se leva et s'approcha de Dimitri. Les deux hommes semblèrent se jauger mutuellement pendant une fraction de seconde, puis le visage du communiste s'éclaira d'un sourire qui eut pour effet de dissiper la méfiance accumulée dans le regard de Boro.

— Pourriez-vous nous aider ? demanda notre reporter.

— Je n'avance qu'à l'amitié, répondit Dimitri.

De la part de ce chat écorché, c'était lancé comme une sorte de défi.

Sous les yeux attentifs de Maryika, ils s'entre-regardèrent à nouveau comme si la neige et le soleil de leurs futurs rapports avaient rendez-vous dans l'espace, puis, semblables à deux trapézistes confiants, ils se précipitèrent dans le vide. Sans crier gare, les deux garçons échangèrent une sorte de bourrade affectueuse. Ainsi scellèrent-ils une alliance que le temps ne devait plus jamais démentir.

Boro posa presque aussitôt sa main sur l'épaule de Maryika.

— Demain matin, je dois voir Speer. Est-ce possible ?

— Pourquoi ?

— Est-ce possible ? répéta-t-il en la fixant sans ciller.

— Je peux lui demander de venir.

— Parfait.

Il retourna à l'autre bout de la pièce, réfléchit quelques minutes, puis revint près de la cheminée.

— Nous serons à Paris après-demain, dit-il avec un large sourire. Mardi 6 février.

Maryika haussa les épaules.

— Après-demain, je te le promets.

— Nous voyagerons en voiture, en bateau ou en avion ?

— Pas en voiture, tu ne supportes pas les longs trajets. Ce sera donc l'avion ou le train... Il faut que je téléphone.

— Pas d'ici, répliqua Dimitri. La ligne est certainement sur écoute.

Boro lui adressa un petit sourire.

— Vous avez raison.

— Je peux téléphoner pour vous. En passant par les toits...

— J'ai besoin de joindre quelqu'un à Paris.

— Donnez-moi le numéro.

Boro arracha une feuille à son calepin. Il nota un nom et un téléphone.

— Vous devez lui parler personnellement. Il vient au Select tous les soirs et y reste jusqu'à l'aube. Dites-lui qu'il doit être demain entre sept et neuf heures au 3, Kaiserwilhelmstrasse, près de Horst Wessel-Platz.

— Et s'il ne peut pas ?

— Il pourra, répliqua Boro avec une lueur amusée dans le regard. Dites-lui que Borop'tit a retrouvé le bronze de Rodin.

SEPTIÈME PARTIE

La course du lièvre boiteux

Goebbels, Goering et Cie

La maison brillait de tous ses feux dans l'ombre berlinoise. C'était une construction anachronique faite de colonnes blanches soutenant des balcons et des terrasses de granit sombre. Tous les étages étaient éclairés. Les lumières se projetaient en arcs de cercle sur le feuillage des arbres. La neige avait cessé de tomber.

En mordant sur les graviers, la Mercedes de Friedrich von Riegenburg décrivit une courbe devant l'escalier principal et s'arrêta au pied des marches. Un huissier à la tournure militaire se précipita au-devant des arrivants. Maryika se retourna vers Boro :

— Tu es sûr de tout ?

— De tout.

Elle lui prit la main et la serra fortement.

— J'ai si peur...

— Fais exactement comme convenu. Nous ne devons pas nous tromper d'une minute.

Elle déposa un baiser léger sur ses lèvres et descendit de voiture. Elle portait un lourd manteau de fourrure qui dissimulait sa robe et ses bijoux. Boro resta au bas de l'escalier. La Mercedes s'éloigna, remplacée par la Cord noire de la production. Boro se détourna malgré lui lorsqu'il entendit un planton annoncer d'une voix de stentor l'arrivée de Fräulein Maryika Vremler. Il s'approcha de la voiture. La vitre avant droite était baissée.

— Six heures cinquante-trois à la gare, dit-il au chauffeur. Sept heures et demie ici.

— Je sais.

— Bonne chance.

Il se dirigea vers la portière arrière, tendit la main à Wilhelm Speer et l'aida à sortir de la voiture. Le vieux cinéaste lui jeta un regard furieux avant de s'adresser au factotum.

— Où est le parc à voitures ?

— Derrière la maison, monsieur.

— Mon chauffeur doit repartir dans une heure et revenir avec des acteurs du film.

— Les sorties ne sont pas contrôlées, répondit le sbire en livrée. Pour rentrer, il n'aura qu'à donner votre nom. S'ils vous ont laissé passer une fois, il n'y aura pas de problème par la suite.

— J'espère, répondit sèchement Wilhelm Speer. Je suis le metteur en scène de Maryika Vremler.

Il se tourna en direction de la Cord.

— Allez vous garer derrière la maison, Otto. Et je vous prie d'être là quand je désirerai partir.

— *Jawohl, Herr Regisseur*, répondit le chauffeur.

— Redressez votre casquette, jeune homme ! lança Boro en souriant.

Dimitri fit patiner les roues sur le gravier. La Cord démarra sans souplesse.

— J'espère qu'il trouvera la Duesenberg, dit Boro en montant les escaliers au côté de Speer.

— Vous auriez pu vous abstenir de nous entraîner tous dans cette combine absurde, gronda le réalisateur.

— Cette combine, comme vous dites, sauvera trois existences. Et c'est la seule manière de passer la frontière.

— Sans doute avez-vous raison, maugréa Speer.

Pour moi, le plus dur sera d'assister à cette foire à la racaille...

Il désigna le hall dans lequel ils venaient de pénétrer. C'était une pièce tout en longueur, éclairée par des appliques en forme de poignard. Six hommes de la police secrète déguisés en extras débarrassaient les visiteurs de leurs manteaux. Ils s'emparèrent de celui de Boro avec une telle rudesse que celui-ci protesta :

— C'est du poil de chameau. Pas un uniforme de prisonnier de guerre. Et il y a un appareil photo dans la poche.

— Vous n'en profitez pas pour faire un reportage ? demanda Speer.

— Je choisis toujours mes sujets. On ne me les impose pas.

Ils furent dirigés vers une pièce de réception tendue de drapeaux allemands, de croix gammées, de portraits du chancelier. Au beau milieu de la salle était plantée une immense table rectangulaire encombrée de charcuteries, de viandes froides, de bocks de bière, de verres de cristal, d'assiettes ornées de svastikas, de brioches et de pain bis.

— Buffet nazi, commenta brièvement Wilhelm Speer. J'ai l'impression qu'ici l'aristocratie s'arrête au grade de sergent-chef.

— Caporal, rectifia Boro.

Il heurta une femme au buste de chanteuse d'opéra qui poussait de petits cris en gothique parce que son nazillon de mari s'était perdu dans la foule. Elle fut emportée corps et strass dans un tourbillon de vareuses kaki. Boro chercha Maryika des yeux. Son regard erra par-dessus des crânes tondus et des chignons artistiques. La plupart des convives étaient des officiers supérieurs en grand uniforme de parade, accompagnés de leurs épouses. Ces femmes corsetées de neuf, portant bijoux, cabochons, camées, rivières et maquillées dans la tradition que leur commandait leur emploi à la ville – duègnes, ingénues, baronnes, mégères ou bas-bleus –, croisaient, dans le cours des retrouvailles, des courbettes et des baisemains, une race de héros au physique sportif et naturel, peuple aryen d'un nouveau genre qui formait l'avant-garde, la devanture de la Grande Allemagne définie par Hitler. Elles papotaient à vide tandis que leurs époux, vieux dignitaires en habit, maxillaires serrés et croix de fer à la bretelle, observaient l'assistance avec l'humanité désabusée de maréchaux contemplant une bataille à livrer. D'autres Walkyries aux pommettes hautes et aux cheveux courts posaient des yeux froids et impitoyables sur les glyptodons et autres mastodontes affaiblis par les cicatrices de leurs combats antérieurs, et guettaient du regard la légion des jeunes guerriers blonds qui étrennaient leurs uniformes de la SS.

Cravaches et bottes, poignard au côté, il était clair que seuls les plus fauves, les plus valides, les plus arrogants parmi ces loups aux appétits de gloire joueraient la pièce en entier sur la scène de marbre turquin, feraient assaut de férocité, d'attachement indéfectible, de mysticisme et de froide résolution. Ce soir-là, comme une futaie en marche, derrière chaque colonne de la monumentale salle de réception, se cachait une horde d'adorateurs du petit dieu à mèche noire.

Quelques photographes préparaient leur matériel dans un coin retiré de la pièce. Maryika se tenait au milieu d'un groupe où, tel un paon germanique, paradait Friedrich von Riegenburg. Il était affublé pour l'occasion d'un uniforme de colonel de la SS.

Boro resta à distance. Sa cousine avait revêtu la robe blanche qu'elle portait à Munich lorsqu'il l'avait retrouvée deux ans auparavant. Naïvement, il avait cru que cette attention lui était destinée. Maryika avait douché ses espérances :

— *Elle* a la même. C'est la seule raison.

— Et le manteau ?

— Le manteau aussi.

Elle portait sa tenue de soirée avec son élégance coutumière. En l'observant, Boro avait peine à croire que la robe, les bijoux et le maquillage avaient été choisis non par goût mais par nécessité, tant la jeune femme paraissait naturelle et détachée de ce piège dont ils tentaient d'écarter les mâchoires.

« Elle est comédienne, songea-t-il. C'est sa force. »

Elle écoutait sans broncher les propos de deux ou trois personnes inconnues de Boro. De temps à autre, son visage fuyait vers la droite ou vers la gauche, et il voyait passer dans son regard un scintillement très bref – elle le cherchait et croyait l'avoir reconnu.

Il se dirigea vers le buffet. Insensiblement, les hommes s'étaient regroupés entre eux. Délaissées, les femmes faisaient tapisserie contre les murs de la grande salle. Boro consulta sa montre. Il était six heures quinze. Dans moins d'une heure, le train de Paris entrerait en gare. Son cœur battit plus vite.

Il se fraya un passage parmi la foule bourdonnante, gagna le couloir et demanda les toilettes. On lui indiqua une porte à doubles battants. Il en poussa un et ressortit peu après, satisfait de ce qu'il avait vu. Aucune préposée n'en protégeait l'accès.

Il traîna un instant dans le couloir. Les hommes de la sécurité faisaient les cent pas, lorgnant du côté des jardins. La nervosité les gagnait. Boro observa un instant les arbres à travers les vitres, espérant découvrir le parc à voitures. Puis il retourna dans la salle de réception.

Quelque chose clochait du côté de Maryika. Il le sut au premier coup d'œil. Friedrich von Riegenburg lui parlait, mais loin des autres et trop près d'elle. Son poing gauche était serré. Boro nota qu'il ne portait pas ses gants de pécari. Il s'approcha lentement. La joue droite de Maryika était empourprée, signe chez elle d'une colère rentrée. Elle jetait sur l'Allemand un regard étincelant. Boro pressa le pas. Friedrich von Riegenburg fut le premier à le voir. Il ne le salua même pas.

— Raisonnez votre cousine, siffla-t-il entre ses dents. Faites-lui comprendre qu'elle doit une déclaration à la presse.

— Maryika ? demanda Boro en la regardant.

— Non.

Boro se retourna vers Friedrich von Riegenburg.

— Elle a dit non.

— Je vous l'ordonne ! fit l'Allemand à voix basse.

— Vous lui ordonnez quoi ? demanda Boro en élevant le ton.

Friedrich von Riegenburg le dévisagea avec colère.

— Elle est fatiguée, poursuivit Boro d'une voix forte. Et trop émue pour accorder un entretien aux journalistes.

Quelques têtes rases s'étaient approchées. Boro recula, comme pour les encourager à se joindre à eux.

— Vous devriez comprendre, Herr Riegenburg (il ôta volontairement la particule), qu'un jour comme celui-ci, Mlle Vremler a le droit de vivre pleinement son bonheur. Ne la contraignez pas à faire ce qui est au-dessus de ses forces nerveuses. Elle recevra les journalistes demain. À tête reposée.

Un murmure approbateur parcourut l'assistance. Friedrich von Riegenburg battit en retraite.

— Merci, murmura Maryika en hongrois. Tu m'évites la honte.

— Joue le jeu pendant une heure et demie, dit Boro à voix basse. Pas plus. Les toilettes sont en face, à droite. À l'intérieur, tu choisiras la troisième porte.

— Comment veux-tu que nous filions au milieu de cette foule ? Tout le monde remarquera mon départ ! Ton plan est impossible !

Il fut dans l'incapacité de lui répondre : deux militaires en uniforme venaient de se figer au garde-à-vous à l'entrée de la salle de réception. D'un même geste ils levèrent la main droite, et d'une même voix crièrent :

— *Sieg Heil !*

Le cri fut repris par l'assistance tout entière, un rugissement unanime pour saluer l'entrée du général Hermann Goering, président du Reichstag, et ministre de l'Air. Il fut bientôt suivi par Joseph Goebbels, ministre de la Propagande et de l'Information, également président de la Chambre culturelle du Reich. Les deux hommes ne portaient pas d'uniforme. Le premier, visage énergique déjà estompé par la graisse, avançait lourdement, sa silhouette empâtée enserrée dans un costume croisé. Son épouse, qui marchait derrière lui, n'était pas moins large d'épaules, de fesses et de ventre : deux bœufs sans licol.

Goebbels était petit et hâlé. Il avait le profil sec, le nez pointu, le menton fuyant. Une chouette perchée sur un pied-bot.

Il avança en claudiquant vers Maryika. Celle-ci se tenait très droite. Son visage n'exprimait rien. Les photographes approchèrent. Quand les premiers flashes crépitèrent, le Dr Goebbels tendit la main à l'actrice et, d'une voix aiguë, lui dit :

— Maryika Vremler, l'Allemagne est heureuse de vous compter parmi ses enfants.

Il garda sa main le temps d'un rouleau de pellicule, présenta son profil droit, sourit toutes dents dehors et, enfin, s'inclina pour baiser le bout des doigts. Maryika était très pâle. La salle applaudit, les bras se levèrent, l'assistance hurla « *Heil !* » et entonna le *Horst Wessel Lied.* Lorsque les voix se furent éteintes, les congratulations fusèrent. Boro n'avait pas bougé. Il échangea un regard avec sa cousine. Celle-ci avait les yeux pleins de larmes. Il s'approcha d'elle. Goebbels lorgna sa canne.

— Un confrère, dit-il à mi-voix. On pourrait faire une course.

Il regarda les convives qui l'entouraient, esquissa un

sourire glacé, et tous ceux qui se trouvaient dans son sillage éclatèrent d'un rire plus courtisan que sincère.

— Une course, répéta Goebbels. Une course entre boiteux...

L'hilarité redoubla. Maryika lança à Boro un coup d'œil désespéré. Celui-ci serra les lèvres et cligna des paupières.

— Notre ami von Riegenburg est un mécène pour l'Allemagne, reprit le ministre. Grâce à lui, le Grand Reich va compter une étoile de plus. La plus belle, ajouta-t-il après avoir porté un regard connaisseur sur les hanches de Maryika.

Boro se détourna. Il serrait le pommeau de sa canne, et ses phalanges étaient blanches. Il marcha vers le fond de la pièce. Une main le saisit à l'épaule. Il se retourna. Speer se tenait devant lui. Ses lèvres tremblaient.

— Dire qu'il aura fallu que j'assiste à cette scène dégradante, murmura-t-il. Ce cuistre avec Maryika. Plutôt la mort !

La foule s'était regroupée autour des tables. On servait à boire. Un capitaine en uniforme noir porta un toast à la grandeur de la nouvelle Prusse. Speer entraîna Boro plus loin.

— Savez-vous, dit-il, que le président de la Chambre culturelle a commis un roman autobiographique et deux pièces en vers ?

— Je l'ignorais, répondit Boro.

— Et pour cause : aucun éditeur n'en a voulu. Il a également écrit des dizaines d'articles pour le *Berliner Tageblatt*. Ils étaient si comiques qu'on en rit encore dans les couloirs du journal... C'est lamentable.

— Lamentable, acquiesça Boro.

— Hitler aurait dû le nommer ministre des Lits. C'est un champion dans sa spécialité. Quant à l'autre... au petit peintre viennois, j'ai lu son *Mein Kampf*... Je vous rassure tout de suite, ce n'était pas pour le plaisir de la lecture. Seulement pour le bonheur de relever les fautes grammaticales. Savez-vous combien j'en ai compté dans la première édition ?

— Cinquante.

— Vous voulez rire !

— Cent ? demanda Boro, incrédule.

— Trois mille trois cent cinquante-deux, jeune homme !

Boro ne put s'empêcher d'éclater de rire. Quelques visages se tournèrent vers lui et un demi-cercle se forma autour d'eux. On voulait profiter de la bonne aubaine.

— Vous avez une bonne histoire ? demanda aimablement un homme entre deux âges qui portait un monocle.

— Oui, répondit Boro en s'écartant légèrement pour embrasser cette cour dont il se serait bien passé.

Des lèvres peinturlurées s'entrouvrirent sur des ébauches de sourires. L'homme au monocle tendit le cou, tirant dangereusement sur le celluloïd de son faux col.

— Savez-vous combien *Mein Kampf* comporte de fautes grammaticales ?

Les lèvres peinturlurées firent de grands efforts gymniques pour rattraper les sourires et les tordre en grimaces dubitatives.

— Deux ? se hasarda une femme trop poudrée. Ce seront des coquilles laissées par l'éditeur...

— Vous n'y êtes pas du tout.

— Alors aucune, dit le monocle en accompagnant sa réponse d'un geste définitif. L'astuce de l'histoire que raconte notre ami ne réside pas dans le nombre de fautes...

— Il a raison, fit Boro.

Les lèvres, qui avaient eu chaud, retrouvèrent l'ouverture qui convient aux mimiques soulagées.

— Il n'y a aucune faute de grammaire dans *Mein Kampf*. Seulement trois mille trois cent cinquante-deux innovations.

Était-ce du lard, était-ce simple cochon ? Goering n'étant pas là pour poser la question, un jeune officier qui servait sous Heydrich se substitua au ministre de l'Information populaire et de la Propagande :

— Êtes-vous allemand, monsieur ?

— Non, répondit Boro. Vous voyez bien que je suis juif.

Il y eut un froid polaire, quelques exclamations outragées. Le groupe se désagrégea soudain avec des regards fuyants. Boro regarda Speer. Le réalisateur souriait tristement.

— Ne les provoquez pas trop. Ils sont fats, vulgaires, mais capables de férocité.

— Ils mordent aux jambes s'ils ont des ordres. Ce soir, ils ne nous feront rien.

Il comprenait l'écœurement du vieil homme qui savait depuis le matin que le film pour lequel il s'était tant battu ne verrait jamais le jour. Il était venu avant midi chez Maryika, et c'était lui-même, après qu'on lui eut raconté la visite de Friedrich von Riegenburg, qui avait proposé ses services afin de les aider à fuir. Pas une fois il n'avait reparlé de *Der Weg des Todes*. Pas une fois il n'avait tenté de se dérober à cette cérémonie qu'il vomissait : « Si Maryika doit y aller, avait-il dit, je l'accompagnerai. Surtout si ma présence la sauve du déshonneur. » Et avant de quitter la chambre de la jeune femme où ils s'étaient réfugiés pour échapper à Frau Spitz, il n'avait fait qu'un commentaire : « Peut-être qu'à Hollywood où vous méritez d'aller, Maryika, ils accepteront mon scénario... Je vous le donne. »

Boro posa sa main sur l'épaule du metteur en scène et dit :

— Vous avez su vous montrer très généreux, monsieur Speer.

Le vieil homme secoua faiblement son visage émacié par la souffrance et la maladie.

— Je vous ai prêté la voiture de la production. C'est bien peu...

— Je ne pensais pas à cela. En devenant notre complice, vous avez accepté de courir un risque...

— Ce n'est pas un risque, c'est ma dernière fierté. Et ils ne pourront vraiment rien contre moi.

Il ferma un moment les paupières, comme pour se reposer. Lorsque Boro rencontra à nouveau son regard, Speer avait recouvré une sorte de sérénité.

— Vous savez, jeune homme, dit-il en posant sa main glacée sur celle du reporter, si les nazis veulent me faire des misères, il faudra qu'ils courent vite. En ce moment, je me dépêche bigrement... et là où je vais à pas de géant, personne n'aura envie de me poursuivre.

Devant l'embarras de son jeune interlocuteur, Speer se ressaisit immédiatement.

— Vous avez raison, dit-il. Cessons d'être moroses et songeons au présent. Combien de temps reste-t-il ?

Boro consulta sa montre.

— Moins d'une heure.

— Elle sera ponctuelle. Je le lui ai demandé comme un service personnel. Vous pouvez compter sur elle.

Ils se turent. Dans la salle, ce n'était que brouhaha et claquements de mandibules. Les convives s'étaient rassemblés autour du buffet. Ils buvaient et mangeaient à grand bruit. Goering s'empiffrait de jambon sous l'œil ruminant de son épouse. Il jetait la couenne au sol et se resservait directement avec les mains, plus promptes à saisir qu'une fourchette. Il aidait les bouchées à passer en les liquéfiant avec de pleins bocks de bière.

— Regardez-le bien, dit Speer. Avez-vous vu ses lèvres ?

Elles étaient agitées d'un tremblement convulsif.

— Et ses bras...

Il les bougeait maladroitement, comme un bébé. Bientôt le ministre se mit à cligner des yeux et commença de se dandiner sur place en poussant de petits halètements qui effrayèrent ceux qui l'entouraient. Sa tête dodelina dangereusement vers l'avant. Ses joues se gonflèrent puis se dégonflèrent, son pied gauche frappa le sol en cadence.

— Le manque de drogue, dit Speer.

Un jeune officier prit le ministre par le bras et le conduisit vers la sortie. Personne ne se détourna sur son passage.

— On l'emmène aux toilettes pour qu'il prenne sa dose.

— Et il est président du Parlement ? s'exclama Boro.

— Oui, répondit Speer avec dégoût.

Boro haussa les épaules. Il quitta le metteur en scène et s'approcha de Maryika. Celle-ci parlait avec un petit homme replet qui la considérait avec un regard chaviré. Elle l'abandonna pour son cousin.

— Blèmia, n'est-ce pas de la folie de partir ce soir ? demanda-t-elle à voix basse.

— Après nous ne pourrons plus. Riegenburg ne nous lâchera pas d'une semelle.

— Le train est arrivé ?

Boro consulta sa montre.

— Il entrera en gare dans un quart d'heure.

Goering sortit des toilettes. Il avait le teint pâle mais marchait normalement. Le jeune officier lui désigna Maryika du doigt.

— Allons bon. Le charcutier arrive, grommela Boro.

Il voulut se détourner, mais sa cousine le retint par le bras.

— Reste avec moi.

Goering fut rejoint par sa femme. Le ministre s'inclina devant Maryika. Friedrich von Riegenburg se précipita.

— *Herr General*, j'ai l'honneur de vous présenter Fräulein Vremler.

Goering se tourna vers sa compagne de licol.

— Emmy, dit-il. Mon épouse.

— Bonjour, madame, dit Maryika.

— « Noble dame » ! rectifia Goering.

— Pardon ? s'enquit Boro.

Riegenburg le tira en arrière et lui glissa à l'oreille :

— Dans les cérémonies officielles, il exige qu'on l'appelle « noble dame ». Obéissez...

Boro s'approcha d'Emmy Goering.

— Salut, noble bœuf, dit-il en hongrois.

Maryika pouffa.

— Vous n'êtes pas allemand ? demanda le ministre.

— Hongrois, répondit Friedrich von Riegenburg. Monsieur est le cousin de Maryika Vremler.

Goering ne jeta même pas un coup d'œil à Boro. C'est à peine s'il regarda Maryika. Il n'avait d'yeux que pour la tenue de Friedrich von Riegenburg.

— Goebbels m'avait demandé de venir sans uniforme. Si j'avais su...

Il toucha le ceinturon, admira la coupe de la tunique.

— Où l'avez-vous acheté ?

Riegenburg donna l'adresse d'un tailleur installé sur le Kurfürstendam.

— Note, Emmy. Il est meilleur que le nôtre. Et les bottes ?

— Au même endroit.

— Les miennes sont plus brillantes, dit Goering avec une petite moue de contentement. Savez-vous pourquoi ?... Je les fais cirer avec un cirage anglais et, après, je crache dessus. Puis je les fais astiquer.

— J'essaierai, promit Riegenburg.

— Je vous apprendrai à cracher comme il faut, dit le ministre. Il convient d'avoir un glaviot liquide. Si vous êtes enrhumé, ça ne marche pas, il y a des auréoles. Le mieux est de cracher du bout des lèvres. Comme ça.

Il fit un rond avec sa bouche.

— Vous voyez ? Vous faites une petite ouverture pour ne laisser passer que... comment dit-on, Emmy ?

— Le jus.

— C'est cela, le jus. Regardez...

Il cracha au sol.

— Il n'y a pour ainsi dire que de l'eau. Si vous trouvez des...

— Des restes, précisa Emmy.

— Si vous trouvez des restes, faites-les enlever et recommencez. Rappelez-vous, un glaviot clair fait le plus beau brillant.

— J'ai enregistré, fit Riegenburg.

— Prouvez-le, dit Boro. Crachez !

L'Allemand lui décocha un regard assassin. Boro consulta discrètement sa montre. Puis il adressa un signe discret à Maryika. Celle-ci acquiesça d'un battement de cils. Boro marcha vers le fond de la grande pièce, où se trouvait Wilhelm Speer.

— Bientôt, dit-il.

Le cinéaste n'eut pas un geste. Il avait l'air épuisé par sa longue station debout. Notre reporter fendit la foule. Quand il atteignit les portes de l'entrée, il était sept heures vingt.

Jeux de dames

À sept heures trente-deux, une voiture noire s'arrêta devant le perron de la maison. Deux appels de phares illuminèrent les arbres enneigés. Boro hocha la tête. Maryika abandonna son cousin pour se diriger vers Friedrich von Riegenburg. Elle échangea quelques mots avec lui. L'Allemand parut exaspéré. Maryika écarta les mains. De l'endroit où il se trouvait, Boro imaginait parfaitement les mots que sa cousine avait prononcés : « C'est ainsi. Ne discutons plus. »

Riegenburg prit Maryika par le bras et la conduisit vers Goebbels. Cérémonie d'adieu.

Wilhelm Speer quitta le mur et s'approcha à pas lents de la sortie.

Une femme pénétra dans le hall illuminé. Elle portait un chapeau à voilette et un manteau de fourrure exactement semblable à celui qu'arborait Maryika Vremler sur les affiches que Boro avait découvertes à Munich deux ans plus tôt. Le col, très large, dissimulait le bas du visage.

Deux préposés au vestiaire se dirigèrent à la rencontre de la nouvelle venue. Celle-ci les éloigna d'un geste. Boro l'entendit clairement proférer :

— Pour le moment, j'ai froid. Je garde ma fourrure.

Il regarda en direction de la salle. Le ministre de

l'Information populaire et de la Propagande baisait la main de sa cousine. Wilhelm Speer montait les quelques marches conduisant à la sortie.

Boro s'éloigna de la porte et avança vers les toilettes. Deux responsables de la sécurité lorgnaient du côté des arbres. La jeune femme qui venait d'arriver marcha vers les toilettes. Elle dégrafa les boutons de son manteau sous la fourrure, elle portait une robe blanche. Quand elle fut à trois pas, Boro lui demanda à voix basse :

— Quel nom avez-vous donné ?

— Le mien.

— Troisième porte, souffla-t-il.

Il s'écarta.

Il revint vers la grande salle et attendit. Wilhelm Speer se trouvait devant le vestiaire. Maryika parut. Friedrich l'accompagnait.

— Vous recevrez les journalistes chez vous, à onze heures demain matin.

— Et si je dors ?

— Frau Spitz vous réveillera.

L'Allemand fit claquer ses doigts. Un planton se précipita.

— Demandez ma voiture pour Fräulein Vremler.

— Les toilettes ? s'enquit Maryika.

Riegenburg lui désigna la porte par laquelle était entrée l'inconnue. Wilhelm Speer se tourna vers le jardin. Boro l'imita. Ainsi qu'ils en étaient convenus, il commença à compter mentalement. Si la Mercedes n'était pas là lorsqu'il aurait atteint le chiffre cent, l'opération se solderait par un échec. C'était le deuxième facteur dépendant du hasard, mais le premier vrai risque. Si la manche précédente avait échoué (il le saurait dans moins de trois minutes), il existait des solutions de remplacement. S'ils rataient celle-ci, tout était perdu.

À cinquante, Boro tapotait nerveusement le pommeau de sa canne. À soixante, Speer échangea avec lui un coup d'œil anxieux. À soixante-dix, il posa l'extrémité de son stick sur le sol et ferma les yeux. Quand il les rouvrit, à quatre-vingts, la Mercedes était là.

— Vivement Paris, murmura-t-il.

Il se tourna vers Friedrich von Riegenburg. L'Allemand observait le déroulement de la fête depuis le seuil de la grande salle. À quatre-vingt-douze, Wilhelm Speer s'approcha de Boro.

— Cette fois-ci, dit-il d'une voix forte, laissez-moi l'honneur de raccompagner notre vedette.

Cent.

— Je vous en prie, répondit Boro en s'inclinant au moment exact où s'ouvrait la porte des toilettes.

« À moi de jouer », songea-t-il.

Il abandonna délibérément Speer et s'approcha de Friedrich von Riegenburg :

— Avant de partir, je dois vous poser une question.

L'Allemand délaissa le spectacle de ses invités pour s'intéresser au reporter. Du coin de l'œil, il aperçut Maryika qui attendait devant le vestiaire. Une femme vêtue d'un manteau de fourrure et portant un chapeau à voilette descendait les marches du perron.

— Quand pourrai-je quitter l'Allemagne ? demanda Boro.

— Dès que vous le souhaiterez. Les termes du marché ont été remplis.

— Préviendrez-vous le marquis d'Abrantès de mon retour ?

— Je vous ai promis le contraire. Vous aurez le temps de publier votre reportage.

Friedrich von Riegenburg laissa dériver son regard vers Maryika. Après avoir repris son manteau au vestiaire, elle descendait à son tour en direction de la Mercedes. Wilhelm Speer lui donnait le bras.

— Permettez..., fit l'Allemand.

— Une seconde ! dit Boro en lui barrant le passage. Ai-je votre parole que rien ne m'arrivera avant la publication de mes photos ?

— Je vous l'ai déjà donnée, répondit l'autre avec impatience. Laissez-moi saluer Fräulein Vremler.

Boro s'écarta. L'Allemand se précipita vers le perron. Quand il atteignit les premières marches, la Mercedes démarrait. Il leva le bras. À travers la vitre, la comédienne lui adressa un petit signe.

« Merveilleux, pensa Boro. Même moi, je m'y tromperais. »

— Je la suis, dit-il dès qu'il eut rejoint von Riegenburg.

— Comment rentrez-vous ? s'inquiéta ce dernier.

Boro désigna la Cord qui attendait un peu plus loin.

— Avec la voiture de la production.

Il tendit la main à l'officier nazi. Ce geste lui répugnait, mais il n'en avait trouvé aucun autre pour signifier à l'Allemand qu'il ne souhaitait pas être raccompagné jusqu'à la voiture.

— Au revoir, monsieur Riegenburg. Et n'oubliez pas de bien cracher sur vos bottes.

— Au revoir, monsieur Borowicz. Et n'oubliez pas cette chose oblique qui traîne toujours derrière vous.

Mâchoires serrées, Boro s'inclina légèrement. Tandis qu'il dégringolait les marches en s'aidant de sa canne, il sentit peser le regard impitoyable du Prussien sur sa jambe morte. Conscient de la diversion qu'apportait son infirmité dans l'esprit de l'autre, il fit taire son amour-propre blessé et, tout en accentuant sa boiterie, commença de siffloter un ragtime.

L'auto de la production

— Plus une minute à perdre ! dit-il en montant dans la Cord.

Il n'accorda aucun regard à la femme qui l'attendait, assise dans la pénombre. Il se contenta de noter qu'elle portait toujours son manteau de fourrure et qu'elle n'avait pas remonté la voilette de son chapeau.

— Alors ? demanda-t-il en posant ses coudes sur le dossier du siège avant.

— Tout va bien, répondit Dimitri. La Duesenberg était dans le parc à voitures et votre ami à l'heure à la gare.

— Et maintenant ?

— Ils vous attendent.

La Cord roulait sur l'allée qu'ils avaient parcourue dans l'autre sens deux heures auparavant.

— J'ai repéré la Duesenberg avant d'aller à la gare. Quant à votre ami, vous pouvez vous en douter, je l'ai aussitôt reconnu. Nous sommes revenus ici. Au contrôle, il s'est fait passer pour un comédien qui aurait joué le khalife de Bagdad dans je ne sais plus quel film de son invention. Une fontaine à paroles, ce type-là ! J'avais beau le tirer par la manche, je n'arrivais plus à l'arrêter. Les hommes de la sécurité étaient pliés de rire. Ils m'ont demandé si j'avais encore beaucoup d'artistes dans son genre à amener et j'ai bien cru que votre copain allait leur signer des autographes...

Ils arrivaient en vue des grilles. Dimitri ralentit et porta la main à la visière de sa casquette. En le reconnaissant, les deux gardes lui firent un signe de connivence et laissèrent filer la voiture.

— Ils sont quand même plus scrupuleux dans l'autre sens, dit Dimitri en tournant à droite dans Kaiserwilhelmstrasse.

— Il y a eu un problème ?

— Aucun. Sauf que le khalife de Bagdad est bien maladroit. Il ne sait pas faire démarrer une voiture sans clé. Il a fallu que je m'en charge moi-même...

Boro se tourna vers sa voisine et sembla se détendre.

— Tout va bien. Le plus difficile est fait.

— Nous sommes sortis l'un derrière l'autre, reprit Dimitri. Je conduisais la Cord, et lui la Duesenberg. Je l'ai laissé à Alexandrinenstrasse. Puis je suis allé chercher...

Il se retourna vers le siège arrière et sourit dans l'ombre.

— Je suis allé chercher Mlle Vremler.

La jeune femme eut un petit rire.

— Au contrôle, ils m'ont demandé si le film comptait encore beaucoup de comédiens...

— Nous oublions le plus important, dit Boro : les billets.

Dimitri lui tendit une enveloppe.

— Pour une fois, j'ai transigé avec mes principes, je vous ai pris des première classe. On contrôle toujours moins les riches... Vous serez aussitôt après le wagon de tête. Voiture 2, places 5 et 7.

Boro prit l'enveloppe et souleva la voilette de la passagère.

— Tu lui as donné la bonne clé ?

— Pour qui me prends-tu ?

Il posa sa main sur sa jambe et la pressa doucement.

— Borowicz !

Penaud, il retira sa main.

— En dépit des apparences, je ne suis pas Barbara Dorn !

La double image

— Bonne chance, dit Wilhelm Speer alors qu'après avoir traversé une partie du Tiergarten la Mercedes stoppait devant le 6, place de la Kleiner Stern.

Barbara Dorn désigna les deux hommes en pardessus sombre qui montaient la garde devant l'immeuble. Elle vérifia que la vitre de séparation était close et, parlant bas pour ne pas être entendue du chauffeur, elle dit :

— J'espère qu'ils ne découvriront pas la supercherie.

— Ne vous inquiétez pas. Vous avez la même silhouette, la même robe blanche et le même manteau. Ignorez-les et allez droit à l'ascenseur. Dimitri sera là dans dix minutes.

— Par où passera-t-il ?

— Il a ses entrées, répondit le metteur en scène avec un demi-sourire.

— Et si Frau Spitz est là ?

— Ne lui adressez pas la parole et faites ce qu'on vous a dit. Entrez et enfermez-vous dans la chambre de Maryika. Dimitri entendra quand elle partira. Elle ne dort pas dans l'appartement.

— C'est lui qui doit venir me chercher ?

— Oui.

Speer posa sa main sur celle de la comédienne.

— Avez-vous peur ?

— Non. C'est idiot. J'ai le trac.

Elle se tourna crânement vers le metteur en scène.

— Ça doit être parce que le scénario que je vais jouer n'est pas de vous. Et je ne suis pas très sûre que vous l'approuviez...

— Il n'est pas de moi, en effet, reconnut Wilhelm Speer, mais, même si je n'en suis pas l'auteur, je dois bien admettre qu'il n'est pas trop mal fagoté...

Il sourit pour rassurer la jolie doublure et poursuivit de sa voix apaisante :

— Et puis, voyez-vous, Barbara, la distribution est loin d'être mauvaise ! Vous avez déjà maintes fois tenu le rôle et c'est une carte supplémentaire dans notre jeu.

Il ôta sa main de celle de la jeune femme.

— Tout ce que vous avez à faire est d'entrer chez Maryika en vous faisant passer pour elle, d'aller dans sa chambre, de choisir un pantalon et un pull-over dans sa garde-robe et d'attendre.

— C'est l'idée de rencontrer la *Blockwart* qui me paralyse.

— Si elle est là, ne lui répondez que par monosyllabes... Il ne faut pas se leurrer, vous n'avez pas la même voix que Maryika.

Speer regarda en direction du chauffeur. Dans l'ombre, on distinguait à peine sa casquette.

— Dimitri viendra lorsque Frau Spitz sera partie. Vous le suivrez. Il vous conduira par les toits jusqu'à une issue non surveillée. Là, une voiture vous attendra. Le chauffeur est un ami de Blèmia Borowicz. Vous passerez la frontière sans encombre, en un lieu facile à traverser. Il n'y aura pas de contrôle. Demain, vous serez sur les Champs-Élysées !

— Et vous ? demanda Barbara en jetant un regard affectueux sur le vieil homme.

— Moi, je n'aime pas Paris, dit-il en reniant tout ce qu'il chérissait le plus.

Il se pencha par-dessus la comédienne et ouvrit la portière. Un courant d'air glacé envahit l'habitacle.

— Bonne chance !

Poursuivant ses pieux mensonges, il ajouta :

— Nous nous reverrons sans doute un jour prochain. À Hollywood...

Barbara Dorn descendit de voiture et referma la portière. Elle se retourna et attendit que les feux de la Mercedes se fussent perdus dans la nuit pour se diriger vers l'immeuble où habitait Maryika Vremler. Elle dépassa les deux hommes qui montaient la garde et marcha vers l'ascenseur. En appuyant sur le bouton du cinquième, elle songea que jamais elle n'avait doublé son amie dans une scène aussi importante.

Elle avait accepté pour la beauté du rôle et aussi, elle devait bien le reconnaître, pour le sourire du joli cousin. Mais, à l'instant où l'ascenseur s'arrêta à l'étage, elle oublia la seconde raison pour se concentrer sur la première. Elle se dit que même si elle connaissait trop peu Maryika pour savoir comment elle se comporterait dans une situation semblable, elle devait improviser comme il lui arrivait de le faire devant la caméra de Wilhelm Speer. Elle avait un atout et un handicap. L'atout, c'étaient ces deux manteaux de fourrure et ces deux robes blanches semblables que la production leur avait offerts en 1931 à Munich. Maryika portait les mêmes lorsqu'elle avait quitté l'appartement quelques heures plus tôt. Dans les toilettes de chez Friedrich von Riegenburg (« Troisième porte », avait dit Blèmia Borowicz), Barbara avait abandonné sa fourrure, dont Maryika s'était affublée quelques minutes plus tard. Mais elle avait aussi laissé son chapeau, et c'était là le handicap. Si Frau Spitz s'avisait de l'observer de trop près, nulle voilette ne masquerait la supercherie.

Barbara s'arrêta devant la lourde porte en chêne de l'appartement. En ouvrant son sac, elle imagina qu'un projecteur était braqué sur elle. Au moment où elle glissa la clé dans la serrure, elle entendit presque la voix de Wilhelm Speer donner l'ordre rituel : « Moteur !... »

Action ! Elle emprunta le long couloir comme s'il se fût agi d'un parcours tracé à la craie sur le sol du studio, pénétra dans le salon avec l'aisance qui était toujours la sienne à la première prise. Mais quand elle buta sur Frau Spitz, assise sur le bras du canapé près de la grande cheminée, l'observant dans l'ombre, comme une dame blanche tendue en embuscade pour traquer les mulots, elle sut qu'elle était sortie du champ.

La *Blockwart* baissa le volume de la radio lorsque Barbara pénétra dans le salon. L'actrice passa devant elle, le visage enfoncé dans le grand col du manteau.

— Vous êtes malade ?

Barbara opina du chef sans desserrer les lèvres.

— Votre cousin n'est pas là ?

— *Nein.*

Elle hâta le pas vers la chambre. Elle sentait le regard de la gouvernante collé à ses épaules. Il lui restait dix pas à faire.

— Le Reichsführer Heinrich Himmler a fait téléphoner peu après votre départ pour dire qu'il viendrait à la réception offerte par Friedrich von Riegenburg en compagnie du ministre de la Propagande.

Barbara posa la main sur la poignée de la porte donnant sur la chambre à coucher.

— L'avez-vous vu ?

Elle tourna le bec-de-cane.

— L'avez-vous vu et avez-vous vu Herr Goebbels ? réitéra la *Blockwart.*

— Oui.

— Les deux ?

— Oui.

Barbara poussa la porte. Frau Spitz monta soudain le volume de la TSF. Une voix masculine résonna dans la pièce. Puis le haut-parleur fut coupé.

— Savez-vous qui parlait ?

— Non.

— Heinrich Himmler. Il s'agit de la retransmission d'un discours qu'il prononce en ce moment même devant une unité de SS...

Barbara pénétra dans la chambre.

— ... À Hambourg.

Elle ferma la porte et tourna la clé dans la serrure.

— On ne vous a jamais dit, cria Frau Spitz de l'autre côté du mur, que lorsqu'elle rentre chez elle, le premier geste que fait Maryika Vremler, c'est d'ôter son manteau et ses chaussures ?

Elle s'assit sur le lit. En dix ans de carrière, jamais elle ne s'était ainsi trouvée paralysée après avoir répété une scène.

Mais elle ne répétait pas. Pour une fois, pour la première fois peut-être, elle jouait son propre rôle : Barbara Dorn face à sa peur.

Scipion l'Africain

— Borop'tit, tu es un vrai miracle !

Blèmia s'engouffra dans la Duesenberg. Scipion se tourna vers lui. Son visage rayonnait.

— Embrasse-moi, coquin !

Les deux hommes s'étreignirent.

— Je reste sans nouvelles de toi pendant plus de deux ans et un beau jour, un de tes amis m'ordonne de rappliquer séance tenante à Berlin pour récupérer le bronze de Rodin. C'est magique !

Boro désigna le bouchon de la calandre.

— Est-ce le bon, au moins ?

— Je le jure sur la tête de mes dix petits nègres !

— Dix ! Tu n'en avais que huit la dernière fois...

— J'en ai fait deux autres depuis que je t'ai vu.

Boro se détourna nerveusement : Maryika n'arrivait toujours pas. Scipion remarqua son agacement, lança un coup d'œil au rétroviseur et fit comme si de rien n'était.

— Puis-je te poser une question, Borop'tit ?... Pourquoi ne l'as-tu pas ramené toi-même ?

— Quoi donc ?

— Le bouchon de Foujita.

— Parce que j'ai besoin de tes talents de conducteur.

— C'est ce que j'avais cru comprendre.

— Tu pilotes comme Tazio Nuvolari, tu connais Berlin comme ta poche et tu sais passer d'un pays à l'autre sans passeport.

— Ce sont là mes moindres défauts... Que fait ta dulcinée ?

Boro se retourna à nouveau. À travers le mica, il vit Maryika penchée sur la portière de la Cord.

— Elle prend congé d'un ami.

Il abaissa la vitre et appela doucement sa cousine. Maryika s'attarda une minute encore. Quand elle approcha, Boro se serra contre Scipion pour lui laisser une place – la Duesenberg était dépourvue de sièges à l'arrière.

— Dimitri ne veut pas quitter l'Allemagne, dit-elle en refermant la portière.

— Mes hommages, mademoiselle, fit Scipion en démarrant.

D'autorité, il prit la main de Maryika et la baisa sans autre forme de cérémonie.

— Je vous fignolerai ça un peu plus tard, s'excusa-t-il avec un bon sourire. D'après ce que j'ai compris, on n'a pas bien le temps d'être galant.

— Tu te souviens où est la gare ? demanda Boro.

— J'irais les yeux fermés. Je connaissais même un raccourci pour gagner Kaiserwilhelmstrasse. Votre petit camarade en était soufflé.

Boro passa son bras autour des épaules de sa cousine. Celle-ci se laissa aller contre lui.

— Il risque la mort en restant à Berlin, dit-elle d'une voix empreinte de tristesse. Personne ne le cachera plus...

Boro ne répondit pas. Il observa les rues désertes, luisantes de neige fondue. De rares lumières brillaient en façade. Il avait l'impression de traverser une ville déserte.

— Dimitri t'a-t-il tout expliqué ? demanda-t-il à Scipion.

— Oui, monsieur. Tu dois fuir, mademoiselle doit

fuir, et je dois prendre en charge une charmante inconnue qui doit fuir également. Pour toutes ces raisons, je dois fuir moi-même. Quel programme !

— Tu nous rends un grand service...

— Le bronze de Rodin justifie le déplacement. Et la Duesenberg vaut son pesant de Martini dry.

Il frappa le volant du plat de la main.

— Ah, mes aïeux ! Quelle bagnole !

Boro eut un petit sourire en songeant à la course qu'ils avaient menée contre une voiture semblable, deux ans auparavant. Il se tourna vers Scipion. Dans l'ombre, il ne vit que la boucle d'oreille.

— Tes nombreux enfants t'ont laissé partir sans problème ?

— Je leur ai dit qu'au retour j'aurais une bien belle histoire à leur raconter... Papa a pris un train pour Berlin. À la gare, l'attendait un hurluberlu qui l'a conduit dans une somptueuse propriété, auprès d'une auto si belle qu'il n'a pu faire autrement que la voler. Il a attendu dans la nuit que ses amis veuillent bien arriver, puis il les a conduits à la gare. Après quoi, papa chauffeur s'est rendu devant une maison où il s'est garé derrière une horrible Cord. Là, il a fait le poireau pendant la moitié de la nuit en attendant un délicieux sosie descendu du ciel... Une question, p'tit patron : combien de temps devrai-je attendre ?

Boro se tourna vers sa cousine.

— Je ne sais pas, dit Maryika d'une voix éteinte. Frau Spitz sera peut-être déjà partie lorsque Dimitri rentrera. Dans ce cas, il n'y aura pas d'attente.

— Qui est Frau Spitz ?

— Une horrible gorgone nazie capable de tout faire capoter au dernier moment...

— Donc, reprit Scipion, poursuivant son récit, papa sauveur a attendu que la sorcière eût décampé pour prendre la princesse à son bord. Et sur le fier destrier, modèle SJ, trois cent vingt chevaux au frein, il a roulé sur des routes mouillées pour rejoindre Paris après avoir traversé la frontière par les bois.

— Il neige en France ?

— Point. C'est une chance. Et même en Allemagne, ça ira.

Ils arrivaient devant la gare.

— Borop'tit, veux-tu m'expliquer pourquoi ce n'est pas vous qui partez en voiture ? Il suffirait d'obliquer à droite et de filer vers la frontière...

— Ma délicate cousine ne supporterait pas le voyage. Il faudrait s'arrêter tous les dix kilomètres afin qu'elle s'épanche à l'extérieur.

— Dommage pour la carrosserie, admit Scipion en s'arrêtant devant l'Anhalter Bahnhof... Et l'avion ?

— Il n'y en a pas.

Le Noir serra les freins et se tourna vers ses passagers.

— Vous êtes sûrs de votre affaire ?

— Sûrs, répondit Boro avec force.

Il n'y croyait qu'à demi – tous les risques n'avaient pas disparu. Mais Maryika semblait si effrayée...

— À Paris, on fêtera le bronze de Rodin, dit-il en ouvrant la portière.

— C'est ça, fit Scipion. Dans deux ans et deux enfants.

Il promena sa large main dans les cheveux de Boro.

— Bonne chance, les amis.

— Merci, murmura Maryika.

Ils sortirent de la voiture et se hâtèrent vers l'entrée de la gare. Scipion les observa quelques secondes. Il éprouvait un sentiment de malaise. Tout paraissait trop simple. Quand ils eurent disparu dans le hall de l'Anhalter Bahnhof, il desserra les freins et gronda :

— Allez, chauffeur, pas d'états d'âme !

Le lacet

Dimitri sembla surgir du ciel. Il se laissa glisser le long du toit, fit quelques pas en équilibre, suivit le conduit de la gouttière puis, insensible au vertige, s'accroupit dos au vide avant de pénétrer dans la soupente par l'étroit goulet de l'œil-de-bœuf.

Sitôt dans la cache, il ôta ses chaussures et marcha à tâtons jusqu'à la trappe d'accès. Il colla son oreille contre le panneau. L'appartement semblait désert. Il entrouvrit le battant et le referma presque aussitôt : la lumière était allumée dans le salon. Frau Spitz devait se trouver là.

Le jeune homme regarda les aiguilles phosphorescentes de sa montre. Il était près de onze heures. Normalement, Maryika et son cousin se trouvaient dans le train depuis une heure, Barbara attendait dans la chambre, le Noir ne tarderait pas à arriver. Frau Spitz n'aurait pas dû être là. Il n'était pas dans ses habitudes de partir si tard. Un engrenage avait ripé.

Il entrouvrit à nouveau le battant. Il lui sembla percevoir un léger bruit, une sorte de frottement. Il tendit l'oreille. Le bruit ne venait pas du couloir, mais de plus loin. Sans doute du salon. Quelqu'un parlait. Barbara ou Frau Spitz ?

Il coula un œil à travers l'ouverture. Le vestibule était

désert. Il entendait bien une voix en provenance de la grande salle, mais personne ne répondait. Brusquement, il comprit. Il hésita à peine un quart de seconde. Si Frau Spitz téléphonait, c'est que quelque chose, en effet, ne tournait pas rond.

Il ouvrit en grand le battant de la trappe, s'agrippa des mains au rebord et effectua une traction vers le bas. Il resta en équilibre, le temps de mesurer la distance qui le séparait du sol, puis se laissa choir sur le tapis. Il se releva aussitôt et glissa derrière la porte du couloir. Il reconnut la voix de la *Blockwart*. Il n'eut pas besoin d'entendre plus de deux phrases pour savoir à qui elle s'adressait.

— ... depuis une demi-heure... Certaine. Ce n'est pas elle. C'est Barbara Dorn.

Un grand calme s'empara soudain de Dimitri. Il savait ce qu'il avait à faire. Jamais il n'était pris de panique dans le cours de l'action. Son sang-froid l'avait toujours sauvé des situations les plus précaires. C'était à cela qu'il avait dû son salut à Hambourg, en 1933. Et en mainte autre occasion.

Il était inutile d'interrompre la conversation. Les tueurs de von Riegenburg se hâteraient d'autant plus qu'elle serait brutalement écourtée. Non. Mieux valait attendre que la *Blockwart* eût raccroché.

— ... Elle s'est enfermée dans la chambre... Oui... Je descends et je les fais monter. C'est cela.

Les deux gardes. Il les avait vus dans la rue.

— ... Vous avez raison, je les appelle par la fenêtre.

Von Riegenburg venait de signer l'arrêt de mort de sa protégée. Il n'y avait pas d'autre solution. Sinon, la fuite devenait impossible.

— ... Je vous attends. Ah ! je l'avais oublié...

Dimitri ouvrit son col de chemise.

— ... le communiste !

Il pensa que c'était la première fois qu'il n'aurait pas

appris pour rien. Il savait qu'un jour ou l'autre il en arriverait là. Mais une femme...

— ... Non. Je n'ai rien entendu. Je ne sais pas... Dépêchez-vous !

Il dégrafa son lacet, l'assura dans ses deux mains et le tendit devant lui, à hauteur de visage.

— Il vous faut dix minutes ?... Nous ferons parler Barbara Dorn. Dix minutes. Je vous en supplie, dépêchez-vous !

Frau Spitz raccrocha. Dimitri se colla contre le mur. La porte s'ouvrit. La *Blockwart* se précipita dans le couloir. Son premier coup d'œil fut pour la trappe. Quand elle la vit ouverte, elle se retourna. Dimitri sortit de l'ombre. Ses mains tombaient à hauteur des genoux.

— Vous me cherchez, Frau Spitz ?

L'Allemande le considéra avec des yeux agrandis par la terreur. Elle voulut s'élancer vers la fenêtre, mais Dimitri l'en empêcha. Au moment où elle allait hurler, il éleva les mains, lacet tendu.

— Ne criez pas, Frau Spitz.

Elle recula lentement vers la cheminée.

— J'ai dix minutes devant moi. Je ne peux en perdre une seule.

Il dégagea l'une de ses mains du lacet. Et comme elle tendait ses bras vers l'arrière, cherchant le manteau de la cheminée, il lança son poing en avant. Ses phalanges touchèrent l'endroit exact qu'il avait visé : la pointe du menton. Frau Spitz s'affaissa.

— Barbara ! cria Dimitri en courant vers la chambre à coucher. Ouvrez-moi. Dans dix minutes, toutes les polices d'Allemagne seront à nos trousses.

Voiture 2, places 5 et 7

— Tout va bien, Maryik. À huit heures du matin, nous serons en France.

Elle rabattit son manteau sur ses épaules et l'observa avec un regard songeur.

— Te rends-tu compte que j'émigre pour la deuxième fois ?

— Oui. Mais Paris t'attend. Paris t'acclamera ! Tu t'y sentiras si bien que tu ne voudras plus en bouger.

— Que tu crois.

— Que je sais.

Elle s'abandonna sur les coussins. Ils étaient seuls dans leur compartiment. Boro avait éteint les plafonniers. Une veilleuse jetait un halo orangé sur les tentures. Après le froid de Berlin et leur course à travers les rues sombres, Maryika avait l'impression de se retrouver comme dans un bain tiède. Son cousin était assis face à elle, sa canne posée en travers de la banquette. Il avait ôté son manteau et desserré son nœud de cravate. Elle ne s'était pas encore tout à fait réchauffée.

— Combien de fois avons-nous voyagé ensemble ? demanda-t-elle.

— Jamais.

Il lui adressa un sourire doux et, s'étant penché en avant, lui effleura le bas du visage.

— On pourrait presque imaginer que nous sommes en voyage de noces.

Elle fit un signe de dénégation et se laissa aller en arrière.

— Pas moi, Boro. J'ai la tristesse au cœur. Je suis nouée. Je n'y peux rien.

Il embrassa le compartiment d'un geste de la main.

— Regarde, du velours sur les sièges, de la moquette au sol, la nuit à l'extérieur, et le doux balancement des trains pour nous bercer. Que peut-on rêver de mieux ?

— Je n'ai pas envie de rêver.

— Dors, alors. Je te réveillerai à la frontière.

Elle haussa les épaules, lui fit un pauvre sourire.

— Ne m'en veux pas, Blèmia. Pour un peu, tu arriverais à me faire croire à tes contes de fées... Mais je te répète que nous nous sauvons. Plus de racines, plus rien ! Nous sommes des fugitifs !

— Pas du tout. Nous changeons de résidence. Est-ce si terrible ?

Comme elle refusait d'entrer dans son jeu, il se pencha à nouveau vers elle, posa sa main sur la sienne.

— Maryik ! Secoue-toi ! Es-tu à ce point à court d'imagination ?

Le regard de la jeune femme se figea. Elle dévisagea son cousin avec gravité :

— Et toi, Boro ? Es-tu à ce point irresponsable ? Ne passeras-tu jamais dans le camp des adultes ?

— Le plus tard possible.

— Enfant ! dit-elle avec tendresse. Comprends que je n'ai plus rien. Ce que j'avais laissé en Hongrie, je l'ai retrouvé en Allemagne et voilà que je l'ai perdu à nouveau. Que vais-je faire maintenant ? Demain, les journaux du monde entier me montreront aux côtés de Goebbels.

Un train passa en sens inverse. Il y eut un chuintement, un mouvement d'air. La veilleuse s'éteignit puis se ralluma. Le silence revenu, Maryika regarda Blèmia droit dans les yeux.

— Je m'étais hissée tout en haut. J'avais conquis ma place et c'était le fruit de mon travail. C'était aussi l'aboutissement de mes rêves. Et voilà que tout a coulé en une nuit. Dis-moi, toi : me relèverai-je jamais de ce naufrage ?

— Tournons les choses autrement. Tu as effectivement fait naufrage hier, à six heures du soir, en serrant la main de Goebbels. Mais, depuis, un bateau t'a ramassée. Et ne sois pas ingrate, petite sœur. Tu n'as pas eu bien longtemps à attendre. Berlin s'éloigne déjà. Dès demain, tu retrouveras la terre ferme à Paris. Nous convoquerons les journalistes pour leur expliquer dans quelles conditions tu as été obligée d'aller à cette réception. Mon reportage sur l'Ordre de Parsifal ne fera que confirmer l'abominable chantage auquel on soumet les artistes allemands.

Elle poussa un soupir et se réfugia dans la contemplation de la nuit.

— Même Friedrich von Riegenburg est un homme mort, dit Boro. Il m'a peut-être vu au café Schön, mais il a oublié une chose.

Boro attira son manteau en poil de chameau et sortit un petit paquet de la poche.

— Les photos ! Lorsque nous sommes arrivés chez toi, le premier soir, il tripotait le Leica. Il l'a même ouvert pour voiler la pellicule. Il ignorait que je ne laisse jamais traîner mes trésors.

— Tes photos ne prouvent rien ; il nous l'a dit.

— Elles prouvent que Herr Friedrich von Riegenburg est un membre éminent de l'Ordre de Parsifal, organisation paramilitaire d'extrême droite agissant en France, en Roumanie, en Autriche et en Angleterre. Même s'il n'espionne pas, ton Friedrich intervient dans les affaires d'États souverains. Et, à un degré moindre, d'Abrantès aussi. C'est grave. Les photos prises en

France, celles du café Schön et les informations recueillies par une amie journaliste suffiront à le confondre. Comme il figurera à tes côtés sur les portraits de toi publiés par la presse, personne n'accordera de crédit à ta présence à cette réunion de nazis. D'autant que tu crieras haut et fort ton indignation.

Il frappa dans ses mains et s'exclama :

— Le tour est joué ! Ta vie recommence !

— Une seconde.

Maryika se redressa.

— Imagine que l'Ordre de Parsifal nous attende à Paris. Imagine que d'Abrantès, informé de notre fuite par Friedrich, décide de te supprimer à la descente du train.... Imagine que ses hommes de main m'enlèvent en gare de l'Est et qu'ils me reconduisent en Allemagne !

— Rocambolesque ! Et, de toute façon, chère pessimiste, cette version des choses ne tient pas la route.

— Pourquoi ? C'est tout à fait plausible...

— Réfléchis, mon amour... D'abord, pour que Riegenburg prévienne les gens de Paris de notre évasion, il faudrait que lui-même ait été alerté par Frau Spitz. En principe, le dromadaire ne s'apercevra de notre fuite que demain matin en prenant son service... Et en admettant même qu'elle découvre le pot aux roses plus tôt que prévu, il y a fort à parier que le premier réflexe de l'ami Friedrich sera d'organiser la chasse pour nous rattraper sur le territoire allemand... L'orgueil : voilà qui lui fera perdre encore un peu de temps. Et, du même coup, voilà qui nous laisse celui de nous cacher. Il suffit de deux jours à mon amie journaliste pour publier le reportage. Car figure-toi que ce n'est pas mon camarade Prakash qui détient les photos. C'est Julia Crimson, c'est ma correspondante en Angleterre ! Je lui ai fait parvenir les films avant de partir pour Berlin. Dès qu'elle reçoit les clichés pris en Allemagne, hop ! la mèche s'allume à la une du *Times* !

— Bon. Le scandale éclate, mais après ?...

— Après ? On reprend le scénario de Riegenburg : l'Ordre de Parsifal est démantelé, d'Abrantès et ses complices arrêtés et Friedrich interdit de séjour hors de ses frontières... Nous ne risquons plus rien.

Elle s'absorba dans ses pensées.

— Mais alors, demanda-t-elle soudain, et ton ami... Prakash dans cette histoire, à quoi servait-il ?

— Je lui avais en effet confié une mission avant de partir, répondit Boro avec un sourire. S'il m'arrivait quelque chose à Berlin, je voulais qu'il te rencontre pour te faire un cadeau.

— Quel cadeau ?

— Une Aston Martin.

Il lui expliqua que, peu de temps avant de partir, il avait acheté une voiture. Elle éclata de rire.

— Ça va mieux ? demanda-t-il après qu'elle eut recouvré son sérieux.

Elle hocha la tête.

— Ça ira de mieux en mieux.

Il regarda sa montre.

— Je vais te dire ce que font nos amis à cette heure-ci : Frau Spitz dort du sommeil de l'injuste, Speer est ravi d'avoir floué les nazis, Scipion conduit à cent soixante à l'heure, Barbara sommeille, la tête appuyée sur son épaule, et Friedrich von Riegenburg se frotte les mains, ignorant encore qu'à huit heures du matin, alors que nous serons presque arrivés, il recevra un coup de fil de la *Blockwart* lui annonçant que nous avons décampé.

— Tu as sans doute raison, dit Maryika en se laissant aller contre le velours moelleux de la banquette. Mais tu oublies quelqu'un dans l'affaire : Dimitri.

— Dimitri ? Mais tout va bien pour lui ! s'exclama Boro. Tu sais ce que fait Dimitri à cette heure ?

— Non, répondit Maryika.

— Mais il pense à toi, mon cœur ! Il a rejoint ses

compagnons de combat et il leur parle de toi ! Bientôt, il glissera dans le sommeil, bercé par ton image. N'est-ce pas merveilleux ?

— Merveilleux, dit-elle d'une voix trouble.

Moins de deux minutes plus tard, elle dormait profondément.

Cent mille fenêtres

— Vous l'avez tuée ?

— Estourbie seulement.

— J'ai eu si peur en entendant tout ce raffut...

Croyant à un piège, elle avait refusé de lui ouvrir la porte. Il avait dû l'enfoncer. Barbara avait trouvé refuge au pied du lit. Recroquevillée sur elle-même, décomposée par l'angoisse, d'affreux plis en travers du front, sa beauté, sa fraîcheur avalées par l'intérieur, elle se mordillait convulsivement les doigts. Quand il s'était approché d'elle, elle avait levé ses deux coudes repliés pour protéger sa tête, retrouvant les gestes d'une enfant apeurée par les coups. Il l'avait prise par la main et l'avait forcée à le suivre.

Elle tremblait. Elle n'osait pas le regarder. Elle se laissait faire.

— Grimpez à cette échelle ! Vite !

Comme elle paraissait toujours incapable de prendre la moindre décision, il donna l'exemple en franchissant la trappe le premier. Elle se ressaisit.

Il l'aida à se hisser. Il rencontra ses yeux pour la première fois. Elle rejeta vers l'arrière la masse de ses cheveux, qui s'étaient dénoués. Elle eut un maigre sourire.

— Je dois ressembler à un vieux parapluie aux baleines cassées, dit-elle.

Il ne répondit pas. Se contenta d'un geste impérieux. Cassés en deux, ils traversèrent la soupente.

— Prenez vos chaussures à la main, ordonna-t-il. Non, donnez-les-moi : je préfère que vous ayez les mains libres.

Il enfouit les élégants escarpins dans son blouson et ajouta :

— Tant que nous y sommes, je pense que vous feriez bien d'ôter aussi vos bas. Il y a un passage un peu délicat et je préfère que vous ne glissiez pas...

Il se détourna pendant qu'elle s'exécutait. À peine le délicat crissement de la soie sur les jambes de la jeune femme se fut-il estompé qu'il sortit de l'ombre et tendit la main.

— Donnez-les-moi, je vais les fourrer dans ma poche.

Leurs doigts se touchèrent furtivement. Il y avait de la rudesse dans les gestes de son guide, mais Barbara n'aurait su dire si elle était due à la timidité ou à l'esprit de décision.

Sans perdre de temps, le jeune homme la précéda pour franchir l'œil-de-bœuf. Une fois à l'extérieur de la mansarde, il la soutint sur l'étroite corniche à laquelle était fixée la gouttière.

Contrastant avec la touffeur du grenier, l'air humide emplit soudain leurs poumons. À leurs pieds, Berlin, magicien maléfique, étendait sa cape pleine de mauvais tours sur la nuit à revers rouges. Cent mille fenêtres, autant de ruses les observaient. Barbara se cramponna à son compagnon. Sous l'empire de la crainte, tout son corps s'était raidi. Sans qu'elle y pût rien, elle se mit à claquer des dents.

— Vous êtes sujette au vertige ?

— Dès qu'on s'élève à cinq centimètres au-dessus du sol.

— Alors tout va bien, décréta Dimitri. Ici, vous êtes carrément plus haut.

Instinctivement, Barbara chercha un autre appui et n'en trouva pas. Berlin lui enjoignait de se jeter dans le vide. Elle ferma les yeux pour ne pas crier.

Il la saisit par la main et, sans lui laisser le temps de réfléchir, se mit en marche, s'engageant dans le chéneau de la gouttière. Elle le suivit docilement pendant une dizaine de pas, puis s'arrêta brusquement.

— Je ne pourrai pas aller plus loin, murmura-t-elle.

— Pourquoi choisir la plus mauvaise solution ? demanda Dimitri en se tournant à demi. Le chemin est aussi long pour arriver que pour revenir...

Il tenta de reprendre sa course, mais elle le retint en lui broyant la main avec une force désespérée. Il trébucha, battit l'air de son bras libre et retrouva miraculeusement son assiette en ployant sur ses jambes. Elle poussa un cri étouffé.

— Encore un coup comme ça et je vous laisse tomber ! gronda Dimitri.

Il reprit sa progression. Elle se comportait comme un poids mort d'une insupportable rigidité, compromettait sans cesse leur équilibre, mais elle le suivait pas à pas en un lent glissement qui les conduisit jusqu'à la pente d'un nouveau toit. Dimitri abandonna sa main et dit :

— Je vous assure que, pieds nus, c'est assez amusant de grimper là-dessus.

Il balança son corps sur place pour se donner un peu d'élan et, avec une agilité de funambule conjuguée à une grande force musculaire, sembla courir sur la déclivité. Arrivé aux trois quarts du parcours, sa vitesse initiale allant en décroissant malgré l'effort qu'il déployait, il se courba davantage, fit encore un bon mètre à quatre pattes, puis, à la limite de la rupture de l'élan, prit appel sur la pointe de ses pieds, étendit tout son buste, bras vers l'avant, s'étira comme un plongeur et referma ses doigts sur la ligne de crête du toit. Passé ce stade, les pieds dans le vide, il souffla une fraction de seconde pour rassembler de nouvelles forces et soudain, au prix d'une traction qui fit saillir les muscles de ses bras, il opéra un rétablissement sur le faîte.

— Pour vous, ce sera cent fois plus facile, dit-il à l'adresse de Barbara. Un peu d'élan, vous courrez devant vous, et moi je vous attraperai par le bras...

Paralysée par la peur et le vertige, Barbara était plaquée contre le zinc luisant de pluie. Elle leva la tête, sourit crânement et dit :

— Vous aviez raison. Passé un certain cap, on ne peut pas revenir en arrière. Dites-moi seulement si, après, il y aura pire encore.

— Non. Au bout de cette faîtière, là où vous voyez l'enseigne lumineuse, il y a une terrasse. Et au bout de la terrasse, un escalier de service. Une vraie promenade de santé, je vous jure.

Barbara se mordit les lèvres.

— Jamais je n'y arriverai, dit-elle en baissant la tête.

— Faux, répondit Dimitri. Faux et absurde. Sur le plan physique, vous en êtes tout à fait capable. C'est le cran qui vous manque. Dépêchez-vous. Dans moins de cinq minutes, l'alerte sera donnée.

Elle resta prostrée pendant d'éternelles secondes. Dimitri consulta sa montre phosphorescente.

— Décidez-vous. Je vais compter jusqu'à dix. Si vous ne vous lancez pas avant que j'aie fini, je ne serai plus là pour vous aider...

Elle releva lentement sa sombre crinière et jaugea le terrain glissant qu'elle avait à parcourir. Son visage était éclairé par l'alternance violine et verte d'une enseigne lumineuse dont les lettres monumentales couraient sur la terrasse de l'immeuble voisin.

— Un... deux..., égrena la voix de Dimitri.

La jeune femme se redressa tout à fait. Dos au vide, elle tenta de reconquérir un semblant d'équilibre. Elle chassa une mèche qui lui barrait le front. Doucement, ses longues mains pâles caressèrent le revers de son manteau de fourrure.

— Trois... quatre... cinq... comptait imperturbablement la voix au-dessus d'elle.

Elle ouvrit le boutonnage de sa robe blanche sur ses cuisses, en remonta les pans et les passa dans sa ceinture. Ses gestes étaient lents et mécaniques. Elle écarta ses bras de chaque côté de son corps et commença à se balancer sur place.

Dimitri, à califourchon sur le toit, pâlit soudain quand il se rendit compte que la fourrure qu'elle portait allait entraver la liberté de ses gestes.

— Bon Dieu ! s'écria-t-il, quittez votre manteau ! il va vous alourdir !

Mais il était trop tard. Reflet rose, reflet véronèse, la silhouette de la jeune femme était devenue une flèche sombre lancée à contre-jour des fluorescences. Elle montait à sa rencontre. Elle filait au-devant de lui. Dimitri étira son corps autant qu'il put. La course de Barbara se ralentit, elle parvint à l'apogée de son effort et, alors que leurs deux visages se rapprochaient, Dimitri entrevit, teint en rose, teint en vert, l'éclat farouche qui s'inscrivait au fond des yeux de Barbara. Les doigts du jeune communiste se refermèrent sur son poignet. L'instant d'après, il l'avait hissée derrière lui, à califourchon sur le faîtage.

— Mon vison... Je n'ai plus que ça, murmura-t-elle.

Elle se mit à rire et à pleurer.

Le reste du trajet s'effectua en silence. À l'autre bout de la terrasse, ils trouvèrent le point de départ d'un escalier de service qui, après une cavalcade concentrique sur sept étages, les conduisit à une porte donnant sur un porche.

Odeurs de chou, odeurs de rance, comme ils progressaient à tâtons dans une obscurité quasi totale, Barbara trébucha contre une poubelle qui rendit un son métallique.

— Chut ! Pas besoin d'alerter la *Blockwart* de cet immeuble !

Son compagnon la prit à nouveau par la main. Redevenu son guide autoritaire, il ouvrit une porte donnant sur la rue.

Ils se trouvaient derrière la place de la Kleiner Stern. Dimitri sembla s'orienter, puis enjoignit à Barbara de le suivre. Il s'élança vers le trottoir de droite le long duquel stationnaient de nombreuses voitures. En le suivant, elle relâcha les pans de sa robe. Elle ne s'était pas encore reboutonnée lorsqu'ils parvinrent à la Duesenberg. La luxueuse voiture était garée derrière la Cord. Scipion, qui avait vu arriver les fugitifs dans son rétroviseur, surgit de l'ombre.

Il ouvrit la portière et s'inclina devant Barbara tout en la regardant attentivement. Mais la nuit brouillait ses traits.

— On dit que vous ressemblez beaucoup à Mlle Vremler...

— Dépêchons-nous, intervint Dimitri en poussant la jeune femme à l'intérieur de la voiture. Ils vont arriver.

— « Ils » ? s'enquit Scipion.

— Je vous expliquerai.

Dimitri s'engouffra dans la Duesenberg.

— Vous venez avec nous ?

— Oui.

Le Noir s'assit derrière le volant.

— Vous abandonnez la Cord ?

— Il y a un changement de programme. Démarrez ! Dans deux minutes, tout le pâté de maisons sera cerné.

Scipion fit gronder les trois cent vingt chevaux de la Duesenberg.

— Il faut foncer, commanda Dimitri. Direction la frontière. Où se trouve votre passage ?

— Entre Offenburg et Lahr, du côté d'Ernstein, côté français...

— Que fera-t-on s'ils nous rattrapent ? demanda Barbara dans un murmure.

Scipion la rassura :

— Personne ne nous rattrapera. Seulement, il faudra conduire un peu vite...

— Espérons que vous n'aurez pas peur aussi en voiture, dit agressivement Dimitri en se tournant vers la jeune femme.

Elle haussa les épaules et ignora la pique.

Il sortit un horaire des chemins de fer de la poche intérieure de son blouson et fouilla dans la boîte à gants à la recherche d'une carte routière. Il y en avait deux : France et Allemagne. Il déplia la seconde.

— Y a-t-il une lampe au tableau de bord ?

— Essayez les boutons, répondit Scipion.

Il accéléra en douceur. La Duesenberg glissait sans bruit dans les rues noires de la ville. La chaussée était humide. La neige avait fondu.

Dimitri découvrit la lampe du tableau de bord. Tassé sur lui-même, il parcourut du doigt le tracé de la route jusqu'à Sarrebruck. Il se reporta à l'horaire des chemins de fer.

— Passe-t-on à Halle ? demanda-t-il en relevant le nez.

— Oui, répondit Scipion.

— Dans combien de temps ?

Le Noir réfléchit quelques secondes avant de répondre :

— Une heure et demie, si la route est bonne.

— Trop tard...

Dimitri se replongea dans l'étude de la carte. Barbara regardait au-dehors, essayant de reconnaître les rues qu'ils traversaient.

— Peut-on atteindre Erfurt avant deux heures du matin ?

— Non, répondit Scipion. Et puis nous ne passons pas par Erfurt.

— Bad Hersfeld ?

— Oui.

— À quelle heure y serons-nous ?

— Entre trois et quatre, répondit le Noir après une légère hésitation.

— Trois heures et demie ?

— Pas sûr.

Ils franchirent les derniers faubourgs de la ville. Les maisons se raréfièrent, puis disparurent. Barbara se détendit.

— On se sent mieux loin de Berlin, dit-elle.

La neige recouvrait encore les champs, mais la route était dégagée. Scipion désigna le mince cordon qui venait à eux dans la lumière des phares.

— Nous allons l'avaler sans même nous en apercevoir...

Dimitri replia la carte et la rangea dans la boîte à gants. Il se tourna vers le chauffeur.

— Il faut être à Francfort avant quatre heures du matin.

— Vous aurez votre train, répondit Scipion avec un léger sourire.

Barbara regarda alternativement les deux hommes.

— Qui veut prendre le train ?

— Lui, répondit le Noir en désignant son passager.

— Mais pourquoi ? Allons d'abord en France !

— Non, répondit froidement Dimitri. Vous ne comprenez pas que ni Maryika ni son cousin ne dépasseront jamais la frontière ?

— Et que voulez-vous faire ?

— Monter dans le train.

— Et après ?

Il leva les mains en un geste d'ignorance.

— J'improviserai.

Scipion accéléra. Barbara jeta un regard sur le halo orangé des cadrans.

— À quelle allure roule cette machine ? Elle va plus vite qu'un train ?

Scipion désigna l'un des compteurs.

— Regardez...

Il enfonça l'accélérateur. L'aiguille blanche se déplaça vers la droite. Quand elle atteignit le chiffre 160, Barbara se cala sur son siège, entre le chauffeur et Dimitri.

— Vous pouvez y aller, dit-elle. Je n'ai pas peur.

L'avion

Friedrich von Riegenburg se tenait droit comme une lame devant l'ouverture de la soupente. Bien qu'il écumât de rage, son visage restait indéchiffrable. Il avait été dupé. Pour l'heure, il ne savait qu'une chose : Maryika n'avait pas fui en voiture, mais en train ou en avion. Si elle était partie si brusquement de la réception, c'est qu'elle devait respecter un horaire. Le tout était de savoir lequel.

Il gagna le couloir où son adjoint, Helmut Krantz, était occupé à téléphoner.

— Alors ? demanda-t-il sèchement.

— On entend mal. Je ne sais pas encore.

Friedrich von Riegenburg eut un geste d'impatience. Il regarda Krantz avec une mauvaise lueur dans les yeux.

— Vous le faites exprès !

Abandonnant l'homme au crâne rasé, il traversa le salon et pénétra dans la chambre à coucher. Heinrich et un autre gestapiste fouillaient les tiroirs. Frau Spitz les regardait en se massant la pointe du menton.

— Remplacez Krantz au téléphone, lui ordonna l'Allemand. Je veux savoir d'où ils sont partis. Et quand.

La *Blockwart* fila dans le couloir. Riegenburg déplia une carte d'Allemagne et l'observa, mâchoires crispées.

S'ils avaient pris l'avion, il perdait la partie. Si c'était le chemin de fer, il la gagnait.

Il alluma une cigarette et fixa rêveusement Krantz qui lui tournait le dos.

— Aucun appareil des lignes régulières n'a décollé de Berlin cette nuit, l'informa Frau Spitz depuis le couloir. J'essaie l'Anhalter Bahnhof.

Il réprima une grimace de satisfaction qu'il ne parvint pas à dissimuler lorsque la *Blockwart* lui annonça que Maryika Vremler et Blèmia Borowicz avaient pris le train de vingt-deux heures trois pour Paris. Un employé avait formellement reconnu l'actrice et avait décrit celui qui l'accompagnait comme « un homme jeune et qui tirait la jambe ».

Trois solutions s'offraient à von Riegenburg : faire stopper le train en rase campagne et envoyer un détachement de SA ou de SS pour réceptionner les fuyards ; les arrêter à la frontière et les faire immédiatement ramener à Berlin ; se déplacer lui-même.

Il écrasa sa cigarette sans la terminer.

— Rappelez l'Anhalter Bahnhof et notez l'heure des arrêts en gare, ordonna-t-il à Frau Spitz.

Les deux premières solutions ne le satisfaisaient qu'à demi – elles lui semblaient manquer d'élégance. La dernière présentait un avantage : personne ne lui demanderait des comptes si on retrouvait les corps de Blèmia Borowicz et du communiste hachés par les balles. Surtout s'il était prouvé que le Français avait dérobé les plans de la ligne Maginot.

Frau Spitz interrompit le cours de ses pensées.

— Le train s'arrête à Halle, Erfurt, Bad Hersfeld, Francfort, Kaiserslautern et Völklingen.

Friedrich von Riegenburg lança la carte à Krantz qui faillit la laisser échapper.

— Vérifiez s'il y a des aéroports dans ces villes.

Puis, s'adressant à Frau Spitz :

— Téléphonez au général Werner von Blomberg.

La *Blockwart* le dévisagea avec incrédulité.

— Le ministre de la Reichswehr, vous êtes sûr ?

— Vous allez le déranger à cette heure-ci ? surenchérit Krantz. À deux heures du matin ?

— Demandez son aide de camp, trancha von Riegenburg. Et passez-le-moi. Je veux un avion militaire et un pilote dans moins d'une heure. Un Junkers monomoteur suffira.

Il s'approcha de son adjoint.

— Alors, les aéroports ?

— Erfurt ou Francfort.

— À quelle heure le train arrive-t-il à Erfurt ?

— Deux heures trois, répondit Frau Spitz.

— Et à Francfort ?

— Quatre heures seize.

L'Allemand se tourna vers Krantz et lui lança un coup d'œil pénétrant.

— Vous, vous venez avec moi. Nous arrêterons Mlle Vremler, M. Borowicz et le communiste entre Francfort et la frontière.

La qualité du désir

Boro se pencha sur Maryika. La jeune femme dormait toujours. Il se leva sans bruit, prit son manteau en poil de chameau et sortit du compartiment. Le train ralentissait. Blèmia remonta le long du couloir. Quelques voyageurs à la mine chiffonnée s'apprêtaient à descendre. Aucun militaire n'était en vue.

Le jeune homme regarda par la fenêtre. À la nuit succédèrent les lumières d'une ville, puis, plus précis, plus proches, les feux d'une gare. Le train s'immobilisa bientôt dans un grincement de ferraille. Boro fut le premier à sauter sur le quai. Les haut-parleurs crachèrent le nom de la station et firent rouler un flot ininterrompu d'informations incompréhensibles. Le froid était glacial. Un vent sec balayait le sol.

Boro remonta le col de son manteau. Il songea à la Duesenberg. Avait-elle déjà passé Erfurt ? Il eut une pensée pour Dimitri, qui avait décidé de rester en arrière. Parviendrait-il à échapper aux nazis ? Le reverrait-il un jour ?

Il se secoua et observa les voyageurs qui débouchaient sur le quai : deux couples assez âgés, une femme accompagnant un enfant, un jeune homme maigre qui traînait derrière lui une valise imposante. Aucun SA, aucun SS, aucun gestapiste à l'allure sombre. Des voyageurs aussi insignifiants, ou à peu près, que ceux qui avaient embarqué à Halle.

Boro attendit le dernier moment pour remonter dans le train. Il ferma la porte, rabattit le col de son manteau et parcourut le couloir jusqu'au compartiment.

Maryika l'accueillit avec une grimace ensommeillée.

— Où étais-tu ?

Il mentit :

— Aux toilettes.

— Avec ton manteau ?

— Tu sais bien que je suis un grand frileux.

Il s'assit face à elle.

— As-tu bien dormi ?

— Un sommeil lourd entrecoupé de cauchemars, mais c'était mieux que rien. Où sommes-nous ?

— À Erfurt.

— Quelle heure est-il ?

— Un peu plus de deux heures.

Elle tira le rideau. Le train reprenait lentement de la vitesse. Éclairée aux quatre coins de sa cour enneigée, la silhouette trapue d'un entrepôt disparut, escamotée par un rideau de grues gigantesques montées en bordure de voie.

— Tu crois que nous nous en tirerons ?

Il la dévisagea sévèrement. Elle eut un pauvre sourire.

— Ils ne nous retrouveront pas ?

— J'adore tes moues d'enfant. Répète voir un peu...

Elle renouvela sa question.

— Encore. Gonfle davantage les joues.

— Je te demande s'ils nous retrouveront, dit-elle d'une voix ferme. Je n'ai pas envie de jouer.

— Maryik, oublie cela. Dans quelques heures, nous serons en France. Nous avons presque parcouru la moitié du chemin. S'ils avaient dû nous arrêter, ils l'auraient déjà fait.

— Que tu crois.

— Que je sais.

Elle le dévisagea le plus sérieusement du monde.

— En ce cas, explique-moi pourquoi à Halle, puis à Erfurt, tu es descendu du train.

— Tu ne dormais pas ? s'étonna-t-il.

— Je me suis réveillée. Et je t'ai vu faire les cent pas sur le quai. Que surveillais-tu ?

— L'écartement des voies.

— Tu mens !

— La femme du chef de gare.

— Blèmia !

— C'est bon, je me rends ! Je suis tout simplement allé aux toilettes.

— Il y en a dans le train.

Il prit l'air résolument snob.

— Ces endroits, tels qu'ils sont, ne me conviennent pas.

— Pourquoi ?

— Question d'adresse, figure-toi ! Quand ça bouge, je ne peux pas tenir ma canne d'une main et... et le reste de l'autre. Ah, mais !

Il s'interrompit pour juger de son effet. Et, comme il semblait n'en avoir produit aucun :

— Cette explication naturaliste ne suffit pas à calmer ta curiosité ?

— Nullement. Je vois bien que tu es inquiet.

— Exact, reconnut-il. J'ai des soucis.

— On partage ? dit-elle.

Il fut troublé. Elle venait d'employer exactement la même expression que celle qu'elle utilisait des années plus tôt pour l'encourager à confesser ses chagrins.

— On partage ? répéta-t-elle en se penchant vers lui.

— Je me demande...

Il s'interrompit.

— Sans doute ne devrais-je pas te le dire.

— Fais-moi confiance...

— Je ne sais si je dois te parler de cela... Surtout en ce moment.

— Essaie toujours. On verra après.

— Bon.

À son tour, il écarta le rideau. Le train traversait des étendues sombres. Il avait repris sa vitesse de croisière.

— Blèmia, j'attends.

— C'est à propos de ce cinq-pièces sur les Champs-Élysées, commença-t-il d'une voix ennuyée. Je me disais que plutôt que de louer un petit meublé dans le même immeuble, je pourrais peut-être faire appartement commun avec toi. Si tu n'y voyais pas d'inconvénient, naturellement...

Elle lui lança un regard furieux.

— C'est tout ce que tu trouves à dire dans ces circonstances ?

— Justement. Je pensais aussi que nous pourrions peut-être profiter de ces circonstances pour...

— Pour ?

Il eut un sourire gêné.

— Tu t'allongerais sur le dos, j'éteindrais la veilleuse... À moins que tu ne préfères la lumière.

Il avança une main hésitante. Elle lui donna une claque sur le bout des doigts.

— Borowicz, je te hais pour toujours !

Elle se réfugia dans le coin opposé du compartiment. Il soupira, s'étendit sur le ventre et cala son visage entre ses bras repliés.

— Dans ces conditions, dit-il en bâillant, je vais compter les rails. Ils ont sur moi un effet hypnotique.

Elle ne répondit pas. Quand il se fut endormi, elle retrouva sa place près de la fenêtre. Elle le regarda. Puis elle s'attacha aux masses obscures qui défilaient par la fenêtre. Elle revint à son cousin. À la campagne. Un sentiment étrange l'envahissait. Ils étaient là, dans ce train, à l'abri du monde et de tout regard. Dans une situation presque comparable à celle dans laquelle Dimitri et elle s'étaient retrouvés un matin, à Berlin. Alors, le danger rôdait aussi à l'extérieur. Et elle avait fait la bêtise. Une fois. Pourquoi Dimitri ? Pourquoi pas Boro ?

Elle l'observa. Jadis encore, bien longtemps auparavant, elle éprouvait ce sentiment lorsqu'elle pénétrait en un lieu interdit. Ç'avait été un désir d'enfant avant de devenir une excitation d'adolescente. Un soir qu'ils se trouvaient enfermés dans le bureau de son père, il l'avait rejointe sur le canapé. Elle s'était laissé embrasser. Une langueur. Semblable à celle de Berlin. Semblable aussi, elle devait bien le reconnaître, à celle qu'elle éprouvait là, maintenant, dans ce train qui la conduisait en France. Mais elle avait repris le dessus. Elle était si jeune ! Seize ans... Et il l'avait poursuivie dans la maison blanche, courant derrière elle à travers les pièces désertes jusqu'à cette mezzanine d'où il était tombé. Une jambe brisée, la rotule éclatée. Une canne. Elle l'avait estropié. Jamais il ne le lui avait reproché. Jamais ils n'en avaient reparlé. Pourquoi Dimitri, pourquoi pas lui ?

Elle ferma les yeux et avança la main vers ses cheveux. Après tout, l'adolescent qui l'amusait autrefois ne ressemblait pas à cet homme si beau auquel, oui, elle devait bien un cadeau.

Un cadeau.

Elle laissa sa main en suspens car le train déjà ralentissait. Francfort. Elle patienterait jusqu'à ce que les voyageurs fussent montés et que la nuit, à nouveau, les eût enfermés dans son secret. Alors elle le rejoindrait sur la banquette et ils feraient l'amour jusqu'à Paris. Une fois.

Le train repartit. Elle attendit que le silence fût revenu dans le couloir pour se soulever doucement de son siège. Elle ôta ses souliers et dégrafa ses boucles d'oreilles. À l'instant où elle se penchait sur lui, on frappa à la porte. Elle se redressa brusquement.

« Les billets, songea-t-elle. Où a-t-il mis les billets ? »

— Une seconde ! cria-t-elle.

Boro grogna dans son sommeil. La porte coulissa. Elle regarda en direction du couloir. Et poussa un long cri.

La gare de Francfort

Dimitri sauta par-dessus la barrière, se rétablit sur le gazon gelé et se mit à courir en direction du quai. Ses jambes étaient engourdies par presque cinq heures passées en voiture.

Il força son rythme, les bras collés le long du corps, le visage tendu pour happer l'air. À cinquante mètres devant lui, il apercevait les feux du train, points rouges, points mobiles qui s'éloignaient lentement. Inexorablement.

« Il faut que j'y arrive », pensa-t-il en abordant la zone cimentée.

Indifférent aux ombres qu'il croisait – cheminots ou serre-freins, voyageurs attardés devant les salles d'attente –, il continua sa course le long des rails, le regard rivé sur le dernier wagon et ses deux balises rouges. Il gagnait du terrain. Si la chance lui souriait, il agripperait le montant de la première porte venue, se hisserait sur les marches et pénétrerait dans la voiture de queue. Il remonterait jusqu'en tête de convoi, voiture 2, places 5 et 7.

Parvenu à l'extrémité du quai, il sauta par-dessus un chariot à bagages, atterrit sur la terre meuble et poursuivit sa course folle.

Bien qu'il fût désormais handicapé par les inégalités

du sol, par les silex du ballast qui malmenaient son équilibre, il parvint à dépasser l'arrière du train qui brinquebalait dans les derniers aiguillages. Ses poumons étaient en feu. Il tendit la main vers la droite, effleura le métal froid de la carrosserie. Sur le point de sauter, il préféra franchir encore un nœud de rails, éviter le piège d'un nouveau bouquet de ferraille dont les tiges l'empêchaient de prévoir l'écartement de ses enjambées. Obstinément, il se maintint à hauteur de la main courante. Comme il allait l'empoigner, le train, venu à bout de ses embranchements, prit soudain de la vitesse. Dimitri, à bout de forces, tenta d'agripper une poignée, n'importe laquelle. Mais il avait perdu la partie. Lorsque, à nouveau, il vit les feux rouges du dernier wagon, il s'arrêta et se laissa tomber sur le sol gelé. Il était désespéré.

Il reprit son souffle, se leva et regarda au loin : le convoi filait vers la frontière. Il ramassa une poignée de silex et la jeta rageusement en direction d'un poste d'aiguillage. Comme s'il s'agissait d'une réponse à son geste agressif, une série de feux passa au rouge. Insensible à la nuit qui s'enflammait à hauteur de portique, il rebroussa chemin, arracha la branche basse d'un marronnier, la leva, la jeta et revint lentement vers la gare.

Une Mercedes et deux motards en grand manteau de pluie stationnaient devant la porte principale. Dimitri se dissimula derrière une haie de troènes et marcha silencieusement vers la Duesenberg. Scipion et Barbara attendaient dans la voiture.

— Raté ! dit-il en se glissant dans l'habitacle.

Il referma doucement la portière et ajouta en désignant la façade illuminée de la gare sur laquelle se découpaient les silhouettes des deux policiers :

— S'ils n'avaient pas été là, j'aurais réussi. Il suffisait de trente secondes...

— Ils viennent de l'aéroport, dit Barbara. On a entendu leur conversation.

Scipion tourna la clé de contact et démarra en douceur.

— Cela signifie que Friedrich von Riegenburg est dans le train, murmura Dimitri d'une voix sombre. Il a dû décoller de Berlin...

— Mais puisqu'il n'y avait pas d'avion ! s'exclama Barbara.

— Les Junkers ne sont pas des avions comme les autres.

Scipion regarda dans le rétroviseur. Les motocyclistes démarraient. Il mit sa flèche à droite et tourna à gauche. Puis, brutalement, il accéléra.

— Sortez la carte, dit-il d'une voix ferme.

Helmut Krantz, Esquire

— Vous vivrez jusqu'à Kaiserslautern, dit Friedrich von Riegenburg en levant le mufle froid de son Lüger en direction de Boro.

Il se tourna vers Maryika et ajouta, laissant poindre une nuance de mépris dans sa voix :

— Quant à vous, vous rentrez à Berlin avec moi. Vous serez incarcérée à la citadelle de Spandau et jugée par une cour d'exception pour avoir caché un espion communiste.

Il cala son dos dans l'angle de la vitre de la banquette et quêta l'assentiment de son adjoint. Krantz approuva aussitôt. Il était assis au côté de son supérieur, face à Maryika et à son cousin. Subalterne respectueux du protocole hiérarchique, il ne semblait pas vouloir se mêler à la conversation autrement que par gestes ou onomatopées.

« À moins qu'il ne soit trop stupide pour sortir trois phrases à la suite », pensa Maryika.

Comme pour lui prouver le contraire, Friedrich, sans quitter Boro de sa ligne de mire, sollicita à nouveau l'avis de l'homme au crâne rasé.

— Fräulein Vremler risque la peine de mort, dit-il sur le ton du badinage. Qu'en pensez-vous, cher Helmut ?

Cher Helmut avait le teint clair d'un bébé et des sourcils à ce point roux qu'ils donnaient l'impression d'être translucides. Il posa sur son chef ses yeux de porcelaine, parut hésiter sur sa réponse, puis, se jetant à l'eau, fit remarquer :

— Le communiste manque à la petite fête... Il faudra prouver l'espionnage...

— Un jeu d'enfant, cher ami ! Frau Spitz est là, qui témoignera dans le bon sens. Et vous savez combien Heinrich aime perquisitionner !... C'est bien le diable si, en fouillant la soupente, il ne met pas la main sur un tract ou deux appelant à l'insurrection...

Aussitôt, Helmut Krantz abonda servilement dans son sens :

— Vous avez raison, *Herr Oberst*. Et, sur sa lancée, je le verrais assez bien trouver aussi quelques kilos d'explosifs et une demi-douzaine d'armes de poing de fabrication russe...

Maryika observait les deux hommes avec un mélange d'effroi et de dégoût qui transparaissait dans son regard. Boro se tenait coi. Il s'en voulait d'avoir relâché sa vigilance et cherchait encore à comprendre comment la catastrophe avait fondu sur eux si rapidement.

Friedrich von Riegenburg prenait un vif plaisir à explorer sur leurs visages leur expression abasourdie.

— *Ach*, décidément, soupira-t-il en décroisant ses jambes, c'est vrai ! Quel dommage que ce Dimitri n'assiste pas à notre petite réunion de famille !

Maryika ne put s'empêcher de jeter un regard furtif sur Friedrich. Ce dernier lui sourit froidement.

— Fräulein Vremler semble étonnée que nous connaissions le pseudonyme de David Ludwig. C'est sous-estimer la qualité de nos services !

Enchanté de voir que Maryika achevait de perdre contenance, il s'éclaircit la gorge avant de poursuivre d'une voix monocorde :

— David Ludwig, né en 1912 à Munsert, Westphalie. Juif. Fils de Rosa Biekel et de Benjamin Ludwig, membre du Spartakusbund, abattu à Berlin en janvier 1919 lors de la révolte rouge. Entré au KPD à l'âge de dix-huit ans. Agitateur professionnel. S'est fait remarquer dans les chantiers navals de Hambourg, à Munich et à Berlin. Soupçonné de nombreux attentats contre les forces du Reich. Un palmarès qui justifie largement le peloton d'exécution. Comptez sur nous pour retrouver sa trace quoi qu'il advienne !

Krantz hocha doucement la tête, Maryika restait prostrée dans son coin. Boro, quant à lui, reprenait peu à peu du poil de la bête : il lui semblait impossible que tout dût se terminer ainsi, dans un train, à moins de deux cents kilomètres de la France.

— Ainsi donc, vous allez me tuer ? demanda-t-il, narquois.

— J'aurais préféré ne pas accomplir cette basse besogne moi-même, répondit évasivement von Riegenburg. Mais si la stupidité de votre comportement m'y oblige...

— Comment procéderez-vous pour ne pas vous salir les mains ?

— J'aime votre curiosité. Je vais donc vous communiquer la version officielle et chronologique des faits, tels qu'ils seront présentés à la presse après votre décès...

— Soyez-en remercié, à titre préposthume...

— À deux heures, ce matin du 6 février 1934, enchaîna Friedrich von Riegenburg sans se démonter, j'ai reçu un appel téléphonique de la *Blockwart* chargée de veiller à la sécurité de l'immeuble où habite Fräulein Vremler. Dans l'appartement de cette dernière, elle venait de découvrir une cache... Petit détail, mais qui a son importance : les services de police appelés sur place ont trouvé, outre le matériel de propagande dont j'ai déjà fait mention, une copie de ceci...

Il sortit de sa poche une feuille de papier soigneusement pliée qu'il tendit à Boro.

— Lisez, je vous prie.

Blèmia déplia le document et découvrit le tracé d'une partie de la ligne Maginot.

— C'est rudement bien dessiné, apprécia-t-il en rendant la feuille à von Riegenburg. Mes félicitations.

— À la suite d'un rapide état des lieux, et sur la foide témoignages irréfutables, il est apparu que Mlle Vremler cachait chez elle le nommé David Ludwig, recherché depuis quelques mois par la police allemande. Et que notre grande actrice avait pris la fuite en direction de la France avec son complice, le dénommé Blèmia Borowicz, photographe. Pourquoi la France ? Bien évidemment pour y suivre sa mission d'espionnage pour le compte des Russes.

Krantz écoutait les propos de Friedrich von Riegenburg avec une grande attention.

Maryika haussa les épaules. Toute cette machination lui semblait si grotesque, si cousue de fil blanc qu'elle finit par se demander si le discours tenu par von Riegenburg n'était pas une manière déguisée de lui tendre la perche. De lui faire dire à voix haute qu'elle était prête à rentrer à Berlin et à accepter le rôle qu'on lui imposait – star des nazis. Cette pensée lui fit froid dans le dos. Mais comment agir autrement puisque, aussi bien, seule cette attitude lui permettrait de marchander la vie de son cousin ?

— Rien que de très classique dans le procédé, dit Boro. Mais venons-en aux actes. Par exemple, pourquoi cet acharnement personnel ? Vous auriez aussi bien pu vous éviter le voyage... Il suffisait de transmettre nos identités à la frontière et de nous faire arrêter à la douane.

L'Allemand se prit à rire sincèrement.

— Monsieur Borowicz ! Vous m'étonnerez toujours ! Ce n'est pourtant pas à un artiste passionné des êtres comme vous l'êtes qu'il faut apprendre ce qu'est la subjectivité !... Chacun d'entre nous raisonne en fonction de ses pulsions... j'allais dire de ses passions secrètes. Moi, figurez-vous, j'ai le respect de mon propre orgueil. C'est ma nature. Je cultive ma réussite personnelle comme vous votre insolence ou comme Maryika sa beauté. Dès que j'ai compris de quoi il retournait entre vous deux, quelle sorte de rapports étaient les vôtres, j'ai su que je ne trouverais pas ma place auprès de votre cousine...

— Vous êtes amoureux de Maryika ?

— Non, se referma von Riegenburg. Comme j'essaie de vous le faire comprendre, j'ai fort opportunément été sauvé in extremis par mon orgueil. Voyez-vous, à défaut d'être amoureux, j'ai été suffisamment aveugle pour croire au langage de ses yeux. Comment dire ?... À force d'être attentif à elle, elle avait fini par me convaincre de sa grande pureté d'âme. En découvrant sa duplicité, j'ai été tellement blessé dans mon amour-propre que j'ai demandé au général Werner von Blomberg de mettre un avion à ma disposition. Et ainsi suis-je parmi vous pour régler cette affaire au mieux... de ma nature.

Il y eut un silence. Krantz se tourna vers Riegenburg. Celui-ci lui adressa un sourire froid, puis reporta son attention sur Boro.

— Tant de passion ajoutée à la raison d'État doit vous faire mieux comprendre, monsieur Borowicz, pourquoi, à Völklingen, ville frontière, l'espion que vous êtes aura été abattu lors de sa tentative de fuite. Il l'aura été pour la grandeur de l'Allemagne et pour le bien de la France.

Maryika se réfugia contre l'épaule de son cousin. Elle était livide.

— Il y a une faille dans votre scénario, fit Boro en se décollant légèrement de son siège. Pourquoi, après les avoir dérobés, aurais-je ramené les plans de la ligne Maginot en France ?

— Vous n'y êtes pas du tout, monsieur Borowicz ! Il n'existe aucun double ! Chez Mlle Vremler, nous avons retrouvé l'original. Celui-ci !

Il montra la feuille de papier pliée en quatre.

— Seulement, mettez-vous à ma place : pour prouver que c'est vous qui les avez apportés à Ludwig, j'avais besoin de vos empreintes ! Je les ai. Merci.

Il y eut un blanc, un sinistre silence. Maryika fut la première à le rompre.

— Admettons, dit-elle d'une petite voix, admettons que je retourne à Berlin...

— Mais vous y retournerez ! Contrainte et forcée.

— Vous ne m'avez pas comprise... Si j'y revenais de mon plein gré ?

Friedrich von Riegenburg secoua la tête.

— Il est trop tard, Fräulein. Vous n'avez pas su saisir la chance que le Reich vous offrait. Le Reich n'a plus aucune proposition à vous faire.

Un silence glacé s'installa à nouveau dans le compartiment. Maryika frissonna. Boro lui prit le menton et l'obligea à le regarder. Ils se dévisagèrent sans mot dire. Il tenta de lui insuffler un peu de force par son seul regard, mais n'y parvint pas. La panique s'était emparée de sa cousine. Elle tremblait toujours, comme un oiseau mouillé et apeuré. Il se détourna.

— Vous êtes un malade, lança-t-il à l'Allemand.

Celui-ci agitait les plans de la ligne Maginot comme s'il se fût agi d'un éventail.

— Mal vu, mal évalué, Borowicz !

Helmut Krantz se leva brusquement.

À la surprise générale, il plongea sa main dans sa poche et en sortit un long pistolet brillant qu'il braqua sur la tempe de Friedrich von Riegenburg.

— Donnez-moi ce papier, intima-t-il à l'Allemand.

Maryika poussa un petit cri. Boro sursauta. Et puis, en moins d'une seconde, il comprit.

— Donnez-moi ce papier, répéta Krantz.

Friedrich von Riegenburg resta de marbre. Il se contenta de glisser le plan dans sa poche intérieure.

Boro ferma les yeux et inspira profondément. Comment avait-il pu oublier ? Il prit la main de Maryika et la serra à la broyer.

— Julia Crimson m'avait prévenu de votre arrivée, dit Krantz à l'adresse de Boro.

Il ne lâchait pas von Riegenburg des yeux.

— Il fallait seulement que je choisisse le meilleur moment pour intervenir. Il n'y a pas de hasard.

— Il y en a un.

— En effet, répondit Krantz. Nous savions qui vous étiez, nous savions depuis son voyage en zeppelin que Blèmia Borowicz était le cousin de Maryika Vremler, mais nous ignorions quand et comment vous comptiez refermer votre piège. Le hasard, c'est que vous m'avez demandé de venir avec vous jusqu'à Francfort.

— Qui êtes-vous ? demanda Maryika.

— Major Timothy Singleton, au service de Sa Majesté très britannique, répondit l'homme au crâne rasé.

— Mais... vous aviez l'air d'un véritable Allemand !

— Bien que deux ans sans moustaches soit un laps de temps tout à fait éprouvant pour les nerfs d'un ancien officier de l'armée des Indes, dit Singleton. *Thanks goodness*, je peux aussi avoir l'air d'un véritable Gallois !

Maryika sourit malgré elle. Un espion anglais ! Elle ne savait pas si elle devait se réjouir de ce coup de théâtre. Elle avait toujours eu horreur des films d'action, et elle ne comprenait pas plus ici que devant un écran de cinéma le déroulement de l'histoire qu'on projetait devant elle.

— Je t'expliquerai, dit Boro, mesurant son trouble.

Il eut une pensée émue pour Julia Crimson à qui il devait la vie. Et, par-devers soi, il la félicita pour sa maîtrise. Si elle lui avait dit, après avoir appris qu'il était le cousin de Maryika, que l'inconnu de chez Hoffmann avait réussi à s'infiltrer dans l'entourage de sa cousine, il se fût certainement précipité à Berlin. Et l'enquête sur l'Ordre de Parsifal eût capoté.

Il dévisagea Friedrich von Riegenburg, dont le sang-froid était ahurissant. L'Allemand avait posé son Lüger à côté de lui et continuait de sourire alors que la gueule de l'automatique de Singleton était braquée sur sa tempe.

— Si vous ne m'aviez pas ordonné de vous suivre jusqu'à Francfort, reprit le major, je vous aurais supprimé avant. Ainsi Blèmia et sa cousine seraient sortis d'Allemagne sans encombres. En me demandant de vous accompagner, vous avez assuré mon passage. Votre grand tort, Herr Friedrich, est d'avoir cru pouvoir tout régler par vous-même. Votre fameux orgueil ! Si vous aviez donné les noms de nos amis à la frontière, nous étions bloqués.

— Il y a un autre hasard, reprit Friedrich von Riegenburg, imperturbable.

Il posa sa main sur son Lüger.

— Lâchez cette arme, ordonna Timothy Singleton.

L'officier britannique recula de deux pas, revolver braqué sur le cœur du Prussien.

— Dans dix minutes, nous arriverons à Kaiserslautern. Il faut donc que j'achève ma mission. Après, il sera trop tard. Blèmia, emmenez votre cousine dans le couloir.

Riegenburg secoua négativement la tête.

— Ne bougez pas, Borowicz. Le major et moi ne nous sommes pas encore tout dit. J'ai précisé qu'il y avait un autre hasard.

Maryika découvrit son visage qu'elle avait enfoui dans ses mains.

— Lequel ? demanda-t-elle d'une voix blanche.

— Il ne suffit pas d'avoir un Smith & Wesson muni

d'un silencieux pour dominer une situation, dit Friedrich von Riegenburg.

— J'ai également Agatha Christie dans la poche gauche, répliqua Singleton avec flegme. Miss Marple m'a soutenu le moral pendant deux ans.

— Sa présence dans votre table de nuit m'a permis de vous démasquer.

— Je pardonne à la chère vieille dame, dit pieusement Singleton sans marquer la moindre surprise. Et je me fie entièrement à l'acier nickelé de mon Smith & Wesson.

Friedrich promena ses doigts sur la crosse du Lüger et éleva lentement la main.

— Encore faudrait-il qu'il ne soit pas chargé à blanc.

Le major tendit le bras et tira deux fois en direction de l'Allemand. Il y eut deux détonations assourdies. Maryika poussa un cri et se jeta contre la poitrine de Boro.

— *Will you kindly seat down, please ?* dit froidement Friedrich von Riegenburg en pointant son Lüger sur l'Anglais.

Celui-ci considérait son arme avec stupeur. Boro s'était levé.

— *Setzen Sie sich !* ordonna l'Allemand d'une voix claire.

D'un mouvement sec, il tira le rideau, découvrant le glacis de la nuit.

Il se tourna vers Boro.

— Voici donc, cher monsieur, le gêneur dont je vous parlais encore hier. L'homme qui a « volé » la voiture du marquis d'Abrantès pour venir vous chercher en Allemagne. Celui que nous comptions remettre aux autorités françaises en même temps que vous.

— Vous allez le tuer lui aussi ? demanda Boro en regardant Friedrich von Riegenburg avec insolence.

— Vous comprenez vite, monsieur Borowicz. Je l'ai

amené ici dans ce seul but. Moins on en saura sur l'Ordre de Parsifal, mieux cela vaudra.

— Vous avez changé d'avis sur cette question ?

— J'ai révisé ma façon de voir. Vous m'y avez obligé.

Le train ralentit. Von Riegenburg sortit son étui à cigarettes de sa poche.

— Nous arrivons à Kaiserslautern, il me semble. Messieurs, profitez du goût du tabac si vous le souhaitez. Une dernière cigarette ?... Völklingen n'est plus très loin.

Il montra l'ombre à travers la vitre et son visage se figea brusquement. Il se leva, rangea machinalement son étui dans sa poche et gagna le coin opposé, contre la porte.

— Poussez-vous près de la fenêtre, ordonna-t-il.

Il les maintint dans sa ligne de tir. Son visage était tendu. Il surveillait alternativement ses prisonniers et la vitre. Boro suivit la direction de son regard. Et c'est alors, alors seulement, qu'il la vit. Elle fonçait le long de la voie ferrée, klaxonnant aux carrefours, glissant à cent à l'heure à travers les lumières blêmes de la ville. Une pomme verte catapultée dans l'espace des faubourgs. La Duesenberg.

Il frémit en songeant à la catastrophe. Scipion, Barbara. Par quel hasard malheureux se retrouvaient-ils là, à portée de regard, le museau déjà pris dans les tenailles du piège ?

Il se tourna vers Friedrich von Riegenburg. Celui-ci regardait vers la fenêtre sans comprendre.

— Il n'y en a qu'une comme celle-ci, murmura-t-il.

— Trois, rectifia Boro. Les deux autres appartiennent à Douglas Fairbanks et à Gary Cooper. Allez-vous souvent au cinéma, Herr Riegenburg ?

Baisser de rideau

Dimitri sauta dans le train au moment où celui-ci s'ébranlait. Voiture 2, places 5 et 7. Il remonta lentement le couloir des compartiments de deuxième classe, croisa quelques voyageurs qui cherchaient à percer l'épaisseur de la nuit, le front appuyé aux fenêtres. La frontière n'était pas loin. On la devinait à une nervosité diffuse, à un mouvement perceptible au-delà même des portes closes. Les gens rassemblaient leurs affaires et préparaient leurs papiers.

Dimitri songea avec angoisse qu'il n'avait qu'une demi-heure devant lui. Trente minutes pour tuer un homme. Trente minutes pour jeter son corps sur le ballast. Trente minutes. Passé ce délai, il serait face à l'armée allemande. David Ludwig, recherché par toutes les polices du Reich.

Il parvint aux voitures de première classe. L'atmosphère était plus ouatée, plus reposante. Il avança lentement tout en dégrafant le premier bouton de son col de chemise. Trente minutes. Le train avait repris de la vitesse. Il lut les numéros des places affichées sur les portes des compartiments. La plupart des rideaux étaient fermés. Nul bruit ne parvenait jusqu'à lui. Il marcha silencieusement, sans un regard pour les talus et les ponts qui défilaient dans la pâleur de l'aube. Toute son attention était concentrée sur l'extrémité du couloir, par où pourrait survenir un contrôleur.

Il défit le deuxième bouton de sa chemise. Places 5 et 7. Il jeta un coup d'œil vers l'extérieur. Un brouillard épais tamisait les lumières, rendait fantomatiques les ouvrages ferroviaires, le bras tendu des sémaphores, la masse indécise des hauts fourneaux tirant vers le ciel des langues de feu : la Sarre. Il fallait profiter du foisonnement des aiguillages et de l'épaisseur de la brume pour agir. Places 5 et 7. Plus que vingt-cinq minutes.

Le rideau était tiré. Dimitri s'agenouilla et, se déplaçant imperceptiblement, joua avec les interstices. Celui de gauche d'abord, puis celui de droite. Deux secondes chaque fois. Et il vit. Il eut un mouvement de recul. Debout contre le panneau du compartiment suivant, il réfléchit. D'un côté, assis de trois quarts contre la fenêtre, parabellum à la main, Friedrich von Riegenburg. De l'autre, serrés sur la banquette, Maryika et Blèmia Borowicz et un inconnu probablement complice du nazi. Krantz ! Dimitri ne s'était pas attendu à le trouver là. Deux hommes au lieu d'un. Plus que vingt minutes.

Il porta sa main à son cou. Il était impossible de faire irruption dans le compartiment, d'envisager de désarmer von Riegenburg, puis son acolyte. La seule solution consistait à faire sortir l'un des Allemands et à s'occuper du second immédiatement après. L'homme au crâne rasé ne semblait pas porter d'arme. Cela paraissait aussi surprenant que la place qu'il occupait dans le compartiment. Normalement, il aurait dû se trouver dans la diagonale de Riegenburg afin d'enfermer les deux autres dans le triangle ainsi formé.

« Erreur pour eux, songea Dimitri, chance pour moi. »

Il s'agenouilla et avança à croupetons vers la porte du compartiment. Si un contrôleur le surprenait, il feindrait de renouer son lacet.

Il resta là, accroupi, fixant Blèmia Borowicz par

l'interstice gauche du rideau. De l'endroit où il se trouvait, von Riegenburg ne pouvait le voir. Pas plus que l'autre nazi ou Maryika. Le salut passait par Borowicz. Plus que quinze minutes.

Il l'observa sans discontinuer pendant de longues secondes. Le reporter, hélas, regardait droit devant lui. Il avait le teint pâle. Il ne parlait pas. Dimitri dégrafa son lacet et le tendit entre ses doigts. Il se donna trois minutes. Si l'autre ne tournait pas le visage dans sa direction, il pénétrerait en force dans le compartiment. Riegenburg d'abord, puisqu'il était armé. L'inconnu, ensuite. Si l'un ou l'autre tirait, c'était fichu. Dans le cas contraire, on avait une chance de s'en sortir.

Plus que treize minutes. Dimitri posa son index sur la vitre et le fit crisser contre le verre. Une fois. Boro eut un mouvement de la tête. Une deuxième fois. L'œil droit bougea, mais pas le visage.

« Il m'a vu », songea Dimitri.

Il attendit. Cinq secondes.

« Il ne m'a pas vu. »

Mais si, Boro l'avait vu. Il tressaillit imperceptiblement et maintint la tête droite pour éviter que l'Allemand ne remarquât son manège. Dimitri dans le train ! Le sang remonta à ses joues. Il regarda obliquement sur la droite, sans bouger le corps. C'était bien l'œil noir, le sourcil fourni, la mèche du communiste. Il abaissa trois fois la paupière. De l'autre côté de la vitre, dans les deux centimètres laissés libres par l'ouverture, l'autre eut un geste que Boro ne comprit pas. Mais il sut ce qu'il avait à faire.

Il tourna vers Friedrich von Riegenburg un regard préoccupé et dit :

— Pipi !

L'emploi d'un tel mot en des circonstances aussi peu propices à la gaudriole parut si incongru à l'Allemand qu'il ne réagit pas. Joignant le geste à la parole, Boro posa son avant-bras en travers de son abdomen et se courba douloureusement.

— Toilettes, s'il vous plaît, dit-il.

L'Allemand leva le canon de son arme.

— Allez-y, dit-il. Je vous accorde trois minutes.

L'œil noir de Dimitri avait disparu derrière la fente du rideau.

— Seul ?

— S'il vous prenait la mauvaise idée de ne pas revenir, j'abattrais votre cousine.

Boro fit une grimace.

— Vous manquez d'élégance, mon cher. Prendre une dame en otage !

Maryika leva les yeux sur son cousin. Elle le connaissait suffisamment pour savoir qu'une idée venait de lui traverser l'esprit.

— Fais attention, dit-elle à mi-voix en hongrois.

— Accompagnez-moi donc plutôt ! proposa Boro à von Riegenburg. Et si l'un de ces deux-là bouge, tirez sur moi !

— Ne me tentez pas trop, répondit Friedrich. Depuis hier, lorsque je vous ai vu descendre le perron de ma maison, mon rêve est de vous fracasser l'autre rotule.

— Ne faites jamais une chose pareille, dit Boro en se tenant l'estomac comme si la seule pensée de cette torture lui donnait la nausée. Vous n'imaginez pas ce que ça peut faire mal.

Il se tourna vers l'agent anglais.

— Soyez bien sage, oncle Timothy. Nounou Friedrich va venir avec moi pour m'aider.

Riegenburg hésita. Il finit par se lever.

— Je vous préviens tous les deux que je me tiendrai au bout du couloir. Si l'un de vous s'avisait de sortir, je tirerais à vue.

Boro adressa un bref coup d'œil à sa cousine. Il dit :

— Demeure là. Je t'en supplie, ne te lève pas.

Puis, en hongrois, très vite, il ajouta :

— Je sais ce que je fais.

Il ouvrit la porte du compartiment. Le couloir était vide. Il hésita une fraction de seconde avant de tourner à droite, dans le sens de la marche : cela lui parut plus logique.

« Il est malin », songea Dimitri.

Le corps plaqué contre la paroi mobile du soufflet, il vit le reflet de Boro dans la glace, puis celui de Friedrich von Riegenburg. Il poussa un soupir de soulagement lorsqu'il entendit la porte du compartiment se refermer : l'autre Allemand ne le verrait pas. Plus que sept minutes.

Il assura son lacet entre ses index et ses majeurs, quitta le soufflet et se présenta dans l'allée. Pas de contrôleur, mais devant, à cinq mètres, le dos du nazi. Il fit un pas, puis un autre, et, soudain, bras tendus devant lui, il bondit.

Il sauta sur le SS, leva ses mains par-dessus la tête et redescendit sur le cou, serra tout en basculant sur le côté, donna un coup de coude et fit tomber l'arme, puis, serrant toujours, il poussa sa victime en avant, vers l'autre soufflet. Riegenburg labourait son cou de ses ongles pour se défaire de l'étau, et il râlait doucement mais personne ne pouvait entendre car ils se trouvaient maintenant dans le boggie, où le bruit du train recouvrait tout. Dimitri aperçut le visage blanc, effrayé, ravagé de Blèmia Borowicz. Le reporter avait ramassé l'arme.

— Ouvrez la porte, ordonna-t-il.

Et comme l'autre demeurait immobile, paralysé par la terreur, Dimitri serra une ultime fois, jusqu'au craquement qui le bouleversa lui-même, puis il laissa tomber le corps, récupéra son lacet et ouvrit la portière. Aussitôt, le vent bondissant distribua des claques humides sur son visage. En se penchant dans une courbe, il aperçut la masse de la locomotive, ferraille colérique recrachant des gerbes d'étincelles. Derrière elle, le train, d'un seul élan, perçait le petit jour en mugissant. Il recula à l'intérieur du compartiment, fouilla les poches de feu Friedrich von Riegenburg, prit son portefeuille et, empoignant le corps inerte par la cravate, le tira jusqu'aux premières marches donnant sur le vide.

— Dehors ! gronda le jeune homme.

Puis il referma la porte.

— À l'autre, dit-il. Donnez-moi le revolver.

— Inutile, bredouilla Boro. Il est de notre bord.

— Il a trahi ?

— Non.

Pour la seconde fois depuis qu'ils se connaissaient, les deux hommes se regardèrent intensément. Dimitri haletait. Son front était trempé par la sueur. Un rictus tordait sa bouche.

— Je n'avais jamais tué avant, dit-il.

Boro se détourna avec lenteur pour échapper à la fièvre de son regard.

Soudain, le train ralentit et, signe qu'une gare approchait, les boggies entamèrent une série de soubresauts et de cabrements imprévisibles.

— L'autre ? interrogea à nouveau le jeune communiste.

— Un Anglais qui se faisait passer pour un Allemand.

— Je n'ai pas le temps de comprendre, répondit Dimitri. Savez-vous si vos noms ont été transmis à la frontière ?

— Non. Riegenburg n'en a pas eu le temps... Où sont Barbara et Scipion ?

Dimitri consulta sa montre.

— Ils devaient passer la frontière plus au sud... Du côté d'Offenburg. C'est là que se trouve le passage. D'ici à une demi-heure au plus, ils devraient être en France...

Nouveaux chocs. Nouveaux cahots. Dimitri jeta un coup d'œil machinal vers la voie.

— Je dois descendre maintenant.

— Ne retournez pas en Allemagne, dit Boro.

— Je dois descendre avant la frontière, répéta Dimitri.

Il tendit le portefeuille du nazi.

— Enfermez-vous dans les toilettes et brûlez-le. Avec la brume, on ne remarquera pas son corps avant plusieurs heures Mais deux précautions valent mieux qu'une. Il ne faudrait pas qu'on l'identifie trop vite.

— Rentrez avec nous, dit Boro. C'est folie de repartir là-bas.

Dimitri s'approcha de la porte. Le train ralentissait toujours.

— Je vais sauter en roulé-boulé. J'ai appris...

— Pourquoi ?

— On a besoin de moi à Berlin.

Il tendit la main. Boro la prit et la garda.

— Je ne sais pas si je vous reverrai...

Le jeune homme ouvrit la porte. Il se retourna et observa le ballast. Le brouillard noyait la campagne. On ne voyait rien à trois mètres. Dimitri descendit et s'agenouilla sur la dernière marche. Il rentra la tête dans les épaules, croisa les doigts derrière la nuque et disparut. Boro soupira et referma la porte. Il resta là, regardant sans les voir les pointillés de lumière qui, au-delà de Völklingen, annonçaient la frontière.

ÉPILOGUE

Au rendez-vous de l'Histoire

Au rugissement de la locomotive déchirant son chemin dans l'air glacial de la rase campagne succéda bientôt un souffle discontinu.

Une géométrie de jardinets, des pavillons étroitement serrés sous les arbres, des gares à peine entrevues, des usines dégorgeant la suie des hommes et des avenues jalonnées de réverbères annonçaient la banlieue.

— Bientôt Paris, murmura Boro en embrassant tendrement Maryika sur le front.

Elle répondit à son baiser par un sourire confiant. La fatigue avait creusé ses traits. Blottis l'un contre l'autre, ils n'avaient pu trouver le sommeil.

En face d'eux, victime du relâchement de ses nerfs, le major Singleton ronflait la bouche ouverte, la tête abandonnée vers l'arrière et les cuisses largement écartées.

Par la vitre sale, le jour donnait l'impression ne pas vouloir se lever et, tandis qu'en brinquebalant le train longeait les immeubles tachés par une pluie froide, l'opacité humide de la nuit finissante laissait entrevoir aux carrefours des colonies de bicyclettes appuyées aux murs des petites boutiques brillamment illuminées.

— Pourquoi souris-tu ? demanda Maryika.

— Comme ça, dit Boro en s'arrachant à sa rêverie. À huit heures du matin, l'haleine de Paris sent le casse-croûte, le café noir et le papier Job.

— Et cela suffit à te rendre joyeux ?

— Oui. Parce que désormais tu seras là pour partager. Il faudra que je t'emmène partout. À Meudon. À Bercy. À Chaville. Je te ferai rencontrer Nini-Peau-d'Œuf et aussi P'tit Vélo. Tu verras, je connais même un coin où on fait du canot sur la Seine...

Elle lui serra la main très fort, ferma ses paupières brûlantes, s'abandonna contre lui.

— Nous ferons comme tu veux, murmura-t-elle.

Le major ouvrit un œil bleu, fit jouer ses jointures, puis, changeant immédiatement de posture, se tourna vers les amoureux.

— Surtout, dit-il, quand vous passerez par le pays de Galles, n'oubliez pas de venir me voir dans ma maison de Blaenau Flestniog. C'est un désert d'ardoises cerné par les torrents et le brouillard, mais on y boit le meilleur whisky du comté.

Il glissa la main derrière son crâne rasé et menaça Maryika avec humour :

— Donnez-moi seulement le temps de faire repousser mes cheveux roux et ma moustache peignée vers le haut, jeune fille, et je vous montrerai de quel bois je me chauffe avec les jupons !

Il avait l'air d'excellente humeur et quitta le compartiment pour aller s'accouder à une vitre du couloir. Là, en regardant Paris qui s'approchait, il se mit à fredonner *It's a long way to Tipperary, it's a long way to go...*

C'était peu dire qu'il chantait faux, mais son plaisir semblait extrême.

En abordant les faubourgs de la capitale, la locomotive avait retrouvé son rythme de bête essoufflée. Haletant sur ses bielles, elle semblait hésiter de plus en plus sur le choix d'un chemin que brouillait à l'infini l'entrecroisement des aiguillages. Appuyés au balcon de leur machine, joues fardées de charbon et lunettes au front, les chauffeurs-mécaniciens regardaient défiler les façades réservées à la publicité : « Dubo, Dubon, Dubonnet », « Cécile Sorel au Casino de Paris », « J'aime ma Peugeot ! Un amour de voiture ». Le train 8610 en provenance de Berlin venait d'entrer en gare de l'Est.

Après avoir pris congé de Timothy Singleton qui avait définitivement retrouvé son teint de bébé rose et ne rêvait plus que d'une théière chaude, Boro aida sa cousine à sauter sur le trottoir où hurlait tout un peuple de porteurs proposant leurs services. Voyageurs sans bagages, ils se faufilèrent parmi les pékins encombrés de leurs malles et les familles ankylosées par le cérémonial des retrouvailles.

— Je n'aurai jamais d'enfants, décréta Maryika tout en marchant rapidement en direction de la sortie. Je veux qu'on m'aime pour moi.

— Ces temps-ci, mademoiselle Vremler, nous ne cessons pas de nous y employer, même si la tâche est écrasante, plaisanta Boro en la suivant à grand-peine.

Ils s'étaient pris par la main et ne formaient plus qu'une seule personne, comme au temps de leur adolescence. Ils se dégagèrent rapidement du flot des chalands qui encombraient la salle des pas perdus. Ensemble, ils dévalèrent les marches donnant sur la place du Onze-Novembre.

Comme ils arrivaient en vue d'une station de taxis, Maryika s'arrêta soudain. Elle approcha ses lèvres de celles de son cousin et lui souffla :

— Boro, je t'aime !

Elle l'abandonna avec la même vivacité juvénile que celle qu'elle avait mise l'instant d'avant à l'embrasser, et il la regarda s'éloigner en courant dans la direction d'une Citroën Rosalie en stationnement.

— Chauffeur, s'écria-t-elle en s'installant sans façons dans la voiture, je veux aller au bout du monde, mais je n'ai pas un sou pour vous payer !

— C'est un bon début, la p'tite dame, dit l'homme de l'art en se retournant vers elle. Mais ça ne va pas suffire pour régler la course.

— N'ayez pas d'inquiétude. Mon fiancé a de l'argent. Vous verrez, c'est un prince.

— Bien possible, dit le voiturier qui commençait à se faire du mouron en inspectant cette maboule en vison. Mais lui et moi n'avons pas été présentés.

Surprise que son cher cousin ne l'eût pas suivie, Maryika mit fin à son jeu et se retourna. Boro avait disparu.

— Je ne comprends pas, dit-elle. Il était avec moi il y a deux minutes à peine.

— Là non plus, je ne dis pas le contraire, mais il va quand même falloir vider les lieux, déclara le chauffeur de taxi. Je ne transbahute pas gratis des dames en robe du soir à neuf heures du matin !

Maryika frissonna. Elle avait complètement oublié qu'elle n'avait même pas eu le temps de se changer avant son départ de Berlin. « Mon Dieu, pensa-t-elle, j'ai tout abandonné ! Je suis dans une ville étrangère et je ne possède plus rien au monde ! »

Soudain, la fatigue l'envahit. Où donc était passé Boro ? Elle s'apprêtait à descendre de voiture lorsque la portière opposée s'ouvrit, livrant passage à son cousin. Il se laissa tomber sur la banquette et lui tendit un bouquet d'anémones.

— Ce sont mes fleurs préférées, chuchota-t-il en l'attirant dans ses bras.

Tandis que le couple s'embrassait, le chauffeur de taxi jeta un coup d'œil professionnel dans son rétroviseur. Rassuré sur la nature de ses clients, il baissa le drapeau et haussa les épaules.

— Bon. Où se trouve votre bout du monde ? demanda-t-il.

— À l'hôtel Crillon, répondit Boro. Place de la Concorde, numéro 10.

— Oh, pas besoin de me faire un dessin ! dit le chauffeur. C'est un endroit pour le gratin ! D'ailleurs, la dernière personne que j'y ai conduite, c'était M. Camille Chautemps en personne, figurez-vous. Juste avant qu'il démissionne à cause de ce diable de Stavisky...

— Pourquoi ne pas aller chez toi, tout simplement ? demanda Maryika à Boro.

— Mais... par respect des symboles, répliqua ce dernier. Aurais-tu oublié que la place de la Concorde est l'endroit où j'étais censé avoir rendez-vous avec l'Histoire ?

Elle le regarda avec surprise.

— Et tu y as tenté ta chance ?

— Trois fois par semaine.

— En dînant au Crillon ?

— Non, en arpentant le trottoir, de l'autre côté de la Seine.

Elle éclata de rire.

— J'aime bien que tu sois fou, dit-elle.

Puis elle leva ses yeux adoucis par la fatigue vers son beau cousin et, se pelotonnant contre lui, chuchota :

— Emmène-moi où tu veux, Blèmia Borowicz.

Elle ferma les paupières parce qu'il l'embrassait à nouveau et que plus rien n'existait autour d'elle.

L'automédon passa sa vitesse et lança la Citroën dans le trafic. Vingt-cinq minutes plus tard, les fiancés de la Concorde étaient installés dans un appartement cossu donnant sur une des plus belles places du monde. Pendant que Boro défaisait ses chaussures, Maryika se rendit directement à la salle d'eau. Elle ouvrit les robinets en grand et fit couler un bain. En attendant qu'il fût prêt, elle ôta son manteau, le jeta au passage sur un fauteuil bleu pâle sculpté de petites roses et entama le tour du propriétaire.

L'ensemble de la décoration tenait du Louis XV doré. Un pseudo-Aubusson, un lustre à pendeloques et des stèles de marbre soutenues par des dames nues agonisant dans des vagues donnaient au salon une rassurante apparence versaillaise.

Des miroirs biseautés étaient pendus si haut qu'on pouvait s'y admirer au prix d'un curieux déhanchement. À leur vue, la jeune femme esquissa quelques pas de danse, passa dans la chambre où trônait un grand lit blanc qu'on voulait faire croire d'époque à cause de ses rubans Louis XVI, des cannelures de ses pieds et d'un effet de laque éraflée par l'usage.

Maryika s'avança vers un coin salle à manger qui menait au couloir d'entrée. Ici, les tentures étaient d'une nuance violine qui s'harmonisait avec les bois coloniaux légèrement marbrés. Une table ronde couverte d'une nappe immaculée, deux chaises en tête à tête et un buffet-desserte rehaussé d'un relief de vignes et de grappes disaient assez la vocation du lieu.

— Borowicz ! s'écria Maryika. Cherches-tu à m'affamer ? Fais monter une collation tout de suite ! Je meurs d'inanition depuis que je te connais !

Comme il ne répondait pas, elle courut jusqu'au salon où elle l'avait quitté et le trouva fort occupé à discuter gravement avec un maître d'hôtel.

— Très bien, monsieur Borowicz, apprécia-t-elle. Le service est bien fait. Mais quoi que vous ayez commandé, ajoutez-y une bouteille de vin de Pauillac. À moins d'un margaux, vous n'obtiendrez plus rien de moi !...

— À dix heures du matin ?

— À dix heures CE matin, répliqua-t-elle avec un sourire.

Elle prit le chemin de la salle de bains et arriva juste avant que la baignoire ne déborde.

Une fois la porte refermée, Boro resta avec ses chimères. Il imagina sa cousine dans l'onde bleue et les mouvements ralentis de ses mains caressant la ligne pure de son corps alangui par la fatigue du voyage. Il sourit. S'il ne s'était sermonné, il eût forcé la porte et aurait tout gâché.

Soudain, on frappa à celle de l'appartement. Il accueillit un garçon qui poussait avec mille précautions une table roulante. Arrivé à pied d'œuvre, le serveur dressa la table en un clin d'œil. Boro suivait du regard le moindre de ses gestes avec un plaisir infini.

Du coin du pouce, l'homme avait ravivé l'ordonnance de trois fleurs dans un petit cornet d'argent et décolleté avec maestria la bouteille de pauillac. Un effleurement de sa serviette blanche pour en nettoyer le col et, ayant installé le flacon dans sa corbeille, il en donnait à goûter un échantillon dont il avait auparavant su faire ressortir le bouquet en faisant gentiment tourner le vin dans un verre tenu par le pied.

— Merci, mon ami, c'est parfait, dit Boro en dégustant le nectar avec autant de pompe que le sommelier en avait mis à le servir. C'est un cru qui a de l'esprit.

— Oui, monsieur, commenta gravement l'homme à la grappe épinglée sur le revers. 1927 est un millésime bien rond. C'est un cru qui a su conserver toute sa jambe, et même s'il a gagné en élégance, il n'a rien perdu de ses vertus tanniques.

Boro récompensa la science de cet homme compassé d'un généreux pourboire et le reconduisit jusqu'à la porte qu'il referma derrière lui. Presque aussitôt, se ravisant, il la rouvrit pour suspendre à la clenche une pancarte enjoignant de ne déranger sous aucun prétexte les occupants de la chambre.

Il se sentait de fort bonne humeur, bien qu'un brin d'énervement mâtiné de fatigue vînt se mêler sournoisement à ses gestes. Il était onze heures moins vingt lorsque, tout en fredonnant, notre reporter tira les lourds doubles rideaux devant les deux fenêtres de façade. Eût-il été moins attentif à la confection égoïste de son bonheur, ou seulement moins fatigué par la tension des derniers jours, il aurait remarqué un attroupement d'une bonne centaine de personnes agglutinées à l'angle du Jeu de paume. Dehors, on gesticulait en brandissant des calicots.

Au lieu de leur prêter garde, il plongea toutes les pièces dans l'obscurité, se contentant pour la chambre d'une lumière atténuée par l'épaisseur de sa propre chemise posée sur l'abat-jour, à la droite du lit. Il se glissa nu sous les couvertures et se laissa délicieusement saisir par la sensation d'eau glacée que lui donnaient les draps propres. En claquant des dents, il attendit que Maryika ressortît de la salle de bains où elle était enfermée depuis bientôt une demi-heure.

Comme elle tardait à venir, il fut pris d'une sorte de désespoir puéril et appela du fond de son lit.

— Maryik ! Maryika ! Te sens-tu bien ? Réponds-moi, s'il te plaît... La collation est servie depuis un bon quart d'heure...

— J'arrive, dit-elle à mi-voix.

Après s'être parfumée, elle avait dénoué ses cheveux et se trouvait face à la glace. Elle était en proie au même désordre de sentiments que Boro. Elle avait si longtemps rêvé de ce moment ! Elle l'avait tant redouté ! Elle avait tant de mal à étouffer l'écume de son cœur !

Doucement, elle entrouvrit la porte de communication, découvrit la pénombre où l'attendait son cousin.

— Borowicz, chuchota-t-elle, tu m'as trahi. Tu avais promis un déjeuner et c'est un guet-apens.

Il l'entendit soupirer et entrevit la blancheur de ses cuisses lorsqu'elle quitta la clarté pour entrer dans l'ombre. Gagné par l'émotion, il ne pouvait plus parler. Lorsqu'il la sentit prendre place à ses côtés, il tressaillit. À grands bonds son cœur battait la chamade, acclamant la sensation vertigineuse d'un monde feutré où tout était mystère et insensible mouvement.

Objets fragiles, tendus comme une lyre, les bras de la jeune femme restèrent un moment suspendus au-dessus de l'espace de son regard, puis ils s'abaissèrent avec lenteur. Tenant le bord du drap, Maryika ramena ses coudes contre son corps frémissant, prise d'une ultime hésitation. Boro suivait cette courbe que soulevait la palpitation du sein gauche.

— Viens, murmura-t-il. Viens ou bien je vais mourir.

Il sentit le poids très doux de Maryika contre son épaule, l'exubérance soyeuse de sa chevelure qui s'enroulait au bonheur de l'oreiller en de lourdes volutes. Il la reçut contre lui presque comme une blessure, tant elle mit de brutalité dans leurs premiers transports. Il eut le sentiment soudain que le fantastique nœud d'amour qu'il nouait avec elle enfermait trop de déraison pour qu'il pût jamais se renouveler. Leur manière de s'aimer serait unique. Elle n'aurait lieu qu'une seule fois.

Il balaya toute arrière-pensée et se laissa engloutir.

Maryika avait une façon franche d'éprouver la volupté. Elle exprimait à travers ses caresses le prolongement des chapelets de mots qui suppliaient ou au contraire exhortaient son partenaire à lui donner telle ou telle marque de plaisir. Plus de masque. Plus de coquetterie dans ce visage aux narines pincées, aux paupières closes, qui happait la jouissance.

Tantôt Boro l'accablait de sa force et se serait juré le maître, tantôt elle inversait les rôles, l'entraînant vers le fond. Il sentait alors ses jambes prises par l'étreinte de sa compagne qui le faisait tomber dans un puits, tout droit. Il se laissait couler, acceptant de mourir de la façon qu'elle imposait, puis, soudain, armait ses reins, inventait une nouvelle construction, un nouveau projet de plaisir qu'elle acceptait toujours avec la soumission d'une herbe, d'un varech courbé par le jusant.

Lisse et abandonnée comme une végétation aquatique, elle subissait son flot. Et puis, tout se passait à une vitesse incroyable. Elle rouvrait les yeux, rassemblait l'écheveau de ses forces, humectait ses lèvres meurtries et redevenait guerrière. Jamais il n'avait rencontré chez une autre femme à la fois cette faculté de défaillir et ce ressaisissement de soi, cette légèreté, cet oubli de l'abîme.

Ils prirent leur déjeuner vers trois heures de l'après-midi. Maryika riait. Se barbouillait de caviar. Reprenait des toasts. Buvait de la vodka. Croquait des blancs de poulet, revenait au pauillac. Se laissait aller à la dérive de paroles incertaines, de projets insensés.

Boro prêta intérêt à son verbiage le plus longtemps qu'il put. Insensiblement, ses paupières se fermaient. Ivre d'amour et de vin, gavé de victuailles, il finit par l'écouter avec le détachement d'une statue. Comme elle poursuivait la litanie incohérente de ses propos, il passa sans transition de l'indifférence polie au coma d'un sommeil de plomb. Elle ne se rendit pas tout de suite compte de sa défection. Gagnée à son tour par une invincible torpeur, elle passa doucement la main sur son torse embué de sueurs légères, finit par trouver refuge contre lui et s'endormit sur-le-champ, un doigt dans sa bouche.

Leur inconscience dura plusieurs heures. La dormeuse remua la première. Sortant lentement de son demi-sommeil, elle sentit remonter en elle les vagues du désir.

Lorsqu'elle ouvrit les yeux, dehors il faisait nuit.

Elle était toujours pelotonnée contre le ventre de son amant. Comme elle écoutait son souffle tranquille, elle se sentit envahir par une épouvantable tendresse. Alors que ses doigts, à petits cercles, cherchaient à ramener son compagnon à la vie, elle crut entendre les éclats d'une rumeur sauvage qui allait en s'amplifiant. Elle se dressa sur sa couche et, sans bruit, traversa la chambre pour gagner le salon. Une fois dans cette pièce, elle referma sur elle la porte de communication afin d'étouffer les vociférations et les cris qu'elle entendait monter sous les fenêtres. On eût dit les grondements d'une populace en colère.

Tandis qu'elle écartait la lourde tenture, elle entendit des coups de feu et ce qu'elle vit la paralysa de terreur.

À l'autre bout de la place, le ciel semblait s'embraser. Un autobus qui s'était engagé sur le pont, face au Palais-Bourbon, brûlait sur la chaussée. Une foule au coude à coude s'avançait en désordre au-devant de cordons de policiers armés. Aux avant-postes, on se battait à coups de barre de fer. Plus loin, des pompiers mettaient leurs lances en batterie.

Maryika recula, nouée par la frayeur. Le sang s'était retiré de ses joues. Elle sentait le sol se dérober sous ses pas.

— Mon Dieu ! murmura-t-elle.

Sur la place de la Concorde, la situation s'aggravait de minute en minute. La foule déchaînée voulait nettoyer la politique. Tout l'après-midi, exaspérée par le scandale Stavisky, elle avait manifesté sur les Champs-Élysées et dans les jardins des Tuileries son soutien à Jean Chiappe qui venait d'être écarté. Le nouveau préfet de police, Bonnefoy-Sibour, avait pris d'importantes mesures pour défendre l'accès du Palais-Bourbon. À la Chambre, Daladier s'était fait traiter d'assassin et de fasciste. Devant l'édifice, les gardes mobiles, submergés, avaient commencé à tirer sur les émeutiers. De groupe en groupe, un cri s'était répercuté comme une traînée de poudre : « Ils ont tiré sur les anciens combattants ! » « Le gouvernement mobilise contre les travailleurs ! »

La nuit tomba.

Les gardes chargèrent sabre au clair. Leurs chevaux, la bouche emportée par la blessure du mors, faisaient des écarts fous sur les trottoirs, dérapant sur leurs fers, piétinant autour d'eux, fendant la foule qui reculait.

Au premier rang de la charge se trouvait le brigadier Trochu. Pacifique factionnaire en temps de paix, il était devenu oppresseur du peuple. Artisans, petits-bourgeois, commerçants se joignirent aux anciens combattants. Autour de Trochu, on tirait au revolver. Encerclé par la foule, blessé à la jambe, l'homme s'affola. Il leva son sabre, frappa un ébéniste du faubourg du Temple et lui trancha l'oreille. Le combat faisait rage. Le cheval du brigadier reçut un projectile à hauteur du garrot. Fou de douleur, l'animal se dressa et s'emballa.

Maryika aperçut en contre-jour la silhouette d'un cavalier qui traversait à bride abattue un long espace vide, en diagonale de la place. Incapable de maîtriser sa monture, le malheureux, couché sur l'encolure, arriva à hauteur de l'obélisque. Sa course folle fut arrêtée devant une barricade.

Au moment où le cheval se dérobait devant l'obstacle, surgie de nulle part, une rose pourpre entrouvrit la nuit et atteignit le garde en plein front. Sur fond d'incendie, son grand cheval bai le traîna derrière lui pendant quelques mètres, puis finit par s'immobiliser. L'écume à la bouche, l'animal frémissant broncha face aux manifestants. Comme le silence se creusait dans les premiers rangs, un enfant s'en détacha. Il s'avança vers le mort dont l'une des bottes était encore engagée dans l'étrier, et le regarda avec gravité. Au bout d'un moment, il arracha l'un des boutons dorés de la tunique et l'enfouit précipitamment dans sa poche. Puis il ramassa le casque à crinière et brandit son trophée vers la foule.

On était le 6 février 1934.

L'émeute avait déjà fait seize morts et cinq cent seize blessés.

Tandis que Maryika, bouleversée, sanglotait derrière la vitre, ainsi que l'avaient prédit les femmes d'Égypte, au rendez-vous de l'Histoire, Blèmia Borowicz dormait.

(À suivre)

Table des matières

PREMIÈRE PARTIE

L'AUBE DES JOURS

DEUXIÈME PARTIE

EN ATTENDANT LA GLOIRE

TROISIÈME PARTIE

LES TEMPS DIFFICILES

QUATRIÈME PARTIE

LA PESTE BRUNE

CINQUIÈME PARTIE

LA TÊTE DANS LES NUAGES

SIXIÈME PARTIE

LA GUEULE DU LOUP

SEPTIÈME PARTIE

LA COURSE DU LIÈVRE BOITEUX

ÉPILOGUE

AU RENDEZ-VOUS DE L'HISTOIRE

Boro s'engage

Le temps des cerises

Dan Franck et Jean Vautrin

Notre reporter photographe a réussi, son agence marche bien. Nous sommes en 1936, année marquée par le Front Populaire, le début de la guerre d'Espagne et la montée des organisations fascisantes. Boro, aidé d'ouvriers au grand cœur séduits par son intrépidité, combat d'anciens adversaires qui se camouflent dans l'organisation fasciste de La Cagoule. L'heure est aux engagements, Boro choisit son camp, et part pour l'Espagne.

(Pocket n° 3753)

Amours prisonnières

Les noces de Guernica

Dan Franck et Jean Vautrin

1937 ; Boro se bat en Espagne aux côtés des Républicains. Les Franquistes gagnent du terrain et Boro est fait prisonnier dans une forteresse, à la merci d'un mystérieux ennemi, un général nazi. Dans sa cellule, Boro fait la connaissance de Solana, une belle jeune femme entièrement dévouée à la cause espagnole qui lui ferait presque oublier Maryika, son grand amour. Ses amis restés à Paris, inquiets, se démènent et organisent son évasion. Réussira-t-il à échapper à son terrible gardien ? Sauvera-t-il Solana des mains de son bourreau ?

(Pocket n° 4355)

Incorrigible séducteur

Mademoiselle Chat

Dan Franck et Jean Vautrin

1939 ; l'Europe retient son souffle. Boro, appareil photo à la main, s'embarque pour faire un reportage en Inde. En route il rencontre une princesse roumaine, mystérieuse espionne, accompagnée d'une non moins mystérieuse machine à écrire nommée Enigma. Boro ne peut s'empêcher de s'en emparer, et le voilà poursuivi par les nazis, entraîné dans une folle course-poursuite, parsemée de rencontres plus ou moins dangereuses, autour d'un monde au bord du gouffre. Jusqu'où la passion des femmes entraînera Boro ?

(Pocket n° 10152)

Achevé d'imprimer sur les presses de

BUSSIÈRE

GROUPE CPI

à Saint-Amand-Montrond (Cher)
en juin 2004

POCKET - 12, avenue d'Italie - 75627 Paris Cedex 13
Tél. : 01-44-16-05-00

— N° d'imp. : 42959. —
Dépôt légal : octobre 1989.
Suite du premier tirage : juin 2004.

Imprimé en France